T A S C A B I L I

Anne Jacobs

L'eredità della Villa delle Stoffe

Traduzione di
Lucia Ferrantini

Titolo originale:
Das Erbe der Tuchvilla by Anne Jacobs
© 2016 by Blanvalet Verlag
a division of Verlagsgruppe Random House GmbH, München, Germany

Questa è un'opera di fantasia. Ogni riferimento a fatti accaduti
e a persone esistenti o realmente esistite è puramente casuale.

www.giunti.it

© 2022 Giunti Editore S.p.A.
Via Bolognese 165 – 50139 Firenze – Italia
Via G. B. Pirelli 30 – 20124 Milano – Italia

Prima edizione: febbraio 2020
Prima edizione tascabile: gennaio 2022
Prima ristampa: settembre 2022

1

Settembre 1923

Leo aveva fretta. Salì le scale spingendo dei bambini e superando un gruppetto di ragazzine che chiacchieravano. Dovette però fermarsi all'improvviso: qualcuno da dietro aveva afferrato la sua cartella.

«Piano... in fila e con calma» disse Willi Abele con tono sprezzante. «I furbetti e gli amici degli ebrei dietro.»

Ce l'aveva con suo padre e con Walter, il suo migliore e anche unico amico. Quel giorno era malato e non poteva difendersi.

«Mollami, altrimenti vedi che ti faccio!» disse Leo.

«Dài, pappamolla, fammi vedere chi sei!»

Leo cercò di divincolarsi ma Willi stringeva la cartella con una presa di ferro. Nel frattempo, il flusso di scolari scendeva da destra e da sinistra verso il cortile per poi riversarsi nella strada lungo le mura. Leo riuscì a trascinare Willi fino al cortile finché una spallina della cartella non si ruppe. Doveva girarsi e fare qualcosa il prima possibile, altrimenti Willi avrebbe rubato tutti i suoi libri e quaderni.

«Melzer... secchione e pisciallotto!» lo offese Willi cercando di aprirgli la cartella.

Leo andò su tutte le furie. Conosceva quell'insulto, glielo dicevano spesso i bambini dei quartieri operai, perché andava in giro vestito meglio degli altri e a volte Julius veniva a prenderlo a scuola in macchina. Willi Abele era più alto e due anni più grande di Leo, ma non importava… Leo sferrò un bel calcio al ginocchio di Willi che gridò e mollò subito la presa, poi Leo si liberò della cartella, ma l'altro gli era già addosso e caddero entrambi a terra. La giacca di Leo si ruppe, sentiva il suo avversario respirare affannosamente e continuò a combattere nonostante l'inferiorità fisica e il fatto che già ne avesse prese tante.

«Ma che sta succedendo qui? Abele! Melzer! Basta!»

Il detto "Gli ultimi saranno i primi" una volta tanto si avverò e Willi, che stava vincendo, si beccò una sberla dal maestro Urban. Leo invece venne afferrato per il bavero e rimesso in piedi: il naso sanguinante lo salvò dal ceffone. I due ragazzini, in silenzio e con il broncio, si sorbirono il rimprovero dell'insegnante; ancora peggio però erano i ghigni maliziosi e i sussurri dei compagni, soprattutto delle femmine, che avevano formato un fitto cerchio intorno ai due attaccabrighe.

«Gliel'ha suonate di santa ragione…»

«Prendersela con i più piccoli è da fifoni…»

«Gli sta bene, a quel Leo! Montato com'è!»

«Abele Willi è un bastardo…»

La predica del maestro Urban, invece, gli entrò da un orecchio e gli uscì dall'altro. Diceva sempre le stesse cose. Leo tirò fuori il fazzoletto per pulirsi il naso e si accorse della manica strappata. Le ragazzine lo fissarono con un misto di pietà e ammirazione… che imbarazzo! Willi disse che aveva cominciato Melzer e per questo si beccò una seconda predica com'era giusto che fosse.

«E ora porgetemi le mani…»

Era un rituale che conoscevano, ricorreva dopo ogni zuffa e non risolveva nulla. Ciò nonostante, i due bambini annuirono e promisero di andare d'accordo. La povera patria tedesca, già così strapazzata, aveva bisogno di giovani assennati e zelanti, non di attaccabrighe.

«E adesso a casa!»

Finalmente erano liberi. Leo si caricò in spalla la cartella rotta, avrebbe voluto scappar via ma non voleva dare l'impressione di fuggire dal suo avversario, così si avviò a passo normale. Una volta superato il portone, iniziò a correre. In Remboldstrasse si fermò e si girò verso l'odiato edificio in laterizio. Perché doveva andare a quella terribile scuola? Papà ai suoi tempi era andato subito al Sankt Stephan, in una classe preparatoria. Lì c'erano solo ragazzi di buona famiglia e ci si poteva vestire a proprio piacimento; volendo si potevano portare anche berretti colorati. E poi non c'erano femmine. Il nuovo ordinamento dello Stato, però, voleva che tutti i bambini iniziassero dalla scuola pubblica. E tutti se ne lamentavano, a cominciare dalla nonna. Lei diceva sempre che ai tempi dell'imperatore era tutto molto meglio.

Leo si soffiò di nuovo il naso, per fortuna aveva smesso di sanguinare. Doveva muoversi, sicuramente lo stavano già aspettando. Corse fino alla chiesa dei Santissimi Ulrich e Afra, su per le stradine fino al Milchberg e poi sulla Maximilianstrasse…

All'improvviso si fermò. Musica di pianoforte, un pezzo che conosceva. Leo risalì con lo sguardo il muro intonacato di grigio: la melodia proveniva dal secondo piano dove una finestra era aperta. Non si vedeva nulla, solo una tendina di tulle bianco, ma chiunque stesse suonando, lo stava facendo in modo sublime. Dove aveva già sentito quel brano? Forse a uno dei concerti del Circolo d'arte dove lo aveva portato la mamma? Era una musica grandiosa e, allo stesso tempo, triste; quando gli accordi ricominciavano a incalzare, il cuore aveva un sussulto. Avrebbe potuto restare lì ad ascoltare per ore, ma il pianista non proseguì e tornò invece su un punto preciso della partitura per ripetere le stesse note fino alla noia…

«Eccolo!»

Leo sobbalzò all'inconfondibile voce argentina di Henny… Le

due bambine si misero a correre mano nella mano sul marciapiede per raggiungerlo, Dodo con le sue trecce bionde volanti, Henny con un vestitino a campana rosa che le aveva cucito la mamma. Alla cartella di Henny era attaccata una spugnetta; aveva cominciato la scuola quell'anno e stava ancora imparando a scrivere alla lavagna. Gli erano venute incontro e avevano avuto fortuna a trovarlo lì.

«Ma cosa guardi, il vuoto?» domandò Dodo quando lo raggiunsero.

«Ti abbiamo aspettato per cento anni!» disse Henny in tono di rimprovero.

«Cento anni? Non credo proprio, saresti morta da un pezzo!»

Henny lo ignorò, ascoltava sempre e solo quello che le andava di ascoltare.

«La prossima volta ce ne andiamo senza di te...»

Leo scrollò le spalle e guardò Dodo, che però non sembrava disposta a difenderlo. Tutti e tre sapevano benissimo che lui le passava a prendere solo perché così voleva la nonna: due bambine non dovevano girovagare in città da sole, a maggior ragione in tempi così agitati. Così Leo, subito dopo la fine delle lezioni, aveva il compito di passare all'Anna-Gymnasium e riportare la sorella e la cugina alla Villa delle Stoffe.

«Ma che ti è successo?» Dodo aveva appena visto la manica strappata. E anche il colletto sporco di sangue.

«Perché?»

«Hai fatto di nuovo a botte!»

«*Bleah!* Ma quello è sangue?» Henny toccò il colletto del cugino, indecisa se provare schifo per i puntini rossi o entusiasmo. Leo scansò la mano.

«Finiscila, dobbiamo andare.»

Dodo però continuò a scrutarlo. «Di nuovo quel Willi Abele, non è vero?»

Leo annuì.

«Ah, se ci fossi stata io, prima lo prendevo per i capelli e poi... *puhh!* un bello sputo!»

Era serissima e Leo si commosse un po', ma s'imbarazzò anche. Dodo, sua sorella, era coraggiosa e sempre dalla sua parte. Ma restava pur sempre una femmina.

«Dài, adesso muoviti» disse Henny per la quale la zuffa era una questione già chiusa e archiviata. «Io devo passare dalla Merkle.»

Significava allungare. Non potevano permetterselo.

«Non oggi. Siamo già in ritardo...»

«Mamma mi ha dato i soldi apposta per comprare il caffè.»

Henny voleva sempre fare il capo. Leo si era ripromesso di non cadere più nelle sue grinfie, ma non era facile, lei trovava sempre una buona scusa: quel giorno, per esempio, il caffè.

«La mamma ha detto che non può vivere senza caffè!»

«Vuoi che arriviamo tardi a pranzo?»

«E tu vuoi che la mia mamma muoia?» replicò Henny indignata.

Ecco, l'aveva avuta di nuovo vinta. Imboccarono la Karolinenstrasse, dove la signora Merkle aveva un piccolo negozio di caffè, confetture e tè. Erano prelibatezze che molti non potevano permettersi, Leo sapeva che diversi suoi compagni a pranzo mangiavano solo un piatto di zuppa d'orzo e a scuola non portavano mai la merenda. Mosso a compassione, un paio di volte aveva diviso con loro il suo panino con la salsiccia di fegato. Di solito con Walter Ginsberg, il suo migliore amico. Anche la madre di Walter aveva un negozio, vendeva spartiti e strumenti musicali. Gli affari però andavano male. Il padre di Walter era caduto in Russia e, come diceva la mamma, i soldi ormai non valevano più nulla. Il giorno prima la Brunni, la cuoca della Villa, si era lamentata di aver speso trentamila marchi per mezzo chilo di pane. Leo sapeva contare già fino a mille. Trentamila significava trenta volte mille. Meno male che da dopo la guerra non c'erano più monete, quasi solo banconote, altrimenti la Brunni sarebbe dovuta andare a fare la spesa con un carretto.

«Guardate, la Casa delle porcellane Müller ha chiuso!» disse Dodo indicando le vetrine coperte da fogli di giornale. «La nonna sarà triste. Veniva sempre qui a comprare le tazze, quando si rompevano.»

Succedeva spesso. Ad Augusta molti negozi avevano chiuso e quelli ancora aperti in vetrina esponevano articoli vecchissimi. Papà una volta aveva detto che quegli imbroglioni tenevano da parte le merci buone in attesa di tempi migliori.

«Guarda, Dodo, gli orsetti gommosi!»

Leo vide le due ragazzine schiacciare il naso contro la vetrina del panettiere. Gli orsetti gommosi, tutto quell'appiccicume, non erano roba per lui.

«Dài, Henny, compra questo benedetto caffè» disse. «La Merkle è lì.»

Leo si arrestò, all'improvviso si era reso conto che vicino all'emporio della Merkle c'era il negozio di sanitari di Hugo Abele. Il padre di Wilhelm "Willi" Abele, il bastardo. Era già a casa? Leo avanzò di un paio di passi e cercò di guardare dentro la vetrina dall'altra parte della strada. Quanto a merci non c'era molto da vedere, solo qualche tubo, dei lavandini e, dietro, un water di porcellana bianco opaco. Leo si coprì gli occhi dal sole obliquo di settembre e notò che sulla tazza c'era un'iscrizione azzurra, l'azienda produttrice, e che era parecchio impolverata.

«Vuoi comprare un water?» disse Dodo alle sue spalle.

«Ma che dici…»

«Ah, è il negozio dei genitori di Willi Abele, non è vero?» chiese Dodo guardando meglio.

«*Mmm…*»

«C'è anche Willi?»

«Può essere, spesso dà una mano.»

I gemelli si guardarono. Gli occhi chiari di Dodo ebbero un guizzo.

«Entro un attimo…»

«A far cosa?» domandò Leo preoccupato.

«Chiedo quanto costa la tazza.»

«Ma non ci serve…»

Dodo però era già dall'altra parte della strada e poco dopo si sentì il campanello del negozio. La bambina scomparve oltre la porta.

«Ma che sta facendo?» domandò Henny porgendo a Leo una bustina piena di dobloni di liquirizia e orsetti gommosi.

Capirai… e quanto ti è rimasto per il caffè?, pensò subito Leo. Poi prese un doblone, ma senza perdere di vista il negozio. «Chiede per il water…»

Henny lo guardò indignata, poi prese un orsetto verde e se lo mise in bocca. «Tu pensi che io sia cretina, eh?»

«Se non ci credi, domandaglielo…»

La porta del negozio si aprì e ricomparve Dodo, che accennò un inchino e uscì in strada. Aspettò che passasse una carrozza e attraversò.

«C'è il papà di Willi, un tizio alto con i baffi grigi che ti guarda come se volesse mangiarti.»

«E Willi?»

Dodo fece un ghigno. Willi era nel locale sul retro a dividere le viti in piccole scatole. Si era girata un attimo verso di lui e gli aveva fatto la linguaccia.

«Si è arrabbiato da morire, ma c'era il padre e quindi non ha potuto dirmi niente.»

E la tazza, aggiunse, costava duecento milioni di marchi. Prezzo di favore.

«Duecento marchi?» disse Henny. «Ma è tantissimo per una tazza così brutta.»

«Duecento milioni» la corresse Dodo.

Nessuno di loro era in grado di contare fino a duecento milioni.

Henny sbatté gli occhi e poi guardò verso la vetrina inondata dal sole infuocato di mezzogiorno. «Provo a chiedere anch'io...»

«No, tu non vai da nessuna parte... Henny!» Leo cercò di prenderla per un braccio, ma lei passò in mezzo a due signore e sgattaiolò via. Così il bambino restò a guardare anche la piccola Henny, dai boccoli d'oro e il vestitino rosa, scomparire oltre la porta. «Ma che vi è preso a tutte e due? Siete impazzite?» gridò a Dodo.

I gemelli si presero per mano e attraversarono la strada per sbirciare. Sì, il papà di Willi aveva i baffi grigi e ti guardava come se volesse mangiarti. Forse aveva un'infiammazione agli occhi? Willi invece era seduto in fondo, sul retro, a un tavolo pieno di scatole di cartone di varie dimensioni. Si vedevano solo la testa e le spalle.

«Mi manda la mia mamma» disse Henny rivolgendo al signor Abele il sorriso più bello che poteva.

«E come si chiama la tua mamma?»

Henny sorrise ancora di più e fece finta di non sentire la domanda.

«La mamma vorrebbe sapere quanto costa la tazza...»

«Quella in vetrina? Trecentocinquanta milioni. Te lo scrivo?»

«Oh, grazie, è gentile.»

Mentre il signor Abele cercava un foglietto, Henny si girò verso Willi. I bambini non videro cosa fece, ma notarono gli occhi di Willi gonfiarsi come quelli di un pesce. Henny uscì dal negozio tutta orgogliosa con un foglietto in mano e s'indignò che i gemelli l'avessero spiata.

«Fammi vedere!» Dodo le strappò di mano il foglietto e lesse 350 in cifre e poi la parola milioni.

«Ma non è possibile! Cinque minuti fa erano duecento!» disse Leo.

Henny non sapeva contare nemmeno fino a cento, ma che quell'uomo fosse disonesto lo aveva capito benissimo. Che mascalzone!

«Adesso torno dentro e mi sente!» disse Dodo in tono deciso.

«Lascia perdere» fece Leo.

«Non se ne parla proprio!»

Leo e Henny restarono fuori a guardare attraverso la vetrina. Dovevano proprio appiccicarsi al vetro e coprirsi i lati degli occhi con le mani a causa della luce. Dentro si sentì l'energica voce di Dodo e poi il basso profondo di quella del signor Abele.

«E tu cosa vuoi di nuovo?» borbottò Abele.

«Lei ha detto che la tazza costava duecento milioni.»

L'uomo sgranò gli occhi, Leo si immaginò le rotelline del suo cervello che piano piano iniziavano a girare.

«Cos'è che ho detto?»

«Ha detto duecento milioni. Mi ricordo bene?»

Abele guardò Dodo, poi la porta, quindi la vetrina con la tazza di porcellana. E lì scorse i due bambini appiccicati al vetro.

«Mocciosi che non siete altro!» sbraitò. «Fuori di qui! Io non mi faccio mica prendere in giro! Fuori o vi caccio a calci nel sedere!»

«Però ho ragione!» insistette Dodo.

Un attimo dopo, tuttavia, fece dietro-front; il signor Abele si era avvicinato e aveva già allungato una mano per afferrarle le trecce. Sulla porta riuscì quasi a prenderla, ma Leo la spalancò da fuori e si mise davanti alla sorella per proteggerla.

«Maledetti teppisti» sbottò il signor Abele. «Volete farmi uscire pazzo? Ragazzino, hai una macchia sui pantaloni...»

Leo abbassò la testa e il signor Abele lo prese per il bavero e gli tirò un ceffone sulla nuca.

«Non si azzardi a picchiare mio fratello!» strillò Dodo. «Altrimenti le sputo!»

Sputò sul serio, raggiungendo in parte la giacca dell'uomo, il resto finì in testa a Leo. Nel frattempo nel negozio era comparsa la madre di Willi, una donna bassa e magra dai capelli neri. Alle sue spalle arrivò di corsa il figlio.

«Papà, mi hanno fatto la linguaccia! Questo è Leo Melzer, per colpa sua oggi il maestro mi ha picchiato!»

Al nome "Melzer" il signor Abele trasalì, mentre Leo continuava a scalciare perché l'uomo non lo mollava.

«Melzer? I Melzer della Villa delle Stoffe?» domandò l'uomo girandosi verso il figlio.

«Oh, mio dio!» esclamò la moglie spaventata. «Hugo, non fare stupidaggini… ti prego, lascialo andare!»

«Tu sei un Melzer della Villa delle Stoffe?» sbraitò Hugo in faccia a Leo. Il bambino annuì e la presa si allentò.

«Allora amici come prima» borbottò. «Ah, però mi sono sbagliato. La tazza costa trecento milioni. Diglielo, a tuo padre.»

Leo si massaggiò la nuca e si sistemò la giacca. Dodo guardò l'uomo alto con aria torva.

«Da lei non compreremo un bel niente» disse in tono regale. «Nemmeno una tazza d'oro! Adesso andiamo.»

Leo era ancora stordito. Si fece prendere per mano da Dodo e trascinare verso la Porta di Jakob.

«Se lo racconta a papà…» balbettò.

«Stai tranquillo,» lo rassicurò Dodo «quello ha più paura di te.»

«Ma dov'è finita Henny?» disse Leo fermandosi.

La trovarono nell'emporio della signora Merkle. Con i pochi soldi che le erano rimasti aveva ricevuto ben 250 grammi di caffè.

«Perché siamo ottimi clienti» spiegò raggiante.

2

La porta si aprì, Marie alzò gli occhi dal disegno.

«Paul! Cielo, è già mezzogiorno? Avevo completamente perso il senso del tempo!»

Lui si fermò alle sue spalle, la baciò sui capelli e diede un'occhiata al blocco. Stava disegnando un abito da sera. Un romantico sogno fatto di seta e tulle. In tempi come quelli…

«Non spiare!» protestò Marie coprendo il foglio.

«E perché non dovrei? Tesoro, sono bellissimi. Ecco, forse un po' troppo vivaci…»

Lei buttò la testa all'indietro e lui le baciò la fronte. Sebbene fossero passati tre anni, ancora trovavano che fosse un grande regalo poter stare di nuovo insieme. Certe notti Marie si svegliava tormentata dall'incubo che Paul fosse ancora in guerra; allora si accoccolava vicino a lui mentre dormiva, sentiva il suo respiro, il suo calore e, tranquillizzata, riprendeva sonno. Sapeva che lui provava le stesse cose, prima di dormire spesso le prendeva la mano, come se desiderasse la sua vicinanza anche nei sogni.

«Sono abiti da ballo, per questo sono "vivaci". Vuoi vedere i tailleur e le gonne? Guarda…» Tirò fuori una cartellina dalla pila. Dopo che Elisabeth si era trasferita in Pomerania, la sua camera era diventata la stanza di lavoro dove Marie disegnava e ogni tanto cuciva qualche capo. Il più delle volte, in realtà, si trattava di lavori di rammendo o migliorie per cui serviva la macchina per cucire.

Secondo Paul i tailleur erano belli, originali e anche molto sfacciati. La cosa che lo stupiva era quanto fossero lunghi e stretti. Erano solo per donne alte di statura?

Marie ridacchiò. Era abituata alle battute di Paul sul suo lavoro, ma sapeva anche quanto fosse fiero di lei. «Mio caro, la donna del futuro sarà magrissima, con i capelli corti, il seno piatto e i fianchi stretti. Si truccherà in modo appariscente e fumerà con il bocchino.»

«Terribile!» disse lui sospirando. «Marie, spero proprio che tu questa moda non la seguirai mai. Basta e avanza Kitty con la sua pettinatura da maschiaccio.»

«Però i capelli corti mi starebbero bene.»

«No, ti prego...»

Lo disse in un tono così implorante che lei quasi scoppiò a ridere. Marie portava i capelli lunghi: di giorno se li tirava su ma la sera, prima di andare a letto, se li scioglieva davanti allo specchio e Paul la guardava. Sotto certi aspetti il suo amato era parecchio all'antica.

«I bambini non sono ancora tornati?» domandò Marie guardando il pendolo alla parete, uno dei pochi lasciti di Elisabeth che si era portata via tutto tranne il pendolo, appunto, il divano e due tappetini.

«Non sono ancora tornati né i bambini né Kitty» disse Paul. «C'è solo la mamma seduta tutta sola in sala da pranzo.»

«Povera!»

Marie chiuse la cartellina e si alzò. Alicia, la madre di Paul, negli ultimi tempi era un po' cagionevole di salute e si lamentava che nessuno avesse tempo per lei, nemmeno i bambini, che preferivano giocare in giardino insieme ai mocciosi di Auguste. Nessuno badava alla loro educazione, tuonava Alicia, soprattutto le bambine erano delle "selvagge". Ai suoi tempi si assumeva una signorina che insegnasse loro cose utili e facesse attenzione all'evoluzione del loro carattere.

«Marie, aspetta...»

Paul le sbarrò la strada verso la porta con sguardo malizioso. Chissà cosa aveva in mente... Quanto lo amava quando faceva quell'espressione!

«Tesoro, volevo mostrarti una cosa» disse. «Solo io e te, senza spettatori.»

«Ah, sì? E cos'è, un segreto?»

«Nessun segreto, Marie, è una sorpresa. Una cosa che desideri da tanto tempo...»

Santo cielo, pensò lei. E cos'è che desidero da tanto? In realtà sono felicissima così. Ho tutto ciò di cui ho bisogno. In particolare te, Paul. E i bambini. Speriamo che presto ne arrivi un terzo, prima o poi succederà...

Lui la guardò un po' deluso, lei scrollò le spalle.

«Davvero non ci arrivi? Ti do un piccolo indizio... ago.»

«Ago. Cucire. Fili. Ditale...»

«Acqua» disse lui. «Anzi, sei proprio in alto mare. Vetrina...»

Era divertente, ma Marie era anche preoccupata per Alicia che li stava aspettando di sotto. Si sentirono le voci dei bambini.

«Vetrina. Prezzi. Panino. Salsicce...»

«Mio Dio!» esclamò lui ridendo. «Sei completamente fuori strada! Ti do un ultimo aiuto: atelier.»

Atelier! Finalmente Marie capì. Cielo, diceva sul serio?

«Un atelier?» sussurrò Marie. «Un atelier... di moda?»

Lui annuì e la tirò verso di sé. «Sì, amore mio. Un piccolo atelier di moda tutto tuo. Con una bella insegna: ATELIER DI MODA MARIE. So da quanto lo sognassi...»

Aveva ragione. Era stato il suo più grande sogno. Ma con i

cambiamenti avvenuti dopo il ritorno di Paul se l'era quasi dimenticato. Era stata felice, sollevata di cedere la responsabilità della fabbrica per potersi dedicare completamente alla famiglia e a Paul. Sì, all'inizio aveva continuato a partecipare alle riunioni, era stato indispensabile per il passaggio di consegne al marito. Poi però Paul, con affetto ma anche fermezza, le aveva detto che le sorti della fabbrica di tessuti Melzer ormai erano di nuovo nelle sue mani e in quelle del suo partner Ernst von Klippstein. Era giusto così, anche perché il tempo stringeva e c'era una serie di decisioni importanti da prendere. Paul era stato scaltro e previdente: suo padre sarebbe stato fiero di lui. I macchinari erano stati rinnovati, tutti i *self-actors* erano stati sostituiti da filatoi costruiti in base ai progetti del padre di Marie. Con il resto dei soldi investiti da von Klippstein nella fabbrica, Paul aveva comprato alcuni terreni e due palazzi in Karolinenstrasse.

«Karolinenstrasse? Ma com'è possibile?» disse Marie.

«La Casa delle porcellane; Müller ha chiuso.» Paul sospirò, i due anziani proprietari gli facevano pena.

Marie sapeva che la chiusura era nell'aria da tempo. Il negozio aveva i conti in rosso da anni e l'inflazione galoppante gli aveva dato il colpo di grazia.

«E i Müller che fine faranno?»

Paul allargò le braccia e poi disse che avrebbe permesso ai coniugi di restare ad abitare nel palazzo, ai piani superiori. Avrebbero comunque patito la fame, la somma incassata per l'immobile presto sarebbe stata divorata dall'inflazione.

«Marie, cercheremo di aiutarli. I locali del negozio e le stanze al primo piano però sono tue. Lì finalmente potrai realizzare il tuo grande sogno.»

Era così commossa che non sapeva cosa dire. Era un'enorme conferma del suo amore. Allo stesso tempo, però, sentiva il rimorso di costruire il suo futuro sulla sfortuna dell'anziana coppia. *Mi prenderò cura di loro*, si disse poi. *Non capita a tutti.*

«Non sei felice?» Paul la scrutò con un po' di delusione.

Ormai la conosceva, non era una donna che mostrasse i suoi sentimenti immediatamente.

«Ma certo che sono felice» disse Marie sorridendo. «Ho solo bisogno di un po' di tempo… ancora non riesco a crederci. È proprio vero?»

«Vero come me, che sono qui in piedi davanti a te.»

Si avvicinò per baciarla, ma nello stesso istante la porta si spalancò e si staccarono come se fossero stati colti in fallo.

«Mamma!» disse Dodo in tono di rimprovero. «Ma cosa ci fate ancora qui? La nonna è molto arrabbiata e Julius ha detto che la zuppa si sta raffreddando.»

Leo guardò i genitori e poi scomparve in bagno. Henny invece si avvicinò a Dodo e le tirò una treccia.

«Scema» le sussurrò. «Si stavano per baciare.»

«Non sono affari tuoi» replicò Dodo. «Sono i *miei* genitori, non i tuoi!»

Marie spinse le due bambine in corridoio, verso il bagno mentre al piano inferiore riecheggiò il *gong* che annunciava il pranzo; Julius lo stava suonando con insistenza.

Kitty uscì dalla sua camera lamentandosi che in quella casa fosse tutto un gran caos, e che non si potesse lavorare concentrati nemmeno per cinque minuti. «Piccola Henny, fammi vedere le mani… ma sono tutte appiccicose, che roba è? Orsetti gommosi? Va' subito a lavartele, sbrigati! Ma dov'è finita Else? Perché nessuno si occupa dei bambini? Oh, fratellone, sembri felice come una Pasqua, lasciati abbracciare.»

Marie mandò avanti Paul e Kitty, e corse in bagno con Henny e Dodo, Leo si stava pulendo il viso davanti allo specchio con espressione interdetta. Marie notò subito il colletto girato verso l'interno.

«Leo, fammi vedere. Ah. Corri subito a cambiarti la camicia. Henny, quando ti lavi le mani non devi per forza schizzare dappertutto. Dodo, questo è il mio asciugamano, il tuo è appeso lì.»

Se fino a pochi minuti prima aveva fantasticato sul suo abito da sera di seta nera con lo strascico, adesso era di nuovo calata nel ruolo di madre. Leo aveva fatto a botte un'altra volta! Non voleva discuterne davanti a Dodo e Henny, e nemmeno a tavola, doveva fargli un discorsetto a quattr'occhi. Sapeva per esperienza, dall'infanzia trascorsa in orfanotrofio, quanto potessero essere cattivi i bambini a quell'età. Lei si era sentita sola come un cane. Ai suoi figli non doveva succedere.

Quando entrarono in sala da pranzo Paul e Kitty erano già ai loro posti. Paul era riuscito a dissipare la rabbia della madre. Non ci voleva molto, bastava una battuta simpatica o una carineria: appena il figlio le dedicava un minuto, Alicia si scioglieva. Kitty un tempo aveva sortito lo stesso effetto sul padre, era stata la sua preferita, la sua principessina, ma Johann Melzer non era più tra loro da ben quattro anni. Marie ogni tanto aveva la sensazione che questo smodato amore paterno non avesse preparato bene Kitty alla vita. Marie le voleva molto bene, ma Kitty sarebbe sempre rimasta una ragazza lunatica e viziata.

«Allora adesso preghiamo» disse Alicia in tono cerimonioso e tutti congiunsero le mani. Solo Kitty ruotò le pupille verso il soffitto stuccato, un gesto che Marie trovava inappropriato davanti ai bambini.

«Signore, ti rendiamo grazie per i doni che ci hai dato, ci godremo questo pasto e non dimenticheremo i poveri. Amen.»

«Amen!» ripeté la famiglia in coro, con la voce di Paul che spiccava sulle altre.

«Buon appetito, miei cari...»

«Anche a te, mamma.»

Ai tempi di Johann Melzer non c'era mai stato questo rituale a tavola, ma Alicia ci teneva. Per via dei bambini, sosteneva che avessero bisogno di ordine, ma Marie, Kitty e Paul sapevano benissimo che Alicia lo faceva perché così era stato nella sua infanzia e adesso che era vedova questo rito la consolava. Dalla morte del marito si vestiva sempre di nero, le era passata la voglia dei begli abiti, dei gioielli e dei colori accesi. Per fortuna, a parte i soliti attacchi di emicrania, sembrava in ottima salute.

Julius arrivò con la terrina della zuppa, la posò sul tavolo e iniziò a servire. Lavorava come domestico alla Villa delle Stoffe da tre anni, ma nel cuore degli abitanti della casa non era ancora riuscito a prendere il posto del suo predecessore, Humbert. In passato Julius aveva lavorato presso una famiglia nobile di Monaco e guardava gli altri dipendenti con una certa presunzione, cosa che ovviamente non gli faceva guadagnare molte simpatie.

«Uff! Ancora orzo? E poi con le rape...» si lamentò Henny.

La nonna e lo zio Paul le rifilarono un'occhiataccia e la bambina sorrise. Poi Kitty aggrottò la fronte e Henny iniziò a mangiare.

«No, è solo che le rape sono sempre così... mollicce.»

Marie sapeva che avrebbe voluto dire "spappolate", ma si era contenuta. Kitty era spesso una madre permissiva e sconsiderata, ma la piccola Henny sapeva che quando diceva una cosa era meglio ubbidire. Leo mandava giù i chicchi d'orzo, perso nei suoi pensieri, Dodo continuava a guardarlo come se volesse dirgli qualcosa, ma tacque masticando il pezzettino di pancetta affumicata finita nel suo piatto.

«Fratellone, perché Klippi non viene più a pranzo qui?» chiese Kitty dopo che Julius ebbe portato via i piatti. «Non gli piace la nostra cucina?»

Ernst von Klippstein era il socio di Paul da alcuni anni. Si conoscevano da molto tempo e andavano d'accordo. Paul si occupava degli affari, Ernst dell'amministrazione e del personale. Marie non aveva mai detto al marito che, quando era stato ricoverato all'ospedale allestito alla Villa durante la guerra, von Klippstein le aveva fatto una dichiarazione d'amore. Era una storia passata e ormai senza significato, avrebbe solo rovinato la buona intesa tra i due soci.

«Io ed Ernst abbiamo deciso che mentre io sono a pranzo lui resta in fabbrica. Quando torno, esce lui. Per gli affari è meglio così.»

Marie restò zitta, Kitty invece disse che il povero Klippi era sempre più magro, Paul doveva stare attento che non gli volasse via. Alicia, invece, prendeva come un affronto personale il fatto che il signor von Klippstein non passasse alla Villa nemmeno per uno spuntino pomeridiano.

«Mamma, è un uomo adulto e farà come meglio crede» disse Paul sorridendo. «Non ne abbiamo parlato, ma credo che stia pensando di metter su famiglia.»

«Ma che dici!» esclamò Kitty, mentre Julius distribuiva la portata principale, ma sapeva di dover tenere a bada la lingua. *Schupfnudeln* e crauti: il piatto preferito di tutti i bambini tedeschi. Anche Paul esultò dicendo che la Brunnenmayer era la regina dei crauti.

«Signor Melzer, se mi è permesso di fare un'osservazione,» disse Julius arricciando il naso, come faceva sempre «i crauti li ho puliti io, la cuoca li ha solo messi in pentola…»

«Lo apprezziamo moltissimo» disse Marie sorridendo.

«Grazie, signora Melzer!»

Per Marie, Julius aveva una simpatia particolare, forse perché si dava sempre molto da fare nell'appianare i litigi tra i dipendenti. Alicia le lasciava questo ruolo ben volentieri, lo trovava stancante. Prima ci aveva pensato la sua amata Eleonore Schmalzler, l'ex governante della Villa delle Stoffe. La signorina Schmalzler aveva fatto sì che i domestici andassero sempre d'amore e d'accordo. Poi la meritevole anziana era andata in pensione e adesso abitava nella sua terra d'origine, in Pomerania. Lei e Alicia si scrivevano con regolarità, ma la famiglia di queste lettere non sapeva quasi nulla.

«Sto per scoppiare» disse Dodo infilandosi in bocca l'ultimo boccone di pasta.

«Io sono già scoppiata ma non fa niente» disse Henny. «Mamma, posso prenderne un altro po'?»

Kitty rispose che prima avrebbe dovuto finire il mucchietto di crauti che aveva nel piatto.

«Ma i crauti non mi piacciono, la pasta sì!»

Kitty scosse la testa e disse che proprio non sapeva perché Henny si atteggiasse così; lei con la figlia era molto severa.

«In effetti» le fece notare Marie con dolcezza. «Abbastanza spesso.»

«Santo cielo, Marie, ma non sono una madre snaturata! Certo, ha qualche libertà, soprattutto la sera, quando non riesce a dormire e io la lascio andare in giro finché non si stanca. Ma sul mangiare sono rigidissima, anche se riguardo ai dolci faccio qualche eccezione.»

«È vero» confermò Alicia. «È l'unico campo in cui ti comporti da madre ragionevole.»

«Mamma» intervenne Paul prendendo subito la mano della sorella. «Ti prego, non litighiamo un'altra volta su questo argomento. Non oggi, ti supplico!»

«Non oggi?» si meravigliò Kitty. «E perché oggi no, fratello? È un giorno speciale? Mi sono persa qualcosa? Forse è il vostro anniversario di matrimonio? Ma no, è a maggio...»

«Miei cari, oggi inizia una nuova era» disse Paul sorridendo a Marie.

Marie non era felice che annunciasse il progetto a tutta la famiglia con quei toni, ma lo faceva con amore e quindi ricambiò il sorriso.

«Miei cari, Marie sta per aprire un nuovo atelier di moda» aggiunse Paul guardando divertito le facce stupite dei commensali.

«Non ci posso credere» esclamò Kitty. «Marie avrà un atelier tutto suo... ma è fantastico! Ah, Marie, la mia dolce Marie, te lo meritavi proprio. Disegnerai abiti meravigliosi, le signore di Augusta indosseranno solo i tuoi modelli...»

Saltò in piedi e andò ad abbracciare la cognata. Kitty era così: spontanea, esagerata, senza peli sulla lingua; tutto quello che pensava e sentiva zampillava fuori come una fontana. Marie si lasciò abbracciare e, vedendola addirittura piangere, si commosse.

«Oh, alle pareti dell'atelier ci penso io! Sembrerà di stare nell'Antica Roma! O preferisci dei bei giovanotti greci? Sai, ai Giochi olimpici gareggiavano completamente nudi...»

«Kitty, dubito che sia appropriato» disse Paul aggrottando la fronte. «Ma quella di dipingere le pareti è un'idea fantastica! Perlomeno alcune, vero Marie?»

Santo cielo, pensò Marie, *non ho nemmeno visto bene gli spazi, tranne quello del negozio dei Müller, pieno di scaffali.* Quelli del primo piano proprio non li conosceva. Stavano andando troppo di fretta. E se i suoi disegni non fossero piaciuti, se non fosse entrato nessun cliente? Aveva anche un po' di paura.

«Mamma, cos'è un atelier?» domandò all'improvviso Leo.

«Vuol dire che guadagnerai dei soldi?» chiese Dodo.

«Zio Paul, per caso vuoi i miei crauti?» cercò di sfruttare la situazione Henny.

«Piccola piagnucolona, fosse per me... dai qua!»

Mentre Paul spiegava di aver già ingaggiato delle persone per sgombrare gli spazi e che presto sarebbe andato da Finkbeiner con

Marie a scegliere vernici e tappezzerie, Henny si spazzolò i resti di pasta nella ciotola. Ben cinque *Schupfnudeln*. Poi però con il dessert, gelato alla vaniglia con una spruzzatina di marmellata di ciliegie fatta in casa, ebbe dei problemi.

«Mi sento male» disse sospirando quando la nonna fece cenno di potersi alzare da tavola.

«Ma sentila» borbottò Leo. «Ti rimpinzi fino a sentirti male quando ci sono bambini che nemmeno pranzano.»

«E allora?» replicò Henny facendo spallucce.

«Abbiamo pregato di non dimenticare i poveri, te lo sei già scordato?» disse Dodo appoggiando il fratello.

Henny sgranò gli occhi. Un gesto ingenuo e apparentemente innocente, in realtà stava sondando la situazione per trarne vantaggio. Aveva imparato presto che i gemelli facevano sempre fronte comune, anche contro di lei.

«Guardate che io ai bambini poveri ci ho pensato tutto il tempo… e ho mangiato un po' di pasta anche per loro.»

Paul la trovò una risposta divertente, anche Kitty sorrise. Solo Alicia aggrottò la fronte.

«Secondo me Leo ha ragione» disse Marie con un filo di voce, ma convinta. «Sul mangiare potremmo risparmiare un sacco di soldi. E il dessert non è necessario tutti i giorni.»

«Ah, Marie!» disse Kitty abbracciandola di nuovo. «Sei una creatura così cara… tu faresti la fame e il dessert lo daresti sempre ai poveri. Dubito però che anche solo uno di loro possa saziarsi con un po' di gelato. Adesso vieni, mia cara, voglio mostrarti come m'immagino le tue pareti… Fratellone, quando possiamo fare un primo sopralluogo? Oggi? Se non oggi quando?»

«Kitty, nei prossimi giorni… Come sei impaziente!»

Marie seguì Kitty in corridoio dove era già pronta Else, che aveva il compito di occuparsi dei bambini dopo mangiato e di aiutarli a fare i compiti. Poi avevano qualche ora per giocare; eventuali visite di compagni dovevano essere annunciate prima e approvate dalle madri.

«Mamma, vorrei andare a trovare Walter» disse Leo. «È malato, non è venuto a scuola.»

Marie si fermò e guardò verso la sala da pranzo, la porta era ancora aperta. Paul stava per tornare in fabbrica, in quel momento stava parlando con Alicia. Doveva decidere da sola.

«Va bene, Leo, però una visita breve. Hanna ti accompagnerà dopo i compiti.»

«Non posso andarci da solo?»

Marie scosse la testa. Sapeva che né Paul né Alicia avrebbero autorizzato una cosa del genere, entrambi non erano affatto entusiasti dell'amicizia tra Leo e Walter Ginsberg. Non perché i Ginsberg fossero ebrei, perlomeno a Paul questo non importava. I due ragazzini, però, erano uniti da una smodata passione per la musica e Paul temeva che il figlio scegliesse di diventare musicista. Agli occhi di Marie un timore immotivato.

«Dài Marie, adesso vieni, solo due minuti… fra poco devo andare dalla cara Ertmute per la mostra al Circolo d'arte. Julius? La macchina è pronta?»

«Certo, signora. Devo condurla io?»

«Grazie Julius, guido io.»

Marie seguì Kitty fino alla sua stanza, trasformata nell'atelier di una pittrice. Vi aveva annesso anche l'ex camera da letto del padre, Alicia aveva esitato a lungo ma alla fine aveva acconsentito. La povera Kitty non poteva certo dormire in mezzo ai quadri ancora da finire e respirare per tutta la notte l'odore tossico dei colori.

«Guarda, potrei dipingere un paesaggio inglese. Oppure questo, Mosca con la neve. Non ti piace? Be', allora Parigi, Notre-Dame e i ponti sulla Senna, la Torre Eiffel…»

Marie ascoltò ancora un po' le creazioni della straripante fantasia della cognata, poi ammise che fossero tutte idee fantastiche, ma era necessario tener presente che il primo obiettivo fosse quello di esporre i vestiti, quindi lo sfondo non avrebbe dovuto essere troppo dominante.

«Sì, hai ragione… e se ti facessi un bel cielo stellato? Oppure un paesaggio immerso nella nebbia, un po' misterioso, in toni pastello.»

«Kitty, prima vediamo gli spazi.»

«D'accordo… adesso devo comunque andare. Per caso sei riuscita ad accorciarmi la gonna blu? Ah, Marie, la mia Marie dalle mani d'oro!»

Seguì un bacio, poi un abbraccio, quindi Marie venne finalmente rilasciata e si ritrovò di nuovo in corridoio. Tese le orecchie verso il piano inferiore: Paul era ancora in sala da pranzo, sentiva la sua voce. Bene, così lo avrebbe accompagnato alla porta e gli avrebbe potuto ripetere che grande gioia le avesse dato. Prima era rimasto un po' deluso, non doveva tornare al lavoro con questa impressione.

Annuì verso Julius, che stava scendendo le scale per portare fuori dal garage la macchina per la signorina Kitty. Raggiunse la porta della sala, ma poco prima di aprirla si fermò.

«No, mamma, le tue remore proprio non le condivido» sentì dire a Paul. «Marie gode della mia completa fiducia.»

«Mio caro Paul, sai benissimo quanto la stimi anch'io, ma purtroppo, non per colpa sua, non è stata educata come una signorina del nostro ceto sociale.»

«Mamma, che osservazione di cattivo gusto!»

«Paul, ti prego, lo dico solo perché sono preoccupata per la tua felicità. Mentre eri via Marie ha fatto grandi cose per tutti noi, le va riconosciuto. Proprio per questo, però, temo che un atelier possa farle imboccare la direzione sbagliata. Marie è ambiziosa, ha talento… e non dimenticarti chi era sua madre.»

«Adesso basta! Scusa mamma, ho ascoltato le tue riserve ma ora ne ho abbastanza e non voglio più discuterne. E poi mi aspettano in fabbrica.»

Marie sentì i suoi passi avvicinarsi e scappò via in maniera poco elegante, ma in quel momento necessaria. Aprì la porta dello studio senza fare rumore e sgattaiolò dentro. Né Paul né Alicia dovevano sapere che avesse ascoltato quella conversazione.

3

«*... tanti auguri a Fanni, tanti auguri a teee!*»

Non fu un coro molto omogeneo, il basso brontolante della voce di Gustav e i toni da vecchia zitella di Else prevalsero sugli altri, ma Fanny Brunnenmayer si commosse comunque. Era un coro che veniva dal cuore.

«Grazie, grazie...»

«*Perché è una brava ragazza, perché è una brava ragazza...*» continuò a cantare Gustav fin quando la moglie non gli mollò una gomitata. Lui ghignò e si guardò intorno, perlomeno aveva fatto ridere Else e Julius.

«Gustav, la gioventù la lascio a voialtri!» disse la cuoca guardando Auguste, di nuovo incinta e del quarto figlio, che sarebbe stato anche l'ultimo. Era già abbastanza dura sfamare tre bocche.

«Eh... appena mi tolgo i pantaloni la mia Auguste è già gravida.»

«Nessuno ti ha chiesto i dettagli» disse Else arrossendo.

Fanny Brunnenmayer li ignorò e fece cenno ad Hanna di versare il caffè. Il lungo tavolo della cucina quella sera era addobbato a festa con *aster* colorati e *tagete* arancioni; Hanna aveva fatto del suo meglio e dove sedeva la festeggiata aveva messo addirittura una corona di foglie di quercia. Quel giorno la Brunni compiva sessant'anni, un traguardo importante. La cuoca in realtà non li dimostrava affatto. Solo i capelli, sempre legati in una crocchia ben tirata, negli ultimi tempi si erano un po' imbiancati, il viso invece era roseo, paffuto e ancora perfettamente liscio.

Sul tavolo c'erano vassoi di tartine e più tardi era prevista anche una torta con vera panna e ciliegie in conserva, una specialità di Fanny. Tutte queste leccornie erano un regalo dei padroni, la loro cuoca doveva festeggiare il compleanno in grande stile. Al mattino c'era stato un piccolo brindisi nel salone rosso alla presenza di tutti i domestici. La signora Alicia Melzer aveva tenuto un discorso in onore della Brunnenmayer, l'aveva ringraziata per i trentaquattro anni di fedele servizio e l'aveva definita «un'ammirevole maestra» della sua arte. Per l'occasione la cuoca si era messa il suo vestito da festa nero con la spilla ricevuta in regalo dai suoi padroni dieci anni prima. Con quell'abito inusuale addosso, tra tutti quegli onori e regali si era sentita molto a disagio ed era stata felice di tornare in cucina con i suoi vestiti normali e il suo bel grembiule. No, i salotti dei padroni non erano cosa per lei. Aveva sempre l'ansia di rompere un vaso o, ancora peggio, di inciampare su un tappeto e finire lunga sul pavimento. Lì sotto, invece, nell'ala dei domestici, dominava incontrastata sulla dispensa, la cantina e la cucina e aveva intenzione di farlo ancora per diversi anni.

«Miei cari, abbuffatevi pure! Fino a esaurimento scorte!» disse Fanny sorridendo, e prese una delle gustose tartine con la salsiccia di fegato che Hanna ed Else avevano decorato con cetriolini sottaceto.

Nessuno se lo fece ripetere due volte. Nei minuti successivi, in cucina oltre al leggero sibilo del bollitore sul fuoco, si sentirono solo rumori di sorseggiamenti quando qualcuno beveva il caffè centellinandolo.

«Questa salsiccia di fegato della Pomerania è poesia» disse Julius. Si pulì la bocca con un fazzoletto e prese un'altra tartina.

«Be', anche quella affumicata non è male...» rispose Hanna sospirando. «Che fortuna, abbiamo la signora von Hagemann che ci manda tutti questi pacchetti pieni di leccornie!»

Else annuì pensierosa. Masticava solo dal lato sinistro, a destra aveva male da giorni. Dal dentista però non ci voleva andare, aveva una paura matta che le cavasse un dente e sperava che i dolori prima o poi scomparissero da soli.

«Chissà se è felice, lassù in Pomerania, in mezzo alle vacche e ai maiali» disse Else dubbiosa. «Elisabeth von Hagemann è una Melzer, nata e cresciuta qui ad Augusta...»

«E perché non dovrebbe? Ha tutto ciò di cui ha bisogno» obiettò Hanna.

«Vero. Ha il marito e pure l'amante. Annoiarsi non si annoia di sicuro...» sentenziò con tono maligno Auguste.

La cuoca le rifilò un'occhiataccia e Auguste abbassò la testa e prese l'ultimo pezzo di salsiccia di fegato. Il domestico Julius, che quando si trattava di allusioni era sempre tutto orecchi, fece l'occhiolino ad Hanna, che però finse di non vedere. Il domestico aveva provato più volte a mandarla in confusione con osservazioni equivoche, ma lei non era mai stata al gioco.

«Gustav, come procede il vivaio?» cambiò tema la Brunnenmayer. «Avete molto da fare?»

Da due anni Gustav Bliefert aveva aperto un piccolo vivaio. Giusto in tempo, prima che l'inflazione spazzasse via del tutto i risparmi di Auguste. La coppia si era comprata un pezzo di terra non lontano dalla Villa delle Stoffe, aveva costruito una rimessa e predisposto delle piccole serre. Paul Melzer aveva permesso alla famiglia di continuare ad abitare nella casetta nel giardino della Villa, i primi tempi le entrate non sarebbero state sufficienti per pagare un affitto. Nella primavera precedente, però, Gustav aveva fatto buoni affari con gli ortaggi. Tuttora gran parte della popolazione di Augusta viveva dei prodotti del proprio giardino. Perfino in città le persone sfruttavano ogni fazzoletto di terreno per piantare carote, sedano e cavoli.

«Al momento non c'è granché da fare» disse Gustav, sempre di poche parole. «Si vendono solo le ghirlande funebri e quelle per le sagre religiose...»

Julius osservò che un vivaio aveva bisogno di un buon contabile e Gustav lo guardò malissimo. Tutti sapevano che Gustav non era un tipo da scrivania. E nemmeno Auguste, un tempo domestica alla Villa delle Stoffe, aveva mai imparato a tenere un registro preciso delle entrate e delle uscite. Era lei, però, a portare i soldi a casa con regolarità continuando a lavorare tre volte a settimana dai Melzer. Non era piacevole, le toccavano tutte le mansioni più umili, comprese quelle che non competevano a una domestica, per esempio andare a prendere la legna per la stufa o lavare per terra. Il bambino sarebbe arrivato a dicembre e già sapeva che nel periodo natalizio le entrate si sarebbero ridotte.

«È una vergogna» disse seccata. «Oggi una pagnotta di pane costa trentamila marchi, domani saranno già centomila e solo il cielo sa a quanto arriverà la prossima settimana. I fiori chi li compra? E poi abbiamo bisogno di lastre di vetro per le nuove serre. La cosa migliore sarebbe farne una grande, ma i soldi dove li prendiamo? Di questi tempi risparmiare è impossibile. Quello che guadagni oggi, domani già non varrà più niente.»

La Brunnenmayer annuì e spostò il vassoio verso Gustav. Quel poveraccio aveva fame. Auguste poteva servirsi alla Villa delle Stoffe, a volte anche portare a casa una brocca di latte o una conserva passatale sottobanco dalla cuoca. Per Liesl e i due bambini. Gustav, invece, si tratteneva, lasciava tutto ai figli e pativa la fame.

Auguste apprezzava le buone intenzioni della cuoca, ma non le andava che il marito venisse nutrito come un poveraccio. Due anni prima la donna aveva annunciato a gran voce che l'epoca delle sguattere e dei domestici era finita, che presto non ci sarebbero stati più dipendenti. Per questo Gustav si era licenziato dalla Villa e aveva aperto un'attività in proprio. A posteriori purtroppo avevano capito che lavorare per i Melzer era ancora una cosa buona. Si riceveva una paga fissa e si viveva senza troppe pene per il futuro.

«La gente sta perdendo tutto» disse Auguste cercando di dimenticare le proprie preoccupazioni. «Ad Augusta chiude un negozio al giorno. Alla MAN hanno licenziato degli operai, i militari non hanno più bisogno di cannoni. Per non parlare delle fondazioni, comprese quelle religiose. I loro conti in banca si sono liquefatti. Avete sentito? Anche l'orfanotrofio è sul lastrico...»

No, questa notizia era nuova e travolse la cucina come un'onda.

«L'orfanotrofio delle Sette Martiri?» disse la Brunnenmayer. «Devono chiudere? E quei poveri fanciulli che fine faranno?»

Auguste si versò il resto del caffè e lo allungò con una bella porzione di panna. «No, così male non sono messi. Ai bambini penseranno le suore del Sant'Anna. Per ricompensa divina, ovvio. La Jordan però finirà in mezzo a una strada, non hanno più i soldi per pagarla.»

Maria Jordan aveva lavorato alla Villa delle Stoffe come dama di compagnia per anni, poi si era licenziata e per un fortunoso caso aveva assunto la direzione dell'orfanotrofio delle Sette Martiri. Adesso la pacchia era finita. Fanny Brunnenmayer non l'aveva mai amata, soprattutto per la sua mania di fare le carte e per le scenate sui suoi sogni premonitori. In quel momento, però, le fece pena. Maria Jordan aveva avuto una vita non facile, un po' per il suo cattivo carattere, un po' per diversi brutti colpi del destino di cui non aveva nessuna colpa. Ma era una combattente e non si sarebbe arresa nemmeno stavolta.

«Be', allora presto ci verrà a trovare» esordì maligna Else che non l'aveva mai sopportata. «E potremo dare una sbirciatina al nostro futuro, figurati se non porta le carte!»

Julius fece una risata sprezzante. Questi *abracadabra*, come li chiamava, per lui erano solo baggianate, un metodo scaltro per spillare soldi agli scemi creduloni.

«Quello che dice la Jordan è la verità» disse Hanna con un filo di voce. «Il punto è capire se uno accetta di saperla... a volte è meglio non conoscerla.»

«La verità?» Julius si girò verso di lei allibito. «Stai dicendo che quell'imbrogliona è capace di predire il nostro futuro? Quella racconta ciò che la gente vuole sentirsi dire e così s'intasca denaro.»

Hanna scosse la testa ma non aggiunse altro. La cuoca sapeva benissimo a cosa si riferisse la ragazza. Allora la Jordan aveva predetto ad Hanna un giovane amante dai capelli corvini, e anche che l'avrebbe fatta soffrire. Entrambe le cose si erano avverate... ma significava davvero qualcosa di concreto?

«La pura verità la sa solo la Jordan» disse Auguste ridendo. «Lo sappiamo tutti... Non è forse vero, Else?»

Per la rabbia Else si morse la guancia dalla parte della bocca che le faceva male ed ebbe un sussulto. «Tu sei contenta solo quando parli male degli altri, eh?»

La Jordan aveva predetto a Else il grande amore almeno tre volte. Finora, però, non era apparso nessun principe azzurro e le possibilità a causa della guerra non erano certo aumentate. Gli uomini giovani e in salute si contavano sulla punta delle dita.

«Il grande amore!» disse Julius inarcando un sopracciglio. «E cosa sarebbe? Prima giurano di voler morire l'uno per l'altra e poi non riescono nemmeno a convivere sotto lo stesso tetto.»

«Gesù, signor Kronberger!» esclamò Auguste ghignando. «Ma questa cosa l'ha già detta!»

«Il barone von Schnitzler, il mio signore di un tempo, lo ripeteva sempre» replicò Julius senza dare a vedere la rabbia. «A proposito, cara Auguste, per semplificare le cose ti concedo il permesso di chiamarmi Julius.»

«Ma sentilo...» disse Gustav con un pizzico di gelosia. Il nuovo domestico si era già fatto la fama del donnaiolo, seppur poco fortunato.

«Signor Bliefert, per lei ovviamente non vale. Lei non è più un dipendente della Villa delle Stoffe!»

Gustav arrossì, Julius aveva appena toccato un punto dolente. L'ex giardiniere rimpiangeva di essersi licenziato con tanta leggerezza. Suo nonno, morto da circa un anno, lo aveva avvertito. «Gustav, i Melzer hanno sempre provveduto bene a me» aveva detto l'anziano. «Non essere altezzoso e resta ciò che sei.» Lui invece aveva dato retta alla moglie ed era finito in un mare di guai.

«Io chiamo per nome solo gli amici» ringhiò. «E lei, signor von Kronberger, non è tra questi!»

«Adesso basta!» esclamò la Brunnenmayer tirando un pugno contro il tavolo. «Oggi compio gli anni e non si litiga alla mia festa! Altrimenti la torta alla panna me la mangio da sola!»

Anche Hanna disse che era una vergogna mettersi a fare gli attaccabrighe il giorno del compleanno della signora Brunnenmayer. Non guardò solo Gustav, ma anche il domestico Julius.

«Hanna, hai ragione» convenne Else in tono lamentoso. Si teneva la guancia destra con la mano, il dolore non ne voleva proprio sapere di passare. «Se qui con noi ci fosse la nostra valorosa signorina Schmalzler, questi discorsi non sarebbero mai nemmeno cominciati.»

Gustav borbottò qualcosa tra sé e sbuffò. Non era stata sua intenzione, e poi non era colpa sua se certe persone erano ipersensibili.

«A sentir voi questa signorina Schmalzler aveva i superpoteri...» disse Julius con ironia; lo irritava che parlassero sempre di lei come di una leggenda.

«Be', la signorina Schmalzler ha saputo prendere ognuno di noi per il verso giusto» disse la Brunnenmayer in tono deciso. «Era una persona rispettabile, ma in senso buono. Capisci?»

Julius prese la sua tazza di caffè, se la portò alla bocca ma si accorse che era vuota e la rimise al suo posto.

«Certo...» disse sforzandosi di essere gentile. «Una signora anziana e capace. Capisco. Possa la sua meritata pensione durare ancora molti anni.»

«Sì, è quello che le auguriamo tutti» disse Hanna. «Lei e la signora si scrivono spesso. Credo che la signorina Schmalzler pensi spesso a noi, qui alla Villa delle Stoffe. La signora nell'ultima lettera le ha mandato anche alcune foto dei nipoti.»

Auguste, che non era mai stata una grande ammiratrice della ex governante, disse che in fondo la Schmalzler se n'era andata di sua volontà. Se lì in Pomerania aveva nostalgia della Villa, doveva prendersela solo con se stessa. «Ah, già che parliamo di posta. Signora Brunnenmayer, anche lei se non sbaglio di recente ha ricevuto qualcosa. Da Berlino. Con delle foto, dico bene?»

La cuoca sapeva benissimo a cosa si riferisse. Ma non le andava di far girare foto di Humbert in cucina, Julius non le avrebbe capite. L'ex domestico si esibiva in un teatro di cabaret di Berlino recitando parti femminili; e a quanto pareva, con grande successo.

Fanny Brunnenmayer conosceva un metodo eccellente per chiudere la questione.

«Hanna, va' a prendere il coltello grande e la paletta. Else! Tu piatti puliti e forchettine. Oggi mangiamo come i signori. Julius... lei sposti la casseruola dell'acqua sul tavolo, così prima di tagliare ci immergo il coltello dentro.»

Alla vista di quella meraviglia di schiuma bianca decorata con foglioline di cioccolato e la scritta PER LA FESTEGGIATA, l'umore in cucina cambiò all'istante. Tutte le arrabbiature volarono via. Julius tirò fuori il suo accendino, regalo del suo ex padrone, e accese le sei candele di cera rossa che Hanna aveva infilato nella torta. Una per decennio.

«Cara signora Brunnenmayer, questo è un capolavoro!»

«Stavolta si è superata!»

«Mangiarla è quasi un peccato!»

Fanny Brunnenmayer guardava la sua opera illuminata dalle candele piena di soddisfazione.

«Adesso deve soffiare!» disse Hanna. «E spegnerle in un colpo solo, altrimenti porta sfortuna!»

Si chinarono tutti in avanti per osservare la cuoca nel momento clou. Lei soffiò fortissimo, come se di candeline dovesse spegnerne sessanta e non sei, e gli spettatori applaudirono emozionati. Poi prese il coltello e tagliò.

«Piccola Hanna, passami il piatto.»

«È biscotto» sussurrò Auguste. «E ciliegie sotto conserva, e acquavite di ciliegie. Lo senti il profumo, Gustav? E poi uno strato di marmellata, bello spesso...»

Silenzio di devozione. Hanna portò a tavola la caraffa di caffè di riserva rimasta al caldo sulla stufa. Gli altri erano tutti seduti davanti alla propria fetta, in contemplazione. Torte del genere di solito venivano preparate per i signori, e solo in occasioni rare o durante le feste. Nella migliore delle ipotesi i domestici potevano accaparrarsi ciò che era avanzato nei piatti o leccarsi la paletta in cucina di nascosto.

«Io sono già ubriaca per l'acquavite» disse Hanna ridacchiando.

«Bene» disse Julius con un ghigno allusivo.

Else godette solo in parte a causa del suo dente dolorante. Ma quando la cuoca mise su ogni piattino un secondo pezzo non disse certo di no. Al posto della torta erano rimaste solo le candele usate. Else le avrebbe lavate e rimesse nella scatola. Non si poteva mai sapere, magari quelli del gas scioperavano e loro sarebbero rimasti al buio.

«Oh, sono già le dieci passate» disse Auguste raccogliendo le ultime briciole dal piatto. «Noi dobbiamo andare... la Liesl con i bambini se la cava bene, ma non mi va di lasciarli soli troppo a lungo.»

Gustav finì il bicchiere e si alzò per andare a prendere la sua giacca e la mantella di Auguste. Fuori faceva freddo. Il vento spostava la pioggerella minuta e depositava le prime foglie autunnali sui vialetti.

«Aspettate!» ordinò la cuoca. «Ho messo via delle cose per voi. Auguste, la cesta riportala pure domani.»

«Brunnenmayer, che Dio ve ne renda merito!» disse Gustav vergognandosi un po'. «E ancora mille grazie per l'invito!»

Ebbe qualche difficoltà a camminare, ma solo perché era stato seduto per tanto tempo. Per il resto, ripeteva spesso, con la protesi al piede se la cavava alla grande, non gli faceva più nemmeno male la cicatrice. Il suo piede sinistro era rimasto a Verdun, ma era stato fortunato: molti suoi commilitoni ci avevano lasciato la pelle.

Anche Else si congedò, aveva bisogno di dormire e doveva alzarsi presto per accendere la stufa in sala da pranzo.

Hanna e Julius restarono un altro pochino. Parlarono del piccolo Leo che Hanna aveva accompagnato dal suo amico Walter Ginsberg.

«Ha suonato il piano» disse Hanna sospirando. «La signora Ginsberg gli dà lezioni e... accidenti, quel bambino è un genio della musica! Suona benissimo. Non ho mai sentito nessuno suonare così bene.»

«Il signore lo sa?» domandò Julius dubbioso.

«Se non me lo chiede, io non glielo dico» rispose Hanna.

«Basta che non si arrabbi…»

La Brunnenmayer si prese la testa tra le mani, all'improvviso si sentì stanchissima. Era stata una giornata lunga e faticosa, soprattutto per la cerimonia mattutina nel salone rosso.

«Volevo dirvi una cosa…»

«Piccola Hanna, non può aspettare domani? Sono distrutta.»

Hanna esitò, ma scrutandola meglio la cuoca capì che era importante e che la ragazza non poteva aspettare.

«Dài, dicci!»

Julius sbadigliò, ma con la mano davanti alla bocca. «Ti sposi?» scherzò.

Hanna scosse la testa e guardò il piattino vuoto. Poi si fece coraggio e disse: «No, è che la signora vuole che lavori come sarta nel suo atelier… l'apertura sarà prima di Natale».

D'un tratto la Brunnenmayer fu di nuovo sveglissima. Hanna era sempre stata la protetta di Marie Melzer. Adesso voleva fare di lei una sarta, ma Hanna non sapeva nemmeno tenere in mano un ago. Ma quando la signora Melzer si metteva in testa una cosa, non c'era modo di farle cambiare idea.

«Ma pensa!» disse Julius scuotendo la testa «E chi aiuterà in cucina?»

Restava solo Auguste. Che di lì a poco avrebbe partorito.

«È l'inizio di una nuova epoca, no?» borbottò Fanny Brunnenmayer. «Julius, non ci saranno più dipendenti, i padroni si peleranno le patate da soli.»

4

Kitty s'infilò la lettera in tasca, l'avrebbe letta più tardi. Ultimamente Gérard scriveva sempre le stesse cose: che aveva un gran daffare con la fabbrica di saponi, che la madre era malata e che il padre era una persona difficile. Sua sorella, inoltre, tra due settimane avrebbe partorito per la seconda volta. Buon per lei. E poi i soliti giuramenti d'amore, scriveva che pensava giorno e notte alla sua incantevole "Cathérine" ed era deciso a chiedere la sua mano l'anno venturo.

Lo aveva detto anche l'anno precedente. Ormai la grande passione che lui aveva provato un tempo si era raffreddata. Kitty non faceva più affidamento su Gérard Duchamps.

In generale, la vita che conduceva senza legami le piaceva. Nessuno poteva decidere per lei, né un marito, né il padre, solo il fratello Paul o la mamma ogni tanto cercavano di interferire. Ma lei non li ascoltava, faceva quello che voleva. Ed era determinata a contagiare con la sua autonomia anche l'adorata cognata Marie. Da quando Paul era tornato a capo della fabbrica, infatti, Marie si era trasformata in una noiosa casalinga. Tutti erano felici che il suo fratellone fosse tornato sano e salvo, a parte una sciocchezza alla spalla, da quella terribile guerra. Non per questo, però, la sua cognata preferita doveva seppellire i suoi talenti. Quando, dopo la tragica notizia della morte del marito Alfons, Kitty era stata malissimo e non voleva più vivere per la disperazione, Marie le aveva ricordato proprio questo: il suo talento.

«Un talento naturale è un obbligo da cui non ci si può esimere» le aveva detto Marie allora.

Ecco, valeva anche per Marie! Era la figlia di una pittrice, disegnava benissimo, ma soprattutto creava vestiti da sogno. Eleganti, originali, provocanti o semplicissimi: a Kitty chiedevano spesso dove si facesse confezionare il suo guardaroba.

«Paul, la nostra Marie è un'artista! Non la puoi mica tenere rinchiusa alla Villa per sempre. Si affloscerà come un uccellino malato.»

Paul all'inizio aveva detto di no sostenendo che Marie fosse già felicissima nel suo ruolo di madre e moglie. Kitty però aveva insistito e – miracolo! – finalmente i suoi sforzi avevano portato dei frutti. Marie avrebbe ricevuto il suo bell'atelier! Il suo fratellone era un marito fantastico, era quasi un peccato che non avesse potuto sposarlo lei.

Al momento, tuttavia, l'edificio di Karolinenstrasse aveva ancora un aspetto parecchio desolato. Kitty aveva convinto Marie ad andare in città subito dopo colazione per un sopralluogo. Alla vista delle vetrine e della porta a pezzi, però, si era subito pentita della sua decisione.

«Che bel palazzo» disse cercando di salvare il salvabile, prendendo sottobraccio la cognata. «Guarda, contando la mansarda sono addirittura tre piani. E questi tettucci a punta sotto il cielo azzurro... non sono adorabili? Le due vetrine vanno ingrandite, chiaro. E la porta al centro dev'essere a vetri. E sopra, a caratteri d'oro, ATELIER DI MODA MARIE.»

Marie era molto meno sconvolta di quanto temesse Kitty. Rise dei discorsi eccitati della cognata e disse che c'era molto da fare, ma era fiduciosa di poter aprire prima di Natale.

«Ma certo. La cosa migliore sarebbe a inizio dicembre. Così i tuoi modelli finiranno sotto l'albero.»

Sapeva benissimo che sarebbe stato difficile: se l'inflazione avesse continuato a salire, i regali quell'anno sarebbero stati molto miseri. E i Melzer stavano ancora bene. Henny raccontava di compagni che non mangiavano quasi mai pasti caldi e portavano solo vestiti rattoppati. Dopo averlo saputo, Kitty aveva raccolto gli abiti smessi della figlia e aveva incaricato Hanna di portarli alle suore del Sant'Anna. Loro li avrebbero distribuiti alle famiglie bisognose.

«Dài, entriamo» disse Marie che aveva ricevuto la chiave da Paul.

«Però sta' attenta, sarà sporchissimo.»

Aveva ragione. L'ex negozio di porcellane era in pessime condizioni. Le due donne furono sopraffatte da un odore di muffa, colla, cartone e cera per pavimenti. Marie cercò di accendere la luce, ma il lampadario del soffitto restò spento.

«Oh, mio Dio» disse Marie guardandosi intorno. «Qui tanto per cominciare bisogna portare via tutto.»

Kitty passò un dito su uno dei vecchi tavoli e nella polvere scrisse ATELIER DI MODA MARIE. «Marie, questa è tutta legna da ardere! Guarda come traballano... La stanza sul retro, però, bisognerebbe annetterla al negozio. Ci sono altri spazi?»

Marie aveva appena aperto una porta: un tavolo logoro, sedie, scaffali scuri pieni di raccoglitori e scatole di cartone.

«Qui c'era l'ufficio. Guarda, c'è anche la connessione telefonica. Bene, ne avrai bisogno. Ma quelle al soffitto sono ragnatele? Accidenti, saranno lì da anni. Da qualche parte si nasconderanno anche i topi...»

«Senz'altro.»

Kitty si morse un labbro. Perché diceva tutte quelle fesserie? Era ovvio che lì ci fossero i topi, ma poteva anche evitare di attirare l'attenzione di Marie sull'argomento!

«È molto più grande di quanto pensassi» disse Marie che aveva appena scoperto altre stanze.

In fondo, sul retro del palazzo, c'era addirittura un giardino d'inverno, un incantevole ambiente in vetro e ferro battuto. Purtroppo in alcuni punti il vetro era danneggiato e due lastre giacevano a terra in mille pezzi.

«Bisogna sbrigarsi» disse Marie. «Sarebbe un peccato lasciar andare in rovina questo giardino.»

Kitty prese un giornale e pulì un angolo di vetro, ormai opacizzato dalla polvere, per spiare fuori. Il giardino era completamente sommerso dalle erbacce. «Che giungla, dobbiamo dire a Gustav di…»

Kitty s'interruppe, aveva sentito dei passi. Le due donne si guardarono angosciate.

«La porta, l'hai chiusa?» domandò Kitty sussurrando.

«Non ci ho pensato…»

Restarono immobili, con le orecchie tese e il cuore che batteva forte. I passi si avvicinarono, poi il visitatore inatteso starnutì e si fermò a soffiarsi il naso.

«Signora Melzer? Marie? È lì dietro? Sono io…»

«Klippi!» esclamò Kitty in tono di rimprovero. «Ci ha impaurite a morte, pensavamo si trattasse di un malvivente!»

Ernst von Klippstein, spaventato quanto le due donne, disse di non averlo fatto apposta.

«Passavo di qui per caso e vi ho viste entrare nel palazzo. Ho pensato che forse potevo darvi una mano.»

Accennò un inchino, sembrava ancora quello dei militari. Anche se abitava ad Augusta da parecchi anni, Ernst von Klippstein in molti comportamenti era rimasto un ufficiale prussiano.

«Be',» disse Marie «già che è qui potrebbe accompagnarci ai piani superiori. Però la avverto, Kitty appena vede un ragno sviene.»

«Io?» replicò Kitty indignata. «Marie, ma che dici! Io non ho paura di ragni, bombi, vespe o formiche. Nemmeno delle zanzare, al massimo dei topi. Ma solo quando ti schizzano tra i piedi rapidissimi...»

Ernst von Klippstein disse che in caso di svenimento avrebbe preso in braccio entrambe le signore e le avrebbe riportate alla Villa sane e salve.

«Be', allora possiamo azzardarci a salire» disse Marie.

Il primo piano un tempo era stato il magazzino dei Müller. Due stanze erano state affittate a studenti, c'erano ancora letti e mobili. Il tutto trasmetteva una gran tristezza e angoscia. Al secondo piano c'erano due piccoli appartamenti. In uno abitavano gli anziani Müller, nell'altro una famiglia che nel frattempo aveva traslocato.

«Lui era medico» raccontò von Klippstein. «Prima della guerra lavorava all'ospedale pubblico ed è partito per il fronte per dare una mano nell'infermeria. È rimasto in Russia, la moglie ha cercato di tirare avanti con due figli facendo lavoretti di cucito. Poi non potendo più pagare l'affitto è finita chissà dove nella Città Vecchia.»

«Questa maledetta guerra» mormorò Marie scuotendo la testa. «È stato Paul a mandarla via?»

Von Klippstein rispose che lo avevano deciso i Müller prima di vendere la casa.

Scesero di nuovo le scale assorti nei pensieri; adesso sì che Marie aveva bisogno di un po' di incoraggiamento da parte di Kitty.

«Dài, Marie, adesso smettila con questa faccia triste. Così è la vita, si sale e si scende... magari potresti assumere questa donna come sarta, sarebbe una cosa buona per tutti, no?»

Il viso incupito di Marie si rasserenò un po'.

«Sì, Kitty, buona idea... Ma solo se sa cucire davvero bene.»

«Bene come Hanna, sicuro.»

«Kitty, ad Hanna insegnerò io. Sono convinta che possa fare di più che lavare piatti e impastare il pane. Se diventa una brava sarta potrà guadagnarsi da vivere con il cucito.»

«Ma certo, mia cara, adorata Marie, paladina dell'umanità. Hanna diventerà una sarta, che problema c'è. Mettile pure una collana d'oro al collo e regalale un castello, alla nostra Principessa Ago Veloce.»

«Ah, Kitty!»

Nonostante tutto Marie rise e sia Kitty sia Ernst von Klippstein fecero altrettanto. Fu utile per tutti e tre, la tristezza che li aveva contagiati al primo piano svanì. Kitty propose di verniciare di bianco i malridotti tavoli in legno dell'ingresso. Avrebbero fatto un bell'effetto.

«E le pareti non dovremmo farle bianche, ma color crema. È più elegante... Color crema e oro, una cosa da re. Così poi, per i tuoi modelli puoi chiedere il doppio dei soldi.»

«Ah, Kitty» disse Marie sospirando. «Di questi tempi chi vuoi che compri abiti di moda?»

«Be', io invece potrei elencarvi diverse famiglie che possono permettersi interi armadi di vestiti del genere» la contraddisse Ernst von Klippstein. «Marie, deve credere nel suo progetto. Avrà successo, ne sono sicuro.»

Lo diceva solo per farle coraggio? Kitty sapeva benissimo che il povero Klippi era ancora innamorato di sua cognata, pur sapendo di non avere speranze.

«Ecco, è solo che... Paul investe così tanti soldi in quest'atelier. La ristrutturazione, gli arredi, e poi le stoffe e le paghe per le sarte... A volte se ci penso mi gira la testa.»

Kitty replicò che Marie aveva fatto superare la guerra alla fabbrica di tessuti Melzer, aveva condotto contrattazioni e concluso affari, si era battuta per l'inizio della produzione di fibre di carta... e adesso aveva paura di aprire un minuscolo atelier?

«Mi creda, Marie,» disse Ernst von Klippstein «questo è il miglior modo in cui Paul può spendere i suoi soldi. Investire è la parola magica della nuova era. Chi resta aggrappato al proprio denaro ha già perso.»

Marie lo guardò con riconoscenza e lui fece un sorriso felice. Kitty pensò che si sarebbe goduta questa piccola gioia per mesi.

«Posso riportare le signore alla Villa o avete altri programmi? La mia macchina è proprio qui davanti.»

Da un po' di tempo von Klippstein possedeva una Opel Torpedo, una limousine; l'aveva comprata usata per motivi pratici. A differenza di Paul infatti lui non aveva una mania per le automobili. Era cresciuto nella tenuta dei genitori e prima di essere ferito in guerra era stato un ottimo cavallerizzo. Tornato dal fronte, aveva dovuto appendere gli stivali da equitazione al chiodo. Anche camminare e stare seduto gli dava ancora dolore, ma ne parlava di rado. L'automobile per lui era il modo più comodo di muoversi ad Augusta.

Marie rispose che avevano altre commissioni da sbrigare e che sarebbero tornate con il tram elettrico.

«Allora vi auguro una buona giornata!»

Marie chiuse la porta a chiave mentre Kitty osservò Klippi andare via. In realtà era un bell'uomo, scapolo, padrone di metà di una prospera fabbrica di tessuti e anche di un'automobile. Sì, Klippi era proprio ciò che veniva chiamato un "buon partito".

«Ma cosa ci fa lui a quest'ora in città?» disse Kitty meravigliata. «Non dovrebbe essere al lavoro?»

Marie controllò la porta, si chiudeva ancora bene. «Forse voleva comprare un regalo per il figlio. Credo che fra poco compia gli anni. Nove, se non sbaglio.»

«Ah, già, il figlio avuto dalla donna da cui ha divorziato... come si chiamava? Va be', non fa niente... è il figlio che erediterà la tenuta. Povero Klippi. Immagino che gli sarebbe piaciuto vederlo crescere.»

«Quella donna» disse Marie «si chiama Adele.»

«Giusto, Adele... che persona orribile, meno male che se n'è liberato. Santo cielo, inizia a piovere! Io non ho l'ombrello.»

Ci aveva pensato Marie. Sotto l'ombrello nero che un tempo era appartenuto a Johann Melzer passarono all'emporio della Merkle e comprarono mezzo chilo di caffè e una bustina di zollette. Poi si avviarono verso la fermata del tram.

«Nella limousine di Klippi sarebbe stato molto più piacevole» disse Kitty guardando arrabbiata le sue scarpe bagnate.

«Senz'altro asciutto» disse Marie con una nota di rimpianto.

Aspettarono un po', poi, visto che la loro linea non arrivava mai, decisero di prendere una carrozza; in città ne giravano ancora parecchie. Non era il caso di beccarsi un raffreddore.

Entrando alla Villa delle Stoffe furono accolte da un profumo di carne arrosto con maggiorana e cipolle: il pranzo della Brunnenmayer era sul fuoco. Else era indisposta da giorni e per motivi che Kitty non aveva capito bene stava quasi sempre chiusa nella sua stanza all'ultimo piano. Julius prese i cappotti fradici e i cappelli delle due donne e offrì loro scarpe asciutte. Quelle bagnate le portò in lavanderia e le mise ad asciugare su un foglio di carta di giornale. Più tardi le avrebbe trattate con un unguento particolare, di cui soltanto lui conosceva la composizione, per rendere la pelle di nuovo morbida e farle sembrare nuove.

«La signora la aspetta nel salone rosso.»

Julius si era rivolto a Marie, ma Kitty, intuendo il motivo di questa conversazione, decise di partecipare anche lei. *Con l'età la mamma diventa sempre più strana*, pensò. La nuova epoca non l'aveva nemmeno sfiorata; comprensibile, forse, se uno pensava che era già a metà della sessantina.

Alicia Melzer aspettava la nuora, seduta alla finestra con vista sul vialetto e sull'ingresso del parco. Vedendo entrare anche Kitty, aggrottò la fronte. «Kitty, Henny prima ti cercava. Forse è meglio se sali a sentire cosa vuole.»

«Ci penserà Hanna.»

Alicia sospirò. Non voleva ripeterlo con parole più ferme, con la testardaggine di Kitty non sarebbe servito a nulla. «Devo discutere di alcune cose con Marie.»

Kitty prese posto su una poltrona e sorrise, Marie le si accomodò di fianco con espressione composta. Alicia scelse il divano.

«Oggi mi è arrivata voce che Leo è stato già due volte a casa dei Ginsberg. Una mia conoscente, la signora von Sontheim, lo ha visto lì con Hanna. Ad Hanna ho già chiesto e lei ha ammesso di averlo accompagnato. Inoltre, la cosa più preoccupante, è che dai Ginsberg... pare che abbia ricevuto lezioni di piano.»

Fece un attimo di pausa per riprendere fiato, la questione la agitava parecchio. Negli ultimi tempi Alicia Melzer aveva spesso il fiato corto.

«Mamma, Hanna ci è andata su mia richiesta» disse Marie in tono sommesso ma deciso. «Delle lezioni di piano però non sapevo nulla. È un peccato che Leo debba farlo di nascosto, e io comunque non ci trovo niente di male nel fatto che voglia imparare a suonare.»

«Marie,» replicò subito Alicia «sai benissimo che a Paul questa cosa non piace. Il peccato è che tu sotto questo aspetto non dia sostegno a tuo marito.»

«Be', mamma, allora è una faccenda tra Paul e Marie, non trovi?» s'immischiò Kitty. «E, secondo me, più cercherete di impedirgli di suonare, più lui si ostinerà a volerlo fare.»

Il volto di Alicia non lasciò dubbi che l'opinione di Kitty sull'argomento non la interessasse affatto. Marie però restò zitta, così Alicia passò a un altro tema.

«A quanto sembra è già deciso che Hanna presto lavorerà al di fuori della Villa. A me nessuno ha chiesto niente, ma eviterò di fare storie. Il punto è che Hanna, dopo le difficoltà iniziali in cucina, se l'è cavata molto bene e si è dimostrata in gamba anche in altre mansioni, per esempio nell'accudire i bambini. Se ci lascia, mancherà una forza lavoro importante.»

«Mamma, hai perfettamente ragione» disse subito Marie. «Sono dell'idea che dobbiamo assumere non solo una sguattera, ma anche una persona fidata che si occupi dei bambini...»

«Sono contenta che siamo d'accordo!» la interruppe Alicia accennando perfino un sorriso. Dopo le dimissioni della bambinaia, nella primavera precedente, Alicia aveva cercato di convincere Marie che i piccoli avevano bisogno di una brava educatrice, ma lei si era sempre opposta. I bambini di casa non avevano mai amato la severa nutrice, il suo licenziamento per loro era stato una sorta di liberazione.

«Be', in cucina vedrei bene Gertie» disse Kitty. «Era la domestica di Lisa in Bismarckstrasse, una ragazza sveglia. Credo che per un po' abbia lavorato dai Kochendorf, ma non si è trovata bene.»

«Altrimenti ci rivolgeremo a un'agenzia» disse Alicia paziente. «Al momento, per fortuna, le ragazze in cerca di lavoro non mancano.»

Kitty annuì e disse che avrebbe chiesto in giro dove fosse finita Gertie. Non bisognava lasciare proprio tutto al caso.

Suonò il *gong* del pranzo, significava che Paul era tornato dalla fabbrica e Julius era già pronto a servire. Si sentirono passi svelti in corridoio: Hanna che saliva a prendere i bambini.

«E per quanto riguarda i piccoli,» disse Alicia mentre Marie era già in piedi per aiutare la domestica «ho già in mente una persona di ottima famiglia che oltre ad aver ricevuto un'educazione impeccabile è anche in grado di badare ai fanciulli...»

Kitty ebbe un cattivo presagio; riguardo alla buona educazione la madre aveva idee molto antiquate. «E chi sarebbe questa persona?»

«Oh, la conoscete bene» rispose Alicia entusiasta. «Si tratta di Serafina von Dobern, nata von Sontheim. La migliore amica di Lisa.» Alicia sorrise come se avesse appena fatto alle due donne una sorpresa di Natale incredibile.

Kitty invece era sconvolta. Le amiche di Lisa erano tutte pettegole e boriose, Serafina poi era spregevole. In passato aveva cercato di adescare Paul e poi aveva sposato il maggiore von Dobern... per sistemarsi. Il poveraccio era caduto a Verdun.

«No, mamma, non è una buona idea.»

Alicia spiegò che la povera Serafina dopo l'eroica morte del marito aveva problemi economici e che la madre non poteva aiutarla granché. In una delle sue ultime lettere Lisa le aveva parlato della triste situazione.

Ma certo, Lisa, pensò Kitty arrabbiata. *È proprio da lei. Adesso dobbiamo accollarci anche la sua amica pettegola.*

«No!» ribadì Kitty. «Non lascerò la mia Henny a Serafina nemmeno per un secondo!»

Alicia tacque. Era evidente che fosse di tutt'altro parere.

5

Novembre 1923, Pomerania, regione di Kolberg-Körlin

Elisabeth rabbrividì e cercò di chiudere il colletto della giacca. Se si fosse messa solo la pelliccia, sulla cassetta di quell'antiquata carrozza sarebbe stata troppo esposta al vento gelido. Lei avrebbe preferito mettersi dietro, tra gli acquisti, ma la zia Elvira le aveva detto che tutti avrebbero riso alle sue spalle. Era incredibile, la vecchia zia era seduta di fianco a lei rilassatissima, chiacchierava, rideva e incitava il ronzino Jossi a schiocchi di briglie. Le teneva a mani nude, non le si erano nemmeno indurite le dita.

«Guarda, ragazzina» disse la zia Elvira sollevando il mento per far capire a Elisabeth che doveva guardare davanti.

«Lì a Gervin, nella vecchia chiesa di legno, qualche anno fa nella notte di Capodanno è apparso il demonio. Quel maledetto ha fatto il giro della chiesa quatto quatto. Era nero e la sua faccia aveva una smorfia orribile!»

Elisabeth serrò gli occhi e in lontananza, tra la caligine, vide le casette e la chiesa a graticcio del paesino di Gervin. Lei ed Elvira stavano tornando da Kolberg; per fortuna alla tenuta dei von Maydorn non mancava molto. Era pomeriggio, le cinque passate, il cielo già pesava sul paesaggio circostante. Stava per cominciare la notte.

«Scusa, ma se era tutto nero come hanno fatto a vederlo, al buio?»

Elvira sbuffò. Non le piaceva quando si mettevano in dubbio le sue storie raccapriccianti. Dover spiegare le cose la mandava in crisi, diventava una gran scorbutica. Elisabeth non aveva ancora capito se inventasse queste storie per stupire il suo uditorio o se ci credesse sul serio.

«Lisa, era luna piena. Per questo lo hanno visto. Zoppicava e il suo piede sinistro non... non era umano. Era uno zoccolo di cavallo.»

A quel punto Elisabeth avrebbe tanto voluto replicare che il diavolo aveva piedi caprini, ma lasciò perdere. Si strinse lo scialle intorno alla testa e maledisse quella strada dissestata, mentre le bottiglie dietro tintinnavano. Avrebbe voluto mettere le mani gelate in tasca, ma doveva tenersi per non cadere giù.

«Zia, ci siamo dimenticate i fiammiferi!»

«Accidenti!» sbraitò Elvira. «Stamattina te lo avevo anche ricordato! Sono rimaste solo tre scatole, e finiranno presto.»

Elvira tirò le briglie, il ronzino aveva già in testa la stalla e viaggiava sempre più veloce.

«Che poi non sarebbe così tragico se il signor Winkler non consumasse così tanti fiammiferi per le lampade. È normale, dico, che una persona passi metà nottata in biblioteca a leggere? Quello è malato. Non nel fisico, nella testa. E poi è sempre così accomodante e gentile. Qualunque cosa gli dici, lui sorride raggiante di gioia.»

«È una persona ben educata.»

«No, quello è un sornione, uno che non dice quello che pensa. Lo tiene nascosto, ma io so benissimo cos'ha in pentola.»

«Zia, adesso basta...»

«Non lo vuoi sentire, eh? E io te lo dico lo stesso. Quello ti guarda, il topo di biblioteca dalle buone maniere. Non voglio sapere cosa sogni la notte, potrebbe essere un bell'intrigo.»

Elisabeth si arrabbiò. La tenuta era lontana anni luce da ogni progresso tecnologico, non c'erano né l'elettricità né l'attacco del gas, di sera si usavano le vecchie lampade a petrolio e d'inverno si andava a dormire con le galline. Per il povero Sebastian, che passava molto tempo a scrivere trattati, non era facile, a maggior ragione con i suoi occhi non buoni. Ah, aveva scritto cose così belle e sensate, soprattutto sul paesaggio e sulle persone della Pomerania Orientale. E anche un libretto che parlava di saghe e vecchie tradizioni dell'acqua pasquale, dell'uomo sul cavallo bianco e degli orsi di paglia, e pure della caccia selvaggia e spettrale che aveva luogo in quelle foreste nelle fredde notti di novembre. Elisabeth aveva letto tutto, aveva segnato a margine piccoli errori o imperfezioni e poi lo aveva aiutato a copiare in bella. Per lui era un sostegno indispensabile, le aveva detto, e anche che lei era la sua musa, una luce che rischiarava i giorni bui. Un angelo, sì, questo glielo ripeteva spesso. «Signora von Hagemann, lei è un angelo, un angelo buono mandatomi dal cielo.»

Insomma, la zia Elvira non aveva tutti i torti. Il signor bibliotecario, però, non era molto coraggioso. Non osava mai un salto più lungo della gamba. Sorrideva, si puliva gli occhiali e faceva la faccia da cagnolino bastonato.

Elisabeth fu contenta di avvistare già la tenuta, in fondo alla strada. Era un bel caseggiato, cui appartenevano diverse centinaia di acri di terreno, prati e foreste. Gli edifici d'estate venivano coperti dai faggi e dalle querce, ma adesso che gli alberi erano spogli si vedevano luccicare i tetti e i muri in laterizio. Comparvero gli alti fienili, le rimesse, le stalle oblunghe e la costruzione con il tetto di paglia in cui abitavano i lavoratori a giornata e i dipendenti. Un po' più distante c'era la casa padronale, a due piani e con una parte centrale con il frontone. La fascia più bassa era invasa dall'edera. A destra e sinistra, invece, erano state piantate delle rose rampicanti che avevano fiorito da tempo.

«Ah, Riccarda ci ha dato di nuovo dentro con la legna. Da quando siete arrivati ne consumo il doppio… ma pazienza, sono comunque contenta di non essere più sola.»

Di fatto, dal camino della casa padronale usciva una colonna di fumo grigio, probabilmente dalla stufa in maiolica al piano terra. Riccarda von Hagemann aveva sempre freddo, d'inverno la domestica doveva metterle nel letto diverse borse dell'acqua calda, altrimenti non riusava a prendere sonno. Elisabeth prima del trasloco aveva temuto che la suocera e la zia avrebbero litigato di continuo, dato che possedevano entrambe un carattere molto ostinato. Invece con sua grande sorpresa andavano d'accordo. Forse per i modi aperti e sinceri della zia Elvira che aveva fatto abbassare la cresta a Riccarda fin dall'inizio. Ad ogni modo, le due donne si erano divise i poteri piuttosto in fretta: Riccarda si occupava della servitù e della cucina, Elvira pensava agli acquisti e si dedicava alla sua grande passione, i cavalli e i cani. Elisabeth invece aveva messo in chiaro di voler gestire a tutti i costi il bilancio domestico e l'organizzazione delle feste. Anche la biblioteca era sotto la sua giurisdizione, e anche il bibliotecario in persona, Sebastian Winkler. Lavorava alla tenuta da tre anni e la zia Elvira lo aveva definito più volte una «spesa superflua».

Finalmente entrarono nell'ampio cortile e vennero sopraffatte dalla puzza di letame; Joschik venne loro incontro per staccare il ronzino. Lo stalliere polacco zoppicava da quando era bambino, un cavallo da aratura gli aveva tirato un calcio sul fianco e rotto il bacino. Allora questi incidenti erano all'ordine del giorno. Il bacino era guarito, ma l'andatura era rimasta claudicante.

«Il signore è già tornato?» domandò Elisabeth scendendo dalla cassetta con gli arti irrigiditi dal freddo.

«No, è ancora nel bosco a vendere legna. Tornerà tardi.»

Per scendere la zia Elvira si fece aiutare da Joschik, poi gli ordinò di non dare biada a Jossi, altrimenti ingrassava troppo. La zia Elvira cavalcava da quando era piccola. Cavalli e cani erano la sua vita. Le malelingue dicevano che allora avesse accettato di sposare Rudolf von Maydorn solo perché nella sua tenuta aveva venti Trakehner, i ronzini a sangue misto originari di Trakehnen. Ma erano solo pettegolezzi. Elisabeth sapeva che lo zio Rudolf e la zia Elvira, a modo loro, si erano amati molto.

«Tuo marito conta perfino gli scellini» disse Elvira a Elisabeth ghignando. «Se penso al mio buon Rudolf… lui a vendere la legna mandava sempre un dipendente…»

… che poi si intascava quasi tutto, completò Elisabeth nella mente. Per questo, anche, in casa non c'erano mai stati soldi per comprare cose nuove. E quando c'erano stati, lo zio Rudolf li aveva sperperati tutti in porto e rosso di Borgogna.

Elisabeth aveva fretta di raggiungere il salotto, dove la aspettavano una stufa calda e una tazza di tè bollente. Sulla poltroncina vicino al camino c'era Christian von Hagemann in vestaglia di lana e pantofole di feltro, aveva con sé un giornale ma si era appisolato. Elisabeth piano piano prese la teiera e si versò una tazza di tè, aggiunse lo zucchero e mescolò. Christian von Hagemann non batté ciglio. Il suocero negli ultimi tre anni aveva messo su parecchi chili assecondando la sua passione per i cibi sostanziosi e i vini pregiati. I suoi problemi economici ormai erano acqua passata, si godeva la vita di campagna, lasciava tutte le decisioni al figlio e alle signore di casa e pensava solo al proprio benessere.

Mentre si scaldava la schiena alla stufa in maiolica verde sorseggiando il suo tè, Elisabeth si disse che prima della cena c'era ancora un po' di tempo per una breve visita in biblioteca. Riccarda probabilmente era in cucina, a mettere a posto gli acquisti insieme alla zia Elvira e alla cuoca. Varie spezie, un sacchetto di sale, zucchero, soda, glicerina, lucido per scarpe e aceto. E poi un sacco di riso, piselli secchi, cioccolata, marzapane, due bottiglie di rum e diverse di vino rosso. Il flaconcino di profumo Elisabeth lo aveva preso dal parrucchiere facendolo subito scomparire nella propria tasca mentre la zia Elvira chiacchierava con una vicina. Una fragranza floreale molto intensa: una sola goccia dietro l'orecchio sarebbe bastata. Serafina era povera in canna e da Augusta non poteva mandarle nemmeno un rossetto carino, un po' di cipria o un nuovo profumo. Non le andava di chiedere a Kitty o a Marie, loro sapevano benissimo chi volesse sedurre con queste cose. Per non parlare della madre.

Tuttavia, il profumo era così intenso che Elisabeth si sentì quasi volgare. Avrebbe cercato di toglierselo, di sopra, in bagno, altrimenti chissà cosa avrebbe pensato Sebastian di lei? Piano piano, per non svegliare il suocero appisolato, posò la tazza e uscì dal salotto. Per le scale sentì freddo, aveva dimenticato lo scialle. I vecchi gradini di legno scricchiolavano in maniera terribile, il tappeto portato da Augusta era servito a poco. A Elisabeth salì di nuovo la rabbia, i suoi zii avevano fatto cadere in rovina quella bella casa per noncuranza e spreco. Non c'erano nemmeno le doppie finestre, d'inverno bisognava mettere dei paraspifferi di feltro sui davanzali delle finestre, e sui vetri fiorivano arabeschi di ghiaccio.

L'unico lusso era la sala da bagno, l'ossessione dello zio Rudolf. Pareti di piastrelle bianche, una vasca da bagno con piedini di leone, lavabo con specchio e una tazza di vera porcellana con coperchio estraibile in legno laccato. Elisabeth inumidì una pezza e cercò di alleggerire l'intensità del profumo. Invano. Anzi, sembrava aumentare ancora di più. I soldi spesi per quell'acqua maleodorante avrebbe potuto risparmiarli. Sospirò e si sistemò i capelli. Li aveva fatti ricrescere e li tirava su alla vecchia maniera. Lì in campagna nemmeno le figlie dei padroni li portavano corti. E anche a Sebastian questa nuova moda diceva poco. Per essere un socialista, era incredibilmente all'antica.

Bussò. Non doveva sentirsi trattato come un sottoposto.

«Sebastian?»

«Signora, prego, entri pure. L'ho vista arrivare in cortile poco fa insieme alla sua reverenda zia. A Kolberg tutto bene?»

Non aveva acceso la stufa, come al solito. Era seduto al suo tavolo da lavoro con un pesante maglione in lana e la vestaglia, la sciarpa stretta intorno al collo, ma non osava accendere il fuoco perché la zia Elvira di recente si era lamentata del consumo di legna. Presto si sarebbe messo anche i guanti, altrimenti gli sarebbe caduta di mano la matita.

«A Kolberg tutto bene, grazie. Tranne i fiammiferi abbiamo preso tutto. Ma poco male, quelli si trovano anche a Gross-Jestin.»

Chiuse la porta e si avvicinò al tavolo per spiare da dietro le sue spalle. Lui raddrizzò la schiena e sollevò la testa come uno scolaretto appena chiamato dall'insegnante. Lei qualche volta gli aveva posato una mano sulla spalla, in maniera del tutto innocente e casuale, ma lui si era irrigidito. Così Elisabeth aveva smesso.

«Sempre la cronaca di Gross-Jestin?»

«Certo, per quello che mi è possibile senza poter prender visione degli archivi dei von Manteuffel. Ho parlato con il parroco e lui è stato così gentile da lasciarmi dare un'occhiata ai registri parrocchiali.»

Da più di un anno Sebastian lavorava come insegnante ausiliario alla scuola di Gross-Jestin. Era stata Elisabeth a procurargli questo posto, non guadagnava molto ma lavorare con i bambini gli dava grande gioia. Era arrivato il momento di impiegare il bibliotecario da qualche altra parte, visto che i libri dei von Maydorn erano stati controllati, riparati e riordinati in pochi mesi. Elisabeth aveva temuto che Sebastian abbandonasse un lavoro che non lo soddisfaceva più e di conseguenza lasciasse la tenuta, ma adesso che poteva svolgere la professione per cui aveva studiato sperava che restasse.

Certo, la sua segreta speranza che si arrivasse a un rapporto più stretto non si era avverata. Sebastian evitava di avvicinarsi a lei, aveva paura perfino di sfiorarle una mano o una spalla. A volte si comportava come un adolescente, la evitava, distoglieva lo sguardo e arrossiva. Per un po' aveva creduto di non piacergli. Lei non era Kitty, che stregava qualunque uomo. Non era una seduttrice, di lei si erano innamorati in pochi e nella questione aveva senz'altro giocato un ruolo l'eredità dei Melzer. Anche il suo seno prosperoso, ma a questo genere di spasimanti rinunciava volentieri. Per quanto, se fosse piaciuto a Sebastian sarebbe stato un altro discorso. Purtroppo, però, gli ultimi tre anni le avevano dimostrato che lui la stimasse, ma non la desiderasse. Per Elisabeth si trattava di un doppio rifiuto visto che il suo consorte Klaus non approfittava quasi mai dei suoi diritti coniugali.

«Sa, sto cercando...» esordì lui lentamente «di riscrivere quello che ho copiato dai registri in maniera più fluida...»

All'improvviso lei cambiò direzione e andò verso la stufa, si accucciò e aprì lo sportellino. Lì dentro non aveva bruciato più nulla dal pomeriggio precedente.

«Elisabeth, ma cosa sta facendo? Io non ho freddo. La prego, non deve accendere questa stufa per me.»

«Io però ho freddo. E molto. In questa stanza rischio di morire congelata!»

Lo disse con più energia e risentimento di quanto avesse voluto. Ma funzionò, lui spostò la sedia. Si alzò, ebbe un attimo di esitazione ma appena lei iniziò a infilare legna nella stufa in un attimo la raggiunse.

«Elisabeth, lasci fare a me.»

Lo guardò e si rese conto che era sinceramente preoccupato, e anche un po' confuso. Bene. La speranza non muore mai, si diceva. «Crede che non sia capace?»

Lui sbuffò. Non aveva inteso questo, ovvio. «Si sporcherà le mani.»

«Mio Dio, che cosa terribile!» disse lei ironica. «La padrona della tenuta con le mani sporche. È forse più opportuno che se le sporchi lei? Non sarebbe poco pratico, dovendo scrivere?»

Continuò a sistemare la legna nella stufa mentre lui la osservava con occhio critico. Poi gli chiese i fiammiferi.

«Un attimo.»

La scatola era dentro una cassetta di legno che teneva sulla scrivania, un tesoro che aveva caro come i suoi occhi. Forse doveva regalargli l'accendino dello zio Rudolph? La zia Elvira però ci sarebbe rimasta male.

«La prego, Elisabeth, lasci fare a me. Anche perché abbiamo pochi fiammiferi.»

Però, bella fiducia aveva nelle sue capacità pratiche! Arrabbiata, Elisabeth allungò la mano per prendere la scatola e allo stesso tempo spinse più dentro uno dei ciocchi. E lì successe.

«Ahi! Maledizione!»

Le era finito qualcosa nel polpastrello dell'indice, qualcosa di appuntito. Elisabeth si mise in bocca il dito sanguinante continuando a imprecare in silenzio. Doveva succedere proprio in quel momento?

«Una scheggia?»

«Non lo so... sembra un ago molto aguzzo.» Si guardò il polpastrello e si accorse che di fatto c'era un puntino nero. Ci passò un dito sopra e sentì dolore. Sì, c'era qualcosa dentro.

«Elisabeth, mi lasci dare un'occhiata...» Si chinò e le prese la mano, la girò per vedere meglio il polpastrello. Se la avvicinò agli occhi e si tolse gli occhiali. *Ma tu guarda*, pensò lei. *Quando gli poso la mano sulla spalla reagisce come se fosse una cosa indecorosa. Adesso però prende la mia mano, la tocca, ispeziona il dito. È uno che se ne intende.*

«La scheggia sembra molto profonda» disse in tono da esperto. I suoi occhi, senza le lenti, erano molto più chiari. Nel suo modo di osservare c'era una determinazione inusuale.

Elisabeth sorresse il suo sguardo. Lui continuava a tenerle la mano. Non per motivi romantici, certo, ma lei si godette comunque questo contatto.

«Elisabeth, dobbiamo tirarla fuori, altrimenti potrebbe diventare una ferita purulenta. La cosa migliore è tornare al tavolo, accenderò una lampada per vedere meglio...»

Che meraviglia. Si sentiva in un sogno. Era davvero Sebastian l'uomo che stava prendendo decisioni così risolute? Come aveva potuto pensare che fosse un codardo? Nell'ora del bisogno, si comportava da vero uomo.

«Se crede» rispose lei ubbidiente. «Ma è solo una piccola scheggia.»

Lui la trascinò verso la propria sedia e la invitò a sedersi mentre cercava un ago.

«Un... ago?»

Sebastian aveva già sfilato via dalla lampada la campana di vetro, la guardò. Sorrise per rassicurarla. «Cercherò di fare più piano che posso.»

Oh, mio Dio, pensò lei, *vuole ficcarmi un ago nel dito!* Si ricordò della sua bambinaia che ai tempi aveva fatto la stessa cosa. Quanto aveva strillato. Era arrivata la madre di corsa credendo che fosse successo qualcosa di brutto alla sua bambina. Poi, vedendo che si trattava di una scheggia, aveva riso. Che donna senza cuore!

Sebastian spostò la lampada e rovistò nel cassetto della scrivania. Trovò l'ago e si chiese come fosse finito lì dentro.

«Pronta?»

A quel punto lei avrebbe tanto voluto scappare. Poteva dirgli che preferiva fare da sola. O di aspettare ancora un pochino. Oppure di lasciare la questione alla natura… Ma non avrebbe più goduto di quella meravigliosa vicinanza e della sua risolutezza così mascolina. Quindi si fece coraggio e gli porse il dito.

«Un po' più vicino alla luce… ecco, così. Se ce la fa lo tenga fermo. Aspetti, l'aiuto… è così agitata.»

Prese la mano di Elisabeth, la strinse e le allargò le dita. E poi iniziò la sua difficile opera.

All'inizio Elisabeth sentì un formicolio. Poi lui bucò e lei serrò le labbra per non fiatare neanche un po'. La sua presa diventò sempre più decisa, poi tirò fuori dalla giacca un fazzoletto pulito e asciugò una gocciolina di sangue.

«Ecco, ce l'abbiamo quasi fatta… Elisabeth, lei è così coraggiosa!»

Mi parla come se fossi un suo alunno, pensò Elisabeth, ma lo trovava comunque incantevole. Se solo avesse smesso di torturarla!

«Fatto!»

Le porse l'ago, su cui si vedeva un minuscolo corpo estraneo nero, sottile come un trattino. Poi avvolse il fazzolettino intorno al dito e le liberò la mano.

«Dio ti ringrazio!» disse Elisabeth sospirando mentre si toccava il dito. Peccato, era finita… forse la prossima volta doveva rompersi una gamba?

«Spero di non averla tormentata troppo.»

«Ma no, si figuri…»

Rimise a posto l'ago e la guardò. Era impallidita? «Sa, certi bambini quando uno cerca di togliergli una spina dal dito entrano nel panico.»

«Davvero?»

«Sì, di recente me n'è capitato uno che per la paura voleva scappare via.»

Lei accennò un sorriso e si tolse la fasciatura intorno al dito. Aveva smesso di sanguinare. Lentamente riacquistò lucidità, la sua testa si schiarì.

«Sebastian, la ringrazio moltissimo» disse sincera. «E adesso accendiamo la stufa.»

«Se insiste.»

«Certo che insisto. Meglio di una polmonite, non crede?»

Lui scosse la testa ma obbedì e si avvicinò alla stufa, tirò fuori un rametto per accenderlo con la lampada a olio. Così risparmiavano fiammiferi. Mentre il fuoco divampava e attaccava i ciocchi, lui disse che non le sarebbe mai venuta una polmonite, finora non aveva mai avuto nemmeno un raffreddore.

«E così deve restare, Sebastian. Me ne occuperò personalmente!»

Lui si piegò alla sua volontà. Si sedette al tavolo mentre Elisabeth si scaldava le mani vicino alla stufa. Quando si girò verso Sebastian, lui aveva di nuovo gli occhiali sul naso, sprofondato nel lavoro.

Lei lo osservò pensierosa. Era un uomo dal fisico robusto, ma sempre un po' maldestro, la faccia larga e gli occhi violetti. Quanto lo amava. Da tre anni lui era così vicino, eppure irraggiungibile. C'era da diventare pazzi. Quel giorno, tuttavia, aveva scoperto qualcosa di nuovo sul suo conto. Quando lei si mostrava debole, lui diventava forte. Doveva approfittarne.

6

Leo non aveva mai visto un simile sfavillio. Era accecante, luccicava tutto: i bicchieri, le lettere d'oro, i flaconcini, le spille e gli anelli delle molte signore presenti.

«Ragazzini, mettetevi in fondo! Non state in mezzo!»

Julius e Hanna giravano con vassoi d'argento pieni di calici e offrivano agli invitati spumante e vino. L'atelier della mamma era pieno da scoppiare. I signori indossavano completi grigi o neri, le signore invece erano vestite di colori sgargianti, avevano le scarpe col tacco e calze di seta scintillanti.

«Questo lo ha fatto la mia mamma» disse Henny indicando un paesaggio invernale su cui, oltre alla neve, c'erano solo un paio di casette e una cupola a cipolla. Dall'altra parte la zia Kitty aveva dipinto l'America: grattacieli, un capo indiano ornato di piume e la famosa Statua della Libertà di New York.

In sottofondo d'un tratto si sentirono le note di un piano. Leo superò un gruppo di signore che bevevano spumante per raggiungere la signora Ginsberg. La mamma l'aveva ingaggiata per la serata, purtroppo però Walter non era stato invitato. All'inaugurazione dell'atelier della mamma solo ospiti selezionati, aveva detto papà.

La signora Ginsberg era di spalle, il piano era appoggiato alla parete. Stava suonando un *Étude* di Chopin, un pezzo molto difficile per cui le dita di Leo erano ancora troppo piccole e impacciate. Se uno sapeva farlo bene, come lei, aveva un suono leggero, bello come l'estate.

«Posso girare gli spartiti?»

«Se hai voglia, volentieri!»

Si mise alla sua sinistra, come gli aveva insegnato. Quando doveva cambiare pagina saliva in punta di piedi e prendeva l'angolo in alto a destra e piano piano girava. La cosa più importante era tenere alto il braccio per non coprire le note. Anche se la signora Ginsberg suonava comunque quasi tutto a memoria.

«Non potrebbero fare un po' più piano?» disse Leo arrabbiato girandosi verso gli ospiti.

«*Shhh*… La musica è solo di sottofondo. Le persone vogliono chiacchierare. Di questo bell'atelier, per esempio…»

Leo smise di mordersi il labbro e si girò di nuovo verso il piano. *Se vogliono solo chiacchierare che bisogno c'è della musica?*, si chiese. Era un peccato. Ci mancò poco che non perdesse l'attimo in cui doveva girare pagina. Seguire la sequenza delle note era facile, mentre le guardava sentiva già i suoni. Note e suoni erano una cosa sola. Già sapeva con precisione come suonava ogni singola nota. La signora Ginsberg aveva detto che possedeva un orecchio assoluto. Lui era rimasto stupito, convinto che tutti fossero in grado di ricordarsi delle note.

«Per favore, passami il libro delle *Sonate* di Schubert.»

Cercò il volume con la copertina spessa nella pila posata sullo sgabello vicino al piano. Due *Impromptu* li sapeva suonare già bene. Se solo avesse potuto esercitarsi di più… La mamma, però, gli concedeva solo mezz'ora al giorno. E quando tornava papà doveva smettere subito. Leo ascoltò eccitato la signora Ginsberg che attaccava con una sonata, un pezzo che non conosceva. Il primo movimento suonava come un'allegra passeggiata per prati e boschi.

Non era molto difficile, forse poteva riuscirci anche lui. Il problema era che le sue dita erano troppo corte, non riuscivano a comprendere nemmeno un'ottava. Ogni tanto se le tirava per farle crescere più in fretta, ma finora senza risultati.

«Leo, piccolo mio, ma che ci fai vicino al piano? Così disturbi la signora Ginsberg!»

Leo fece una smorfia, Serafina von Dobern non la vide perché lui era di spalle. Odiava questa donna come la peste. Era così sdolcinata e subdola. Che venisse in visita alla Villa o la incontrassero per strada in città, si comportava sempre come se dovesse educare lui e Dodo. Quando invece non aveva proprio nessuna voce in capitolo, era solo un'amica della zia Lisa.

«Non disturbo, giro le pagine» disse Leo per rettificare.

Purtroppo Serafina non badò molto alla sua spiegazione. Lo prese per le spalle e lo trascinò lungo la parete fino a una sedia.

«Il tuo papà non vuole che i bambini si mischino con gli adulti» disse Serafina con un sorriso finto. «In queste occasioni i più piccoli devono essere silenziosi, invisibili!»

Serafina era assai magra e la sua pelle molto bianca. Si era messa della cipria rossa sulle guance pensando, forse, di essere più carina. Invece per via degli occhiali e del mento aguzzo sembrava una civetta delle nevi. Gli ordinò di restare seduto mentre lei andava a cercare Dodo e Henny. Con Henny ebbe sfortuna, era dalla madre. Serafina sapeva benissimo di avere partita persa con la zia Kitty. La povera Dodo invece si era incollata allo zio Klippi, a cui non dispiacque che Serafina se la portasse via.

«Ecco, tesori, adesso fate i bravi e restate seduti. Leo, fai posto a tua sorella, potete stare tutti e due sulla stessa sedia, i vostri sederini sono così piccoli!»

Ridacchiava come un'idiota. Dodo era arrabbiata nera, si sedette in punta e tirò su col naso come se avesse il raffreddore. Mentre

Serafina faceva un cenno ad Hanna con le tartine, Dodo sussurrò al fratello: «Ma cosa le importa dei nostri sederi? Pensasse al suo, questa vecchia brontolona!».

«Sì, se ne avesse uno» aggunse maligno Leo.

Ridacchiarono e si presero per mano. Dodo era davvero importante per lui. Faceva belle battute, era sempre dalla sua parte, era intelligente e coraggiosa. Senza Dodo gli mancava qualcosa. Era la sua metà.

«Bambini, prendete pure una tartina. Avrete fame.»

Che generosa, Serafina. Come se queste tartine fossero *sue*! Leo intercettò un'occhiata di compassione da parte di Hanna che gli sorrise e abbassò il vassoio in modo che potesse scegliere meglio. Hanna era così carina. Lo ammirava perché sapeva suonare il piano. Che fesseria questa storia che sarebbe diventata sarta. Perché, Serafina non sapeva cucire?

«Grazie, non mi va» disse Dodo stizzita. «Ho sete.»

Serafina ignorò il desiderio di Dodo, mandò via Hanna e spiegò che dovevano restare lì, buoni, perché presto ci sarebbe stata una sfilata di moda. Le persone sarebbero rimaste tutte sedute a guardare i bei vestiti che aveva fatto la mamma.

Poi si allontanò per prendere delle tartine per sé e per parlare con nonna Alicia e la signora Wiesler. Dall'altra parte, vicino alla parete dell'inverno russo, c'era la zia Kitty circondata da uno stuolo di persone. Erano gli amici del Circolo d'arte; alcuni Leo li conosceva, per esempio due pittori e un uomo grasso che suonava il violino. Bevevano spumante e ridevano forte, gli altri invitati si giravano di continuo.

«Quelli sono tutti i partner d'affari di Paul» disse a un certo punto la zia Kitty. «Direttori di banca, avvocati, industriali, consiglieri comunali... e chissà cos'altro. Tutti i notabili di Augusta sono qui riuniti insieme a consorti e figli.»

«Guarda Henny» disse Dodo indicando col mento. «Ha già mangiato almeno dieci tartine, tutte con uovo e caviale.»

Leo strizzò gli occhi per vedere meglio. Henny era vicino alla porta della stanza delle macchine per cucire e stava bevendo un calice di spumante abbandonato mezzo pieno da chissà chi. Se l'avesse vista la madre, l'avrebbe rispedita subito a casa. L'alcol per i bambini era vietatissimo.

«Che brutta questa inaugurazione!» disse Dodo. «È noiosa... e quanto rumore! Mi fanno già male le orecchie.»

Leo era della stessa opinione. Fosse rimasto a casa, avrebbe potuto esercitarsi al piano senza che nessuno lo disturbasse. Sospirò.

«Allora, voi due? Vi state annoiando? Leo, fra poco ci sarà qualcosa da vedere. E poi ti mostro le nuove macchine per cucire. Funzionano a pedale, una cosa pazzesca!»

Paul accarezzò la testa dei suoi gemelli, li guardò con aria incoraggiante e tornò dai suoi ospiti. Parlò del *Rentenmark*, il nuovo marco che valeva un bilione di marchi di carta. Forse adesso avrebbero iniziato a risalire la china e i prezzi si sarebbero stabilizzati. Il signor Manzinger invece ne dubitava. Finché la Germania avesse continuato a pagare i danni di guerra, l'economia non si sarebbe ripresa. Quelli della nuova repubblica erano solo una massa di incapaci, non facevano altro che chiacchierare e formare nuovi governi ogni due mesi. Ci sarebbe voluto un uomo come Bismarck, un cancelliere di ferro che...

«Che cos'è un cancelliere di ferro?» domandò Dodo.

«Sarà un soldatino di piombo.»

Che noia. Leo cercò di aprirsi l'ultimo bottone della camicia. La mamma lo aveva vestito con un completo strettissimo, stava per soffocare. Era troppo piccolo, ma lei aveva detto: «Solo oggi, fallo per me, amore mio». Se si fosse sentito un botto, era lui che scoppiava.

«Papà ha detto che ti mostra le nuove macchine per cucire» disse Dodo triste. «Solo a te. Ma vorrei vederle anch'io!»

Leo sbuffò. Le macchine gli erano del tutto indifferenti. A maggior ragione quelle per cucire, che erano roba da femmine. Trovava molto più eccitante l'interno di un pianoforte, l'aveva visto una volta che era venuto l'accordatore e aveva smontato il pezzo davanti. Aveva visto le corde sottili, sopra a una struttura in metallo. Erano dure e tesissime. Quando uno premeva un tasto, un martelletto di legno rivestito in feltro batteva su queste corde. Un pianoforte era una macchina complicata come una persona. Poteva essere divertente o triste, se uno suonava bene tutti erano contenti e a volte quando si raggiungeva la perfezione si toccavano vette altissime. Walter diceva che succedeva anche con il violino. Con tutti gli strumenti musicali, in realtà. Perfino col tamburo. Ma Leo non ci credeva, non col tamburo.

«Ma che ci fate lì seduti?» All'improvviso arrivò Henny con la faccia paonazza e gli occhi che le brillavano.

«È colpa di Serafina!»

«Ma quella non vi pensa proprio.»

Era vero, Serafina si trovava in fondo, vicino alla parete dei grattacieli, aveva un calice in mano e parlava con l'avvocato Grünling. E ridacchiava come una gallina, come al solito.

«Venite, vi faccio vedere una cosa» Henny tirò il vestito a Dodo e s'intrufolò in mezzo agli invitati.

A Leo non andava di correre dietro a Henny. La cugina voleva solo pavoneggiarsi, come sempre. D'altra parte, però, lì si stavano annoiando a morte. Dodo seguì la bambina, e Leo, se pur malvolentieri, fece altrettanto.

Henny era entrata furtivamente nella stanza delle macchine per cucire. Quelle di cui aveva parlato papà erano allineate lungo la parete, chiuse da coperchi di legno. Vicino alla porta la mamma aveva appeso due grandi specchi, sotto c'erano dei tavolini pieni di cose da femmine. Spazzole per capelli, fermagli, trucchi e via dicendo. Sull'altro lato c'erano degli appendiabiti con stanghe lunghissime, su cui stavano attaccati i modelli della mamma. Non si vedevano, erano coperti da teli grigi.

«Lì sotto c'è un uccello d'argento» sussurrò Henny.

«Stupidina, quelli sono i vestiti della mamma» disse Dodo. «Smettila, non possiamo mica toccarli!»

Henny però si era già infilata sotto il telo alla ricerca del suo uccello d'argento. L'appendiabiti iniziò a oscillare, sembrava un mostro grigio che danzava sul posto.

«Eccolo, l'ho trovato!» disse una vocina da sotto il "mostro". «È... è un uccello che scintilla!»

Leo e Dodo la raggiunsero sotto al telo. Per vedere l'uccello, ma anche per salvaguardare i vestiti della mamma dalle appiccicose grinfie di Henny.

«Dove?»

«Lì, l'argento...»

Era vero: su un tessuto azzurro brillante erano cucite minuscole placchette d'argento che rappresentavano un uccello con le ali aperte.

Leo stava per trascinare Henny fuori dal telo quando nella stanza entrarono delle persone.

«Sbrighiamoci. L'ordine è quello in cui sono appesi... Hanna, tu passi le cose, Gertie aiuta nella vestizione, Kitty fa gli ultimi controlli. Nessuno esce prima che lo dica io.»

Questa era la mamma. Oh, Dio, com'era agitata. ma cosa stavano facendo? Era la sfilata di cui aveva parlato Serafina?

Dodo si attaccò al telo, Henny si accucciò a terra, quella scema era convinta che così non la vedessero. Non sarebbe servito a nulla, la mamma fra poco li avrebbe scoperti e gliene avrebbe dette di tutti i colori.

Invece andò diversamente. Qualcuno sollevò il telo grigio e lo buttò all'indietro, oltre gli appendiabiti. Dodo, Henny e Leo scomparirono lì sotto. Nessuno li vide, come se fossero sotto una cappa magica che li rendeva invisibili.

Per un po' restarono a terra immobili, poi Dodo dovette starnutire e Leo pensò di dire addio al nascondiglio. Le donne nella stanza però erano troppo agitate per accorgersene.

«La gonna è davanti, dietro... ecco, così va bene. Mettiti il busto, altrimenti la camicetta non sta bene... aspetta, hai un ciuffo davanti al viso... questa cucitura è storta! No, non le scarpe mattone, quelle giallo senape... aspetta, i ganci sono ancora aperti...»

Nell'altra stanza si sentiva la voce della mamma. Spiegava i suoi modelli alla gente, di che tessuto fossero fatti e in quale occasione andassero indossati. Ogni tanto si sollevavano esclamazioni tipo «Oooh» o «Ahhh, che belli!» oppure «No, ma è meraviglioso!». La signora Ginsberg suonava Schumann e Mozart, qualcuno tossì, poi si ruppe un bicchiere...

Sotto quella stoffa pesante Leo stava per soffocare. Aveva bisogno d'aria, non importava cosa sarebbe successo. La mamma non sarebbe stata contenta nemmeno di vederlo morto. Piano piano spostò un pezzo di telo e respirò. C'era un odore strano. Non era lo stesso della stanza del cucito della mamma alla Villa delle Stoffe. Era profumo. E aria pesante. E poi c'era odore di biancheria. E... di femmine.

Per vedere cosa stava succedendo dovette spostare un po' i vestiti sull'appendiabiti. Una scena eccitante. Due ragazze erano davanti agli specchi, ne vedeva le schiene e il riflesso nel vetro. Una aveva i capelli rossi; si tolse la camicia e poi anche la gonna. L'altra indossava un costume da bagno blu scuro con i bordi bianchi, la zia Kitty le mise in testa un cappello di paglia azzurro. La ragazza iniziò a muovere le anche e a toccarsi i bordi del costume. L'altra ragazza aveva il busto, glielo stava aprendo... Leo sentì girare la testa. Non aveva mai visto una donna senza vestiti. Una ragazzina sì. Fino a due anni prima aveva fatto il bagno insieme a Dodo, nella stessa vasca, poi non aveva più voluto. Dodo però non aveva ancora i seni, nemmeno adesso. Quella donna invece sì.

«Girati verso di me» disse la zia Kitty. «Bene, prendi lo scialle ma lascialo aperto. Alla fine della passerella te lo togli per mostrare il costume. Vai!»

Entrò una terza ragazza, accaldatissima. Appena fu dentro smise di sorridere e si tolse il vestito verde. Anche il reggicalze era verde.

«Quello azzurro?»

«No, prima quello lilla...»

Qualcuno prese un vestito dall'appendiabiti e all'improvviso Leo incrociò gli occhi ingiganditi e indignati di Hanna. Non aveva pensato al fatto che gli abiti sarebbero stati presi e indossati uno dopo l'altro; all'improvviso la sua copertura era saltata.

«Hanna, che c'è?»

«Niente... davvero, niente... mi gira solo un po' la testa, a volte quando mi chino mi capita.»

Hanna non era mai stata brava a mentire. Se ne accorsero tutti. La zia Kitty poi in queste cose era meglio della mamma.

«Non ci credo! Non è possibile!» La zia Kitty spostò i vestiti e guardò il viso terrorizzato di Leo.

«Dodo? Henny?» aggiunse poco dopo con una voce che non lasciava presagire nulla di buono.

Dodo uscì da sotto la montagna grigia, Henny restò accucciata a terra, immobile.

«Ma chi vi ha fatti entrare?»

Dodo decise di prendere in mano la situazione, Leo era troppo confuso e Henny faceva finta di non esserci.

La zia Kitty non aveva né il tempo né la pazienza di sentire spiegazioni, alle sue spalle aspettava la ragazza in costume e cappello di paglia. Gertie prese dall'appendiabiti un tubo di pizzi neri e grovigli di stoffe trasparenti.

«Gertie, l'abito da sera dallo a me» disse la zia Kitty. «Tu prendi i bambini e portali di là da Julius. Li deve riaccompagnare subito alla Villa. Henny, vieni fuori. So che sei lì sotto.»

Poi successe tutto rapidamente. Gertie li tirò davanti all'appendiabiti, si liberarono dal telo grigio, un attimo dopo erano già nell'ufficio e poi nel giardino d'inverno dove Julius si stava godendo un bicchiere di vino e un sigaro.

«Devi riportarli a casa…»

Julius guardò i tre bambini, avevano il senso di colpa scritto in faccia. Era tutt'altro che entusiasta di quell'incarico, si era appena messo comodo.

«Gertie, per te sono ancora il "signor Kronberger"» borbottò.

Lei non se la prese e rispose: «Giusto, altrimenti perdi la faccia».

«Sicuro non per causa tua.»

Gertie mollò lì i bambini e tornò nella stanza delle macchine per cucire. La sfilata si stava avvicinando al momento clou, avevano bisogno di lei.

Julius finì il suo bicchiere in un sorso e si portò dietro il sigaro.

«Allora su, giovani signorini, andiamo. Passiamo dal retro, va bene? I vostri cappotti.»

Distribuì i soprabiti e infilò il capello di lana a Henny. Stranamente lei non protestò, di solito faceva un sacco di storie. Sembrava proprio mortificata.

Il domestico attraversò il giardino e poi una stradina stretta e buia che sboccava in Karolinenstrasse. Lì i bambini aspettarono al gelo che Julius andasse a prendere la macchina.

«Piccoletti, è pure ora che andiate a dormire» disse quando furono tutti seduti dietro.

«Sì, ha ragione» disse Dodo.

Leo rimase in silenzio. Era ancora turbato per quello che aveva visto e si sentiva in colpa. Henny invece ebbe d'improvviso dei conati di vomito.

«No!» borbottò Julius! «Non sull'imbottitura! Maledizione, non sull'imbottitura!»

Si precipitò fuori dall'auto e spalancò la portiera anteriore per stendere sui sedili imbottiti alcune pagine delle *Augsburger Neueste Nachrichten*. Ma era troppo tardi.

«*Bleah!*» disse Dodo schifata spostandosi di lato.

«Adesso mi sento molto meglio» disse la bambina sospirando.

7

Nella cucina della Villa delle Stoffe quel sabato sera si lavorava a pieno regime. Julius aveva appena finito di sparecchiare. Auguste stava riponendo i resti della cena nei contenitori per portarli in dispensa e Gertie, che da due settimane aveva preso il posto di Hanna, lavava i piatti. C'era anche Hanna; aveva già iniziato l'apprendistato come sarta all'atelier ma abitava e mangiava alla Villa delle Stoffe. Quella sera era seduta al tavolo con aria triste, mordicchiava un panino al prosciutto e si guardava l'indice destro, fasciato con una garza.

«Io lo sapevo che eri troppo maldestra per cucire!» disse Auguste passando. «Cucirsi il proprio dito, non si è mai sentito da nessuna parte! Dovrebbero chiamarti Signorina Hanna *von Pasticcen...*»

«Lasciala in pace!» disse la cuoca, in piedi a capotavola a tagliare sedano, carote e cipolle. La sera successiva erano invitati a cena diversi soci d'affari del signore con le consorti, bisognava iniziare a preparare. Soprattutto, andava messo su il brodo di manzo da portare in tavola con le *Maultaschen* come seconda portata. Il lesso invece serviva per lo stufato destinato ai dipendenti. Gli ospiti avrebbero ricevuto arrosto di pancetta di maiale ripieno di cavoli rossi. Anche il ripieno andava fatto quella sera, per lasciarlo insaporire dalle spezie durante la notte.

«Nel ripieno cosa ci va?» domandò Gertie dal lavabo.

«Aspetta e vedrai» rispose la Brunnenmayer borbottando. Non rivelava mai i segreti delle sue ricette.

«Macinato di maiale, vero? E pan grattato, sale, pepe e... noce moscata, dico bene?»

«Macinato di coda di lucertola, lucido da scarpe e fuliggine» replicò la cuoca.

Julius quasi pianse dalle risate, anche Auguste rise, solo Hanna era troppo abbacchiata per lasciarsi contagiare dall'ilarità generale.

Gertie non era una che si facesse intimidire così in fretta. Non era il suo primo impiego, ma non aveva mai lavorato in una casa così grande. I Melzer avevano un cameriere, una cuoca, una domestica da camera e una sguattera da cucina. Prima della guerra c'erano stati pure due giardinieri, una seconda domestica da camera, due dame di compagnia e una governante. Quei bei tempi ormai erano finiti, ma tutti dicevano che la fabbrica di tessuti si stesse riprendendo. Forse avrebbero assunto nuovo personale.

Gertie all'inizio non era rimasta entusiasta dell'offerta della signora Katharina Bräuer di fare la sguattera alla Villa delle Stoffe.

«Non devi restare sguattera per sempre» le aveva detto però la signora. «Se lavori bene puoi crescere.»

Gertie aveva sentito che pure la giovane signora Melzer aveva iniziato in quel ruolo ed era rimasta molto impressionata. Certo, al momento in famiglia non c'erano scapoli disponibili, ma forse poteva essere promossa domestica da camera o addirittura dama di compagnia. Avrebbe dovuto studiare, frequentare una scuola apposita. Lei non poteva permettersela, ma forse i padroni...

«Ci mette anche il cumino... e la maggiorana! Vero?» insistette.

«La maggiorana si mette negli gnocchi di fegato, non nell'arrosto di maiale!» ribatté la Brunnenmayer. La nuova sguattera le aveva già fatto rivelare troppe cose. «E se adesso non chiudi il becco ti spedisco in cantina a pelare le patate!»

Finito il lavoro, Auguste si sedette vicino ad Hanna e disse di essere a pezzi. Ormai aveva una circonferenza così imponente da poter poggiare la tazza del caffè sulla pancia. Ogni giorno si lamentava che lo scalmanato marmocchio che portava in grembo sarebbe diventato anche lui un monello.

«Mi dà i calci alla schiena, la notte non riesco a dormire... Migliora solo con i massaggi di Gustav; il *mio* Gustav ha le mani così forti.»

La Brunnenmayer aveva messo qualche resto della cena su un piatto e l'aveva posato al centro del tavolo come ultimo spuntino. Salsiccia affumicata, cetrioli sottaceto, panini al burro, pezzetti di crostata di prugne. Insomma, tutte cose che si potevano mangiare al volo.

«È rimasto anche un po' di pane a treccia, se vuoi portalo ai tuoi bambini.»

Auguste aveva già messo via quattro pezzi di crostata. Alle parole della cuoca si illuminò. Iniziò a raccontare quanto fosse diligente il suo Gustav. «Sta sistemando le piccole serre. Il signore gli ha regalato le vecchie vetrine dell'atelier.»

«Nessuno ha voglia di asciugare?» si lamentò Gertie al lavello.

Auguste fece finta di non aver sentito.

Alla fine si alzò Hanna. «Ma Else dov'è finita?»

«È il suo giorno libero» rispose Auguste.

«Ma sono le otto passate. Di solito a quest'ora è tornata da un pezzo...»

Auguste ridacchiò e disse che magari si era accalappiata qualcuno e stava facendo quattro salti al Kaiserhof. «Oppure sono al Luli di Königsplatz a guardare Charlie Chaplin.»

«Auguste, sei impazzita!» s'intromise Julius. «Else non lo farebbe mai!» Era convinto che presto i cinematografi avrebbero chiuso i battenti. Cos'aveva di speciale un film? Erano immagini in movimento, nient'altro. E gli attori si muovevano in maniera così artificiosa. Non potevano nemmeno parlare, c'erano quegli stupidi testi d'intermezzo. E la musica al piano in sottofondo... No, lui preferiva andare a teatro, perlomeno si vedevano persone vere.

«Lei vuole vedere le donne nude» disse la cuoca mentre girava il brodo nella pentola fumante.

«Signora Brunnenmayer, questo però non lo accetto!» s'inalberò Julius. «Sono artiste!»

Auguste scoppiò a ridere, Gertie e Hanna fecero altrettanto.

«Saranno pure artiste, ma comunque nude.»

Julius sbuffò. «Hanna, se vuoi...» disse poi in tono bonario «se vuoi una volta porto anche te. Ti piacerà.»

Hanna prese un piatto e rispose: «Grazie, ma preferisco di no».

Il domestico fece una smorfia e bevve un sorso di tè. Era abituato alle resistenze della ragazza, ma non mollava, convinto che forse con la tenacia avrebbe raggiunto il suo scopo.

«Be', se volessi invitare me, io farei meno la difficile» disse Gertie.

Julius restò zitto, Auguste ghignando disse che Gertie poteva aspettare all'infinito.

«Al nostro Julius piace la piccola Hanna» spettegolò. «Hanna infatti è proprio carina. Quel Grigorij è stato proprio uno stupido ad andarsene. Ma i russi sono fatti così. Avete sentito che si sono bruciati in vodka tutti i danni di guerra che gli abbiamo pagato?»

«Ma che dici...» Hanna s'interruppe, avevano bussato alla porta.

«Sarà Else» disse la cuoca aggrottando la fronte. «Era pure ora. Hanna, va' ad aprire.»

Hanna tolse il catenaccio, ma quando aprì non si ritrovò davanti Else, bensì Maria Jordan. Aveva addosso un impermeabile grigio e una sciarpa di lana, ma aveva comunque il viso paonazzo per il freddo.

«Oh, la signora direttrice!» disse Auguste ironica. «Hai lasciato soli i bambini per far visita ai vecchi amici... e magari fargli le carte?»

Maria Jordan non batté ciglio. Fece un giro di saluti e si tolse il soprabito. Julius, sbuffando, appese impermeabile e sciarpa al gancio vicino alla porta.

«Che vento gelido» disse la Jordan strofinandosi le dita. «Nevicherà. Del resto domenica prossima è la prima dell'avvento...»

Sorrise come se fosse un ospite atteso da tempo e chiese una tazza di tè zuccherato. Si sedette e prese l'ultimo pezzo di torta.

«Gertie, adesso fai la sguattera qui?» domandò masticando.

«Sì, da due settimane.»

Maria Jordan annuì e disse che lì alla Villa delle Stoffe alcune sguattere da cucina avevano fatto carriera.

«E tu?» chiese la cuoca che adesso aveva davanti a sé una grande ciotola in terraglia con dentro gli ingredienti del ripieno. «Jordan, tu come te la passi?»

«Io? Be', non mi lamento...»

«Ah» disse Fanny Brunnenmayer aggiungendo un pizzico di sale. Gertie, che stava lavando il grande piatto da portata, allungò il collo per vedere che spezie stesse usando. Il problema era che per quanto riguardava i contenitori blu e bianchi il contenuto non combaciava quasi mai con la scritta.

«E qui in casa?» indagò la Jordan. «È vero che cercano una bambinaia?»

«Purtroppo sì» rispose Hanna. «Anzi, la signora Melzer, Alicia, ne ha già assunta una contro la volontà della figlia e della nuora. Dev'essere una persona orribile, ieri sera la povera Dodo è venuta da me piangendo a dirotto.»

Maria Jordan beveva il suo tè a piccoli sorsi, si comportava da gran signora tenendo il mignolo allungato. Gertie lo trovava curioso, trattandosi di una ex domestica. Ma già sapeva che aveva di fronte a sé una persona "particolare".

«Ah, quindi i bambini l'hanno già conosciuta» disse la Jordan. «Come si chiama?»

Julius sbadigliò, aveva gli occhi piccolissimi e non vedeva l'ora di andare a letto. Ma Hanna era ancora in cucina, quindi voleva restare.

«Si chiama Serafina» disse Hanna.

«Serafina von Sontheim?» replicò Maria aggrottando la fronte.

«No, von Dobern, un'amica di Elisabeth von Hagemann.»

Maria Jordan annuì. La conosceva. Sì, non era una persona facile. Poveri bambini. Davvero, bisognava avere compassione per loro.

Gertie constatò che tutti i dipendenti conoscevano questa Serafina von Dobern tranne lei e Julius. Una nobile caduta in miseria. Brutta e rinsecchita. Mento aguzzo. Noiosa come la morte. A suo tempo le sarebbe piaciuto diventare la signora Melzer.

«Ci saranno problemi» disse la Jordan. «Francamente, Alicia Melzer la facevo un po' più intelligente. Ma insomma, ormai anche lei ha la sua età.»

La cuoca assaggiò il ripieno con un cucchiaino, annuì soddisfatta e coprì la ciotola con un canovaccio pulito.

«Ecco» ordinò a Gertie. «Portala in dispensa e rimetti a posto le spezie.» Poi andò al lavello a lavarsi le mani.

«Auguste, e il tuo vivaio come va?» chiese la Jordan.

Auguste fece un cenno di diniego, non aveva la minima voglia di raccontare a Maria Jordan delle sue preoccupazioni. «Be', d'inverno non c'è molto da fare e poi io fra poco partorisco.»

«Certo, certo» disse la Jordan guardandole il pancione. «Un altro salario vi farebbe comodo, eh? Presto è Natale, i bambini vorranno dei regali.»

Al momento in casa Bliefert nessuno pensava ai regali. Erano già contenti di rimediare un arrosto per il giorno di festa.

«Salario? Hai bisogno di un assistente mentre fai le carte?» la prese in giro Auguste.

Maria Jordan sorrise e si appoggiò allo schienale della sedia. Giunse le mani in grembo con un'aria di sufficienza.

«Ecco, avrei un paio di lavoretti da assegnare. Imbiancare, posare un pavimento, cambiare dei tubi…»

Tutti i presenti la guardarono sgranando gli occhi. Nemmeno Gertie sapeva cosa pensare. Non avevano detto che la Jordan era stata la direttrice di un orfanotrofio ma aveva perso il posto a causa dell'inflazione?

«Tu?» domandò Auguste non sapendo se ridere o rimanere seria. «Tu assegni lavori del genere?»

«Certo!» Maria continuò a sorridere rallegrandosi dell'effetto delle sue parole.

«E li paghi pure?»

«Ovvio che pago.»

«Sì ma…» balbettò Auguste guardando la Brunnenmayer in cerca d'aiuto. La cuoca però era allibita come gli altri.

«Hai per caso ereditato? O ti sei fatta l'amante?»

Maria Jordan la guardò piena di disprezzo. Ma cosa si credeva? «Oggigiorno una signora deve badare a se stessa da sola» annunciò. «Chi si affida agli altri è spacciato.» Aspettò che finissero i mormorii e poi continuò. «Ho comprato due casette al Milchberg e devono essere rimesse un po' a posto. Voglio affittare gli appartamenti.»

Auguste per poco non inciampò. Ad Hanna sfuggì di mano l'ultimo piatto da asciugare. Fanny Brunnenmayer rovesciò il tè. Julius guardò la Jordan con palese ammirazione.

«Ca… case» balbettò la Brunnenmayer. «Tu hai comprato delle case? Di' un po', Jordan, vuoi prenderci tutti per i fondelli?»

Lei scrollò le spalle e disse che non le importava se ci credessero o meno, il nocciolo della questione non cambiava. L'inflazione si era divorata tutti i suoi risparmi. Visto che aveva messo da parte un piccolo capitale, però, la banca le aveva concesso un credito, che lei aveva subito reinvestito.

«Capisco» mormorò Julius pieno d'invidia. «Le case le ha ricevute a prezzo stracciato perché i proprietari erano in difficoltà. E i debiti in banca sono stati spazzati via dall'inflazione. Ben fatto! Signorina Jordan, ha la mia stima.»

Fu l'unico a dire qualcosa, gli altri tacquero. Maria Jordan, scaltra com'era, aveva realizzato il suo capolavoro. Sì, era un benessere costruito sulla miseria altrui, ma in quei tempi bui funzionava così.

Auguste fu la prima a riprendersi. «E quanto paghi?»

«Mandami Gustav, troveremo un accordo.»

«Non ci penso nemmeno» replicò Auguste. «Il prezzo lo contratti con me. Io ti conosco.»

«Come vuoi. Ma considera che al piano terra intendo aprire un negozio di gran gourmet e comprerei da voi piante e verdure.»

«I nostri prodotti li vendiamo al mercato.»

«Passate da me domani, le due casette sulla curva. Sulla porta c'è già il mio nome.»

Maria Jordan si alzò e guardò Julius con un'espressione di pretenziosa attesa. Gertie non poteva crederci ma il domestico, sempre così snob, si alzò e portò alla Jordan impermeabile e sciarpa. La aiutò perfino a indossarle e le sorrise come se fosse una signora, quando era solo una ex dama di compagnia diventata ricca. Ma così era la vita. Con i soldi era tutto più facile.

«Allora vi auguro una piacevole serata» disse Maria Jordan con un'aria di trionfo. «Auguste, a domani!»

Julius la accompagnò e chiuse la porta con il catenaccio. Per un po' in cucina ci fu un silenzio imbarazzato.

«Che mi prenda un colpo, che storia!» disse infine la Brunnenmayer.

«Ma vedrete, prima o poi cadrà dal suo piedistallo!» disse con una vena di malignità Auguste. «Un negozio di gran gourmet al Milchberg! Che cosa ridicola, la Jordan che si mette a fare la ristoratrice!»

«E perché no?» obiettò Gertie.

«Stupidina, perché di queste cose non ne capisce un tubo!» replicò Auguste.

«Be', però ha coraggio» insistette Gertie. «Adesso per esempio sta attraversando il parco buio tutta sola e poi continua fino alla città.» Lo sguardo avvelenato di Auguste le era indifferente. Lei non era come Hanna che si lasciava intimidire da un nonnulla. Con lei quella vipera di Auguste avrebbe avuto vita dura.

«È notte fonda» disse la Brunnenmayer. «Già le nove passate. Ma dov'è finita Else?»

Auguste si alzò sospirando, aveva le gambe gonfie. Hanna ebbe pietà di lei e andò a prenderle la giacca e lo scialle.

«Ma di cosa vi preoccupate? Quella sarà già a letto che russa.»

«Sì, e da dove è passata?»

Entrando dall'ingresso della servitù, infatti, bisognava attraversare per forza la cucina. Se fosse rientrata, perlomeno la Brunnenmayer avrebbe dovuto vederla; era ai fornelli da mezzogiorno.

«Io vado, la Liesl avrà già messo i pupi a letto» disse Auguste stringendosi lo scialle. «Buonanotte a tutti.»

Gertie le aprì la porta e aspettò che avesse acceso la lanterna. Il vento fece svolazzare la gonna e la sciarpa della domestica, che poi avanzò a passo pesante sul vialetto in ghiaia fino alla casetta del giardino.

La Liesl non ha nemmeno dieci anni, pensò Gertie chiudendo la porta. *E deve già fare da madre ai fratelli. Povera bambina.*

In cucina era rimasta solo Fanny Brunnenmayer; stava cambiando l'acqua della casseruola. Tutti gli altri erano già saliti.

«Buonanotte!»

«Dormi bene» rispose la cuoca.

Gertie aveva salito due gradini quando le venne incontro Hanna agitatissima, seguita da Julius.

«Else è di sopra, ma rantola in modo strano. Secondo me dobbiamo chiamare il dottore.»

Fanny Brunnenmayer, in fondo alle scale, si spaventò a morte. «Io lo sapevo! Sono settimane che quella non sta bene e non dice nulla...»

Gertie spinse di lato Hanna e Julius e salì. Non amava Else in modo particolare, era fredda e si lamentava di continuo. Ma se era malata bisognava aiutarla.

«Ha mal di denti» disse Julius. «Deve andare dal dentista.»

«Domani però è domenica» disse Hanna.

«Be', allora lunedì mattina presto» replicò Julius lapidario.

Gertie salì fino al terzo piano il più rapidamente possibile. Nel lungo corridoio delle camere dei domestici c'era un lampadario elettrico, ma la luce era fioca. Ciò nonostante, vide subito che la porta della camera di Else era solo accostata.

«Else?»

Nessuna risposta. Gertie spalancò la porta. Dentro l'aria era parecchio pesante, meglio non chiedersi di che cattivi odori si trattasse. Poi trovò la lampada e la accese. Else era a letto, sprofondata tra i cuscini. Non si muoveva, il suo respiro era veloce e affannoso. Tutto quello che si vedeva di lei era la fronte rossa madida di sudore e una guancia bluastra molto gonfia.

Gertie osservò meglio la guancia e rabbrividì. Sua sorella piccola era morta a cinque anni per un'infezione del sangue. Una ferita purulenta a un dito, nient'altro. Nessuno aveva pensato di portarla in ospedale per tempo... Gertie tornò di sotto di corsa.

«Julius!»

Erano tutti in cucina a discutere se fosse il caso, a quell'ora, di chiamare il dottore. Julius nemmeno si girò, stava cercando di convincere Hanna a seguirlo in un'escursione notturna «Dài, andiamo dal dottor Greiner. È un buon amico dei Melzer, ci aiuterà.»

«E io che c'entro? Non sei capace di guidare da solo?» rispose Hanna.

«Devi aiutarmi a convincerlo. Tu lo sai fare bene e...»

«Adesso basta!» intervenne Gertie. «È una questione di vita o di morte. Dobbiamo aiutare Else a entrare in macchina e portarla in ospedale.»

Julius si mostrò alquanto perplesso. Che sciocchezze. E anche volendo... senza il permesso del signore non poteva.

«Dobbiamo avvertire i padroni» disse la Brunnenmayer. «Sarà la signora a decidere il da farsi.»

Hanna era già fuori dalla cucina, Gertie la seguì. Il corridoio al primo piano era buio, la sala da pranzo vuota, così come la stanza degli uomini e il giardino d'inverno. Nel salone rosso però si sentivano delle voci, la giovane signora Melzer stava parlando con la cognata.

Hanna bussò, le due ragazze aspettarono impazienti ma nessuno rispose. Sembrava una conversazione piuttosto accesa, non avevano nemmeno sentito i colpi alla porta.

«Ahi,» sussurrò Hanna «si tratta della nuova bambinaia.»

«Non m'interessa.»

Gertie aprì e ficcò la testa dentro. Marie Melzer e Kitty Bräuer erano sedute sul divano e stavano discutendo in maniera animata. Vedendo Gertie restarono impietrite.

«Gertie? Ma che vuoi a quest'ora?» disse Kitty evidentemente infastidita per il disturbo.

Marie Melzer invece capì subito. «È successo qualcosa?»

Gertie accennò un inchino e annuì molto decisa.

«Signora, le chiedo perdono se arrivo qui così all'improvviso. Else sta malissimo, credo abbia un'infezione al sangue.

«Santo cielo!» esclamò Kitty Bräuer. «Solo questa ci mancava oggi! Ma come le è venuta?»

Marie Melzer era già saltata in piedi. In corridoio vide Hanna; lei aveva aspettato lì. «Hanna, l'hai vista? Ha la febbre? È ferita?»

Gertie restò sulla porta e penso che in realtà la signora non avrebbe dovuto chiedere ad Hanna, bensì a lei. Ma così era la vita: una sguattera non contava nulla, invece una sarta...

«Gertie ha detto che dobbiamo portarla in ospedale, altrimenti muore.»

«Vieni, Hanna, saliamo. Le do un'occhiata io.»

Gertie non venne invitata a seguirle, così restò sulla porta. Hanna non aveva appena detto chiaro e tondo «La Gertie ha detto che...»? Perché non poteva nemmeno salire di sopra?

Nel frattempo si era alzata anche Kitty Bräuer ed era uscita in corridoio. Guardò Gertie di malumore.

«Quanta agitazione! Probabilmente ha di nuovo mal di denti, tutto qui. Dovrebbe solo decidersi ad andare del dentista, quella stupida. E tu che ci fai ancora qui? Tornatene in camera tua! No, aspetta, già che ci sei... preparami una tazza di tè, quello nero dell'India. E due biscotti belli croccanti. Portameli su in camera. Muoviti!»

«Subito, signora!»

Questa donna ha un ceppo al posto del cuore, pensò Gertie. *Else è in pessime condizioni e lei ordina tè e biscotti.* Gertie scese le scale e tornò in cucina, dove l'aspettavano altre rogne.

«Di' un po', ma tu devi sempre ficcare il naso dappertutto?» la aggredì Julius. «L'avevo quasi convinta.»

«Ma se hai appena detto che puoi prendere l'auto solo con il permesso dei signori!» controbatté Gertie. Ci mancava solo lui. Questo maschio eccitato che voleva solo approfittare della situazione per abbordare Hanna.

«Che c'entra, in casi di emergenza, se è una questione di vita o di morte posso» rispose.

Incredibile! L'unica veramente preoccupata per la povera Else era la cuoca. La Brunnenmayer, che era salita, tornò in quel momento con il fiatone. La giovane signora Melzer era di sopra con Else. Dio sia lodato. Marie Melzer avrebbe capito la gravità della situazione.

Anch'io l'ho capita, pensò Gertie, *ma nessuno mi dà retta*.

«Julius, prepara la macchina!» gridò una voce maschile in tono deciso. A quanto pareva la vicenda si era ingrandita ed era stato chiamato in causa perfino il padrone.

«Subito, signor Melzer!»

Gertie e la Brunnenmayer corsero dall'altro lato della cucina, da dove si accedeva all'ingresso. Si accese la luce, l'anno precedente il signore aveva fatto installare diverse lampade elettriche.

«Eccola!» disse la Brunnenmayer sospirando mentre indicava la scalinata padronale. «Signore mio! Gesù, Vergine Maria... Oh Dio santissimo!»

Gertie seguì la scena a occhi sgranati. Il signore stava portando in braccio Else giù per le scale. Nessuno dei signori di un tempo avrebbe fatto una cosa del genere. La malata era stata avvolta nelle sue lenzuola.

«La macchina è pronta? Hanna, prendi una coperta.»

Marie Melzer seguiva il marito, Hanna era davanti per fare strada e aprire la porta. Entrarono fiocchi bianchi, aveva appena iniziato a nevicare.

Fanny Brunnenmayer posò una mano sulla spalla della sguattera e tra singhiozzi disperati disse: «Non tornerà, Gertie, Else non tornerà».

Gertie si divincolò per andare a prendere i cappotti e i cappelli dei signori. Marie Melzer le fece un brevissimo sorriso, poi prese le cose sottobraccio e corse dietro al marito. Voleva andare in ospedale anche lei.

Appena Hanna chiuse la porta, in cima alle scale comparve Kitty Bräuer. Guardò l'ingresso dove erano rimaste Hanna, Gertie e la cuoca in preda ai singhiozzi.

«Mio Dio... che cosa terribile!» disse. «Gertie, non dimenticarti il mio tè. Ma niente biscotti, mi è passato l'appetito.»

8

Le cose stavano migliorando. Paul Melzer lo sentiva, anche se quasi tutte le persone con cui aveva a che fare restavano scettiche. Lui però era sicuro di avere fiuto, proprio come lo aveva avuto suo padre. Stavano uscendo dal baratro della depressione economica in seguito alla sconfitta bellica.

Rimise la lettera nella cartellina e decise di rinviare la decisone all'indomani, dopo averne parlato con Ernst von Klippstein. L'offerta arrivata dagli Stati Uniti per la fornitura di cotone grezzo era più che accettabile, l'unico dubbio era se il nuovo Rentenmark, in cui lui riponeva tante speranze, avrebbe davvero stabilizzato il sistema monetario tedesco. Se la moneta tedesca perdeva ulteriore valore nei confronti del dollaro, infatti, bisognava abbinare l'acquisto alla vendita di stoffe stampate per evitare perdite.

Chiuse la cartellina e si stiracchiò: la sua spalla non gradiva le sedute alla scrivania, se non era in continuo movimento si irrigidiva. Era fastidioso, ma in fondo era stato fortunato: altri erano tornati con ferite molto più gravi. Per non parlare delle migliaia di soldati inghiottiti dalla guerra, caduti senza nome in territorio nemico. Sì, la sorte era stata dalla sua parte. Non solo era sopravvissuto, aveva anche potuto riabbracciare la sua amata Marie, i gemelli, la madre, le sorelle… Non a tutti era andata così bene, alcuni tornando avevano scoperto che la moglie o la promessa sposa, durante la loro assenza, si erano cercate qualcun altro.

Fuori era già buio. Dalla finestra dell'ufficio si vedeva una parte dei capannoni illuminati della fabbrica, i tetti trasparenti a spiovente, alle loro spalle, un po' distanti, gli edifici della filatura e altri complessi industriali. In lontananza, nell'oscurità della notte, le luci delle case. Era una bella vista, pacifica e carica di speranze. Era la sua città natale, Augusta: quante volte l'aveva sognata durante i terribili giorni in Russia. Ma non doveva pensarci più, non doveva permettere ai ricordi di riemergere. Quello che aveva visto in battaglia e poi nel campo di prigionia era stato troppo spaventoso, doveva bandirlo nel profondo di se stesso. Un paio di volte aveva cercato di parlarne a Marie, ma poi se n'era pentito, i fantasmi rievocati lo avevano tormentato per diverse notti, non era riuscito a scacciarli nemmeno con l'alcol. Le ombre cattive bisognava seppellirle nella cantina dell'oblio, chiudere la porta con settantasette lucchetti e non sfiorarla mai più. Solo così si poteva continuare a vivere, costruire un futuro.

Sistemò la cartellina e le due pile a destra e a sinistra della scrivania. A sinistra le faccende ancora da sbrigare, in ordine di urgenza, a destra i raccoglitori e le cartelline di cui aveva dovuto prendere visione quel giorno. Al centro, il set da scrittura in pietra verde che un tempo era appartenuto al padre. Ormai erano più di tre anni che sedeva nel suo ufficio, alla sua scrivania, perfino sulla stessa sedia. Proprio in quella stanza, solo pochi anni prima, il direttore Johann Melzer aveva dato al figlio Paul una strigliata coi fiocchi, alla presenza di diversi dipendenti. Arrabbiatissimo, Paul era partito subito per Monaco, dove allora studiava Giurisprudenza.

Passato... chiuso per sempre. Adesso toccava alla generazione successiva: Johann Melzer riposava in grazia di Dio al cimitero di Herman, al suo posto era subentrato Paul e il figlio Leo, l'erede, che faceva a botte con i compagni di scuola.

Qualcuno bussò alla porta.

Henriette Hoffmann, una delle due segretarie, infilò la testa dentro, la montatura dei suoi occhiali brillò sotto la luce del lampadario. «Signor direttore, noi avremmo finito.»

«Va bene, signorina Hoffmann. Oggi chiudiamo qui, dica solo alla signorina Lüders di riportare questi due raccoglitori nell'ufficio del signor von Klippstein.»

Anche quel giorno si era fatto tardi, il suo orologio da polso segnava le sette, sua madre lo avrebbe sgridato di nuovo. Da anni Alicia Melzer era la custode di una quotidianità regolare alla Villa delle Stoffe, soprattutto per quanto riguardava gli orari dei pasti. Non era facile; Kitty per esempio era tutt'altro che puntuale. Adesso si era aggiunto anche il lavoro di Marie all'atelier che spesso si dilungava fino a sera. Uno sviluppo che piaceva poco anche a lui, ma finora lo aveva accettato senza lamentarsi.

«Certo, signor direttore.»

«Allora per oggi è tutto, signorina Hoffmann. Il signor von Klippstein è già andato?»

Henriette Hoffmann sorrise. Il signor von Klippstein era uscito da circa un quarto d'ora. «Mi ha detto di dirle che passa in Karolinenstrasse a prendere la signora Melzer.»

«Grazie, signorina Hoffmann. Mi raccomando, quando esce si ricordi di chiudere la porta delle scale.»

La donna arrossì. Quella mattina Paul Melzer aveva constatato che la porta non era chiusa, chiunque avrebbe potuto entrare nello studio delle segretarie. Le due dipendenti si erano accusate a vicenda, ma probabilmente lo sbadato era stato proprio il buon Klippi. Negli ultimi tempi sembrava un po' distratto, forse stava davvero cercando moglie.

Paul si mise cappotto e cappello. Non riusciva a decidersi a iniziare a usare un bastone, segno distintivo dei signori eleganti e delle cerchie d'eccellenza, dicevano. Alle sue spalle, Ottilie Lüders entrò nel suo ufficio per prendere i due raccoglitori e riportarli nella stanza di fianco. A differenza del padre, che aveva avuto spesso la scrivania strapiena, lui non sopportava gli accumuli di carte superflue sul proprio tavolo.

«Allora vi auguro una piacevole serata.»

Scese le scale a passo svelto, gli erano così familiari che avrebbe potuto farle a occhi chiusi. Una volta di sotto, fece un ultimo rapido controllo nei capannoni, controllò le nuove macchine della filanda e constatò soddisfatto che tutto funzionava. Mezz'ora e avrebbero chiuso anche lì. Prima della guerra si era lavorato giorno e notte, ma le richieste non erano ancora così ingenti, bastavano i turni del mattino e del pomeriggio, entrambi di otto ore, scelta che gli aveva procurato la nomea di datore di lavoro moderno. Qualcuno mormorava che lo avesse fatto solo per paura di nuovi scioperi, che fosse un codardo che si era inginocchiato al cospetto dei socialisti. Comunque stessero le cose, i suoi operai erano contenti e le prestazioni accettabili. Solo questo contava. Anche se il padre probabilmente per queste concessioni continuava a rivoltarsi nella tomba.

«Signor direttore, buona serata!»

«A lei, Gruber!»

Come al solito il guardiano era uscito dal suo casotto per salutare Paul. Gruber era il loro dipendente più fedele. Viveva per la fabbrica. Arrivava per primo e andava via per ultimo. Kitty una volta aveva detto che nel suo casotto ci abitava pure, cosa che ovviamente non era vera. Ad ogni modo Gruber lì conosceva proprio tutti, dagli operai fino all'ultimo inserviente, il portalettere, i fornitori, i soci d'affari, chiunque entrasse nel complesso.

Mentre imboccava Haagstrasse, in direzione della Villa, Paul si chiese cosa spingesse Ernst ad andare a prendere Marie all'atelier. Lo aveva fatto già diverse volte dicendo che non doveva tornare a casa da sola con il buio. Lei aveva riso e risposto che non era certo l'unica a prendere il tram. In futuro avrebbe riaccompagnato a casa pure le signorine Hoffmann e Lüders, anche loro in giro da sole a quell'ora tarda? Ernst allora aveva sposato il partito di Alicia e detto che così faceva in modo che la cena a casa Melzer iniziasse puntuale. Nella speranza, chiaramente, di essere invitato a tavola in quanto cavaliere e aiutante. Alicia lo adorava. Paul non aveva niente in contrario: Klippi, come lo chiamava Kitty, era una persona amabile e un commensale gradevole.

All'ingresso del parco notò per l'ennesima volta che la metà sinistra del portone era storta. Bisognava cambiare lo stipite, le due ante in ferro battuto per fortuna erano intatte. Paul si ripropose di parlarne con la madre e guardò verso la Villa, rischiarata da numerosi lampioni esterni. Proprio davanti alla scalinata c'era un carro a cavalli. Probabilmente il commerciante di vini da cui aveva ordinato diverse cassette di rosso e di bianco. Paul si arrabbiò: contadini e fornitori dovevano usare l'accesso della servitù, anche perché era lì che dovevano arrivare i prodotti. Avvicinandosi, però, si rese conto che non erano cassette di vino, bensì valigie e pezzi di mobilio. Li stavano portando fuori dalla Villa per caricarli sul carro.

Paul parcheggiò dietro al carro, giusto in tempo per impedire a Julius di caricare uno sgabello rivestito di seta azzurra.

«Julius, ma che sta facendo? Questo è lo sgabello della camera di mia sorella!»

Julius non lo aveva visto arrivare e si spaventò. Posò lo sgabello e fece un respiro profondo per calmarsi. Paul si rese conto che per il suo domestico non doveva essere piacevole.

«Signor Melzer, lo sto facendo proprio su istruzioni di sua sorella» disse angosciato. «Eseguo ordini, tutto qui.»

Paul lo fissò, poi abbassò gli occhi sul grazioso sgabellino con i volant di seta. Non era sempre stato di fronte alla specchiera di Kitty?

«Riporti tutto dentro!» ordinò Paul al cameriere esterrefatto. Poi entrò di corsa, doveva far tornare il senno alla sorella. Nell'ingresso andò a sbattere contro un tavolino trasportato da due garzoni.

«Posate tutto! Non portate fuori più niente!» ordinò arrabbiato.

Uno dei due ubbidì, l'altro disse: «Signore, guardi che qui stiamo solo facendo il nostro lavoro. Piuttosto, eviti di stare in mezzo».

Paul si sforzò di mantenere la calma. Conosceva questo genere di ragazzi, ne aveva assunti alcuni alla fabbrica e gli avevano procurato un sacco di grane. Erano stati mandati in guerra a diciassette anni e si erano abbruttiti, avevano imparato a uccidere senza pudore, a profanare, a distruggere. Tornati in patria, non si raccapezzavano più.

«Il padrone sono io» disse in tono calmo ma energico. «Quindi vi consiglio di non portare fuori nulla contro la mia volontà o la pagherete cara!»

Sulla porta dell'ala della servitù c'erano la cuoca e Auguste, ormai con un pancione enorme, che osservavano quello che stava succedendo con occhi terrorizzati. Paul le salutò con un cenno e poi salì al primo piano.

«Kitty, ma dove sei?»

Nessuna risposta. Dal secondo piano, quello delle stanze da letto dei padroni, si sentirono un rumore di spostamenti di mobili e il pianto di Henny. Paul aveva già un piede sul gradino quando dal salone rosso uscì la madre.

«Paul! Meno male che sei arrivato...»

Sembrava provata. Aveva pianto? Oh, dio, un nuovo dramma familiare. In realtà lui dai litigi tra le signore della Villa delle Stoffe preferiva tenersi fuori.

«Ma che è successo?»

Sì, aveva pianto. Aveva ancora in mano il fazzoletto e si asciugò gli occhi. «Kitty ha perso il senno» disse Alicia sospirando. «Vuole andare via dalla Villa e trasferirsi con Henny in Frauentorstrasse.»

Alicia pianse di nuovo e Paul capì che si trattava più della nipotina che di Kitty. La madre era affezionatissima a tutti e tre i nipoti.

«E per quale motivo?»

Questa domanda avrebbe potuto risparmiarsela, la risposta la conosceva già. La nuova bambinaia, Serafina von Dobern. Perché la madre l'aveva assunta senza prima parlarne con Kitty e Marie? Questo dispiacere se l'era cercato.

«Paul, ti scongiuro» disse Alicia. «Va' di sopra e fai tornare il senno a tua sorella. Non mi ascolta.»

Paul non ne aveva la minima voglia. Anche perché conosceva Kitty e quando si metteva in testa una cosa non c'era modo di farla desistere. Sospirò. Perché non se ne occupava Marie? E dov'era finito quel codardo di Ernst?

«Ah, se Johann fosse ancora in vita!» sussurrò la madre nel suo fazzoletto. «Kitty non avrebbe mai osato!»

Paul fece finta di non averla sentita e salì le scale fino al secondo piano. Il padre! Suo padre non avrebbe mai fatto entrare in casa loro una come Serafina. Le amiche di Lisa non gli erano mai piaciute, e a ragione.

Nel corridoio regnava il caos più totale: valigie, scatole, il lettino di Henny smontato e appoggiato a un comò con materasso e lenzuola di fianco, il vasetto da notte, le bambole, il grande cavalluccio a dondolo...

«Kitty, ma sei diventata completamente pazza?»

Invece della sorella comparve Marie con una montagna di vestiti in mano. Un'altra montagna sembrava spostarsi da sola, ma poi Paul sotto di essa riconobbe la piccola Gertie; stava cercando di infilare l'intero guardaroba di Kitty dentro una valigia per viaggi oltreoceano.

«Ah, Paul!» disse Marie posando i vestiti. «Mi spiace così tanto... oggi è un delirio.»

Lui si fece strada tra borse e scatole e raggiunse la stanza di Kitty. «Quello che non capisco è come mai tu in questo delirio stia dando una mano» disse passando. «Perché non cerchi di mediare? Mamma è completamente fuori di sé.»

Marie lo guardò turbata e lui si pentì subito delle sue parole. Che idiota era stato a dare la colpa a Marie, lei non poteva farci niente.

La risposta della moglie, però, gli fece capire che si sbagliava. «Paul, mi dispiace doverti dire una cosa del genere, ma la colpa è della mamma. Conosce Kitty da quando è nata e avrebbe dovuto sapere che non può trattarla in questo modo.»

Paul prese atto del rimprovero in silenzio. La madre aveva detto che la preoccupazione per i piccoli adesso che Marie passava tutto il giorno all'atelier era tutta sulle sue spalle. Per questo aveva scelto una bambinaia di cui potesse fidarsi ciecamente. Paul in parte capiva quest'argomentazione, ma a Marie non disse nulla.

Kitty era seduta sul suo letto con Henny in braccio. La bambina piangeva a dirotto e lei cercava di consolarla. «Un salotto per le bambole...»

«Nooo! Io voglio restare qui!»

«Ma tesoro, nonna Gertrude non vede l'ora che arrivi.»

«Nooo! Non voglio nonna Trudaaaaa!»

Kitty alzò gli occhi e vide Paul sulla porta. Non ne fu entusiasta.

«Ah, fratellone» disse Kitty con un'allegria finta. «Pensa, questa stupida bambina non vuole andare a stare in Frauentorstrasse. Anche se lì ha un giardino tutto per lei. E può portarci tutti i suoi giochi.» Adesso stava parlando più alla singhiozzante Henny che al fratello. «E dove le regalerò un meraviglioso salotto per le bambole. Con dentro mobili veri. E la luce...»

Paul si schiarì la voce e decise di fare un ultimo tentativo. Anche se aveva poche speranze di successo.

«Kitty, davvero vuoi fare alla mamma una cosa del genere?»

Kiitty ruotò le pupille all'indietro e girò la testa per spostare i capelli. «Mamma è un'egoista che sorridendo mette i suoi nipoti nelle mani di una strega. Basta, di lei non voglio più parlare. So quello che dico, Serafina io la conosco bene. Mai e poi mai le lascerò ancora la mia piccola, dolce Henny.»

Paul sospirò. Era una battaglia persa. Ma lo stava facendo per amore della madre. E anche per il bene della pace familiare. «Ma perché voi donne non vi sedete e ne parlate con calma? Se sono tutti bendisposti, si troverà senz'altro una soluzione. Insomma, la signora von Dobern non è mica l'unica bambinaia di Augusta!»

Capendo di non avere più la completa attenzione della madre, Henny fece un respiro profondo e riscoppiò in un pianto disperato.

«Henny, tesoro, adesso però basta... non c'è bisogno di strillare in questo modo.»

La bambina invece riprese a gridare. Kitty si tappò le orecchie, Paul scappò in corridoio dove trovò Marie indaffarata a infilare una bracciata di borse e cinture in una valigia.

«Guarda, Paul, che noi abbiamo provato a parlarne» disse in tono triste. «Ma era già troppo tardi. La mamma non è stata disposta a licenziare la signora von Dobern. È tutta colpa mia, passo troppo tempo all'atelier e trascuro gli altri doveri.»

«No, Marie, non devi pensare questo. È solo un questione di organizzazione. Vedrai, tesoro, troveremo una via d'uscita.»

Lei lo guardò e sorrise sollevata. Per un attimo i loro occhi si fusero e lui fu tentato di abbracciarla. La sua Marie. La donna al suo fianco di cui era così fiero. Niente doveva mettersi tra loro.

«Mi spiace che prima...» iniziò, ma venne interrotto. Dalla stanza di Kitty uscì la vocina squillante di Henny.

«E Dodo... e Leo... e la nonna... e la mia altalena... e Liesl... e Maxl e Hansl...»

«Ma avrai la nonna Gertrude e a Natale viene la zia Tilly, e poi verranno a farci visita gli amici della mamma…»

«E mi comprerai una casa di bambole?»

«Henny, ho detto un salotto…»

«Una casa, con le stanze della servitù all'ultimo piano. E nel salone le poltrone rosse. E un'automobile.»

«Un salot…» Come risposta Henny riprese a strillare, ma Kitty restò ferma. «E se piangi di nuovo nemmeno il salotto!»

Poco dopo Kitty uscì in corridoio con la figlia piangente in braccio. Le trattative erano chiuse: sì al salotto, no alla casa.

«Marie, mia adorata Marie, adesso porto questa piagnona in Frauentorstrasse, stasera devo andare a una mostra al Circolo, non posso mancare perché terrò la laudatio. Sii gentile e fa' in modo che impacchettino tutto per bene e lo portino lì, d'accordo? Ah, fratellone, non essere così triste. Ci vedremo meno spesso, ma ti prometto che verrò a trovare la mamma ogni volta che potrò. E salutamela, dille di calmarsi e di non farsi venire il mal di testa. Henny sta bene e nella nuova casa sarà molto felice. E… Gertie, non dimenticare i cappelli nella stanza guardaroba! Se le scatole non bastano mettili dentro una valigia. Fratellone, lasciati abbracciare. Marie, amica mia, domattina presto sarò da te in atelier. Ti abbraccio, mia cara. Fratellone, prendi un attimo Henny così io posso abbracciare Marie. State bene, miei cari… state bene e non dimenticatemi. Gertie, ricordati le pantofole azzurre dentro il comò!»

Il flusso di parole di Kitty li avvolse come un guscio, Paul non riuscì a dire nulla. La guardò scendere con aria affranta, di sotto la sentì parlare con Auguste, poi la porta si chiuse alle sue spalle.

«In Frauentorstrasse non ci starà mica andando con la mia macchina…»

Corse in camera di Marie, la cui finestra si affacciava sul cortile, e guardò sotto. Un'automobile si stava muovendo sul vialetto, verso l'ingresso del parco.

«Paul, calmati» disse Marie alle sue spalle. «È la vecchia macchina di Klippi, gliel'ha regalata.»

«Ma senti» borbottò Paul. «Così si è giocato il favore della mamma.»

Marie rise e disse che Alicia lo adorava al punto che poteva permettersi una piccola défaillance.

«È una persona così gentile e disponibile...»

«Certo» borbottò Paul. In malafede, avvertì un moto di rabbia profonda nei confronti dell'amico e socio. Perché Ernst von Klippstein si impicciava di continuo nella vita della sua famiglia? Non solo andava a prendere Marie all'atelier, che in pratica significava rinfacciargli di non proteggerla abbastanza... adesso si schierava anche dalla parte di Kitty mettendosi contro la madre. Paul provò compassione per Alicia che di sicuro aveva agito con buone intenzioni. Come si poteva avercela con lei perché aveva una visione diversa dell'educazione rispetto alla figlia?

Dalla sala da pranzo arrivò il *gong* della cena.

«Marie, perlomeno adesso ceniamo tutti insieme.»

Lei annuì e diede a Gertie ulteriori istruzioni sulle valigie. Poi prese per mano Paul e percorsero il corridoio fino alle scale. Prima di scendere lui la fermò e le diede un fugace bacio sulla bocca. Ridacchiarono, come se Marie fosse ancora una dama di compagnia e il giovane signor Melzer la baciasse di nascosto in corridoio.

Gli altri avevano già preso posto. Ernst von Klippstein fece un sorriso un po' colpevole, la madre era molto seria ma era seduta dritta come un fuso. Il posto di Kitty era occupato da Serafina von Dobern, a destra e a sinistra della nuova bambinaia c'erano i gemelli. Quando entrarono i genitori Leo nemmeno alzò gli occhi, mentre Dodo aveva la faccia rossa e gonfia, c'erano stati dei problemi.

«Dodo, ma che è successo?» domandò Marie guardando la figlia preoccupata.

«Mi ha dato un ceffone!»

Marie restò calma, ma ebbe come un sussulto. Paul conosceva questo segno: era arrabbiata.

«Signora von Dobern» disse Marie lentamente e con voce severa. «Finora non è mai stato necessario picchiare i miei figli. E vorrei che lei facesse altrettanto!»

Serafina von Dobern era seduta dritta come la madre, probabilmente rientrava nell'educazione delle cerchie nobili. Fece un sorriso indulgente.

«Certo, signora Melzer. Nei nostri ambienti le botte sono considerate uno strumento educativo inadeguato. Ma un ceffone non ha mai fatto male a nessuno.»

«Sì, Marie, sono d'accordo» disse Alicia.

«Io sono di parere diverso» ribatté Marie con un tono di voce stranamente duro.

Durante la cena Paul si sentì terribilmente a disagio. Il padre a quel punto avrebbe fatto la voce grossa e posto fine al diverbio come riteneva più giusto. Paul era fatto in modo diverso, era uno che mediava. Alla fabbrica gli riusciva bene, in famiglia gli sembrava un'impresa impossibile.

«Signora von Dobern, sono due bambini vivaci, ma non maleducati» disse infine Paul. «Quindi evitiamo inutili misure draconiane.»

«Ma certo. Dorothea e Leopold sono bambini adorabili» disse Serafina con voce sdolcinata. «Andremo d'amore e d'accordo. Non è vero, piccola Dorothea?»

La piccola tirò su col naso e guardò Serafina con aria ostile. «Mi chiamo Dodo!»

9

Mancavano due settimane al Natale. Leo premette la fronte contro il vetro della finestra e fissò il parco della Villa in versione invernale. Il vialetto era sporchissimo, pieno di pozzanghere e fango che nessuno pensava a rimuovere. Gli alberi spogli allungavano i loro rami verso il cielo grigio; osservando bene si vedevano anche quegli impertinenti dei corvi. Quando non si muovevano sembravano parte del ramo, nodoso e nero, su cui erano appollaiati.

«Leopold, stai lavorando? Cinque minuti e arrivo.»

Il bambino fece una smorfia e trasalì, il vetro gli aveva restituito la boccaccia. «Sì, signora von Dobern...»

In sottofondo sentì la scala in do maggiore al pianoforte. Al *fa* Dodo s'inceppava sempre perché doveva usare il pollice, poi continuava spedita fino al *do*. Tornando indietro inciampava prima del *mi*, a volte si stufava e smetteva. Suonava più forte che poteva, era arrabbiatissima. Dodo odiava il pianoforte, Leo lo sapeva benissimo, ma la signora von Dobern era dell'idea che una ragazza di buona famiglia dovesse padroneggiare questo strumento almeno fino a un certo grado.

Non aveva nessuna voglia del Natale. Anche se papà non faceva altro che ricordare loro il bell'abete rosso che presto sarebbe ricomparso all'ingresso, addobbato di palle colorate e stelle di paglia. Quell'anno avrebbero attaccato anche stelle di carta luccicante fatte con le loro mani. A Leo non importava, lui era comunque poco portato per questi lavoretti, le sue stelle erano sempre storte e piene di colla.

Da settimane vedeva Walter soltanto a scuola. Le visite segrete dai Ginsberg, le lezioni di pianoforte... era tutto finito. L'amico gli aveva portato degli spartiti da parte della madre, lui li aveva nascosti nella cartella e guardati di nascosto la sera. Si immaginava come suonasse quella musica. Ci riusciva bene, sarebbe stato molto, molto più bello poterla suonare al piano; ma era vietato. La signora von Dobern impartiva le lezioni di piano di persona, si trattava di scale, cadenze, ciclo delle quinte e, come diceva lei, di rafforzare le dita. Le cadenze gli piacevano e anche il ciclo delle quinte non era male. La cosa crudele era che lei gli aveva tolto tutti i suoi spartiti sostenendo che fossero troppo difficili per le sue piccole dita.

Aveva ragione Dodo: la signora von Dobern era una donna cattiva. Si divertiva a torturare i bambini. E teneva in pugno la nonna. Perché era una subdola bugiarda, ma la nonna non lo capiva.

Leo vide la macchina di papà avvicinarsi lentamente alla Villa. Quando attraversava una pozzanghera, l'acqua schizzava da tutte le parti e macchiava il parafango. Pioveva di nuovo e la persona di fianco al padre azionò il tergicristallo.

L'auto entrò nel cortile, superò la rotonda che d'estate era piena di fiori colorati e poi sparì. Per continuare a vederla avrebbe dovuto aprire la finestra e sporgersi.

Alla faccia dei cinque minuti. Quella restava via sempre più a lungo. Perché nella sua stanza, fumava di nascosto alla finestra. Leo combatté con la maniglia difettosa, finalmente la finestra si aprì e lui si sporse.

Ah. Si erano fermati davanti all'ingresso della servitù. Scesero due persone. Una era Julius, l'altra era avvolta in una coperta e non si vedeva bene. Però era senz'altro una donna, sotto la coperta spuntava una gonna. Che fosse Else? Era stata in ospedale. Gertie aveva raccontato che se l'era vista brutta. Allora era guarita! Avrebbe potuto morire, come il nonno. Leo si ricordava di lui in maniera vaga, ma il funerale se lo ricordava benissimo, c'erano stati lampi e tuoni terribili. Aveva pensato che fosse il buon Dio che veniva a prendersi il nonno. Che stupido era stato... ma va be', era passato tanto tempo. Almeno tre anni.

«Leopold, ma chi ti ha autorizzato? Torna subito dentro! Immediatamente!»

Leo si spaventò e per poco non cadde di sotto. La signora von Dobern lo prese per la cintura e lo tirò dentro; poi lo afferrò per un orecchio e lo girò verso di lei. Leo gridò. Faceva un male cane.

«Non lo farò mai più!» sibilò. «Ripetilo!»

I denti di Leo scricchiolarono, ma lei non lo mollò. «Ma io, io volevo solo...»

Non gli lasciava mai la possibilità di spiegare. «Leopold, sto aspettando!»

Sembrava volesse staccargli l'orecchio, era un dolore allucinante.

«Allora?»

«Non lo farò mai più» disse a labbra serrate.

«Lo voglio sentir detto per bene!»

Strinse più forte, l'orecchio diventò insensibile ma la testa gli faceva male come se gli avessero infilato un ago da un orecchio all'altro.

«Non mi sporgerò mai più dalla finestra.»

La strega occhialuta non era ancora soddisfatta. «Perché no?»

«Perché potrei cadere di sotto.»

Gli lasciò l'orecchio, ma solo dopo averlo stretto un'altra volta. Non lo sentiva più, era come se al suo posto, sul lato destro della testa, avesse una palla incandescente grossa almeno quanto una zucca.

«Adesso chiudi la finestra!»

Il suo alito puzzava ancora di sigaretta, prima o poi avrebbe dimostrato alla nonna che fumava di nascosto. Una volta che fosse stata meno prudente e si fosse fatta beccare.

Leo chiuse e si girò. La signora von Dobern era seduta alla sua scrivania a controllare i compiti di aritmetica. Poteva controllare quanto le pareva, era tutto giusto.

«Adesso riscrivi tutto, hai una calligrafia orribile!»

Non ci aveva pensato. Serafina era stupida. Per due volte non si era accorta che Dodo aveva fatto degli errori di calcolo, per lei contava solo che i numeri e le lettere fossero scritti in maniera ordinata. Ma era meglio non lamentarsi, altrimenti gli avrebbe tolto la mezz'ora di piano.

«E poi scriverai per cinquanta volte: *Non mi sporgerò mai più dalla finestra perché potrei cadere di sotto.*»

Ecco, addio pianoforte. Questa punizione lo avrebbe impegnato per il resto del pomeriggio. Si arrabbiò: con la bambinaia, con la nonna che si faceva raggirare così facilmente, con la mamma che era sempre nel suo stupido atelier e non si occupava più di lui e Dodo, con la zia Kitty che era andata via con Henny, con papà che non sopportava Serafina ma non la cacciava. Con...

«Inizia subito!»

Leo si sedette alla sua scrivania, vicina a quella di Dodo. Papà aveva comprato i due tavolini quando avevano iniziato la scuola perché si diceva che per i bambini fosse più sano scrivere a uno scrittoio. La sedia era attaccata al tavolo, in modo che uno non potesse dondolare. Sopra c'era un comparto per le penne, di fianco un foro per il calamaio. Il piano era inclinato e si poteva alzare, sotto c'era un ripiano per i libri e i quaderni. Era tutto esattamente come a scuola, solo che la bambinaia controllava il ripiano dei libri ogni giorno, nasconderci qualcosa era impossibile. Per esempio spartiti, oppure biscotti. Una volta Serafina li aveva scoperti e se li era subito presi. Presto ci avrebbe ficcato una trappola per topi: avrebbe strillato così tanto, con le dita incastrate lì dentro! Per questo sarebbe stato disposto a scrivere anche cento volte: *Non devo nascondere una trappola per topi nello scomparto dei libri altrimenti la mia bambinaia rischia di perdere le dita*. L'indomani avrebbe chiesto la trappola alla cuoca. O a Gertie. Auguste non veniva più, era diventata troppo grassa per via del bebè che aveva nella pancia. Che poi la bambinaia non la sopportava nessuno. A cominciare dalla cuoca. Una volta aveva detto che quella donna intrigante e cattiva alla Villa delle Stoffe avrebbe portato solo disgrazie.

«Che ne dici di iniziare a scrivere invece di fissare l'aria?» disse la signora von Dobern con la sua gelida ironia.

Leo tirò su il piano e cercò il "quaderno delle punizioni". Era già mezzo pieno di stupide frasi come: *Non devo dire cose all'orecchio a mia sorella perché è scortese*, oppure *Non devo disegnare note sul quaderno perché sul quaderno si scrive, non si disegna*. Il tutto decorato da una sfilza di macchie d'inchiostro, proprio come le sue dita. All'inizio del secondo anno di scuola lui e Walter erano stati così fieri di poter scrivere con l'inchiostro, invece che con la matita. Adesso a quegli scarabocchi avrebbe rinunciato volentieri.

«Leopold, hai mezz'ora di tempo. Ora vado a dare lezioni di piano a tua sorella, poi andiamo a prendere una boccata d'aria tutti insieme.»

Leo immerse la penna nell'inchiostro e poi la sbatté sul bordo della boccetta per farla sgocciolare. Iniziò a scrivere le prime parole e sul foglio comparve subito una bella macchia azzurro brillante. Era inutile, con quelle stupide penne non si riusciva a scrivere per bene. Di recente, durante una cena Klippi aveva mostrato la sua, una Waterman; arrivava dall'America ed era d'oro vero. Si poteva scrivere immergendo il pennino appena appena, quindi non si creavano macchie. Papà però aveva detto che una penna del genere costava una fortuna ed era troppo pesante per le sue piccole dita. Sempre queste maledette dita! Perché non si decidevano a crescere?

Dopo due frasi Leo sospirò e ripose la penna nel calamaio. Aveva già i crampi alla mano per le cavolate che stava scrivendo. Da sotto arrivarono di nuovo suoni di scale, prima in *do* maggiore, poi *la* minore, quindi *sol* maggiore… Dodo ovviamente sbagliò sul tasto nero, il *fa* diesis. Povera Dodo… non avrebbe mai suonato bene il piano, e nemmeno lo voleva. Dodo voleva diventare pilota d'aereo. Ma lo sapevano solo lui e la mamma.

Leo si pulì la mano sporca d'inchiostro con una pezza e si alzò. In realtà era uguale se questa inutile punizione l'avesse fatta adesso o dopo cena, la sua mezz'ora al piano era comunque cancellata. Quindi ora poteva scendere in cucina a vedere se la cuoca aveva fatto i biscotti. Lentamente aprì la porta e percorse il corridoio della servitù. Lì era al sicuro, la bambinaia non usava mai quelle scale, ci teneva moltissimo a utilizzare quelle padronali come un membro della famiglia. Anche la cucina era abbastanza sicura, Serafina non ci andava quasi mai.

«Oh, Leo!» disse la Brunnenmayer appena entrò. «Sei riuscito a sfuggire alle grinfie della tua bambinaia? Vieni qui…»

Che buon profumo c'era! Si avvicinò al lungo tavolo su cui stavano preparando un'insalata di crauti, pancetta e cipolla. C'era anche Gertie, stava tagliuzzando patate lesse. Vicino a lei c'era Else. Era proprio Else, allora prima aveva visto giusto! Era diventata pallida e rugosa, la guancia era ancora un po' gonfia, ma già era in grado di tagliare cipolle.

«Else, adesso stai meglio?» domandò gentile.

«*Elto. Glazie pel a omanda, eo. Sto olto megliii…*»

Lui non capendo la scrutò. Forse parlava così perché le mancavano due denti. Be', presto sarebbero ricresciuti. Anche a lui erano caduti due denti da latte e adesso, sotto, stavano già uscendo i nuovi.

«Else, siamo tutti molto felici che tu sia di nuovo tra noi!» disse la cuoca annuendo. Else riprese a tagliuzzare e riuscì a sorridere senza aprire la bocca.

«Ragazzo, hai voglia di provare i panpepati?» domandò Gertie ghignando. «Li abbiamo fatti ieri.»

Posò il coltello e si pulì le dita sul grembiule, poi andò in dispensa. Gertie era agile e veloce come una gazzella, più di Hanna. Era anche più intelligente.

«Prendi anche il barattolo di anelli alle nocciole» le gridò dietro la Brunnenmayer. «Così, Leo, ne porti un paio a tua sorella.»

Gertie tornò con due grandi barattoli di latta, li posò sul tavolo e li aprì. Un meraviglioso profumo di spezie natalizie scacciò subito l'odore di cipolle, e Leo deglutì per l'acquolina. Prese due grandi panpepati, una stella e un cavalluccio, e quattro anelli alle nocciole. Dentro c'erano anche mandorle e caramello. Quando davi un morso, la crosta era croccante tra i denti. L'interno invece era morbido, dolce e appiccicoso. Leo masticò e ingoiò subito la sua porzione, dove nessuno avrebbe potuto toglierglielo, nemmeno la signora von Dobern. Per quanto riguardava la parte di Dodo era un po' più problematico, avvolse la stella di panpepato e i due anelli nel suo fazzoletto, ma la stella era troppo grossa, nella tasca dei pantaloni non entrava.

«La dobbiamo tagliare» disse Gertie. «Sarebbe un vero peccato che finisse nella bocca della persona sbagliata.»

La cuoca non disse nulla, mise via la ciotola con i crauti e prese quella dell'insalata di patate, le girò con due grandi cucchiai di legno. Chi la conosceva, guardandola, capiva che era arrabbiata. Leo mise via il fazzoletto e rifletté se chiedere della trappola per topi. C'era anche Else, meglio rimandare. Di Else era meglio non fidarsi, stava sempre con i più forti. E la signora von Dobern era nelle grazie della nonna.

«A cena ci sono i würstel?»

«Chissà...» rispose Gertie facendo la misteriosa.

«Sento il profumo!» mentì Leo.

«Eh, forse invece ti sbagli!»

Julius entrò in cucina e appena vide il bambino si fermò. «Ragazzo, di sopra c'è un topo che gira per il corridoio» disse. «Sta' attento che non ti morda.»

Leo capì subito. La bambinaia aveva lasciato Dodo a esercitarsi da sola nel salone rosso ed era salita a fumare un'altra sigaretta nella sua stanza. Doveva stare attento a non incrociarla.

«Allora io vado, grazie mille per i biscotti.»

Sorrise a tutti e si tastò le tasche piene. Poi imboccò la scala della servitù.

«Che vergogna» sentì dire alla cuoca salendo. «Un tempo cucinavamo tutti insieme in cucina, quanto ci divertivamo! La Liesl e i due marmocchi e la Henny e i gemelli. E adesso...»

«La cucina non è un posto adatto ai figli dei padroni» obiettò Julius.

Leo non sentì altro. Arrivato al secondo piano, spiò attraverso l'inserto di vetro com'era la situazione in corridoio. Via libera... doveva essere in camera. In realtà era la camera della zia Kitty, ma purtroppo era andata via e così la nonna ci aveva acquartierato la signora von Dobern. In modo che fosse sempre nelle vicinanze dei bambini...

Aprì la porta e piano piano entrò in corridoio. Se era molto sfortunato, la bambinaia si era già accorta che Leo non si trovava in camera e lo stava aspettando lì. Queste cose le piacevano, si divertiva a spuntare quando uno meno se l'aspettava. Perché si credeva incredibilmente intelligente.

Decise di tornare comunque in camera e di usare la bugia del bagno. Camminò facendo meno rumore possibile, anche se contro lo scricchiolio delle assi si poteva fare poco. Era quasi arrivato a destinazione, la mano già sulla maniglia, quando alle sue spalle sentì il rumore di una porta che si apriva.

Sfortuna, tremenda sfortuna! Leo si girò sforzandosi di non fare la faccia di quello colto in fallo. Invece trasalì per lo sbalordimento. La signora von Dobern non era uscita dalla sua stanza. Era entrata nella camera dei suoi genitori.

Per un attimo Leo sentì una stilettata al cuore. Non poteva! Lì non doveva entrarci, quella camera ormai era tabù perfino per lui e Dodo. Apparteneva solo ai suoi genitori.

«Leopold, che ci fai in corridoio?» domandò la bambinaia.

Poteva anche risparmiarsi il tono severo e lo sguardo torvo, aveva visto benissimo che aveva il collo paonazzo e anche le orecchie, sebbene sotto i capelli non si vedessero. La signora von Dobern era consapevole di essere stata beccata. Quella strega andava a spiare in camera dei suoi!

«Dovevo andare in bagno.»

«Allora adesso vestiti che usciamo» disse. «Vado a chiamare Dodo, prima di cena faremo una bella passeggiata invernale nel parco.»

Lui restò fermo e continuò a fissarla. Arrabbiato, ferito. Pieno di risentimento.

«C'è altro?» chiese lei inarcando le sopracciglia sottili.

«Cosa è andata a fare lì dentro?»

«Ha chiamato tua madre e mi ha pregata di controllare se la sua spilla rossa fosse rimasta sul comodino.»

Ecco, facile come bere un bicchier d'acqua. Nel dire le bugie gli adulti erano bravi almeno quanto i bambini.

«Leopold, direi che non è il caso di far agitare la tua mamma con la storia della finestra, non trovi?»

Sorrise. Aveva ancora molto da imparare. Gli adulti non solo erano più bravi a mentire, erano anche dei perfidi ricattatori.

Invece di rispondere, Leo corse giù per le scale. Sotto lo aspettava Gertie con gli stivali marroni e il cappotto invernale. Dodo stava tirando i peli del cappello di lana che la domestica le aveva tirato fin sotto le orecchie.

«Io odio le passeggiate» disse a Leo. «Le odio, le odio!»

«Ecco, prendi!» Tirò fuori il fazzoletto dalla tasca e glielo diede.

Dodo si illuminò. S'infilò in bocca un anello di nocciole e masticò con gusto. «Sta già arrivando?» farfugliò mentre passava al panpepato.

«No, si starà facendo bella davanti allo specchio.»

«Allora scenderà tra un secolo.»

10

Elisabeth si sentì avvampare. In quel salotto, seduti alla tavola natalizia, faceva un caldo terribile. Forse era anche per i bicchieri di acquavite, lì in campagna si beveva prima, durante e dopo i pasti. La zia Elvira le aveva spiegato che era necessario a causa dei cibi molto grassi.

«A Gesù Bambino nel presepio!» esclamò Otto von Trantow sollevando un calice di rosso francese.

«A Gesù Bambino...»

«Al Nostro Salvatore!»

Elisabeth brindò con Klaus, con la signora von Trantow, con la zia Elvira, con la signora von Kunkel e infine con Riccarda von Hagemann. Il liquido rosso scuro luccicò alla luce delle candele e i levigati bicchieri di famiglia produssero un suono melodioso. Otto von Trantow, proprietario di una vasta tenuta nei dintorni di Ramelow, sorrise a Elisabeth oltre il bordo del suo calice. Lei ricambiò e si sforzò di bere solo un sorso del suo rosso di Borgogna. Ormai aveva alle spalle diverse di quelle feste di campagna e ogni volta, il mattino successivo, stava malissimo.

«Mia cara, per essere la proprietaria di una tenuta, l'alcol lo sopporti piuttosto male» le diceva Klaus, impietoso, quando, pallida e gemente, si alzava di notte per andare in bagno. Stavolta non sarebbe successo, sarebbe stata più prudente.

«Guarda, Elvira, è una vera notte di Natale» disse Corinna von Trantow, una donna prestante intorno ai quaranta che però a causa dei capelli bianchi sembrava più vecchia. «I ghiaccioli scendono giù dal tetto come soldatini in fila...»

Tutti guardarono verso la finestra, grossi fiocchi di neve cadevano sopra il giardino imbiancato. C'erano almeno quindici gradi sotto zero, nelle stalle era stato aggiunto uno strato di paglia per non far congelare i cani. Anche se Joschik aveva detto, scuotendo la testa, che viziare le bestie non serviva a nulla. I lupi nel bosco sopravvivevano all'inverno anche senza paglia. Klaus però amava i suoi cani, li addestrava per la caccia, e Joschik aveva dovuto piegarsi alla volontà del padrone.

Secondo un'antica tradizione, in fondo alla tavola addobbata a festa sedevano i giovani e i dipendenti a cui era concesso di festeggiare con i signori. I Trantow avevano portato un'anziana nutrice, la signorina von Bodenstedt, che teneva d'occhio Mariella, di sei anni, e sua sorella Gudrun, di undici. Vicino alla nutrice, che quasi soffocava dentro al suo corsetto, c'era il bibliotecario Sebastian Winkler con la sua logora giacca marrone, e di fianco i due eredi adulti della famiglia Kunkel, Georg e Jette. Georg Kunkel, rinomato dongiovanni e lavativo, aveva buttato al vento i suoi studi a Königsberg, e visto che il padre era ancora molto attivo si dedicava più ai piaceri della vita che alla tenuta. Jette invece era una creatura timida. Con i suoi ventisei anni compiuti avrebbe dovuto essere sposata da un pezzo, ma la grazia non era il suo forte e gli spasimanti avevano latitato. Sebastian, che seduto a quel tavolo si sentiva a disagio, l'aveva coinvolta in una conversazione riguardante le usanze natalizie della Pomerania. A Jette brillavano gli occhi. Elisabeth, ostaggio della loquace signora von Trantow, continuava a osservare con attenzione il fondo del tavolo. L'entusiasmo che l'uomo stava suscitando nella sua controparte non le piaceva neanche un po'. Certo, si trattava di un bibliotecario, per giunta di umili origini, quindi un candidato da escludere a priori come genero per i suoi vicini. Ma se la ragazzina si fissava con lui e non si faceva avanti nessun altro...

«Ah!» esclamò Erwin Kunkel. «L'oca arrosto! È da stamattina che la sogno! Con le castagne?»

«Castagne e mele... come si conviene!»

«Eccellente!»

Lì in campagna non c'erano camerieri, le portate venivano posate sul tavolo da una robusta sguattera e poi l'usanza era che il padrone di casa tagliasse e la consorte gli passasse i piatti. Lisa non era affatto arrabbiata che se ne occupasse la zia Elvira, mentre Klaus adempiva ai suoi doveri con grande divertimento. Sotto lo sguardo teso dei presenti affilò il coltello e separò la carne dell'uccello arrosto dalle ossa, con l'accuratezza di un chirurgo. Piano piano la profumata e croccante oca si divise in porzioni pronte per essere impiattate.

Lisa, che aveva rinunciato al corsetto stretto da anni e portava solo un busto leggero, fece un respiro profondo e si chiese se non fosse meglio rinunciarci. Zuppa di anatra, anguilla affumicata e insalata di aringhe, lombata di cervo con gnocchi al guazzetto in salsa di prugne secche: solo questo era già stata un'impresa. Se pensava che dopo l'oca c'erano ancora il budino alla panna e le castagnole al quark le veniva la nausea. Come riusciva questa gente a ingurgitare una tale quantità di grassi? Ad Augusta a Natale non si faceva certo la fame, ma con porzioni più piccole e cibi meno calorici. E senza i continui giri di acquavite. Adesso capiva anche perché lo zio Rudolf, che Dio l'abbia in gloria, quando era andato dai Melzer si era sempre portato dietro una bottiglia di vodka.

«Alla festa del Cristo!» esclamò Klaus von Hagemann sollevando il bicchiere di vodka.

«Alla nazione tedesca!»

«All'imperatore!»

«Ben detto! Al nostro buon imperatore Guglielmo! Evviva Guglielmo!»

Klaus si era adattato alle usanze locali con una rapidità incredibile. Era ingrassato, portava stivali alti, pantaloni da cavallerizzo e giacca di lana. Si era sottoposto a due operazioni alla Charité di Berlino, eseguite dal famoso medico Jacques "Nasone" Joseph, che avevano restituito al suo viso delle sembianze umane. Sulla guancia e sulla fronte erano rimaste le cicatrici delle bruciature, ma per fortuna non aveva perso la vista. Anche i capelli stavano ricominciando a crescere. Soprattutto, però, si dedicava anima e corpo alle sue mansioni di amministratore di tenuta. Questo ruolo gli calzava a pennello, ancor di più di quello di ufficiale. Stava tutto il giorno in giro, si occupava dei campi, dei prati e del bestiame, contrattava con contadini, vicini e commercianti di legna e la sera riusciva perfino a tenere la contabilità.

Elisabeth sapeva di avergli salvato la vita, con il trasloco in Pomerania. Un'esistenza da storpio di guerra con il volto sfigurato senza prospettive lavorative e povero in canna, a Klaus von Hagemann non sarebbe piaciuta: prima o poi si sarebbe piantato una pallottola in testa. Elisabeth lo aveva intuito, per questo gli aveva proposto di cambiare aria. Klaus a sua volta aveva senz'altro intuito il suo amore per Sebastian Winkler; in queste cose aveva un fiuto infallibile. Ma si comportava in maniera corretta, non aveva mai commentato le sue visite in biblioteca. I coniugi von Hagemann mantenevano le apparenze e dormivano nel vecchio letto matrimoniale di legno intarsiato che era appartenuto agli zii. Dopo la seconda operazione, e la guarigione del suo nuovo naso, a volte Klaus aveva rivendicato i suoi diritti matrimoniali. Elisabeth non si era opposta... perché avrebbe dovuto? Era pur sempre suo marito, per giunta un amante bravo ed esperto. L'uomo che lei desiderava purtroppo non accennava a volerla sedurre. Sebastian Winkler se ne stava seduto in biblioteca a scrivere la sua cronaca.

«Lisa, un bel cosciotto croccante? Prendi anche due gnocchi. I cavoli rossi insieme alle mele e alla pancetta affumicata sono...»

Il resto non lo sentì. Alla vista dello straripante piatto che le stava porgendo la zia Elvira, Elisabeth all'improvviso ebbe la nausea. Accidenti, non avrebbe dovuto bere tutta quell'acquavite. Alzò gli occhi, la tavola con le candele accese e i bicchieri luccicanti iniziò a girare. Poi vide l'oca e Klaus che si apprestava a tagliarla con forchetta e trinciante. Si aggrappò alla tovaglia. Ci mancava solo che svenisse... ancora peggio, che vomitasse sulla tavola imbandita.

«Elisabeth, non ti senti bene?» domandò la suocera.

«Credo di aver bisogno di una boccata d'aria fresca.»

Aveva le mani gelide come il ghiaccio, ma per fortuna le vertigini diminuirono. Una cosa le era chiara: se avesse continuato a guardare e odorare quell'oca arrosto, nel suo stomaco sarebbe successo qualcosa di terribile.

«Mia cara, vuole che l'accompagni?» disse la signora von Trantow al suo fianco.

Dal tono si capiva benissimo quanto le sarebbe dispiaciuto abbandonare il suo piatto.

«No, no,» ripose Elisabeth «lei mangi pure, torno subito.»

«Beva ancora una vodka o un'acquavite, rafforza lo stomaco!»

«Grazie» disse Elisabeth con un filo di voce sbrigandosi a uscire dalla stanza.

Nel corridoio, in cui c'era più corrente, si sentì già meglio. Com'era piacevole muoversi invece di restare incastrati a tavola tra persone che si abbuffavano e bevevano acquavite. Anche lì, però, c'era un problema, ovvero gli odori della cucina, così aprì la porta e uscì nel cortile. Uno dei cani si svegliò e iniziò ad abbaiare, le oche starnazzarono nella stalla, poi tutti gli animali si calmarono. Elisabeth respirò l'aria fredda e pulita dell'inverno e sentì il cuore battere forte. Alla luce delle lanterne che incorniciavano il cancello d'ingresso si vedevano vortici di neve. Il vento li spingeva verso la tenuta, lembi di nebbia biancastra e luccicante si staccavano dal tetto del granaio e iniziavano a mulinare. I fiocchi gelati si posavano sul suo viso accaldato, le solleticavano il collo e il décolleté e le s'infilavano tra i capelli tirati su. Era una bella sensazione, liberatoria. Il suo stomaco si calmò, l'attacco di nausea era passato.

Forse era solo perché quella gente le dava sui nervi. Lì in campagna, nei giorni di festa si usava invitare i vicini e far loro visita. I pochi proprietari terrieri della zona il resto dell'anno conducevano una vita alquanto solitaria, le feste erano un evento sociale e culinario.

«Prima o poi ti ci abituerai» le aveva detto la zia Elvira per consolarla.

Invece Lisa anno dopo anno trovava le tavole imbandite, le monotone conversazioni su domestici e paesani e gli infiniti racconti di caccia sempre più ripugnanti. Non era il suo mondo. Ma del resto, qual era il suo mondo? Qual era il posto a lei destinato per questa vita?

Appoggiò la schiena a uno dei pali della tettoia e incrociò le braccia davanti al petto. Natale alla Villa delle Stoffe: il suo posto era lì? Ah, senza il padre non sarebbe mai più stato come quando erano bambini. Il primo giorno di festa erano senz'altro seduti in allegra compagnia in sala da pranzo, di sicuro insieme a Ernst von Klippstein e a Gertrude Bräuer, la suocera di Kitty. Forse anche a sua cognata Tilly. La madre le aveva scritto che Tilly a Monaco aveva già superato il Physikum, un importante esame intermedio e un ulteriore passo verso quello finale. Tilly era una delle poche studentesse della facoltà di Medicina, era ambiziosa e determinata a diventare dottoressa. Lisa sospirò: povera Tilly, dentro di sé sperava ancora che il suo bel dottor Moebius tornasse dalla Russia. Forse studiava con tanto zelo solo perché lui allora l'aveva incoraggiata? Il dottor Ulrich Moebius era stato un uomo per bene, un bravo medico e una persona affabile. Allora, quando avevano festeggiato il Natale all'ospedale, aveva suonato il piano così bene...

L'unica che si può definire felice, si disse Lisa, è *Marie*. Aveva il suo amato Paul, i gemelli e adesso anche un atelier in cui disegnare vestiti e poi venderli. In realtà era ingiusto che una sola persona avesse così tanto mentre gli altri restavano a mani vuote. Tilly aveva i suoi studi di Medicina. Kitty la sua figlioletta e la pittura. E lei cos'aveva?

Se solo fosse rimasta incinta... ma questa fortuna il destino crudele gliel'aveva negata. Lisa sentì salire dentro di sé la solita, odiosa sensazione di essere stata penalizzata, ma cercò di ignorarla.

La porta alle sue spalle si aprì ed Elisabeth ebbe un sussulto.

«Elisabeth, così si prenderà un raffreddore.»

Sebastian! Era sulla soglia e le stava porgendo il cappotto, doveva solo infilarselo. Di colpo il suo umore nero svanì. Si preoccupava per lei. Si era alzato lasciando la sua affezionata vicina, la signora Jette Kunkel, apposta per portarle un cappotto caldo.

«Che gentile da parte sua» disse lasciando che lui le posasse il cappotto sulle spalle.

«Be', sono uscito un attimo e dal corridoio l'ho vista qui fuori nella neve...»

Ah, allora la storia era molto meno romantica di quanto avesse immaginato. Ciò nonostante, era bello sentire le sue mani sulle spalle. Anche se solo per un attimo, visto che era già indietreggiato di un passo. C'era da uscire pazzi: aveva forse la lebbra o la peste? Avrebbe potuto restare un attimo vicino a lei e magari abbassarsi per sfiorarla con un bacio sul collo... ma queste cose Sebastian Winkler le faceva solo nella fantasia di Lisa. Purtroppo.

«Elisabeth, è poco prudente. Uscendo nel gelo così accaldata potrebbe prendersi una polmonite.»

Ecco, adesso le faceva anche la predica. Come se non lo sapesse! «Avevo bisogno di una boccata d'aria fresca... non stavo bene.»

Si strinse il cappotto e fece finta di avere ancora le vertigini. Incredibile... funzionò! Il volto di Sebastian si riempì subito di compassione.

«Questa gozzoviglia non fa bene. E poi l'alcol, soprattutto questa acquavite russa, bevuto come se fosse acqua... Elisabeth, dovrebbe distendersi un po'. Se vuole l'accompagno di sopra.»

Se Klaus avesse fatto la stessa proposta a una donna, l'esito sarebbe stato subito chiaro. Sebastian invece avrebbe salito le scale, da bravo, e davanti alla porta della sua camera da letto si sarebbe congedato con sinceri auguri di pronta guarigione. Avrebbe fatto così, no? Mah, forse valeva la pena di fare un tentativo.

«Sì, buona idea.»

Proprio in quel momento, però, la porta della sala da pranzo si aprì e uscì Jette Kunkel accompagnata dalle due Trantow.

«Oh, come nevica!» esclamò Jette. «Questo vento che trascina i fiocchi di neve... non è magico?»

«*Come un castor, nel bosco innevato, gregge di fiocchi sospinge il vento*» disse la giovane Gudrun citando Rilke.

«Cara Gudrun, è *pastor*, non *castor*» la corresse sorridendo Sebastian. «Sospinge il gregge... quindi dev'essere un pastore.»

Era nato per fare il maestro. Non perdeva mai occasione di insegnare cose alla gente; ma Elisabeth lo trovava un atteggiamento simpatico.

«Ah, già, un pastore. Un pastore di fiocchi» disse Gudrun ridacchiando. «Allora usciamo? Fuori è così bello...»

La sorella si appoggiò un dito alla tempia e disse che la piccoletta aveva perso il senno.

«Invece è un'idea fantastica!» disse Jette. «Vado a prendere il cappotto e gli stivali. Gudi, vieni...»

Che pazze, pensò Elisabeth arrabbiata. *Una passeggiata notturna durante una tempesta di neve. Che idea assurda.* E ovviamente si sarebbero portate dietro Sebastian. La storia di salire ormai era andata... ma in fondo probabilmente non avrebbe portato a nulla.

«Ma che sta succedendo qui?»

Georg Kunkel aprì la porta di uno spiraglio e fece capolino, dal suo sguardo un po' sbilenco si capiva che ci aveva dato dentro con il vino rosso.

«Queste pazze vogliono fare una passeggiata» disse Mariella.

«Ma pensa. Va anche lei, stimatissima signora?»

Elisabeth stava per dire no quando la porta si spalancò del tutto e il padre di Georg comparve incespicando in corridoio seguito dalla zia Elvira e dalla signora von Trantow.

«Cos'è che volete fare? Una passeggiata? Ma è fantastico!» gridò Erwin Kunkel. «Servi, andate a prendere fiaccole, cappotti e stivali...»

Da un angolo buio saltò fuori solo Joschik, le domestiche e la cuoca erano impegnate nella preparazione del dessert in cucina.

«Fiaccole?» intervenne la zia Elvira. «Volete bruciami la tenuta? Joschik prendi le lanterne. Paula e Miene pensino a cappotti e scarpe.»

Nel corridoio si creò il caos più totale, la signora von Trantow si sedette su una pentola piena di strutto, due bicchieri di acquavite posati sul comò caddero e si ruppero, la nutrice si lamentò che qualcuno l'aveva toccata. Finalmente tornò Joschik con tre lanterne accese e tra risa e imprecazioni l'allegra compagnia uscì in cortile. I cani abbaiarono agitati, le oche si svegliarono di nuovo, lo stallone fulvo dei Kunkel nitrì.

«Seguitemi!»

La zia Elvira fece strada con la lanterna in mano, gli altri la seguirono in una fila traballante. La signora von Trantow si appoggiò al marito, Erwin Kunkel dovette prendere sottobraccio la moglie Hilda, non si reggeva più in piedi a causa della vodka. Anche Elisabeth si unì al gruppo e Sebastian, dopo qualche esitazione, decise di accompagnarla. A casa restarono solo i von Hagemann, Riccarda disse di voler presidiare il salotto. La verità era che Christian von Hagemann era già piombato nel suo sonnellino digestivo.

Il vento gelido creò non pochi problemi agli escursionisti che si tirarono subito su i baveri; Georg Kunkel rimpianse di non essersi messo il cappello di pelliccia. L'aria fresca però alleggerì la sbornia, le grida e le risate diminuirono, nella neve alta bisognava stare attenti a dove si mettevano i piedi. I contorni degli edifici diventarono ombre giganti, gli abeti rossi fantasmi deformi, un uccello notturno svegliato dal fracasso volteggiò sopra le loro teste e Jette Kunkel disse che era lo spirito divino del Natale. Corinna von Trantow ricordò quanto freddo doveva aver sofferto la sacra famiglia, allora, nella mangiatoia.

«Con la neve e il ghiaccio... pensate che gelo!»

«E nemmeno un fuocherello. Gli si saranno congelate le dita!»

«In queste condizioni è venuto al mondo Nostro Signore Gesù Cristo!»

In quella semioscurità Elisabeth non riusciva a distinguere bene Sebastian, ma sapeva che stava cercando di controllarsi. Precisare che in un posto come Betlemme non si erano mai registrate tempeste di neve o temperature sotto zero avrebbe distrutto le fantasie romantiche delle signore.

«Elisabeth, sta bene?» le chiese invece sottovoce.

«Traballo un po' ma sì, abbastanza.»

Ormai si era fatta furba. Lui le offrì il braccio e lei si aggrappò a lui, si lasciò guidare intorno a un carretto pieno di neve abbandonato per strada. Com'era prudente. E con quanta serenità parlava, era così diverso da quando era in biblioteca e rifletteva su ogni singola parola. Quella passeggiata nella notte allentò chiusure che per paura non aveva mai aperto.

«Da ragazzo andavo spesso a camminare nelle foreste innevate con il buio... dal nostro villaggio alla scuola in città la strada era lunga. Due ore ad andare, ancora di più al ritorno perché era tutta in salita.»

«Però, dev'essere stata dura. E le restava anche il tempo di fare i compiti?»

Continuava a camminare, poi lei vide che sorrideva perso nei pensieri. Probabilmente ricordando le giornate piene di stenti, ma comunque felici, dell'infanzia.

«D'inverno mancava spesso la luce, le candele erano costose e il gas noi non l'avevamo. Quante volte mi sono messo vicino al fuoco della cucina per riconoscere i numeri e le lettere nella luce rossastra della brace.»

Davanti, Georg Kunkel intonò a pieni polmoni *O du fröliche*. Qualcuno si unì, alla seconda strofa però il coro perse forza, la maggior parte dei presenti aveva dimenticato le parole. La signora von Trantow sospirò dicendo che non si era messa i calzini di lana e aveva i piedi congelati.

«D'estate veniva prima il lavoro nei campi» continuò a raccontare Sebastian senza badare agli altri. «Estirpare erbacce, tagliare il grano, fare il fieno, trebbiare, badare alle bestie... A dieci anni portavo i sacchi al granaio, a dodici sapevo arare ed erpicare. Noi lo facevamo con le mucche, i cavalli erano roba da ricchi.»

A circa quindici anni aveva dovuto abbandonare il suo grande sogno di diventare missionario, i suoi non avevano avuto più i soldi per farlo studiare. Così aveva frequentato il corso per insegnanti.

Per dieci anni aveva insegnato ai bambini di Finsterbach, vicino a Norimberga, poi era scoppiata la guerra. Sebastian Winkler era stato tra i primi a essere arruolato.

«La guerra, Elisabeth, è una cosa che proprio non avrebbe dovuto succedere... Io li avevo educati, avevo insegnato loro a scrivere e a fare i conti, avevo fatto di tutto per farli diventare delle persone per bene, persone d'onore. Insieme a me, però, hanno chiamato sette miei allievi. Avevano diciassette, diciotto anni al massimo, tre avevano trovato lavoro alla fabbrica di letti, due lavoravano nella tenuta dei genitori, uno era riuscito addirittura a entrare all'università di Norimberga. Voleva diventare prete, una ragazzo così intelligente e in gamba... Si fermò, tirò fuori il fazzoletto. Lisa era profondamente commossa, allo stesso tempo sentiva un fortissimo desiderio di abbracciarlo. Perché no? Erano rimasti un po' indietro, era buio... in fondo, chi avrebbe potuto vederli?

«Non è tornato nessuno» mormorò Sebastian asciugandosi il viso. «Nemmeno uno, neanche dei più giovani.»

Non resistette più. Con un movimento impulsivo gli gettò le braccia intorno al collo e posò la testa sul suo petto coperto di neve. «Sebastian, mi dispiace così tanto.»

Qualora fosse rimasto sorpreso, non lo diede a vedere. Restò in piedi, calmissimo, in mezzo alla tempesta notturna. Dopo alcuni secondi Elisabeth sentì una mano leggera e delicata accarezzarle la schiena. Non si mosse, tremava, sperando che quel momento meraviglioso durasse per sempre.

«Elisabeth, non si può» disse lui a un certo punto con un filo di voce. «Non sono un rovina matrimoni.»

Finalmente! Da tre anni non si erano mai detti niente in proposito. Nessuno dei due aveva osato affrontare lo spinoso tema.

«Sebastian, non è più un matrimonio...»

Lei lo guardò e lui le accarezzò una guancia con la mano guantata. Si era tolto gli occhiali per via della neve, senza le lenti i suoi occhi erano più infantili, più chiari, più sognatori.

«Tu sei sua moglie» sussurrò.

«Ma io non lo amo. Sebastian, io amo te…»

E lì lui si lasciò travolgere. Il primo bacio fu timido, uno sfioramento di labbra. Un alito dolce, il profumo del suo sapone da barba, la sua pelle mista al solletico dei fiocchi di neve. La magia di questo momento innocente però fu pericolosa, abbatté tutte le barriere, e la passione, a lungo repressa, esplose.

Sebastian fu il primo a riprendersi, posò entrambe le mani sulle guance di Lisa e piano piano la allontanò da sé. «Perdonami…»

Lei non rispose, aspettava con gli occhi chiusi, non voleva accettare che fosse tutto già finito.

«Elisabeth, conserverò la tua confessione nel profondo del mio cuore per sempre» disse lui piano e senza fiato. «Mi hai reso felice. Ciò che sento nel mio cuore lo sai.»

Anche lei a poco a poco tornò in sé. L'aveva baciata. L'aveva baciata sul serio! Non era stato un sogno. E che bacio… Klaus avrebbe avuto molto da imparare.

«Lo so? Sebastian, io non so niente. Dimmelo!»

Lui si girò. Si sistemò i guanti e guardò avanti, gli altri escursionisti notturni si erano fermati per discutere sulla via del ritorno. Si sentiva la voce energica e autoritaria della zia Elvira che cercava di prevalere su Erwin Kunkel. «Ridateci il nostro buon imperatore Guglielmo!» gridò all'improvviso l'uomo nella notte.

«Silenzio!» esclamò Elvira. «Passeremo lungo la recinzione del giardino. Pensate al budino alla panna e alle castagnole al quark che ci aspettano.»

«Oh… il budino… e vino, tanto vino!»

Era ovvio che il gruppo a un certo punto avrebbe fatto marcia indietro per tornare alla tenuta, tutto il resto sarebbe stato una follia, la neve era altissima.

«È meglio nasconderci al lato della strada e poi riunirci al gruppo senza farci vedere» disse Sebastian imbarazzato. «Così non ci saranno guai.»

«Non mi hai ancora risposto.»

«Elisabeth, la risposta la conosci già.»

«Invece no, non la so.»

Era troppo tardi, quel fifone non le avrebbe detto quello che avrebbe tanto desiderato sentire. Le lanterne accese si avvicinavano, già si vedevano alcuni volti e si sentiva la risata tuonante di Otto von Trantow. E poi stavano cantando.

«L'imperatore è un brav'uomo, abita a Berlino. Peccato che è lontano, sennò ci andrei in trenino...»

«Santo cielo!» disse Sebastian sospirando. «Venga, Elisabeth, spostiamoci!»

Si nascosero dietro un ginepro innevato e aspettarono che il gruppo li superasse. L'euforia iniziale era svanita, quasi tutti stavano gelando, le due ragazze erano così spossate che riuscivano a malapena a sollevare i piedi. Georg Kunkel si offrì di prendere in braccio la piccola Mariella. La zia Elvira continuava a tenere alta la sua lanterna, ormai quasi spenta, anche le altre due emanavano una luce molto fioca.

«Ho le ginocchia congelate.»

«I miei piedi, i miei poveri piedi!»

«In presenza delle signore non mi è permesso dire tutte le cose che sento congelate.»

Sebastian ed Elisabeth si accodarono senza problemi, nessuno badò a loro, tutti bramavano il calduccio del salotto. Le donne si chiesero come diavolo gli fosse venuto in mente di andare a correre in mezzo alla neve nel cuore della notte. Ormai erano quasi arrivati, i cani abbaiarono, si vedevano già la finestra e il salotto illuminato.

Davanti al camino acceso c'era Klaus von Hagemann, con la più giovane delle domestiche tra le braccia, senza camicetta e senza busto. Alla ragazza le focose tenerezze del padrone sembravano non dispiacere affatto.

Elisabeth si sentì mancare il respiro. Sentì Sebastian cingerle la schiena da dietro per sorreggerla, ma fu una magra consolazione. Non poteva credere ai suoi occhi. E non era l'unica.

«Che mi prenda un colpo!» scappò detto a Erwin Kunkel.

«Però, ci va giù pesante!» mormorò Otto von Trantow con una nota di ammirazione.

«Ma che sta facendo lo zio Klaus?» pigolò la piccola Mariella che dall'alto aveva la vista migliore sul salotto.

Tra le signore si creò un silenzio d'imbarazzo, solo la signora von Trantow in tono stridulo disse: «Incredibile. Per giunta il giorno della festa di Nostro Signore!».

Quando la coppia completamente assorta notò la presenza degli spettatori in cortile, la ragazza si staccò con un grido terrorizzato, riprese la camicetta per coprirsi il seno e corse via.

Durante il resto della serata nessuno parlò di questo episodio, ma Elisabeth soffrì in maniera indicibile per gli sguardi incuriositi e compassionevoli che le rivolsero. Non aveva nessun diritto di rinfacciare cose a Klaus. Eppure lui l'aveva tradita sotto gli occhi di tutti coprendosi di ridicolo. La cosa peggiore è che non sembrava nemmeno dispiaciuto.

Più tardi, dopo che tutti gli ospiti si furono ritirati nelle loro stanze, Elisabeth stava salendo le scale insieme alla zia Elvira; l'anziana si sentì in dovere di consolare la nipote.

«Sai, ragazza» disse sorridendo. «Cose del genere sono normali per un padrone di tenuta, rientrano nella salute spirituale e nell'irrobustimento corporale.»

11

Il nuovo anno ad Augusta era iniziato con la neve, che però nei primi giorni di gennaio già si sciolse. Arrivò un tempaccio freddo e umido, i torrenti straripano e allagarono le radure della zona industriale; anche per le strade si crearono enormi pozzanghere che di notte diventavano ghiaccio insidioso. Su questa grigia desolazione, incombeva un cielo nuvoloso che prometteva altra pioggia.

Paul aveva finito il solito giro per i capannoni, aveva scambiato qualche parola con gli operai e si era rallegrato dei nuovi filatoi che davano risultati davvero eccellenti. La sua unica preoccupazione erano le commesse, le macchine non erano ancora sfruttate al massimo. L'economia tedesca si stava riprendendo assai lentamente e con molte ricadute; perlomeno però il Rentenmark era rimasto. Tuttavia, le altissime somme da pagare per i danni di guerra annientavano ogni piccolo progresso. La zona del bacino della Ruhr era ancora occupata dai soldati francesi. Quando avrebbero capito che una Germania allo stremo non era per loro di nessuna utilità, anzi, li danneggiava?

Salì le scale di umore cupo. Perché quest'umore così nero? Gli affari in fondo non andavano male, l'inflazione era sotto controllo e il contratto con gli americani era andato in porto. Doveva essere per il cattivo tempo. O per il fastidioso dolore alla gola che continuava a ignorare. Non poteva permettersi un raffreddore, per non parlare della febbre.

Si fermò davanti alla porta dell'anticamera per togliersi le scarpe. Non era sua abitudine origliare i discorsi delle segretarie, ma era impossibile non sentire la voce della signorina Hoffmann.

«Dicono che sia incantevole e che cerchi sempre di soddisfare tutte le richieste... la mia vicina conosce la signora von Oppermann che da lei si è fatta fare due vestiti e un cappotto.»

«Certo, chi ha soldi che gli avanzano...»

«Pare abbia disegnato diversi vestiti anche per la Menotti.»

«La cantante? Quelli però li avrà pagati il suo nuovo amante... il giovane Riedelmeyer, no?»

«Ovvio, la mia vicina ha detto che è stato presente a tutte le prove.»

«Ma pensa...»

Paul abbassò la maniglia e attraversò l'anticamera. Il discorso cessò all'istante, sostituito dal ticchettio delle macchine per scrivere. Incredibile, invece di lavorare le sue segretarie spettegolavano.

«Mie signore, buongiorno.»

Entrambe sorrisero con espressione allegra e innocente. Henriette Hoffmann si alzò per prendere cappotto e cappello, Ottilie Lüders disse che la posta era già sulla scrivania e che il signor von Klippstein desiderava parlargli.

«Grazie, appena posso riceverlo la avverto.»

La Hoffmann portò subito nel suo ufficio un vassoio con una tazza di caffè e un piattino di biscotti fatti in casa, probabilmente avanzi di Natale. La stufa era accesa, le sue signore erano efficientissime; in realtà non aveva alcun motivo di lamentarsi.

Perché la signorina Hoffmann e la signorina Lüders non avrebbero dovuto parlare dell'atelier di Marie? Sapeva benissimo che stava avendo molto successo e che la lista di clienti della moglie continuava ad allungarsi. Paul ne era contento, era la conferma delle sue previsioni. Era orgoglioso della sua consorte. Davvero. Tuttavia, non era stato a conoscenza del fatto che alle prove assistessero anche uomini. Gli sembrava quantomeno strano. Forse quella citata dalle segretarie era stata un'eccezione; lo avrebbe chiesto a Marie.

Si sedette e passò in rassegna la posta, tirò fuori le missive più importanti e le aprì con il tagliacarte di giada. Prima di iniziare a leggere la lettera del Fisco bevve un sorso di caffè e mangiò una stellina alla cannella. Deglutire gli faceva male, aveva la gola infiammata. In compenso, il biscotto non era affatto malvagio, lo aveva fatto davvero la signorina Hoffmann? Il gusto di cannella richiamò alla mente le ultime feste di Natale e Paul si perse nei pensieri.

In realtà era andato tutto come al solito. Quest'anno l'abete rosso lo aveva abbattuto insieme a Gustav. Julius li aveva aiutati, Leo invece era rimasto a guardare senza muovere un dito. Il bambino purtroppo in queste cose era terribilmente maldestro. Dodo invece aveva scelto i rami con cui addobbare le stanze insieme a Gertie. La piccola Gertie era davvero in gamba, averla assunta era stata una fortuna. Lo stesso, ahimè, non si poteva dire di Serafina von Dobern. Le cose non stavano andando bene, i bambini si incaponivano, non le obbedivano e sfruttavano qualunque occasione per imbrogliarla. La questione era complicata dal fatto che Serafina era un'amica stretta di Lisa e quindi non potevano trattarla come una dipendente. Ne aveva parlato spesso con Marie, senza approdare ad alcun risultato. Al contrario, avevano litigato, Marie era dell'idea che bisognasse mandarla via il prima possibile.

«Quella donna è fatta di ghiaccio. I bambini non li sopporta. Non voglio che continui a torturare Dodo e Leo!»

Marie si ostinava a non capire che così si metteva contro la madre, danneggiando la sua salute già precaria. Questa mancanza di sensibilità da parte della moglie lo intristiva. Diversi conoscenti gli avevano fatto notare l'aspetto malaticcio di Alicia, la signora

Manzinger si era addirittura proposta di accompagnarla a Bad Wildungen per un soggiorno di cura. La madre ovviamente aveva rifiutato l'offerta.

«Un soggiorno di cura? Ma Paul, come posso stare lontana dalla villa per settimane! Chi penserà alla casa? E ai bambini? No, il mio posto è qui. Anche se spesso mi rendono le cose tutt'altro che facili.»

Durante il periodo natalizio ce l'aveva messa tutta per far conciliare le signore di casa: aveva cercato di far ragionare la madre, trattato Serafina con estrema gentilezza e si era occupato di Marie con una tenerezza particolare. Aveva costruito pupazzi di neve con i bambini nel parco e aveva permesso loro di arrampicarsi sugli alberi. Aveva notato che Dodo era molto più agile e coraggiosa del fratello, che invece non aveva molto fiato per le arrampicate ed era tornato alla Villa senza dire niente a nessuno per esercitarsi al pianoforte. Non capiva come Marie potesse considerare questa passione smodata per la musica un passatempo innocuo.

«Ma Paul, ha solo sette anni. E poi suonare bene il piano non ha mai fatto male a nessuno!»

Paul bevve un altro sorso di caffè, storse la bocca per il dolore alla gola e si dedicò alla posta. Due commesse, una considerevole, l'altra un pesce piccolo. Richieste di motivi per stoffe, offerte di cotone grezzo. Maledettamente caro: ma quando si sarebbero abbassati i prezzi? L'avrebbe ordinato comunque, i clienti non potevano certo restare a bocca asciutta, sebbene il margine di guadagno fosse molto risicato; in alcuni casi si lavorava addirittura solo per coprire i costi. La produzione però doveva continuare e gli operai e i dipendenti dovevano essere pagati; con l'aiuto di Dio, presto sarebbe iniziata la discesa.

Si concesse un'altra stellina alla cannella e finì il caffè, ormai freddo. Natale. No, non era stato come al solito. Nonostante gli sforzi, non era riuscito ad attenuare le tensioni familiari. La sera della Vigilia avevano sentito molto la mancanza di Kitty, che aveva festeggiato in Frauentorstrasse insieme a Gertrude e Tilly. Il giorno di Natale si erano riuniti tutti alla Villa delle Stoffe, ma a causa delle battute acide di Kitty anche quel giorno non era trascorso in serenità. La sera, poi, aveva anche litigato con Marie, non si ricordava più nemmeno perché. Sapeva che tutto era scaturito da una sciocchezza, che però lo aveva portato a dire cose che avrebbe dovuto tenersi per sé. Era più che comprensibile che Marie la sera fosse stanca, lavorava molto duramente. No, non era uno di quei mariti che rinfacciavano cose del genere alle mogli, la capiva, riusciva a dominarsi. Eppure quella sera aveva dato sfogo alla sua delusione dicendo che lei lo amava meno di prima, che era sfuggente e respingeva i suoi teneri approcci. Marie ci era rimasta male, gli aveva proposto di chiudere l'atelier... una sciocchezza. E poi, come ciliegina sulla torta, aveva detto una cosa che gli pesava sul cuore da anni, ma che in quella situazione avrebbe dovuto risparmiarsi.

«Sai, Marie, spesso mi chiedo come mai non arrivino altri figli.»
«È una domanda a cui non sono in grado di rispondere.»
«Forse dovresti farti vedere da un medico.»
«Io?»
«E chi sennò?»

E a quel punto la sua dolce, tenera moglie gli aveva rinfacciato di vedere solo una faccia della medaglia. «Il motivo potresti essere anche tu!»

Lui non aveva risposto, si era girato dall'altra parte, si era tirato la trapunta fino al naso e aveva spento la luce. Marie aveva fatto altrettanto. Erano rimasti distesi in silenzio, senza nemmeno respirare. Ognuno aveva sperato che l'altro dicesse qualcosa per sciogliere quella terribile tensione. Ma non era successo: né parole, né sfioramenti che annunciassero una volontà di conciliazione. Solo al mattino presto, quando aveva sentito la moglie dormire di fianco a lui, aveva sentito un enorme desiderio di svegliarla con un tenero bacio. La conciliazione era stata stupenda e poi si erano ripromessi di non litigare mai più per un motivo così inutile.

Il mal di gola ormai era impossibile da ignorare e sentiva anche un fastidio ai bronchi. Si stava ammalando.

Controllò il resto della posta e poi chiamò la signorina Hoffman.

«Dica al signor von Klippstein che posso riceverlo.»

Avrebbe potuto anche andare da lui, come faceva spesso, ma quel giorno per chissà quale motivo non aveva voglia.

«Per favore porti dell'altro caffè. Ah, le stelline alla cannella sono squisite.»

La signorina Hoffman arrossì per la lode e disse di aver ricevuto la ricetta da un'amica, la signora von Oppermann. «Che tra l'altro è una cliente entusiasta di sua moglie.»

Lo sapeva già, ma annuì comunque di modo che non pensasse che fosse invidioso del successo di Marie. Dovevano solo fargli il piacere di lasciarlo in pace con quei pettegolezzi.

Ernst von Klippstein era vestito in maniera impeccabile, come sempre: completo grigio e gilet in pendant, nella stagione fredda si cambiava addirittura le scarpe perché non gli piaceva stare in ufficio con gli stivali. Andava d'amore e d'accordo con entrambe le segretarie, probabilmente risvegliava in loro sentimenti materni. Ernst era giunto alla Villa delle Stoffe quando vi si accoglievano i feriti di guerra; aveva diverse schegge di granata nella pancia ed era sopravvissuto per miracolo.

«Amico mio, mi sembri piuttosto pallido» disse Ernst entrando. «Non ti sarai beccato l'influenza? Dicono che giri…»

«Io influenzato? Ma figurati, sono solo un po' stanco.»

Ernst si accomodò su una delle poltrone di pelle. Per lui non era facile perché la seduta era molto bassa, ma non lo dava a vedere. Era rimasto un soldato prussiano: la disciplina per lui era tutto, soprattutto con se stesso.

«Che tempaccio…» disse guardando le nuvole basse fuori dalla finestra. «Gennaio e febbraio sono mesi terribili.»

«Vero.»

Paul tossì e poi fu felice di veder arrivare Ottilie Lüders con il vassoio. Due caffè e doppia porzione di biscotti. Oltre alle stelline alla cannella c'erano panpepati e speculoos alle mandorle.

Ernst prese una tazza di caffè, lo beveva sempre amaro. I biscotti li ignorò. «Volevo parlarti di alcune spese che secondo me potrebbero essere ridotte. Per esempio, i pasti alla mensa.»

I pasti alla mensa erano stati introdotti già ai tempi del padre, su suggerimento di Marie. Prima esisteva solo una sala da pranzo in cui operai e dipendenti si sedevano a lunghi tavoli e consumavano cibi portati da casa. Adesso Paul per i pasti chiedeva una piccola somma, ma i lavoratori mangiavano carne, patate e verdure. Prima si era trattato quasi sempre di zuppa di cavoli.

«Paul, chiediamo troppo poco. Se ognuno pagasse solo dieci Pfennig in più, risparmieremmo tantissimo.»

I cosiddetti "Pfennig Operai" erano una moneta interna usata anche in altre fabbriche e introdotta a causa dell'inflazione. Pagare con le banconote normali sarebbe stato troppo complicato, sarebbero servite ceste di denaro. Chi pranzava alla mensa con regolarità si vedeva sottratti i soldi direttamente dalla busta paga e riceveva in cambio "Pfenning Operai" con cui poteva comprare anche bevande, sapone o tabacco.

«Aspettiamo di vedere come si evolvono le cose.»

«Paul, dici sempre così.»

«Si risparmierebbe nel settore sbagliato.»

Ernst sospirò. Erano già considerati l'impresa più generosa, di recente il signor Gropius, della fabbrica di filati, gli aveva chiesto se dai Melzer avanzasse denaro.

«Ma va bene» disse infine Ernst. «Gli operai lasciamoli in pace. Sai, ho calcolato che il consumo di carbone negli uffici in questo periodo caldo ha già raggiunto le cifre dell'ultimo anno amministrativo. Significa che le spese finali saranno di almeno un terzo più alte.»

Quest'uomo veniva pagato per perdere tempo in ricerche inutili. Dipendenti infreddoliti davano risultati peggiori, non tutti erano spartani come Ernst von Klippstein, il quale aveva dato istruzione alle segretarie di non scaldare troppo il suo ufficio.

«Ernst, non è il momento di guadagnare, è il momento di investire e di motivare le persone a buone prestazioni. Dobbiamo lavorare sodo e dimostrare al mondo che i tessuti Melzer non sono solo di prima qualità, ma anche economici...»

Iniziarono a discutere. Ernst era dell'idea che le merci economiche fossero ottenibili solo facendo preventivi molto risicati e abbassando i costi. Paul rispose che c'era differenza tra abbassamento dei costi e avarizia. Si susseguirono una serie di argomentazioni e alla fine Ernst, come succedeva spesso, cedette.

«Vedremo» disse seccato. Poi si toccò la tasca interna e tirò fuori una busta.

«Quasi me ne stavo dimenticando. Un ordine...»

Il suo ghigno insospettì Paul. Nella busta, intonsa, c'era un foglio di carta scritto a mano: le ordinazioni di Marie. Perché l'aveva data a Ernst invece che a lui? Avrebbe potuto farlo quella mattina a colazione, per esempio.

«Quando te l'ha consegnata?»

«Ieri sera quando sono andato a prenderla all'atelier.»

«Ah» disse Paul aggiungendo il foglio agli altri ordini. «Mille grazie.»

Ernst annuì e a quel punto avrebbe dovuto alzarsi e andarsene, invece restò seduto.

«Che persona incredibile, tua moglie Marie. La ammiravo già allora, durante la guerra, quando ha salvato la fabbrica insieme a tuo padre.»

Paul appoggiò la schiena e iniziò a picchiettare le dita sulla scrivania. Purtroppo su Ernst non ebbe l'effetto sperato.

«Che fortuna avete avuto a incontrarvi. Una donna del genere ha bisogno di un uomo che le conceda lo spazio necessario per dispiegarsi. Uno spirito gretto la rinchiuderebbe, le tarperebbe le ali costringendola in una forma non consona alla sua grandezza.»

Ma dove voleva arrivare? Paul continuò a picchiettare, sentì un graffio alla gola e tossì di nuovo. Adesso aveva anche mal di testa, ma la colpa era di questo chiacchierone. Si erano messi tutti d'accordo per fargli perdere la pazienza?

«Ah, volevo dirti una cosa» disse Paul interrompendo il discorso entusiasta di von Klippstein. «Stasera mia moglie passo a prenderla io. Ho una commissione da sbrigare in quella zona, mi è di strada.»

«Ah, sì? A cena, però, posso venire comunque...»

«Ma certo, è sempre una gioia.»

Von Klippstein era deluso, Paul ne fu contento e un attimo dopo si pentì. Perché doveva togliere a Ernst quel piacere innocente? Non aveva proprio niente da sbrigare in Karolinenstrasse. Piuttosto, quella sera sarebbe dovuto correre a casa per fare qualcosa contro quel fastidioso raffreddore. Un bel tè al rum e subito a letto. La cuoca in questi casi proponeva sempre tè al biancospino e impacchi balsamici, ma finché si fosse retto ancora in piedi poteva rinunciarci.

«Allora non ti disturbo oltre.»

Lo vide alzarsi dalla poltrona a fatica e provò compassione per lui. Non poteva aiutarlo, l'avrebbe presa malissimo. Il problema non erano solo le cicatrici, probabilmente nel corpo aveva ancora schegge che non era stato possibile estrarre. Era sopravvissuto, ma la ferita lo aveva segnato per sempre.

Prima di andarsene, Ernst finì la sua tazza e la rimise sul vassoio. Paul fu sollevato di essere di nuovo solo. Si alzò per scaldarsi le dita gelide vicino alla stufa e aggiunse legna, ma continuava a gelare. Aprì l'armadietto e si versò, pieno di rimorsi, un bicchiere di whisky. Il padre negli ultimi anni della sua vita aveva esagerato con quella roba, pur sapendo che gli faceva male. Paul non aveva mai bevuto, la piccola collezione di alcolici era pensata più per le conversazioni con i partner d'affari, ai quali spesso un bicchierino faceva più effetto di un arsenale di buone argomentazioni.

Lo bevo come medicinale, si disse, e mandò giù un grande sorso. Subito dopo dovette controllarsi per non gemere, il whisky gli bruciò nella gola come un fuoco infernale. *Scacciare il Diavolo con Belzebù*, dicevano. Vuotò il bicchiere con le lacrime agli occhi e nascose bottiglia e bicchiere nell'armadietto.

Continuò a sentirsi sempre peggio. A pranzo si tenne in piedi per miracolo, ascoltò paziente le lamentele di Serafina e tranquillizzò la madre quando Marie prese le difese dei bambini. Quel pasto, un tempo un'oasi di pace a metà giornata, negli ultimi mesi era diventato un incontro carico di tensioni. Anche i bambini ne soffrivano, restavano seduti in silenzio davanti ai loro piatti e parlavano solo quando erano interpellati. Subito dopo il dessert aspettavano impazienti che la madre desse loro il permesso di alzarsi.

Quel giorno Alicia parlò di Tilly Bräuer. La giovane studentessa di Medicina aveva trascorso le feste ad Augusta; il giorno di Natale era stata dai Melzer.

«Com'è dimagrita, poverina» disse amareggiata. «Ed è così pallida. Ai miei tempi le ragazze come lei le chiamavamo *bas-bleu*. Ci credo che il povero Klippi non le ha ancora fatto nessuna proposta. Sì, Marie, lo so che i tempi sono cambiati, adesso le ragazze si dedicano a un professione, alcune di loro credono addirittura di poter studiare all'università.»

«Tilly è una ragazza coraggiosa e intelligente» disse Marie con convinzione. «Io l'ammiro molto. Cosa c'è di male nel fatto che una donna voglia studiare Medicina e diventare medico?»

Su questo argomento avevano già discusso parecchio, così Alicia si limitò a emettere un sospiro di insoddisfazione. Serafina però si sentì in dovere di schierarsi dalla sua parte.

«Come può una donna del genere trovare marito?» disse. «A quale uomo piacerebbe che la moglie tasti ogni giorno corpi di altri uomini?»

Se credeva che i gemelli non avessero capito la sua allusione, be', si sbagliava. Dodo sgranò gli occhi e Leo arrossì al solo pensiero.

«Gli uomini devono spogliarsi nudi?» sussurrò Dodo.

Leo non rispose, quell'idea lo imbarazzava.

«Il fatto che una donna venga visitata da un uomo, al marito non crea alcun problema» replicò Marie. «È solo una questione di abitudine.»

«Non gradisco che a tavola si parli di temi così inopportuni» disse Alicia dopo essersi schiarita la voce. «Sopratutto, non davanti ai bambini!»

Continuarono a mangiare. Marie guardava sempre l'orologio, Serafina disse a Dodo di mettersi seduta più dritta, Alicia scrutò Paul preoccupata, il figlio ogni tanto tossiva.

«Paul, oggi pomeriggio dovresti metterti a letto.»

«Che sciocchezze» rispose lui borbottando.

La madre sospirò dicendo che era in tutto e per tutto il figlio di suo padre. Anche Johann non si era mai risparmiato.

Marie fu la prima ad alzarsi, aveva un appuntamento all'atelier alle due. Strinse a sé i gemelli e promise loro che quella sera li avrebbe allietati leggendo una storia. E se ne andò.

«Tesoro, ti accompagno in macchina?» le gridò dietro Paul.

«Non serve, caro, prendo il tram.»

Dopo mangiato Paul si sentiva stanco, ma il mal di gola era molto meno forte rispetto al mattino. *Mettersi a letto... ci manca solo questo!*, si disse. Diventare la docile vittima delle preoccupazioni materne. Impacchi alla gola e sul petto, camomilla... l'intero repertorio. Nella peggiore delle ipotesi anche la visita del dottor Stromberger o del vecchio Greiner. No, avrebbe risolto la questione da solo.

Arrivato in ufficio, però, si rese conto che forse il letto non sarebbe stata una cattiva idea. Soprattutto perché oltre al malessere si aggiunsero terribili brividi di freddo alternati a inquietanti ondate di calore. La febbre. Una sensazione di nausea e vuoto che conosceva dall'infanzia. In Russia, poi, nel campo di prigionia, aveva avuto la febbre traumatica per parecchio tempo ed era scampato alla morte per un pelo. A confronto quello che aveva adesso era una cosa da niente.

Fece delle telefonate importanti, verso le sedici sarebbe arrivato un nuovo cliente, un certo Sigmar Schmidt. Voleva aprire un grande magazzino in Maximilianstrasse ed era interessato ai tessuti in cotone con motivi colorati. Paul gli mostrò i telai e poi la stamperia, Schmidt sembrò molto impressionato. Tornarono nell'ufficio di Paul per parlare di consegne e prezzi. Schmidt era uno che sapeva contrattare, cercò di strappare uno sconto, ma Paul gli ricordò che i prezzi erano già economici e la merce di buona qualità. Giunsero a un accordo e Schmidt ordinò un bel quantitativo di merce.

Paul se l'era cavata bene con il cliente, ma appena uscì si sentì terribilmente debole e febbricitante. Si costrinse a resistere fino alle sei e mezza, poi augurò alle due segretarie buona serata e scoprì che il signor von Klippstein era già andato alla Villa.

Fuori venne accolto da una pioggerellina gelida e salì subito in macchina. Un breve saluto al guardiano e poi via verso la città. Erano quasi le sette, sperava che Marie non avesse già preso il tram. Quando accostò di fronte all'atelier vide con sollievo che dentro c'erano ancora clienti. Nella sala illuminata un'elegante coppia era seduta a un tavolino a sfogliare un catalogo. Ma certo, erano il signore e la signora Neff, quelli del cinematografo di Backofenwall! A quanto pareva potevano permettersi i costosi abiti di Marie. Erano concentratissimi... alcuni disegni del catalogo erano disegnati e colorati a mano.

Paul decise di aspettare in macchina per non disturbarla. Sapeva per esperienza quanto fossero delicate simili contrattazioni. Si appoggiò allo schienale, si strinse il cappotto addosso e spiò attraverso la vetrina. Eccola, la sua Marie. Quanto era bella! La gonna tagliata a campana e la giacca morbida, insieme ai capelli folti e neri, le conferivano un'aura moderna e disinvolta. Sembrava una ragazzina, invece era una donna d'affari.

Parlava con i Neff, rideva, gesticolava: la sua Marie era proprio un incanto. Il proprietario del cinema era stregato, si comportava come un cretino, le aveva preso una sedia ed era quasi inciampato sui suoi stessi piedi. Prima di accomodarsi Marie gli aveva regalato un sorriso riconoscente. Sì, riconoscente era l'aggettivo giusto. O forse, più cordiale? Bendisposto. Ecco, sì, bendisposto. Ma anche tenero.

Te lo stai solo immaginando, pensò. Da così lontano non puoi vedere come sta sorridendo. In fondo si tratta di affari, la gentilezza era altamente raccomandabile. Eppure si rese conto di essere arrabbiato. Non doveva sorridere così, il cliente avrebbe potuto fraintendere e tentare di molestarla.

Paul fu sopraffatto da un nuovo attacco di febbre e si asciugò il sudore sulla fronte con il fazzoletto. Quanto ci voleva, ancora, lì dentro? Erano già le sette e mezza, alla Villa la madre li stava già aspettando per la cena.

Quando si sentì un po' meglio, scese dalla macchina e s'incamminò verso l'atelier a passo deciso. Il campanello dell'ingresso suonò, il giovane Melzer aprì la porta e i Neff e Marie lo guardarono allibiti.

«Signore e signori, buonasera! Perdonate l'intrusione, passavo di qui per caso e pensavo che il negozio fosse già chiuso.»

Marie aggrottò la fronte, i Neff lo salutarono con calore e si profusero in lodi sperticate sulla nuova collezione di Marie.

«Che fortuna avere qui ad Augusta una stilista così grandiosa. Questi modelli meriterebbero le vetrine di Parigi.»

«Vi prego, continuate pure, non volevo disturbare... Io mi accomoderò nel giardino d'inverno con un bel sigaro.»

«Abbiamo quasi finito.»

Nella stanza delle macchine per cucire Hanna era ancora al lavoro. La povera ragazza non aveva un'aria molto felice, Paul proprio non aveva capito come mai Marie avesse voluto insegnarle a cucire a tutti i costi. Ma erano decisioni in cui non s'immischiava.

«Signore, che sorpresa! Oh, non ha un bell'aspetto...» La ragazza si alzò e corse alla stufa, su cui c'era una casseruola d'acqua. «Le preparo un bel tè caldo, le farà bene.»

Paul non si oppose, ormai si sentiva così male che era disposto perfino a bere del tè.

Tremante si sedette vicino alla stufa con in mano la tazza bollente.

«Signore, mi sa che si è preso una brutta influenza. E viene anche a prendere sua moglie. Avrebbe dovuto mandare il signor von Klippstein.»

Marie arrivò dopo circa un quarto d'ora, lasciò delle carte sul suo tavolo e si mise subito il cappotto.

«Maledizione» sospirò. «È di nuovo tardi. Povera mamma. Paul, andiamo… Hanna, quando vai via per favore spegni le luci… tranne quella della vetrina.»

Si sistemò il cappello davanti allo specchio, poi i capelli, quindi si girò verso Paul. Solo in quel momento si accorse di quanto stesse male.

«Santo cielo, Paul! Avresti dovuto dare retta a tua madre. Adesso ci contagerai tutti!»

Lui posò la tazza sulla stufa e lentamente si alzò. No, non voleva fare il lamentoso. Ma un tempo Marie era stata molto più compassionevole.

12

Marzo 1924

Come passava in fretta la domenica. Avrebbe dovuto essere un giorno di riflessione dopo la frenetica settimana, tempo per la famiglia, preziose ore di calma e relax. Invece dopo una veloce colazione erano andati in chiesa, avevano ascoltato la messa e poi chiacchierato con dei conoscenti. Poi bisognava cambiarsi per il pranzo, sua suocera ci teneva. Perlomeno la domenica, aveva sottolineato di nuovo di recente, voleva avere intorno a sé una famiglia vestita a festa. La conseguenza era un pranzo rigido e formale con i gemelli che restavano muti, sebbene fossero bramosi di parlare. I bambini a tavola dovevano stare zitti, rientrava nelle regole del bon ton.

Marie si sentiva sfinita. Dopo mangiato le sarebbe piaciuto distendersi un po', ma non c'era tempo. Dodo e Leo si erano intrufolati nella sua camera e lei non ebbe cuore di mandarli via. Erano seduti sul divano in tre e Marie ascoltò paziente le pene e le arrabbiature della settimana.

«Mamma, ho dovuto riscrivere i numeri tre volte, tre! Anche se erano tutti giusti.»

«Mamma, perché mi devo mettere sempre il vestito a fiori? Mi sta stretto, non riesco nemmeno a sollevare le braccia.»

«Ha detto che quest'anno per noi niente uova di Pasqua perché siamo troppo maleducati.»

«E sempre questo maledetto pianoforte... mi fanno male le orecchie!»

Marie si rinfacciava di non insistere abbastanza per il licenziamento della bambinaia. Ma sarebbe diventato uno scontro diretto con la suocera e non voleva fare questo a Paul. Però si sentiva infelice. Consolava i suoi bambini, cercava di spiegare, faceva promesse. Prese in braccio Dodo e accarezzò i capelli a Leo. Dopo l'ottavo compleanno dei gemelli, la settimana precedente, non poteva più baciare e stringere a sé il suo figlio maschio. Lui le aveva detto che non gli piaceva. Era un ragazzino, non un pupazzo.

«Fra poco viene la zia Kitty per il caffè, di sicuro porterà anche Henny. Così potrete giocare tutti insieme nel parco.»

La notizia non suscitò particolare entusiasmo.

«Henny ci vuole solo comandare a bacchetta.»

«Poi se viene anche la signora von Dobern dobbiamo restare sul sentiero e non possiamo lanciare né bastoncini né sassi.»

«E Liesl e Maxl non possono giocare con noi, alla signora von Dobern non piacciono.»

Marie promise di parlarle. Ai bambini doveva esser concesso un po' di divertimento, anche se scarpe e cappotti ne risentivano. Era marzo, ma la primavera non voleva decidersi ad arrivare. Due giorni prima aveva perfino nevicato.

«Mamma, ci porti all'aerodromo?»

Dodo glielo chiedeva da mesi. Voleva vedere gli aerei. La sede delle industrie Rumpler era a Haunstetter Strasse, a sud di Augusta.

«Dodo, non lo so... ho sentito che la compagnia aerea è in difficoltà. E gli aerei a motore non possono più volare comunque.»

Tra le condizioni di resa imposte dagli Alleati, infatti, rientrava il divieto di volo per tutti gli aerei a motore tedeschi; e anche il divieto di costruirli.

Dodo s'intristì all'istante e Marie capì che era una cosa che le stava molto a cuore. Ma come le era venuto in mente?

«Tesoro, vedremo. Forse quest'estate. Con questo tempaccio non possono decollare in ogni caso.»

La bambina si illuminò. «Va bene, allora quest'estate. Promesso?»

«Se sarà possibile...»

Si sentì il rumore di una macchina, Leo corse alla finestra.

«La zia Kitty! Accidenti, ma guida a zig zag! Stava per finire addosso all'albero...»

Dodo saltò giù dal grembo di Marie. Si avvicinò alla finestra e scansò il fratello.

«Ha portato nonna Gertrude. E Henny, sì, purtroppo c'è anche lei...»

Marie sospirò. Ormai per il letto non c'era più tempo. Si alzò per dare istruzioni ai dipendenti, Alicia aveva avuto una brutta bronchite e la sua salute era rimasta molto cagionevole. Doveva già reggere il peso della gestione della casa durante la settimana, perlomeno di domenica voleva fare un riposino pomeridiano lungo.

All'ingresso si sentiva già la squillante voce di Kitty, come al solito parlava in tono concitato e senza interruzione, a volte c'era da aver paura che si dimenticasse di riprendere fiato. Marie bussò alla porta della signora von Dobern per dirle di badare ai bambini e scese le scale.

Julius era già pronto all'ingresso della sala da pranzo; sembrava provato, l'ondata di influenza non lo aveva risparmiato. Anche Hanna ed Else si erano ammalate, la stessa sorte era toccata al povero Klippi. Paul era dovuto stare a letto due giorni ma poi si era ripreso, von Klippstein non ancora.

Marie gli aveva fatto portare il pranzo a casa per un'intera settimana e alla fine gli aveva spedito il dottor Stromberger. Von Klippstein si era così commosso per queste attenzioni che a metà febbraio le aveva fatto recapitare un enorme mazzo di rose bianche. Doveva aver speso un capitale. Ovviamente Paul l'aveva presa in giro per giorni chiamando Klippi il "cavaliere delle rose". Sì, Paul era un po' geloso. In generale, sotto alcuni aspetti era cambiato, era più sensibile e collerico di prima, sbottava all'improvviso. Forse era perché adesso si stavano conoscendo per davvero. Un anno dopo il loro matrimonio, infatti, Paul era dovuto andare al fronte ed erano rimasti separati per ben quattro anni. In quel periodo Marie aveva vissuto solo delle sue lettere e della nostalgia; non c'era da sorprendersi perciò che non si conoscessero del tutto. Adesso invece erano subentrati la quotidianità, la fabbrica, i bambini, l'atelier, la famiglia: tutto questo aveva un prezzo, forse una parte di quell'amore era svanito.

«Dica alla cuoca che può preparare il caffè. Per i bambini cioccolata calda. La torta va servita solo dopo che siamo seduti tutti a tavola.»

Scese nell'ingresso, Hanna stava prendendo i cappotti e i cappelli degli ospiti. Gertie aveva in mano un pacchetto, probabilmente un quadro di Kitty.

«Oh, la mia adorata Marie!» esclamò Kitty appena vide la cognata in cima alle scale. «Che gioia vederti. Mia cara, ho grandi novità per te, resterai senza parole. Gertie, mi raccomando, fa' piano con il quadro. È un regalo per mio fratello, lo deve appendere in ufficio. Uh, che tempo da lupi, ho i piedi gelati. Marie, mia cara, vieni qui, ho tanta voglia di abbracciarti.»

Ah, Kitty! Sempre così incantevole, così esagerata, così affettuosa. Marie dimenticò la stanchezza e per un attimo respirò il costoso profumo della cognata. Ma dove prendeva i soldi per comprare profumi? Probabilmente era un regalo di uno dei suoi ammiratori.

«E mammina come sta? Ancora i bronchi? Povera, da quando se n'è andato papà non ha avuto un attimo di pace. Marie, questo sì che è vero amore, nessuna di noi due può competere. Fedeltà fino alla tomba... Ah, ho portato anche la cara Gertrude. Marie, l'hai già salutata?»

«Se mi lasci andare...»

Gertrude Bräuer, la suocera di Kitty, non era affatto offesa di non essere al centro dell'attenzione. Conosceva i modi esagitati di Kitty e, con grosso stupore di Alicia, non le creavano problemi. Nel frattempo Hanna stava spogliando Henny, la piccola stava già controllando tutti gli angoli della casa per vedere se Leo si fosse nascosto da qualche parte. In occasione dell'ultima visita si era messo dietro un comò e, sapendo che Henny aveva una paura matta dei topi, aveva iniziato a squittire.

«Dài, saliamo» disse Marie. «Gertie, va' a svegliare la signora. Fa' piano, altrimenti si spaventa, lo sai.»

Kitty offrì il braccio alla suocera e disse che non poteva salire le scale da sola, fino al giorno prima era stata a letto con tosse e mal di gola.

«Kitty, mollami! Ti piacerebbe che fossi una vecchiaccia decrepita, eh?»

«Ah, Trudi!» ridacchiò Kitty «Sono così felice di averti con me, voglio solo che resti il più a lungo possibile. Perlomeno altri cento anni... Marie, ma dov'è il mio fratellone, cioè tuo marito? Ah, eccolo!»

Apparso in cima alle scale, Paul sorrise nel vedere la sorella. Kitty mollò Gertrude e corse di sopra per gettarsi tra le sue braccia.

«Fratellone, eccoti finalmente! Oh, il mio adorato, unico fratellone!»

«Kitty» replicò lui ghignando e stringendola a sua volta. «È bellissimo averti qui alla Villa delle Stoffe. Anche se mi hai disturbato mentre lavoravo.»

«Lavoro? Fratellone, oggi è domenica! Chi lavora di domenica perde la mano destra. Ce lo diceva sempre il cappellano, te lo sei dimenticato?»

«Mi stupisce che sia proprio tu a ricordartelo!»

Il corridoio si riempì di allegria, Marie raggiunse Kitty, risero e presero in giro Paul, lui si difese ma si vedeva benissimo che era felice. D'un tratto era di nuovo il giovane signore che aveva desiderato la sguattera Marie da lontano. Paul Melzer, il figlio ostinato che rivolgeva alla piccola Marie Hofgartner troppe occhiate tenere. Il paladino che nella Città Vecchia l'aveva salvata da un aggressore per poi riaccompagnarla, preoccupatissimo, fino alla Porta di Jakob... Accidenti, perché non si poteva restare per sempre innamorati come agli inizi?

In sala da pranzo Julius aveva apparecchiato la tavola con cura, addirittura addobbandola con le prime violette. La bambinaia aveva fatto indossare ai gemelli i vestiti da domenica, perfino le scarpe lucide, in realtà troppo piccole. L'espressione dolorante di Leo saltò agli occhi perfino a Kitty.

«Santo cielo, Leo, ma cos'hai? Ti ha morso qualcuno?»

«Leo, adesso basta con queste boccacce» rispose Paul al posto del figlio. «Non sei mica un pagliaccio!»

Leo arrossì. Marie sapeva benissimo quanto il bambino si sforzasse di compiacere il padre, spesso purtroppo senza successo. Perché il marito non gli andava un po' incontro? Non capiva quanto Leo lo desiderasse? Paul era dell'idea che troppe lodi guastassero i bambini, quindi nei complimenti era molto parsimonioso.

«Appena ci alziamo potrai toglierti le scarpe» disse Marie. «Adesso però tienile, la nonna è così felice di vedertele ai piedi, te le ha comprate lei.»

«Sì, mamma.»

Serafina sorrise e disse che dai bambini bisognava anche pretendere. «Signora Melzer, la vita non è sempre una passeggiata. I bambini devono imparare a sopportare il dolore senza lamentarsi.»

«Se continua con questi toni, cara Serafina, mi butto subito dalla finestra» intervenne Kitty. «Vuole forse educare questi poverini a diventare martiri? Non abbiamo bisogno di santi, ma di persone oneste e con i piedi sani!»

Serafina non poté rispondere perché proprio in quel momento entrò Alicia.

«Kitty!» disse portandosi una mano alla fronte. «Come sei rumorosa. Per favore, ricordati che ho mal di testa.»

«Oh, mammina» disse Kitty alzandosi per abbracciarla. «I dolori vanno sopportati in silenzio, in questa casa s'insegna già anche ai bambini.»

Alicia la guardò interdetta e lei iniziò a ridere come una matta spiegando che era solo uno scherzo.

«La mia povera mamma. Mi spiace così tanto per queste maledette emicranie. Vorrei poter fare qualcosa per aiutarti…»

Alicia la allontanò da sé sorridendo e disse che le sarebbe stato già d'aiuto se avesse parlato più piano e si fosse messa seduta. «Ma dov'è la mia piccola Henny? La mia bambina adorata…»

La bambina era scesa in cucina e tornò poco dopo con le guance sporche di cioccolata. Fanny Brunnenmayer si era lasciata abbindolare dalla piccola adulatrice e le aveva dato tre biscotti appena sfornati con glassa di cacao.

«Nonna… ti ho pensata così tanto» disse Henny allungando le braccia verso Alicia. «È così triste che non possa più abitare qui.»

Alicia si sciolse e Henny ricevette il posto vicino all'adorata nonna. Marie guardò Paul sapendo che stava pensando la stessa cosa. Henny avrebbe fatto molta strada nella vita.

Julius iniziò a servire caffè e tè, poi una torta alla panna, un ciambellone con mandorle, uvetta e canditi e dei piattini di biscotti. Kitty parlò della mostra che avrebbe fatto a Monaco insieme a due colleghi, Gertrude disse che Tilly si stava già preparando all'esame finale, Alicia chiese notizie di Ernst von Klippstein.

«Mi ha chiamato ieri» rispose Paul. «Domani dovrebbe tornare in ufficio.»

«Avremmo dovuto invitarlo per il caffè» disse Alicia. «È tanto una brava persona!»

Serafina tenne d'occhio Dodo e Leo perché non facessero briciole sulla tovaglia, Henny invece ornò i dintorni del suo piattino di macchie di panna e cioccolato.

«Ci sono notizie di Elisabeth?» chiese la bambinaia. «Mi scrive così di rado e la cosa mi preoccupa. È la mia migliore amica.»

«Allora perché le scrive così di rado?» saettò Kitty.

«Cara signora Bräuer, a lei scriverà senz'altro più spesso…» Alicia finì il suo caffè e pregò Julius di andare a prendere gli occhiali e la pila di lettere sulla sua scrivania.

Oddio, pensò Marie, *adesso leggerà l'ultima lettera di Lisa che conosciamo già tutti a memoria. E poi racconterà della sua infanzia alla tenuta. Povero Leo… però se lo autorizzo a cambiarsi le scarpe già adesso la nonna ci resterà male.*

«Miei cari» disse Kitty. «Prima di sentire gli sfoghi di campagna di Lisa vorrei comunicarvi una grande novità. Ho ricevuto una lettera… dalla Francia!»

«Santo cielo!» disse Alicia sospirando. «Non da Lione, spero!»

«No, mamma, da Parigi!»

«Da Parigi? Mah, basta che non l'abbia scritta quel francese…»

Kitty rovistò nella borsa. Tirò fuori diverse boccette di profumo, due scatoline di cipria, un mazzo di chiavi, vari fazzoletti di pizzo usati e un intero arsenale di rossetti lamentandosi che quella borsa inghiottiva per sempre tutte le cose veramente importanti.

«Eccola! Una lettera di Gérard Duchamps, arrivata ieri di mattina presto…»

«Ah, allora è come temevo» sussurrò Alicia.

Anche Paul aggrottò la fronte e la bambinaia assunse un'espressione preoccupatissima, come se fosse responsabile dell'onore familiare dei Melzer. Marie si rese conto che l'unica rimasta tranquilla era Gertrude, che anzi si servì una terza fetta di torta alla panna. A quanto pareva già conosceva il contenuto della missiva.

«*Mia dolce, incantevole Kitty, mio leggiadro angelo a cui penso giorno e notte…*» esordì Kitty raggiante.

«Ti prego, non davanti ai bambini!» si lamentò Alicia.

«Mamma ha ragione» disse Paul. «Non è proprio il caso!»

Kitty scosse la testa e disse che per leggere aveva bisogno di silenzio.

«Va bene, salto la prima parte e vengo subito alle cose importanti. Allora: *Con mia grandissima gioia nel lascito del defunto collezionista Samuel Cohn-d'Oré ho scoperto un gran numero di quadri della pittrice tedesca Luise Hofgartner…*»

Marie trasalì, poi pensò di aver sentito male. Kitty aveva davvero pronunciato il nome Luise Hofgartner?

«Sì, Marie» disse Kitty notando lo stupore della cognata. «Si tratta di più di trenta quadri dipinti da tua madre. Questo Cohn-d'Oré era ricchissimo e ha collezionato i dipinti di tantissimi artisti. A quanto pare aveva un debole per Luise Hofgartner, qualunque fosse il motivo…»

Marie guardò Paul. Era sorpreso quanto lei e le sorrise entusiasta. Marie fu sopraffatta da un'ondata di calore. Era contento.

«Sì, è proprio una grande novità!» disse.

«Be'» disse quindi Alicia. «Dipende. Che fine faranno queste… opere?»

«Sono in vendita» disse Kitty. «Gli eredi del signor Cohn-d'Oré sono interessati più ai soldi che all'arte. Ci sarà un'asta.»

«I quadri verranno battuti?» ripeté Marie agitata. «Quando e dove?»

Kitty le fece cenno di calmarsi e riprese in mano la lettera.

«*Dando per scontato che sua cognata sia interessata ad acquistare le opere della madre, ho già condotto un primo colloquio con gli eredi, i quali sarebbero disposti a cedere la collezione Hofgartner a un prezzo adeguato.*»

«Cosa intendono con "prezzo adeguato"?» s'informò Paul.

Kitty scrollò le spalle. La lettera di Gérard non citava alcuna cifra, in queste cose era molto discreto. «Ma è comunque un bel furbacchione. Chiede denaro aggiuntivo anche per l'imballaggio e il trasporto. Prima mi chiama "incantevole Kitty" e scrive che mi pensa notte e giorno e poi allunga la mano per battere cassa. Credo proprio che dovrò dimenticarlo, è solo un sognatore fuori dal mondo.»

«Cara Kitty, avresti dovuto evitarlo fin dall'inizio» disse Alicia. «Non dovremmo incoraggiare quest'uomo a prendere contatti con noi. E sono assolutamente contraria ad accettare qualunque favore da parte sua.»

Marie stava per obiettare che lei era molto grata a Monsieur Duchamps per averle recapitato questa notizia, ma Paul la anticipò.

«Mamma, non sono d'accordo. Gérard Duchamps ci sta semplicemente proponendo un affare. Ed è ovvio che dovremo rimborsargli le spese e pagargli anche una provvigione per il lavoro di intermediario.»

Alicia sospirò e si mise di nuovo la mano sulla fronte. «Julius! Dica a Else di portarmi l'effervescente contro il mal di testa. La bustina è sul mio comodino.»

Marie si sentì addosso lo sguardo interrogativo di Paul, ma nella sua testa c'era solo una gran confusione. Della vita e del lavoro artistico della madre non sapeva quasi nulla. Conosceva solo il suo ultimo anno di vita e la sua tragica morte. Luise Hofgartner aveva incontrato a Parigi il geniale costruttore Jacob Burkard, la coppia si era sposata in chiesa ad Augusta, poco dopo Burkard era morto. Luise si era ritrovata priva di mezzi. Per un po' lei e la figlia neonata Marie se l'erano cavata con piccole commesse, ma l'inverno successivo nel suo gelido appartamento si era presa la polmonite e nel giro di pochi giorni era morta. La piccola Marie era finita in orfanotrofio.

«E comunque non credo che questi quadri siano affar nostro» disse Alicia. «Marie adesso è una Melzer...»

«Mamma, ma cosa intendi dire con questo?» Kitty gettò la lettera sulle cose che aveva posato sul tavolo e guardò la madre esterrefatta.

Alicia si portò il caffè alle labbra e prima di rispondere bevve con la massima calma. «Kitty, non c'è bisogno che ti agiti così tanto... Ho solo detto che Marie ora appartiene alla nostra famiglia.»

«Kitty, ti prego» intervenne Paul. «Restiamo calmi, non vale a pena di litigare.»

«Sì, Paul ha ragione» disse Gertrude.

Marie era in difficoltà. Nemmeno lei voleva un litigio, anche solo per via di Dodo e Leo che seguivano la conversazione con aria preoccupata. D'altra parte, la notizia l'aveva scossa nel profondo. I quadri di sua madre... messaggi riguardanti il suo passato. Non le avrebbero rivelato un sacco di cose sul suo conto? Tutto ciò che Luise Hofgartner non aveva potuto lasciare alla figlia: le sue speranze, le sue convinzioni, i suoi sogni... era tutto in quelle opere. Certo, adesso era una Melzer. Ma prima di tutto era la figlia di Luise Hofgartner.

«Marie, ma tu cosa pensi?» le chiese Kitty dall'altra parte del tavolo. «Non hai ancora detto niente. Sei ancora scossa, vero? La mia povera Marie... Be', sappi che io sono dalla tua parte e non permetterò che questi quadri finiscano nelle mani sbagliate.»

«Ah, Kitty» disse Marie con un filo di voce. «Non ti agitare. Paul ha ragione, rifletteremo sulla questione con calma.»

La calma, però, non era proprio la specialità di Kitty. Rimise tutto nella borsa e disse che lei sapeva benissimo cosa andava fatto.

«Kitty, ti scongiuro» disse Alicia guardando Paul preoccupata. «Non fare niente di avventato. Questa gente punta ai nostri soldi, dalla lettera si capisce benissimo!»

«Soldi» replicò Kitty sempre più nera. «Ma certo, in questa casa si parla sempre di soldi. La cosa più importante è non sprecare denaro. Soprattutto, non per l'arte. Vi è chiaro che senza Marie la fabbrica di tessuti Melzer non esisterebbe più?»

Fu troppo anche per Paul che lanciò il tovagliolo sul piatto vuoto e guardò la sorella in cagnesco. «Kitty, ma cosa stai dicendo? Sono sciocchezze, e lo sai benissimo!»

«Sciocchezze?» replicò Kitty a tono. «Fratellone, se papà fosse qui con noi adesso, ti farebbe ragionare. È stata Marie a insistere per la produzione di fibre di carta ed è grazie a questi tessuti che la fabbrica è sopravvissuta, alla fine lo ha ammesso anche papà. Ma certo, i meriti delle donne si dimenticano in fretta. Cos'altro dire, tipico degli uomini. Altezzosi e ingrati!»

«Kitty, adesso basta!» disse Alicia severa. «Non voglio più sentire una sola parola. E comunque scomodare il tuo defunto padre è una grossa mancanza di rispetto! Il mio povero Johann lasciamolo in pace.»

In sala da pranzo si creò silenzio. Gertrude si servì altro caffè, Paul fissava il vuoto con aria cupa, Kitty aveva abbassato gli occhi, mangiucchiò un biscotto e fece finta che la cosa non la riguardasse. Marie non sapeva cosa fare. Se solo Kitty fosse stata un po' più cauta. Era d'accordo con lei su molte cose, ma adesso la situazione era fuori controllo.

«Possiamo alzarci?» domandò Dodo in tono angosciato.

«Chiedi alla nonna» rispose la bambinaia. Serafina aveva assistito al litigio familiare in silenzio. Non era affar suo immischiarsi o esprimere la sua opinione. Ma sicuro ne aveva una.

«Dodo, fra poco ci suonerai un pezzo al piano» decise Alicia. «E tu, piccola Henny? Tu cosa ci fai sentire?»

«Io so una poesia» si vantò la bambina.

«Bene, allora andiamo di là. Julius, può servire il liquore e poi sparecchiare qui. Venite, piccoli miei. Henny, non vedo l'ora di sentirti.»

Marie non poté far a meno di ammirare Alicia per il suo contegno. Con quanta naturalezza era tornata ai soliti riti della domenica pomeriggio: bere un bicchierino di liquore, chiacchierare su questioni familiari insulse, far esibire i bambini. Povera Dodo. Odiava il piano con tutta se stessa.

In corridoio Paul la prese per un braccio. «Marie, ne parleremo dopo. Non ti demoralizzare, troveremo una soluzione.»

Le fece bene. Lo guardò e gli fece un sorriso grato. «Certo, caro, è successo tutto così di fretta…»

Lui la baciò sulla guancia e poi si ritrovarono sulla porta del salone rosso. Marie si sedette sul divano vicino a Kitty.

«Non ti preoccupare» le sussurrò Kitty stringendole la mano. «Io sono con te.»

Poi ascoltò la figlia recitare senza esitazioni una poesia che non aveva mai sentito in vita sua. Gliel'aveva insegnata Gertrude.

«E se l'inverno ancora minaccia con gessi caparbi…»

«Gesti» la corresse Gertrude.

«Spargendo in giro ghiaccio e neve, che arrivi la primavera!»

Henny aveva notevoli doti da attrice e recitò gesticolando. Le parole *che arrivi* le sottolineò al punto che la voce le passò in falsetto e dovette tossire. Nonostante il piccolo errore, venne premiata con un fragoroso applauso. Si inchinò su tutti i lati come una vera astista sul palco. Dodo intanto si trascinò fino all'odiato strumento, si sedette ed eseguì il suo brano. Anche lei venne lodata, perfino dalla bambinaia. Alla fine Leo suonò un preludio di Bach. Lo fece senza spartiti, a occhi chiusi, sprofondò completamente nel mondo della musica. Marie si commosse e così anche Kitty e Gertrude.

«Leo, sei stato bravissimo!» esclamò Kitty. «Ma chi te lo ha insegnato? Di certo non la signora von Dobern…»

Leo arrossì, guardò la bambinaia insicuro e poi disse che le note gliele aveva insegnate il signor Urban, il suo maestro.

Marie sapeva che era una bugia. Il libro di preludi e fughe proveniva senz'altro dalla signora Ginsberg, la madre di Walter.

«Leo, se a scuola ti applicassi come al pianoforte saremmo proprio orgogliosi di te» disse Paul.

Marie vide il bambino rimpicciolirsi e si dispiacque.

«Sì, papà.»

«Adesso andate pure a fare una passeggiata» disse Marie per poi girarsi verso Serafina. «Gli metta cose vecchie e li lasci correre e sfogarsi un po'.»

Henny era arrabbiatissima perché lei non poteva andare con i cugini. Kitty aveva deciso di tornare a casa. Sembrava aver completamente dimenticato il litigio e strinse a sé sia Alicia sia Paul con affetto sincero e riattaccando a parlare a vanvera. Salutò anche Marie con grande calore, la baciò su entrambe le guance, alla francese, e le sussurrò: «Marie, andrà tutto bene. Mi batterò per te, che sei un agnellino. Lotterò come una leonessa che difende i suoi cuccioli».

Più tardi, quando Alicia e i bambini erano già a letto da un pezzo, Marie cercò di finire un disegno che doveva essere pronto per l'indomani. Non riusciva a concentrarsi, la sua testa era invasa dai pensieri. Trenta quadri. Un intero mondo. Il mondo della madre. Doveva vederli. Vedere che effetto facevano su di lei. Decifrare i messaggi che nascondevano.

Era così assorta che non sentì entrare Paul. Aveva un aspetto stanco, era stato un altro paio d'ore nello studio a fare conti, adesso però le sorrise.

«Tesoro, sei ancora sveglia? Sai cosa? Ho preso una decisione. Compreremo tre di quei dipinti e li appenderemo alla Villa. Dove, lo deciderai tu.» Sembrava molto fiero.

«Tre?» Aveva capito bene?

Lui scrollò le spalle e disse che potevano essere anche quattro. Non di più. La scelta doveva operarla Gérard Duchamps, che era già sul posto e perlopiù se ne intendeva di arte. «Adesso vieni» disse accarezzandole il collo. «Concludiamo questa domenica in maniera piacevole. Ho tanta voglia di te…»

Lei non voleva litigare di nuovo. Era troppo stanca. Troppo delusa. Lo seguì e si abbandonò alle tentazioni del suo corpo. Però quando Paul si addormentò, Marie di fianco a lui si sentì sola come poche volte in vita sua.

13

«Avete visto?« disse Else con un sorriso estatico. «I narcisi stanno per fiorire e si è già aperto un tulipano!»

I sorrisi per Else, sempre con la faccia cupa, erano una cosa nuova. Dopo la sua terribile operazione ai denti, però, la domestica da camera Else Bogner era diventata un'altra persona. Invece di lamentarsi in ogni occasione e aspettarsi sempre il peggio, come prima, diceva che lavorare alla Villa delle Stoffe era una gran fortuna, che bisognava essere grati e rallegrarsi ogni giorno.

«Be', sarebbe pure ora» replicò la Brunnenmayer. «La settimana prossima è Pasqua.»

Julius portò le ultime stoviglie dal montacarichi alla cucina, i signori avevano cenato e comunicato che per quel giorno non avevano più bisogno del personale. Il che non significava che potessero staccare, ma se la sarebbero presa più comoda in cucina, avrebbero bevuto un caffellatte e cenato tutti insieme.

«Else, ti hanno fatto santa?» la prese in giro Auguste che aveva dato una mano a riordinare e pulire le dispense. Dopo la nascita del bambino, a gennaio, ci aveva messo diverse settimane a riprendersi. Il piccoletto si era rifiutato a lungo di abbandonare il caldo grembo materno: prima avevano temuto che fosse morto, poi era uscito cianotico. Il giovanotto, però, stava guarendo più rapidamente della madre.

«Ma no,» rispose Else conciliante «è che adesso vedo le cose belle che la vita ci dà. In un attimo può essere tutto finito. Quando ero in ospedale e mi trapanavano la bocca, quando martellavano e usciva tutto quel sangue...»

«Ehi!» si ribellò Hanna. «Sto mangiando!»

«E poi l'infezione» proseguì Else come se niente fosse. «Se avessi aspettato un solo giorno in più adesso non sarei qui a raccontarlo. L'osso era già ormai marcito, mi hanno detto poi...»

«Basta così» borbottò la cuoca afferrando una fetta di pane. «Non hai appena detto che vuoi vedere solo le cose belle della vita?»

«Lo dico solo perché non pensiate che abbia silumato.»

«Silu che?» domandò Auguste aggrottando la fronte.

Julius scoppiò in una risata fragorosa che tutti i presenti trovarono fuori luogo. Quando se ne rese conto si zittì e spiegò: «Else, si dice *simulato*, non silumato».

Else annuì benevola e Auguste non poté credere ai suoi occhi. Un tempo in una situazione del genere avrebbe messo il muso e poi sparlato alle spalle di Julius. Sembrava davvero un'altra persona. A volte il mondo era proprio imprevedibile.

Julius si alzò e andò a prendere un vassoio pieno di oggetti d'argento, bricchi del latte, zuccheriere, saliere, cucchiaini e molto altro. Lo posò all'estremità libera del tavolo dove erano già pronti canovacci e boccette. Era di nuovo ora di pulire l'argenteria; a Pasqua i Melzer avevano ospiti. Per Julius era una questione d'onore che l'argenteria, sulla tavola apparecchiata, risplendesse alla luce delle candele.

«Else, puoi dare una mano anche tu» disse. «Pure tu, Gertie!»

Gertie si mise in bocca il resto del terzo panino con la salsiccia e annuì. Era incredibile quanto cibo riuscisse a ingurgitare restando magra come un fuscello.

«Io devo prima lavare i piatti» disse.

«Posso dare una mano io, lo faccio volentieri» disse Hanna.

Mise via il piatto, finì il suo caffè e si sedette all'altro capo del tavolo. Julius le passò un bricco annerito e disse di fare attenzione ai bordi, le decorazioni non venivano mai pulite. Hanna rispose di sì e si mise al lavoro. Julius ormai aveva capito di non avere chance con la bella e testarda Hanna. Questa cosa lo faceva arrabbiare e feriva il suo orgoglio maschile, ma lo aveva accettato e la lasciava in pace.

«Ti piace pulire l'argenteria?» si meravigliò Auguste. «Adesso sei una sarta, non sei più una sguattera.»

La ragazza scrollò le spalle e continuò a grattare. La raggiunse Else, che prese un canovaccio e il minuscolo cucchiaino della saliera.

«Hanna lo fa volentieri, non è vero?» disse sorridendo.

La ragazza annuì. Non era stata affatto felice della decisione di Marie Melzer, ma si era adattata perché la signora lo aveva fatto con buone intenzioni. Cucire, però, per lei era solo una faticaccia: tutto il giorno seduta sulla stessa sedia a fissare la stoffa e l'ago che danzava sotto i suoi occhi facendo attenzione che le cuciture fossero dritte e l'orlo non troppo piccolo, che spingesse il pedale con il ritmo giusto e che il filo non si spezzasse…

«La signora Melzer perlomeno ti paga come si deve?»

«Sto ancora imparando. E abito e mangio ancora qui alla Villa.»

Auguste inarcò un sopracciglio e guardò la cuoca che aveva appena preso in mano blocco e matita per segnare gli acquisti per la Pasqua. La donna scrollò le spalle, sapeva benissimo quanto guadagnasse Hanna ma di certo no lo avrebbe raccontato ad Auguste. Era più di una sguattera, ma molto meno di una sarta professionista.

«Se hai bisogno di soldi qualche sera puoi badare ai miei bambini» disse Auguste. «Ti darò un paio di monete.»

Gertie impilò i piatti sporchi, posò sopra le posate e portò tutto al lavello. Prese l'acqua calda dalla stufa e con una brocca la rovesciò dentro il lavello, quindi aggiunse un po' d'acqua fredda per non bruciarsi le mani. Si lavava con sapone e soda, le tavolette di legno dovevano essere sfregate con la sabbia almeno una volta alla settimana.

«Anch'io vorrei guadagnare un paio di monete» disse ad Auguste. «Perché avete bisogno di qualcuno che badi ai bambini di sera?»

Auguste disse che il vivaio al momento stava andando alla grande, vendevano le piantine come panini caldi perché in questo periodo si allestivano orti e aiuole dappertutto. Di sera andavano travasate dalla terra delle piccole serre nei vasi in modo che il giorno dopo potessero essere vendute al negozio o al mercato. Vicino alle serre Gustav aveva costruito una capanna in legno che chiamavano "il negozio" perché a volte passavano dei clienti.

«Liesl adesso ha dieci anni e può dare una mano. Anche Maxl se la cava. Hansl però ha due anni e Fritz appena quattro mesi.»

Appena erano in grado i bambini dovevano aiutare, questo era fuori discussione. Nessun lavoro pesante, ovvio, cose tipo travasare le piante ed estirpare erbacce. Spesso erano fieri di farlo, di lavorare col proprio papà.

«Non fosse per quello stupido piede» disse Auguste sospirando. «Gustl non si lamenta mai, ma la sera a volte soffre le pene dell'Inferno.»

La cicatrice del suo moncone si infettava spesso e lui aveva dolore a camminare, perciò si scoraggiava.

«Basta bambini» le aveva detto di recente. «Abbiamo già abbastanza bocche da sfamare e io non so ancora quanto reggerò.»

Era andato dall'infermiera Hedwig; l'aveva conosciuta quando la Villa fungeva da ospedale. Una visita da un medico costava troppo. L'infermiera, assunta al nosocomio pubblico, aveva detto che non si poteva fare molto. Ma non doveva camminare troppo, altrimenti il piede sarebbe peggiorato ancora. Gli aveva dato una pomata, che però non serviva granché.

«La colpa è sua» disse la Brunnenmayer impietosa. «Gustav poteva restare in servizio qui alla Villa. Il signor Melzer alla Else ha pagato il dottore e pure i giorni di degenza... non è vero, Else?»

Else annuì e disse che sarebbe stata grata al signore per sempre.

«Ti ha persino presa in braccio per portarti alla macchina» disse Gertie al lavello. Else arrossì.

«Ma che c'entra» disse Auguste arrabbiata. «Ce la faremo. Quando guadagneremo bene assumeremo persone che facciano i lavori pesanti, così Gustl starà a riposo. Come la Jordan, lei sì che ha fatto bene, quella vecchia volpe...»

«Ma cos'è che fa di preciso?» chiese Hanna.

«Be',» ripose Auguste ridacchiando «la nostra Maria Jordan vende prelibatezze, gran gourmet... o meglio, le fa vendere agli altri.»

Julius avvicinò la zuccheriera appena lucidata alla luce e la posò sul vassoio soddisfatto.

«Auguste, cosa intendi?» chiese, quindi, prima di prendere una teiera. «La signora Jordan ha una dipendente?»

«Un ragazzo...»

Hanna sgranò gli occhi. La Brunnenmayer, intenta a scrivere la sua lista, alzò la testa, Julius riposò la boccetta di lucido sul tavolo. Solo Else non batté ciglio, aveva poggiato la testa su una mano e si stava quasi addormentando.

«Un... un ragazzo?» domandò la cuoca incredula. «In che senso?»

«Nel senso in cui l'ho detto» rispose Auguste ghignando.

«D'accordo, ha assunto un commesso» cercò di chiarire la questione Julius. «Perché no, in fondo? La signora Jordan mi sembra una persona intelligente e con un buon fiuto per gli affari. Sarà un intenditore.»

Auguste scoppiò a ridere. «Certo che è un intenditore... e quello che non sa glielo insegna lei. Sì, ha la faccia di uno che impara in fretta...»

Julius arricciò il naso, il fatto che la Jordan avesse una storia con il suo dipendente mal si addiceva al suo obiettivo.

«Ah sì, e com'è?» domandò Hanna incuriosita. «È più... più giovane di lei?»

«Più giovane?» rispose Auguste ridacchiando. «Quello non ha nemmeno la metà dei suoi anni. Un ragazzo smilzo con le orecchie a sventola e occhi enormi e acquosi. Avrà appena finito la scuola, poveraccio, ed è subito finito nelle grinfie di quella strega.»

Gertie appoggiò le posate pulite sul tavolo, davanti a Else, e sistemò i piatti nella credenza. La testa della domestica perse l'appoggio sulla mano e per poco non finì dritta sulle forchette, ma per fortuna si riprese in tempo e iniziò a sistemare le posate nel cassetto del tavolo.

«Io l'ho visto» disse Gertie mentre sistemava i piatti.

«Tu?»

«Sì, ieri sono andata a comprare il caffè dalla Jordan.»

«Ah, sì?»

Gertie ghignò e fece finta di non aver notato il tono pungente di Auguste. Non la sopportava, era solo una vipera che amava spettegolare. Nemmeno la Jordan le piaceva, ma lei si era licenziata dalla Villa delle Stoffe già parecchio tempo prima.

«Si chiama Christian» disse. «Ed è davvero un intenditore. Un ragazzo simpatico, zelante, non credo che tra lui e la Jordan ci sia del tenero. Ma in quel negozio c'è qualcosa di strano...»

«Strano?» chiese subito Julius. «Be', all'inizio è sempre difficile, mancano un sacco di cose e...»

«No, no» lo corresse Gertie. «Il negozio è carino, verniciato di fresco, ogni cosa è al suo posto. Solo... solo che c'è una strana porta.»

Gertie prese una sedia e si sedette al tavolo con gli altri. Tutti la guardarono in tensione.

«Una porta? E perché non dovrebbero esserci porte?» chiese la Brunnenmayer.

«Be'...» riprese Gertie titubante. «È proprio questa la cosa strana. Mentre ero lì è entrata una signora. Una signora anziana, e anche molto ricca, fuori c'era lo chauffeur ad aspettarla.»

Tutti si guardarono increduli, solo Auguste fece finta di non aver capito. «Una stanza sul retro?»

Gertie annuì. Aveva chiesto a Christian cosa ci fosse dietro quella porta e lui era arrossito e aveva iniziato a balbettare.

«Poi ha detto che lì si svolgono i colloqui.»

«Ma senti» mormorò la Brunnenmayer.

«C'era da aspettarselo» disse Auguste.

Anche Else annuì, ma non disse nulla. Julius e Hanna, invece, ancora non ci erano arrivati.

«Quella vecchia volpe fa le carte» disse poi Auguste. «Io me l'ero immaginato. Il negozio di gran gourmet è solo una copertura, in realtà fa affari d'oro come cartomante nella stanza sul retro. Che diavolo, la Jordan, io l'ho sempre detto che era una furbastra matricolata!»

«Quella ci raggira tutti come le pare!» disse la Brunnenmayer ridendo. «Un giorno diventerà più ricca dei Fugger e metà città sarà sua.»

«Ci mancava solo questo» disse Auguste alzandosi. «Il mio Gustl mi starà già aspettando.»

«Vuoi prendere un paio di anelli di zucchero da portare ai bambini?» domandò la cuoca. «Sono avanzati da ieri.»

«Grazie, ma ho fatto dei biscotti io.»

«Allora fa' come ti pare» disse Fanny Brunnemayer offesa.

Dopo che Julius ebbe sprangato la porta, Else decise di salire in camera. Anche Hanna già sbadigliava, la notte era breve e l'indomani l'aspettava un'altra giornata infinita alla macchina per cucire.

«Volevo parlarvi di una cosa» disse Julius. «Una cosa che non riguarda Auguste; per questo ho aspettato che se ne andasse.»

«Io posso andare?» chiese Hanna stanca morta.

«Non so, ti riguarda solo a margine…»

«Hanna, resta ancora un attimo» decise la cuoca. «E tu Julius vieni subito al dunque senza perdere tempo, stiamo tutti morendo di sonno.»

Hanna sospirò e riprese posto al tavolo.

«In casa stanno succedendo delle cose che non mi piacciono» iniziò Julius. «Si tratta della bambinaia.»

Con l'ultima frase conquistò la massima attenzione da parte di tutte e tre le donne. Perfino Hanna non sentì più la stanchezza.

«Eh… quella dà sui nervi a tutti.»

«Ieri mi ha ordinato di andare a prendere la sua carta da lettere in camera della signora» disse Gertie.

«A me ha detto che sono stupida e montata» disse Hanna.

Julius ascoltò le rimostranze e annuì come se non si fosse aspettato altro. «Si prende libertà che non le competono. Io non sono uno sensibile, ma in quanto cameriere non sono tenuto a eseguire gli ordini della bambinaia. E poi trovo fuori luogo che mi dia del tu.»

«Ma cosa vi credevate?» disse la cuoca. «È amica di una delle figlie dei padroni, quindi si crede chissà chi. A me però non la fa. Se proverà a darmi un ordine la manderò in bianco come si conviene.»

Nessuno osava dubitarne. Fanny Brunnenmayer alla Villa delle Stoffe era un'istituzione, soltanto i signori potevano dirle cosa doveva fare.

«La questione è un po' più complicata» riprese Julius. «Negli ultimi tempi la signora Alicia è spesso malata e quindi le delega alcune mansioni. Così questa persona ieri ha preteso che l'accompagnassi in città a fare delle commissioni. E l'altro ieri mi ha controllato mentre apparecchiavo la tavola. Queste sono cose da governante, non da bambinaia!»

«Sì, ha ragione» convenne Hanna. «Peccato che non ci sia più qui la Schmalzler; lei l'avrebbe rimessa al suo posto.»

«Eccome» disse la cuoca ghignando. «Solo Dio sa come l'avrebbe fatta filar dritto.»

Gertie non aveva mai conosciuto la leggendaria governante, così più che ai bei tempi passati pensava all'incerto futuro. «È vero, Julius, si è ingraziata Alicia Melzer, ecco perché si prende tutte queste libertà. Non avete notato come trami contro la giovane signora Melzer?»

«Contro Marie?» esclamò Hanna sgranando gli occhi.

«Ovvio!» disse Gertie. «Di recente, quando hanno litigato per quella storia dei quadri in Francia...»

«Sempre questi maledetti quadri» disse Hanna sospirando. «Quante volte hanno già litigato per questo? Come se ne valesse la pena, sono solo tele con una spruzzatina di colore.»

«In ogni caso» disse Gertie guardando verso Julius «dopo la litigata la bambinaia è salita in camera della signora Alicia e le ha parlato a lungo.»

Esitò, non voleva ammettere di aver origliato, ma Julius la incoraggiò con un cenno della testa.

«Hanno detto un sacco di cose brutte sulla giovane signora Melzer: che non ha ricevuto un'educazione, che la madre era... era una donna sregolata, che il povero Paul avrebbe dovuto scegliersi un'altra moglie.»

«Chi l'ha detto, la signora?» chiese la Brunnenmayer.

«Non proprio.» Gertie dovette riflettere un secondo. «Diciamo che la von Dobern l'ha spinta a dirlo. È molto scaltra. Inizia dicendo che quello che dice la signora è giusto. E poi va un pezzettino più avanti. La signora la segue e lei attizza un altro po' il fuoco. Fino a quando non l'ha portata dove voleva che arrivasse.»

Julius disse che Gertie aveva ragione, era proprio così che faceva.

«Se continua così, presto l'avrà in pugno. Io dico che dobbiamo metterle dei paletti. È assunta come bambinaia e non deve fare la governante. I signori devono sapere che noi non lo accettiamo.»

«E a chi vuoi esporre le tue rimostranze?» domandò la cuoca scettica. «Alla signora Alicia o a Marie Melzer?»

«Ne parlerò al signore.»

Hanna sospirò e gli augurò buona fortuna.

«Il signore ha un sacco di pene» disse con un filo di voce. «Ha problemi alla spalla e poi ha litigato con il signor von Klippstein. Ma non è il peggio…»

Tutti sapevano a cosa si riferisse. Era la terza notte che qualcuno dormiva nella camera da lavoro della giovane signora Melzer, sul divano. Tirava aria di crisi.

14

Maggio 1924

Mia cara Lisa, tu che ti godi la serena vita di campagna nella bella ma lontana Pomerania, la sorellona del mio cuore che mi manca da morire...

Elisabeth sospirò e abbassò la lettera appena aperta. Nessuno scriveva in modo così entusiastico e pomposo... tranne sua sorella Kitty. C'era qualcosa dietro, la conosceva fin troppo bene.

Come stai? Ci scrivi così di rado, e quando ti fai viva lo fai con la mamma. Anche Paul è preoccupato, e naturalmente anche la mia carissima Marie. Che strazio che la Pomerania sia così lontana da Augusta, altrimenti sarei già passata un centinaio di volte a bere il caffè o a colazione per fare due chiacchiere...

Ci mancava solo questo, pensò Lisa. Come se non avessi già abbastanza preoccupazioni. Era un bene che Augusta e la Pomerania fossero così distanti!

Qui ad Augusta sono successe grandi cose. Pensa, il mio caro Gérard ha scoperto trenta quadri della madre di Marie. Lo sa-

pevi che Luise Hofgartner era una famosa pittrice? Ha vissuto a Parigi, dove aveva un grande ammiratore, un certo Samuel Cohn-d'Oré, il quale ha collezionato le sue opere. Ecco, di recente i quadri sono stati messi in vendita e io non ho esitato a comprarli tutti. Una collezione del genere arriva raramente sul mercato, ha un certo valore e sono convinta che ne varrà la pena.

Visto che i miei mezzi sono limitati, ho chiesto al caro Gérard di prestarmi del denaro e lui lo ha fatto. Adesso sto offrendo alla mia famiglia e ad alcuni amici cari la possibilità di acquisire parte della collezione, è un affare perché il valore dei quadri aumenterà di sicuro. Abbiamo in programma mostre ad Augusta, Monaco e Parigi e le entrate ovviamente verranno divise tra i soci.

Puoi partecipare già con la piccola somma di 500 Rentenmark. Non ci sono limiti se vuoi dare di più, è logico. Sii gentile e fai leggere questa lettera anche alla zia Elvira, pure lei rientra nella cerchia degli eletti a cui avanzo questa proposta, in gran segreto.

Lisa lesse il paragrafo due volte, ma non le era molto chiaro. Solo una cosa era certa: Kitty aveva bisogno di soldi. Cinquecento Rentenmark erano una discreta sommetta. E per cosa? Se non aveva capito male, la sorella aveva comprato i quadri di una certa Luise Hofgartner, la defunta madre di Marie.

Dentro di lei riaffiorarono ricordi spiacevoli. Non avevano detto che il loro padre allora aveva fatto visita a questa donna nella Città Vecchia? Peggio: Johann Melzer era stato accusato di essere responsabile della sua morte precoce. Le aveva chiesto i disegni di Jakob Burkard, anche lui morto anzitempo. Lei si era rifiutata di darglieli e lui allora aveva fatto in modo che lei non guadagnasse più un solo scellino. Era morta di una malattia che non ricordava, d'inverno, perché non aveva avuto soldi per riscaldare il suo appartamento... Il padre, poveraccio, doveva aver sentito il peso di questa colpa nel profondo; per questo forse gli era ven[uto] l'infarto. No, Lisa non aveva la minima voglia di compra[re] di quella donna. Poi per quella somma. Ma cosa si crede[va] che in Pomerania le oche facessero uova d'oro?

Il resto della lettera lo lesse alla svelta, non diceva niente [im]portante. La mamma aveva spesso l'emicrania, Paul lavorava tan[to,] la fabbrica stava andando bene, Marie aveva dovuto stilare una lista d'attesa di clienti. Henny prendeva lezioni di pianoforte da una certa signora Ginsberg... ma a chi interessava? Lisa ripiegò il foglio e lo rinfilò nella busta. Dalla finestra del salotto il sole di maggio entrava creando lampi di luce sul paiolo appena lucidato e puntini infuocati sulla tappezzeria scura. Fuori in cortile si sentì rumore di zoccoli, Joschik stava portando fuori dalla stalla Gengis Khan, un sauro. Aveva già la sella, a quanto pareva Klaus voleva uscire per andare a controllare la segale. Di recente i cinghiali nei campi avevano fatto danni considerevoli, quelle bestie odiose erano raddoppiate la primavera precedente. Osservò il marito montare in sella, Joschik gli passò le staffe. Klaus era un cavallerizzo eccellente, anche senza l'elegante uniforme da maggiore faceva una gran figura. Le ferite sul volto miglioravano di continuo; non avrebbe mai riacquistato il bell'aspetto di un tempo ma adesso lo si poteva guardare senza spaventarsi. Guidò Gengis Khan fuori dal cortile al passo, superato il cancello avrebbe iniziato a galoppare. Joschik non si era mosso di un millimetro e guardava il sole accecante con le mani puntate sui fianchi.

Alla tenuta dei von Maydorn era una fase delicata di tregua. Dopo esser stato colto in flagrante a Natale con Pauline, Klaus aveva chiesto perdono, sinceramente mortificato, sostenendo che si era trattata di una semplice sbandata e giurando a Elisabeth che non l'avrebbe tradita mai più. Come prova del suo pentimento, la domestica era stata licenziata e sostituita da un'altra. La zia Elvira aveva fatto in do che la nuova fosse brutta. A detta della zia in questo modo si a fatta giustizia e la pace matrimoniale era stata ripristinata.

Elisabeth aveva fatto capire a Sebastian quanto fosse infelice e quanto avesse bisogno della sua consolazione. A parole lui l'aveva fatto, le aveva spiegato quanto la compatisse e che assolutamente non capiva come un uomo potesse comportarsi in maniera tanto vile. Dopo tutto quello che aveva fatto per il marito, questo tradimento era il massimo dell'ingratitudine.

«Elisabeth, perché sopporta in silenzio?»

«E sentiamo, secondo lei cosa dovrei fare?»

Lui sospirò e disse che non spettava a lui darle consigli. I tentativi di Elisabeth perché Sebastian la consolasse anche fisicamente erano tutti falliti. Era certa che lui la desiderasse alla follia, eppure si controllava. Nemmeno una visita a tarda sera in négligé lo aveva indotto in tentazione.

Voleva che chiedesse il divorzio e diventasse sua moglie? E di cosa sarebbero campati, del suo risicato stipendio da insegnante, qualora avesse trovato un posto? Un tempo, quando c'era ancora papà, Elisabeth aveva avuto un sacco di grilli per la testa, tipo fare la scuola per diventare maestra, insegnare ai bambini di paese e condurre una vita modesta, in povertà. Adesso non inseguiva più questi sogni. Lì alla tenuta era la padrona, e le piaceva. E Klaus von Hagemann era un amministratore eccellente. Le mancava solo... Sebastian, il suo amore. Non solo a sguardi e parole. Lo voleva sentire. In tutto il corpo. Ed era certa che anche lui lo desiderasse.

Riguardò la lettera di Kitty e pensò che ci fossero delle cose che non tornavano. Per esempio, perché i quadri non li aveva comprati Marie? All'atelier guadagnava bene, dicevano. Senza il consenso del marito, però, non poteva spendere grosse cifre. Insomma, non poteva disporre dei soldi incassati a proprio piacimento, doveva chiedere al consorte. Ecco, era questo il punto: Paul si era rifiutato di comprare le opere. Possibile? La madre nelle lettere aveva fatto solo degli accenni, ma a quanto pare tra Paul e Marie c'era maretta. Soprattutto da quando lei aveva aperto l'atelier.

Elisabeth dovette ammettere che la cosa non la rattristava. Anzi, era contenta. Perché doveva essere l'unica a soffrire per un amore infelice? Anche Paul e Marie, la cui unione finora era stata sempre perfetta, venivano messi alla prova dal destino. Allora al mondo c'era ancora giustizia.

Il suo umore era migliorato. Forse doveva affrontare le giornate con maggior tenacia, prima o poi avrebbe raggiunto il suo scopo. Era primo pomeriggio e fuori c'era un tempo da sogno. Gli alberi da frutta erano in fiore, le foreste si erano rivestite di verde brillante e i germogli già alti. Per non parlare dei prati, dove l'erba arrivava ai fianchi; al più tardi a inizio giugno avrebbero fatto il fieno.

La zia Elvira era andata a fare acquisti a Gross-Jestin insieme a Riccarda von Hagemann, poi sarebbero passate da Eleonore Schmalzler che abitava presso la famiglia del fratello, sarebbero rientrate solo a tarda sera. Christian von Hagemann si era messo in giardino armato di giornale e probabilmente stava già dormendo sulla sdraio. Perché non fare un salto in biblioteca e convincere Sebastian a uscire per una breve passeggiata? Lungo il torrente, fino al margine del bosco, poi il sentiero che attraversava il prato, fino alla capanna, dove potevano riposarsi un po' al sole seduti sulla panca, e infine la strada per tornare alla tenuta. L'erba era altissima, se avessero deciso di sedersi, o addirittura di distendersi, nessuno li avrebbe visti.

«Una passeggiata?» disse lui alzando gli occhi dal libro.

Si sbagliava o la stava guardando con un'aria di rimprovero? Elisabeth entrò in crisi.

«Il tempo è così bello... Non dovrebbe stare sempre qui chiuso tra i libri.»

Lui di fatto era pallido. Era dimagrito? Oppure era perché la stava guardando in quel modo strano?

«Ha ragione, Elisabeth, dovei smetterla di stare sempre seduto tra questi libri.»

Parlava ancora più lento del normale. Forse Elisabeth doveva affrontare la questione con maggiore energia. Lui era di nuovo di quell'umore malinconico che negli ultimi tempi lo assaliva spesso.

«Si metta delle scarpe robuste, la strada lungo il torrente è ancora un po' umida. La aspetto al cancello.» Gli sorrise e si avviò verso la porta. Lui però all'improvviso la chiamò.

«Elisabeth! Aspetti...»

Lei si girò con un cattivo presagio. Si era alzato e si stava allacciando la giacca, sembrava in procinto di dire una cosa importante.

«Che c'è?»

«Ho deciso di licenziarmi.»

Non poteva credere alle sue orecchie. Lo fissò. In attesa di una spiegazione. Ma lui tacque.

«Che... che sorpresa.»

Altro non riuscì a dire. La consapevolezza che presto non ci sarebbe stato più si fece largo in lei lentamente. Lo aveva perso. Sebastian Winkler non era uomo da sopportare i giochetti a lungo. O tutto o niente.

«Non è stata una decisione facile» aggiunse. «La prego di concedermi una settimana di tempo. Devo concludere un lavoro e aspetto una risposta da Norimberga, lì ho dei parenti.»

Adesso che gliel'aveva detto sembrava più rilassato, addirittura in vena di chiacchiere.

«Elisabeth, non riesco più a guardarmi allo specchio. O meglio, quello che vedo non sono più io, bensì un mantenuto, un bugiardo, un coniglio. Un uomo che ha perso ogni rispetto per se stesso. Come posso in una simile condizione aspirare al suo, di rispetto? Ecco, questa decisione non salva solo la mia vita, ma anche il mio amore.»

Ma cosa stava blaterando? Elisabeth era appoggiata allo stipite della porta e si sentiva sull'orlo di un baratro. Vuoto. Solitudine. Solo in quel momento capì che la presenza di Sebastian lì alla tenuta era il suo elisir di vita. L'eccitazione quando saliva le scale per la biblioteca. Il pensiero, di notte, che anche lui fosse sveglio e la desiderasse. Che stesse pensando a lei. Le molte conversazioni, gli sguardi, i contatti prudenti... una volta, una sola volta lui l'aveva abbracciata e baciata. A Natale. E adesso stava per andarsene. La settimana successiva si sarebbe ritrovata in quella stanza a guardare una sedia vuota. Il tavolo intonso che si riempiva di polvere.

Cercò di controllarsi. Se voleva che lei lo implorasse a restare... be', si sbagliava. Anche lei aveva un minimo di dignità.

«Bene» disse dopo essersi schiarita la voce. «Se è deciso, allora non la tratterrò. Anche se...» Si fermò, lui d'un tratto la guardò con espressione penetrante. Sperava in una dichiarazione d'amore? Proprio adesso che stava per andarsene? Quella partenza era un ricatto? «Anche se mi dispiace molto perderla.»

Tacquero. Nell'aria aleggiava il non detto, lo percepivano entrambi, entrambi bramavano quelle parole liberatorie, ma nessuno le pronunciò.

«Dispiace anche a me» disse lui con un filo di voce. «Ma il mio lavoro qui ormai è concluso. Non voglio incassare soldi senza guadagnarli.»

Annuì. Su questo aveva ragione. Lì alla tenuta non aveva più nulla da fare.

«I bambini sentiranno la sua mancanza.»

«Sì, per i bambini mi dispiace...»

Ah, pensò lei amareggiata. *Si affligge per quei marmocchi per cui è solo un insegnante ausiliario e di separarsi da me non gli importa.*

Allora piangergli dietro non ha senso... Era solo autodifesa, lo sapeva benissimo. Avrebbe pianto. Avrebbe pianto come una disperata.

«Be'... allora non voglio disturbarla oltre. Ha detto che deve concludere un lavoro.»

Lui fece un gesto come a dire che non era importante, ma lei se ne andò comunque.

«Stasera le farò il conteggio dello stipendio.» Chiuse la porta e per un attimo ci si appoggiò contro. Doveva essere forte. Non doveva tornare indietro e dirgli che senza di lui non poteva vivere. Doveva scendere le scale a passi lenti, decisi e sedersi un po' in salotto e lasciar passare lo spavento.

Scese sapendo che lui stava ascoltando i suoi passi. Arrivata di sotto, le tremavano le gambe. *Una tazza di caffè*, pensò. *Ho bisogno di forze.*

Aprì la porta della cucina e non trovò nessuno. Certo, quando Riccarda von Hagemann non c'era tutti se ne approfittavano. Probabilmente le ragazze si incontravano con i lavoratori polacchi stagionali al granaio. Non resistevano nemmeno fino alla stagione del fieno.

Perlomeno sui fornelli spenti c'era una brocca con dei resti di caffè tiepido. Se ne versò una tazza, lo allungò con il latte e finalmente trovò la zuccheriera. Ma era pessimo! C'era così tanto fondo di caffè che lo si poteva masticare. Eppure Elisabeth si riprese, si sedette al tavolo della cucina sospirando e si disse che in fondo le restava la tenuta. E suo marito, che da Natale era un partner attento e piacevole. Lei da allora non gli si era mai concessa, ma lui si dava comunque un gran daffare. Sì, doveva ammettere che nemmeno dopo che si erano sposati era stato così carino. Era un segno del destino? Doveva fare la moglie fedele e dimenticare il casto bibliotecario?

Guardò fuori dalla finestra. Si vedeva l'orto di cui Riccarda andava tanto fiera. Erba cipollina e borragine erano già rigogliose, il prezzemolo era ancora un po' rachitico, i cespugli di ribes stavano crescendo alla grande.

«Eccome se lo so» disse una voce femminile non lontana. «Mio fratello nella tenuta qui di fianco…»

«Tuo fratello?»

Questo invece era Joschik. La donna probabilmente era la cuoca. Erano vicini al recinto ignorando che ci fosse qualcuno in cucina. Elisabeth non era molto interessata ai pettegolezzi di paese, ma perlomeno la distraevano.

«Il primogenito, Martin. Tre anni fa ha sposato una di Malzow. È stato lui a raccontarmelo. Va lì ogni due giorni. Porta regali, anche ai genitori. Le ho comprato un profumo, scarpe nuove, perfino una camicetta di seta.»

«Ma starà mentendo…»

«Martin non dice mai bugie. E la Else, ovvero sua moglie, ancora meno. Ha visto la camicetta che svolazzava sulla corda del bucato.»

«Tu, però, vedi di tenere la bocca chiusa…»

«Credi che sia stupida? Ma prima o poi salterà fuori. Al più tardi alla nascita del bambino.»

Elisabeth sentì accelerare il polso. Non aveva già origliato un discorso del genere? Non lì in Pomerania, alla Villa delle Stoffe.

Qualcuno imprecò. Joschik.

«Un bambino, dici? Ma questo salterà fuori di sicuro…»

«Ma perché ti agiti? Alla moglie non vengono, è normale che cerchi degli eredi altrove. Non sarebbe la prima volta che uno così poi diventa padrone di tenuta.»

«E cosa gli diranno, che l'ha portato la cicogna?»

Ridacchiarono e Joschik aggiunse che Pauline era una donna forte, molto più adatta come madre di un erede dell'elegante signora di Augusta. Quella se ne stava comunque tutto il tempo di sopra dal bibliotecario e di agricoltura ne capiva tanto quanto una mucca di un regolo calcolatore.

«Sì, l'amministrazione di questa tenuta è parecchio strana...» disse la cuoca sospirando. «Ma la cosa non mi riguarda. Io faccio il mio lavoro e basta!»

Qualcosa cadde sul pavimento in piastrelle vicino a Elisabeth, un contenitore di terracotta si ruppe in mille pezzi, del caffè le schizzò scarpe e gonna. Solo dopo Elisabeth si rese conto che le era sfuggita la tazza di mano. All'improvviso ebbe la sensazione di non sentire più il terreno sotto i piedi, il suo cervello era vuoto, tutto sembrava freddo, gelido, come se fosse tornato l'inverno. Il suo corpo era leggero. Volava.

La porta della cucina si aprì da sola, ecco il corridoio, la porta di casa. Tre gradini ed era in cortile, sotto gli sguardi stupiti delle due persone in piedi vicino al recinto. I passeri cinguettavano sul tetto, un fringuello cantò, il gatto tigrato prendeva il sole all'ingresso del granaio, mosse un orecchio.

«Signora, non si sente bene?»

In effetti le sembrava ancora di volare. La sua testa era ancora vuota, ma questo non dava certo alla cuoca il diritto di porre domande stupide.

«Cosa ci fai qui con le mani in mano? In cucina non hai niente da fare?»

La donna fece un inchino maldestro e mormorò qualcosa tipo «boccata di aria fresca».

«Joschik, preparami la cavalla!»

«La Soljanka però è in giro con le signore...»

«Non è l'unica che abbiamo, muoviti!»

L'uomo non fece altre domande e corse a prenderne un'altra nella stalla. Elisabeth non usciva spesso a cavallo e quando lo faceva preferiva gli animali placidi e calmi.

Si appoggiò al recinto e attese. Nella sua testa era spuntato un pensiero e piano piano prese possesso di lei.

Voglio vederlo di persona. E se è vero, le strapperò gli occhi con le miei mani.

La camicetta di seta sulla corda del bucato. Che svolazzava sulla montagna di letame e sul sudicio ciaparme della fattoria. Così aveva detto Malzow. Non era lontano. Con la carrozza appena mezz'ora. Un buon cavallerizzo ci impiegava dieci minuti, e Klaus lo era… Si accorse di ridacchiare e si ricompose. Stava per perdere il senno?

«È un po' inquieta» disse Joschik. «Per via della primavera. Altrimenti la Cora è buona.»

Voleva aiutarla a montare ma lei scosse la testa. La fulva Cora era meno alta delle altre, ma ebbe comunque problemi a salire. Quel giorno però le era indifferente, così come lo sguardo scettico dello stalliere. Che ridesse pure di lei… cose le importava?

La cavalla era abituata a una guida decisa, dovette tirare parecchio le briglie per evitare che si fermasse a mangiucchiare l'erba fresca sul ciglio della strada. Elisabeth la fece partire a un trotto leggero in direzione di Gervin. Solo quando non dovette più controllare ogni movimento dell'animale tornarono i pensieri.

Quindi continuava a tradirla. Le sorrideva, le chiedeva come si sentiva, se poteva farle qualche piacere; e poi se ne andava al galoppo a spassarsela con quella sgualdrina di campagna. Com'è che diceva sempre la zia Elvira? Salute spirituale e irrobustimento corporale. Elisabeth ridacchiò di nuovo. Irrobustimento corporale. Che strano che le altre donne restassero incinta, solo lei no.

Non era una brava moglie. Perché non partoriva figli. Nemmeno una brava amante. Perché non era in grado di sedurre un uomo. Avrebbe perso entrambi. Klaus e Sebastian. Anzi, li aveva già persi da un pezzo. Forse non li aveva mai posseduti. Era solo una cicciona sgraziata, la sorella maggiore brutta dell'incantevole

Kitty. Perché Klaus l'aveva sposata? Solo perché non aveva avuto Kitty. Perché Sebastian era venuto alla tenuta in Pomerania? Perché lei lo aveva attirato lì con l'astuzia. Ah, poche ore prima si era rallegrata che tra Paul e Marie ci fosse maretta: era stata cattiva e il destino l'aveva subito punita.

La cavalla Cora aveva rallentato e andava di nuovo al passo, e visto che la sua cavallerizza era presa dai suoi pensieri ne approfittò per fermarsi a mangiare un cespuglio d'erba. Elisabeth la riportò verso il centro, ma poi pensò che forse era più intelligente tagliare per il bosco. Così sarebbe arrivata a Malzow dai prati invece che dalla strada e avrebbe potuto sorprendere Klaus più facilmente. Non sarebbe stato difficile trovare la fattoria, bastava cercare il suo cavallo.

La cavalla fu bendisposta a prendere il sentiero per i prati, partì al trotto e rallentò solo ai margini del bosco. Lì si rifiutò di proseguire perché lo stretto sentiero tra gli alberi le incuteva timore.

«Su, muoviti... non ti succederà niente. Non essere così cocciuta.»

Per due volte cercò di spingerla ad avanzare, ma la cavalla si rifiutò e scartò di lato; Elisabeth restò in sella per un pelo. Poi successe una cosa che riuscì a spiegarsi solo dopo: il sentiero fu come attraversato da una freccia marrone, la cavalla entrò nel panico e la cavallerizza perse le staffe. Elisabeth vide le radici di una quercia avvicinarsi a velocità vertiginosa ma non sentì dolore, solo un colpo secco e poi una specie di sorda oscurità.

Quando riaprì gli occhi si ritrovò per terra, sopra di lei i rami verdeggianti della quercia e sprazzi di cielo azzurro. Uno scoiattolo salì su per il tronco dopo aver frugato tra le foglie per terra e sparì dentro la chioma.

La mia cavalla!, pensò all'improvviso.

Si tirò subito su seduta e si guardò intorno: Cora non si vedeva da nessuna parte. Poi i rami, il cielo e il tronco iniziarono a vorticare ed Elisabeth dovette rimettersi distesa per non svenire. *Non è niente*, si disse. *Mi sono solo spaventata. Adesso mi passa, mi alzerò e cercherò Cora. Probabilmente è sul prato a rimpinzarsi di erba...*

Di fatto i giramenti di testa passarono. Lentamente decise di rialzarsi. Si scrollò di dosso un impertinente coleottero nero e provò a tirarsi su, ma un dolore lancinante alla caviglia sinistra la fece desistere all'istante. Solo in quel momento si accorse che la caviglia era gonfissima, probabilmente una storta, o addirittura rotta. *Cielo, e adesso?*

«Cora! Cora!»

Ma dov'era finita quella stupida cavalla? Perché non si era fermata lì vicino? Ah, la buona vecchia Soljanka non l'avrebbe mai abbandonata. Cercò di nuovo di mettersi in piedi reggendosi al tronco, ma appena poggiò il piede sinistro sentì un dolore d'inferno. E la caviglia continuava a gonfiarsi! Non sarebbe mai riuscita a togliersi la scarpa. Nonostante il dolore zoppicò per alcuni metri fino al prato. Niente.

Di colpo realizzò la situazione in cui si trovava. Le possibilità che qualcuno la trovasse per caso erano pochissime. Se aveva fortuna sarebbe rimasta lì fino a sera, altrimenti per tutta la notte. Cercò di convincersi del contrario. Prima o poi sarebbero andati a cercarla. Certo, il pensiero di essere ripescata lì da Joschik o da Klaus non le piaceva per nulla. Doveva cercare di tornare ignorando la caviglia offesa. In fondo i soldati malconci in territorio nemico si erano trascinati per chilometri e chilometri nonostante le peggiori ferite.

Non fu una buona idea. Riuscì ad avanzare per cinquanta metri, poi il dolore fu così forte che i prati e le foreste intorno a lei iniziarono a sfocarsi e dovette stendersi sul prato ansimante. Non ce la poteva fare. Adesso la caviglia le faceva male anche quando non la poggiava, pulsava, era come un picchio che batteva dentro il piede gonfissimo.

Iniziò a piangere per il dolore e la disperazione. Perché aveva sempre tanta sfortuna? Non bastava che nessuno la sopportasse, che il marito la tradisse e che l'unico che l'amava stesse per andarsene? No, doveva anche cadere da quella maledetta cavalla e farsi male. Si era resa ridicola. Già sentiva la gente prendere in giro l'elegante signora di Augusta che non sapeva nemmeno cavalcare. Era precipitata in un baratro: per andare a spiare il marito si era cacciata in un mare di pasticci...

Al pensiero della derisione da parte dei dipendenti la sua pena esplose. Da tutto quello che le era capitato in quel maledetto pomeriggio – le speranze in frantumi, le delusioni, le umiliazioni – cercò una via di uscita, scosse il suo corpo e la fece singhiozzare disperata. Tanto non l'avrebbe sentita nessuno.

«Elisabeth! Ma dov'è finita? Elisabeeeth!»

Sull'erba, tra un nugolo di insetti, comparve una grande ombra; un cavallo sbuffò. Elisabeth ebbe a malapena il tempo di asciugarsi il viso con una manica che si ritrovò il muso dello stallone a un palmo di naso e gridò per lo spavento. Un attimo dopo il cavaliere scese di sella e si inginocchiò vicino a lei.

«Cielo, come sono felice! È ferita? Si è rotta qualcosa?»

«Sto... sto bene. Solo il piede» gracchiò.

Aveva la voce roca per il pianto disperato, il naso e gli occhi gonfi... oh, Dio, doveva avere un aspetto terribile. Cosa ci faceva Sebastian lì?

«Il piede? Ah, sì, vedo. Speriamo che non sia rotto.»

Le toccò la caviglia, ormai gonfia come una zucca. «Le fa male?»

«No, non sento niente, ma se l'appoggio...»

Non lo aveva mai visto così agitato. Aveva la fronte imperlata di sudore e il respiro affannoso, ma quando la guardò sorrise felice e sollevato.

«La cavalla è tornata alla tenuta con la sella vuota... E quasi ho perso il senno per la preoccupazione. Elisabeth, è colpa mia, le ho sbattuto in faccia la mia decisione senza alcun riguardo. Sono stato egoista e insensibile. Non ho pensato a quanto l'avrei ferita.»

Lei ascoltò il suo balbettio e si passò più volte la manica sopra il viso. Stupido piagnisteo. Se solo la sua faccia si fosse sgonfiata. Anche perché lui continuava a fissarla.

«No... non sapevo che sapesse cavalcare.»

«Nemmeno io. Ho provato un paio di volte da bambino, ma non lo chiamerei cavalcare. Si appoggi a me, la aiuto a salire.»

«Io... io però non sono un fuscello» scherzò Elisabeth.

«Lo so benissimo» ripose lui serio.

Era molto più forzuto di quanto credesse. Nonostante le ferite di guerra non ebbe problemi a issarla sul cavallo. Lei infilò il piede sano nella staffa, lui la prese per la vita e la tirò su... afferrandole un punto del corpo che in circostanze normali non avrebbe mai osato sfiorare. Lei si sistemò sulla sella e mormorò un timido «grazie».

Sebastian la precedette a piedi guidando la cavalla. Ogni tanto si girava per chiedere se fosse tutto a posto, se avesse dolore e se ce la facesse a resistere fino alla tenuta.

«Sì, è tutto a posto...»

«Elisabeth, lei è molto coraggiosa. Non me lo perdonerò mai.»

Lei quasi scoppiò a ridere. Era così bravo, sincero, disponibile. Perché avrebbe dovuto dirgli che non era uscita a cavallo per colpa sua ma per cavare gli occhi all'amante del marito? Lo avrebbe deluso. Sebastian continuava a credere incrollabile alla bontà dell'essere umano. Per questo, forse, lo amava tanto.

Alla tenuta Joschik si fece trovare pronto per aiutare la signora a scendere dalla cavalla, le domestiche erano accalcate sulla porta, Elisabeth le sentì ridacchiare.

«La mettiamo su una sedia e la portiamo su così, uno da una parte e uno dall'altra» propose Joschik.

Lo aveva guardato in cerca di aiuto? Oppure lui aveva agito così d'istinto? Appena era scesa, Sebastian si era avvicinato e l'aveva presa in braccio. Senza chiedersi se fosse opportuno farlo.

«Spero che non le dispiaccia» le disse sottovoce in corridoio ai piedi delle scale.

«È bellissimo... spero solo di non essere troppo pesante.» Con tutte le leccornie che c'erano in campagna di certo non era dimagrita.

«Affatto...»

Sebastian iniziò a salire le scale, ogni tanto si fermava per sorreggerla meglio e riprendere fiato. Respirava in maniera pesante ma sorrideva e le sussurrava che non doveva preoccuparsi di nulla. Era abituato fin da piccolo a portare pesi.

Probabilmente allora aveva portato i sacchi di patate in cantina. Ad ogni modo, Elisabeth tacque e si godette la salita. Com'era forte. Com'era duro con se stesso. E con quanta fermezza la stava tenendo...

Aprì la porta della camera da letto. Non quella matrimoniale che evitava da mesi, ma la stanzetta che di solito fungeva da camera degli ospiti. La portò fino al letto e dolcemente la poggiò sul materasso.

«Si sieda un attimo» gli disse Elisabeth. «Sarà esausto.»

Lui si sedette davvero, sul bordo del letto. Tirò fuori il fazzoletto, si tolse gli occhiali e si asciugò il viso.

«Non pensavo fosse così forzuto.»

«Elisabeth, ci sono diverse cose che non sa di me.»

«Be',» replicò lei «oggi ne ho imparate parecchie.»

E lui fu subito riassalito dai sensi di colpa. «Sì, ha scoperto che sono una persona insensibile» disse annichilito. «Ma Elisabeth, io le giuro che…»

Lei scosse la testa e disse: «No, più che altro si è comportato da codardo».

Per lui fu un duro colpo, la fissò indignato e cercò di replicare. Lei però lo anticipò.

«Sebastian, lei ha paura di rendersi ridicolo. Di violare regole che non hanno più alcun senso. Preferisce scappare e lasciarmi qui sola con la mia disperazione.» Si era fatta prendere dalla rabbia. Lo guardò a occhi sgranati, capì quanto lo stessero toccando le sue parole e diede libero sfogo ai suoi sentimenti.

«È o non è un uomo? Nelle sue vene scorre fuoco? Ha il coraggio di compiere gesta eroiche? Ah, lei non osa nemmeno…»

Deglutì. Santo cielo, si stava comportando da stupida! Ma lo desiderava da impazzire.

«Se sono un uomo?» replicò lui sussurrando e chinandosi verso di lei. «È questo che mi stai chiedendo?»

Lei non rispose. Lo vide alzarsi e raggiungere la porta. Elisabeth credette che volesse andarsene, indignato dalla sua sfacciataggine. Invece lui girò la chiave nella serratura.

«Elisabeth, hai vinto… Eccome se sono un uomo, e se mi sfidi in questo modo te lo dimostrerò.»

A quanto pareva era la giornata degli eventi straordinari. La giornata dei miracoli. Dopo ore e ore in cui era stata convinta che il destino non facesse altro che penalizzarla, Elisabeth ottenne ciò che desiderava da anni. Anzi, molto più di quanto avesse sperato perché lui, contrariato per la sua vittoria, le fece sentire la sua rabbia. Ma fu meraviglioso e la travolse come un temporale primaverile.

Il trauma arrivò al risveglio.

15

«Ovvio che ne ho parlato con la signora Melzer!» disse Kitty indignata.

Serafina von Dobern era nell'ingresso, ai piedi delle scale, e la guardava gelida e sospettosa. *Assomiglia alla Regina delle Nevi*, pensò Kitty, *la donna senza cuore che non vuole lasciar andare il bambino*. Di chi era quella storia? Hans Christian Andersen, certo.

«Mi stupisce che non mi sia stato comunicato.»

«Questo non so spiegarglielo neanch'io» replicò Kitty impaziente. «Gertie, porta giù i bambini. Passeranno il pomeriggio da me, darò loro lezioni di disegno.»

Gertie, che stava aspettando davanti alla porta della cucina, annuì e iniziò a salire le scale. La voce della bambinaia però la fermò.

«Gertie, aspetta. I bambini stanno facendo i compiti, non posso lasciarli andare prima che li abbiano finiti.»

Kitty fissò il volto pallido di Serafina von Dobern. Incredibile, si stava opponendo. Pensava di poterle dare ordini alla Villa delle Stoffe, la casa dei suoi genitori.

«Cara signora von Dobern, quello che lei può o non può fare mi è del tutto indifferente» disse dominandosi a fatica. «Dodo e Leo verranno con me in Frauentorstrasse. Gertie, porta giù i bambini!»

Gertie rifletté su chi avesse il coltello dalla parte del manico e scelse la signora Kitty Bräuer. Anche solo perché odiava la bambinaia con tutto il cuore. Corse di sopra.

«Mi spiace,» disse subito Serafina «ma in casi del genere devo chiedere conferma.» E iniziò a salire le scale.

Kitty aspettò che fosse arrivata a metà scalinata e disse: «Non è una buona idea disturbare il riposo pomeridiano di mia madre per una simile sciocchezza».

La bambinaia si fermò e si girò per metà. Dal suo sorriso si capì che aveva un asso nella manica.

«Non si preoccupi, signora Bräuer. Non sveglierò la signora madre, intendo chiamare il signor Melzer alla fabbrica.»

Quel mostro voleva chiamare Paul in fabbrica. E ovviamente gli avrebbe ricordato che in Frauentorstrasse la signora Ginsberg dava lezioni di pianoforte. Il resto Paul lo avrebbe capito da solo. Non era mica stupido.

«Faccia come vuole» disse con espressione indifferente. «Dodo, Leo! Ma dove siete finiti? Henny vi sta aspettando in macchina…»

«Arriviamo!»

Stupido Leo! Corse giù per le scale superando la bambinaia con gli spartiti sotto il braccio. Fu solo grazie alla prontezza di riflessi di Dodo che la donna non li confiscò all'istante. Dodo si frappose tra il fratello e la von Dobern; lui fece un salto e arrivò da Kitty.

«Signora Bräuer, non sono disposta a essere complice dei suoi intrighi!» disse Serafina arrabbiata. «Il signor Melzer non vuole che suo figlio prenda lezioni dalla signora Ginsberg. Lo sa benissimo. Con il suo comportamento non solo mette in difficoltà me, istiga anche Leo ad agire contro la volontà del padre. Ma cosa crede di ottenere?»

Kitty dovette ammettere che non aveva tutti i torti. Ma questo non significava che avesse ragione «I bambini vengono da me per le lezioni di disegno» rispose arrabbiata. «Lo dica a mio fratello, se lo ritiene necessario.»

La bambinaia aveva le guance paonazze, che le donavano di più del suo solito colorito cereo. Sollevò il mento e disse che sarebbe passata a riprendere i bambini tra due ore esatte.

«Non è necessario, li faccio riaccompagnare.»

«Chi li riaccompagna?»

Adesso era troppo. Kitty fu tentata di prendere uno dei bei vasi Meissner sul comò a specchio e tirarglielo. Ma sarebbe stato un peccato per il vaso, la madre ci teneva tanto.

«Non sono affari suoi» rispose alla fine Kitty concisa. Poi prese per mano Dodo e Leo e uscì.

«Questa storia non finisce qui!» le gridò dietro Serafina.

Kitty tacque per non far preoccupare i bambini, ma stava per esplodere. Quella snob con la faccia da tricheco! Lisa aveva sempre avuto un talento particolare nell'attirare persone arroganti. Le sue amiche erano tutte così. All'epoca era stato diverso, si erano perfino date del tu. Ma si parlava di decenni prima.

«Mamma, stai guidando a scossoni, è terribile!» si lamentò Henny.

I bambini erano tutti dietro, Henny al centro. Nello specchietto Kitty vide lo sguardo indignato della figlia, incorniciato da boccoli d'oro. Che angioletto. A scuola tutti i bambini le facevano la corte. E lei, la sua piccola, dolce, Henny, ovviamente se ne approfittava. Alicia una volta le aveva detto che Kitty da piccola aveva fatto lo stesso. Ah, le madri!

«È una strega» sentì sussurrare alla figlia.

«Sì, lo è, una vera e propria strega. Si diverte a punire i bambini.»

Dodo non aveva peli sulla lingua. Era una selvaggia. Si arrampicava sugli alberi come i maschi.

«Ieri a me ha di nuovo spappolato l'orecchio» disse Leo.

«Fammi vedere!»

«Non ci sono segni...»

«E poi ci picchia con il righello» sussurrò Dodo. «E quando ci comportiamo male ci rinchiude nel ripostiglio.»

«E può?» domandò Henny stupita.

Anche Kitty lo trovava inaudito. Anche loro ai tempi ogni tanto si erano beccati un ceffone o un colpo di righello sulle dita, ma la madre non avrebbe mai permesso che venissero rinchiusi nel ripostiglio.

«Lo fa e basta.»

«Perché è una strega.»

«Sa anche fare le magie?»

«Magie? No, no.»

«Peccato» disse Henny delusa. «La strega dell'opera faceva le magie e immobilizzava i bambini. E poi li trasformava in panpepati.»

«Anch'io vorrei tanto vedere un'opera» disse Leo. «Ma mamma e papà non ci portano mai con loro. È vero che lì suonano un sacco di strumenti? E poi ci sono quelli che cantano sul palco?»

Henny annuì, ma Kitty non sentì alcuna risposta. Frenò, il centro di Augusta era di nuovo intasato. In più, alle loro spalle scampanellava il tram. Scampanellasse quanto voleva, doveva aspettare comunque. Al mercato ortofrutticolo c'era un carro fermo e due uomini che scaricavano cassette e botti con la massima calma. Era logico che il traffico si bloccasse. Kitty si sporse e imprecò ma si guadagnò solo il ghigno divertito di uno dei due manovali.

«Nonna Gertrude ha detto che le streghe bisogna metterle nel forno» disse Henny sul sedile di dietro.

«Sì, lo ha detto anche la Brunni. Peccato che la bambinaia nel forno non ci entra» disse Dodo.

«*Mmm...* non è tanto grassa, spingendo un po' secondo me ci va.»

Kitty si girò allibita e fulminò la figlia con lo sguardo. «Henny, adesso stai esagerando.»

«Mamma, era solo uno scherzo» disse la piccola mettendo il broncio.

Dodo fece un ghigno birichino. Leo invece aveva aperto i suoi spartiti e li stava fissando; quando alzò gli occhi Kitty capì che era perso in un altro mondo. No, stava facendo la cosa giusta. Quel bambino era un grande talento musicale, lo aveva detto anche la signora Ginsberg. Il suo fratellone un giorno l'avrebbe ringraziata.

Finalmente il carro si spostò e poterono proseguire fino a Frauentorstrasse. Il motore scoppiettò, d'estate la macchina andava alla grande. Era stata un regalo di Klippi. D'autunno e d'inverno, invece, faceva fatica. Era un po' vecchiotta e il freddo e l'umidità le creavano problemi. In questi casi Kitty iniziava a dirle parole dolci e ad accarezzare il volante. Se era costretta a scendere e ad aprire il cofano, in pochi minuti si ritrovava accerchiata da uno stuolo di ragazzi pronti a darle una mano. Adorava quella vecchia carretta.

Lasciò i bambini davanti all'ingresso e portò la macchina in garage, ovvero una casetta da giardino in vetro riadattata. Spense il motore e sentì il suono di un piano: ah, la signora Ginsberg era già arrivata. Leo scalpitava davanti alla porta, Dodo era comparsa nel giardino insieme a Henny. O meglio, la giungla che circondava la casa in estate.

«Leo, non correre,» disse mentre apriva «in corridoio ci sono dei dipinti, sta' attento a non sbatterci contro.»

«Sì, sì.»

Frenarlo era impossibile. Entrando quasi travolse Walter. Che scena: Leo, grande, grosso e biondo, e il minuto Walter, una testa di ricci neri e lo sguardo sempre serio. Insieme erano commoventi. Andavano in salotto, si mettevano sul divano e aprivano i loro spartiti. Indicavano le note. Ridevano. Si infervoravano. Litigavano e poi facevano pace. Entrambi con la faccia ardente di gioia.

«Posso andare di là?» domandò Leo.

Per lui era una questione di vita o di morte. Kitty annuì sorridendo e il bambino andò nella stanza di fianco, dove c'era il pianoforte. Walter lo seguì a passo più lento. Kitty sentì la voce lieve e calma della signora Ginsberg. Poi qualcuno attaccò con un preludio di Bach suonando in maniera uniforme e con tocchi decisi. Si poteva seguire ogni nota, ogni linea, ogni tonalità. Ma quando si era esercitato Leo? A casa poteva farlo solo mezz'ora al giorno.

«Qui il suono è molto più potente che da noi.»

Certo. Alicia aveva pregato l'accordatore di attutire i suoni. Per via del mal di testa. Ah, povera mamma. Allora, quando lei, Paul e Lisa erano stati piccoli, aveva avuto nervi molto più saldi.

«Henny! Dodo! Vi volete decidere a scendere? Tra cinque minuti dovete essere da me in cucina. Altrimenti la torta ce la mangiamo da soli.»

Questa era Gertrude. Kitty si avvicinò alla finestra e vide la figlia sul tetto della casetta del giardino. Vicino a lei Dodo, in equilibrio sulla grondaia, voleva cercare di raggiungere la quercia di fianco passando per un ramo.

«Sempre quando viene Dodo!» si lamentò Gertrude. «Quando sta da sola con me Henny è così brava...»

«Certo, un agnellino» ironizzò Kitty.

Gertrude aveva puntato le braccia sui fianchi e seguiva i movimenti delle due bambine guardando attraverso la finestra aperta. A giudicare dalle condizioni del suo grembiule, in arrivo c'era un torta alle ciliegie con panna e scaglie di cioccolato. Quando il marito era ancora in vita, Gertrude aveva gestito una casa molto grande, con la cucina affidata a una cuoca. Adesso che non si potevano più permettere dipendenti aveva scoperto la passione per la cucina e i dolci. Con successo variabile.

«Ma come vi siete ridotte!» disse quando le due bambine apparvero in corridoio con il viso accaldato e i capelli scompigliati.

«Com'è possibile che in questa famiglia le femmine si arrampichino sugli alberi e i maschi se ne stiano buoni buoni in salotto? Gesù Maria, con la mia Tilly e il mio povero Alfons era la stessa cosa.»

Invece di rispondere Kitty ordinò alle cugine di andare in bagno a lavarsi mani, ginocchia, braccia e viso e a spazzolarsi i capelli.

«Lo senti, Henny?» disse Dodo piena di orgoglio. «Questo è mio fratello Leo. Vuole diventare pianista.»

Henny aprì il rubinetto al massimo e ci mise sotto le mani schizzando da tutte le parti.

«Anch'io suono molto bene» disse arricciando il naso. «La signora Ginsberg ha detto che ho talento.»

Dodo scansò la cugina minore per arrivare al rubinetto.

«Talento... bah! Leo è un genio. Che è ben diverso dal talento.»

«E che cos'è un genio?»

Nemmeno Dodo lo sapeva di preciso. Sapeva solo che era una cosa grande e irraggiungibile. «Come gli imperatori.»

Kitty distribuì gli asciugamani e disse alle bambine di fare attenzione ai quadri impacchettati in corridoio. Poi salì le scale per andare a lavorare un po' nel suo atelier. Stava facendo una serie di paesaggi, niente di speciale, fiori, colori, soli scintillanti, rami verde tenero. Passeggiate di gruppo, piccole storie da scoprire. Si vendevano bene, le persone avevano voglia di idilli, di scene serene sotto una luce estiva. Kitty li faceva volentieri, ma non la entusiasmavano. Era un modo per guadagnare soldi. Doveva badare non solo a Henny, anche Gertrude e Tilly vivevano delle sue entrate. E lei ne andava fiera.

I suoni del piano si unirono alle voci delle bambine, nel mezzo gli improperi di Gertrude e il rumore del rubinetto del bagno. In questo fracasso Kitty si sentiva a suo agio: spremette il colore sulla tavolozza, guardò il quadro iniziato e mischiò le tonalità. Un paio di pennellate e indietreggiò per osservare l'effetto.

All'improvviso ripensò a quello che aveva appena detto Gertrude. «Con la mia Tilly e il mio povero Alfons...» Era strano, ultimamente pensava a lui spessissimo. Forse perché aveva smesso di credere alle promesse di Gérard. Anche gli altri ragazzi, incontrati nelle occasioni più svariate, che la pressavano con proposte più o meno onorevoli per lei non significavano più nulla. Andava alle mostre, frequentava l'opera, incontrava gente dalla signora Wiesler, la direttrice del Circolo, o altri appassionati d'arte... ma solo per constatare che si annoiava sempre di più. Nessuno era in grado di toccare il suo cuore come aveva fatto Alfons. E dire che lui era stato solo un ripiego, il ragazzo amabile e un po' impacciato che l'aveva sposata nonostante lo scandalo suscitato dalla sua fuga a Parigi con Gérard. Un uomo così particolare, banchiere scaltro e affarista brillante e allo stesso tempo marito timido e innamorato. Quanto era stato maldestro la prima notte di nozze, Kitty era quasi scoppiata a ridere. Ma poi le aveva detto cose così meravigliose. Che era innamorato di lei da tantissimi anni e non poteva credere alla fortuna di poterla chiamare "moglie". Che era così agitato, per questo la goffaggine...

Kitty sospirò. No, in quella vita non avrebbe incontrato nessun altro uomo che la amasse con la stessa profondità e sincerità. Quanto era stato felice, poi, della loro bambina. Felice da impazzire. Perché il destino era stato così perfido? Alfons aveva criticato la guerra fin dall'inizio, ma era dovuto partire per il fronte come tutti gli altri e lei non sapeva nemmeno dove e quando fosse caduto di preciso. Forse era meglio così. La cosa brutta era che Henny non se lo ricordava più.

«Kitty!» la chiamò Gertrude. «Pausa caffè e torta. Scendi, ti stiamo aspettando.»

«Un momento.»

Sempre la stessa storia. Appena otteneva il colore giusto, qualcuno la disturbava. Era bello quando la casa era piena di gente, ma dovevano lasciarla dipingere in pace. E poi in sala stavano ancora suonando.

Diede due pennellate, dipinse i contorni con il pennellino piccolo, si tirò indietro e non fu soddisfatta. Ripensò ai quadri impacchettati in corridoio. I quadri di Luise Hofgartner. Dopo aver ricevuto i soldi Gérard glieli aveva spediti. All'inizio, in preda all'entusiasmo, aveva appeso tutto lì in casa, venti dipinti e dieci disegni a sanguigna. Il salotto pieno, la sala di musica anche, per non parlare del corridoio e del giardino d'inverno. Non era rimasto libero un solo centimetro di parete. Aveva passato due serate e due domeniche intere in compagnia di Marie e dei quadri, li avevano osservati, analizzati minuziosamente, avevano fatto supposizioni sul motivo e il contesto in cui erano nati. La sua adorata Marie era entrata in crisi, aveva pianto dicendo che la madre avrebbe avuto la stoffa per diventare una grande artista. Sì, Marie era rimasta molto scossa e in tutta sincerità anche Kitty. Tuttavia, non aveva sopportato questo dominio e questa superiorità di Marie Hofgartner in casa per più di tre settimane; all'improvviso aveva staccato e rimpacchettato tutto. I quadri erano in corridoio perché Marie non si decideva a farli portare alla Villa delle Stoffe.

Sì, che delusione. Il suo fratellone, fino a quel momento ai suoi occhi il marito migliore del mondo, il suo amatissimo Paul, si era rifiutato di comprare più di tre quadri. Era venuto in Frauentorstrasse solo un giorno, una mezz'oretta, aveva dato un'occhiata alla collezione e deciso che non voleva assolutamente vedere quei quadri in casa sua. Di sicuro non i nudi, bisognava avere riguardo per i bambini. Per non parlare della madre e degli ospiti. Detto questo, se n'era andato. In generale, Kitty aveva l'impressione che il fratello stesse diventando sempre più strano. Era per la preoccupazione costante della fabbrica? Oppure la guerra e la prigionia in Russia lo avevano cambiato? No, quando era tornato era stato affettuoso come sempre. Dipendeva dal fatto che adesso aveva assunto il ruolo del padre, era il capofamiglia, il signor direttore Melzer. La responsabilità gli aveva dato alla testa e iniziava ad avere gli stessi, odiosi atteggiamenti del loro paparino. Ah, che stupidaggine. Quanto le dispiaceva per la povera Marie.

«Mamma, dài, scendi! Se non vieni la nonna non taglia la torta!»

«Arrivo!» rispose Kitty rinfilando il pennello nel vasetto d'acqua.

Seduti al tavolo del salotto c'erano già Leo e Walter, non vedevano l'ora di ingurgitare un pezzo di torta e tornare a suonare. Walter aveva portato il suo violino, Leo anche stavolta lo avrebbe provato... Che lo facesse pure, più strumenti conosceva meglio era. Kitty era dell'idea che Leo dovesse comporre sinfonie e opere tutte sue. Leo Melzer, il famoso compositore di Augusta. No, Leopold Melzer. Ancora meglio: Leopold von Melzer. Essendo un artista, si poteva lavorare un po' di fantasia. Magari sarebbe diventato addirittura direttore d'orchestra? Paul Leopold von Melzer.

«Questa torta sa... sa di...» Henny aggrottò la fronte e guardò il soffitto. Dodo fu meno diplomatica.

«Sa di acquavite.»

La signora Ginsberg, seduta tra i due ragazzini, scosse la testa. «Signora Bräuer, è buonissima. Ci ha messo lo zucchero vanigliato?»

«Un pochino. E sì, anche un bel sorso di acquavite di ciliegie. Per la digestione.»

«Oh.»

I ragazzi si esaltarono, Walter fece subito finta di essere ubriaco, Leo lo imitò ma sembrò meno credibile.

Quella a cui venne meglio fu Dodo, che aveva un vero singhiozzo. «Io... *hic!* ne vorrei... *hic!* un altro pezzo... *hic!*»

Solo Henny non lo trovò divertente, la bambina guardò la madre e ruotò le pupille all'indietro. In quel momento suonarono alla porta e Dodo ammutolì.

«Di sicuro sarà uno dei tuoi conoscenti» disse Gertrude.«Questi artisti vanno e vengono come gli pare.»

«Henny, va' ad aprire.»

Invece non era nessuno degli artisti invaghiti di Kitty che passavano ogni tanto. Sulla porta comparve Marie.

«Che sorpresa!» Kitty saltò in piedi e corse ad abbracciare la cognata, la baciò su entrambe le guance e la invitò a sedersi. «Mia cara Marie, arrivi proprio al momento giusto. Gertrude ha fatto una torta alla panna. Mangiane un po', stai diventando pelle e ossa.»

Quando era agitata, le parole le uscivano di bocca un po' a caso. Nella sua testa regnava il caos totale, simile a uno stormo di uccelli in una voliera che all'improvviso si spaventavano e iniziavano a scappare in tutte le direzioni. In realtà la visita a sorpresa della cognata non era gradita. A Marie aveva sicuramente raccontato delle lezioni di disegno. E lei sapeva benissimo che Henny prendeva lezioni di piano dalla signora Ginsberg. Non, però, che le due cose avvenivano in contemporanea.

«Lieta di vederla, signora Ginsberg» disse Marie allungando la mano. «Spero che stia bene. Ciao Walter, mi fa piacere che tu e Leo vi incontriate anche al di fuori della scuola.»

L'arrivo di Marie dissipò l'atmosfera spensierata. I bambini si sedettero dritti come avevano imparato, usarono le forchettine e i tovaglioli e fecero attenzione a non far cadere niente intorno al piatto. Si parlò della calura estiva e dei lavori per il nuovo mercato coperto tra Fuggerstrasse e Annastrasse. Marie chiese notizie degli allievi di pianoforte che aveva procurato alla signora Ginsberg e Kitty raccontò di una mostra al Circolo d'arte che esponeva opere di Slevogt e Schmidt-Ruttloff. Poi la signora Ginsberg disse che era arrivata l'ora della lezione di piano di Henny.

Fu una recita perfetta. Henny seguì la signora Ginsberg in sala, Dodo disse che voleva aiutare Gertrude a lavare i piatti e i due bambini chiesero se potevano giocare un po' in giardino. Marie acconsentì.

«Kitty» disse Marie quando furono sole. «Ma cosa hai combinato? Paul si arrabbierà.»

Incredibile. Invece di esserle grata perché incoraggiava il grande talento del figlio, la stava rimproverando. «Mia cara Marie,» rispose «sai, sono un po' preoccupata per te. Un tempo eri una ragazza intelligente, una che sapeva quello che voleva, spesso ti ho ammirata. Ma ecco, da quando è tornato Paul stai diventando sempre più fifona.»

Aveva esagerato, Marie ovviamente obiettò che non era vero: era una donna d'affari, dirigeva un atelier e aveva un sacco di clienti importanti.

«E chi decide cosa devi fare con i soldi che guadagni?» disse Kitty. «Paul. Ma secondo me non ne ha il diritto. Che decida pure della fabbrica, ma non delle cose tue.»

Marie abbassò la testa. Ne avevano parlato già diverse volte, la legge era questa. In compenso, qualora si fosse indebitata Paul avrebbe provveduto a lei.

«Non è giusto» insistette Kitty.

Ma per il momento lasciò perdere. Marie aveva rinunciato a malincuore all'acquisto dei quadri della madre perché Paul si era opposto. Kitty sapeva benissimo quanto fosse dispiaciuta, così era intervenuta. Tuttavia, non aveva ancora detto alla cognata che Ernst von Klippstein aveva contribuito con una cifra consistente. Aveva parlato di alcuni buoni amici. Pure Lisa aveva versato una quota. Per Kitty era stata una sorpresa enorme. Lo aveva fatto tardi, ma aveva collaborato. Che cara! Doveva ritenersi fortunata ad avere una sorella così generosa.

«Kitty, ma perché ti impicci?» disse Marie. «Leo prende lezioni dalla signora von Dobern e gli devono bastare. Per me è già abbastanza difficile pensare a tutto: i bambini, Paul, vostra madre... e adesso anche l'atelier. A volte mi sento semplicemente stremata. Ho già pensato che forse l'atelier sarebbe meglio cederlo...»

«Stai scherzando?» replicò Kitty indignata. «Marie, dopo tutto il lavoro che hai fatto, i tuoi bei modelli, i disegni...»

Marie scosse la testa con tristezza. Sì, i suoi disegni erano carini, ma lei non era un'artista del calibro della madre. E aveva una famiglia. Due bambini stupendi. E Paul. «Kitty, io lo amo e ferirlo mi fa male.»

Kitty era di tutt'altro parere. Marie si sbagliava, era Paul a ferire lei, che però aveva difficoltà ad ammettere che l'amato marito non fosse un angelo. Il suo fratellone aveva il cuore buono, ma se voleva sapeva essere terribilmente cocciuto.

«Marie, il problema è che lavori troppo» disse Kitty con dolcezza. «Tra qualche giorno iniziano le vacanze scolastiche. Perché non chiudi l'atelier per un paio di settimane e non te ne vai in villeggiatura? Paul potrebbe raggiungervi il fine settimana.»

«No, non posso, però ho desio che lavorerò meno. Tre pomeriggi alla settimana resterò a casa.»

Kitty scrollò le spalle. Non era d'accordo, sembrava una cessazione dell'attività a rate. E ora Marie voleva anche estorcerle la promessa che Leo non avrebbe più preso lezioni di piano.

«Kitty, io non voglio, capiscilo una buona volta!»

«Un giorno tuo figlio te lo rinfaccerà!»

La sua stupida, adorabile Marie sorrise. Perché non credeva in suo figlio? Cielo, prima o poi lo avrebbe addirittura costretto a rilevare la fabbrica. Che spreco di talento.

Ad ogni modo, Kitty promise. Anche se le tornò difficilissimo. Restò calma come un agnellino perfino quando Marie disse di volersi riavviare verso casa con i gemelli.

«Resta ancora una mezz'oretta, Klippi ha promesso di riportare i bambini alla Villa in macchina.»

«No, per carità. Paul ed Ernst in questo periodo stanno avendo delle divergenze... sarebbe ancora peggio.»

Ecco, si piegava di nuovo. Si rimpiccioliva. Faceva cose insensate solo per non irritare Paul. Kitty ne ebbe abbastanza.

«Ah, una cosa ti volevo dire. Il Circolo d'arte in autunno farà una grande mostra con i quadri di tua madre. Li vedrà tutta Augusta... non è fantastico?»

Marie impallidì, ma non disse nulla.

16

Luglio 1924

Ottilie Lüders indossava uno di quei vestiti moderni a sacco. A Paul non piacevano, era dell'idea che prima della guerra le donne fossero state molto più carine. Soprattutto per i capelli lunghi, ma anche per la vita stretta, le camicie eleganti e le gonne lunghe... sì, probabilmente era all'antica.

«Signorina Lüders, che c'è?» Le sorrise per non farle capire che non gli piaceva il vestito. Lei però lo aveva intuito comunque. Per queste cose le donne avevano una specie di sesto senso.

«C'è una signora che desidera parlarle. In privato.»

Aggrottò la fronte. Un'altra accattona. Raccoglievano denaro per scopi nobili, lo imploravano di mettere una buona parola per il marito disoccupato, portavano manifesti di qualche evento artistico e chiedevano donazioni.

«È carina?» disse scherzando.

La signorina Lüders arrossì. «Questione di gusti. Ecco il suo biglietto da visita.»

Lui diede un'occhiata al cartoncino ingiallito con un nome scritto a caratteri arcuati. L'indirizzo non era più corretto da un pezzo. Paul sospirò... ci mancava solo lei. Cos'era venuta a fare?

«La faccia entrare.»

«Subito, signor direttore.»

Serafina von Dobern si muoveva in modo un po' rigido, ma con la disinvoltura di una ragazza degli ambienti nobili. Non era mai stata carina, perlomeno non secondo i suoi gusti. Anonima. Un manico di scopa, come si diceva. Una ragazza che faceva tappezzeria. Però aveva dei princìpi. Ai bambini non piaceva, ma sua madre la trovava un'educatrice eccezionale.

«Caro signor Melzer, la prego di scusarmi se vengo a disturbarla qui in fabbrica. Non lo faccio volentieri, considerato quanto è impegnato.»

Si fermò davanti alla scrivania e lui fu costretto a indicarle una delle poltrone di pelle su cui sedere.

«Non mi fermerò a lungo. Si tratta di una questione che è meglio discutere a quattr'occhi... i suoi bambini.»

Paul non capiva ma sentì arrivare nuove grane familiari. Perché non se ne occupava Marie? Be', la risposta non era difficile: perché era impegnata con l'atelier. Purtroppo l'avvertimento della madre che allora non aveva voluto ascoltare si era avverato. L'atelier stava creando dissapori nel suo matrimonio.

Aspettò che prendesse posto restando seduto dietro la sua scrivania.

«Bene, signora von Dobern, allora mi dica. La ascolto.»

Paul cercò di sdrammatizzare, ma gli riuscì male. Forse per lo sguardo serio della bambinaia, forse perché i modi spontanei che allora lo avevano distinto dal padre gli riuscivano sempre più di rado. A trentasei anni era diventato già un vecchio?

Esitò, per lei era una faccenda poco piacevole, si vedeva benissimo. D'un tratto gli fece pena. Un tempo si erano dati del tu, si erano incontrati ogni tanto alle feste o all'opera. La guerra e i successivi anni d'inflazione avevano portato via tutto a molte famiglie ricche e rispettabili.

«Si tratta di sua sorella Katharina. Signor Melzer, non sono venuta qui volentieri, ma mi sento obbligata nei suoi confronti. Ieri pomeriggio sua sorella contro la mia volontà ha portato i bambini in Frauentorstrasse, dove Leo ha ricevuto lezioni di piano da parte della signora Ginsberg.»

Kitty, quella cocciuta! Paul sentì salire la rabbia. Faceva in modo che Leo coltivasse la sua infelice passione alle sue spalle.

Serafina lo osservò con attenzione per sondare l'effetto delle sue parole. Probabilmente aveva dei rimorsi di coscienza.

«Caro signor Melzer, non mi fraintenda. So benissimo quanto ammiri sua sorella, ma in questo modo mi ha messo in una situazione difficile.»

Certo, Kitty a volte era davvero impossibile.

«Cara signora von Dobern, va benissimo che lei venga a riferirmi questa notizia. Anzi, gliene sono estremamente grato.»

Lei parve sollevata, addirittura sorrise. Quando acquistava un po' di colorito era quasi carina. O perlomeno guardabile.

«Io mi sono opposta in tutti i modi, ma sua sorella mi ha ignorata.»

Ma certo. Quando Kitty si metteva in testa una cosa solo un rullo compressore poteva fermarla.

«Speravo di trovare manforte presso sua moglie, ma lei purtroppo quando è successo non era alla Villa.»

Paul tacque. Marie era stata all'atelier. Anche se di recente gli aveva detto che tre pomeriggi a settimana voleva restare a casa.

«Sua moglie ha riportato a casa i bambini di sera. Erano molto stanchi e non avevano ancora finito i compiti.»

Marie avrebbe voluto lasciarla fuori dalla questione, ma a questo punto chiese: «Mia moglie è andata a prendere i bambini, ha detto? Di sera?».

Serafina adesso parve sinceramente spaventata. No, si era

espressa male, la signora Melzer di sicuro non era stata al corrente della questione.

«Sua moglie ha passato il pomeriggio da sua sorella, ogni tanto lo fa. Anche nei fine settimana è spesso in Frauentorstrasse. È bello che le due abbiano un rapporto così stretto, in fondo sono entrambe artiste.»

«Certo» commentò Paul conciso.

La settimana precedente aveva litigato spesso con Marie a causa di quei maledetti quadri. Gli dispiaceva, ma erano proprio orribili. Perlomeno secondo lui. Non voleva avere appese opere simili né in sala da pranzo né nel salone rosso. Nemmeno nella stanza degli uomini, dove comunque non c'era posto per via degli alti scaffali. Per non parlare dell'ingresso. Cosa avrebbero pensato gli ospiti? Aveva promesso a Marie di comprare tre quadri e avrebbe mantenuto la sua parola. Ma non uno di più! E poi non gli piaceva che Marie frequentasse così spesso casa di Kitty. Soprattutto perché portava lì anche i bambini.

«Poi sua madre mi ha detto che sarebbe andato a prenderli il signor von Klippstein. La notizia mi ha tranquillizzata, visto che mi ero preoccupata su come sarebbero tornati a casa. Sa, mi era stato proibito di andarli a riprendere.»

Il nome "von Klippstein" fu un'ulteriore stilettata. Negli ultimi mesi il suo amico Ernst si era rivelato un taccagno coi fiocchi. Cielo, quanto avevano litigato sugli investimenti nella stamperia! E sugli orari di lavoro. Sulle paghe. Alla fine aveva avuto ragione Paul visto che continuavano a portare a casa commesse e stavano staccando la concorrenza. Proprio perché offrivano qualità a un prezzo vantaggioso. Ma Ernst, piccolo e pedante com'era, aveva una paura matta di perdere soldi. Paul ormai aveva deciso di restituire il denaro al suo socio il prima possibile e separarsi da lui. Logicamente gli avrebbe offerto una somma consistente perché non era un truffatore.

Ma c'era un'altra cosa che lo disturbava. Il modo in cui s'immischiava negli affari della famiglia Melzer. Soprattutto per colpa della madre. Ma anche Marie sotto questo aspetto era molto accondiscendente. Marie lasciava che lui la andasse a prendere all'atelier. Si faceva portare in Frauentorstrasse. Aveva capito bene? Il giorno precedente Ernst era andato a prendere Marie e i bambini da Kitty. Probabilmente ce l'aveva anche portata e aveva bevuto il caffè con le signore mentre Leo prendeva lezioni di piano nella stanza a fianco. Un amico di vecchia data non si comportava in questa maniera. Per carità, von Klippstein nella vita aveva avuto una sfortuna enorme, ma ciò non lo autorizzava a fare il terzo incomodo nel suo matrimonio. Lo doveva capire una volta per tutte anche Marie. Soprattuto Marie. Quanto ad Alicia, era una questione di istinto materno, era più comprensibile.

«Bene, caro signor Melzer, adesso che le ho comunicato le mie preoccupazioni mi sento sollevata. Non potrei sopportare di avere segreti con lei o addirittura di doverle mentire. Piuttosto, lascerei il mio posto, nonostante il mio grande attaccamento ai bambini.»

Lui le ripeté che aveva fatto la cosa giusta, che le era grato per la sua confidenza e che si sarebbe tenuto quella conversazione per sé. Lei sorrise, come se fosse stata una liberazione, si alzò, gli augurò un buon proseguimento di giornata e anche la benedizione di Dio.

Paul ringraziò e fu felice di essere di nuovo solo. «Signorina Lüders, la prego, mi porti un caffè.»

Ebbe difficoltà a tornare a concentrarsi sul lavoro, ovvero delle decisioni importanti sui costi di produzione. Nella sua testa continuavano ad affiorare pensieri che lo distraevano. Marie. Lui l'amava. Ma aveva la sensazione che lei gli stesse sfuggendo. Si stava trasformando in un'altra persona. Lo piantava in asso e scappava via. Anche Leo sembrava allontanarsi da lui. Più volte lo aveva portato con sé alla fabbrica, gli aveva mostrato i capannoni e le macchine, ma il figlio si era tappato le orecchie per il rumore. Solo quando si erano seduti in mensa e avevano pranzato insieme si era divertito. Soprattutto perché gli altri operai si erano mostrati curiosi nei loro confronti. Il signor direttore mangiava sempre alla Villa delle Stoffe, quel giorno invece era lì tra loro. Insieme al ragazzino di otto anni che un giorno sarebbe diventato il nuovo signor direttore. Paul aveva notato che il figlio aveva guardato con particolare interesse le operaie. A otto anni! Incredibile. Lui a quell'età era ancora un bambino innocente.

Più tardi, tornando alla Villa per mangiare, si chiese come avesse fatto suo padre a farlo entusiasmare per la fabbrica. Non c'erano state visite precoci, lui i capannoni e gli uffici li aveva visti per la prima volta da studente universitario. E ci era andato non per guardare, ma per lavorare. Lo aveva fatto volentieri, ne era stato orgoglioso, si era messo in testa che in quanto figlio del direttore sapesse più cose degli altri. Si era sbagliato, un giorno Johann lo aveva perfino ripreso davanti a tutti. Era stato un brutto colpo, cui era seguito un lungo periodo di silenzio. Eppure il suo scopo era sempre stato proseguire, in futuro, l'opera del padre. Forse proprio perché lui gli aveva reso le cose così difficili? Perché aveva dovuto combattere per ottenerlo? Era meglio lasciare in pace Leo e osservare la sua evoluzione da lontano? Possibile. Solo che doveva stare attento che non imboccasse la direzione sbagliata. Un erede musicista sarebbe servito a poco.

Paul accusò la calura di luglio, boccheggiò perfino durante il tragitto in macchina a cielo aperto. Dalle strade lastricate e dai vialetti salivano nuvole di polvere, teneva il cappello abbassato ma aveva comunque la sensazione di respirare sporco. Solo quando entrò nella Villa si sentì un po' meglio.

Gertie gli venne incontro e prese giacca e cappello. «Signor Melzer, di sopra è già tutto pronto. Che afa, non si respira!»

«Grazie, Gertie. Mia madre è ancora in camera?»

Quel mattino Alicia aveva avuto di nuovo una terribile emicrania.

«No, signor Melzer, sta meglio. Credo sia nello studio, al telefono.»

Finalmente una buona notizia. Salì le scale e andò in bagno per darsi una lavata e indossare i capi freschi che Gertie gli preparava ogni giorno. Un sollievo, quando tornava dalla fabbrica sudato e impolverato.

Quando uscì dal bagno si sentì rinato. Anche il cattivo umore era svanito. D'un tratto i problemi che lo avevano oppresso fino a poco prima gli sembrarono futili. Perché si agitava tanto? Alla fabbrica andava tutto alla grande, aveva una moglie amorevole e due bambini in salute; la madre si sentiva meglio e in quel momento sentì anche il profumo di gnocchi di fegato e *Spätzle* con formaggio e cipolla. No, non aveva proprio motivo di lamentarsi. Problemi ce n'erano in ogni famiglia, andavano affrontati e risolti.

In sala da pranzo Julius stava trafficando con un enorme mazzo di fiori per cui non aveva trovato posto sul davanzale. Rose bianche e rosse.

«Ma da dove arriva questo mostro?»

«Signor Melzer, lo hanno appena consegnato, è per la signora.»

«Per mia madre?»

«No, signore, per sua moglie.»

«Ah, sì?» Chi mandava a Marie un mazzo così sontuoso? Aspettò che Julius uscisse dalla stanza e poi fece una cosa che in realtà considerava indegna, ma ormai era in preda alla gelosia. Il bigliettino, poi, lo fece divampare.

Con profonda ammirazione e riconoscenza
Il suo Ernst von Klippstein

Riuscì a rimettere il bigliettino dentro la busta appena in tempo; un attimo dopo entrarono Serafina e i bambini.

«Hai comprato dei fiori alla mamma?» chiese Dodo raggiante.

«No, Dodo, li ha mandati un conoscente.»

Si arrabbiò per la faccia delusa della figlia e si schiarì la gola perché all'improvviso sentì di nuovo la polvere in bocca. Serafina cercò di sdrammatizzare dicendo ai bambini di mettersi in piedi dietro alla sedia in attesa della nonna. Potevano sedersi solo dopo l'autorizzazione degli adulti.

Alicia apparve pochi minuti dopo. Sembrava tranquilla, sorrise, si sedette e recitò la preghiera. Poi disse a Julius di servire la zuppa.

«E Marie?» chiese Paul.

Lo sguardo della madre disse tutto. *Accidenti*, pensò preso da una sensazione di impotenza di fronte a quei litigi familiari che non finivano mai.

«Tua moglie ha chiamato poco fa dicendo che si scusa, ma ha una cliente difficile e tornerà nel pomeriggio.»

Quando la madre diceva «tua moglie» invece di Marie era una cosa grave. Anche i bambini percepivano questi segnali, forse perfino meglio di lui.

«La mamma aveva promesso di portarmi a vedere gli aerei» disse Dodo.

La bambinaia spiegò che quel giorno non si poteva andare comunque perché faceva troppo caldo e c'era troppa polvere.

«E poi cosa vuoi andarci a fare, all'aerodromo?»

Le passioni dei figli lo disturbavano. Dodo era una femmina e doveva giocare con le bambole. Per Natale non aveva forse ricevuto una meravigliosa cucina di bambole con tanto di fornelli veri?

«Voglio vedere gli aerei. Da vicino.»

Perlomeno era un interesse per la tecnologia. Peccato, però, che questa passione ce l'avesse Dodo.

«E tu, Leo? Anche tu vuoi andare a vedere gli aerei?»

Leo addentò uno gnocco di fegato e mandò subito giù. Poi scosse la testa e rispose: «No, papà, a me quel rumore non piace. Gli aerei sferragliano, fanno un sacco di baccano».

La madre partecipava poco alla conversazione, sembrava presa dai suoi pensieri. Così fu Serafina, di solito taciturna, a cercare di allentare la tensione. Incoraggiò Dodo a recitare una nuova poesia sulla primavera, Leo invece raccontò qualcosa sul quartiere della Fuggerei, visitato la settimana precedente con la classe. Paul ascoltò gli interventi con pazienza, lodò i bambini, si scambiò occhiate con Serafina, visibilmente felice delle sue attenzioni.

Dopo il dessert Alicia autorizzò i fanciulli ad alzarsi e anche Serafina uscì dalla sala. Paul restò solo con la madre.

«Mamma, vuoi un caffè?»

«No, Paul, grazie, la mia pressione è già alle stelle.»

Paul si disse di mantenere la calma, si versò una tazza di caffè e aggiunse lo zucchero.

«Poco fa ho parlato con la signora Wiesler.»

Ah, quella vecchia pettegola aveva aperto un altro vaso di Pandora. A casa doveva averne un'intera collezione. «Mamma, ti prego, sii breve. Devo tornare alla fabbrica, lo sai.»

Fu un'osservazione infelice. Lei replicò che era diventato come il padre: mai tempo per la famiglia, sempre e solo per la fabbrica.

«Su, mamma, dimmi cos'è che ti opprime.»

Fece un respiro profondo e guardò la credenza con il mazzo della discordia.

«La signora Wiesler mi ha detto che il prossimo autunno il Circolo d'arte ha in programma una mostra con i quadri di Luise Hofgartner. Una retrospettiva. La direttrice Wiesler terrà la laudatio personalmente, ha già fatto arrivare materiale dalla Francia.»

La madre si fermò, era in debito di ossigeno. Aveva le guance profondamente rosse, un cattivo segno per quanto riguardava il suo stato di salute. Dio, che notizia, era del tutto naturale che la madre fosse così agitata. «Spero che tu le abbia detto che noi siamo assolutamente contrari a mostrare questi quadri in pubblico.»

«Certo che gliel'ho detto.» Alicia buttò indietro la testa e fece una risata isterica. «Ma quella è testarda, ha detto che non ne abbiamo motivo. Che Luise Hofgartner ha vissuto e lavorato qui ad Augusta e sono saltate fuori altre sue opere. Che la città dev'essere fiera di aver ospitato tra le sue mura un'artista così eccezionale.»

Quante cìance! E tutte per quei quadri orribili. Un'artista! Con tutto il rispetto per Marie, Paul la considerava più una pazza.

«Mamma, non ti agitare. Mi occuperò della questione personalmente. Noi Melzer qui ad Augusta abbiamo ancora una certa influenza.»

Alicia annuì, parve sollevata. Certo, aveva contato su di lui, non si poteva mica passare sopra alla Villa delle Stoffe in quel modo. Per non parlare della memoria del padre, che quella storia avrebbe senz'altro infangato.

«Ovunque ci sono invidie e rivalità, anche qui ad Augusta. Inizierebbero a circolare tantissimi pettegolezzi, soprattutto riguardo alla relazione di tuo padre con quella donna.»

«Marie lo sa?» chiese Paul.

«Credo di sì, Kitty non sta nella pelle per l'eccitazione. E lei e Marie sono inseparabili, lo sai.»

Paul si alzò e iniziò a camminare avanti e indietro per la stanza, tenendo le mani affondate nelle tasche. Era possibile che Marie avesse saputo dell'esposizione fin dall'inizio? Magari era stata perfino lei a dare l'idea. No, questo non poteva crederlo. Probabilmente era stata Kitty.

«Mamma, parlerò con Kitty.»

«Non dovrai parlare solo con lei.»

Lo sapeva benissimo. Doveva discuterne in particolar modo con Marie. Con la massima calma. Non voleva ferirla. Ma doveva capire che...

«Kitty possiede solo una minima parte dei quadri. Sono quasi tutti di Ernst von Klippstein.»

«Che cosa?»

Paul si fermò, era scioccato. Aveva sentito bene? Ernst aveva finanziato l'acquisto di quelle bruttissime opere? Non poteva crederci. Alla fabbrica contava ogni singolo pfennig e poi buttava i soldi in una sciocchezza del genere? La spiegazione era ovvia, lo aveva fatto per impressionare Marie. Finalmente era venuta a galla la verità: il suo amico dall'aspetto tanto rispettabile, Ernst, puntava a Marie. E lei cosa faceva? Lo rimetteva al suo posto?

Guardò l'enorme mazzo il cui profumo dolciastro ormai aveva coperto quello del caffè. *Con profonda ammirazione e riconoscenza*, diceva il bigliettino.

«Dirò a Julius di spostarli sul terrazzo» disse la madre che aveva seguito il suo sguardo. «Questi fiori mi fanno tornare il mal di testa!»

Sapeva chi li aveva mandati? Probabilmente sì. Anche la madre era curiosa, anche se non lo avrebbe mai ammesso.

«Ci vediamo stasera» disse e la baciò sulla fronte. Lei gli prese la mano, la strinse e chiuse gli occhi.

«Paul, mi spiace così tanto.»

Non era una buona giornata, lo aveva intuito al mattino. La sventura che aleggiava sulla Villa delle Stoffe come una nuvola scura continuava a ingrandirsi. Era agitato e arrabbiato, si sentiva tradito da un uomo che per lungo tempo aveva considerato il suo migliore amico. La cosa che lo sconvolgeva di più, però, era la complicità di Marie. Senza ombra di dubbio era in combutta con Ernst. Aveva programmato quella mostra di nascosto insieme a

Kitty ed Ernst, alle spalle di suo marito, senza pensare ai danni che avrebbe arrecato a lui e ai Melzer.

Scese le scale di corsa, strappò il cappello dall'attaccapanni senza badare a Gertie. Aveva già in mano le chiavi della macchina quando la porta si aprì ed entrò Marie.

«Ah, Paul» gli disse. «Mi spiace che mi abbiano trattenuta.»

Com'era bella quando gli veniva incontro senza fiato. Sorrideva e i suoi occhi chiedevano perdono. Un po' ruffiani, ma anche teneri.

Tuttavia, non era dell'umore per cedere ai sentimentalismi. «Be', perlomeno sei tornata. Ormai ho scoperto le vostre macchinazioni!»

Lei si fermò spaventata. Lo guardò con i suoi occhi grandi e scuri. Quegli occhi che amava così tanto. Eppure così capaci di mentire.

«Ma cosa stai dicendo? Quali *macchinazioni*?»

«Lo sai benissimo, Ma io ti giuro che questa mostra non si farà. Quelle opere orripilanti andrebbero bruciate, altro che esposte al pubblico.»

Vide i suoi lineamenti irrigidirsi. Lo guardò come se non potesse credere che fosse stato lui a pronunciare quelle parole. Paul si vergognò, ma uno spirito maligno lo spinse a sparare un'altra cartuccia. «Di' al tuo amante e cavaliere delle rose che non voglio più vederlo in casa mia. Il resto lo chiarirò in separata sede.»

All'improvviso la rabbia che lo aveva dominato fino a un attimo prima si sgonfiò. Si rese conto di aver appena detto cose a cui non si poteva porre rimedio. La oltrepassò senza guardarla e se ne andò di fretta.

17

Marie sentiva un dolore lancinante. Conosceva questa sensazione, l'onda calda e annichilente che nasceva nello stomaco, risaliva la gola e poi si diffondeva in tutto il corpo. Da bambina l'aveva provata spesso quando si era sentita trattata in maniera ingiusta. L'aveva sentita anche quando aveva scoperto che Paul era caduto prigioniero dei russi e aveva temuto di non rivederlo mai più.

Sono solo chiacchiere, pensò. *Non devo dargli troppo peso. Era agitato. Per quella stupida idea della mostra.*

Il dolore, però, le bruciava nel profondo. Non lo aveva mai provato così forte.

Cos'è che aveva detto? Che i quadri andavano bruciati? Come aveva potuto pronunciare quelle parole? Per lei erano state come frustate! Quanto doveva essere grande un amore per reggere ad affermazioni del genere?

«Mamma!»

All'improvviso si rese conto di essere rimasta immobile, sulla soglia d'ingresso, proprio dove un attimo prima aveva litigato con Paul, l'uomo che amava.

«Mamma!»

Dodo arrivò di corsa con le dita sporche di inchiostro; anche sul colletto aveva una macchia blu.

«Mamma, avevi promesso di portarmi all'aerodromo!»

La bambina era davanti a lei senza fiato; i suoi occhi erano pieni di aspettative.

«Dodo, oggi fa troppo caldo.»

Il viso della figlia fu invaso dalla delusione, stava per scoppiare a piangere. Marie sapeva benissimo quanto la bambina avesse lottato per ottenere un sì, quante volte l'avesse pregata e implorata. Deluderla le spezzava il cuore.

«Ma avevi promesso!»

Stava per iniziare a pestare i piedi. Marie vacillò. Sì, si sentiva ferita e voleva stare da sola. Ma perché doveva rimetterci Dodo?

«Lasciala in pace!» Era arrivato anche Leo, prese la sorella per un braccio e cercò di trascinarla via.

Dodo si oppose. «E perché? Non mi toccare!»

Marie aveva l'udito fine e capiva anche i sussurri. E comunque Leo sussurrava a voce molto alta.

«Papà è stato cattivo con lei.»

«Ma che dici, quello grida sempre.»

«No, oggi è stato proprio cattivo cattivo.»

«E allora?»

Ovviamente avevano sentito tutto. Paul del resto aveva gridato. Non sapeva che in quella casa i rumori dell'ingresso si sentivano fino al secondo piano? Certo che lo sapeva, ci era cresciuto. Marie si rese conto che anche in cucina avevano udito le urla. Per non parlare della suocera…

«Tornate subito di sopra, non avete ancora finito i compiti!»

Serafina von Dobern era in cima alle scale e Marie ebbe l'impressione di cogliere sul suo viso una certa soddisfazione. O forse se lo stava solo immaginando. La bambinaia con lei si comportava sempre in maniera corretta, pur sapendo che il suo modo di educare non riscuoteva consensi. Marie ne aveva chiesto il licenziamento. Se l'era fatta nemica, ecco perché Serafina sembrava felice per quanto era accaduto.

«Signora von Dobern, li lasci pure qui... fra poco li porto in città.»

Il viso magro e allungato di Serafina si irrigidì, la bambinaia sollevò il mento e squadrò Marie dall'alto.

«Signora Melzer, mi dispiace moltissimo ma non posso permetterlo, Dodo deve finire il suo compito di punizione e Leo deve recuperare le cose che non ha fatto ieri. E poi sua suocera desidera che i bambini abbiano giornate regolari, di modo che imparino l'ordine e la disciplina.»

Parlò in tono basso ma deciso, Marie percepì la sicurezza di una persona che sfruttava il proprio potere. Il padrone di casa aveva umiliato la moglie, quindi lei adesso credeva di poterla contraddire. La sua parola in quella casa contava ancora qualcosa? Oppure volevano tornare a trattarla come una dipendente? Marie stava tremando in tutto il corpo.

«Le concedo mezz'ora, se la faccia bastare» replicò Marie controllandosi a fatica.

Si tolse il cappello e lo lanciò sul comò, annuì verso Dodo e Leo invitandoli a salire e li seguì fino al primo piano. Percorse il corridoio e raggiunse lo studio. Lì crollò sul divano con il respiro pesante e chiuse gli occhi.

Ma cosa mi prende?, si chiese. *Non è certo il primo litigio tra me e Paul. Lui si starà già pentendo per quello che ha detto. Stasera mi chiederà scusa.*

Il dolore però era così profondo da annientarla. Era stato oltrepassato un limite. Oggi Paul le aveva fatto capire quanto disprezzasse lei e le sue origini. Lui, Paul Melzer, aveva preso con sé ed elevato l'orfanella Marie, aveva dimostrato una grade bontà d'animo sposandola. Per questo lei gli doveva obbedienza, doveva tagliare i ponti con il suo passato. E le opere della madre, che lui aveva definito "orripilanti", andavano bruciate.

Come faceva a non capire che la madre era una parte di lei? Qualunque cosa avesse commesso Luise Hofgartner nella sua breve e folle vita, Marie l'avrebbe amata comunque. I suoi quadri erano un dono, un messaggio che andava oltre la morte. Come poteva sopportare che Paul ne parlasse in quel modo?

Tra l'altro, era stato il padre di Paul a provocare la morte precoce di Luise. Peggio: Johann Melzer aveva ingannato anche Jakob Burkard, aveva usato i geniali macchinari del socio negandogli la sua parte di guadagni. Lei, Marie, aveva avuto la grandezza d'animo di perdonare i Melzer. Lo aveva fatto perché amava Paul e perché era stata convinta che il loro amore sarebbe stato più forte delle ombre del passato.

Sospirò e si mise seduta più dritta. Quanto era piccola e ammuffita quella stanza. Piena di armadi e scaffali. Di ricordi. Non si respirava. Si portò le mani al viso, aveva le guance rosse. No, non doveva permettere che queste ombre le distruggessero la vita. Non dovevano nuocere nemmeno a Paul. Soprattutto, però, doveva proteggere i bambini.

Doveva ritrovare se stessa. Calmarsi. Non essere in balìa della rabbia, ma dell'amore.

Si alzò e prese il telefono. Sollevò il ricevitore e attese. Si fece passare il numero di Kitty.

«Marie? Che fortuna che hai, stavo uscendo. Lo sai già? Pensa, la signora Wiesler tra i lasciti di Samuel Cohn-d'Oré ha scoperto un curriculum vitae di tua madre!»

Che notizia. In circostanze normali sarebbe quasi morta per l'eccitazione. In quel momento, invece, stava ascoltando le parole di Kitty solo con un orecchio.

«Kitty, ti prego. Non sto bene. Potresti venire qui e portare i bambini all'aerodromo di Haunstetter Strasse? Dodo vuole assolutamente vedere gli aerei.»

All'altro capo della linea ci fu una pausa.

«Coooosa? Con quest'afa in quel posto assurdo? Lo sanno tutti che sono sul lastrico... Io in realtà stavo andando a fare due chiacchiere con tre colleghi alla pasticceria Zeiler.»

«Kitty, ti prego.»

Lo disse in un tono così serio e implorante che la cognata andò in confusione.

«Ma io... io volevo... Santo cielo, Marie, stai proprio male male? Ma che è successo? Hai l'influenza o il morbillo? Alla Annaschule ci sono parecchi casi...»

Marie dovette interrompere di nuovo il flusso di parole di Kitty. Le costava fatica, si sentiva uno schifo. «Kitty devo riflettere, da sola. Per favore capiscimi.»

«Riflettere?»

S'immaginò Kitty che si sistemava i capelli dietro le orecchie mentre i suoi occhi vagavano per la stanza cercando di afferrare la situazione. Fu subito sulla pista giusta.

«Il mio fratellone si è comportato male?»

«Ne parliamo più tardi.»

«Dieci minuti e sono da te. No, aspetta, devo fare benzina, venti. Sempre che la macchina non faccia scherzi. Ce la fai a resistere?»

«Kitty, si tratta dei bambini.»

«All'aerodromo quindi? Per forza all'aerodromo? Non possiamo andare tutti ad abbuffarci di dolci in pasticceria? Va bene, come vuoi. Mi sbrigo. Henny! Ma dove sei finita? Vieni che andiamo all'aerodromo.»

«Kitty, grazie.»

Mise giù il ricevitore e si sentì un po' sollevata. Adesso aveva lo spazio di cui aveva bisogno. Doveva chiarirsi le idee, trovare un modo per essere sincera e allo stesso tempo conservare il suo amore. Era l'unica strada.

Stava per uscire quando squillò il telefono. Trasalì. Fu tentata di rispondere, ma non lo fece. Al contrario, se ne andò, attraversò il corridoio e quasi si tappò le orecchie per ignorare gli squilli successivi. Sotto, all'ingresso, trovò Gertie ed Else. Quando videro Marie sussultarono come due congiurati colti in fallo.

«La signora Brunnenmayer chiede se deve tenerle in caldo il pranzo.»

Nella voce di Gertie, Marie percepì una certa empatia, mentre Else indietreggiò e fece finta di spolverare. «Grazie Gertie, di' alla cuoca che non ce n'è bisogno.»

«Va bene, signora Melzer.»

«Ah, tra venti minuti la signora Bräuer passerà a prendere i bambini. Gertie, di' alla signora von Dobern che è d'accordo con me.»

Gertie annuì. Probabilmente vedeva arrivare nuove grane, la bambinaia si era lamentata più volte con Alicia per la presunta impertinenza della domestica.

«Per favore prendimi il cappello.»

Non aveva idea di dove andare ma sapeva che in quella villa non c'era nessun posto in cui potesse trovare se stessa. In quella casa si respirava il dominio dei Melzer, la boria di una dinastia che credeva di valere di più degli altri esseri umani. Ma come erano arrivati alla loro posizione questi arroganti magnati dei tessuti? Qual era l'origine della loro ricchezza e influenza? Gran parte della loro fortuna era dovuta ai geniali macchinari di suo padre. Senza Jakob Burkard la fabbrica di tessuti Melzer non sarebbe mai esistita.

Si mise il cappello, si guardò allo specchio e si accorse di essere molto pallida. Aveva anche ripreso a tremare. Non ci fece caso. Quando Gertie le aprì la porta, il sole del primo pomeriggio entrò e disegnò sul pavimento di marmo un quadrato oblungo. Marie avanzò verso la luce, ammiccò, scese gli scalini e sentì la calura toglierle il fiato. Il vialetto d'accesso era pieno di polvere, le macchine e le carrozze avevano lasciato due solchi nella ghiaia in cui si canalizzava l'acqua della pioggia. Adesso erano secchi e pieni di sabbia e sporco. Un tempo se n'era occupato il giardiniere, ma da quando Gustav lavorava per la villa solo sporadicamente, il parco e i vialetti erano in pessime condizioni.

Cosa m'importa, pensò Marie. *Sono mia suocera e mio marito a decidere, io non vengo interpellata.* Decise di passare per i prati per evitare di incrociare Kitty e arrivò al cancello. Nei suoi pensieri riaffiorò un ricordo: anni prima proprio lì aveva visto una sagoma nella nebbia, di cui all'inizio aveva avuto paura. Poi invece aveva riconosciuto Paul, tornato dalla guerra. Era stata una gioia indescrivibile.

Scacciò il ricordo e attraversò, scese una stradina che conduceva in città passando per rimesse, edifici abbandonati e nuove fabbriche. Già si sentiva meglio, il suo respiro era tornato regolare, il tremore quasi scomparso. Forse perché era uscita dalle proprietà dei Melzer.

Sono già a questo punto?, si chiese spaventata. *No, troverò una soluzione. Ci metteremo d'accordo. Anche solo per amore dei bambini.*

Tra i piedi le sgattaiolarono dei topi, in cielo volteggiarono due astori, si sentivano i loro richiami. Superò l'impianto di produzione del gas, guardò l'edificio circolare che spuntava da sottoterra e oltrepassò la fabbrica di cotone vicino al ruscello. Si lavorava e si costruiva ovunque, il Rentenmark era rimasto, la gente aveva di nuovo fiducia nell'economia. Che strano, proprio adesso che si poteva tornare a guardare al futuro con speranza la sua felicità privata rischiava di disintegrarsi.

Nei torrenti c'era pochissima acqua, ne attraversò due saltando da una pietra all'altra. Paul raccontava sempre di quando, da ragazzino, andava lì a pescare, ma a suo figlio queste libertà non le concedeva. S'incamminò su per il Milchberg muovendosi all'ombra delle case della Città Vecchia per sfuggire al sole cocente. Conosceva benissimo quei tetti sfondati e quell'intonaco cadente, lo stesso valeva per gli odori. Nella Città Vecchia c'era sempre puzza di umido e di marcio, negli ingressi bui anche di urina. Giravano cani randagi e c'erano anche gatti senza padrone appostati alle finestre a caccia di ratti e topi. Dalla sua infanzia quel posto era cambiato poco, solo qualche abitazione era in condizioni migliori. Tra queste c'erano le due case di Maria Jordan. Una al piano terra aveva una grossa vetrina da negozio con davanti un tavolino pieno di merci di ogni genere: frutta, verdure, cassette dipinte, vasi, cucchiai di latta e collane di perle false. Passando vide lo zelante commesso che stava servendo una cliente. La Jordan era da invidiare. Aveva agito al momento giusto e si era costruita un futuro. Non essendo sposata poteva gestire gli affari come voleva, senza il bisogno di firme altrui.

Maria Jordan non era una persona amabile, però era in gamba. Ancora tre vicoli… e raggiunse la sua meta, una meta più inconscia che intenzionale. Il tetto era stato restaurato, per il resto la casa era rimasta uguale. Sotto c'era ancora l'insegna ZUM GRÜNEN BAUM, su una delle polverose finestre arrivava un raggio di sole grazie ai buchi tra gli edifici di fronte. Marie si appoggiò a un muro e osservò la casa. Lei era venuta al mondo lì, le era stato concesso di passare con la madre i primi due anni della sua vita. Luise Hofgartner aveva lottato, aveva cercato di tirare avanti con piccole commesse, si era indebitata, aveva fatto la fame ma non aveva ceduto: non aveva voluto dare i disegni del marito all'uomo che lo aveva ingannato. Quanto era stata cocciuta e dura con se stessa! Piuttosto che cedere, aveva picchiato la testa contro il muro. Con il rischio che la figlia neonata ne soffrisse.

Il cuore di Marie era fuori controllo, le sue gambe tremavano, all'improvviso ebbe paura di svenire in quel vicolo. O peggio. Ripensò alla terribile notte all'orfanotrofio in cui si era svegliata in un letto imbevuto di sangue e solo dopo un po' aveva capito che quel sangue era suo. Un'emorragia interna. Era sopravvissuta per miracolo.

No, pensò inspirando ed espirando profondamente per calmare la tachicardia. Non avrebbe mai costretto i suoi figli a crescere senza madre. Piuttosto... Piuttosto cosa? Rinnegare se stessa? Era se stessa che voleva sacrificare per il bene dei bambini? Mettere la gioia familiare prima del proprio benessere? C'erano un sacco di storie e romanzi in cui si diceva che il nobile destino di una donna era questo. Libri del genere erano stati anche nella libreria dell'orfanotrofio e alla Villa delle Stoffe. Luise Hofgartner probabilmente ci avrebbe riso sopra.

Si staccò dal muro e capì di essere in grado di proseguire. Forse la tachicardia e i tremori erano stati solo immaginari, adesso che si muoveva stava bene. Imboccò Hallstrasse e proseguì verso la stazione. Lì dove sferragliavano i treni e fischiavano le locomotive, i defunti trovavano il loro ultimo riposo: il cimitero di Herman.

Sono pazza, si disse. *Che ci vado a fare? I miracoli succedono una volta sola e il reverendo Leutwien, che allora mi ha consolata e accolta sotto il suo tetto, non è più in servizio da un pezzo.*

Ciò nonostante le sue gambe la portarono in quel luogo come attratte da una forza magnetica. Non alla sontuosa tomba di famiglia dei Melzer, né a quella del povero Edgar Bräuer, morto suicida dopo il collasso della propria banca. Marie arrivò al mucchietto di pietre addossate alle mura e invase dalle erbacce. Su una di esse c'era il nome di sua madre, Luise Hofgartner. Ogni tanto Marie le aveva portato dei fiori, ma con la calura estiva c'era solo una ghirlanda d'edera.

A quell'ora il cimitero era quasi deserto. Due donne vestite di nero giravano tra le tombe, piantavano begonie e le annaffiavano. Vicino alla chiesa, tre bambini giocavano con le biglie. Marie si sedette sul prato e toccò la pietra grezza, la accarezzò, percorse l'iscrizione con l'indice.

Cosa devo fare?, pensò. *Dammi un consiglio. Dimmi cosa faresti tu al posto mio.*

Il sole incocciava dall'alto, le mura bloccavano il vento e il caldo era ancora più insopportabile. Non c'erano nemmeno gli uccelli che cantavano, solo una fila di formiche che, zelanti, trasportavano crisalidi bianche tra gli steli.

Marie capì che nessuno, nemmeno la madre, poteva dirle cosa fare. Ripensò alle accuse di Paul, alla parola "macchinazioni". Cielo, davvero credeva che avesse organizzato alle sue spalle la mostra con Kitty?

E cosa aveva inteso con quell'"amante e cavaliere delle rose"? All'inizio, sconvolta da quello che aveva detto poco prima riguardo alla madre, la frase successiva l'aveva ignorata. Lo aveva detto in maniera ironica? Non poteva certo credere seriamente che avesse un amante. Aveva inteso Klippi? Sì, lui ogni tanto le mandava dei fiori, ma li mandava anche a Kitty, e pure Tilly per Pasqua aveva ricevuto un mazzo.

Stremata, si guardò intorno in cerca di un posto all'ombra e lo trovò sotto un vecchio faggio. Uno scoiattolo risalì su per il tronco e scomparve tra le foglie; lì iniziò a fare strani versi, forse si era imbattuto in un rivale.

Si tolse il cappello e iniziò a farsi aria. Sicuramente Paul aveva già riacquistato il senno, ma dovevano parlare lo stesso delle sue accuse. Doveva spiegargli che fino alla sera precedente non aveva saputo nulla dei piani di Kitty. E che Ernst von Klippstein con lei era stato sempre un galantuomo. E che i quadri di sua madre secondo lei erano tutt'altro che orripilanti.

Appoggiò la nuca al tronco e guardò la chioma. La luce del sole filtrava solo in pochi punti. Chiuse gli occhi.

No, disse qualcosa dentro di lei, *non è possibile. È stato passato un limite. Nessuno può difendersi da accuse continue e ingiuste. Dove c'è amore dovrebbe esserci fiducia. Se manca la fiducia, l'amore è morto.*

«Non mi ama più.»

Sussurrò questa frase più volte, senza nemmeno rendersene conto. Sentì uno scroscio d'acqua, forse le donne che riempivano gli innaffiatoi alla fontana, forse un torrente o un fiume. Il cuore di Marie accelerò i battiti, aveva le vertigini. *Non devi svenire*, pensò. *Non devi assolutamente svenire...*

«Marie, ma cosa mi combini? Io lo sapevo! Ma che hai? Marie, la mia dolce, amatissima Marie...»

In mezzo a una specie di nebbia abbagliante e sfocata vide un viso chinarsi verso di lei. Occhi azzurri giganti e spaventati, capelli corti che cadevano sulla fronte e sulle guance.

«Kitty? Kitty, non mi sento... molto bene...»

«Non ti senti bene? Dio sia lodato, io già temevo che fossi morta!»

La nebbia si schiarì, Marie si rese conto di essere distesa sulla schiena, proprio sotto il faggio vicino a cui si era seduta.

«Lo sapevo che eri venuta qui. Riesci ad alzarti? Aspetta, ti aiuto... Oppure è meglio che chiami un dottore? Lì c'è qualcuno, aspetta. Forse possono aiutarci.»

«No, no, sto bene. È solo l'afa. I bambini?»

Dopo essersi seduta Marie sentì di nuovo il capogiro. Kitty la scrutò preoccupata.

«Sono tutti da Gertrude. E adesso porto lì anche te.»

Marie piano piano si alzò, si portò una mano alla fronte e sentì Kitty cingerle la schiena da dietro.

«A Frauentorstrasse?» mormorò. «Kitty, io...»

«A Frauentorstrasse!» disse Kitty decisa. «Potete restare fin quando volete. Anche fino al Giorno del Giudizio. E oltre.»

18

Le tende pesanti non erano di grande aiuto, in quell'ufficio si soffocava, si era già tolto giacca e gilet. Per fortuna quel giorno non erano previsti appuntamenti, nessuno si sarebbe indispettito che il signor direttore fosse seduto alla scrivania in maniche di camicia. Paul lavorò come un ossesso, non si concesse nemmeno un minuto di pausa, bevve la sesta tazza di caffè e si sentì sempre più nervoso.

Aveva perso il controllo, era questa la cosa di cui si pentiva di più. Lei lo aveva portato al punto di non capire più quello che diceva. E ovviamente lui aveva formulato le frasi in modo così esagerato da ferirla. Una cosa del tutto superflua, era passato dalla parte del torto, adesso era lui che doveva ritrattare e chiedere scusa. Si sentì un idiota. Si era messo nella posizione più debole.

Aveva chiamato alla Villa tre volte. Anche di questo era già pentito. La prima volta non aveva risposto nessuno. Avrebbe dovuto lasciar perdere, invece no, era sua ferma intenzione placare i rimorsi e dire a Marie che gli dispiaceva. Lei era uscita, lo aveva scoperto solo alla seconda chiamata.

«Signor Melzer, la signora von Dobern in linea.»

La bambinaia! Cosa ci faceva nello studio? E perché rispondeva al telefono?

«Qui Melzer» disse Paul in tono conciso e scortese. «Potrebbe passarmi mia moglie?»

«Mi dispiace, signor Melzer, è uscita.»

Per un attimo aveva creduto che stesse venendo da lui. Quasi si commosse, in realtà spettava a lui chiedere perdono.

«E poi i bambini con il consenso di sua moglie sono stati portati di nuovo in Frauentorstrasse. Le assicuro che io mi sono opposta...»

Non aveva la minima voglia di ascoltare le sue lamentele. «Mia moglie ha detto dove fosse diretta?»

«No, signor Melzer. L'ho vista attraversare il parco, do per scontato che ci fosse qualcuno ad aspettarla...»

Paul capì che la speranza di vederla arrivare in fabbrica era impossibile. Era andata verso il parco. Perché?

«Dà per scontato?» ripeté Paul. «In che senso, signora von Dobern?»

«Be', mi sono affacciata alla finestra, l'ho vista nascondersi dietro i cespugli e ho dedotto che ci fosse un motivo...»

Nella testa di Paul affiorarono visioni di Ernst von Klippstein che aspettava Marie e la abbracciava. Poi riacquistò lucidità e capì che erano fantasie del tutto infondate. Ernst era seduto nell'ufficio di fianco a fare i conti.

«Signora von Dobern, la prego di non mettere in giro pettegolezzi riguardo a mia moglie» disse durissimo.

Questa donna era solo una perfida intrigante, come aveva fatto a non accorgersene subito? Già allora, quando era stata una delle migliori amiche di Elisabeth, non l'aveva mai sopportata.

«Piuttosto, si occupi dei miei figli. E lasci perdere il telefono. Le chiamate che arrivano alla Villa delle Stoffe non sono affari suoi!»

Aveva riattaccato senza aspettare la risposta. Marie quindi era andata via. Verso il parco. Magari una passeggiata l'avrebbe aiutata a calmarsi.

La terza volta rispose la madre. «Marie? Ancora non è tornata. Nemmeno i bambini.»

Erano già le cinque passate. Cosa diavolo stava facendo Marie ancora nel parco? Qualcuno era passato a prenderla? «Hai telefonato in Frauentorstrasse?»

«Sì, ho provato, ma non risponde nessuno. Comunque Kitty è un'insolente, la povera signora von Dobern è terribilmente offesa. Paul, così non si può continuare, dico sul serio. Devi parlare con Kitty, il prima possibile.»

«Sì, forse domenica» borbottò. «Adesso ho da fare.»

«Certo, hai da fare. Buon per te che riesci sempre a tenerti fuori da tutto.»

«Ciao, mamma, a stasera.»

Questa era stata senz'altro la chiamata più inutile. Paul lavorò fino alle sei e mezzo, poi si rimise gilè e giacca e lasciò detto a von Klippstein che andava a casa.

Era così teso che quando uscì dallo stabilimento e svoltò in Lechhauser Strasse per poco non investì una carrozza. Così non si poteva andare avanti. Questi continui litigi lo toccavano nel profondo, non era più lui, stava scoprendo in se stesso gli stessi difetti che aveva tanto odiato in suo padre. Impazienza. Ira. Scorrettezza. Superbia. Freddezza. Era questa la cosa peggiore. Cos'era successo al loro amore? Non doveva permettere che le difficoltà lo annientassero. Non aveva visto con i suoi occhi il matrimonio dei genitori ridursi a una mera formalità? Avevano vissuto ignorandosi, ciascuno con la sua quotidianità e camere da letto separate. Ne aveva sofferto soprattutto Alicia. No, non voleva fare una cosa del genere, né a se stesso né a Marie.

Parcheggiò l'auto davanti alla scalinata, poi Julius l'avrebbe portata in garage. Salì i gradini con il cuore in tachicardia ed entrò a passo lento. Dentro c'era un bel fresco, la porta della terrazza sul retro era aperta e circolava un po' d'aria.

Diede il capello di paglia a Else ed esitò a porre la domanda che gli pesava sul cuore. I suoi occhi cercarono il gancio dell'attaccapanni: c'erano due cappelli, quello chiaro a tesa larga era senz'altro della madre. L'altro, un affare grigio a forma di vaso, probabilmente della bambinaia, perlomeno le si addiceva.

«La signora madre la aspetta nel salone rosso.»

Il sorriso di Else si era assottigliato a causa dell'operazione, non voleva mostrare il dente mancante. Però aveva acquistato calore umano. Lo guardò con espressione compassionevole.

Marie non c'era, pensò Paul cercando di nascondere il panico. Cos'era successo? Un incidente? Dio, fa' che non le sia successo nulla! E i bambini?

Alicia Melzer era distesa sul divano, un cuscino sotto la testa, una pezza bagnata sulla fronte. Vicino a lei, su una poltrona, Serafina, il cui compito era immergere la pezza in una ciotola di acqua ghiacciata e rimettergliela sulla fronte.

Paul entrò lentamente, chiuse la porta senza far rumore e si avvicinò al divano in punta di piedi. La madre girò la testa verso di lui, spostò un po' la pezza e aprì li occhi.

«Sigora von Dobern, lei può andare.»

«Grazie, signora Melzer. Le auguro una pronta guarigione. Se ha bisogno, io sono qui fuori.»

Serafina fece solo un cenno della testa a Paul, probabilmente se l'era presa per la telefonata. Alicia aspettò che la bambinaia avesse chiuso la porta, si tolse la pezza e si mise seduta.

«Paul, finalmente sei arrivato» disse sospirando. «Stanno succedendo cose terribili. La terra ci trema sotto i piedi. Il cielo sta per crollare.»

«Mamma, ti prego!»

Si portò una mano alla fronte e annaspò. «Mezz'ora fa ha chiamato Kitty. Marie e i bambini sono da lei in Frauentorstrasse.»

«Dio sia lodato!» esclamò Paul spontaneo. «Già temevo che fosse successo qualcosa...»

Alicia lo guardò con sguardo severo. «Paul, fammi prima finire. Kitty mi ha seccamente comunicato che Marie non ha intenzione di tornare alla Villa delle Stoffe. Vuole restare da tua sorella, insieme ai bambini.»

Paul annaspò. Aveva sentito bene? Non poteva essere vero. Marie apparteneva a quella casa, era sua moglie. Che altra idea assurda si era messa in testa Kitty?

«Mamma, non le avrai mica creduto...»

Alicia fece un gesto con il braccio.

«Ovviamente no. Ma inizio a temere che fosse seria.» Riprese in mano il fazzoletto, le veniva da piangere. «Hanna, quell'ingrata, si è intrufolata in casa senza farsi vedere da nessuno, è salita di sopra e ha portato via le cose della scuola e alcuni vestiti dei gemelli...»

Fu presa dalla disperazione. La nuora avrebbe potuto diseredarla, i nipoti no. I suoi amatissimi nipoti! «Paul, ci ha lasciati e si è portata dietro i bambini. Non avrei mai immaginato che Marie potesse fare una cosa del genere, ma succede quando uno sposa una donna che non ha ricevuto un'educazione adeguata. Santissima Vergine Maria, anch'io ho passato dei brutti periodi durante il mio matrimonio, ma non mi sarebbe mai venuto in mente di lasciare mio marito.»

«Ma è impossibile!» esclamò Paul. «Se l'è inventato Kitty per mettermi paura! Sai benissimo com'è fatta.»

Alicia sospirò, immerse la pezza nell'acqua e se la rimise sulla fronte. «Certo che la conosco, mia figlia Kitty. Marie però per me è sempre rimasta un mistero. È così generosa, paziente e disponibile. Sì, tua moglie ha indubbiamente delle qualità, ma poi all'improvviso fa cose che nessuno capisce. Fredda e spietata.»

Paul si alzò e andò ad abbracciarla. Avrebbe chiarito ogni cosa, promise, quella sera stessa. Non doveva agitarsi.

«Mamma, andrà tutto bene. Adesso vado in Frauentorstrasse e parlo con Marie. Due ore al massimo e saremo di nuovo tutti qui.»

«Che Dio ti aiuti.»

Quando aprì la porta trovò Gertie e Julius a confabulare. Julius riprese subito la postura di servizio mentre Gertie si spostò di lato; lei avrebbe dovuto essere in cucina.

«Signor Melzer, porto la macchina in garage?»

«No, Julius, mi serve.»

Julius accennò un inchino, non si sarebbe mai permesso di porre ulteriori domande. Alcuni mesi prima Paul e il domestico avevano parlato a lungo e lui aveva promesso di limitare le libertà della bambinaia. E lo aveva fatto. Purtroppo, però, la madre continuava a sabotarlo.

«Gertie, già che sei qui, di' in cucina che oggi ceneremo più tardi e chiedi a mia madre se ha bisogno di qualcosa.»

«Certo, signor Melzer.»

E partì come un gazzella. *Ragazza in gamba, questa Gertie*, pensò Paul, *perderla sarebbe un peccato. Probabilmente punta più in alto, forse dovremmo promuoverla o incoraggiarla a fare un corso per diventare cuoca. O dama di compagnia.*

Si stupì di pensare al futuro di Gertie, nella situazione in cui si trovava. Sarebbe stato più importante mettere a punto una strategia per l'imminente incontro con Marie, ma non gli veniva in mente nulla. Le avrebbe parlato. Con buone intenzioni. Niente rimproveri. Con calma, non doveva arrabbiarsi per nessun motivo. Doveva ascoltarla. Sì, era la strategia migliore. L'avrebbe lasciata parlare, avrebbe ascoltato i suoi rimproveri senza contraddirla – che cosa difficile! – e aspettato che le passasse l'agitazione. A quel punto sarebbe stato più facile. Il primo obiettivo era riportare lei e i bambini alla Villa delle Stoffe. Poi avrebbero riparlato e trovato una soluzione. Anche litigato, se fosse stato necessario. Lui avrebbe prima ceduto su tutti i punti e poi affrontato i singoli problemi, per esempio l'educazione di Leo, in maniera mirata per far prevalere i suoi desideri.

Faceva ancora molto caldo, sebbene il sole fosse basso e i raggi deboli. Le case e il lastricato avevano immagazzinato la calura giornaliera. Alcuni ristoranti avevano messo tavoli e sedie fuori, c'erano giovani seduti a bere caffè o birra. Passando notò che c'erano anche un sacco di ragazze non accompagnate, una cosa che prima della guerra sarebbe stata impensabile. Alcune addirittura fumavano.

Ogni tanto qualcuno riconoscendolo gli faceva un cenno. Paul ricambiava sorridendo e se si trattava di una signora suonava il clacson e sollevava il capello. Quando girò in Frauentorstrasse si sentì sollevato e si chiese come fosse possibile che tante persone durante la settimana stessero sedute al ristorante. C'erano ancora un sacco di disoccupati che non sapevano cosa dare da mangiare alle rispettive famiglie e loro sprecavano denaro in vino e inutili chiacchiere?

Lasciò la macchina davanti alla casetta del giardino di Kitty. Sentì le note di un pianoforte. Sembrava Leo che si esercitava in un pezzo troppo difficile. Se non si sbagliava, l'*Appassionata* di Beethoven. L'inizio gli veniva già molto bene, poi però era solo un faticoso balbettio. Se si fosse applicato con la stessa perseveranza anche in altri campi, avrebbe fatto grandi cose.

Si allisciò la giacca e prima di suonare si schiarì la voce. Non aprirono subito – non c'erano domestiche – e Paul nell'attesa si tolse anche il cappello. Non voleva sembrare autoritario o arrogante.

Lo fecero aspettare. Forse avevano visto la macchina dalla finestra, magari lo avevano addirittura osservato mentre scendeva e suonava. Sentì delle voci all'interno, soprattutto quella di Kitty. Il piano s'interruppe. Poi finalmente la porta si mosse.

Gertrude aprì di uno spiraglio e lo guardò con diffidenza. Aveva paura che le facesse del male?

«Buonasera, Gertrude» disse in tono innocente. «Posso entrare?»

«È meglio di no.»

L'avevano messa lì a fare la sentinella, era evidente. Ma lui non avrebbe desistito così facilmente.

«Voglio vedere mia moglie e i miei figli» disse Paul in tono più deciso. «Credo di averne il diritto.»

«No, ti sbagli.»

Incredibile! Gertrude Bräuer era sempre stata una persona strana. Quando il marito era stato ancora in vita, il suo modo di spettegolare nella buona società era stato temutissimo: quella donna diceva sempre ciò che pensava.

«Gertrude, mi dispiace» disse Paul infilando un piede tra lo stipite e la porta «ma non puoi mandarmi via così. Se non vuoi che torni con la polizia, fatti da parte!»

Ne aveva abbastanza: diede una spallata alla porta ed entrò. Gertrude non aveva potuto impedirlo e si era spostata di lato. In quell'istante comparve Kitty. La sorella era bianca in volto e stranamente seria.

«Paul, è meglio che te ne vada» disse con un filo di voce. «Marie è malata. Il dottor Greiner ha detto che non si deve agitare per nessun motivo.»

«Malata?» replicò Paul incredulo. «Ma cos'ha?»

«È crollata. Sai che in passato ha avuto un'emorragia interna...»

Non ci voleva credere e pretese di vederla. Solo un momento. In fondo era suo marito.

«Va bene, ma non svegliarla. Il dottor Greiner le ha dato un sonnifero.»

Marie giaceva nel letto di Kitty, fragile e molto pallida, con gli occhi chiusi. Paul non poté fare a meno di pensare alla *Bella addormentata* che dormiva nel suo feretro. E quasi svenne.

«Domani» disse Kitty richiudendo la porta. «Forse domani potrete parlare.»

Così Paul tornò indietro senza aver ottenuto nulla. Non aveva nemmeno insistito per riportare alla Villa almeno i bambini. Sempre per evitare di turbare Marie.

19

Agosto 1924

Eleonore Schmalzler non era cambiata quasi per niente. Anzi, Elisabeth ebbe l'impressione che la ex governante in pensione fosse addirittura ringiovanita. Probabilmente era merito dell'aria buona e dell'alimentazione sostanziosa della campagna, o forse era perché non aveva più la responsabilità di un grande ménage come quando lavorava alla Villa delle Stoffe. Lì, nel suo piccolo salotto pieno di mobili antiquati, cose portate da Augusta e tende colorate, sembrava soddisfatta e felice.

«Carissima, sono contenta della tua visita. Quando siamo tra noi posso chiamarti ancora Lisa, spero...»

«Ma certo, volentieri» rispose subito Elisabeth.

La fattoria della famiglia Maslow era a est della tenuta dei von Maydorn, non lontana da Ramelow. Faceva parte di un piccolo agglomerato costituito da quattro fattorie, tre abbastanza malridotte, una, quella dei Maslow, in ottime condizioni. Elisabeth capì subito che i nuovi tetti e la dépendance attaccata all'edificio principale erano stati pagati con i risparmi della ex governante. Soldi investiti bene, la "zia Jella", come veniva chiamata la Schmalzler, aveva un ruolo importante all'interno della famiglia.

I Maslow venivano dalla Russia, erano immigrati in Pomerania ai tempi di Napoleone e si erano costruiti un futuro con zelo e determinazione. La zia Elvira una volta aveva raccontato a Elisabeth che Eleonore Schmalzler in realtà si chiamava Jelena Maslowa; così risultava dai suoi documenti. Era stata Alicia a ribattezzarla perché ad Augusta non aveva voluto una dama di compagnia con un nome russo.

«Allora lavorare alla tenuta dei von Maydorn era un privilegio» disse la Schmalzler mentre versava il caffè a Elisabeth. «Si andava lì per il raccolto, ma solo un paio di settimane d'estate, e si doveva dormire nel granaio. Ingaggiavano ragazze anche per le stalle, ma pochissime potevano lavorare nella casa dei signori, ovvero il luogo più sacro. E spesso ci restavano solo qualche mese; tua nonna era una padrona molto severa.»

Elisabeth annuì e ripensò a quello che aveva detto la zia Elvira riguardo all'irrobustimento corporale. Una ragazza di paese non sempre aveva vita facile nella casa dei signori. Ma preferì evitare dettagli ed Eleonore Schmalzler fece altrettanto.

«Com'è riuscita ad arrivare al ruolo di dama di compagnia?»

L'ex governante fece un sorriso non privo di orgoglio e servì a Elisabeth un pezzo di *Schmandkuchen*. «Be', diciamo che è capitato. Quando sono arrivata alla tenuta avevo tredici anni. Fin dall'inizio io e tua madre siamo state come sorelle. Con la dovuta distanza, si capisce. Ma tra noi c'era un grande affetto. Sai benissimo, immagino, del brutto incidente a cavallo che le è capitato. Era il 1870, poco dopo che il suo fratello preferito era caduto nella guerra contro la Francia. Io sono rimasta al suo capezzale notte e giorno. Ho cercato di consolarla, pur essendo io stessa disperata.»

Elisabeth bevve un sorso di caffè, allungato con un po' di latte. La madre aveva parlato raramente di Otto, il fratello maggiore, ma Elisabeth sapeva che era morto in Francia. Da questo derivava anche il suo odio per tutto ciò che era francese.

«Era un ragazzo così bello» disse Eleonore Schmalzler guardando fuori dalla finestra con aria trasognata. «Alto, capelli neri, baffetti. Rideva sempre, amava la vita. Se n'è andato così giovane.»

Ma senti, pensò Elisabeth. *Forse allora la piccola Ella era stata innamorata del sottotenente Otto von Maydorn?* Dopo tutti questi anni, adesso che lui era ormai sepolto da decenni e lei era una donna anziana, l'idea aveva un certo fascino.

«Lisa, ma tu non mangi niente! Non fare complimenti! Mi sembrava che fossi dimagrita. Non stai bene? La vita di campagna non ti piace? Sarebbe un peccato... quanto mi piacerebbe che un giorno rilevassi la tenuta!»

Lisa si fece forza e mandò giù un paio di bocconi. Le prelibatezze di campagna. Tonnellate di burro e strutto, montagne di panna e farina, uova, salsicce affumicate, arrosti di maiale e patate. Per non parlare dell'oca arrosto, che non veniva servita solo a Natale. Lisa sentì la nausea e rimise subito il piattino sul tavolo. Per fortuna in quel momento la Schmalzler era distratta, nel cortile stava entrando un carro pieno di fieno e i tre nipoti seduti sopra le fecero un cenno di saluto. Quell'anno era già il secondo taglio; se il tempo rimaneva bello e pioveva un pochino forse ne avrebbero avuto addirittura un terzo.

«Guarda, Lisa!» disse la Schmalzler battendo le mani. «Gottlieb e Krischan hanno già impugnato il forcone, Martin rastrella con le donne. Come crescono in fretta!»

«Sì, è vero» disse Lisa. Bevve ancora un po' di caffè per calmare lo stomaco. Non la aiutò, ma cercò di controllarsi.

Quanti anni avevano i nipoti della Schmalzler? Quando Elisabeth era arrivata in Pomerania, Gottlieb aveva appena compiuto nove anni. E Krischan, che in realtà si chiamava Christian, era più piccolo di due anni. Martin ai tempi ancora non andava a scuola. Perché alla fabbrica facevano tante storie per le operaie quattordicenni? Lì in campagna i bambini davano una mano non appena erano in grado di impugnare un rastrello. Alcuni già a cinque anni, la maggior parte a sei o sette. E i lavori di campagna erano tutt'altro che leggeri.

Alla finestra si sentirono dei colpi.

«Zia Jella, zia Jella, lo sai che so già cavalcare, me l'ha insegnato Gottlieb!» disse una voce.

«Zia Jella, zia Jella, stasera ci fai il budino con le prugne?»

La Schmalzler aprì la finestra e in tono amichevole ma deciso spiegò che aveva visite e quindi non voleva essere disturbata. E aggiunse che il budino con le prugne al massimo si poteva avere la domenica, ma più tardi, chi avesse bussato alla sua porta lavato e pettinato come si deve avrebbe ricevuto una fetta di *Schmandkuchen*.

I tre bambini trotterellarono verso il fienile dove il padre aveva già iniziato a scaricare il fieno. Gottlieb e Krischan ricevettero il compito di staccare i cavalli e riportarli nella stalla, Martin si mise a spazzare il pavimento.

Lisa si decise a porre il suo quesito. Se i bambini fossero tornati per mangiare la torta, sarebbe stato troppo tardi.

«Signorina Schmalzler, c'è una cosa che vorrei chiederle.»

Lei tacque nient'affatto sorpresa, forse se l'era aspettato. L'anziana chiuse la finestra e riprese posto al tavolo.

«Ma deve restare tra noi.»

L'anziana donna annuì, Elisabeth sapeva che di Eleonore Schmalzler poteva fidarsi. La discrezione era sempre stata una delle sue più grandi virtù.

«Ecco... si tratta del signor Winkler.»

Elisabeth fece una pausa sperando che la Schmalzler proseguisse di sua iniziativa. La ex governante però la guardò con attenzione, ma non disse nulla.

«Mia zia mi ha detto che a maggio, prima di proseguire, ha passato una notte qui.»

«Sì, è vero.»

«Ecco... ha detto...» Si fermò. Non era facile trovare le parole giuste. Sebastian non era avvezzo alle chiacchiere, di sicuro non aveva svelato nulla riguardo alla loro relazione. Eppure...

«Ha detto cosa?»

«Se le ha detto cosa avesse in mente. I suoi programmi. Dove voleva andare.»

La Schmalzler appoggiò la schiena e giunse le mani in grembo. Contro la stoffa scura sembravano pallide e lisce; in fondo erano le mani di una donna che non aveva mai dovuto lavorare nei campi.

«Dunque,» disse lentamente «già allora, quattro anni fa, quando siamo venuti in Pomerania, ho parlato a lungo con il signor Winkler. È un uomo di sani princìpi.» Fece una pausa e scrutò Elisabeth.

«Sì, lo penso anch'io» replicò subito lei.

«Allora era in una situazione difficile» proseguì la Schmalzler. «Noi tutti sapevamo della sua partecipazione alla Repubblica bavarese dei Consigli e della sua prigionia. Durante il tragitto in treno ne abbiamo parlato apertamente e sono giunta alla conclusione che il signor Winkler è un idealista che vuole solo il meglio per il prossimo.»

Elisabeth annuì. Ma cosa le aveva raccontato?

«Era molto contento di questo lavoro alla tenuta von Maydorn» disse la ex governante sorridendo. «Ancora di più quando ha scoperto che anche tu e tuo marito vi sareste trasferiti lì.»

Elisabeth si sentì avvampare. La Schmalzler aveva capito tutto. Non sarebbe dovuta andare a trovarla, ma era la sua unica possibilità di scoprire qualcosa sul conto di Sebastian.

«Be', sa,» disse «la terribile ferita di mio marito richiedeva misure eccezionali. Qui in campagna per lui ricominciare è stato più facile.»

«Certo» disse Eleonore Schmalzler. Bevve un sorso di caffè e poi appoggiò la tazza sul piattino.

Elisabeth fremeva d'impazienza. Non si sentivano già le voci dei bambini affamati?

«Ad ogni modo,» riprese il filo del discorso la Schmalzler «a maggio il signor Winkler è arrivato qui alla fattoria piuttosto tardi. Siamo rimasti tutti molto sorpresi. Era a piedi e aveva un borsone. Ha chiesto un alloggio per la notte e noi ovviamente lo abbiamo ospitato. Non ci ha detto perché fosse arrivato così tardi, solo che aveva intenzione di andare a Norimberga. Così il mattino seguente mio figlio l'ha accompagnato a Kolberg in carrozza.»

Elisabeth lo aveva immaginato. Se n'era andato all'improvviso e in tutta fretta, per la rabbia di essere stato "debole" e aver fatto quello che lei aveva sempre sperato, in cui per inciso entrambi avevano provato almeno lo stesso piacere. Ma no, lui era un uomo di sani princìpi.

«A Norimberga, quindi. Ha indicato un indirizzo preciso?»

«Ha detto che non era sicuro di come lo avrebbero accolto.»

Elisabeth sentì la nausea riprendere possesso del suo stomaco e fece un respiro profondo. Che umiliazione dover spiare in quel modo. Perché lui non le aveva ancora scritto? Ma era sempre così: appena sfiorava una cosa, diventava una catastrofe. Soprattutto in amore aveva sempre una sfortuna nera.

A conferma di tutto ciò bussarono alla porta.

«Zia Jella!»

Il nipote più piccolo fece capolino e vedendo la torta sul tavolo sgranò gli occhi.

«Vieni, Martin. Di' buongiorno alla signora von Hagemann e fa' un bell'inchino. Bravo, così. Fammi vedere le mani. Va bene, siediti.»

Elisabeth salutò il bambino con lo stesso calore. Perlomeno era carino, ricci scuri, occhi chiari, sorriso scaltro. Lo osservò avventarsi sulla torta e pensò che doveva essere bello avere un giovanotto del genere. Era impazzita?

«Signorina Schmalzler, parlare con lei è stato un piacere. Spero che venga presto a farci visita alla tenuta.»

Eleonore Schmalzler si alzò per accompagnarla alla porta. Lì esitò un attimo, poi le prese un braccio. «Aspetta» disse con un filo di voce. «Non so se faccio bene, ma è giusto che ti dia una cosa.»

Aprì un armadio pieno di tazze e vasi e tirò fuori una lettera.

«Mi ha scritto a giugno chiedendomi notizie della tenuta. E io brevemente l'ho fatto. Poi non ho scritto né ricevuto altro.»

La lettera veniva da Günzburg, c'era un indirizzo completo: *Sebastian Winkler – presso famiglia Joseph Winkler – Pfluggasse, Günzburg*. Ah, quindi alloggiava dal fratello. Che sollievo!

«Lisa, pregherò per te» disse la ex governante serissima. «La vita non è stata sempre buona nei tuoi confronti. Ma tu sei forte e un giorno sarai felice. Ne sono sicura.»

La abbracciò stringendola forte, come prima non avrebbe mai osato. Elisabeth quasi si commosse, fu come se l'avesse abbracciata la madre.

«Grazie. La ringrazio dal profondo del cuore.»

Sulla cassetta, all'aria fresca, si sentì subito meglio. Anche il trotterellare del carro e l'odore della cavalla la risollevarono. Ma era niente in confronto alla gioia per la lettera che aveva in tasca. Ovviamente era possibile che nel frattempo Sebastian avesse trovato un'altra sistemazione, ma il fratello gli avrebbe senz'altro fatto recapitare la posta.

Quindi aveva chiesto cosa stava succedendo alla tenuta von Maydorn. Era già qualcosa. Si era preoccupato per lei? No, probabilmente aveva solo cercato di sapere se stava facendo quello che lui le aveva chiesto, ovvero divorziare. Poi, leggendo che non era così, non si era fatto più sentire. Ah, che testardo!

In quella notte di maggio avevano litigato selvaggiamente. Non subito, all'inizio erano stati solo felicissimi, entrambi. Come in preda a un'ebbrezza, dopo che la passione a lungo repressa aveva preso possesso di loro come uno spettacolo pirotecnico. Poi era arrivato lo sfinimento. Infine la consapevolezza. Nel paradiso terrestre doveva essere andata più o meno allo stesso modo. Il frutto proibito ormai era stato consumato, presto sarebbe arrivato l'angelo con la spada a punirli.

Nel loro caso, questo ruolo lo aveva assunto lo stesso Sebastian. «C'è solo una soluzione» aveva detto. «Voglio che tu diventi mia moglie. Devi dire pubblicamente che mi ami. E io ti giuro che ti tratterò come una regina.»

Aveva promesso che avrebbe trovato un impiego. E un piccolo appartamento vicino alla scuola del paese. Una vita modesta, ma sincera e felice. No, non era disposto a tornare con lei alla Villa delle Stoffe e non voleva alcuna protezione da parte della sua famiglia, era una cosa antiquata. Se non era pronta a condividere la sua sorte, significava che non lo amava.

E lei... Lei aveva risposto che non era abituata a vivere in povertà. Che rinunciare all'aiuto della famiglia era una follia. Che non era comunque sicuro che trovasse un impiego, in fondo la sua partecipazione alla Repubblica bavarese dei Consigli risaliva a meno di cinque anni prima. Lui però era stato irremovibile. Non capiva quanto l'avesse ferito? Lui voleva il matrimonio, un'unione benedetta da Dio, una famiglia. Per tutto il tempo aveva sperato che lei lo capisse e si decidesse a chiedere il divorzio. Certo, comprendeva la sua compassione per il marito e la sua terribile ferita, ma Klaus si era ripreso alla grande mentre lui, Sebastian, era disperato e voleva solo morire.

A quel punto lei gli aveva detto una cosa tipo: «Adesso smettila di farla così tragica». Non si ricordava bene, erano stati entrambi agitati e arrabbiati. Lui però dopo si era alzato, si era rivestito ed era scappato via. E lei, per via della maledetta storta alla caviglia, non aveva potuto corrergli dietro.

Si calmerà, aveva pensato. *Abbiamo fatto l'amore, non può andarsene proprio adesso.* Invece era successo l'esatto contrario. Il mattino seguente la domestica aveva detto che il signor Winkler era partito di notte e aveva perfino lasciato lì la valigia grande già pronta.

Senza una lettera d'addio. Senza un indirizzo. Non le aveva lasciato una speranza. Le prime settimane erano state terribili. Il medico aveva armeggiato con il suo piede facendole un male tremendo e poi aveva detto che era una frattura; ma di quelle semplici, aveva avuto fortuna. Una stecca e sei settimane senza appoggiare il piede e sarebbe passato tutto. Così era rimasta a letto nella sua stanza notte e giorno oscillando tra rabbia, disperazione e nostalgia. Aveva scritto innumerevoli lettere che la domestica aveva dovuto bruciare nella stufa sotto i suoi occhi. Aveva cercato di leggere, aveva ricamato inutili federe per divani e giocato con il gatto grigio che si era sistemato nel suo letto e che divideva con lei i pasti. Ogni tanto aveva chiesto se fosse arrivata posta. Le aveva scritto Kitty. Anche Serafina. La madre le aveva mandato lettere tenerissime e anche Marie l'aveva consolata augurandole una pronta guarigione. Solo la persona da cui aspettava notizie con tanta disperazione non le aveva mandato nemmeno due righe.

Quando era tornata in piedi e aveva iniziato a zoppicare, aveva avuto abbastanza da fare con la sua caviglia dolorante. E all'inizio non aveva notato i cambiamenti del suo corpo. Certo, il periodo a letto l'aveva fatta ingrassare, ma perché il seno le stripava fuori dal busto? E perché doveva andare continuamente in bagno, aveva un problema alla vescica? Sì, per la seconda volta non le era venuto il ciclo, ma lei lo aveva sempre avuto irregolare. Solo quando una mattina era stata presa da una terribile nausea aveva cominciato a porsi delle domande. Per sua sfortuna, poi, i problemi di stomaco avevano iniziato a durare tutta la giornata, perfino a disturbarle il sonno. Una cosa terribile... appena mangiava una cosa, due minuti dopo doveva correre in bagno.

Riuscì a fermare la cavalla appena in tempo e rigettò i due bocconi di torta. Sospirò e cercò il fazzoletto per pulirsi la bocca. Le possibilità erano due: o aveva ragione la zia Elvira e si era beccata il verme solitario, oppure aspettava un bambino. Le seconda, però, non le pareva possibile. Era sposata con Klaus da nove anni e perlomeno all'inizio lui era stato un marito zelante. Aveva sperato con tutta se stessa di rimanere incinta, ma non era successo. E adesso era bastata un'unica notte?

Però che notte, si disse nostalgica. E quanto lo desiderava. Soprattutto negli ultimi tempi era rimasta spesso sveglia a sognarlo a occhi aperti. Aveva fatto anche altre cose di cui si vergognava da morire. Non aveva potuto opporsi, era stato il suo corpo a ordinarglielo.

Una cosa era certa. Se davvero portava in grembo un bambino, era di Sebastian; con Klaus non aveva rapporti da Natale. Sarebbe stata una vendetta per la sua infedeltà, se avesse cercato di appiopparle il figlio di un'altra. Ma voleva davvero vendicarsi? Be', Klaus se lo sarebbe meritato, eccome. Ma probabilmente non era incinta. Aveva il verme solitario, c'erano dei medicinali, bisognava mandarli giù e la bestia se ne andava. O forse la sua cistifellea era in sciopero. Il cibo lì in campagna era molto grasso, bisognava abituarcisi da piccoli. La cosa migliore era evitare da quel momento in avanti ogni tipo di grasso, compresi burro e dolci. E vedere se il suo stomaco si tranquillizzava.

Si rimise seduta sulla cassetta e incitò la cavalla. C'era una bella arietta. Un vento mite le accarezzava l'acconciatura senza spettinarla. Elisabeth guardò i prati, l'erba marroncina appena tagliata distesa al sole. Se fosse stata la moglie di Sebastian avrebbe dovuto portare vestiti e scarpe antiquate. Tenere i capelli sempre lunghi. Cucinare per lui ogni giorno. Consolarlo quando aveva avuto una brutta giornata. Preparargli un bagno caldo il sabato sera. Viziarlo. Condividere la sua sorte. E la vasca da bagno. E il letto. Soprattutto il letto. Ogni notte. E magari la domenica forse addirittura…

Smettila, si disse. *Non si può. Pochi mesi in una casa minuscola e mi verrebbe la claustrofobia. E poi la stufa che sbuffa fumo in cucina mi fa venire gli occhi rossi. E a pranzo sempre zuppa di cavoli. D'inverno, battere i denti per il freddo. La moglie del maestro povero. E se fosse rimasto senza lavoro? Avrebbero vissuto in una cantina o per strada? Come può chiedermi una cosa del genere? È questo l'amore di cui si riempie la bocca? Questo non è amore, è egoismo. No, caro Sebastian Winkler, non puoi scappare via e credere che io ti corra dietro! Non puoi porre un ultimatum, un ricatto, e poi scomparire. Aspetta e vedrai!*

E no, non era incinta, proprio per niente. Era solo un'indigestione, tutto qui.

Perché mi sono resa ridicola davanti a Eleonore Schmalzler?, si disse arrabbiata. *Chissà cosa pensa adesso di me. Questo stupido indirizzo non mi serve. Anche se averlo di certo non nuoce.*

La tenuta d'estate era quasi completamente coperta dai faggi e dalle querce, da lontano si vedeva solo il tetto rosso dell'edificio principale luccicare tra i tronchi. Sul prato scorrazzavano le oche e le papere, si facevano una nuotatina nello stagno alimentato dal ruscello. C'erano anche un paio di mucche con i loro piccoli. Le radure per i cavalli erano sull'altro lato, lì correvano e saltavano i numerosi puledri nati in primavera. In autunno avrebbero dovuto vendere diversi esemplari che ormai avevano compiuto tre anni; a

Elisabeth dispiaceva, li aveva visti crescere. Nonostante il suo amore per questi animali, la zia Elvira si faceva molti meno problemi e diceva che non si poteva assolutamente far superare l'inverno a tutte le bestie. Quanto ai cavalli, poi, si lasciavano i migliori e il resto si metteva in vendita. Non importava a nessuno, anche perché tutto ciò procurava bei soldi.

Elisabeth frenò la cavalla che per l'entusiasmo di essere arrivata stava galoppando. Nello spiazzo davanti alla stalla stavano scaricando altro fieno, la voce chiara e possente del marito si sentiva da lontano.

«E adesso distendere nell'aia! E la prossima volta controllate che sia davvero asciutto! Per i miei cavalli niente fieno marcio!»

Appena vide Elisabeth scese la scala.

«Ma dove sei stata così a lungo?» disse prendendo la cavalla. «Ti aspettavo.»

Klaus portava un cappello blu scuro con una visiera spessa abbassato fino alla fronte. Stava sorridendo? Forse. Non si capiva bene, le labbra e la guancia erano piene di cicatrici.

«Mi aspettavi?»

«Sì, Lisa, devo parlarti di una cosa.»

La nausea riprese subito possesso di lei e per scendere dalla cassetta dovette appoggiarsi a lui. Non era difficile capire di cosa volesse discutere. Voleva riconoscere come suo il figlio che Pauline aveva partorito otto settimane prima. Un maschio.

«Ma cos'hai?» domandò vedendola annaspare.

«Niente, aspettami in salotto.»

Fece appena in tempo ad arrivare nei pressi del piccolo orto e lì vomitò fino a quando non si sentì meglio.

«È un maschio» disse la vecchia domestica Berta allungando il collo da dietro i cespugli di lamponi. «Signora, quando uno vomita così è un maschio, mi deve credere.»

Elisabeth le fece un cenno e si affrettò a entrare. Basta grassi. Basta dolci. Basta per sempre!

In salotto Klaus era seduto davanti al camino e le indicò il divano.

«Sii breve» disse lei. «Non sto bene. E poi lo so cosa vuoi dirmi. È del tutto superfluo, tutto il mondo sa chi è il padre.»

«Ah, sì?» rispose lui con una punta di ironia. «Fammi indovinare. Sebastian Winkler?»

Lei scattò in piedi e lo fissò piena di sdegno. «Ma cosa? Ma cosa stai dicendo?»

Lui la ignorò. Si tolse il cappello e lei vide che stava davvero sorridendo.

«Lisa, voglio il divorzio. Credo sia anche nel tuo interesse.»

«Tu?» iniziò a balbettare lei. «T-tu vuoi il divo... il divorzio?»

Non poteva crederci. In un colpo secco il nodo delle decisioni si sciolse. Il divorzio. La fine. Forse però anche un nuovo inizio.

«Non lasciamoci male» aggiunse lui in tono dolce. «Ti devo moltissimo e non lo dimenticherò mai.»

20

Quella domenica proprio non voleva finire. Forse era l'afa a far piombare gli abitanti della Villa delle Stoffe in un perenne stato di stanchezza. Da giorni in casa c'era uno strano silenzio.

«Tè per tre e un po' di biscotti. Non gli amaretti, però, la signora dice che sono troppo duri.»

Julius tirò fuori il fazzoletto e si asciugò il sudore. L'uniforme da cameriere era di lana, con quelle temperature era una tortura. Soprattutto lì in cucina, con i fornelli accesi.

«Troppo duri?» borbottò la cuoca. «Gertie, ti sei dimenticata di mettere la mela nel barattolo di latta?»

Gertie, seduta al tavolo con aria assente, trasalì. «No, certo che l'ho messa, la mela, ma sono tutte piccole e grinzose.»

«Allora prendi i biscotti al burro, ma un paio di amaretti metticeli, i più piccoli, Leo li mangia così volentieri.»

Fanny Brunnenmayer si fermò e sospirò. Si era di nuovo dimenticata che i bambini non abitavano più alla Villa delle Stoffe, ma in Frauentorstrasse. Ormai erano quasi tre settimane.

«Non può andare avanti così ancora per molto» disse Else sorridendo. «Il buon Dio sarà clemente e riunirà la famiglia. Ne sono certa.»

La cuoca la guardò un po' storto e si alzò per preparare il tè. Da qualche tempo il pomeriggio i signori preferivano il tè al caffè. Era per via della bambinaia; era un'appassionata di tè e aveva messo in testa alla signora che il caffè provocava problemi allo stomaco e alla cistifellea.

«Non è giusto che quella se ne stia seduta nel salone rosso con la signora e il giovin signore» disse Gertie arrabbiata. «È una dipendente, esattamente come noi. Non deve bere il tè con i padroni.»

Julius annuì, Gertie gli aveva letto nel pensiero. Adesso che la giovane signora Melzer non era più alla Villa, la situazione con la bambinaia peggiorava di giorno in giorno. Cercava di accattivarsi Alicia, la adulava, le diceva le cose che lei voleva sentirsi dire e impartiva ordini al domestico di sua iniziativa. Lo faceva con sistematicità e odio profondo, probabilmente qualcuno le aveva spifferato che Julius si era andato a lamentare di lei.

«Se il signore non fosse con il morale così a terra ci penserebbe lui a rimettere al suo posto quella sanguisuga» disse Gertie, che non aveva mai peli sulla lingua. «Ma è irriconoscibile, poveraccio, è sempre triste e la sera, quando torna dalla fabbrica, passa metà nottata nello studio solo come un cane a leggere documenti e a fumare sigari.»

«Non solo» disse Else preoccupata. «Beve anche. Ieri un'intera bottiglia di Beaujolais.»

La cuoca riempì l'infusore e lo infilò nella teiera bianca e blu. Porcellana di Meissner. Motivi floreali. Il servizio preferito della signora, regalo di matrimonio del fratello Rudolf, morto da qualche anno. Da allora, gli era particolarmente affezionata.

«Invece di alzare il gomito dovrebbe cacciare la bambinaia e andare in Frauentorstrasse a riprendersi la moglie» disse la Brunnenmayer. Julius annuì.

«Ma la signora è malata» disse Gertie.

«E tu come lo sai?»

Gertie scrollò le spalle. Il giorno prima al mercato aveva incontrato Hanna, avevano parlato. Adesso Hanna abitava in Frauentorstrasse perché doveva prendersi cura di Marie.

«Ha avuto un crollo, una specie di esaurimento. È rimasta a letto per giorni perché era troppo debole per alzarsi. Hanna si è presa cura di lei giorno e notte, l'ha lavata, le ha portato da mangiare e ha cercato di rasserenarla. Ha anche badato ai bambini.»

«Hai capito, la nostra cara Hanna!» disse Else scuotendo la testa. «Invece di restare fedele alla Villa delle Stoffe… ci pianta in asso!»

«Ha detto che ha avuto molta paura per la giovane signora Melzer, che da adolescente ha avuto una brutta emorragia interna e ha rischiato la vita.»

«Gesù Maria!» esclamò Else congiungendo le mani. «Non ci vorrà morire!»

La Brunnenmayer sferrò un pugno contro il tavolo ed Else sussultò per lo spavento. «Chiudi il becco e non fare l'uccello del malaugurio! Marie Melzer deve tornare subito alla Villa delle Stoffe e qui si rimetterà come nuova!» Poi si girò verso la cucina, prese il paiolo e versò l'acqua nella teiera.

«Gertie, hai controllato che la panna non sia acida?»

La sguattera aveva già disposto tazze e piattini su un vassoio insieme a un bricco di panna e alla zuccheriera. Anche i biscotti erano ben sistemati in una ciotola. Gertie infilò un dito nel bricco e assaggiò la panna. La cuoca aveva ragione, con quell'afa poteva inacidirsi in poco tempo. «È buona.»

«Allora di sopra» disse la Brunnenmayer aggiungendo la teiera.

Julius prese il vassoio con mano esperta e si mosse verso il montavivande e la scala della servitù per raggiungere l'ala dei signori.

«Ma come si fa a bere tè bollente con questo caldo» disse Gertie scuotendo la testa e riempiendosi un bicchiere d'acqua fresca. Ma dovette posarlo subito, qualcuno aveva bussato.

«Buon pomeriggio a tutti.»

Era Auguste, sudata per la rapida traversata del parco. Il sole non faceva bene alla sua pelle chiara, aveva il naso spellato e un sacco di macchie rosse sulle guance.

«Ti annoiavi?» chiese Fanny Brunnenmayer, che si era seduta a leggere il giornale.

«Annoiarmi? Be', certo, con quattro marmocchi uno non ha niente da fare» replicò Auguste. «Ho portato erbette per minestra e sedano. Abbiamo anche delle belle dalie e degli astri per le decorazioni della tavola. Fra poco è il compleanno della signora.»

Posò sul tavolo il canestro pieno e si lasciò andare su una sedia. Nonostante i pasti modesti dopo il parto, era dimagrita pochissimo, soprattutto la pancia era rimasta quasi uguale. Auguste era appena trentenne, ma dopo quattro figli e le continue preoccupazioni su come mantenerli era già sfiorita.

«Erbette per minestra?» disse la cuoca. «Ne abbiamo già tre vasi pieni, messi sotto sale per l'inverno. E per quanto riguarda i fiori devi chiedere alla signora.»

«Va be', domani fai un bel brodo di vitello con gli gnocchi di fegato» propose Auguste. «Quando ti ricapitano erbette così fresche?»

«D'accordo, lasciale pure.» La Brunnenmayer prese il borsello dei soldi e posò sul tavolo un marco e venti Pfennig.

Auguste non si lamentò. Era un ottimo prezzo per i tre mazzetti di erbette un po' appassiti che Liesl il giorno prima non era riuscita a piazzare al mercato. S'infilò subito i soldi in tasca. «Oh, ma questo è un marco nuovo di zecca, dicono che dentro sia d'oro. I Pfennig invece sono vecchi.»

Gertie scelse i tre mazzetti migliori nel canestro di Auguste e li portò nella dispensa. La Brunnenmayer aveva il cuore buono. Lei ad Auguste non avrebbe comprato neanche una foglia perché a volte era proprio un'intrigante. Ma al vivaio le cose andavano male e i quattro bambini non avevano colpe del fatto che la madre fosse una poco di buono.

«Ramazziamo da mattina a sera» disse Auguste bevendo un sorso d'acqua dal bicchiere datole da Else. «Ma tra tasse, paghe, scuola e il banco al mercato i soldi spariscono subito. Liesl ha bisogno di una gonna nuova e Maxl non ha giacche invernali, e anche le scarpe mancano a tutti. E proprio adesso il mio Gustl ha pensato bene di iniziare ad alzare il gomito. La sera va in città e beve birra con i suoi ex commilitoni.»

Spostò il bicchiere e allungò la mano verso i biscotti nel piattino al centro del tavolo. Erano gli esemplari usciti male per la servitù, quelli rotti o troppo scuri. Ovviamente si mangiavano anche i resti dei piatti dei padroni.

«Gustav che beve? Non lo avrei mai detto...» disse Else scuotendo la testa. «È sempre stato una così brava persona.»

Auguste stava masticando un biscotto e non rispose. Raccontarlo lì in cucina non era stata una mossa molto astuta, ma non era riuscita a trattenersi. L'inverno era alle porte, sarebbero entrati pochi soldi e lei non era riuscita a mettere da parte nulla. Se non avesse potuto lavorare alla Villa ogni tanto sarebbero morti di fame da un pezzo.

Per le scale si sentirono dei passi. Era Julius di ritorno dal salone rosso.

«Lo sapevo» disse con voce tremante. «E il mio istinto non mi tradisce mai. Lo sapevo che stava tramando qualcosa per umiliarmi. Quella blatta schifosa e intrigante!»

Si girarono tutti, un simile sfogo non era nel suo stile.

«Ma cosa ha fatto?» sussurrò Gertie.

Auguste aveva capito di chi si stesse parlando.

Julius posò il vassoio, su cui era rimasta solo la zuccheriera.

«Ha iniziato dicendo che questo zucchero non è adatto per il tè. Ha bisogno di quello candito, ha visto fare così a Londra. E gli inglesi sono degli esperti.»

«E allora che se ne vada, quella carogna» disse Auguste. «In Inghilterra o a Londra, dove le pare.»

«Tutto qui?» disse invece Gertie delusa. «Sei così agitato per questo?»

«No, poi ho versato il tè» continuò Julius con voce spezzata «ero ad almeno un metro di distanza da lei. E lei ha detto, cioè ha avuto la sfacciataggine di dire…» Sbuffò, si passò una mano sulla fronte. Stava per scoppiare a piangere. «Ha detto: Julius ma lei non si lava? Ha un odore così forte…»

Silenzio. Era un'insinuazione pesante. Anche avesse avuto ragione, era una cosa che non si diceva nel salone davanti ai signori. Alla Villa delle Stoffe di queste faccende si parlava con la governante, a quattr'occhi.

«E la signora?» balbettò Gertie. «La signora non ha detto niente?»

Julius non era più in grado di parlare. Si limitò a scuotere la testa e a coprirsi il viso con le mani.

«Ma questa è cattiveria pura!» disse la cuoca. «Julius, purtroppo hai pestato una serpe velenosa e adesso ti ha morso.»

Qualcuno bussò alla porta esterna della cucina, ma erano tutti così agitati che nessuno si alzò per andare ad aprire.

«Quella va messa in gabbia!»

«O impagliata al museo!»

«E il suo dente avvelenato bisogna distruggerlo!»

Bussarono più forte. Gertie si alzò e andò ad aprire malvolentieri.

«Gesù, solo questa ci mancava!» sbottò. «La Jordan… ci sta bene come un cazzotto in un occhio!»

«Eh? In che senso, Gertie?»

Maria Jordan entrò in cucina come se fosse la cosa più naturale, sorrise e salutò con aria sprezzante. Adesso era una donna d'affari, non più una ossequiosa dipendente. Anche i suoi vestiti erano adeguati al nuovo status, portava una camicetta di seta azzurra, una gonna color crema lunga fino al ginocchio e scarpe estive con una cinghietta sul collo del piede. I bottoni più alti della camicia erano aperti per mostrare la collana d'oro intorno al collo magro.

«No, niente» cercò di rimediare Gertie. «Noi... noi stavamo parlando di... di denti.»

«E io cosa c'entro?» disse la Jordan un po' piccata.

«Be', lei si è fatta fare questo bel dente d'oro» mentì Gertie.

Di fatto da mesi nell'arcata superiore della Jordan, a sinistra, luccicava un dente d'oro. L'ennesima prova che i suoi affari andavano bene.

«Tutto questo scalpore per un dente?» fece lei scrollando le spalle e sorridendo un'altra volta per mostrare il suo nuovo acquisto a tutti. «Be', io ho spesso clienti di ranghi piuttosto elevati e devo fare una buona impressione.»

«Certo, certo» disse Else piena di ammirazione. «Signorina Jordan, si è proprio ripulita a dovere. Vuole sedersi con noi?»

Da quando la Jordan possedeva due case e un negozio, Else aveva deciso di darle del lei. Julius si fece forza e si costrinse a sorridere, mentre Auguste la guardava con ostilità. Quella serpe ipocrita si era messa in proprio come lei, ma mentre il vivaio era quasi sul lastrico e lei non sapeva come superare l'inverno, gli affari della Jordan sembravano andare a gonfie vele. Ormai si sapeva da dove venivano davvero i soldi, quell'imbrogliona leggeva il futuro a povere signore ignare. Se ne stava in una stanza buia tra immagini spettrali e gufi impagliati e oltre alle carte usava anche una sfera di vetro piena d'acqua. L'aveva comprata da un calzolaio che aveva chiuso perché ormai vecchio.

«È sempre un piacere fare due chiacchiere con i miei vecchi amici e colleghi» disse Maria Jordan. «Siamo ancora una famiglia, no? Anche se alcuni di noi nel frattempo hanno abbandonato la Villa delle Stoffe. Fanny, come sta il nostro caro Humbert? Ti scrive?»

«Ogni tanto» borbottò la cuoca per poi dedicarsi di nuovo al giornale.

«Che talento aveva quel ragazzo! Com'era bravo a imitare le persone... sembravano vere! Quella lì nella brocca è acqua?»

«Acqua ghiacciata con un po' di menta.»

Julius si affrettò a servire l'ospite. Dopo che Hanna si era dimostrata irraggiungibile e Gertie troppo scontrosa, aveva deciso di corteggiare la Jordan. Cosa che a lei non dispiaceva affatto.

«Grazie, Julius. Molto gentile da parte sua. Carissimo, ha l'aria un po' stanca. Oppure è per l'afa?»

Julius disse di aver dormito male. All'ultimo piano, quello degli alloggi della servitù, faceva un caldo torrido anche di notte.

«A chi lo dice!» replicò la Jordan sospirando. «Ricordo benissimo le notti estive in cui restavo sveglia e mi strappavo la camicia da notte di dosso per non soffocare!»

Gertie scoppiò a ridere, ma camuffò la risata da attacco di tosse. Auguste ruotò le pupille all'indietro. Else fece un sorriso mite. Julius ghignò. Solo la Brunnenmayer continuò a leggere facendo finta di niente.

«E quando uno resta sveglio di notte» continuò la Jordan «gli vengono un sacco di preoccupazioni e pensieri...»

Julius si schiarì la voce e disse che aveva ragione. Auguste osservò che quell'anno giravano più zanzare del solito. Poi tornò il silenzio, si sentì solo Else che mordicchiava un biscotto. La Jordan, insoddisfatta, si tirò indietro per appoggiare la schiena. Aveva sperato che un piccolo aiutino sarebbe bastato ad aprire un varco nel muro. A quanto pareva, invece, serviva l'artiglieria pesante.

«È che non tutte le cose nella vita vanno come uno spera» osservò sospirando. «L'atelier della signora Melzer, per esempio, è chiuso da due settimane. Non sarà mica malata?»

Tutti sapevano dell'odio profondo della Jordan per Marie Melzer. Risaliva ai tempi in cui Marie da sguattera era stata promossa dama di compagnia rubandole la scena. Non gliel'aveva mai perdonato.

«Sì, la signora è malata» rispose infine la Brunnenmayer. «Niente di grave, ma deve stare a riposo per un po'.»

La Jordan fece la faccia preoccupata e disse di riferirle auguri di pronta guarigione da parte sua. «Ma cos'ha? Spero non un'altra emorragia interna, è sempre stata un po' cagionevole.»

Nemmeno Auguste, che amava spettegolare, diede manforte alla curiosità dell'ex dipendente.

«Presto starà di nuovo benone» disse Gertie *en passant*.

«Bene, mi fa piacere. Di recente ho visto la signora Kitty Bräuer in macchina con i gemelli. Hanno svoltato in Frauentorstrasse.»

Julius aprì la bocca ma l'occhiataccia della cuoca gliela fece subito richiudere.

«Senti, Jordan, se sei venuta qui in cerca di notizie... be', ti è andata male!» disse Fanny Brunnenmayer. «Nessuno di noi spettegolerà sui signori della Villa delle Stoffe, quei tempi sono passati. Allora, quando lavoravi qui, parlavamo di tutto, ma adesso possiedi un negozio, porti scarpe eleganti e tra collo e bocca hai mezzo chilo d'oro addosso! Non hai bisogno di venire qui a fare la santarellina dalle orecchie lunghe!»

«Ah, quindi è questo che pensate? Buono a sapersi!» disse la Jordan piccata. «Qui ai vecchi amici si sbatte la porta in faccia! Che dire, peccato! Davvero un gran peccato! Ma almeno così uno capisce con chi ha a che fare davvero.»

Julius sollevò una mano e le disse di non agitarsi. La cuoca quel giorno era di cattivo umore, colpa del caldo.

«No, la colpa è dell'invidia» disse la Jordan alzandosi. «Trasudate invidia da tutti i pori! Perché io ho fatto strada e voi siete ancora qui in questa cucina e strisciate ai piedi di lorsignori per una paga da fame. Non me lo perdonate, eh?»

L'unica risposta della Brunnemayer fu la mano che indicava la porta.

«Davvero pensate che non sappia cosa sta succedendo qui alla Villa?» insistette la Jordan piena di odio. «Ci sono stati fulmini e saette, tavoli e letti separati! Gli uccellini cinguettano che il divorzio è imminente. La superba Marie dovrà guardarsi intorno… già, chi sale troppo in alto quando cade si fa parecchio male.»

«Allora stia attenta a non cadere in disgrazia anche lei!» disse Auguste, nera per la storia dell'invidia. Che nel suo caso era vera.

Maria Jordan era già sulla porta. Scansò Julius, che voleva dolcemente prenderla per un braccio, e si girò verso Auguste.

«Auguste, tu sei l'ultima che dovrebbe spettegolare sul mio conto» disse indignata. «Ieri sei venuta in negozio a chiedermi un piacere. Io ti sarei anche venuta incontro, ma tu sei scappata via.»

Auguste arrossì, la stavano guardando tutti. Tuttavia, nei casi di emergenza aveva sempre una bugia pronta.

«E ti meravigli pure?» disse scrollando le spalle. «Jordan, sei troppo cara. Chi si può permettere di pagare due marchi per due etti e mezzo di caffè?»

La bugia non riuscì molto bene, tutti sapevano che i Bliefert non potevano permettersi caffè vero.

«Ripassa domani e vedremo di trovare un accordo» disse la Jordan per poi rivolgere un sorriso falso alla Brunnenmayer. «E a tutti gli altri auguro una piacevole domenica. Amici, non lavorate troppo, con questo tempo non fa bene alla salute.»

Julius aprì la porta e attese paziente, mentre lei uscì a passo volutamente lento.

«Mi stia bene e... non se la prenda! A presto.»

Quando tornò al tavolo la cuoca lo accolse con un'occhiataccia, a cui Julius rispose con un'alzata di spalle.

«Questo però mi stupisce» disse Gertie.

«Cosa ti stupisce?»

«Non vai d'accordo con la signora von Dobern» replicò Gertie. «Nonostante la tua evidente predilezione per le serpi velenose...»

Julius sbuffò, Auguste scoppiò a ridere e poi prese il suo canestro.

«Devo andare» disse alzandosi. «Domani vengo due ore a sbattere i tappeti.»

«Auguste.»

La domestica si girò verso la cuoca. «Cos'altro c'è?»

Fanny Brunnenmayer si tolse gli occhiali e la guardò dritta negli occhi. «Non butterai mica via i soldi in boiate come carte, sfere di cristallo e quant'altro, vero?»

Auguste le rise in faccia. Credeva che avesse perso il senno? Con il denaro aveva ben di meglio da fare. Semmai ne avesse avuto.

«Allora va bene.»

Auguste scosse la testa e andò verso la porta. Fece un saluto a Else per tenersela buona; il giorno dopo avrebbe dovuto raccontare ai signori che per le grandi pulizie di ottobre avevano assolutamente bisogno dell'aiuto di Auguste.

No, Auguste dalle diavolerie della Jordan diffidava quanto la Brunnenmayer. Si trattava di tutt'altro.

21

Nei suoi sogni deliranti vedeva cose che per lungo tempo erano rimaste sopite nelle profondità del suo inconscio, come foglie secche affondate in uno stagno. Erano immagini poco chiare e tremolavano come i riflessi su una superficie mossa. A volte era solo un ricordo che la guardava con tenerezza, lei gli parlava, piangeva. Poi all'improvviso irrompeva una serie di scene terrificanti, la confondevano come il panorama dal finestrino di un treno in velocità e lei si aggrappava al cuscino ansimante in preda alla febbre e al delirio.

Vide la madre. Immagini sbiadite, disegni a matita, senza colori. Una ragazza davanti a un cavalletto avvolta da uno scialle e con i capelli lunghi sciolti. Il viso spigoloso, il naso e il mento in primo piano, le labbra serrate. La mano destra continuava a muoversi sul foglio posato sul cavalletto. Segni neri, superfici. Disegnava a carboncino.

Poi all'improvviso il viso della madre era vicinissimo, chino su di lei, ed era diversa. Tenera. Rideva con lei. Giocavano. Annuiva. Inclinava la testa di lato, si tirava indietro i capelli. Marie… *Ma fille.* Piccola Marie… figlia mia… la mia piccola Marie… *que je t'aime.* La mia santa… *Ma petite, mon trésor…*

Sentiva questi soprannomi e li riconosceva all'istante. Tutti. Le sue mani erano piccolissime e toccavano il viso della madre, le prendevano il naso. Lei rideva e diceva: «Mollalo, piccola selvaggia, mi fai male!». Marie sentiva una ciocca rossastra nel suo pugnetto, se la metteva in bocca e non voleva più lasciarla andare.

Nei brevi periodi in cui si svegliava da questi sogni deliranti, con lei c'era Hanna. Le avvicinava un bicchiere alla bocca e cercava di farle bere un po' di camomilla. Marie beveva, tossiva e risprofondava stremata tra i cuscini.

«Signora Melzer, deve mangiare qualcosa. Solo un cucchiaio. Gertrude le ha preparato il brodo di manzo con l'uovo. Ecco, così, brava... Ancora un altro po'. E almeno un pezzettino di pane.»

Il cibo la rivoltava. Voleva solo bere, bagnare la bocca asciutta e la lingua secca, immettere acqua fresca nel corpo bollente per la febbre. Ogni movimento le costava fatica, riusciva a malapena ad alzare la testa. Il suo polso era velocissimo, il respiro anche, a volte le sembrava di volare.

Sentiva le note di un piano. Era Leo, il suo piccolo Leo. Anche Dodo era lì vicino, la sentiva parlare sottovoce con Hanna. Hanna le avvolse intorno alle caviglie e ai polsi pezze gelate e per un attimo la febbre diminuì. Spesso sentiva una voce che conosceva bene. Era quella di sua cognata Kitty.

«No, mamma, non se ne parla nemmeno. Ha la febbre altissima. Il dottor Greiner passa a visitarla ogni giorno. I bambini? Neanche per sogno. Non fin quando alla Villa ci sarà quella megera... sai benissimo a chi mi riferisco.»

Poi all'improvviso Marie si rese conto di essere malata a casa di Kitty. Lontana dalla Villa delle Stoffe. Lontana da Paul, con cui aveva litigato. Sotto il suo letto si aprì un baratro, una grande bocca che voleva inghiottirla. La separazione. Forse il divorzio. Le portavano via i bambini. La ripudiavano. Doveva lasciare tutto quello che amava. Inoltrarsi nell'oscurità. Da sola.

La febbre divampò verso l'alto come un fuoco e la avvolse. Vide una camera a lei familiare, orribile, letti ravvicinati, l'intonaco che cadeva dal muro, sotto i letti vasi da notte non svuotati. C'era sempre un bambino malato, spesso tra i più piccoli. O più di uno, ci si contagiava a vicenda. Quando uno moriva lo si portava fuori avvolto nelle sue lenzuola: dove, non lo aveva mai saputo. Vide la sua amica, si chiamava Dodo, come la figlia. Il viso piccolo e pallido, le mani sottili, la lunga camicia da notte strappata su un lato. Sentì la sua voce flebile, la sua risata, per qualche minuto il suo corpicino vicino nel letto. Dodo era stata portata in ospedale e lei non l'aveva più rivista. Se uno era in salute, invece, doveva lavorare in cucina o smistare le patate in cantina.

«Con te ci sono sempre problemi. Credi di essere sprecata per la fabbrica, eh? Vuoi arrivare in alto, leggere libri, dipingere quadri...»

Questa era la Pappert, la direttrice dell'orfanotrofio delle Sette Martiri. Non avrebbe mai dimenticato quella donna che l'aveva torturata per anni. Aveva sulla coscienza innumerevoli creature indifese. Aveva risparmiato su cibo, vestiti e riscaldamento spostando i soldi che le dava la chiesa sul suo conto personale. Cosa le importava alla Pappert se i bambini morivano? Tanto ne arrivavano di nuovi e la chiesa continuava a pagare.

«Però solo un paio di minuti» sentì dire alla voce di Kitty. «Non le puoi parlare, ha ancora la febbre alta. Sta' attento alla teiera.»

Sentì una mano pesante e fresca sulla fronte. Qualcuno le accarezzò le guance con dita maldestre, le toccò la bocca.

«Marie. Mi senti? Marie!»

Marie fu presa da una grande nostalgia. Aprì gli occhi e vide una faccia ondeggiante e sfocata. Era Paul. Era venuto da lei. Era tutto a posto. Lei lo amava. Lo amava più di ogni altra cosa al mondo.

«Marie, devi guarire. Promettimelo. Non litigheremo mai più. Questo litigio non ha senso. Le cose possono essere così semplici.»

«Sì» sentì sussurrare. «Sarà tutto semplice.»

L'aveva baciata? Per un attimo sentì l'odore della sua giacca, quell'abituale miscuglio di tabacco, fabbrica, macchina e sapone, sentì il suo mento non rasato sulla guancia. Poi sparì, e fuori in corridoio sentì voci che litigavano.

«E dove devono essere? A scuola, è ovvio!»

«Li faccio passare a prendere. Il loro posto è alla Villa delle Stoffe!»

«Vuoi che Marie guarisca?»

«Ma che domanda è?»

«Allora lascia i bambini qui in Frauentorstrasse.»

«Che stupidaggine! Ho parlato con il dottor Greiner, tra due o tre giorni potremo riportare Marie alla Villa. Assumerò un'infermiera che si occupi di lei a tempo pieno.»

«Non puoi riportare Marie alla Villa contro la sua volontà. Non te lo permetterò. È sequestro di persona!»

«Ma che stai dicendo? Sequestro di persona? Marie è mia moglie!»

«E che c'entra?»

«Kitty, tu sei completamente fuori di testa. Sono queste le convinzioni moderne delle donne? Sei una di quelle che fumano in pubblico, invocano l'amore libero e considerano il matrimonio inutile?»

«Paul, mettitelo bene in testa, Marie non se ne andrà da questa casa a meno che non decida di farlo di sua volontà e con le sue gambe.»

Sentì sbattere la porta con violenza. Marie si accorse che stava piangendo. Le lacrime le sgorgavano ininterrotte, scorrendo dalle guance fino al cuscino. Una cosa che amava e che le era cara, una grande speranza di felicità si era frantumata e le schegge le sfrecciavano intorno come fossero aghi di ghiaccio affilato.

«Mammina, adesso smettila di piangere. Voglio che guarisci! Ti prego.»

«Dodo? Ma che mani fredde hai!»

«Mammina, la zia Kitty ci ha portato all'aerodromo. Leo si è annoiato a morte, io l'ho trovato fantastico. Siamo entrati nei capannoni, grazie a un signore gentile, la zia Kitty glielo ha chiesto per piacere. Lì dentro c'era un aeroplano, mi ci sono seduta dentro! E poi ho volato. Non per davvero, ho fatto finta. Sempre più veloce, velocissimo! E su... in cielo. Mamma? Mamma, io voglio diventare pilota.»

Marie guardò la figlia. Stava facendo vedere con le braccia come si alzava un aereo. I suoi occhi verde chiaro brillavano. Gli occhi di Paul. Quanta determinazione c'era in questa bambina.

«Dodo, per favore, dammi un fazzoletto.»

«Henny! Va' a prendere un fazzoletto pulito!»

Henny fece capolino alla porta, ben poco entusiasta dell'incarico ricevuto. «Ma solo per questa volta. Perché è per la tua mamma.»

Ricevette un fazzoletto di batista ricamata che odorava di profumo costoso. Probabilmente lo aveva preso nel comò di Kitty.

Aveva ancora la febbre, che ogni tanto divampava, ma la sua forza ormai era stata spezzata. Marie poteva sentire i suoni intorno, i sussurri e le risatine delle donne, le grida di Henny, le pentole della cucina, le flebili voci dei due bambini nella sala di musica. Li ascoltava suonare, seguiva le melodie, soffriva quando s'interrompevano, era felice quando riuscivano bene.

«Mamma? Mamma, mi sembra che stai meglio. Abbiamo suonato per te Mozart. La signora Ginsberg dice che quando uno è malato è meglio di Beethoven. Beethoven agita, Schubert intristisce e fa piangere. Mozart invece, ha detto la signorina Ginsberg, cura tutte le pene e rende felici. È vero, mamma? Adesso sei felice?»

Il figlio di sicuro lo era, era al settimo cielo. Parlava di accordi e cadenze, di *do* maggiore e *la* minore, piano e pianissimo, moderato e allegro.

Per un attimo le sembrò che quella faccia esaltata le ricordasse qualcuno, ma l'immagine risprofondò subito nell'oblio. I suoi capelli si erano scuriti, alla luce sembravano addirittura rossastri.

«Tu e Walter avete suonato benissimo. Ma devi tagliarti i capelli, altrimenti fra poco sembrerai una bambina.»

Leo si passò una mano sulla sua cascata di ricci e disse: «Nonna Gertrude ha detto che stasera me li taglia».

Quella sera, il momento in cui di solito la febbre risaliva, si sentì meglio. Rise insieme ad Hanna della vestaglia rosa che le aveva dato Kitty perché potesse mettersi seduta e lasciarsi pettinare i capelli.

«Signora Melzer, è impossibile» disse Hanna mentre cercava di districare la chioma arruffata di Marie. «Non ci passo.»

Anche Kitty provò, con molta meno delicatezza di Hanna. «Adesso capisci quant'è scomodo.» Posò la spazzola rassegnata. «Chi porta ancora i capelli lunghi, oggi come oggi? Solo le montanare dei villaggi alpini!»

«Ah, Kitty.»

«Tagliare!» disse Kitty categorica.

Marie ci pensava già da un po', ma aveva deciso di no perché a Paul non piacevano. E nemmeno ai bambini.

«Vuoi andare in giro con un materasso arruffato in testa? La gente penserà che è una tana per topi!»

Marie prese in mano una ciocca della sua rigogliosa chioma: Kitty aveva ragione, districarla era impossibile.

«Be', allora procediamo.»

Gertrude preparò tutto e si dedicò al suo compito con passione, disse che da bambina voleva diventare parrucchiera ma poi aveva preferito sposare un banchiere. Dal rumore, fu come se Gertrude tagliasse fili di vetro, Marie tenne gli occhi chiusi. Alla fine si guardò allo specchio d'argento di Kitty e disse che la sua acconciatura da maschiaccio era venuta proprio bene.

«Gertrude, qui sono rimasti dei ciuffi» disse Kitty. «Controlla bene, non vedi che ha una foresta? Ma sta benissimo! Una Marie completamente nuova! Tesoro mio, mi piaci moltissimo! E adesso facciamo un bel picnic!»

«In giardino?» domandò Gertrude ridendo. «Così tardi?»

«No, non in giardino, qui da Marie.»

«Un picnic... qui da me?»

Nella stanza della ex malata la vita tornò in tutta la sua potenza, si intromise come un caos pieno di colori, scacciò febbre e debolezza e s'insediò sul letto. Sul piumone fu aperta una tovaglia a quadri blu e bianchi, Hanna mise dietro la schiena di Marie tre cuscini per farla stare dritta mentre Gertrude piazzò sul letto una grande pentola di insalata di patate con *Maultaschen*. Piatti, posate, un cestino di pane fresco, burro e infine il pezzo forte della serata: una torta con le prime prugne della stagione!

Erano tutti seduti intorno a Marie, i bambini addirittura sul letto. Gertrude si raccomandò che stessero attenti a non macchiare di frutta il lenzuolo bianco, ma in quel clima di euforia collettiva non l'ascoltò nessuno.

«Mamma, con questi capelli corti sei terribile!»

«Certo, Leo, che sei stupido come una capra! Marie è bellissima!»

«A me piacciono. Quando farò la pilota anch'io mi taglierò queste dannate trecce.»

Hanna passò a Marie un piatto pieno. Con suo grande stupore riuscì a mangiare tutto con grande appetito. Suonarono al campanello ma lo sentì solo Leo, quello con l'udito più fino, e corse di sotto ad aprire. Poco dopo riapparve sulla porta e con un teatrale inchino annunciò: «Il signor von Klippstein!».

«Klippi? Ma che carino...» disse Kitty. «Fallo entrare e digli di portare su una sedia. È rimasto un pezzo di torta alle prugne? Hanna, passami quel cuscino, al povero Klippi toccherà una sedia della cucina.»

Sul comò atterrò un enorme mazzo di rose. L'entrata in scena di Klippi fu buffissima. Indeciso e insicuro, era entrato nella stanza di Marie con le ginocchia vacillanti, si era seduto rigidissimo sulla traballante sedia della cucina e poi non aveva saputo dove poggiare il bicchiere di mosto di mele, mentre teneva in equilibrio il piattino di torta sulle gambe.

«Sa che la settimana prossima tornerà Tilly? Passa a trovare la sua cara madre prima dell'inizio del prossimo semestre. Povera Tilly, non ha vita facile con quei professoroni vecchi e testardi.»

«Mi spiace molto per la signorina Bräuer. È una ragazza così intelligente e dotata, la ammiro molto. Quando arriverà?»

«Gertrude, la torta è finita?»

«Hanna, hai macchiato il lenzuolo!»

«Mamma, stanotte posso dormire qui con te?»

Marie si sentiva sazia e stanca. Ascoltava le conversazioni anche se non riusciva a seguirle, si rallegrava dell'allegria generale, ogni tanto rispondeva e sorrideva. Le sue palpebre iniziarono ad abbassarsi, i sogni si mischiarono alla realtà, il sonno voleva accoglierla tra le sue braccia.

«Se Dodo dorme qui, io voglio dormire da Leo!» gridò Henny.

«Neanche morto!» rispose Leo.

«Potrei avere ancora un po' di insalata di patate? Signora, è squisita!»

«Ma signor von Klippstein, così mi fa arrossire. È una ricetta normalissima. Cuoce le patate, taglia le cipolle, i cetrioli, aggiunge olio e aceto...»

«Gertrude, Klippi non voleva sapere tutti questi dettagli.»

«Perché no? Non guasta che un uomo impari qualcosa di cucina. I crociati si preparavano la zuppa da soli.»

«Signora Bräuer, credo che Marie adesso voglia dormire.»

«Hanna, hai ragione. Sei proprio una ragazza intelligente,

come faremmo senza di te? Signori, il picnic è finito. Ognuno riporti qualcosa giù in cucina. Compresi i bambini. E fate piano, Marie adesso vuole dormire... Santo cielo, mi sa che si è già addormentata! Henny, la pentola grande per te è troppo pesante. Leo, stai facendo briciole sul tappeto. Klippi, per favore, porti i fiori di sotto.»

Marie non seppe mai come fossero usciti dalla stanza insieme alle stoviglie, le posate e le sedie. Era caduta in una fontana fresca e profonda e lì sotto il sonno la accolse tra le sue braccia. Solo dolce oscurità e silenzio rilassante. Niente sogni. Niente immagini. Le porte del ricordo si erano di nuovo chiuse.

Il mattino successivo fu svegliata dal canto degli uccelli, si sentiva bene. Piano piano si alzò, andò in bagno, si lavò con l'acqua fredda, si pettinò i capelli corti e si mise la vestaglia di Kitty.

«In me è tornata la vita» disse sorridendo quando scese in cucina da Gertrude.

«Era ora!» rispose Gertrude versandole una tazza di caffè caldo. «Stamattina passerà tuo marito.»

Marie sentì un piccolo tuffo al cuore, ma non ci fece caso. «Bene,» disse bevendo il caffè a piccoli sorsi «così finalmente parleremo e ci riconcilieremo.»

Gertrude non fece parola. Un merlo intonava il suo canto mattutino davanti alla finestra. Dopo alcuni minuti di silenzio comparve Hanna, sorrise alla padrona e disse che stava per svegliare i bambini per la scuola. Poco dopo la casa si riempì di voci squillanti, Henny e Dodo andarono in bagno e provocarono una piccola inondazione. Leo, dormiglione com'era, dovette essere chiamato tre volte prima di abbandonare il cuscino.

Una rapida colazione al tavolo della cucina, chiacchiere allegre, Hanna spalmava di burro le fettine di pane, Gertrude le impacchettava e le infilava nelle cartelle. Henny corse di sopra perché aveva dimenticato un quaderno, Dodo rovesciò il suo bicchiere di latte, Leo si sedette di nuovo al piano.

«Gertrude, ho sognato questa musica per tutta la notte, devo assolutamente provarla.»

«Piano però!» lo sgridò Henny. «La mia mamma dorme ancora!»

Al momento dei saluti si attaccarono tutti e tre al collo di Marie e le accarezzarono le guance con le dita appiccicose di miele.

«Sai, mamma, adesso che stai di nuovo bene qui è proprio bello. Se venissero anche papà e la nonna… così quella scema della signora von Dobern resterà alla Villa da sola!»

Hanna era già pronta per accompagnare i bambini a scuola, e in un attimo sparirono. All'improvviso la casa fu di nuovo silenziosa, Gertrude sparecchiò e Marie salì su a vestirsi. Hanna, tanto cara, le aveva lavato e stirato le sue cose. Marie sospirò. No, come sarta quella ragazza non aveva futuro, era troppo maldestra. Lì in Frauentorstrasse, invece, sembrava perfettamente a suo agio. Aiutava in cucina, puliva, si occupava dei bambini e si era presa cura anche di lei. Era lo spirito buono della casa. Che peccato che allora si fosse concessa a quel russo e poi avesse avuto quel brutto aborto. Dopo quella incresciosa vicenda scansava ogni uomo che le si avvicinava. Quando invece come moglie e madre sarebbe stata felicissima.

Moglie e madre, pensò Marie. *Lo sono anch'io. Non è la cosa più importante per una donna? Perché dirigere quello stupido atelier se ciò significa trascurare mio marito e i miei figli? No, ci rinuncerò.*

Paul arrivò verso le dieci. Kitty non si era ancora alzata, ad aprirgli fu Gertrude. Marie era in salotto, alla finestra, fissava il giardino inselvatichito e il cuore le batteva così forte che le girava la testa.

«Sta meglio? Si è alzata?» disse Paul agitato in corridoio.

«Però è ancora debole. Non farla agitare!»

«Dio mio, che sollievo!»

Lo sentì ridere e il desiderio la travolse. Il suo uomo. Quanto amava questa risata sfacciata e sbarazzina. Le sue battute asciutte. Il modo in cui la guardava quando voleva sfidarla.

Bussò alla porta.

«Paul, entra.»

Lui aprì e le sorrise con la mano ancora sulla maniglia. Lei sentì salire il calore dentro di sé, le guance in fiamme. Le era mancato così tanto.

Per un attimo restarono immobili, sentirono l'attrazione tra i loro corpi, la brama di congiungersi. Marie all'improvviso pensò che quello era un istante irripetibile. Mai nella vita si sarebbero amati e desiderati più che in quella manciata di secondi.

Fu Paul a sciogliere la tensione. Chiuse la porta e raggiunse Marie, si fermò davanti a lei, poi d'istinto la guardò un istante e la tirò a sé.

«Di nuovo tra le mie braccia, finalmente!» mormorò. «Tesoro mio, non sai quanta paura ho avuto per te!»

Mentre si stringeva a lui Marie provò una gioia ovattata, una sensazione di ritorno e di sicurezza, allo stesso tempo però ebbe anche le vertigini perché il suo abbraccio le toglieva l'aria.

«Amore, fai piano. Ho ancora le gambe molli.»

Lui la baciò con tenerezza e la condusse verso il divano per farla sedere, poi la abbracciò di nuovo.

«Marie, quello che ho detto su tua madre è imperdonabile. Ma ti prego, perdonami lo stesso. Me ne sono pentito almeno mille volte. Era un'artista, una donna coraggiosa, ma soprattutto era tua madre. La persona che ha messo al mondo la mia amata e unica Marie, per questo sarò eternamente grato a Luise Hofgartner.»

Lo disse in un modo così carino, pieno di sensi di colpa e di affetto. Le stava chiedendo perdono. Era più di quanto si fosse aspettata. E lei non voleva essere da meno. Non era una di quelle donne che arraffava prove d'amore. Anche lei voleva dimostrargli di saper cedere.

«Paul, ci ho pensato a lungo. Non ho bisogno dell'atelier per essere felice. Al contrario, porta solo un sacco di problemi, a tutti. Quindi ho deciso di mollarlo, d'ora in poi mi dedicherò solo a te e alla famiglia.»

Lui la baciò e per alcuni minuti si abbandonarono alla felice sensazione di essersi ritrovati.

«Tesoro, ciò che dici è molto saggio. Anche se mi dispiace... sono stato io a incoraggiarti ad aprirlo. Ma hai perfettamente ragione, è meglio se ci rinunci.»

Lei annuì e ascoltò le sue argomentazioni a favore: soprattutto Alicia sarebbe stata molto sollevata perché il peso della Villa non sarebbe più stato solo sulle sue spalle; pure i bambini ne avrebbero tratto giovamento; negli ultimi tempi la madre l'avevano vista pochissimo... e anche lui.

Paul considera questo mio sacrificio del tutto naturale, pensò Marie delusa. *Ma capisce cosa significhi per me? Sa che lo faccio solo per amor suo?*

«Se ti resta un po' di tempo potrai dipingere o disegnare vestiti a casa. Ho fatto in modo che la cura dei bambini spetti solo a te, con l'aiuto di Hanna.»

«Stai dicendo che hai mandato via la signora von Dobern?»

Lui rispose che avevano trovato una soluzione eccellente. «La signora von Dobern assumerà il ruolo di governante. È stata un'idea della mamma che io ho subito accolto con...»

«Governante?» lo interruppe Marie indignata. «Ma Paul, non funzionerà mai!»

Lui la strinse a sé e le accarezzò i capelli. Le sussurrò che quella nuova acconciatura sembrava esser stata creata apposta per lei, non era mai stata così bella.

«Paul, non funzionerà. I domestici la odiano. Ci saranno problemi, forse addirittura licenziamenti.»

«Marie, vedremo. Ma un tentativo facciamolo. Non volevo deludere mia madre, è così affezionata alla signora von Dobern.»

Marie tacque. Si trattava di accordarsi. Di riconciliarsi. Di superare la crisi. Fare il conto delle concessioni dell'uno e dell'altra di certo non aiutava. Lui però fino a quel momento non le era andato molto incontro. La signora von Dobern sarebbe rimasta, non più come bambinaia; ad ogni modo, avrebbe dovuto accettare la sua presenza.

«Marie, innanzitutto sono contentissimo che tu torni da noi. È stato un periodo terribile, mi sono sentito solo, perso. Sei una parte così importante della mia vita, ho avuto la sensazione che mi avessero strappato via un pezzo di corpo...»

Commossa, lei si accoccolò addosso a lui. Sì, avrebbe fatto subito i bagagli, a quelli dei bambini avrebbe pensato Hanna, e sarebbero tornati insieme alla Villa delle Stoffe. Voleva riprendere possesso della sua casa... e della loro camera da letto.

Lui la baciò con un tale impeto che lei temette che volesse adempiere ai suoi doveri coniugali lì sul divano. Senza alcun riguardo per Hanna, Gertrude e Kitty. Paul si fermò, la tenne stretta a sé e le parlò sottovoce e con dolcezza.

«Marie, ti prometto che d'ora in poi mi occuperò di più dei bambini. Soprattutto di Leo. Basta con questo maledetto pianoforte, porterò mio figlio in fabbrica, inizierò a dargli dei compiti e gli spiegherò come funzionano le macchine. Dodo se vuole può continuare a suonare, è una femmina e un po' di musica non le nuocerà.»

«Ma Paul, è proprio Dodo che s'interessa di macchine e di tecnologia!»

«Be', che continui pure a interessarsene. La cosa più importante, però, è che Leo torni sulla retta via. Marie, vedrai, avrò tanta pazienza.»

Insomma, tutto sarebbe rimasto come prima. Che strano che Paul non si accorgesse di quanto assomigliava a suo padre. Insisteva cocciuto nelle sue convinzioni anche se si erano rivelate insensate da un pezzo. Leo sarebbe diventato una persona triste, se Paul lo avesse costretto a rilevare la fabbrica.

«E ho riflettuto anche a proposito dei quadri» continuò. «Li comprerò, a qualunque prezzo. Non voglio che von Klippstein possieda le opere di tua madre. Le impacchetteremo per bene e le porteremo in soffitta, lì si conserveranno bene.»

Voleva solo toglierle di mezzo ed evitare la mostra. Paul era scaltro, ma questo era troppo.

«No, Paul, non voglio» disse Marie. «I quadri non devono finire in soffitta. Li ha dipinti mia madre e io voglio che vengano esposti. Glielo devo.»

Lui fece un sospiro profondo, un moto di rabbia, ma si controllò. Marie si staccò da lui e si appoggiò allo schienale. Perché aveva detto così? Sarebbe bastato dirgli che non era necessario che li comprasse.

«Marie, sai benissimo che una mostra del genere arrecherebbe gravi danni al buon nome della nostra famiglia e alla fabbrica.»

«Ma perché dici così? Si tratta della pittrice Luise Hofgartner, del suo percorso e della sua attribuzione a questa o quella corrente artistica.»

«Marie, queste sono sofisticherie. La gente non farà che sparlare di Jakob Burkard e di mio padre.»

Ma certo, era questo il punto. L'orgogliosa stirpe dei Melzer non voleva far trapelare per nessun motivo che il suo benessere si basava sui progetti dell'alcolizzato ma geniale Jakob Burkard.

Sì, lei lo aveva accettato. Le avevano chiesto perdono. Paul l'aveva sposata. Non per i rimorsi, perché l'amava. Eppure adesso il destino dei suoi genitori si riproponeva. In un certo senso non si stava ripetendo? Non era di nuovo un Melzer che voleva costringere la figlia di Burkard a piegarsi alla sua volontà?

«Paul, mi dispiace, ma vieterò a Ernst di venderti quei quadri!»

Lo sentì irrigidirsi, la sua mandibola si tese e il suo viso assunse un'espressione durissima.

«Quindi tu faresti questa mostra anche contro la mia volontà?»

Il suo tono la spaventò, sembrava una minaccia. Dentro di lei, però, non c'era solo la dolce Marie, c'era anche un pezzo di Luise Hofgartner, la donna che aveva tenuto testa al ricco industriale Melzer. «Paul, al momento non è questo il punto, è più importante che la signora von Dobern vada via dalla Villa. Su questo purtroppo devo insistere.»

«Ti ho già spiegato che non posso fare una cosa del genere a mia madre.»

«A me invece sì?»

Lui sospirò e si alzò per raggiungere la finestra. Lo vide serrare i pugni, annaspava. «Non posso mica licenziarla da un giorno all'altro!»

«D'accordo, posso aspettare. Ma tornerò alla Villa delle Stoffe solo *dopo* che lei se ne sarà andata.»

A quel punto lui si arrabbiò. O era disperazione? Impotenza? Paul diede un forte calcio alla sedia a dondolo che iniziò a oscillare come la mezzaluna con cui Gertrude tagliuzzava le erbette in cucina.

«È la tua ultima parola?»

«Paul, mi spiace, ma non posso fare altrimenti.»

Con la mano destra lui afferrò uno spigolo del davanzale come se dovesse aggrapparcisi.

«Marie, sai benissimo che posso costringerti... ma non voglio arrivare a questo punto. I bambini però tornano alla Villa. Oggi stesso. Su questo sono *io* a insistere!»

Lei tacque. Lui poteva chiedere il divorzio e portarle via i bambini. E anche chiudere l'atelier. Non le sarebbe rimasto nulla.

«Fin quando abiterò da Kitty i bambini resteranno con me.»

Paul le voltò le spalle ma lei vide i suoi occhi verdi lampeggiare di rabbia. Oh, quanto era uguale al padre. Cocciuto e incorreggibile. Un Melzer. Un uomo abituato a vincere. Ma dov'era finito il suo amore? Non lo vedeva più. Come aveva potuto amare un uomo del genere?

«Marie, così mi costringi a ricorrere ad altri mezzi!» Corse verso la porta, la spalancò, si girò di nuovo verso di lei come se volesse dirle qualcosa. Ma serrò le labbra e tacque.

«Paul...» disse lei con un filo di voce. «Paul.»

Anche lei però si rese conto che non avevano più niente da dirsi.

Pochi secondi dopo il portone di casa sbatté e il motore della macchina si accese.

22

Ottobre 1924

«Maledizione, nel cavolo bianco ci sono i bachi!»

Gustav camminava a fatica in mezzo all'orto, un cestino pieno di cavoli in ciascuna mano. Erano piccoli, aveva dovuto tagliare le foglie esterne e salvare almeno il cuore. Di alcuni, così promettenti, non era rimasto nulla. Solo foglie morsicate e torsoli marci. E aveva pure iniziato a piovere. Troppo tardi: se la pioggia fosse arrivata due settimane prima, i bachi sarebbero morti. Invece così avevano avuto tutto il tempo di deporre le uova nei loro bei cavoli.

«Di quelli che non riusciamo a vendere faremo dei crauti» cercò di consolarlo Auguste. «Prenderò in prestito alla Villa l'affettatrice e due pentole grandi di pietra.»

Gustav annuì. Non avevano altra scelta. Chiamò Liesl e Maxl che stavano legando le erbette a mazzetti nella capanna.

«Metteteli sul carro. Ma fate piano. E sopra il telone per non farli bagnare.»

«Sì papà.»

Era una pioggia sottile che penetrava nei vestiti, fino alla pelle. E poi era arrivato il freddo; quel mattino sul campo, Gustav aveva trovato uno strato bianco. E dire che era solo ottobre.

«Il piede come va?» domandò Auguste vedendolo zoppicare.

«Bene» rispose lui. «Mi fa ancora un po' male, ma sta guarendo. Passami i cestini, vado a cogliere le carote e il sedano. I cavolini di Bruxelles non ancora, quelli li cogliamo dopo la prima gelata.»

Auguste annuì ed entrò nella capanna, lì perlomeno si poteva lavorare all'asciutto. Hansl, tre anni, stava giocando con il fango per terra. Avrebbe dovuto lavargli i pantaloni, ma perlomeno stava tranquillo. Il piccolo Fritz invece ormai aveva nove mesi, era cicciottello, forzuto e impegnato a raggiungere tutto quello che riusciva ad afferrare. Ancora una o due settimane e avrebbe iniziato a muovere i primi passi. Auguste continuò con i mazzetti di erbette e guardò gli astri e le dalie che la figlia aveva tagliato e messo dentro barattoli pieni d'acqua. Anche i fiori fra poco sarebbero stati portati al mercato. Peccato non sapesse fare mazzi belli come quelli delle fioraie. Per gli stessi fiori ricevevano almeno il doppio dei soldi.

Alzò gli occhi verso il grande parco dei Melzer. *Che spreco*, pensò. Era tutto terreno coltivabile, avrebbero potuto piantarci patate e rape, erbette e cavoli. Quei ricconi, però, non ne avevano bisogno. Guadagnavano abbastanza con la fabbrica e si circondavano di un parco. Alberi, prati e fiori… solo per gli occhi. Be', se uno poteva permetterselo.

Auguste non aveva motivo di lamentarsi dei Melzer visto che continuavano ad abitare nella casetta del giardino. Stavano stretti e le due stanze di sopra d'inverno non si potevano scaldare, ma era gratis. Se avessero dovuto pagare anche un affitto sarebbero morti di fame da un pezzo.

Si sporse in avanti per vedere Gustav e i due figli più grandi. Non avevano ancora finito? Dovevano muoversi e andare a montare il banco, altrimenti gli avrebbero rubato il posto. E una volta finito con il banco doveva lavare le mani a Liesl e Hansl in modo che non avessero grane a scuola a causa delle dita sporche. Ma cosa si credeva il signor maestro? Le mani pulite potevano permettersele solo i ricchi. A casa loro i grandi dovevano dare una mano, altrimenti in sei non ce l'avrebbero fatta. Se il signor maestro non ci credeva poteva venire a cogliere qualche carota anche lui. E poi sarebbe stato curioso vedere le sue mani.

«Gustav! Adesso basta, dobbiamo andare!» gridò afferrando le spezie per metterle in un cestino. Prezzemolo, aneto ed erba cipollina li vendevano a tutti i banchi. Da loro, però, c'erano anche maggiorana, dragoncello, rosmarino e timo. Li compravano le cuoche dei ricchi per gli arrosti e le salse. Erano un'ottima fonte di guadagno.

Gustav e i bambini comparvero vicino al carretto coperto da un telone. Se solo avessero avuto un cavallo. O ancora meglio una macchina. Ma questi sogni Gustav poteva tranquillamente sotterrarli. Un paio di settimane e i ricavi si sarebbero ridotti a una cifra del tutto irrisoria che copriva a malapena il prezzo del banco al mercato. A fine novembre non c'erano più fiori, solo cavoli, carote e cipolle. Le carote le immagazzinavano in cantina, in modo che si mantenessero fresche e succose per tutto l'inverno.

Una serra di quelle grandi, ecco cosa ci vorrebbe, si disse. *Con tanta luce e riscaldabile, dove poter coltivare fiori e spezie tutto l'anno.*

«Bel lavoro, voi due» disse Gustav ai due bambini. «Siete stati bravi. Adesso andate dalla mamma e prendetevi la vostra colazione.»

Diede un buffetto sul cappello a Liesl e una pacca sul sedere a Maxl. Auguste tirò fuori le fette di pane e riempì di latte i bicchieri. Niente burro, solo un po' di marmellata, le era venuta troppo liquida per venderla.

«Mamma, mi fanno male i piedi» si lamentò Liesl. «Perché devo sempre stringere gli alluci.»

Portava delle calzature troppo piccole e Maxl aveva piedi troppo grandi per ereditarle. Avrebbe dovuto comprare scarpe nuove a entrambi. C'era stato un tempo in cui aveva ricevuto vestiti e scarpe dai Melzer, ma da quando Marie non abitava più alla Villa non era più pensabile ottenere questi favori. Non appena sentiva parlare dei nipoti la signora Alicia scoppiava a piangere.

Fritz strillava nella capanna, Auguste per prudenza lo aveva legato alla porta con un filo. Altrimenti gattonava alla scoperta del mondo e lo ritrovava color grigio pietra in mezzo al campo.

«Pronti?» domandò Gustav posando gli ultimi cestini sul carretto.

«Prendi, prima di stasera non c'è niente.»

Gli passò una fetta di pane e marmellata e lui ne prese un po'. Il resto lo divise in pezzi più piccoli e lo diede ad Hans che già lo guardava con occhi affamati. Si poteva dire quello che si voleva ma i tre ragazzini non avevano un aspetto sciupato. Al contrario. Solo Liesl era magra, ormai aveva undici anni e si stava allungando.

Auguste mise il più piccolo nel passeggino. Un regalo dei Melzer, aveva portato a spasso Paul, Kitty e Lisa. Hansl si sedeva davanti, sul bordo, e andavano alla grande. Gustav tirava il carretto davanti e Liesl e Maxl spingevano dietro. Che faticaccia. A maggior ragione quel mattino, visto che la notte aveva piovuto e il carretto continuava ad affondare nel sentiero fangoso.

Così non si può continuare, pensò Auguste. *Gustav è un uomo per bene, in gamba. Non imbroglierà mai nessuno... e quindi non arriverà da nessuna parte. Così è la vita, le persone semplici affondano. Solo chi si fa sentire, chi osa, arriva in alto.*

Dovevano fare la Jakoberstrasse, superare il Monte di Perlach e poi imboccare Karolinenstrasse, la via del mercato. Un viaggio infinito su lastricato sconnesso e vicoli bagnati, soprattutto il vecchio passeggino strideva di continuo. Auguste aveva sempre paura che si rompesse. Ovviamente il suo posto preferito era già occupato, finirono in un angolino sfavorevole subito dietro al banco dei latticini. Lì però perlomeno erano coperti dalla pioggia perché Gustav riuscì a fissare un telo al gancio di una facciata.

«Oggi non verrà nessuno» disse il vicino che vendeva patate, prugne e mele. «Quando piove così la gente se ne sta a casa.»

«A mezzogiorno schiarisce» disse Auguste.

In realtà non ne aveva la più pallida idea, ma qualcosa contro quella malinconia bisognava pur dirla. Vendette due mazzetti di erbette a una sguattera bagnata come un pulcino, poi alcune donne diedero un'occhiata ai cavoli ma preferirono comprare a un altro banco. Auguste gelava, anche i bambini battevano i denti, Maxl aveva già le labbra bluastre. «Andate a lavarvi le mani.»

La scuola sarebbe iniziata più tardi, ma perlomeno all'interno dell'edificio, se il custode li faceva entrare, sarebbero stati al caldo. Auguste lasciò Maxl a Gustav e mise le erbette e i fiori nel passeggino.

«Io vado dalla Jordan» disse. «Così sceglie quello che vuole.»

Il marito si sedette su una cassetta e prese in braccio il piccolo. «Va' pure, tanto non c'è nessuno.»

Era sempre soddisfatto, Gustav. Si lamentava di rado, non alzava mai la voce. Però la sera doveva farsi la sua birra. Mandar giù le preoccupazioni, le aveva detto un giorno. A volte avrebbe preferito che avesse una sua opinione, prendesse a pugni il tavolo e dicesse chiaro e tondo in quale direzione bisognava andare. Ma non era da Gustav. Lui aspettava sempre che decidesse lei e poi si adattava.

La pioggia di fatto diminuì un po', anche la nebbia posata sui tetti si diradò, la città assunse subito un aspetto più piacevole. Le strade presero vita, iniziò il viavai di carri carichi di ogni sorta di botti e cassette, uscirono anche le prime automobili e delle carrozze. Il tram elettrico era strapieno di gente che cercava di raggiungere l'ufficio o il negozio. La maggior parte delle persone di solito per risparmiare andava a piedi, ma con quel tempo piovoso tutti preferivano arrivare al lavoro asciutti. Auguste guardò con invidia le signore ben vestite che scesero alla fermata, aprirono gli ombrelli e si affrettarono verso l'ufficio. E loro dovevano arrabattarsi per due cavoli sporchi e quattro marmocchi. Le signore ben vestite se ne stavano sedute all'asciutto in uffici eleganti e battevano a macchina, lavoravano alla posta o come commesse. Dall'altro lato della strada comparve l'atelier della signora Melzer. Aveva riaperto da più di tre settimane, le dame della buona società entravano e uscivano di continuo, si diceva che Marie avesse addirittura assunto la moglie o la figlia del sindaco. Fritz iniziò a strillare e Auguste lo prese in braccio, poi aguzzò la vista per spiare dentro la vetrina. La signora con le stoffe in mano non era Hanna? No, era quella che una volta era venuta alla Villa con il figlio. Un compagno di scuola di Leo, le cui origini erano ebree. La bambinaia li aveva cacciati via. Quella donna adesso lavorava per Marie Melzer? Certo che non aveva paura di niente.

Auguste giocò un po' con Fritz per farlo restare di buonumore, poi lo rimise nel passeggino e accelerò il passo. Dal Monte di Perlach bisognava scendere per Maximilianstrasse fino al Milchberg; era lì che aveva il suo negozio la Jordan. Una zona tutt'altro che elegante e parecchio fuori mano, ma non male per i suoi scopi. Chi andava da lei per farsi predire il futuro non voleva essere visto. Auguste si fermò perché il piccolo aveva ripreso a frignare e a battere i piedi e si preoccupò per le erbette. Comprò due panini Brezel per strada, ne diede uno a Fritz e l'altro lo mangiò lei. Così i soldi guadagnati con la vendita dei due mazzetti erano già stati spesi.

Si consolò con il pensiero che dai Melzer nonostante i soldi le cose non andassero molto meglio. La giovane signora abitava ancora in Frauentorstrasse con i bambini, si parlava di un divorzio e girava voce di un'ordinanza del giudice che avrebbe riportato i gemelli alla Villa, ma il signor Melzer non si era ancora mosso. Sebbene la madre fosse molto infelice perché le mancavano i gemelli. La cosa peggiore, però, era la strega, la nuova governante, la signora Serafina von Dobern. La miseria dalle gambe rinsecchite. No, alla Villa delle Stoffe non si era mai vista una persona così malvagia, nemmeno la Jordan poteva competere con lei. Aveva preso possesso dell'ufficio della Schmalzler e si era sistemata lì. Ogni mattina Gertie doveva portarle la colazione. Dopodiché scendeva in cucina e impartiva ordini, criticava, ammoniva, pretendeva, offendeva; gli altri non vedevano l'ora che se andasse. Ce l'aveva in particolare con Gertie che ogni tanto le rispondeva a tono. Una volta era anche riuscita a denigrarla presso la signora Alicia, che l'aveva convocata in sala da pranzo per rimproverarla. Serafina ovviamente aveva raccontato un sacco di bugie: che aveva rotto dei bicchieri e perfino rubato un piatto del servizio buono. In realtà quel piatto era nell'ufficio della strega, che oltretutto attingeva al barattolo di biscotti della Brunnenmayer quando le pareva. Else, neanche a dirlo, era sempre dalla parte del più forte, che al momento purtroppo era la nuova governante. Julius aveva già iniziato a cercare un altro lavoro, ma non aveva trovato niente. Si sforzava di ignorare le cattiverie della sua acerrima nemica, ma si vedeva che lo mandavano in crisi. A volte si incupiva a lungo. L'unica che teneva testa a Serafina von Dobern era Fanny Brunnenmayer. Con lei la governante non aveva partita vinta. Quando le dava un ordine, la cuoca lo ignorava. Faceva il suo lavoro come lo aveva sempre fatto e le dedicava le stesse attenzioni di una mosca sul muro. Le faceva addirittura degli scherzi, per esempio, quando la strega aveva insistito per avere il suo zucchero candito per il tè della mattina, nella zuccheriera la Brunnenmayer aveva messo delle biglie. Gertie le aveva prese nella stanza dei bambini. Gesù Maria, quanto si era agitata. Un tentato omicidio, aveva detto. Chiamerò la polizia e la cuoca passerà il resto dei suoi giorni dietro le sbarre, aveva sbraitato. Ai tempi dell'imperatore, quelle come la Brunnenmayer finivano sulla forca!

All'improvviso Auguste si fermò, un ciuffo di dragoncello per poco non le cadde giù dal passeggino. Quella lì vicino alla colonna delle affissioni non era Gertie? Sì, era proprio lei. Aveva un cestino in mano e un fazzoletto in testa per proteggersi dalla pioggia, ma Auguste riconobbe la gonna rosso scuro. In passato era appartenuta alla signorina Elisabeth, che poi aveva sposato il maggiore von Hagemann e adesso abitava con lui nella tenuta in Pomerania. Povero Klaus, un tempo era stato proprio un bell'uomo. Auguste si costrinse a non pensare al passato e proseguì in direzione di Gertie.

«Ciao Gertie, hai proprio la testa da un'altra parte, eh?»

Con sua grande delusione la ragazza non si spaventò per niente, girò la testa lentamente e ammiccò un sorriso.

«Ciao Auguste! Vi ho visti arrivare da lontano. Questo passeggino fa lo stesso baccano di una stalla piena di maialini. State andando al mercato a vendere le erbette?»

«No, queste sono per la Jordan.»

«Ah.»

Auguste guardò l'inserzione sotto gli occhi della ragazza ma riuscì a decifrare solo *Unione delle donne cristiane*. Il resto era scritto troppo piccolo.

«Vuoi farti suora?»

Gertie scoppiò a ridere. Poi disse che sì, con la nuova governante aveva grane ogni giorno, ma non aveva ancora deciso di dire addio alla vita.

«Guarda, offrono dei corsi. Quelli per governante durano due mesi e mezzo, per dama di compagnia tre. E costano pochissimo.»

Ma senti un po' la Gertie, pensò Auguste. *Vuole fare carriera.*

Diventare dama di compagnia. Non si starà sopravvalutando un po' troppo? «E c'è scritto cosa s'impara?»

Gertie lesse seguendo il testo con il dito.

«Ecco, qui dice: *lezioni di etichetta e buone maniere, apparecchiamento e servizio a tavola, acconciatura e trucco, cucito, stiratura, bucato e pulizia delle lampade.*»

«Ma queste cose le sai già fare quasi tutte.»

La ragazza fece un passo indietro e scrollò le spalle. «Certo che le so fare, tranne l'etichetta e le buone maniere. Ma se frequento il corso mi danno un diploma e lo posso mostrare quando mi candido. Capito?»

Auguste annuì. Probabilmente Gertie non sarebbe rimasta sguattera a lungo. Voleva fare progressi e aveva la stoffa per farli. Perché lei non era arrivata più in alto del ruolo di seconda domestica da camera? Eh, c'erano state questioni di cuore. La storia con il domestico Robert. E quella con il maggiore von Hagemann. Il bambino che aveva bisogno di un padre. Il matrimonio con Gustav. E poi aveva sfornato un figlio dopo l'altro. Gertie invece era troppo scaltra per farsi fregare da un uomo.

«Sarebbe un peccato se te ne andassi dalla Villa delle Stoffe» disse Auguste. Ed era sincera.

Gertie sospirò e disse che nemmeno per lei era facile. Ma da quando c'era quella strega falsa e ipocrita la situazione era peggiorata.

«Tu hai il vivaio, una famiglia» disse Gertie. «Noi dobbiamo sopportare quella musona giorno e notte. È dura.»

Auguste annuì. Quella ragazzina non aveva idea. Credeva che una famiglia e un vivaio fossero una passeggiata e le continue preoccupazioni per raccattare un pezzo di pane uno spasso. Raccolse il mezzo Brezel buttato per terra da Fritz, lo pulì sulla gonna e se lo mise in tasca.

«Noi dobbiamo andare» disse guardando verso la Torre del Comune illuminata dal sole. Ci aveva visto giusto, stava schiarendo.

«Sì, anch'io devo andare, la Brunnenmayer mi ha dato una lista della spesa lunghissima. Auguste, ci vediamo!»

Le due case della Jordan si vedevano da lontano, erano le uniche verniciate di fresco e di un colore chiaro. Erano basse e strette, ma sembravano accoglienti. Meglio sicuramente di una casetta in giardino in cui non si faceva altro che soffrire. Il giovane commesso Christian stava disponendo le merci sul tavolo fuori: vasetti di unguenti miracolosi, bottigliette di spezie orientali, corone di fiori finti, cornici d'argento, una sciarpa di seta, una ballerina di bronzo nuda.

«Ciao Christian, la signorina Jordan c'è?»

Il ragazzo arrossì, forse perché proprio in quel momento stava percorrendo con il dito i contorni della ballerina. Un tipo simpatico. Che occhi grandi e azzurri aveva. Sperava solo che quella canaglia della Jordan non lo seducesse.

«Sì, sì. Aspetti, l'aiuto con il passeggino.»

Lasciò perdere il tavolo e afferrò il passeggino per agevolarne l'ingresso in negozio. Poi fu felice perché Fritz gli sorrise e con la manina cercò di afferrargli il camice grigio.

«Sa, io avevo un fratello piccolo» disse ad Auguste. «È morto di scarlattina più di cinque anni fa.»

«Povera creatura» disse Auguste.

Doveva ritenersi fortunata, finora i suoi quattro figli non si erano ammalati quasi mai. Morivano tantissimi bambini, soprattutto nei quartieri poveri. Seppellire un corpicino innocente doveva essere terribile. Ma lei non lo avrebbe permesso. Lei era una che lottava.

La porta della stanza sul retro si aprì e uscì Maria Jordan. Si metteva sempre carina, del resto poteva permetterselo. Vestito scuro con il collo bianco ricamato, da lontano sembrava una ragazzina. Era magra, questo bisognava concederglielo. Avvicinandosi invece si vedevano le rughe sul viso e si capiva che aveva superato i cinquant'anni.

«Salve, Auguste. Cosa mi porti di buono?»

Guardò le erbette e i fiori, inarcò un sopracciglio e disse che le serviva solo un po' di dragoncello e maggiorana. Forse anche del timo. Il rosmarino lo aveva?

La Jordan era una volpe. La maggior parte delle spezie le seccava, le mischiava e faceva cuscini profumati. Oppure le metteva in dei vasetti e ne ricavava prodotti per il bagno. Con effetti miracolosi, ovvio. Senza queste promesse nessuno avrebbe comprato quel tritume a caro prezzo.

«E i fiori?»

La Jordan inclinò la testa e disse che al momento per i fiori non aveva clientela. «Ci hai riflettuto?» chiese quindi in tono ovattato.

«Sì, ma non per il trenta per cento, è quasi un terzo!»

«Va bene» replicò la Jordan. «Entra e troveremo un accordo.»

Ordinò a Christian di occuparsi del negozio e del passeggino e fece cenno ad Auguste di seguirla.

Per la prima volta Auguste vide la tanto chiacchierata stanza sul retro. Altro che tutto nero. Alle pareti c'era una tappezzeria semplice, e poi c'erano un comò, un divano e un tavolino con una lampada con paralume verde che diffondeva una luce rilassante. Sul pavimento c'era un tappeto con motivi orientali e sul divano una serie di cuscini di seta. Nel complesso, un ambiente nient'affatto inquietante. Forse solo i quadri appesi alle pareti senza finestre erano un po' strani. Un sultano con un turbante verde che fissava un gruppo di donne nude che facevano il bagno. E una testa di ragazza disegnata con il viso coperto da un velo nero. Infine, un paesaggio rupestre alla luce della luna. Sì, questo metteva un po' i brividi.

«Siediti.»

Prese posto al tavolino di fronte alla Jordan e notò che si trattava di un mobile intarsiato a mano. Ce n'era uno simile nella stanza degli uomini della Villa delle Stoffe. La Jordan doveva guadagnare proprio bene se poteva permettersi mobili così costosi.

«Auguste, solo perché sei tu. E perché ci conosciamo da tanto. Ventotto...»

«Anche ventotto è troppo. Dopo aver costruito la serra non guadagneremo subito. Le piante devono crescere, dovremo aspettare marzo.»

La Jordan annuì. Lo sapeva anche lei.

«Infatti i soldi non li voglio indietro subito. Pagherai una somma ogni mese. All'inizio piccola, poi quando guadagnerete, mi darai di più. Metto tutto per iscritto e tu firmi.»

«Venticinque.»

«Allora faccio prima a regalarteli!»

«Venticinque per cento. E al più tardi dopo un anno riavrai indietro i tuoi soldi con gli interessi.»

«Ventisei, è la mia ultima offerta. E per me sarà comunque meno, per via dell'inflazione.»

«Ma che dici, ormai abbiamo il nuovo marco, il tempo dell'inflazione è finito!»

Maria Jordan fece un profondo sospiro e disse che andava bene. Venticinque per cento di interessi, entro un anno. Cinquemila marchi in contanti, subito.

«Così sia» disse Auguste con il cuore che le rimbombava fino in gola.

Vide la Jordan tirare fuori dal cassetto del comò una cartellina in pelle, poi spostare sul tavolino una boccetta d'inchiostro dove intinse la penna che grattò la carta annotando scadenze, date, cifre. Fino a gennaio non doveva pagare nulla, poi iniziavano le rate mensili. Se accumulava un ritardo di più di due mesi, la Jordan aveva il diritto di riscuotere subito l'intera somma concessa in prestito e di far pignorare i suoi beni.

«Leggi tutto con calma e poi firma qui.»

La Jordan le passò il foglio e Auguste si sforzò di decifrarlo. La lettura non era mai stata il suo forte e quella scrittura minuscola non le facilitava di certo le cose. In negozio erano entrati dei clienti, sentì strillare Fritz e temette che cadesse giù dal passeggino.

«Va bene. Che la Vergine Maria sia con me.»

Scrisse *Auguste Bliefert* a caratteri goffi e rigidi e restituì il foglio alla Jordan.

«Vedi che non era così difficile… E adesso ti do i soldi.»

La Jordan si alzò e spostò il quadro con la testa di ragazza. Auguste non poteva credere ai suoi occhi: dietro al quadro c'era una porticina di ferro con una serratura e una specie di manopola. La Jordan s'infilò una mano sotto al vestito e tirò fuori una chiavetta attaccata alla collanina d'argento che portava appesa al collo. La infilò nella serratura e girò la manopola. La porticina si aprì, ma la Jordan si era messa in modo che Auguste non vedesse nulla.

«Ricontali» disse posando sul tavolino un pacchettino di carta marrone.

Questa furbastra aveva già preparato tutto, si disse Auguste. Sciolse lo spago che teneva insieme il pacchettino con dita tremanti. Nella sua vita non aveva mai visto tanti soldi tutti insieme, quasi non osava toccarli.

«Sono tutte banconote nuove di zecca» disse la Jordan alle sue spalle. «Li ho ritirati in banca stamattina.»

Erano banconote da dieci, venti e cinquanta marchi. Anche qualcuna da cento. Auguste si mise una mano sul cuore e iniziò a dividere i pezzi per taglio, fece il conto e arrivò alla conclusione che non mancava nulla.

«Sta' attenta, adesso che vai in giro per la città» disse la Jordan. «Ci sono un sacco di ragazzini che non si fermano davanti a niente!»

Auguste rimise i soldi dentro la carta e rifece il nodo.

«Non ti preoccupare, li metto sotto il materasso del passeggino.»

Maria Jordan disse che era un'idea geniale. «Però sta' attenta che non si bagnino!»

«Anche se si bagnassero... i soldi non perdono mai di valore.»

23

«Amico mio, mi dispiace di averti fatto aspettare» disse l'avvocato Grünling porgendo la mano a Paul. «Un'emergenza, una cliente a cui non potevo dire di no. Hai presente…»

«Certo, certo.»

Paul fece buon viso a cattivo gioco, non aveva altra scelta. Durante l'attesa nell'anticamera aveva sentito perlomeno una parte della telefonata dell'avvocato. Una cliente, sì, possibile, ma la presunta emergenza era senz'altro di natura privata. Quel farfallone di Grünling aveva appena preso accordi per un rendez-vous.

«Caro, accomodati pure. La signorina Cordula non ti ha offerto nemmeno un caffè? Ma è imperdonabile…»

Paul riuscì a fermarlo appena in tempo prima che facesse un rimprovero all'avvenente segretaria. Lei glielo aveva chiesto, ma lui aveva gentilmente rifiutato.

«Ne ho bevute già due tazze alla Villa delle Stoffe e una alla fabbrica. Per il momento bastano.»

Grünling annuì e si sedette alla propria scrivania. Un pezzo di mobilio pomposo, pregiato barocco di Danzica, pelle verde scura e piano con intarsi orientali. Lì dietro, Grünling sembrava uno scimmiotto con gli occhiali. Soprattutto quando congiungeva le mani.

«Paul, che posso fare per te?»

Paul cercò di non agitarsi. Grünling era il consulente legale dei Melzer e della fabbrica delle stoffe da molti anni. A suo tempo il padre lo aveva scelto perché era una vecchia volpe. Ma aveva in dote la discrezione, che era la cosa più importante.

«Alois, mi serve un consiglio. Su una faccenda privata.»

«Capisco» replicò Grünling senza il minimo cenno di stupore. Era evidente che non fosse stupito. In ogni angolo di Augusta si vociferava che il matrimonio dell'industriale Melzer fosse in crisi.

«Avrei bisogno di qualche dettaglio sulla... procedura di divorzio. Solo a titolo informativo. Per essere preparato a eventualità future.»

Grünling, sempre impassibile, si mise seduto dritto e puntò i gomiti sul tavolo.

«Dunque,» esordì «innanzitutto la procedura di divorzio è cambiata, in seguito a un nuovo decreto imperiale. Lo scopo è mantenere intatto un matrimonio il più a lungo possibile e considerare il divorzio solo come ultima spiaggia.»

«Certo.»

«La principale novità è che l'uomo e la donna sono considerati alla pari. Negli ultimi anni purtroppo sempre più donne hanno fatto uso di questa possibilità. Una triste conseguenza dell'attività professionale femminile.» Grünling si sistemò gli occhiali e si alzò per andare a prendere il faldone con il nuovo testo di legge. «L'autorità di competenza è sempre il tribunale. Il richiedente ha bisogno di un motivo grave, e i divorzi concordati, come vorrebbero alcuni deputati di sinistra, continueranno a non essere possibili.»

«E cosa s'intende per "motivo grave"? Per esempio, il tradimento?»

L'avvocato iniziò a sfogliare il faldone, ogni tanto puntava il dito su una riga, muoveva le labbra senza parlare e voltava pagina.

«Come dici? Ah, sì, be', chiaro, il tradimento senz'altro. Ma dev'essere provato, con tanto di testimoni. Ad ogni modo, all'inizio viene fissata un'udienza di conciliazione in cui le due parti devono comparire personalmente davanti al giudice. Lì si constata se il matrimonio può restare intatto o se gli elementi a sfavore sono così forti che non c'è più alcuna speranza. Solo dopo si passa alla procedura di divorzio.»

«E di solito una procedura del genere quanto dura?»

«Non si può mai prevedere con precisione, ma bisogna mettere in conto almeno qualche mese. Paul, qualora avessi davvero quest'intenzione,» disse l'avvocato sedendosi sull'angolo della scrivania «ci sarebbero alcuni dettagli a cui devi stare attento. Per evitare complicazioni. Se capisci cosa intendo.»

Paul non amava i modi confidenziali e un po' sprezzanti dell'uomo; anzi, in generale non lo aveva mai sopportato. Era solo un odioso omuncolo che dopo la guerra si era arricchito grazie ad affari poco puliti, ma discreti. Probabilmente, però, era soprattutto il tema divorzio a guastargli l'umore e a fargli sembrare il consulente più antipatico di quanto non fosse.

«Alois, non ho intenzioni serie, ma sono grato per qualunque consiglio.»

«Quando vuoi, mio caro. Ho già risolto parecchi impicci al tuo vecchio… Allora, tanto per cominciare ci sarebbe quell'atelier che tua moglie dirige in Karolinenstrasse. Molto generoso da parte tua, ma sai benissimo che lei può fare affari solo con il tuo consenso. Quindi, in caso di intenzioni serie, si potrebbe pensare di chiudere l'attività e cancellare l'iscrizione al registro delle imprese.»

Paul tacque. L'avvocato non gli stava dicendo niente di nuovo, ma finora si era sempre rifiutato di compiere questo passo. Avrebbe significato togliere a Marie le basi finanziarie, ottenendo cosa? Che tornasse alla Villa delle Stoffe con la coda tra le gambe? Improbabile, avrebbe causato solo un ulteriore indurimento dei due fronti.

«E che possibilità mi offre la legge per riportare i miei figli alla Villa?»

Grünling fece un respiro profondo e guardò Paul con scarso entusiasmo. «Be', questo potrebbe essere la conseguenza del discorso precedente. Se alla tua consorte mancassero le basi finanziarie si potrebbe dimostrare che i bambini nel luogo in cui si trovano adesso vengono trascurati o abbandonati.»

«Trascurati no, però traviati...» disse all'improvviso Paul. «Le loro doti vengono sfruttate male, i miei figli vengono educati a diventare persone incapaci.» Paul si fermò, aveva alzato la voce e si stava vergognando.

Grünling tornò dietro alla sua scrivania. Sorrise accondiscendente e da distanza di sicurezza disse: «La cosa più importante sarebbe raccogliere prove. Mettere nero su bianco testimonianze significative corredate di data e firma da poter presentare in tribunale. Sia per quanto riguarda i bambini, sia per quanto riguarda la fedeltà di tua moglie.»

Paul dovette controllarsi per non arrabbiarsi di nuovo. Sebbene ancora sospettasse che Ernst von Klippstein intendesse abbordare Marie, non aveva la minima intenzione di discuterne con Grünling.

«Non sarà facile» disse quindi restando vago.

«Per queste evenienze esistono dei professionisti; costano soldi, ma fanno un buon lavoro.»

Paul serrò gli occhi e capì che il suo legale di fiducia stava parlando di un'agenzia di investigazioni. Che idea assurda! Solo uno spietato avvocato come Grünling poteva partorire un'idea del genere! Davvero pensava che fosse disposto a far spiare i bambini o Marie da un ficcanaso?

«Grazie per i consigli, in caso di necessità li terrò presente. Adesso però non voglio disturbarti oltre.»

La vecchia volpe, come l'aveva definito suo padre, non parve affatto turbata. Al contrario, fece a Paul un sorriso comprensivo, gli porse la mano e disse di essere sempre al suo servizio.

«I rapporti con il gentil sesso non sono sempre facili» aggiunse poco dopo. «Soprattutto con le signore che ci stanno a cuore. Credimi, caro Paul, te lo dico per esperienza!»

«Certo» replicò Paul.

Quando uscì dall'ampio e pomposo ufficio e scese le scale per tornare in strada si sentì felice. «Te lo dico per esperienza!» Idiota! Paul era certo che l'avvocato Grünling non fosse mai stato davvero affezionato a una donna. Del resto, come avrebbe potuto? Al posto del cuore Grünling aveva un borsellino.

Solo dopo, alla sua scrivania, dopo aver bevuto un caffè ed essersi immerso nel lavoro, Paul si calmò e rivide la situazione con altri occhi. Perlomeno aveva scoperto alcuni dettagli che avrebbero potuto tornargli utili. Nelle ultime settimane purtroppo non c'erano stati avvicinamenti: lui e Marie erano in una situazione di stallo, anzi i fronti, già duri, si stavano cementando. Per l'ennesima volta valutò se non fosse il caso di scriverle una lettera. Una lettera meditata ed equilibrata in cui le faceva delle proposte per un rappacificamento amichevole. Certo, avrebbe potuto cedere. Se fosse stata davvero disposta a tornare, avrebbe potuto parlare con la madre e la signora von Dobern sarebbe stata costretta ad andarsene all'istante. Ma lo avrebbe fatto solo dopo il suo consenso. Non prima. Non aveva la minima intenzione di sottomettersi a lei. Se voleva un marito zerbino, be', era all'indirizzo sbagliato. Andasse pure dietro a Ernst von Klippstein. Kitty, che quando parlava al telefono con la madre le diceva tutto, aveva riferito che Ernst era un ospite molto gradito in Frauentorstrasse. E la madre un attimo dopo aveva vietato al socio di Paul di mettere piede alla Villa.

«Quest'uomo che tu definisci tuo amico aveva messo gli occhi addosso a Marie già in passato. Quando era ricoverato qui le ha fatto una dichiarazione d'amore, me lo ha detto Kitty.»

Incedibile quanto fossero mutevoli le donne. Compresa la madre. Non aveva ripetuto per anni che Ernst von Klippstein era un «pover'uomo tanto caro» cogliendo ogni occasione per invitarlo alla Villa? Paul scacciò questo pensiero che continuava a torturarlo. No, Marie gli era fedele. Non lo aveva tradito né allora, quando lui era prigioniero dei russi ed Ernst von Klippstein, a sentir la madre, si era fatto avanti, né dopo.

Cose come i tradimenti, le doppie vite o i divorzi nella famiglia Melzer non c'erano mai state e tutto sarebbe rimasto immutato. Lui e Marie avevano problemi seri, ma presto li avrebbero risolti.

Per il pranzo decise di tornare alla Villa a piedi. Il tempo era asciutto e soleggiato, tirava un po' di vento ma l'aria fresca e il movimento gli avrebbero fatto bene. A parte l'ultimo periodo, suo padre era sempre andato a piedi. Nell'anticamera trovò le due segretarie che mangiavano panini portati da casa. Paul lanciò un'occhiata all'ufficio di Ernst.

«Il signor von Klippstein è andato a pranzo» disse la Hoffmann con la bocca piena, arrossendo. «Mi scusi.»

«Non si preoccupi» rispose Paul. «Rompete le righe, riposo, continuate a mangiare!» aggiunse ironicamente.

Loro si rallegrarono del tono scherzoso e ridacchiarono.

Arrivò alla Villa sfinito e con il cappotto aperto. Andare a piedi aveva diversi vantaggi, per esempio aveva appena visto che il vento aveva spezzato un sacco di rami. Era arrivato il momento di occuparsi del parco. Da quando assumeva giardinieri solo sporadicamente, era molto tascurato. Bisognava prendere una persona fissa, doveva parlarne con la madre.

Else aprì la porta, s'inchinò e prese cappotto e cappelli.

«Mia madre è in piedi?»

Ormai era diventata una domanda di routine, Alicia soffriva sempre più spesso di emicrania e altri malanni. Spesso, però, per il pranzo scendeva comunque.

«Signor Melzer, no, purtroppo... è di sopra nella sua stanza.»

Else fece un sorriso compassionevole senza aprire la bocca. Era strano, ma ormai ci si era abituato.

«La signora von Dobern desidera parlarle.»

Non gli andava per niente, ma doveva. Da quando Serafina von Dobern era diventata il pomo della discordia del suo matrimonio e in generale della sua famiglia, gli dava spesso sui nervi. Doveva ammettere che non era colpa sua. La poveraccia non aveva vita facile nel suo nuovo ruolo, Marie ci aveva visto giusto.

«La aspetta nel salone rosso.»

Prima del pranzo, quindi. Be', meglio sbrigare la faccenda subito. Probabilmente voleva di nuovo lamentarsi dei dipendenti e visto che la madre era indisposta si rivolgeva a lui. Il fatto che lo aspettasse nel salone rosso, però, gli piaceva poco. La signorina Schmalzler non si sarebbe mai permessa.

«Le dica che la aspetto nello studio.»

Lo fece aspettare, cosa che lo fece arrabbiare ancora di più perché aveva fame. Finalmente sentì sbattere la porta del salone rosso. Ah, la signora era offesa perché non aveva accettato il suo invito nel salone di rappresentanza. Paul le avrebbe fatto abbassare la cresta.

«Mi spiace averla fatta aspettare» disse entrando. «Dovevo finire di scrivere in bella una lettera che sua madre mi ha dettato di gran fretta.»

Paul annuì e le indicò una sedia. Per abitudine lui era seduto alla scrivania, il mobile in cui Jakob Burkard un tempo aveva nascosto i suoi progetti. Erano passati già dieci anni dal giorno in cui lui e Marie li avevano ritrovati. Marie... quanto l'aveva amata, allora. Quanto era stato felice quando lei aveva risposto di sì alla sua proposta di matrimonio! Le ombre del passato erano diventate più forti del loro amore? Era possibile che fosse la colpa del padre a distruggere la loro felicità?

«Sua madre mi ha incaricata di informarla su un inaspettato, nuovo sviluppo» disse Serafina von Dobern fissandolo con un sorriso stampato in faccia.

Paul si fece forza. Abbandonarsi alla malinconia era inutile. «Perché non me lo dice lei di persona?»

Il sorriso di Serafina si trasformò in un'espressione di rammarico.

«Stamattina sua madre ha risposto a una telefonata che ha sconvolto i suoi nervi, già precari. Così le ho dato un tranquillante; scenderà per il pranzo ma al momento non è in grado di tenere lunghe conversazioni.»

Ogni tanto Serafina, con il consenso del dottor Greiner, somministrava alla madre della valeriana. Del tutto innocua, aveva spiegato il medico. Anche perché le dosi da lui prescritte erano minime.

Paul si preparò al peggio: era stata Marie a chiamare? Aveva fatto domanda di divorzio? L'avvocato Grünling non aveva detto che sempre più donne inoltravano tale richiesta?

«Ci sarà un divorzio» disse Serafina interrompendo i suoi pensieri.

Allora è vero! Paul iniziò a precipitare in un baratro. Avrebbe perso Marie. Lei non lo amava più.

«Un... un divorzio» ripeté lentissimamente.

Serafina osservava con attenzione l'effetto delle sue parole ed esitò a rispondere. «Sì, purtroppo. Sua sorella Elisabeth ha chiamato da Kolberg per comunicarci di aver presentato domanda di divorzio dal marito Klaus von Hagemann. Su richiesta di lui, la procedura sarà gestita dal tribunale di Augusta.»

Lisa! Era Lisa che voleva divorziare. Era stata Lisa, non Marie, a presentare la domanda. Paul era incredibilmente sollevato, e anche pentito per aver mostrato i suoi sentimenti a Serafina in maniera così chiara.

«Dunque si è decisa» mormorò. «Ha detto che intenzioni ha dopo?»

«Solo che all'inizio vuole alloggiare qui alla Villa delle Stoffe. Il resto dei programmi non ci è noto.»

Capiva benissimo che questa notizia, riferita da Lisa con brevità e concisione, come suo solito, per la madre fosse stata uno shock. Che scandalo. Proprio mentre la buona società di Augusta stava ancora spettegolando sulla moglie di Paul Melzer, scappata di casa, Elisabeth decideva di divorziare dal marito e tornare nella casa paterna. A questo si aggiungevano le continue indiscrezioni riguardo la presunta vita viziosa della giovane vedova Kitty Bräuer. Lo sfascio della famiglia Melzer sarebbe diventato l'argomento preferito delle malelingue della città.

«Se posso permettermi un'osservazione...»

«Prego.»

Serafina adesso sembrava confusa, espressione che le donava molto più del sorriso finto. Veniva da una famiglia nobile ed era stata educata a non mostrare mai i suoi veri sentimenti. Lo conosceva dalla madre.

«Ecco... io, io sono molto felice che Lisa torni. Probabilmente ricorderà che siamo amiche. Ha preso una decisione difficile, ma è quella giusta.»

«Possibile» ammise Paul. «Lisa ovviamente è la benvenuta qui alla Villa e io la aiuterò in tutti i modi possibili.»

Serafina annuì, adesso sembrava sinceramente commossa. Aveva un pessimo carattere, ma pur sempre con dei lati positivi. E quanto al suo aspetto non poteva farci nulla.

«Lisa è fortunata ad avere un fratello come lei. Uno che sta sempre dalla sua parte» disse con un filo di voce.

«Oh, grazie» rispose lui cercando di buttarla sullo scherzo. «Nelle difficoltà noi Melzer facciamo sempre fronte comune.»

Lei annuì e lo guardò con occhi languidi. *Ahimè*, pensò Paul, *un tempo alle serate di gala mi guardava sempre così*.

«Allora adesso andiamo a pranzo,» disse «devo tornare in fabbrica.»

La madre era già seduta al tavolo, dritta e fiera come suo solito, ma pallida come se fosse cascato il mondo. Paul la abbracciò e la baciò sulla fronte.

«Hai saputo? Dio mio, a noi Melzer non ci viene risparmiato nulla!»

Fece di tutto per consolarla, ma ci riuscì solo in parte. Perlomeno Alicia fu in grado di pronunciare la preghiera prima del pasto. Julius servì la zuppa in silenzio e alla domanda di Paul se fosse tutto a posto rispose che stava benissimo. Anche se guardava la signora von Dobern come se volesse ucciderla con il mestolo.

«Quel signor Winkler» disse Alicia pensierosa dopo che il domestico fu uscito dalla sala. «Mi meraviglia un po' che Lisa non l'abbia nominato durante la sua telefonata.»

«Be'» disse Serafina accennando un sorriso. «Non significa nulla. Aspettiamo. Quando sarà qui ci dirà tutto.»

Alicia parve davvero sollevata, cosa che stupì Paul. Lisa non si confidava con nessuno, rimuginava per conto suo e poi ti sorprendeva con decisioni inaspettate. La madre avrebbe dovuto saperlo. Ma a quanto pareva negli ultimi tempi prendeva le parole della signora von Dobern per oro colato.

«Il cavolo mi sembra un po' salato» disse la governante tamponandosi le labbra con il tovagliolo.

«Ha ragione» convenne la madre.

«Sul serio?» disse Paul aggrottando la fronte. «Io lo trovo fantastico.»

La signora von Dobern fece finta di non sentirlo e incaricò Julius di riferire alla cuoca che le verdure erano troppo salate.

Julius fece un cenno con la testa ma non rispose.

«È importante che il personale senta la mano di una direzione severa» disse la signora von Dobern. «L'indulgenza spesso viene presa per debolezza, soprattutto… cara Alicia, mi permetta questa specifica, dalle donne. Chi ha un atteggiamento cedevole con le donne viene disprezzato perché tutte noi al nostro fianco desideriamo un uomo da guardare dal basso verso l'alto.»

Paul restò sorpreso di sentire simili teorie dalla bocca di una donna, ma in fondo Serafina era la figlia di un ufficiale. E quello che aveva detto, seppure un po' esagerato, aveva un fondo di verità.

Alicia annuì con convinzione e disse di aver sempre rispettato e allo stesso tempo amato il suo Johann, che Dio l'avesse in pace.

«Agiva sempre di testa sua» disse quindi sorridendo in direzione del figlio. «E faceva bene.»

Evidentemente aveva dimenticato le loro lunghe ed estenuanti battaglie matrimoniali. Paul ricordava benissimo come allora alla madre questa testardaggine del padre non piacesse affatto. Ma forse pure quest'oblio era una forma d'amore? A loro modo, i due si erano amati davvero.

«Probabilmente il signor Melzer non le avrebbe mai concesso di aprire un'attività tutta sua, non è vero?» disse Serafina ad Alicia.

«Johann? Assolutamente no. Mio marito era convinto che le donne dovessero stare a casa. E un ménage familiare grande come quello della Villa delle Stoffe è un'occupazione più che sufficiente.»

«Be', sua nuora con l'atelier ha dimostrato di poter dirigere la casa e allo stesso tempo essere una donna d'affari. Mi sbaglio?»

«Certo, cara Serafina, si sbaglia. Marie purtroppo ha trascurato sia la casa sia i bambini. Sì, Paul, io sono assai convinta che l'atelier abbia danneggiato il tuo matrimonio.»

Paul stava mangiando il gulasch e fece finta di non aver sentito.

Provava imbarazzo, ma non voleva intervenire per non far dispiacere la madre. Tuttavia, non gli piaceva per niente che i suoi problemi matrimoniali venissero discussi a tavola con la governante. Ma come le era venuto in mente?

«Io trovo che il signor Melzer con la moglie si stia comportando in maniera molto magnanima» riprese il discorso Serafina. «Cosa succederebbe se usasse il pugno duro e facesse chiudere l'atelier? Di cosa vivrebbero la moglie e i bambini?»

Per la risposta Alicia aspettò che Julius avesse finito di servire il dessert, un budino di semolino con salsa di lamponi. Poi guardò la governante e sorrise. «Cara Serafina, ha centrato il nocciolo della questione. Paul, hai sentito? Io ti avevo messo in guardia fin dall'inizio ma tu non mi hai ascoltata. L'atelier ha dato alla testa a Marie, dovresti renderti conto il prima possibile di come stanno davvero le cose. Con l'indulgenza non otterrai nulla, se non il contrario. Perderà tutto il rispetto che ha di te.»

Paul aveva immaginato che la madre fosse di questa opinione, ma finora Alicia aveva evitato di essere così esplicita.

«Mamma, ti ringrazio per il consiglio. Adesso devo tornare alla fabbrica.»

Il budino lo lasciò, anche se era uno dei suoi dessert preferiti. Non aveva la minima voglia di sentire i rimproveri della madre sul fatto che scappasse sempre in fabbrica. Era una sua impressione o Serafina aveva fatto di tutto per portare Alicia dove voleva lei? Quella donna andava tenuta d'occhio.

Gli toccò andare di nuovo a piedi. Iniziò a rimuginare, la sua rabbia crebbe e alla fine si chiese seriamente se il consiglio della madre non fosse la soluzione di tutti i problemi. Se Marie non aveva i soldi per alimentare e vestire i bambini a dovere, lui avrebbe avuto un appiglio giuridico per riportare Leo e Dodo alla Villa delle Stoffe. Marie avrebbe capito che era lui quello nella posizione più forte. I problemi non erano cominciati proprio perché era stato troppo generoso?

Il resto della giornata di lavoro la trascorse di umore eccellente, addirittura discusse di alcuni progetti imminenti con il socio che ignorava da giorni. Non fu affatto facile, soprattutto dopo che lui gli aveva fatto riferire che non intendeva cedere le sue percentuali della fabbrica per nessun motivo. Quindi, nell'interesse dell'impresa, dovevano trovare un accordo e stipulare una tregua.

Tuttavia quella sera, quando si ritrovò solo nello studio con le sue pene e un bicchiere di vino rosso, capì di essere fuori strada. Non poteva costringerla. Marie doveva tornare da lui di sua volontà. Che senso avrebbe avuto tentare altre strade?

Ma cos'è che vuole, si chiese disperato. *Le ho chiesto perdono. Sono disposto a licenziare la signora von Dobern. A certe condizioni potrei anche acconsentire al fatto che Leo suoni il piano... lei dovrebbe solo rinunciare a quella maledetta mostra.*

Cercò di scriverle, ma ogni volta si fermò e buttò il foglio nel cestino. *Kitty*, pensò. *Deve aiutarmi. Perché non mi è venuto in mente prima?*

L'avrebbe chiamata il giorno dopo dall'ufficio. La decisione gli diede il coraggio di andare a letto. Odiava la camera matrimoniale in cui adesso doveva dormire da solo. Il letto con un lato intonso, il silenzio, il freddo, il cuscino inviolato di fianco. Marie gli mancava così tanto, non sapeva come fare a vivere senza di lei.

24

Avrei dovuto immaginarlo, pensò Marie. Si vergognava, era stato solo masochismo. Cosa aveva pensato di lei la gente vedendola arrivare da sola nella chiesa di San Maximilian per la santa messa del mattino? Non si era seduta sulla panca dei Melzer, davanti a destra, in seconda fila. Aveva pensato di non averne il diritto e si era infilata in uno degli ultimi banchi della navata sinistra. Dal suo posticino nascosto sbirciò e vide che sulla panca dei Melzer erano sedute tre persone: Alicia, Paul e Serafina von Dobern.

Perché questa scena la sconvolgeva tanto? Anche prima la bambinaia aveva preso posto sulla panca dei Melzer insieme a Dodo e Leo. Quel giorno i gemelli erano andati con Hanna alla messa della chiesa dei Santissimi Ulrich e Afra. Un'idea di Kitty, per evitare complicazioni. Serafina adesso era stata promossa governante e sedeva di fianco a Paul. Aveva preso il posto di Marie.

Mentre l'organo suonava il preludio e il sagrestano chiudeva le porte, Marie combatté contro il desiderio di scappar via. Cos'era venuta a fare? Per devozione? Una virtù che all'orfanotrofio le avevano insegnato molto presto. No, era lì perché le era venuta l'assurda idea di scambiare due parole con Paul, dopo la celebrazione. Per cercare di spiegarsi e di essere capita. Oppure solo per... guardarlo, sì, per guardarlo negli occhi. Fargli sentire che il suo amore non era morto... al contrario.

Ma era il posto e il momento sbagliato. Entrarono il prete e i chierichetti e cominciò la messa. Marie si sentì addosso gli sguardi curiosi di tutta Augusta. Eccola, Marie Melzer, l'ex sguattera diventata padrona. La sua felicità è durata qualche anno, adesso è finita. Peccato per lei, ma così era scritto. Paul Melzer merita una donna migliore di un'orfanella.

Sì, pensò Marie con amarezza. *Serafina è povera, ma di famiglia nobile. Suo padre, il colonnello von Sontheim, era caduto per la madrepatria. Nobile impoverita e industriale benestante: un'unione perfetta.*

Sbirciò di nuovo e vide Paul chinarsi verso Serafina e sussurrarle qualcosa sorridendo. Lei arrossì e rispose.

Marie fu assalita da una tremenda gelosia. *Chi va a Roma perde la poltrona*, pensò. *La colpa è tua, sei stata tu ad abbandonarlo, a lasciarlo libero. Credevi che uno come Paul avrebbe avuto difficoltà a trovare un'altra donna? È ricco, di bell'aspetto e sa essere incredibilmente affascinante… una volta divorziato le ragazze da marito faranno a gara per averlo.*

Pensava a un divorzio? Erano già a questo punto?

Restare fino alla fine della messa le costò una fatica immane. I testi latini però la aiutarono, ebbero un effetto calmante. Appena attaccò il postludio dell'organo Marie si alzò, oltrepassò i vicini di panca e fu tra i primi a uscire. Sperò con tutto il cuore che né Paul né le sue accompagnatrici avessero notato la sua presenza. Sarebbe stato penoso.

Prese una carrozza per scomparire il più in fretta possibile; arrivata in Frauentorstrasse, salì le scale senza farsi vedere da Gertrude in cucina, si tolse cappotto e stivaletti e si sedette al suo tavolo da lavoro.

Anche se fosse, pensò orgogliosa sfregandosi le mani fredde, *ho il mio lavoro, quello non può togliermelo nessuno. E i bambini. E Kitty. Gertrude. Posso vivere in questa casetta piccola e carina e lavorare. Anche se ho perso Paul... mi resta ancora tantissimo. Sia pure felice con un'altra... lo spero per lui. Sì, io voglio davvero che sia felice. Perché lo amo... io lo amo!*

Guardò fuori dalla finestra e seguì il gioco del vento che portava via dal faggio le ultime foglie. *Devo lavorare*, pensò. Il lavoro l'avrebbe aiutata a dimenticare. Esaminò il suo disegno, la prima bozza di un ampio cappotto con inserti in pelliccia per una cliente. Il collo semplice, la pelliccia sulle maniche e sull'orlo. Da abbinare a un cappellino di velluto. Magari a forma di tubo, come andavano adesso? No, quei versi non le piacevano per nulla. Meglio una creazione di tese intrecciate con un orlo di pelliccia. Buttò giù un'idea, la scartò, la modificò, rifletté e cambiò completamente genere.

«Mamma, ne abbiamo già parlato un sacco di volte...»

Marie si fermò e tese le orecchie. La sera precedente era tornata Tilly da Monaco. Era arrivata stanchissima, aveva mangiato un boccone e si era subito ritirata nella sua stanza in mansarda. Povera Tilly. Non stava bene, e adesso ci si metteva anche Gertrude a infierire.

«Figlia mia, la verità non si ripete mai abbastanza. Ho tanto sperato che mettessi la testa a posto...»

«Mamma, ti prego, non ne voglio parlare!»

«Tilly, io sono tua madre e non lascerò che il mio cuore diventi una fossa comune. Ti sei vista allo specchio? Sembri Cristo in croce! Le occhiaie, il naso appuntito, le guance incavate. Vederti così mi fa male.»

«Allora guarda da un'altra parte.»

Marie s'immaginò Gertrude puntare le braccia sui fianchi piena di indignazione. Tilly, sapeva benissimo com'era fatta la madre. Non si accontentava certo di una risposta del genere.

«Dici che devo guardare da un'altra parte? Non guardare l'unica figlia che mi è rimasta, che si sta rovinando con le proprie mani?

L'università, questa storia di diventare dottoressa... sono tutte fantasticherie assurde! Faresti molto meglio a cercare un marito che ti mantenga... ma devi curarti di più, una spaventapasseri non se la prende nessuno!»

Marie posò la matita e si alzò per andare a sostenere Tilly. Sì, Gertrude era preoccupata, lo faceva con buone intenzioni. Ma stava esagerando.

«Te lo dico per la centesima volta: io non mi sposerò mai! Ti prego, accettalo!»

Marie scese le scale di corsa. Era preoccupata, Tilly aveva parlato con voce tremante. Stava per scoppiare a piangere.

«Gertrude!» disse Marie mentre apriva la porta del salotto. «Credo che Hanna stia per tornare dalla messa con i bambini.»

Una mossa intelligente, la donna guardò il pendolo e corse alla finestra. «Santo cielo, li hai visti arrivare da sopra? Però mi sembra presto. Preparerò una bella cioccolata calda, fuori tira un vento gelido. E in chiesa di sicuro non si sono scaldati.»

«Ottima idea!» disse Marie. «Con questo tempaccio una cioccolata calda è proprio quello che ci vuole!»

Gertrude corse in cucina a preparare: cacao amaro, zucchero e un po' di panna. Il tutto sarebbe diventato una poltiglia cui più tardi avrebbe aggiunto del latte. L'entusiasmo di Gertrude per i fornelli continuava a crescere e Hanna si era rivelata un aiuto prezioso.

Tilly si sistemò i capelli e guardò Marie con riconoscenza. Alla luce del mattino la ragazza sembrava ancora più magra della sera precedente. E il suo vestito era consumato, la manica destra aveva addirittura un buco.

«Marie, sei arrivata proprio al momento giusto. Un'altra parola e l'avrei azzannata!»

«Lo so...»

«Stai dicendo che era tutto programmato?»

Marie rise e annuì. Poco dopo anche Tilly accennò un sorriso. In cucina si sentì lo schianto di una pentola. Gertrude a volte era un po' maldestra.

«Gesù Maria!» si lamentò Kitty in corridoio. «Ma quanto fracasso nel cuore della notte! In questa casa non si può mai dormire in pace!»

«Signorina, è quasi mezzogiorno!» replicò Gertrude calmissima. «Ma certo, chi vive di notte di giorno deve dormire!»

Kitty borbottò qualcosa, poi la porta del salotto si aprì. La cognata era in vestaglia, i capelli scompigliati e gli occhi ancora assonnati.

«Con questi lanci di pentole mi farà uscire matta. Tilly, tesoro, hai dormito bene? Sembri un tulipano appassito. Dobbiamo rimetterti in sesto, dico bene, Marie? Non ti preoccupare, ci penseremo noi. Cielo, come sono intontita... ma è domenica, o sbaglio?»

Si passò una mano tra i capelli e rise, si premette i palmi contro la fronte, fece una smorfia e rise di nuovo.

«Sì, Kitty, è domenica. Adesso siediti, credo sia rimasto del caffè...»

Gertrude aveva l'abitudine di tenere da parte una tazza di caffè per Kitty che non si alzava mai prima delle dieci.

«Certo, caffè tiepido... proprio quello che sognavo!» ironizzò Kitty.

Fece un altro po' di scenate e poi si sedette sul divano sospirando. Prese in mano la tazza e continuò a parlare. «*Bleah!* Che schifo... però ti sveglia! Che bella festa è stata ieri sera al Circolo d'arte! Pensa, Tilly, appena gli ho detto che sei già ad Augusta si è agitato da morire! Ha promesso che passerà qui stasera. Ah, verranno anche Marc e Roberto. E Nele, credo. A proposito, devo ancora avvertire Gertrude e Hanna, Roberto adora il loro dolce alle mandorle.»

Marie fece fatica a mettere ordine nel fiume di parole della cognata, poi vide la fronte aggrottata di Tilly e intervenne.

«Kitty, ma di chi stai parlando?»

«Marie, tesoro, ma di Roberto, ovvio! Roberto Kroll, un ragazzo così carino… peccato che insista con quella barba perché vuole passare per artista genia…»

«Roberto si è agitato quando gli hai detto che c'era qui Tilly?»

Kitty sgranò gli occhi e disse: «Marie, ma che dici? Non Roberto, Klippi. Il caro, adorabile Klippi».

Tilly arrossì e guardò di lato. Kitty finì la sua tazza di caffè, si spostò all'angolo del divano e tirò su le gambe.

«Lo sanno tutti che il povero Klippi è innamorato pazzo della nostra Marie,» attaccò poco dopo «ma visto che con lei non ha chance, cosa che mi rallegra molto perché lei appartiene al mio fratellone, lui è costretto a muoversi diversamente. Credimi, Tilly, quell'uomo è un gioiello.»

Tilly sospirò e si tappò le orecchie. «Ti prego, Kitty, non cominciare pure tu! Mia madre ha appena finito!»

Kitty però non si arrese. «Sto solo dicendo che il signor von Klippstein stasera sarà nostro ospite ed è felice di vederti, tutto qui. E come sai è un uomo incantevole e incredibilmente generoso. Non oserebbe mai dare ordini a sua moglie. Potresti continuare a studiare e diventare medico, Klippi ti aiuterebbe, ti…»

«Kitty, è inutile che ti sforzi» la interruppe Tilly. «Io non mi sposerò mai. E tu dovresti essere la prima a capirlo.»

Kitty eccezionalmente tacque e si abbracciò le ginocchia. Poi guardò Marie in cerca di aiuto. «Per via… per via del dottor Moebius?»

Tilly si limitò ad annuire. Deglutì e si sistemò i capelli dietro le orecchie. Era strano che una donna così coraggiosa, che stava imparando una professione dominata dagli uomini, portasse i capelli in maniera così tradizionale.

«Ancora speri che torni?»

Tilly scosse la testa. Per un attimo nel salotto ci fu silenzio, si sentì solo il battito regolare del pendolo e il rumore dei piatti in cucina. Poi Tilly iniziò a parlare, sottovoce e a singhiozzi.

«Ulrich è morto, lo so per certo. È caduto in un paesino dell'Ucraina. Avevano allestito l'ospedale da campo subito dietro la linea del fronte, come al solito, per soccorrere i feriti il più rapidamente possibile. Nel paesino si erano nascosti dei partigiani e hanno cominciato a sparare a più non posso. Ulrich è morto mentre cercava di salvare un giovane soldato.»

Marie non sapeva cosa dire. Kitty sembrava una bambina spaventata.

«E come lo sai?» domandò angosciata.

«Un commilitone ha scritto ai suoi genitori. Sono stati loro a dirmelo… Ulrich aveva detto ai suoi compagni di avvertirmi, qualora fosse caduto.»

Un destino simile a quello di migliaia di altri soldati, pensò Marie infelice. *Eppure così terribile, quando uno lo sperimenta sulla propria pelle. È strano, adesso la gente evita di ricordarsi della guerra. Ci buttiamo in questa nuova vita moderna e gli storpi per strada non vogliamo nemmeno vederli. Come desideriamo dimenticare le cicatrici e le ferite personali.*

«Certo» continuò Tilly con un tono di voce diverso. «Non eravamo fidanzati, c'è stato troppo poco tempo e io sono stata così respingente… quanto me ne sono pentita! Avrei dovuto incoraggiarlo, ma noi donne veniamo educate a non fare mai il primo passo. Così abbiamo avuto solo una manciata di minuti… un bacio, un abbraccio, una promessa.»

Si fermò sopraffatta dal ricordo. Kitty saltò in piedi e andò ad abbracciarla.

«Sì, ti capisco» disse angosciata. «Ti capisco benissimo, ma tu perlomeno sai com'è morto. Io non scoprirò mai cosa è successo al mio povero Alfons. Ah, Tilly, non sai quante volte lo sogno a terra, ferito, sanguinante. A miglia e miglia di distanza e solo come un cane. La guerra. Ma chi l'ha voluta? Conosci qualcuno che l'abbia voluta? Nel caso, portalo da me che lo faccio a pezzi!»

Marie tacque. Si sentì ingrata ed egoista. Suo marito era tornato: quante donne l'avevano invidiata! Lei però lo aveva lasciato, non riusciva a perdonarlo. La gioia di ritrovarsi e la vita quotidiana erano due cose completamente diverse.

«Io stimo molto Ernst von Klippstein» continuò Tilly. «Hai ragione a dire che è un uomo stupendo, e poi ne ha passate così tante. La sua vita allora si è giocata sul filo del rasoio.»

«È vero» disse Kitty accarezzando la spalla della cognata «allora sei stata tu a curarlo alla Villa. Ma dicci, cara Tilly... che resti tra noi, sarà il nostro segreto... Klippi è in grado di creare una famiglia?»

Tilly guardò verso la finestra dove erano appena comparse le facce sorridenti dei bambini. Stavano saltando verso l'alto per spiare dentro al salotto, salutarono le tre donne e poi ridacchiando tornarono all'ingresso, dove li stava aspettando Hanna.

«Però...» rispose Tilly affrettandosi «però non deve saperlo nessuno. Anch'io l'ho capito solo adesso che in facoltà abbiamo avuto un caso simile. Ma a quei tempi era una funzione corporale che ignoravo.»

«Ah, quindi non può» constatò Kitty. «Poveraccio!»

Marie lo aveva sospettato, adesso era una certezza. Che tragedia. Klippi aveva un figlio, che però abitava con la madre, da cui aveva divorziato. Non avrebbe potuto averne altri. Quanto era stupida la gelosia di Paul. Com'è che aveva detto? Ah, sì, che era il suo "amante", il suo "cavaliere delle rose". Che cattiveria! Che ingiustizia!

Le voci allegre dei bambini in corridoio spezzarono l'atmosfera triste. Kitty saltò in piedi, incrociò le mani dietro la testa e si stiracchiò.

«E che vuol dire? La vita continua. È appena iniziata una nuova epoca e noi tre ce la godremo! Io con i miei quadri, Marie con il suo atelier e tu, Tilly, diventando un grande medico.»

Salì in punta dei piedi, continuò ad allungarsi e guardò le altre due con aria di sfida. In attesa di un consenso, ovvio. Marie fece un sorriso tiepido, anche Tilly si sforzò di farlo ma le riuscì male.

«Ragazze mie,» disse quindi Kitty indulgente «io vado a vestirmi altrimenti Henny racconterà di nuovo a scuola che la madre passa tutto il giorno in camicia da notte.»

Anche Tilly si avvicinò alle scale, voleva salire per tirarsi su i capelli, sistemare la stanza e rifare il letto. I tempi in cui veniva servita da domestiche e dame di compagnia ormai erano lontani, era abituata a cavarsela da sola. Hanna aveva già abbastanza da fare e Tilly non voleva farle sbrigare del lavoro aggiuntivo.

«Zia Tilly!» disse Dodo con la sua voce squillante. «Zia Tilly, aspettami! Salgo con te!»

«Va bene, vieni, però io devo riordinare la camera.»

«Ti aiuto! Io sono brava a riordinare, ce l'ha insegnato la signora von Dobern. Poi posso pettinarti i capelli? Ti pregoooo! Faccio piano piano.»

Perché ci tiene così tanto?, si chiese Marie. *Forse anche Dodo voleva studiare medicina? Sempre meglio della storia degli aerei.* Marie rise di se stessa, i suoi figli avevano ancora un sacco di tempo, pensarci era stupido. Anche se dicevano che non era mai troppo presto per coltivare un sogno.

Leo arrivò di corsa con un bicchiere in mano e baffi di cioccolata sopra la bocca. «Mamma, mamma! Ho scoperto una cosa pazzesca!»

Agitò il bicchiere e per un pelo la cioccolata non si rovesciò sul tappeto.

«Tesoro, ma è fantastico! Però prima posa il bicchiere, altrimenti inonderai il salotto di cioccolata.»

«Mamma, ho l'orecchio assoluto!»

La guardò come se avesse appena ricevuto l'ordine di cavaliere. Marie scandagliò la mente: ma cos'era l'orecchio assoluto?

«Bene! E come lo hai scoperto?»

«Alla fine della messa io e Walter siamo saliti di sopra, dove c'è l'organo. Perché volevamo tanto suonarlo. E il cantore ha detto che io so sempre di che tono si tratta, compresi i semitoni. Li riconosco tutti, dal discanto al basso, l'intero registro dell'organo. Mamma, io riesco a sentire tutto, Walter no. Infatti era tristissimo. Il cantore, che si chiama Klingelbiel, ha ammesso che è molto raro. Un dono di Dio, ha detto così!»

«Leo, è fantastico!»

Visto che erano soli poté abbracciarlo e accarezzargli i capelli. Appena la porta si aprì e fece capolino Henny, il bambino si staccò e corse nella sala da musica.

«Zia Marie.» Henny aveva un sorriso incantevole almeno quanto quello della madre. Aveva in mente qualcosa.

«Henny, che c'è?»

La bambina si prese una treccia e iniziò a rigirarsela tra le mani. Poi sbatté gli occhi davanti alla zia.

«Il pomeriggio, dopo che ho finito i compiti, potrei aiutarti all'atelier…»

Henny non era proprio il tipo da lavorare gratis. Marie però decise di accontentarla e disse: «Be', se lo desideri tanto, perché no? Una mano potesti darmela. Per esempio potresti dividere i bottoni, arrotolare i rocchetti di spago o innaffiare i fiori».

Henny annuì soddisfatta. «E mi pagheresti pure?»

Ah, ecco dove voleva arrivare, Marie lo aveva immaginato. Evitò di ridere e spiegò alla bambina che aveva solo otto anni e non poteva svolgere un lavoro retribuito.

«Ma... ma io mica lavoro. Aiuto un pochino, e tu per questo potresti regalarmi dieci Pfennig. Perché sei mia zia e mi vuoi tanto bene.»

Che furbetta. Come guadagnare soldi con stile: io faccio un piacere a te e tu lo fai a me.

«E sentiamo, a cosa ti servono questi dieci Pfennig?»

Henny tirò indietro la treccia e sporse il labbro. *Che domanda stupida*, diceva la sua espressione.

«Così... per averli e risparmiare qualcosa. Poi fra poco è Natale.»

Che bambina commovente, pensò Marie. *Vuole lavorare per comprare i regali. Questo senso del denaro l'aveva senz'altro preso dal padre.*

«Va bene, ne parleremo con la mamma.»

Henny si rabbuiò ma annuì e poi uscì dalla stanza. *C'è qualcos'altro*, pensò Marie. Doveva prima parlarne con Kitty.

Verso sera iniziò a diluviare e si alzò un vento gelido che scosse i cespugli e gli alberi del giardino. I rami battevano contro i muri della casa, foglie marroni e gialle vorticavano nell'aria e Hanna mise la ciliegina sulla torta dicendo che di sopra entrava acqua da due finestre.

«Metti due vecchi asciugamani sui davanzali» le disse Tilly. «Altrimenti il legno farà la muffa.»

«Questa casa è un pozzo senza fondo» si lamentò Kitty. «In estate ho fatto riparare il tetto e sono quasi finita in rovina. Se rinasco, giuro che divento lattoniere e mi metto a fare i tetti.»

Ernst von Klippstein arrivò con il cappotto grondante, il vento gli aveva danneggiato l'ombrello e aveva proseguito solo con il cappello. Invece dei fiori portò alle signore umide confezioni di cioccolatini e quando Hanna gli offrì pantofole calde e asciutte fece un sorriso smagliante.

«La prego di perdonare per come sono conciato» disse salutando Tilly e passandosi una mano tra i capelli bagnati.

«Perché dice così? Caro Ernst, ha un aspetto ottimo, roseo e sano. Come appena lavato!»

«Non ha tutti i torti» confermò Kitty sorridendo. «Caro Klippi, da oggi in poi prima di riceverla spereremo sempre che piova. Adesso entri, la cena è pronta.»

Marie fu sollevata che quel giorno Ernst von Klippstein si dedicasse soprattutto a Tilly. Nel periodo immediatamente successivo alla sua separazione da Paul era venuto in Frauentorstrasse quasi ogni giorno e aveva cercato di consolarla in tutti i modi. Con buone intenzioni, è logico, ma per lei era stato più un peso che un aiuto.

«Li vedi, Marie?» le sussurrò Kitty ghignando. «Si sono seduti vicini e chiacchierano fitto fitto. Fra poco si prenderanno per mano e si scambieranno promesse d'amore.»

Kitty indossava un elegante vestito di seta chiara che lasciava le ginocchia scoperte e metteva in risalto la sua linea da ragazzina. Una creatura a metà tra donna e bambina che s'illuminava, provocava, parlava con voce civettuola: nessun uomo poteva resisterle. Quando Kitty lo guardava con i suoi occhi azzurro profondo, ogni uomo veniva sopraffatto da una tempesta di desiderio. Tuttavia, Marie aveva capito che la cognata era stufa di questo gioco e continuava a farlo solo per avere conferme del suo potere. Anche Roberto, il pittore dalla barba nera, e il gallerista Marc rientravano tra i suoi fedeli adulatori. Non sapeva fin dove arrivasse la benevolenza di Kitty nei loro confronti. Se si concedeva anche fisicamente, non lo faceva mai in Frauentorstrasse.

«Nele! Che tesoro che sei stata a uscire con questo tempo!»

Nele Bromberg venne accolta con grande calore. Era oltre i

settanta e assai magra, portava i capelli corti e tinti di nero. Prima della guerra aveva avuto grande successo come pittrice e venduto un sacco di quadri, poi la sua fama era diminuita, ma questo non le impediva di continuare a dedicarsi all'arte. A Marie i suoi modi un po' strambi piacevano e ogni tanto pensava che sua madre, se fosse stata ancora lì con lei, avrebbe condotto una vita simile.

«Pioggia e vento, il tempo ideale per noi streghe» disse Nele. «Mio caro elfo svolazzante, è stato un piacere cavalcare la mia scopa fino a casa tua.»

Parlava spesso a voce troppo alta, con gli anni stava diventando sempre più sorda. Ma non disturbava nessuno, nemmeno i bambini, che anzi litigavano per sedersi accanto a lei.

Ah, quelle cene in compagnia nella casa di Frauentorstrasse! Com'erano allegre e spensierate! Non c'erano regole di comportamento come alla Villa delle Stoffe, nessuno diceva ai bambini di stare seduti dritti o di non fare macchie sulla tovaglia. Non c'erano né servitori né padroni, Gertrude distribuiva compiti e gli ospiti obbedivano. Apparecchiare. Sistemare i fiori. Portare il cibo in tavola. Occuparsi delle bevande. Soprattutto von Klippstein si rendeva utile volentieri, ma anche Marc; il pittore Roberto sistemava sempre le posate alla stessa distanza esatta dai piatti. Poi, quando era tutto pronto e sistemato, ci si sedeva insieme al tavolo troppo piccolo e bisognava far attenzione a non infilzare il vicino con la forchetta. Anche Hanna, che all'inizio si vergognava, doveva prendere posto e quando gli amici di Kitty la chiamavano "signorina Johanna" arrossiva per la vergogna.

Si mangiava, si lodava la cuoca, si giocava con i bambini, si raccontavano scemenze, si brindava. I discorsi riguardavano spesso l'arte ed erano quasi sempre diretti da Marc Boettger, il gallerista, che criticava un artista e ne osannava un altro, raccontava di gente diventata famosa dalla sera alla mattina e geni che restavano misconosciuti a vita. Nele a un certo punto gli disse di parlare più forte perché non riusciva a sentirlo, e per questo Dodo ricevette il compito di ripetere all'anziana il succo del discorso.

«Marie, che creatura intelligente hai messo al mondo. Una bambina veramente speciale. Un giorno ci lascerà tutti a bocca aperta.»

Nele dava del tu a tutti per principio e fin dall'inizio aveva preso particolarmente a cuore Marie. In particolare, adorava i quadri della madre, anche se con suo grande rammarico non l'aveva mai conosciuta.

Quando erano tutti sazi e i discorsi si acquietavano un po', arrivava l'ora di Leo. Il bambino andava in sala di musica e suonava qualcosa al piano, con grande passione. Al cenno di Marie i commensali applaudivano entusiasti: il concerto finiva e Hanna portava a letto i fanciulli recalcitranti.

Gli adulti a quel punto si dividevano in gruppetti nel salone, si mettevano comodi sul divano, Roberto di solito si sedeva sul tappeto a gambe incrociate. Era un grande ginnasta e una volta aveva perfino dato dimostrazione della sua arte con una ruota, danneggiando però un vaso di cristallo e una sedia di vimini, così Kitty lo aveva pregato di smettere.

«Adoro questa poltrona, ci ho partorito mia figlia!»

«Su questa poltrona?» disse Marc confuso.

«No, in realtà sul divano, proprio dove sei seduto tu in questo momento.»

Marie si unì alle risate generali. Quella sera si sentiva un po' stanca e faceva fatica a concentrarsi sulle conversazioni. Forse per il vino, un corposo rosso del Reno; il secondo bicchiere le aveva dato un po' alla testa.

Quello che diceva il giovane gallerista sembrava interessante, Marie sorrise nei momenti giusti e fu felice del ritorno di Hanna, a conferma che i bambini erano a letto tranquilli. Marc a quel punto si rivolse alla "signorina Johanna" per invitarla l'ennesima volta nella sua galleria di Annastrasse, così Marie ebbe la possibilità di ascoltare un altro discorso.

Tilly era di nuovo seduta vicino a Ernst von Klippstein; a quanto pareva aveva davvero deciso di aprirgli il suo cuore. Perlomeno, sul viso del giovane, Marie vide grande partecipazione.

«Che cattiveria. Secondo me è solo invidia.»

«Possibile» disse Tilly angosciata. «Io sono brava, quasi sempre tra i migliori. Per una studentessa è importante avere buoni risultati per essere notata dai professori. Alcuni compagni però la prendono male.»

«E poi questi tizi si sono presentati ubriachi fradici davanti a casa sua e hanno insistito per entrare?»

«Sì, hanno addirittura sostenuto di aver già dormito da me parecchie volte. Così la mia padrona di casa mi ha sfrattata.»

Von Klippstein fece un profondo sospiro. Probabilmente avrebbe voluto prendere la mano di Tilly, ma non osò.

«E adesso? Ha trovato un nuovo alloggio?»

«Non ancora, ho spostato le mie cose da una conoscente. Una valigia e la borsa dei libri.»

«Signorina Bräuer, se posso aiutarla in qualche modo… Sa, a Monaco ho molti amici.»

Marie non riuscì a sentire la risposta perché arrivò Nele.

«Mia cara Marie, hai due figli meravigliosi, non sai quanto ti invidio. Quel bambino è un piccolo Mozart e con quei ricci biondi è così carino… Un angioletto.»

«Sì, sono molto orgogliosa di loro.»

Marie parlò, sorrise, ascoltò e rispose. Era piacevole stare in quella stanza, ci si sentiva al caldo e protetti, circondati da persone di cuore mentre fuori il vento scuoteva i rami e la pioggia frustava le finestre. Eppure lei si sentiva terribilmente sola.

Ma perché abbiamo litigato?, si domandò. *Tutte le cose che gli rinfaccio sono scemenze, sono frutto della mia immaginazione, puro egoismo... no? Perché domani non vado alla fabbrica e gli dico che lo amo e che tutto il resto non conta? Che l'unica cosa che conta è il nostro amore?*

Poi però le tornò in mente la chiesa, la panca dei Melzer a San Maximilian. Paul tra la madre e Serafina von Dobern. Il suo profilo sorridente, Serafina che gli si avvicinava per capire meglio i suoi sussurri.

No, l'amore nella vita non poteva sostituire ogni cosa. Certamente non un amore basato sulla menzogna.

25

Dicembre 1924

«Madonnina santa, signora, piuttosto mi uccida ma io dentro questa scatola non ci salgo.»

Elisabeth sospirò. Avrebbe dovuto lasciarla alla tenuta in Pomerania, le aveva dato solo problemi. Una robusta campagnola dai capelli rossi che in treno aveva avuto sempre la nausea, che non sapeva fare nulla e che aveva perfino paura di salire a bordo di un'automobile.

«Dörthe, adesso calmati e fa' uno sforzo. È buio e non ho nessuna voglia di farmi sballottare da una vecchia carrozza.»

Erano in piedi davanti alla stazione ferroviaria di Augusta in mezzo alle loro valigie e borse che un facchino maldestro aveva lasciato su una pozzanghera. Faceva freddo, alla luce dei lampioni si vedevano vorticare piccoli fiocchi di neve. Eppure, appoggiati al muro dell'edificio c'erano ancora mutilati di guerra che chiedevano l'elemosina agli ultimi viaggiatori.

«Signora, morirò sul colpo» si lamentò Dörthe. «A Kolberg una scatola tipo questa una volta è saltata in aria. Ha fatto un botto che si sono rotte le finestre.»

Lisa era così stremata dai due giorni di viaggio che non ebbe la forza di combattere contro la stupidità della ragazza. Appena fossero arrivate alla Villa delle Stoffe le avrebbe fatto un bel discorsetto. Così non andava. O si cambiava registro o poteva tornarsene subito alla tenuta. Anche a piedi, se preferiva.

Ignorò il taxi in attesa e fece un cenno a una carrozza a cavalli. Perlomeno il cocchiere fu gentile e sistemò subito i bagagli per poi aiutare Elisabeth a salire a bordo. Era già al settimo mese, si sentiva pesante e poco agile, e le sue gambe dopo il lungo viaggio seduta in treno erano gonfissime.

«Signora, che città enorme. E quante luci. E le case arrivano fino in cielo!»

«Scansati così posso tirare su i piedi.»

«Sì, signora. Madonnina santa, sono gonfi come botti. Dobbiamo fare gli impacchi freddi con l'aceto.»

Elisabeth non rispose. Sentì lo schiocco della frusta, poi gli zoccoli iniziarono a battere sul lastricato e la carrozza si mosse verso la Porta di Jakob. Elisabeth appoggiò la testa e per un attimo chiuse gli occhi. Di nuovo a casa, ad Augusta. Conosceva ogni casa, ogni vicolo, la strada dalla stazione alla Villa avrebbe potuto farla anche bendata. Era una bella sensazione, che sorprese perfino lei stessa. Probabilmente era la gravidanza che le faceva vedere le difficoltà future sotto una luce più rosea. Era strano, ogni tanto le sembrava di vivere dentro una campana di vetro che smorzava tutte le agitazioni e la faceva sentire a suo agio, protetta. Purtroppo questo stato di beatitudine non durava molto, poco dopo ripiombava nella triste realtà.

Durante le ultime settimane aveva capito che nessuno alla tenuta era triste per la sua partenza. Nemmeno la zia Elvira, che con lei era sempre stata così carina.

«Ragazza mia, tu appartieni alla città, l'ho capito fin da subito. Va' con Dio e sii felice!»

Insomma, l'aveva salutata a cuor leggero. Anche Christian von

Hagemann aveva accolto la sua decisione con una semplice alzata di spalle. Solo l'insopportabile Riccarda era parsa rammaricata.

«E adesso cosa ne sarà di noi?»

Lisa l'aveva tranquillizzata. Klaus manteneva il suo ruolo di amministratore. La zia Elvira aveva insistito, era molto contenta di lui e non aveva la minima voglia di cercarne uno nuovo. Pauline e il suo figlio illegittimo si sarebbero trasferiti alla tenuta, Klaus aveva intenzione di adottarlo. Forse ne avrebbero avuti altri, ma erano affari loro e non la riguardavano più. Il congedo dal marito era stato addirittura piacevole, lui l'aveva abbracciata e ringraziata.

«Lisa, io ti ho sempre voluto bene. Come una buona amica, una compagna fedele.»

Lei si era sentita ridicola, il bambino di Sebastian che portava in grembo aveva scalciato come per reclamare attenzioni.

«Il fatto che quel tizio smilzo e pallido sia andato a segno mi fa una rabbia…» aveva aggiunto Klaus poco dopo ghignando. «Nessuno però può dire che io non mi sia sforzato.»

Lei non aveva commentato, lo aveva solo rassicurato di non serbare rancore e di partire in pace. Klaus aveva annuito e quando lei stava per voltarsi lui l'aveva fermata.

«Senti, Lisa,» aveva detto «se pensi che sia meglio, sono pronto a prendermi la responsabilità anche di questo marmocchio.»

«Grazie, Klaus, ma non sarà necessario.»

Elisabeth aprì gli occhi e raddrizzò la schiena, gli sballottamenti sul lastricato le facevano venire il mal di testa. Dörthe, che per giorni l'aveva implorata di portarla con sé ad Augusta, era seduta immobile come una statua e guardava fuori dal finestrino. Quando passavano vicino a un lampione le case e i passanti si illuminavano di una luce grigia, poi tornava il buio. Solo le vetrine erano sempre illuminate, si vedevano perfino le merci. Da quando era andata via avevano aperto parecchi negozi. I brutti tempi dell'inflazione erano passati, negozi e industrie si stavano risollevando, di certo anche la fabbrica dei Melzer. Strano che la madre le avesse scritto così poco a riguardo. Negli ultimi mesi le sue lettere erano diventate brevissime e da Kitty non aveva ricevuto più nulla. Probabilmente ce l'avevano con lei per il divorzio e per il fatto che da donna divorziata volesse vivere nella vecchia casa paterna. Che la madre ci fosse rimasta male lo capiva, ma Kitty... non era da lei. Stando ai dettagliati racconti di Serafina, la sua sorella minore conduceva una vita alquanto immorale, frequentava diversi uomini e aveva più relazioni. Kitty aveva sempre avuto questa tendenza bohémienne, già allora quando era scappata a Parigi con quel francese. Non aveva proprio motivo di darle addosso. Al massimo Marie. Ma di lei non avevano parlato né la madre né Serafina.

Superarono la Porta di Jakob e proseguirono verso la zona industriale.

«Signora, adesso è proprio buio pesto, nero come l'inferno. Madonnina santa, e quella luce laggiù cos'è? Si accende e si spegne come un migliaio di lucciole!»

«Dörthe, lì non si accende proprio niente» rispose Lisa. «Sono le finestre di una fabbrica. Aspetta, se non sbaglio è il cotonificio. Caspita, se lavorano anche di notte devono avere tantissime commesse.»

Quando aveva lasciato Augusta tutto il comparto tessile era andato in crisi, non c'erano stati né lana né cotone da lavorare. Aguzzò la vista e cercò di individuare le luci della fabbrica di tessuti, ma non ci riuscì. A quanto pareva erano sorti nuovi edifici che ostacolavano la visuale.

«Signora, mi viene da vomitare. Quanto manca? Altrimenti devo dire al cocchiere di fermarsi un attimo.»

«Mancano pochi minuti, cerca di resistere.»

Dörthe annuì e riprese a guardare fuori. Era davvero bianca come un lenzuolo; quel viaggio in treno e vedere la città di notte probabilmente erano le cose più eccitanti che avesse mai fatto in vita sua.

Il vecchio cancello del parco era ancora storto. Appena imboccarono il vialetto Dörthe si aggrappò al sedile di pelle, poi, in fondo, comparvero le luci della Villa. I lampioni del cortile erano accesi, la stavano aspettando. Aveva chiamato al mattino presto da Berlino e pregato la madre di non fare alcun cerimoniale. No, non c'era bisogno che Paul la andasse a prendere in stazione, avrebbe preso un taxi.

«Eccoci...»

Il cocchiere si fermò davanti alla scalinata dell'ingresso principale e Dörthe scese di corsa per alleggerirsi vicino alla rotonda coperta di rametti di abete. Poi la porta si aprì e con sua grande gioia Elisabeth vide Gertie, la sua ex domestica. Invece il domestico che iniziò a scendere le scale per prendere i bagagli lo ricordava solo in maniera vaga. Com'è che si chiamava? Johann? No. Jonathan? Nemmeno. Sembrava un po' snob, ma forse si sbagliava.

«Signora von Hagemann, bentornata a casa!» disse con un inchino. «Il mio nome è Julius, lieto di essere al suo servizio.»

La aiutò a scendere dalla carrozza. Era forzuto, bisognava ammetterlo. E meno schizzinoso di Humbert, che aveva sempre avuto problemi nei convenevoli con le persone.

Elisabeth diede istruzioni su dove portare i bagagli e si chiese dove l'avrebbero alloggiata. Kitty una volta le aveva scritto che Marie aveva trasformato la sua ex stanza nel proprio laboratorio? Sperava solo di non finire nella vecchia camera da letto del padre. Era piccola e poi avrebbe pensato a lui tutto il tempo.

«Lisa, sorellina mia, lasciati guardare! Hai un bell'aspetto. Un po' pallida, ma è per il lungo viaggio.»

Anche Paul era sceso ad accoglierla. Fu gentile e la sua gioia sembrò sincera. Le fece bene. Però quando la abbracciò nemmeno il cappotto largo poté più nascondere la sua condizione.

«Di' un po', ma sei...» domandò con un filo di voce.

«Al settimo mese. Dovrebbe arrivare a febbraio.»

Lui restò stupito, ad Augusta non sapevano nulla della gravidanza. Si passò una mano tra i capelli, fece un respiro profondo e poi ghignò. Il ghigno scaltro di un tempo.

«Be', felicitazioni! In questa casa tornerà un po' di vita. La mamma lo sa?»

«Lo scoprirà oggi.»

Paul fece un fischio, un'altra cosa che faceva da sempre. «Mi raccomando, Lisa, sii diplomatica. O perlomeno provaci. I nervi della mamma sono un po' a pezzi»

«Ah, sì?»

«È a letto. Scenderà per la cena.»

Lisa ignorò il braccio che lui le porse e salì le scale senza aiuti. Ci mancava solo che la trattassero come una malata. Era già abbastanza fastidioso che la madre non stesse bene. Ecco perché le aveva scritto così di rado.

Else e la Brunnenmayer erano sulla soglia della cucina, mentre Gertie e Julius stavano già portando su le valigie. Elisabeth si commosse. Else aveva le lacrime agli occhi e la Brunnenmayer era raggiante.

«Signora von Hagemann, è giusto che sia di nuovo da noi. Io l'ho vista crescere...»

Lisa le strinse la mano, ma avrebbe tanto voluto abbracciarla. Lo stesso fece con Else. Quelle due anime fedeli le volevano bene a prescindere. Fu una bella sensazione dopo il gelido congedo dalla tenuta dei von Maydorn.

Serafina von Dobern aspettava in cima alle scale, al primo piano. Salendo Lisa ansimò, adesso che era senza cappotto il suo stato interessante si vedeva benissimo.

Serafina però non batté ciglio. «Lisa, amica mia carissima, sono così felice di rivederti! Hai fatto buon viaggio?»

L'abbraccio fu breve e distaccato, seguito da due casti baci. Serafina aveva ricevuto un'educazione durissima, doveva prima accettare il divorzio e la gravidanza dell'amica. Lisa la perdonò.

«Grazie, mia cara. È stato terribile, come sempre, in treno... Apri e chiudi il finestrino, le gambe che non si possono allungare e i fruscii dei giornali. Ma tu, Fina, come stai? Sei felice qui alla Villa delle Stoffe? Sbaglio o sei dimagrita ancora?»

Di fatto Serafina era ancora più secca di prima. Anche il suo colorito non era migliorato, sebbene sulle guance portasse un velo di fard.

«Dimagrita, dici? Possibile, il cibo di questa casa non mi fa bene.»

Lisa capì di aver fatto una gaffe, Serafina aveva sempre sofferto della sua magrezza.

«Ah, già, tu hai lo stomaco delicato. Eppure la nostra Brunnenmayer è una cuoca eccellente.»

Che strano. Era stata così felice di rivedere Serafina. Erano amiche dai tempi della scuola e anche dopo avevano avuto così tante cose in comune. In quel momento, invece, Elisabeth percepì una distanza inconsueta. Era così arrabbiata per la gravidanza?

«Ora ti faccio vedere la stanza che ho fatto preparare per te.»

Altre scale. Lisa annaspò dietro all'amica fino al secondo piano e si chiese cosa avesse inteso dicendo di averle fatto preparare la stanza. Non rientrava certo nei compiti di una bambinaia.

L'avevano sistemata nella ex camera di Kitty. Be', doveva essere felice, c'era anche un guardaroba. La cosa un po' angosciante era che doveva dormire nel vecchio letto della sorella, gli altri mobili invece erano stati cambiati. Serafina spiegò di aver scelto e allestito ogni angolo con estrema cura, aprì le ante e i cassetti dell'armadio e sprimacciò i cuscini su un divano verde che veniva senz'altro dalla soffitta. Un tempo era stato nella stanza degli uomini, poi sostituito da due poltrone imbottite.

«Ma tu non sei assunta come bambinaia?»

«Ah, Lisa, non lo sai? Da qualche tempo occupo la posizione di governante.»

Lisa si sedette sul divano e alzò gli occhi verso l'amica. «Governante?»

Serafina sorrise orgogliosa. Lo stupore di Lisa sembrava divertirla.

«Esatto. Visto che tua cognata non abita più qui...»

Lisa a quel punto smise di seguirla. A quanto pareva durante la sua assenza alla Villa delle Stoffe c'era stato un piccolo terremoto di cui non le avevano detto nulla.

«Marie... Marie non abita più qui?» Solo in quel momento si rese conto che infatti non era scesa ad accoglierla all'ingresso. «È malata?»

Serafina inarcò un sopracciglio e serrò le labbra. Tuttavia, si vedeva benissimo che era felice di essere la prima a riferire la notizia all'amica.

«La giovane signora Melzer ha traslocato con i figli in Frauentorstrasse. Abbiamo gestito la cosa con la massima discrezione, per questo non ti abbiamo detto nulla. Soprattutto per via della zia Elvira. A volte è un po' sopra le righe e non dà molto peso al buon nome della famiglia.»

Lisa restò zitta, era una notizia così inaspettata che dovette fare ordine tra i pensieri e le sensazioni che aveva scatenato. Marie aveva lasciato il fratello. *Chapeau*. E si era portata dietro i bambini. Incredibile. Se abitava a casa sua, Kitty doveva essere in combutta con lei. Ma certo, c'era da aspettarselo! Povero Paul! E la madre aveva senz'altro una nostalgia matta dei bambini. Ecco la spiegazione per i nervi a pezzi.

«Cara Lisa, per quanto riguarda Alicia vorrei pregarti di usare con lei la massima delicatezza. Riguardo alla tua condizione, ovvio. Ne ha già passate tante»

«Certo, certo, è chiaro.»

Fu una risposta meccanica, Lisa era del tutto presa dai suoi pensieri. Eppure la irritò che per la seconda volta le dicessero di essere delicata con la madre. Credevano che fosse insensibile? Una persona senza riguardi per il prossimo?

«Per favore, Fina, mandami su Gertie» disse in tono freddo, come se tra loro fosse normale. «E di' alla cuoca che Dörthe, la ragazza che mi ha accompagnato, può dare una mano in cucina.»

«Cara, adesso però riposati» disse Serafina. «Hai alle spalle giorni difficili. Lisa, puoi contare su di me, io per te ci sarò sempre.»

«Grazie, Fina, sei carina a dire così.»

Serafina chiuse la porta pianissimo, come se dentro la stanza ci fosse una malata. I suoi passi in corridoio erano impercettibili, fluttuava sul tappeto. Anche questo la irritò, lei ormai pesava quanto un elefante e ansimava dopo pochi passi. Ma certo, era stata di nuovo sfortunata. Kitty, se lo ricordava benissimo, aveva avuto una pancia che si vedeva appena. Nemmeno Marie, nonostante i gemelli, si era allargata quanto lei. Lei era ingrassata dappertutto: sui fianchi, sulle braccia e sulle gambe, sulla schiena e soprattutto sul seno. Già prima era stato prosperoso, adesso superava tutte le dimensioni conosciute. Santo cielo, dopo il parto avrebbe tirato avanti a pane secco e verdure al vapore. Non aveva la minima voglia di essere una botte per il resto della vita!

L'arrivo di Gertie migliorò il suo umore all'istante. Era proprio una ragazza simpatica. Nemmeno una parola sulla gravidanza, niente domande stupide sulle gambe gonfie o su altri disturbi. Aveva acceso la stufa del bagno, le portò la vestaglia e raccontò ogni sorta di novità mentre la aiutava a spogliarsi.

«Auguste adesso ha proprio smesso di venire. Prima aveva sempre bisogno di soldi perché quelli del vivaio non bastavano mai. La cara Brunni le regalava gli avanzi della cucina per i bambini per non farli morire di fame. Adesso invece all'improvviso è diventata ricca. Come, non si sa. Stanno costruendo una serra grande come un mercato. Chissà, forse sono piovuti soldi dal cielo.»

Elisabeth si chiese se ci fosse lo zampino del suo ex marito Klaus, che era pur sempre il padre di Liesl. Ma dove aveva preso tanti soldi? Elisabeth si allungò nell'acqua calda e prese il sapone alle rose. Ah, il profumo della sua infanzia. La madre comprava la stessa marca da anni. Se lo rigirò tra le mani finché non fece la schiuma e si insaponò collo e braccia, poi lo passò a Gertie perché le lavasse la schiena. La piccola Gertie lo faceva in maniera stupenda, le massaggiava i punti contratti e le versava acqua calda sulle spalle. Humbert, continuò a raccontare la domestica, abitava ancora a Berlino e si esibiva sul palco di un cabaret, però scriveva meno spesso; infatti la Brunnenmayer era un po' preoccupata.

«Lei non lo dice, ma io lo vedo. La Brunnenmayer e Humbert erano proprio amici, mi sa. E Hanna, l'ingrata, è andata in Frauentorstrasse. Ma non sa della Maria Jordan. Adesso è ricca e possiede due case… ha anche un ragazzo.»

«La Jordan ha un figlio?»

Gertie rise e contagiò pure Lisa.

«No, non un figlio, un amante che è un giovincello! Se è vero quello che dice la gente.»

La aiutò a uscire dalla vasca, la avvolse in un grande asciugamano che profumava di lillà e bergamotto e le asciugò la schiena.

«Gesù, la ragazza che ha portato dalla Pomerania…. che tipo!

È seduta al tavolo della cucina e non la finisce di mangiare! E le patate le sbuccia buttandone la metà! E non è riuscita a trovare la catasta della legna di fuori anche se la Brunnenmayer gliel'ha spiegato ben tre volte! Dopo deve lavare i piatti... di sicuro romperà qualcosa. La cuoca dice che nella sua cucina non ha mai avuto una sguattera così maldestra!»

«Imparerà.»

Gertie le aveva portato biancheria pulita e un comodo vestito da casa preso dalla sua valigia.

«Posso pettinarle i capelli e poi tirarli su? Sa, sto facendo un corso per diventare dama di compagnia e ho già imparato un sacco di cose.»

Elisabeth si era fatta ricrescere i capelli e li portava tirati su come un tempo. Non perché a Sebastian non piacessero corti. Non erano affari suoi... semplicemente, il taglio corto non le donava.

Dopo il bagno Elisabeth si sentì rilassata e un po' assonnata. Si guardò allo specchio mentre Gertie le pettinava i capelli umidi. La piccoletta di fatto li stava acconciando con grande maestria: il suo viso, ormai una luna piena rosata, sembrava più snello. *Che ragazza capace, questa Gertie*, pensò. Le ricordava un po' Marie. Caspita, da quando la graziosa dama di compagnia Marie le sistemava l'acconciatura e le cuciva vestiti da sogno erano passati solo dieci anni. Dopo essere arrivata così in alto stava rischiando di giocarsi tutto. Incredibile.

Else bussò alla porta. La cena era pronta.

«Il signor Melzer la prega di scendere subito.»

«Grazie, Else.»

Perché tutta questa fretta? Per quanto, forse era meglio fare presto altrimenti si addormentava sulla sedia.

«Gertie, sei stata bravissima» disse Elisabeth alzandosi.

La ragazza s'inchinò, felice della lode.

«Signora von Hagemann, mi piacerebbe così tanto servirla. So anche cucire e stirare… E in cucina adesso c'è Dörthe.»

Ah, ecco dove tira il vento, pensò Elisabeth divertita. Lei purtroppo alla Villa delle Stoffe non poteva decidere nulla, ma nei mesi a venire sarebbe stato senz'altro utile avere al proprio fianco una ragazza dotata come Gertie.

Di sotto, la tavola era apparecchiata a regola d'arte: quel Julius sapeva il fatto suo. Le posate erano tutte alla stessa, millimetrica distanza dai piatti, a destra i bicchieri da vino nell'ordine giusto, a sinistra le saliere lucidate a puntino e i cucchiaini; i tovaglioli inamidati erano piegati a forma di farfalla.

«Lisa, tu siediti vicino a me» disse Paul quando entrò. «La signora von Dobern si mette vicino a mamma.»

Le spostò la sedia, aspettò che si fosse accomodata e poi si sedette. Lisa era irritata.

«Serafina, ovvero la signora von Dobern… mangia con noi?»

Una domanda non gradita, dalla faccia di Paul si vedeva benissimo.

«Così vuole la mamma.»

Certo, adesso che Marie e i bambini non erano più alla Villa e mancava anche Kitty, a tavola erano solo Paul e la madre. Forse Alicia si sentiva sola. Ciò nonostante, era strano che una governante mangiasse con i signori. Alla signorina Schmalzler non sarebbe mai venuto in mente.

«Lisa, vuoi metterti questo scialle? Qui fa un po' freddo.»

Paul le passò un ampio scialle di seta rosso scuro che in realtà apparteneva alla madre.

«No, grazie,» rispose lei «in verità, fa abbastanza caldo.»

«Dài, Lisa, mettitelo» insistette Paul. «Mamma non deve vedere subito la grande novità.»

Quelle scene iniziavano a darle sui nervi. Perché doveva nascondersi? Prima o poi la madre lo avrebbe scoperto comunque... quindi perché non subito?

«Prima lasciala mangiare. Sai, a causa delle continue emicranie negli ultimi tempi è dimagrita tantissimo.»

Lisa sbuffò, ma ubbidì. Lo scialle era di una stoffa orribile! Ma se la madre stava così male, lei avrebbe avuto i dovuti riguardi.

Alicia entrò al seguito di Serafina. Era davvero magra e aveva il viso pieno di rughe, i capelli bianchi non più tinti, le mani scarne e ossute.

«Lisa! Come sei prosperosa! L'aria di campagna ti ha fatto bene.»

Elisabeth voleva alzarsi per andare ad abbracciarla, ma sentì la presa di Paul e capì che era meglio restare seduta. Anche Alicia voleva andare dalla figlia, ma Serafina le toccò la schiena e la guidò verso la sua sedia.

«Cara Alicia, si sieda. Siamo tutti felicissimi del ritorno di Lisa, non è vero? Adesso diciamo la preghiera.»

Poco dopo entrò Julius per servire la zuppa. Brodo di manzo e *Maultaschen*.... ah, da quanto tempo non le mangiava! Addirittura con il prezzemolo fresco sopra! A dicembre!

Si aprirono i tovaglioli e fu reso onore alla zuppa; per un attimo si sentì solo il lieve tintinnio dei cucchiai sui piatti.

«Lisa, ma quindi cosa hai intenzione di fare?» esordì la madre. «Sei sempre decisa a chiedere il divorzio?»

«Sì, mamma, la procedura è già avviata, non ci vorrà molto.»

Serafina intervenne dicendo che il divorzio al giorno d'oggi non era più così inusuale.

«Invece di passare tutta la vita in un matrimonio infelice, è molto più intelligente separarsi. Così si ha la possibilità di sperare in un secondo matrimonio... felice.»

Mentre lo diceva guardò in direzione di Lisa e le sue lenti luccicarono alla luce dei lampadari. Si sbagliava o Serafina aveva guardato Paul e non lei?

Alicia allontanò la scodella mezza piena e si tamponò le labbra con il tovagliolo. «Ai miei tempi divorziare non era affatto usuale. E quando capitava scoppiava un grande scandalo.»

Scrutò la figlia, poi intervenne Paul. «E cosa pensi di fare dopo il divorzio?»

Stava per rispondere che intendeva partorire, ma si morse la lingua.

«All'inizio avrò bisogno di un po' di calma, credo. Mi renderò utile qui alla Villa. Mamma, con il tuo permesso potrei aiutarti nella gestione della casa.»

Serafina sorrise e disse che era un bel pensiero. Purtroppo però al momento era tutto già organizzato in maniera impeccabile e non servivano aiuti.

«Non è vero, cara Alicia? Ce la caviamo benissimo.»

La madre confermò, poi la conversazione cessò a causa dell'ingresso di Julius, che portò via i piatti e servì la portata successiva. Arrosto di vitello con piselli e carote, gnocchi di pane e salsa alla panna. Elisabeth dimenticò la rabbia per la risposta di Serafina e chiese a Julius ben tre fettine. Com'era saporita la salsa… una poesia! E gli gnocchi… ineguagliabili. E l'arrosto tenerissimo!

«Che fine ha fatto quel signor Winkler?» la disturbò Paul. «Tra voi non c'era una certa… affinità?»

«Paul, ti prego» intervenne Alicia. «Un maestro di scuola! Che è pure stato in prigione!»

«A me sembrava comunque una persona intelligente e per bene» insistette Paul.

«Un comunista, sbaglio?» domandò Serafina con dolcezza. «Non è stato uno dei caporioni della Repubblica bavarese dei consigli? Quella volta in cui la plebe credeva di poter assumere il controllo di Augusta?»

«È ancora bibliotecario alla tenuta?» chiese Paul ignorando Serafina.

Elisabeth si sentì avvampare. Il fratello, scaltro com'era, aveva già capito tutto. Forse anche chi fosse il padre del figlio che portava in grembo.

«No, non più» spiegò. «Il signor Winkler ha dato le dimissioni lo scorso maggio e poi ha lasciato la tenuta. Da quel che so voleva cercare un posto da maestro in una scuola comunale.»

«Santi numi» disse la madre sospirando. «Un rivoluzionario che insegna a dei bambini! Non ha trovato nulla, spero.»

Elisabeth decise che era arrivato il momento di mettere in chiaro le cose. Posò la forchetta e fece un respiro profondo.

«Mamma, giusto per chiarire: non ho la minima idea di cosa faccia al momento il signor Winkler. E nemmeno mi interessa.»

Scese il silenzio. Lisa afferrò la forchetta con una tale foga che le sfuggì di mano e cadde macchiando di grasso la tovaglia bianca di damasco. Serafina fece un sorriso compassionevole e si girò verso Alicia.

«La nostra Lisa è esausta per il viaggio, è naturale che abbia i nervi un po' labili. Cara Alicia, domani starà di nuovo meglio.»

Elisabeth guardò Paul, che giocava con i piselli che aveva nel piatto e fece finta di non aver sentito. La persona che aveva sempre considerato sua amica era davvero inqualificabile. «La nostra Lisa» «è naturale che abbia i nervi un po' labili»… ma come si permetteva? Per parlare con la madre aveva forse bisogno della sua intercessione?

«La mia piccola Lisa» disse la madre sorridendole. «Non sei cambiata per niente. Ti offendi per un nonnulla e sei ancora convinta di essere stata penalizzata...»

«Mamma...» intervenne Paul.

Alicia gli fece cenno di fare silenzio e continuò. «Lisa, è arrivato il momento che ti dica quanto sono felice che tu sia tornata. Proprio adesso che siamo così soli.» Guardò il figlio con espressione accusatoria e lui abbassò la testa. «Lisa, tu sei la mia bambina e finché vivo qui alla Villa delle Stoffe sarai la benvenuta. La cosa che mi rallegra di più è che presto arriverà anche una nuova vita. Quanto manca?»

Paul fece una faccia come se gli avessero appena tirato un bicchiere d'acqua gelida. Elisabeth ci mise qualche secondo in più a capire: la madre sapeva della sua gravidanza! «Fe... Febbraio» balbettò. «Mamma, ma come lo sai?»

Alicia scosse la testa come se fosse stata una domanda stupida.

«Me lo ha sussurrato all'orecchio la mia cara Serafina» rispose posando una mano sul braccio della governante.

26

Nella notte aveva nevicato parecchio, Paul decise di lasciar perdere la macchina e andare alla fabbrica a piedi. Negli ultimi tempi lo aveva fatto spesso, non per imitare il padre, che aveva usato l'auto solo in casi di emergenza, ma perché camminare veloce gli liberava la mente. Grazie all'attività fisica i pensieri cupi del risveglio si dissolvevano, sentiva il vento freddo sulle orecchie e le guance e l'oscurità mattutina lo costringeva a rivolgere tutta l'attenzione sulla strada. Come al solito alla casupola del guardiano si fermò, si tolse i guanti e salutò l'uomo.

«'Giorno, Gruber, tutto bene? Cosa ne pensa delle elezioni?»

L'anziano aveva il giornale del mattino aperto su tavolo, illuminato da una lampadina elettrica. Il titolone "Batosta per i comunisti" saltava subito agli occhi. Paul aveva letto l'articolo a colazione.

«Niente, signor direttore» rispose Gruber tirando indietro il cappello di lana. «Anche stavolta non arriveranno da nessuna parte. Troppi cuochi guastan la cucina, si dice. E troppi partiti guasteranno il nostro paese.»

Paul ormai aveva accettato la repubblica, ma sotto certi aspetti era d'accordo con il guardiano. Circa due settimane prima il presidente Ebert aveva sciolto il parlamento per l'ennesima volta. Avevano discusso riguardo all'inclusione nel governo del Partito Popolare Nazionale Tedesco, avevano litigato per mesi fino a quando il cancelliere... com'era che si chiamava? Ah, sì... fino a quando il cancelliere Wilhelm Marx non aveva gettato la spugna. E adesso le nuove elezioni non avevano portato a una maggioranza in grado di governare. Di nuovo.

«Ma chi è che ci comanda?» continuò Gruber di malumore. «Quelli mica hanno tempo, lo perdono tutto a litigare tra loro. E appena ci si è abituati a un governo se ne forma un altro.»

«Gruber, così male non è» lo rassicurò Paul. «Hanno approvato il Piano Dawes, hanno contrattato con Londra e nel bacino della Ruhr diverse zone sono state sgombrate dai francesi. E poi da ottobre abbiamo il nuovo marco, che finora ha tenuto bene.»

Gruber annuì, ma Paul sapeva benissimo che lo faceva solo per amor suo. In realtà gli mancavano i tempi dell'Impero. A lui come a molti altri.

«Adesso devo andare. Buona giornata!»

«A lei, signor direttore.»

Salutò i due ragazzi che stavano spalando neve in cortile e iniziò il suo giro mattutino per i capannoni. Si produceva a un buon ritmo, i registri delle commesse si riempivano sempre di più, cosa che aveva dato ragione alla sua linea: "Qualità a prezzi contenuti". Era contento di aver convinto anche Ernst von Klippstein che adesso lo appoggiava su questa e molte altre questioni. Tra loro alla fabbrica regnava una tregua, ma la vecchia amicizia ormai si era spezzata. Non c'era rimedio, sebbene Paul ne fosse dispiaciuto. Aveva ancora dei veri amici? Allora, in guerra, quando si stava pigiati nelle trincee e nessuno sapeva se avrebbe visto la luce del giorno successivo, i soldati erano diventati quasi fratelli. Nessuno aveva nostalgia del conflitto, ma di fatto adesso che le cose stavano migliorando le vere amicizie erano sempre più rare. Forse perché ognuno pensava a se stesso.

Guardò uno dei filatoi circolari che s'inceppava sempre e decise di sostituirlo con uno di quelli meccanici. Poi passò in rassegna le nuove stoffe di cotone, controllò la resistenza del tessuto, il drappeggio e diede la sua approvazione. Le decorazioni erano ancora quelle vecchie, si vendevano bene ma era arrivato il momento di crearne di nuove. Improvvisamente pensò a Marie, era stata lei a disegnare quegli intrecci di rami e uccelli mentre lui era al fronte. Paul sentì una fitta al cuore, come sempre quando pensava a lei, e fece una smorfia. Continuava a ordinare stoffe alla fabbrica e le pagava. Con soldi suoi, il titolare dell'atelier era lui. Aveva fatto ritardare le consegne, ma non aveva osato ignorarle. Ci mancava solo che andasse a far spese dalla concorrenza!

Lentamente, fuori si stava facendo chiaro, le luci elettriche dei capannoni si spensero. Nei mesi invernali purtroppo consumavano un sacco di energia e, quando gelava, i capannoni dovevano anche essere riscaldati: tutte queste spese riducevano i ricavi e d'estate bisognava recuperare.

Paul lodò Alfons Dinter, il suo preparatore della stamperia, salutò le operaie della filanda e diede una pacca sulle spalle al vecchio Huntzinger. Poi riattraversò il cortile ormai sgombro ed entrò nell'edificio dell'amministrazione. Fece un rapido giro degli uffici – la contabilità era un settore di von Klippstein – e salì di sopra. Nell'anticamera sentì profumo di caffè, era già pronto su un vassoio insieme ai biscotti.

«Buongiorno signorina Lüders. Oggi tutta sola?»

La Hoffmann si scusava ma era a letto con l'influenza. Anche il signor von Klippstein era indisposto, aveva chiamato dicendo che sarebbe arrivato nel pomeriggio.

Paul si arrabbiò ma non lo diede a vedere, un'indisposizione non era un motivo sufficiente per mancare un'intera mattina. Ma d'accordo, Ernst spesso ancora combatteva con le conseguenze della sua ferita di guerra, bisognava essere comprensivi.

«Allora oggi siamo noi due le colonne aziendali, non è vero?» disse Paul facendo l'occhiolino alla Lüders che rise lusingata.

«Certo, signor direttore, conti su di me!»

«Sempre! Tanto per cominciare mi porti un bel caffè.»

«Subito, signor direttore. Ah, ha chiamato sua sorella.»

Si fermò sulla porta e si girò. «Mia sorella? La signora von Hagemann?»

«No, no, la signora Bräuer. Più tardi passerà qui di persona.»

Kitty! Finalmente una buona notizia! L'aveva chiamata diverse volte in Frauentorstrasse ma aveva trovato sempre Gertrude. L'anziana si era lamentata che il telefono era un'invenzione diabolica e la disturbava sempre quando faceva i dolci, ma aveva aggiunto che avrebbe riferito il messaggio alla nuora.

«La signora Bräuer ha detto a che ora?»

La Lüders scrollò le spalle. In fondo era una domanda superflua, Kitty non si orientava in base all'orologio, aveva un senso del tempo tutto suo. «Più tardi» poteva significare all'ora di pranzo, ma anche a pomeriggio inoltrato.

Al primo sorso di caffè, invece, nell'anticamera sentì la squillante voce della sorella.

«Ah, signorina Lüders, certo che lei dai tempi in cui venivo a trovare papà qui in ufficio non è cambiata affatto! Io avevo undici, dodici anni. Santo cielo come passa il tempo. Per il mio fratellone... la porta a destra o a sinistra? No, aspetti, lo so. La destra, la stanza di mio padre. Ho indovinato?»

«Sì, signora Bräuer, la annuncio subito.»

«Non è necessario, faccio da me. Lei continui a lavorare. Ah, non sa quanto ammiri il fatto che con tutti questi tasti riesca sempre a beccare quello giusto. Non dev'essere affatto facile.»

Paul ebbe appena il tempo di posare la tazza e alzarsi dalla sedia che la sorella era già nel suo ufficio. Con il suo cappotto rosso con inserti di pelliccia bianchi sembrava un uccello esotico; poi portava stivaletti bianchi e uno strano cappello a forma di tubo che assomigliava a un verme. I colori gli ricordarono che di lì a poche settimane sarebbe arrivato il Natale.

«Fratellone, resta pure seduto. Sono solo di passaggio. Dopo devo andare da Marc, ha venduto tre miei quadri. Credi che potrei avere un caffè? Zucchero, niente latte.»

Lui le prese il cappello, raddrizzò una delle poltrone di pelle e ordinò caffè e biscotti.

«Kitty, sono così felice che tu sia venuta... in te ripongo grandi speranze, dico sul serio.»

Lei mescolò il caffè e lo guardò con aria compassionevole. «Lo so, fratellone. Non hai un bell'aspetto, sei pallido... non dormi bene, vero? Io vorrei davvero potervi aiutare e ci proverò. Soprattutto, Paul, cercherò di farti riacquistare il senno perché ho la sensazione che tu non capisca quanto male stia facendo alla povera Marie.»

Come inizio non era dei migliori. Deglutì senza fare commenti e decise di lasciare da parte i rancori personali. Sì, forse c'erano delle cose in cui aveva sbagliato. Non di proposito, non aveva mai avuto intenzione di far del male a Marie. Erano stupidi fraintendimenti che si potevano risolvere. A volte, però, le persone non coinvolte vedevano più cose dei diretti interessati.

«Allora dimmi i motivi per cui Marie ce l'ha con me. Cos'è che vuole? Le ho chiesto scusa. Le lascio l'atelier. Finora non ho fatto niente per riportare i miei figli alla Villa delle Stoffe. Anche se potrei.»

Kitty bevve e posò la tazza. «Hai detto i "miei figli"?»

Lui la fissò, poi capì. «D'accordo, i nostri, se ci tieni alla precisione. Ho perfino promesso la bambinaia a governante, la signora von Dobern non avrebbe più a che fare con i gemelli.»

«Lo hai fatto per amore di Marie o perché avere una bambinaia se non ci sono dei bambini non ha senso?»

«E questo che c'entra! Ho esaudito il suo desiderio!»

Kitty sospirò e si tolse il cilindro dalla testa. Scosse i capelli e se li risistemò con le mani. Era incredibile quanto le stesse bene quel taglio corto. Era un'acconciatura che non sopportava, ma a Kitty donava molto.

«Sai, fratellone, fin quando quella strega tesserà le sue trame alla Villa delle Stoffe, io non ci metterò più piede. E sono sicura che Marie la pensi allo stesso modo.»

Perché le donne sono così cocciute?, pensò Paul arrabbiato. Nemmeno lui era un ammiratore di Serafina, ma al momento era un supporto importante per la madre. Un dettaglio che a Kitty e a Marie interessava poco, era evidente.

«Ma lasciamo perdere "Fina", come la chiama sempre Lisa» proseguì Kitty. «Se davvero non hai capito il male che hai fatto a Marie, adesso te lo spiego di nuovo. Tu hai offeso sua madre, anzi peggio, l'hai derisa. Caro Paul, le tue parole l'hanno ferita nel profondo del cuore!»

Era questo che intendeva con "aiuto"? In pratica era come litigare con Marie. E il suo sguardo di rimprovero di certo non migliorava le cose.

«Santo cielo, le ho chiesto scusa. Non lo ha capito?»

Kitty scosse la testa come se stesse parlando a un bambino piccolo. «Paul, tu non capisci, a queste cose non si rimedia con un semplice "mi dispiace". In gioco c'è ben altro. Marie allora ha dovuto perdonare molti torti di papà ai suoi genitori.»

«Maledizione!» esclamò lui prendendosi la testa tra le mani. «Sono stufo di dover sempre rispondere di colpe che non ho commesso!»

Si calmò, consapevole che la Lüders di fianco stava sentendo tutto.

«Capisco» convenne Kitty «io a papà volevo un bene dell'anima e so che lo ha fatto solo per la fabbrica. E poi non poteva certo immaginare che sarebbe morta così velocemente. Ma Marie ha perso la madre ed è finita in un terribile orfanotrofio.»

«Lo so benissimo» borbottò lui. «Io ho fatto di tutto per renderla felice. Kitty, te lo giuro, non ho mai avuto niente contro sua madre, non l'ho nemmeno conosciuta! Però non voglio che questa mostra infanghi il nome della famiglia Melzer. Tutta questa pietà per Luise Hofgartner non riesco a provarla... pensa alla mamma!»

Kitty sospirò spostando lo sguardo verso l'alto. Lui adesso si aspettava che lei parlasse della grande artista Luise Hofgartner, cui andava resa giustizia. Soprattutto da parte dei Melzer. Invece Kitty passò a tutt'altro tema.

«Paul, non hai notato che da qualche tempo alla Villa delle Stoffe si parla solo della mamma? Mamma ha l'emicrania, mamma non deve agitarsi, mamma ha i nervi deboli.»

E questo cosa c'entrava? No, parlare con Kitty era stata una pessima idea. Sua sorella non ragionava.

«Eh... purtroppo la salute della mamma è peggiorata molto da quando il ménage della Villa pesa tutto sulle sue spalle.»

«Strano,» insistette Kitty «prima non aveva mai avuto problemi a gestirlo.»

«Forse dimentichi che non è più giovanissima...»

«Non hai notato che lei è stata contraria all'atelier di Marie fin dall'inizio? Ha sfruttato ogni occasione per attaccarla alle spalle.»

«Kitty, adesso basta con queste accuse! Altrimenti ci salutiamo qui.»

«Come preferisci!» rispose lei gelida iniziando a muovere un piede. «Ti ricordo che sono venuta solo perché me lo hai chiesto tu e comunque ho pochissimo tempo...»

Lui tacque e la guardò con aria cupa. Era come correre dritti contro un muro. Un muro senza alcun passaggio. Qual era la strada giusta? Lui voleva solo trovare una via per tornare da Marie.

«Ah» disse Kitty sospirando. «Adesso che è tornata Lisa le due amichette del cuore saranno inseparabili...»

Come sapeva che Lisa era tornata ad Augusta? Forse aveva chiamato in Frauentorstrasse? Oppure i dipendenti avevano parlato?

«Lisa ha altro a cui pensare.»

«Ha chiesto il divorzio, lo so.»

Paul era contento che, nonostante la sua minaccia, la conversazione fosse proseguita. Per fortuna, al contrario di Lisa, Kitty non restava mai offesa a lungo, si agitava per un nonnulla ma poi si calmava in un attimo.

«Non è solo questo» disse abbassando il tono di voce con sguardo eloquente. «A febbraio avrà un bambino.»

Gli occhi di Kitty s'ingigantirono. Proprio come quando, da piccola, le metteva davanti al naso un ragnetto del giardino.

«No» sussurrò sbattendo le palpebre. «Ma è... fratellone, dillo di nuovo. Mi sa che ho sentito male.»

«Lisa è incinta. Molto incinta. È quasi il doppio di prima.»

Kitty scoppiò a ridere, buttò indietro la testa, batté i piedi per terra, ansimò, rischiò di soffocare e poi afferrò la mano del fratello con una presa che gli fece male.

«Lisa è incinta» ripeté Kitty sospirando. «Ma è meraviglioso! Oh, Gesù santo, ti ringrazio... mi renderà zia! Come sono felice per lei!»

Riprese fiato, cercò nella borsetta specchietto e fazzoletto e si tamponò gli occhi per sistemarsi il trucco. Poi, mentre svitava il rossetto color ciliegia, all'improvviso si fermò e disse: «E di chi sarà?».

«E di chi dev'essere, del marito!»

Sotto lo sguardo dubitante della sorella Paul si sentì un ingenuo. Sì, anche lui si era posto delle domande.

«Andiamo, fratellone,» disse Kitty dipingendosi le labbra «se Lisa è incinta di Klaus, perché ha chiesto il divorzio?»

Lui tacque e aspettò che lei continuasse a dipanare il pensiero. Kitty passò al labbro inferiore, chiuse la bocca e controllò il risultato allo specchio.

«Visto che vuole questo divorzio a tutti i costi» disse chiudendo lo specchietto «potrebbe non essere di Klaus.»

Tacquero entrambi. Nell'anticamera attaccò una macchina per scrivere, squillò il telefono, la Lüders mise giù e il ticchettio riprese.

«Che fine ha fatto quel... quel Sebastian?»

«Intendi il signor Winkler?»

«Esatto. Quello che si era portato alla tenuta. Come bibliotecario, mi sembra. Sicuramente tra loro c'è stato qualcosa.»

Sì, lo aveva pensato anche lui. Ma erano sospetti che non osava formulare. Lisa era una donna sposata e doveva sapere quello che faceva.

«Il signor Winkler ha dato le dimissioni e se n'è andato.»

Il viso di Kitty adesso somigliava al muso di una volpe. «Quando?»

«Quando cosa?» replicò lui irritato.

«Quando se n'è andato?»

«A maggio, se non sbaglio ha parlato dello scorso maggio.»

La sua sorellina allungò le dita e iniziò a contare. Per ben due volte. E poi annuì.

«Torna» disse soddisfatta. «A pelo, ma torna.»

Lui rise per il suo ghigno. Si sentiva incredibilmente intelligente. E forse aveva ragione.

«Ah, Kitty!»

Lei ridacchiò dicendo che gli uomini in queste cose erano sempre più lenti.

«Il buon Sebastian saprà cos'ha combinato?»

«In ogni caso, lei ha detto che non vuole più avere a che fare con lui.»

«Oddio!» disse Kitty sospirando, poi si chinò in avanti per sistemarsi la calza di seta. «Ah, Paul, Lisa quando vuole sa essere così categorica. Quanto sarebbe migliore il mondo senza tutti questi testardi!»

Lo guardò con espressione penetrante e lui dovette controllarsi per non risponderle male. Chi era il cocciuto? Lui no di certo, casomai era Marie.

«Io e la mia cara Marie ovviamente abbiamo parlato a lungo, le ho detto la mia opinione» proseguì Kitty sorprendendolo.

Era già qualcosa. Non aveva ottenuto granché, ma apprezzava le sue buone intenzioni.

«Soprattutto per il bene dei bambini, le ho dovuto strappare delle concessioni. Perché fra poco è Natale. E sarebbe terribile non passarlo *en famille*.»

Paul era scettico: a cosa serviva un tiepido idillio familiare se poi non cambiava niente? Ma decise di tacere e aspettare.

«Per questo propongo che il primo giorno di festa verremo tutti alla Villa delle Stoffe e staremo insieme.»

Che idea assurda! Proprio da Kitty!

«E poi ve ne tornate in Frauentorstrasse?» replicò Paul seccato. «No, io queste scenette non le faccio. O Marie e i bambini tornano alla Villa e ci restano, oppure non vengono proprio. Sono stato abbastanza chiaro?»

Kitty guardò di nuovo il soffitto. Il movimento del suo piede iniziava a dargli sui nervi. Odiava stare di fronte a donne sedute con le gambe accavallate.

«Fratellone, ma non eri preoccupato per la salute della mamma?» disse lei un po' maligna. «E non vuoi concedergli questa *réunion* con i nipoti? Be', non è carino…»

Lui stava per replicare che voleva concedergliela eccome, ma definitiva, non solo per un giorno. Ma Kitty non lo avrebbe ascoltato.

«Allora immagino non t'interessi che altro abbia detto a Marie...»

«Be', se è dello stesso genere...»

«Sai cosa?» ringhiò lei. «A volte vorrei prendervi e riempirvi di botte!»

D'un tratto lui capì che anche Marie si era opposta alla *réunion* natalizia, ma alla fine aveva ceduto. Non era più saggio andarle incontro, invece di insistere con la linea "O tutto o niente"?

«Dài, parla.»

«Le ho spiegato che non ha il diritto di privare i suoi figli del padre. La mia Henny soffre tantissimo della mancanza di un papà. Il mio amato Alfons, però, non c'è più. Tu invece sei vicinissimo e puoi occuparti di Dodo e Leo.»

Paul la guardò incerto. Aveva perfettamente ragione, ma dubitava che sarebbe arrivata alle sue stesse conclusioni, ovvero che Marie e i gemelli dovevano tornare alla Villa.

«Per questo ho proposto a Marie che due domeniche al mese Hanna porti i gemelli alla Villa e li venga a riprendere la sera. Così tu avrai tempo di stare con loro, fare una cosa bella o semplicemente lasciarli alla mamma. Come credi.»

Ci mise un po' a capire che l'offerta di Marie consisteva nell'avere in affidamento i suoi stessi figli due volte al mese. Una proposta assurda.

«Caspita, quanta fiducia!» disse lui ironico. «E se decidessi di tenerli alla Villa?»

Lei lo guardò così nera di rabbia che lui quasi scoppiò a ridere. Ma non lo fece, era una situazione troppo complessa.

«È chiaro, funziona solo se tu dai la tua parola d'onore.»

«A chi, a Marie?»

«No, a me!»

Quasi si commosse. Kitty si fidava di lui. Credeva al suo fratello maggiore come quando era bambina. «Una promessa è una promessa e va mantenuta.»

«Questa storia non mi piace» ammise lui. «Ci devo pensare. Ciò nonostante, ti ringrazio, lo so che ti sei sforzata molto.»

«Moltissimo!»

Lei si alzò con un movimento aggraziato, si sistemò il vestito e s'infilò il cappotto che lui le teneva aperto. Poi si rimise il tubo in testa e prese la borsetta.

«Fratellone» disse lei abbracciandolo. «Si sistemerà tutto, vedrai, ne sono sicura!»

Paul non ne era molto convinto ma la strinse a sé e non si oppose ai suoi affettuosi baci sulle guance.

«Allora a presto… chiamaci! Parla con la mamma e salutami tanto Lisa.»

La porta si chiuse e Kitty sparì. Nella stanza restò solo la scia del suo profumo e la tazza sporca con i segni di rossetto color ciliegia. Paul tirò fuori il fazzoletto e andò alla piccola toeletta per guardarsi allo specchio e rimuovere le tracce di rosso dalla faccia. *Si sente sola*, pensò. *Da quando è morto Alfons le manca un vero sostegno. Sì, forse ogni tanto si è di nuovo innamorata, ma solo cose superficiali. E con la vita che conduce di certo non conoscerà nessuno che possa renderla felice e farla sentire protetta. Devo prendermi cura di lei…*

Doveva pensare anche a Lisa. E alla madre. E alla fabbrica. Agli operai. Alla Villa delle Stoffe e ai suoi dipendenti.

Come ha fatto Marie a reggere tutto questo peso?, si chiese. *Dev'essere stata una fatica immane e io quando sono tornato dalla guerra non l'ho mai considerato.*

Decise di rimandare a più tardi le riflessioni sulle strane proposte di Kitty e di dedicarsi al lavoro. Gli riuscì sorprendentemente bene. All'ora di pranzo tornò alla Villa e mangiò con la madre, la signora von Dobern e Lisa. Della visita di Kitty non disse nulla e constatò che le due amichette del cuore erano tutt'altro che intime. Quasi gli sembrava che fossero in concorrenza per ottenere il favore di Alicia.

Il pomeriggio arrivò von Klippstein, stava davvero male. Si era beccato di nuovo il raffreddore e aveva una bruttissima tosse.

«Poi a volte una delle cicatrici si riapre» confessò guardando Paul con una smorfia. «Amico mio, sono uno storpio, un rottame. È così, devo guardare in faccia la realtà.»

La compassione di Paul era limitata, sospettava che l'autocommiserazione del socio avesse a che fare con il fatto che in Frauentorstrasse aveva avuto poca fortuna. Era stato un idiota a essere geloso di quel poveraccio. Se Marie aveva in testa un altro, non era certo Ernst von Klippstein, che oltretutto si era illuso spendendo un sacco di soldi in quei quadri inguardabili. Per questo Paul ce l'aveva ancora con lui.

«Socio, ma che dici!» disse posandogli una mano sulla spalla. «Io sono felice di poterti mollare le mie scartoffie!»

Ernst annuì, sembrò meno sconsolato ed entrò nel suo ufficio. Tregua. Forse prima o poi sarebbe diventata una vera pace. Seppur non più una vera amicizia. Paul si ributtò a capofitto nel lavoro e solo poco prima di staccare si concesse di riflettere sulla conversazione avuta con Kitty.

Dopo tutto, lei non gli aveva dato l'impressione che Marie puntasse a una rapida riconciliazione. Gli sembrava più pronta per una separazione duratura. Questo non gli piaceva per nulla. Più restavano separati, più si sarebbero allontanati. In particolar modo lui e i bambini. Forse Marie aveva in mente un divorzio. Ma avrebbe perso sia l'atelier sia i gemelli. O no? Una donna divorziata poteva dirigere un'attività da sola? Magari insieme a Kitty?

Così non arrivavano da nessuna parte. Davanti a un giudice non avrebbe più potuto riconquistarla. Sarebbe stata guerra, e la guerra era sempre la peggiore delle possibilità.

Riprese a nevicare. Paul andò da Ernst e gli disse che quel giorno usciva prima, si mise il cappotto e uscì. Il freddo gli aggredì il viso e le mani, ma passò davanti all'ingresso della Villa e proseguì verso la città. Combattere contro il vento e il gelo gli fece bene, avanzare con le proprie forze e non lasciarsi distrarre né dagli sguardi attoniti delle persone dentro le macchine né dai propri piedi congelati.

Percorse Barfüsserstrasse e svoltò in Karolinenstrasse. Lì si fermò davanti a una vetrina e si tolse il cappello per scrollare la neve. Alle sue spalle sagome imbacuccate, perlopiù impiegati, camminavano spedite per godersi lo stacco dal lavoro. Le donne si coprivano la testa con gli scialli per difendere cappello e acconciatura dalla neve, gli uomini avanzavano piegati controvento, cappelli e berretti abbassati sulla fronte. Paul fece qualche passo fino a quando non arrivò all'altezza della vetrina dell'atelier di Marie, sull'altro lato della strada. Era illuminata, ma i passanti e la neve impedivano di vedere cosa stesse succedendo dentro. Per un po' Paul restò a fissare le ombre, senza riconoscere nulla. Poi decise di attraversare.

La carreggiata era scivolosa, quasi cadde ma riuscì ad aggrapparsi a un lampione. Vi restò attaccato barcollando e in una vetrina vide un'ombra. All'inizio pensò che fosse un manichino ma poi capì che era una persona. Una donna. Minuta. I capelli scuri tagliati corti. Il viso molto pallido. Gli occhi grandi e scuri.

Lo guardò attraverso il vetro come se fosse una creatura di un altro pianeta. Per lunghi minuti. Le persone passavano, Paul sentì una donna ridere, un uomo rispondere con una battuta, le voci si allontanarono, volarono via, ne arrivarono altre. Guardava Marie in una specie di trance, lei era lì in carne e ossa, eppure era irraggiungibile, separata da lui dal vetro e dal flusso di persone.

Solo quando si mosse lui lasciò andare il lampione per fare un passo verso di lei, ma la magia si ruppe. Marie si girò e scomparve all'interno del negozio.

E lui non ebbe il coraggio di seguirla.

27

«Perché dobbiamo andare alla Villa?»

«Per festeggiare il Natale tutti insieme, Leo. Adesso siediti per bene. Non lì, scansati, deve entrare anche Dodo. Henny, tu smettila di spingere.»

Nevicava e il tetto della macchina della zia Kitty era fatto di stoffa, c'erano pure due buchi. Leo si sistemò di dietro sul lato sinistro e infilò i pugni ghiacciati dentro le tasche. Lo stupido cappello di pelliccia che gli aveva regalato la mamma gli dava un prurito terribile. E poi con quel coso addosso sembrava un cretino, un procione siberiano, aveva detto nonna Gertrude.

La mamma prese posto accanto a loro, indossava un cappotto bianco e si era tirata il cappuccio sulla testa. Ma lui l'aveva visto che aveva la faccia pallida e tesa. Che idiozia. A parte la zia Kitty, che parlava ininterrottamente, nessuno voleva andare alla Villa delle Stoffe. Forse Dodo, che il giorno prima aveva detto che papà gli mancava un sacco. Henny voleva solo i regali e abbracciare la nonna. Lui avrebbe preferito restare in Frauentorstrasse. Solo la prospettiva di incontrare la signora von Dobern gli faceva passare la voglia. La cosa che temeva di più, però, era rivedere suo padre. Il motivo non sapeva spiegarlo. Forse perché lo aveva deluso. Ma ormai era andata così, qualunque cosa facesse, a lui non piaceva. Quando il suo più grande desiderio era stato proprio piacergli, essere come lui desiderava. Ma non c'era nulla da fare, era il figlio sbagliato. Forse la cicogna senza accorgersene li aveva scambiati e il vero figlio di Paul viveva con un'altra famiglia? E voleva solo vedere macchine e giocare con le costruzioni. Invece i suoi genitori avrebbero tanto desiderato un figlio capace di suonare il piano e con la testa piena di suoni.

«Leo, non fare quella faccia» disse la mamma. «Pensa a quanto sarà bello il grande albero all'ingresso.»

«Sì, mamma.»

Fra poco gli avrebbero ripetuto che la nonna era felicissima della loro visita. Ma lui non ci credeva. Se aveva tanta nostalgia di loro, perché non era passata in Frauentorstrasse nemmeno una volta? In generale, da nonna Gertrude si stava molto meglio. Sì, si lamentava spesso e li cacciava dalla cucina quando rubavano pezzi di impasto, ma in realtà quando andavano a trovarla mentre faceva da mangiare era felice. Valeva anche per Walter. Con Walter era gentile come con gli altri. Era soprattutto questo che gli piaceva di nonna Gertrude.

«Riceverò anch'io regali dallo zio Paul?» chiese Henny. «O solo Dodo e Leo?»

La zia Kitty non aveva sentito, la macchina stava facendo di nuovo i capricci. Si muoveva a scatti e sibilava, davanti uscì del fumo. Magari si era rotta e alla Villa non potevano più andarci.

«Con questa sottospecie di automobile è sempre la stessa storia» disse la zia Kitty sospirando. «Devo parlarci, accarezzarla e farle tanti complimenti. Su, piccoletta, sei la migliore. Ce la farai, io so che ce la farai.»

Leo ascoltò con interesse. Papà ne capiva parecchio di macchine, ma non sapeva che avevano un'anima. E in effetti dovevano averla; la macchina si lasciò convincere dalla zia Kitty a proseguire. Peccato!

Il Natale loro lo avevano già festeggiato la sera prima. La vera festa era comunque la Vigilia perché Gesù era nato di notte e i pastori erano andati subito nella stalla, chiamati dall'angelo. Avevano portato pelli di pecora calde, e forse anche una bottiglia di latte e un paio di panpepati. Perché Maria e Giuseppe avevano sicuramente fame. Anche i Re Magi erano arrivati nel cuore della notte. Del resto era scontato, loro seguivano la stella cometa.

Era stato bello, la sera prima in Frauentorstrasse. Avevano avuto solo un albero piccolo, ma lo avevano decorato con stelle e ghirlande di carta fatte a mano. Le palle d'argento nonna Gertrude le teneva in una scatola, avevano dovuto fare attenzione perché erano di vetro. Ai rami avevano appeso anche uccellini di vetro colorato. E fili d'argento! Finissimi! La mamma li aveva attaccati dicendo che così l'albero sembrava magico, un albero del cielo. Avevano invitato Walter e la madre, alcuni amici della zia Kitty e il signor Klippi. In realtà si chiamava Ernst von Klippstein, ma per tutti ormai era Klippi. Pareva un po' strano, rigido, e a volte aveva lo sguardo triste. Ma aveva portato regali fantastici. Dodo aveva ricevuto una bambola con capelli veri e un aereo di latta. Lui invece un grammofono e tre dischi di gommalacca. Due sinfonie di Beethoven e un concerto per piano di Mozart. Il suono era particolare, diverso da quello reale, soffocato, lontanissimo. Ma era comunque grandioso. Avevano messo su i dischi così tante volte che alla fine la zia Kitty aveva minacciato di farli a pezzi, se li avesse ascoltati ancora. La zia aveva avuto attacchi di parlantina per tutta la sera. Li aveva spesso. Non riusciva a smettere di parlare e di ridere. Dava sui nervi a tutti, solo gli ospiti uomini la trovavano "adorabile". Uno di loro, il biondo signor Marc, più tardi aveva riaccompagnato a casa in macchina Walter e la madre.

Hanna li aveva messi a letto verso le undici e Dodo, appena Hanna aveva chiuso la porta ed era tornata giù, aveva subito riacceso la luce. Aveva ricevuto in regalo anche un libro di Else Ury, lo aveva desiderato tanto e non riusciva a smettere di leggerlo. Leo avrebbe voluto starsene disteso ad ascoltare la sinfonia che gli era rimasta in testa, ma Henny si era alzata ed era andata di sotto, e lui non aveva resistito. Di sotto, in corridoio, era tutto un brusio di voci e rumori, e c'era anche odore di arrosto, cavolo rosso e stelline alla cannella. Henny si era messa dietro la porta del salotto a spiare dal buco della serratura. Lui l'aveva raggiunta e lei una volta lo aveva fatto guardare. Aveva visto un ramo dell'albero di Natale e una palla d'argento. La candela era già consumata quasi del tutto, era rimasto solo un debole bagliore azzurrognolo. Ogni tanto era passata la mamma, riordinando. Aveva una faccia scura, anche se fino a poco prima aveva scherzato e giocato con loro a *Non t'arrabbiare*. Gli attacchi di parlantina della zia Kitty erano diventati rumorosi, aveva riso e bevuto spumante da un bicchiere alto e stretto. Il signor Marc e il pittore dalla barba nera avevano riso con lei e trovato tutto divertentissimo.

«Io vado a letto» aveva detto a un certo punto a Henny.

«Io non sono per niente stanca. È che la mamma mi ha fatto bere un bicchierino di bollicine. Ha un sapore divino e fa il solletico come se avessi in bocca mille zanzare!»

Mille zanzare in bocca... *bleah!* Era una sensazione cui rinunciava più che volentieri. Poi erano tornati su di corsa e si erano accucciati in cima alle scale perché Hanna era uscita dalla cucina. Si era avvicinata al telefono con un foglietto in mano. Henny aveva sgranato gli occhi.

«Ma Hanna non può telefonare! Quello è il telefono della mamma!»

«*Shhh!*»

Di sotto Hanna aveva alzato la cornetta e girato la manovella. E poi sussurrando aveva detto: «Signorina? La prego, mi colleghi con Berlino. Il numero è...»

In effetti era strano che Hanna chiamasse a Berlino. Non lo faceva nemmeno la zia Kitty. La zia parlava con Monaco, con una certa galleria. A volte anche con la zia Tilly. Ma raramente. Telefonare costava un sacco di soldi. I bambini e i dipendenti infatti non potevano. Perlomeno alla Villa delle Stoffe era stato così. La signora von Dobern, però, quella vecchia strega, aveva chiamato lo stesso.

«Humbert?» aveva detto Hanna in corridoio. «Humbert, sei proprio tu? Come sono felice... sì, sono io, Hanna.»

«Ma chi è Humbert?» gli aveva chiesto Henny sussurrando.

Lui non aveva saputo rispondere. Lo aveva già sentito ma non si ricordava né dove né da chi.

«Sarà il suo fidanzato» aveva detto Henny. «Che nome strano.»

«*Shhh!*»

Hanna aveva le orecchie fini. Nonostante il rumore che veniva dal salotto e quello di nonna Gertrude in cucina, aveva sentito i sussurri di Henny. Si era girata e aveva guardato le scale, ma con la luce spenta non aveva visto nessuno.

«Humbert, non puoi fare una cosa del genere, non devi! Nessuno ne ha il diritto, solo Dio. Devi avere pazienza.»

Decifrare quella conversazione si era rivelato impossibile. Henny aveva sospirato delusa, probabilmente aveva sperato che Hanna parlasse di amore e di baci. Alle femmine queste cose piacevano.

«No, no, se è così grave chiedo alla Fanny... invece sì, lo faccio. E ti manderemo i soldi. Sì, Humbert, anche se tu non vuoi.»

La questione si era fatta sempre più misteriosa. A Leo erano venuti i rimorsi di coscienza perché stavano spiando Hanna, agitatissima e bianchissima. Henny invece non aveva avuto problemi a origliare.

«Ma quello è scemo. Perché non vuole i soldi se lei ha detto che glieli dà?»

Leo sarebbe voluto tornare in camera, ma aveva avuto paura

che il pavimento scricchiolasse; Hanna li avrebbe scoperti. Così era rimasto accucciato in attesa che finisse. Henny aveva i capelli arruffati, Hanna non le aveva fatto le trecce per la notte. Indossava una delle camicie da notte che le aveva cucito la mamma, odorava di pulito. Leo nella testa aveva ascoltato una melodia in *do* maggiore, bassa ma molto chiara. Henny era una classica persona in *do* maggiore. Squillante ed energica, vivace, dura e per niente giocherellona.

Appena erano tornati in camera si era infilato sotto le coperte e si era addormentato all'istante.

«Eccoci, siamo arrivati!» gridò la zia Kitty. «Guardate, sulla porta c'è Else. E sta arrivando anche Julius. *Yuhuuu!*»

La macchina fece un sobbalzo, sbuffò e il motore si spense.

«Zia Kitty, lo hai fatto spegnere di nuovo» disse Dodo. «Prima di mollare la frizione devi disinserire la marcia.»

Leo si meravigliò delle conoscenze della sorella. Lui non aveva la più pallida idea di come e perché si muovesse un'automobile e nemmeno gli importava. La zia Kitty si girò e disse scontrosa che la prossima volta poteva guidare la signorina Dorothea Melzer, la famosa pilota d'aerei.

«Davvero?» disse Dodo raggiante.

In certe cose sua sorella era proprio un'ingenua. La zia Kitty inarcò le sopracciglia e la mamma spiegò che per prendere la patente doveva aspettare ancora almeno tredici anni.

Julius aprì la portiera di slancio e aiutò nonna Gertrude a scendere, poi portò in casa i regali insieme a Else e Gertie. Loro li seguirono, la mamma salì le scale per ultima.

Ed ecco il grande albero. Dominava l'ingresso ed era decorato con palle rosse e panpepati marroni. Odorava di Natale. L'anno prima papà e Gustav avevano abbattuto un abete del parco e tutti avevano dato una mano a portarlo dentro. Ancora si ricordava le mani sporche di resina giallognola e appiccicosa, non era andata via nemmeno col sapone. Quando aveva suonato il piano le dita gli erano rimaste sempre incollate ai tasti, un incubo.

«Allora, ti piace il nostro albero?»

Leo trasalì. Era così assorto nei pensieri che non aveva sentito arrivare il padre.

«Oh... bello. Grande... è molto grande.»

«Be', non più grande del solito. Quest'anno lo abbiamo ordinato. Viene dalla foresta reale di Derching.»

«Ah.»

Non gli venne nient'altro da dire. Lo sguardo scrutatore del padre lo paralizzava. Succedeva spesso. Papà gli faceva una domanda e lui sentiva la testa completamente vuota.

«Zio Paul!» pigolò Henny. «La mamma ha detto che riceverò un regalo anche da te.»

Papà si girò verso di lei sorridendo e Leo provò sollievo. Quanto era facile per Henny farlo sorridere, le bastava un niente. Nel suo caso, invece...

«Vogliamo festeggiare qui nell'ingresso o saliamo su al calduccio?» domandò nonna Gertrude cui Else aveva appena preso cappotto e cappello.

«Cara signora Bräuer, posso offrirle il braccio?» disse una voce fin troppo conosciuta.

Leo la riconobbe all'istante, anche Dodo e Henny trasalirono. Era la signora von Dobern. Leo si irrigidì, Dodo arricciò il naso e assunse un'espressione battagliera. Anche Henny si mise sulla difensiva.

«Molto gentile, signora von Dobern» rispose nonna Gertrude. «Ma non sono messa così male da non riuscire a salire le scale da sola.»

Nonna Gertrude non aveva peli sulla lingua. Leo sentì di volerle ancora più bene. Mentre procedeva, un gradino dopo l'altro di fianco a Dodo, alle sue spalle sentì la voce di papà. Era diversa. Come se avesse paura di dire qualcosa di sbagliato.

«Buongiorno Marie. Sono contento di vederti.»

Anche la risposta della madre fu strana. Rigida, sembrava la voce di una sconosciuta. «Buongiorno Paul.»

Non disse altro, a quanto pareva lei non era contenta di rivederlo. Leo sentì un peso invisibile posarsi sulle sue spalle. Come un telo scuro o una pesante nuvola grigia. Un pochino, ma solo un pochino, papà gli fece pena. Di sopra, in sala da pranzo li aspettava nonna Melzer. Si misero in fila e si fecero baciare. Una cosa terribile, ancora peggio fu il fatto che lei per tutto il tempo pianse. Leo si asciugò le guance umide di nascosto e fu felice di andare a sedersi. Quando si accorse che gli toccava il posto tra il padre e la signora von Dobern, però, tutta la gioia svanì. Sapeva che sarebbe stata una giornata tremenda. Nemmeno Dodo fu entusiasta, lei era finita tra la signora von Dobern e la nonna. Solo Henny fu fortunata e si accomodò tra la madre e nonna Gertrude.

Se solo ci fosse stata Hanna... che invece era rimasta in Frauentorstrasse. Julius mentre serviva aveva una faccia da sfinge, solo Gertie, che ogni tanto aiutava a sparecchiare, faceva qualche occhiolino. Era tutto così terribilmente serio. A parte la zia Kitty che aveva un attacco di parlantina dopo l'altro; a volte anche la signora von Dobern diceva qualcosa. Mamma e papà erano seduti l'uno di fronte all'altra in fondo al tavolo, tacevano entrambi e non si guardavano negli occhi. Era un peccato per il buon cibo cucinato dalla Brunnenmayer; non se lo stava godendo nessuno.

«Accidenti, quanto siete cresciuti!» disse una donna cicciona seduta di fianco alla zia Kitty. «Ma non mi riconoscete? Sono Lisa, vostra zia. La sorella del vostro papà e della zia Kitty.»

Dodo rispose che aveva un ricordo vago. Lui invece era certo di non averla mai vista in vita sua. La sorella della zia Kitty?

«Non le assomiglia per niente, alla mia mamma» disse Henny con il suo incantevole sorriso. «Lei ha i capelli biondi ed è grassa.»

«Henriette!» tuonò subito la signora von Dobern. «Una bambina beneducata non dice queste cose!»

«Sapete, presto anche la zia Lisa riceverà una visita della cicogna» intervenne la zia Kitty. «E avrete un bel cuginetto o una cuginetta.»

«Ah,» disse Henny poco entusiasta «se è una cuginetta può dormire nella mia carrozzina.»

«Molto generoso da parte tua» replicò seria la zia Lisa.

Leo avrebbe preferito un cugino, in famiglia c'erano già troppe femmine. Ma perché la cicogna andava a trovare sempre le donne grasse? Come allora, con Auguste. Quando era entrata in sala da pranzo la zia Lisa gli era sembrata una balena. Ma nel complesso non era male, continuava a guardarlo e a sorridergli. Chiese se dopo avrebbe suonato qualcosa al piano, ma la sua risposta affermativa si perse nel fiume di parole della zia Kitty.

Dopo mangiato andarono tutti nel salone rosso dove c'era un albero di Natale sul tavolo. E sotto un sacco di pacchetti colorati... i loro regali. Dodo ricevette una bambola con occhi e arti mobili. E un armadio per le bambole pieno di cose, compreso una cartella. Henny ebbe in dono una scatola di colori e diversi libri illustrati. A lui invece toccò un inquietante mostro di metallo nero con un comignolo appuntito, un corpo a cassetta e un coperchio di rame. Era pieno di manovelle, porticine, ganci e chiavistelli, e poi c'erano due lunghi fili che conducevano a una grande ruota di metallo tramite altre ruote più piccole e un mini-martello attaccato a una specie di tavolo, sempre di metallo.

«Una macchina a vapore!» esclamò Dodo invidiosa. «Lì devi mettere l'acqua, e qui si fa il fuoco. E poi l'acqua inizia a bollire e il vapore spinge il pistone verso l'alto. E poi arriva l'acqua fredda e il pistone scende di nuovo.»

Leo invece non disse nulla e percepì lo sguardo deluso del padre. No, lui di un mostro del genere non sapeva proprio cosa farsene. Anche provandoci, non gli sarebbe mai entrato in testa il meccanismo. Fosse stato un pianoforte, avrebbe potuto spiegare al padre la tastiera per filo e per segno.

«Papà,» disse Dodo «l'accendiamo?»

«No, Dodo, è di Leo.»

«Ma lui non la vuole, io invece sì! Io so come funziona!»

Leo vide il padre storcere la bocca. Stava per arrabbiarsi.

«Dodo, tu hai ricevuto una bambola!» disse Paul in tono severo. «Una bambola molto costosa, la nonna l'ha comprata apposta per te!»

Dodo stava per replicare qualcosa, ma la signora von Dobern fu più veloce.

«Dorothea, l'ingratitudine è un peccato! Soprattutto oggi, il giorno in cui nostro Signore è venuto al mondo in un'umile mangiatoia. Dovresti essere felice di avere genitori e nonni che ti fanno regali così generosi!»

«Amen!» concluse nonna Gertrude dal divano.

Per un po' ci fu silenzio, Leo capì che l'atmosfera ormai si era guastata in maniera irreparabile. Papà fissava il vuoto arrabbiato, la mamma era seduta alla finestra con aria assente e guardava il parco pieno di neve. La zia Kitty fece un respiro profondo per dire qualcosa e rompere quel silenzio angosciante, ma fu anticipata dalla zia Lisa.

«Santo cielo, Paul! La bambina sa come funziona una macchina a vapore e tu la sgridi!»

«Lisa!» intervenne subito nonna Melzer sdegnata. «*Pas devant les enfants*!»

«Basta scambiare i regali» disse la zia Kitty ridacchiando. «Dodo si becca la macchina a vapore e la bambola... la diamo a Paul!»

Leo fu contento che nessuno rise di una battuta così stupida. Papà guardò tutti i presenti riflettendo su come salvare la situazione. E solo per pochi secondi incrociò gli occhi della mamma. Si scrutarono come due peccatori colti in fallo, i loro sguardi per un minuscolo attimo si fusero, poi la mamma girò la testa e papà fece altrettanto.

«Va bene,» disse «se resta tempo dopo accenderò la macchina e chiunque vorrà aiutarmi sarà il benvenuto.»

Dicendolo guardò Leo come a dire: è la tua ultima chance. Dodo aveva preso in mano la bambola e stava giocando con la sua camicetta di pizzo inamidata. Henny approfittò della situazione per rimpinzarsi di patate di marzapane. Non potevano tornare subito in Frauentorstrasse? Lì alla Villa delle Stoffe era terribile!

Invece a quanto pareva c'erano altre cose terrificanti in agguato.

«Be', direi che siamo stati al chiuso abbastanza» disse papà con una finta allegria. «Andiamo a fare una bella passeggiata nel parco!»

Una passeggiata! Con l'immancabile signora von Dobern! Leo guardò Dodo angosciato, Henny con la bocca piena di marzapane spiegò che nel parco le venivano i piedi freddi, quindi preferiva restare al caldo.

«Signorina, come preferisce» disse papà.

Lui e Dodo però dovevano andare per forza. Poiché la mamma voleva parlare con la zia Lisa e la zia Kitty non aveva stivali imbottiti, restarono entrambe nel salone rosso. Le due nonne stavano sfogliando un album di foto. Solo la signora von Dobern voleva venire... lui lo sapeva!

All'ingresso, sulla porta della cucina, c'era la Brunnenmayer. Appena vide la sua faccia raggiante Leo si sentì subito meglio. Dodo le corse incontro e si attaccò al suo collo.

«Dorothea!» esclamò la signora von Dobern indignata.

Papà però rise, quindi dovette chiudere il becco.

«Bambino mio, come sei cresciuto!» disse la Brunni. «E come ti sei fatto carino! Diventi sempre più bello. Il piano lo suoni ancora così bene? Ah, quanto ci manca adesso che non possiamo più sentirti.»

Gli passò una mano tra i capelli. Fu un gesto tenero, le sue mani odoravano sempre di cipolla e sedano. Sì, per la Brunni gli dispiaceva non abitare più alla Villa.

Papà insisteva per uscire. Scese le scale così in fretta che la signora von Dobern non riuscì a stargli dietro. Nello spiazzo davanti casa c'era poca neve perché Julius l'aveva spalata via, il parco invece era pieno, tutti i sentieri erano imbiancati.

«Su, andiamo! Di corsa fino alla casetta!»

Ma cosa gli era saltato in mente? Papà avanzava tra la neve alta fino alle ginocchia e ogni tanto si girava verso di loro. Non sembrava affatto dispiacergli che la signora von Dobern restasse sempre più indietro. Dodo si stava divertendo, seguiva le orme del padre e ridacchiava. Leo aveva affondato le mani nelle tasche e avanzava imperturbabile.

«Avanti, non mollate! Lì dietro al ginepro c'è una sorpresa per voi!»

Speriamo che non sia un'altra macchina a vapore, pensò Leo cercando di sbirciare oltre il fitto arbusto. Ma lì nella neve non c'erano delle impronte? Allora era passato qualcuno.

E poco dopo saltarono fuori. Avevano le giacche piene di neve, Liesl portava un berretto rosso fatto a mano e Maxl un cappello con i paraorecchi. Anche a lui sarebbe piaciuto averne uno così. E Hansl era così imbacuccato che cadeva di continuo.

«Evviva! Sorpresa! Buon Natale!»

I tre bambini saltellavano e agitavano le braccia, corsero loro incontro e si ritrovarono tutti insieme, ridacchiarono, si rallegrarono di essersi ritrovati.

«Fammi vedere i capelli» chiese Dodo a Liesl. «Uh, come sono corti! Mamma vuole che porti queste stupide trecce...»

Maxl disse che Gesù Bambino gli aveva portato due automobili di latta e un distributore e Hans farfugliò qualcosa in merito a un negozio. Leo raccontò della sua macchina a vapore, consapevole che il grammofono e i vinili non avrebbero fatto colpo. Liesl aveva dodici anni, quindi quattro più di loro. Era molto diversa dalla madre Auguste. Era magra e con i capelli biondi scuro e ondulati, e la bocca piccola a forma di cuore. Gli piaceva perché era sempre gentile e quando i fratelli gli davano fastidio si arrabbiava.

«E a te cosa ha portato Gesù Bambino?»

«Un vestito e una giacca. Un paio di scarpe nuove e due fazzoletti ricamati.»

Stava per chiedere se non avesse ricevuto proprio nessun giocattolo, ma proprio in quel momento arrivò una palla di neve e lo centrò alla testa facendogli cadere il cappello.

«Ehi!» gridò Dodo. «Attento Maxl che adesso te ne becchi una anche tu!»

Tutti si abbassarono a preparare munizioni. Dodo colpì Maxl a una spalla, Liesl il braccio di Dodo di striscio, Leo piazzò un colpo da maestro sulla pancia di Maxl. Iniziarono a sibilare palle di neve in tutte le direzioni tra grida di giubilo e di irritazione, Dodo strillò perché le era entrata della neve nel colletto, Liesl rise di Leo perché aveva mancato il bersaglio. Hansl era il migliore a scansare i colpi: semplicemente, si buttava nella neve.

«Bambini!» disse la signora von Dobern, ma nessuno ci fece caso.

Una palla colpì Leo in piena guancia. Gli fece male. Mentre si puliva il viso vide che a lanciarla era stato il padre. Rideva. Non malizioso. Nemmeno cattivo. Era una risata da birbante, la stessa in cui prima a volte aveva guardato la mamma. Leo si chinò e raccolse della neve. Aveva le mani gelate, come piene di spilli di ghiaccio. Guardò il padre, lo stava osservando. Stava ancora ghignando. *Dài, tira*, gli stava dicendo con gli occhi. *Cerca di beccarmi, io non mi muovo di un millimetro.*

Il primo tentativo andò a vuoto. Mentre stava per lanciare il secondo, fu colpito da una palla di Hansl sul collo. Poi finalmente lo prese sul petto. Papà si chinò per preparare una nuova munizione ma fu centrato da tre palle contemporaneamente. Lui, Dodo e Maxl.

«Banda di teppisti!» disse ridendo. «Tutti contro uno... adesso vi faccio vedere io!»

Piovvero munizioni bianche, gridarono, risero, si lamentarono e alla fine si fermarono con le facce arrossate e le dita indolenzite. Fu in questo momento che lo sentì. Lo scampanellio. Campane, almeno quattro. A intervalli regolari, saltellanti, allegri, vibranti. Tonalità *re* maggiore. Sentì anche lo scricchiolio della neve, *crac crac* e poi un sibilo, una sorta di scivolamento.

«Gesù Bambino» sussurrò Dodo piena di timore reverenziale.

Maxl scoppiò a ridere e Liesl indicò la Villa da dove stava arrivando uno strano mezzo. Un carro trainato da un cavallo. No... era una slitta!

«Quello è il nostro papà!» esclamò Liesl. «Ha riparato la vecchia slitta. Faremo un giro tutti insieme!»

La vecchia slitta! L'avevano vista a volte nella rimessa, abbandonata e arrugginita: rossa, sedili in pelle malridotti e lunghi pattini marroni.

«Allora? Sorpresa riuscita?» chiese papà.

Eccome! Gustav Bliefert si fermò, era fierissimo di fare il cocchiere. Salirono tutti, anche papà, per ultima pure la signora von

Dobern con un sorriso contratto. Probabilmente aveva freddo, il suo cappotto non era pesante e le sue scarpe senza pelliccia.

«Che splendida idea ha avuto vostro padre» disse. «Henny rimpiangerà di non essere venuta.»

Sì, l'idea che Henny in quel momento fosse seduta a una finestra della Villa e guardasse il parco con invidia gli piaceva. Fecero un bel giro. Superarono la casetta con il comignolo che sbuffava e Auguste da dentro li salutò con il piccolo Fritz in braccio. Arrivarono fino agli abeti rossi e ai cespugli di ginepro che sotto il peso della neve sembravano degli gnomi giganti. Poi fecero il giro della Villa delle Stoffe: il prato fin quasi al cancello, il vialetto con gli alberi spogli e carichi di neve, fino alla rotonda. Per tutto il tempo Leo ascoltò i suoni e sentì il ritmo degli zoccoli. Nella sua testa erano già musica. I pattini continuarono a scricchiolare sul cortile; lì c'era poca neve, spruzzando scintille colorate.

Sulle scale c'erano nonna Gertrude e nonna Melzer, imbacuccate nelle pellicce, e la zia Kitty.

«Ah, fratellone!» esclamò entusiasta. «Ti ricordi quando con questa slitta siamo andati nella foresta? Io ho fatto salire a bordo Marie e tu e il mio povero Alfons ci seguivate a cavallo.»

Papà scese per fare spazio e salirono in tre, Hansl dovette mettersi in braccio a nonna Gertrude. Henny non era scesa, l'abbuffata di marzapane le aveva fatto venire mal di pancia.

L'assenza della zia Lisa non lo meravigliò, il povero cavallo sotto quel peso sarebbe morto. Per la mamma invece si dispiacque.

Più tardi, quando si salutarono e risalirono a bordo della macchina della zia Kitty, Henny era di nuovo in gran forma.

«Io i miei regali posso portarli via con me» si vantò. «I vostri invece devono restare qui alla Villa delle Stoffe, ha detto lo zio Paul, ci giocherete quando lo verrete a trovare!»

Dodo ci restò male, la macchina a vapore le piaceva da morire.

Papà l'aveva portata nella stanza dei bambini e l'aveva accesa, ma l'aveva spenta quasi subito perché era già tardi. Della bambola non le importava nulla.

Leo voleva soprattutto un pianoforte, doveva assolutamente suonare tutto quello che gli ronzava per la testa. O perlomeno provarci. Per la maggior parte dei suoni, infatti, non c'erano abbastanza tasti.

28

Gennaio 1925

> *Gentilissimo signor Winkler,*
> *visto che lei ha preferito andarsene di soppiatto senza un congedo, negli ultimi mesi ho sprecato poche energie nello scoprire il suo attuale luogo di residenza. A che scopo, in fondo? Il suo disinteresse per la tenuta von Maydorn e la mia persona è stato chiarissimo e non sono quel genere di donna che corre dietro a un uomo. Sono certa che nel frattempo abbia trovato un posto nella vita che la soddisfi. Lei è un insegnante e un educatore eccellente, è questo il suo talento insieme allo studio del passato e della storia nazionale.*

Lisa si appoggiò allo schienale e ripose la penna nel calamaio. Rilesse, scosse la testa e fece delle correzioni: "andarsene di soppiatto" era un'espressione troppo dura, trasmetteva sofferenza, se non proprio rabbia. Sebastian non doveva avere l'impressione che questa lettera fosse una resa dei conti, Elisabeth voleva sembrare gentile e rilassata. Non gli stava correndo dietro. Di certo non per rimproverarlo. Erano cose superate. Adesso si trattava solo del…

E poi questa stupida storia dei talenti, pensò cancellando l'ultima frase. Non intendeva certo lusingarlo, ci mancava solo questo. Dopo tutto quello che le aveva fatto quel codardo!

Si alzò, si strinse la vestaglia e constatò che nonostante l'ampiezza non si chiudeva più. Terribile. Si sentiva pesante e inerte come un'ape regina. Era metà gennaio, le sue pene presto avrebbero avuto una fine, si sperava. Del parto aveva paura, ma prima o poi sarebbe finita, in fondo capitava dall'inizio della storia dell'umanità. La cosa fondamentale era che il bambino fosse in salute, maschio o femmina non aveva importanza. E poi avrebbe fatto di tutto per tornare in forma. Non aveva più un vestito e non indossava scarpe, a causa dei piedi gonfi.

Erano solo le sei di mattina e fuori era ancora buio, ma scostò comunque la tenda e aprì la finestra. Entrò un'ondata di aria fredda e respirò a pieni polmoni. Sul suo viso accaldato si posarono piccoli fiocchi di neve; le entravano nel naso e le facevano il solletico. Che freddo. Alla fabbrica MAN si lavorava, le lontane luci dei capannoni sfumavano i contorni degli alberi e del parco innevato. Lisa vide una lepre, poi un'altra. Entrambe si drizzarono sulle zampe posteriori, poi la più piccola scappò via e sparì sotto gli abeti. L'altra si accucciò e iniziò a scavare nella neve.

Si strinse la vestaglia sul collo e si sporse un po'. La montagna di neve che aveva sepolto il dehors era piena di lucine gialle che danzavano. Ah, avevano acceso le luci all'ingresso, probabilmente la Brunnenmayer stava preparando la colazione e Julius puliva gli stivali dei padroni. Lisa sospirò. Serafina le aveva detto più volte che Dörthe era maldestra e non sapeva fare nulla. La cosa migliore era rispedirla il prima possibile alla tenuta. Probabilmente aveva ragione, tuttavia Lisa insisteva per darle un'ultima opportunità. Soprattutto per il piacere di contraddire Serafina.

Sentì freddo, chiuse la finestra e si avvicinò alla stufa che Gertie aveva ravvivato la sera prima. Com'era piacevole appoggiare la schiena alle piastrelle calde, ti faceva sentire protetta. Non si poteva certo dire che lì alla Villa la riempissero di attenzioni. Al contrario, si sentiva sola, ignorata. Paul era preso dai suoi problemi matrimoniali, la madre era sempre afflitta dall'emicrania e passava quasi tutto il tempo a letto e Serafina, la sua amica del cuore che era stata tanto felice di rivedere, pensava solo agli affari suoi.

«Mia cara Lisa, non puoi capire quanto sia ingrata la nostra madrepatria con i suoi eroi di guerra. Tutti coloro che hanno lasciato vita e sangue sul campo dell'onore vengono coperti di fango, dimenticati...»

In un certo senso la capiva. Il padre di Serafina, il colonnello von Sontheim, era caduto in Russia, così come il fratello minore e il marito. Il sottotenente Armin von Dobern era morto eroicamente nelle Fiandre. A quanto pareva le vedove ricevevano pensioni misere, Serafina doveva aiutare non solo la madre, anche i suoceri caduti in miseria per via dell'inflazione. Era comprensibile che fosse amareggiata. Tuttavia, il modo con cui cercava di mettersi in mezzo tra lei e la madre era di una sfacciataggine inaudita.

«Lisa, tua madre ha bisogno di riposo. Se hai un problema puoi dire a me.»

«La cara Alicia sta facendo il suo sonnellino pomeridiano, non puoi assolutamente disturbarla.»

«Le ho dato un tranquillante. Non deve agitarsi, lo sai.»

Lisa aveva chiesto che tipo di tranquillante le somministrasse con tanta frequenza. Un bicchierino lì, qualche goccia su una zolletta di zucchero là, una bella tazza ogni sera per conciliare il sonno.

«Lisa, è valeriana, un'erba del tutto innocua. La usavano già gli antichi romani.»

Anche Lisa l'aveva usata spesso per calmare i feriti ricoverati alla Villa, tormentati dai dolori. Aveva un odore inconfondibile. Tuttavia, dall'inizio della gravidanza le si era gonfiato il naso e nella bevanda di Serafina non riusciva a percepirne sentore.

«Perché mamma non deve agitarsi? Ha problemi cardiaci?»

Il sorriso saccente e superiore di Serafina era così penetrante che a Lisa per la repulsione le si drizzavano i peli delle braccia.

«Lisa, lo sai, tua madre non è più giovanissima, quindi anche il cuore non funziona più come un tempo.»

«Mamma compirà sessantasette anni, non settecento!»

Serafina disse che sessantasette anni erano un'età considerevole. «Ti ricordo che tuo padre è morto proprio a quest'età.»

«Ti ricordo che era *mio* padre, puoi star certa che non me lo dimenticherò mai!»

Usava qualunque metodo per annichilirla. Ma sulla lunga prospettiva non sarebbe stata lei ad averla vinta.

«Secondo me la mamma sta molto meglio di quanto tu non desideri!»

«Lisa, ti prego, ha delle emicranie terribili!»

«Ma che dici, le emicranie le ha da sempre.»

«È triste che tu abbia così pochi riguardi per la salute cagionevole di tua madre. Ti auguro solo di non dovertene mai pentire.»

Lisa decise di darsi una calmata. Se si fosse avventata sull'ex amica per prenderla a ceffoni avrebbe nuociuto al piccolo che portava in grembo. Ma prima o poi sarebbe successo.

Povera Marie! Negli ultimi giorni Lisa aveva capito parecchie cose. Il giorno di Natale aveva avuto un po' di tempo per parlare da sola con la cognata. All'inizio era stata piuttosto laconica, ma quando aveva capito che Lisa non aveva intenzione di rimproverarla la conversazione era diventata intensa e sincera. Quanto le mancava Marie lì alla Villa delle Stoffe! All'improvviso aveva realizzato che era stata lei l'anima di quella casa. La persona che aveva sempre mostrato comprensione per chiunque, perennemente intenta a chiarire equivoci e appianare litigi. Marie aveva badato a tutti, sempre allegra, soddisfatta, spesso con una buona idea pronta. Era stata come un vento caldo e portatore di vita e di positività.

Adesso le sembrava di percepire da mattino a sera una puzza di cantina gelida e ammuffita, ed era soprattutto Serafina a diffonderla. Sperava solo che non facesse male al suo bambino!

«Tu e Paul dovete assolutamente parlare e chiarirvi» aveva detto a Marie. «Io so che lui ti ama ancora, ogni sera si barrica nello studio e butta giù una bottiglia di rosso. Non è normale.»

Marie le aveva risposto che non era così facile.

«Vedi, Lisa, la colpa sarà senz'altro mia, ma all'improvviso ho avuto la sensazione che in questa casa per me non ci fosse più posto. Ero tornata a essere la povera orfanella accolta per compassione. La figlia illegittima di una donna che dipingeva quadri scandalosi e che si è opposta anima e corpo a Johann Melzer. Come se perfino la sua tragica morte mi andasse messa in conto.»

«Marie, ma che dici!»

«Lisa, io mi sento molto combattuta, e purtroppo Paul in questo momento non può aiutarmi. Al contrario, lui è dalla parte di vostra madre, che sfortunatamente è molto cambiata.»

«Sì, Marie, l'ho notato anch'io. E vuoi sapere cosa penso?»

Marie non aveva né smentito né confermato la sua teoria che il cambiamento di Alicia fosse dovuto all'influenza di Serafina. Era possibile, ma non dimostrato. Ad ogni modo, i bambini con lei avevano sofferto e adesso lei si pentiva di non aver agito prima, come Kitty.

«E quanto durerà ancora questa condizione?»

«Non lo so.»

In realtà un po' la invidiava. In Frauentorstrasse c'era senz'altro un'atmosfera più allegra rispetto a quella della Villa delle Stoffe. C'erano tre bambini in giro, Gertrude cucinava, Kitty si godeva la compagnia di Marie e avevano spesso ospiti. Era tutto bohémien, spensierato, poco convenzionale e all'insegna della tolleranza. Lì di certo nessuno si sarebbe arrabbiato con una donna incinta che aveva chiesto il divorzio. Alla Villa ricevevano ospiti di rado e le poche volte che accadeva si trattava dei soliti partner d'affari dei Melzer. Lisa non era mai stata invitata a partecipare a questi ritrovi, dal momento che la madre aveva Serafina al suo fianco. Incredibile. In queste occasioni si sedeva al posto di Marie. Glielo aveva riferito Gertie indignata.

Era stata la stessa Marie a convincerla a scrivere a Sebastian.

«Lisa, comunque andranno le cose ha il diritto di sapere che diventerà padre. Poi la decisione spetta a lui.»

Tipico di Marie. Non aveva creduto nemmeno per un secondo che il bambino che portava in grembo fosse del suo Quasi-Ex-Marito. Aveva capito subito la situazione e l'aveva affrontata con la massima naturalezza.

«Sai, Lisa, dubito che la notizia gli sarà indifferente.»

Lisa aveva replicato che avevano vissuto sotto lo stesso tetto per ben quattro anni e la sua cocciutaggine e il senso dell'onore piccolo-borghese le avevano dato terribilmente sui nervi.

«Quello che è successo è stato un… un tragico incidente. Se capisci cosa intendo.»

Lei stessa si era resa conto di quanto fossero poco credibili le sue parole, e di fatto non era la verità. Marie però aveva annuito. Si erano alzate e si erano avvicinate alla finestra. Paul aveva fatto rimettere in sesto la vecchia slitta in gran segreto e stava facendo un giro del parco con i bambini.

«Un'idea carina, non trovi?»

Marie aveva fatto un sorriso triste. Probabilmente ricordando la gita in slitta di dodici anni prima, quando lei era ancora una sguattera. A quei tempi lei e Paul erano innamoratissimi.

«Forse la vecchia regola che non bisognerebbe mai sposare una persona di ceto più alto è vera» aveva detto Marie con un filo di voce.

«Ma che sciocchezze. Anche mamma e papà venivano da famiglie diverse. Mamma è nobile, papà era borghese.» Si era fermata chiedendosi se quello tra i suoi genitori fosse stato davvero un matrimonio felice. Poi aveva pensato che pure Sebastian aveva origini umili e lei, in quanto figlia di un ricco industriale, per lui sarebbe dovuta essere irraggiungibile. Perlomeno così era stato un tempo. Ma dopo la guerra erano cambiate così tante cose!

«E cosa faresti se Sebastian si presentasse alla porta all'improvviso?»

«Per carità di Dio! Non deve assolutamente vedermi così cicciona, sono orribile!»

Marie era rimasta zitta e aveva guardato Alicia e Gertrude salire sulla slitta insieme a Kitty. La sua espressione, però, le aveva fatto capire che ormai si era tradita. Lo amava ancora. Anzi, lo amava ancora più di prima.

«Guarda,» aveva detto Marie indicando il cortile «guarda con quanta agilità sta salendo la mamma. E come ride... anche se deve stare appiccicata ai bambini.»

La sera di Natale, dopo che Kitty e il suo rumoroso seguito erano tornati in Frauentorstrasse, alla madre era venuta una terribile emicrania.

Serafina, con il volto traboccante di rimprovero, aveva subito detto a Paul: «Prima le ridanno i nipoti e poi glieli portano di nuovo via. Quello che sua moglie sta facendo a sua madre è imperdonabile!»

«Signora von Dobern, non sta certo a lei giudicare!» aveva replicato Paul durissimo per poi chiudersi dentro lo studio. Lisa aveva goduto vedendo lo sguardo di pietra dell'ex amica.

Ormai erano passate due settimane e domenica i gemelli sarebbero tornati alla Villa. Lisa fece una smorfia, il bambino aveva scalciato. Il giorno prima si era girato in una posizione tale che lei non era più riuscita a camminare. Fu travolta da una fitta di dolore, dall'anca fino al piede. La gravidanza era una tortura!

Si staccò dalla stufa calda e tornò all'antiquato scrittoio, anch'esso rimediato in soffitta. Rilesse e al posto di "andarsene di soppiatto" scrisse "partire all'improvviso". Poi rimuginò su come comunicargli la sua condizione.

Senza voler influire sul proseguimento del suo cammino di vita, con questa lettera le comunico che la nostra breve unione non è stata senza conseguenze...

Si fermò, aveva sentito un rumore strano. Il grido di una donna. Piuttosto isterica. Era Else? No, veniva dal piano terra. Dörthe? Dio, fa' che non sia lei, quella disgrazia di ragazza!

Sbatté una porta, qualcuno salì le scale a passo svelto. Poteva essere solo la scala della servitù in mattoni; quella dei padroni era coperta da un tappeto.

«Aiuto!» strillò una voce femminile che proveniva dal piano inferiore. «Polizia, aiuto, è una rapina!»

No, non è Dörthe, constatò Lisa sollevata. Sembrava Serafina. Santo cielo, era proprio isterica.

«Un uomo, un uomo è entrato nella mia camera...»

La sua voce si mischiò con altre. Lisa riconobbe la Brunnenmayer, poi Julius. Stavano cercando di calmare la governante.

Un uomo? In camera di Serafina? Lisa sentì a disagio. Quanto a uomini alla Villa delle Stoffe non c'era una gran scelta: se non era Julius, restava solo Paul. Per una frazione di secondo le balenò in testa l'immagine del fratello in camera di Serafina. Il motivo non contava, un uomo era un uomo. Ma non poteva essere, in quel caso Serafina non avrebbe mai gridato. Al contrario, sarebbe rimasta zitta e muta. Un rapinatore, quindi. A quanto pareva era scappato all'ultimo piano.

Si chiuse la vestaglia meglio che poté e uscì in corridoio. Paul, completamente vestito, era sulla porta della camera della madre e le stava parlando.

«Mamma, rimettiti a letto. Ti prego. Sono sicuro che non è niente.»

«Paul, chiama la polizia.»

«Prima voglio capire cosa è successo.»

Lisa lo raggiunse. Il bambino continuava a muoversi, probabilmente aveva percepito l'agitazione.

«Paul, qualcuno ha salito le scale della servitù di corsa.»

«Quando?» chiese il fratello.

«Proprio adesso, dopo il grido.»

«Ah! Be', allora vado subito a controllare!»

«Paul!» disse la madre sospirando. «Per amor di Dio, sta' attento! Magari ti sta aspettando…»

«Chiunque fosse,» disse Lisa «alla vista della governante in camicia da notte avrà pensato solo a fuggire.»

La madre aveva la testa da tutt'altra parte e non capì la battuta maligna contro Serafina. Si fece riaccompagnare a letto dalla figlia e si sedette sul bordo. «Lisa, dammi un po' delle mie gocce. Sono lì, vicino alla caraffa d'acqua.»

«Mamma, le gocce non ti servono, bevi un bicchiere d'acqua.»

La madre aveva suonato il campanello. Poco dopo in corridoio si sentirono i pesanti passi di Else.

«Signora» disse la domestica inchinandosi.

«Else, cos'è successo?»

«Signora, non si agiti, non è niente.»

Else era una pessima bugiarda, si vedeva benissimo che stava nascondendo qualcosa.

«Perché la governante ha gridato?»

Else temporeggiò, fece una strana riverenza, raccolse un pelucco sul grembiule. «La signora von Dobern ha avuto un incubo.»

Ma quando si alzava la governante la mattina? Erano le sei e mezzo, a quest'ora la signorina Schmalzler sarebbe stata in servizio da un pezzo.

«Quindi non le è successo nulla?» disse la madre preoccupata.

Else scosse la testa e serrò le labbra. «No, no, sta benissimo. Si sta vestendo. Si è solo spaventata.»

Non disse altro. La madre le chiese di mandare Julius all'ultimo piano per dare manforte a Paul.

Poco dopo apparve Serafina. Di un bianco cadaverico per lo spavento, ma tutto sommato calma.

«Cara Alicia, è una situazione molto spiacevole.»

Le tremava un po' la voce e aveva il respiro affannato. Lisa provò quasi compassione per lei, doveva aver avuto una specie di infarto.

«Mia cara, si sieda,» disse la madre «prenda qualche goccia di valeriana. Dio solo sa quanto ne abbia bisogno.»

Serafina rifiutò dicendo di essersi già calmata. Poi se la prese con il personale.

«Ho chiesto a Julius di chiamare la polizia. Invano. Allora mi sono mossa io verso lo studio ma... ma la Brunnenmayer me lo ha impedito.»

«Non ci posso credere» disse la madre.

«Ha usato addirittura le mani.»

«La signora Brunnenmayer? Sta parlando della nostra cuoca, Fanny Brunnenmayer?» disse Alicia guardando Lisa con espressione impotente.

«Proprio lei! Mi ha preso per un polso e mi ha storto il braccio.»

Serafina sbottonò la camicia per mostrare la ferita, ma nessuno ci fece caso. La porta della scala della servitù si aprì, si sentirono dei passi.

«Forza, esca!» disse Paul. «Non la mangiamo mica!»

Qualcuno inciampò e sbatté contro lo stipite.

«Stia fermo. Venga, la reggo io.»

«Grazie» disse una voce debolissima. «Mi... mi gira la testa.»

Serafina si fece coraggio e uscì dalla camera. Lisa esitò perché era in déshabillé, ma alla fine la seguì.

«Ma... ma è Humbert!»

Smagrito com'era, lo riconobbe a stento. Non avevano detto che stava facendo carriera sui palchi della capitale? Be', evidentemente si erano sbagliati. Sembrava che avesse patito la fame per anni.

«È lui» disse Serafina in tono composto ma un po' tremante. «È lui l'uomo che si è introdotto in camera mia. Signor Melzer, sono felice che l'abbia preso!»

Humbert alzò la testa per guardare meglio Serafina, ma non la riconobbe.

«Di' un po', Humbert» disse Paul molto più rilassato. «Cosa andavi cercando lì dentro? In generale, perché sei entrato alla Villa di nascosto, così presto?»

Humbert si schiarì la voce, poi tossì. *Speriamo che non abbia la tisi*, si disse Lisa pensando al figlio.

«La prego vivamente di perdonarmi» disse Humbert a Serafina. «Non sapevo che lì dormisse qualcuno. Io volevo solo... solo riposarmi un attimo dopo il lungo viaggio.»

Non era una spiegazione molto illuminante. Paul aggrottò la fronte, Serafina sbuffò indignata.

«Quindi è entrato in casa all'insaputa dei lorsignori» constatò. «E chi le ha aperto la porta?»

Humbert aveva gli occhi sbarrati, sembrava parlasse con un altro mondo.

«Alle sei e mezzo di solito si toglie il chiavistello alla porta della cucina perché viene il garzone del latte. Ne ho approfittato e sono entrato.»

«Non racconti favole» disse Serafina con le guance di un rosso chiaro ben poco salutare. «Ha avuto dei complici! Qualcuno le ha aperto la porta e l'ha fatta entrare di nascosto.»

Humbert era troppo stremato per rispondere. Era aggrappato al braccio di Paul; se lui lo avesse tirato via sarebbe caduto.

«E so anche chi è questo complice» proseguì Serafina trionfante. «Cara Alicia, per anni ha sprecato il suo favore con una persona indegna. La sua cuoca è solo una bugiarda intrigante. Una tiranna che aizza i dipendenti contro di me e ignora i miei ordini. È coinvolta in questo crimine, ne sono sicura.»

Paul fece un gesto d'impazienza e disse di non avere voglia di sentire queste ripicche.

«Julius! Accompagni quest'uomo in una delle camere della servitù ancora libere. E poi gradirei la mia colazione.»

In attesa sulle scale, Julius passò davanti a Serafina senza degnarla di uno sguardo. Alle sue spalle c'erano Gertie e Dörthe, anche loro ovviamente volevano sapere cosa fosse successo. Lisa già sapeva che tutti i dipendenti sarebbero stati dalla parte della Brunnenmayer e ne era felice. La colpa dello spavento di Serafina era solo sua: perché dormiva nello studio della governante? La signorina Schmalzler non lo aveva mai fatto, aveva pernottato di sopra e usato quello spazio solo come ufficio. Ma certo, d'inverno le camere all'ultimo piano erano gelide, per questo alloggiava di sotto, vicino alla stufa. Di certo non le aveva procurato ulteriori simpatie presso i dipendenti.

«Cara Serafina» disse la madre contrariata. «Riguardo alla Brunnenmayer sono sicura che si sbaglia.»

La sua ex amica non era certo stupida, aveva capito di aver esagerato e ridimensionò la questione. «Cara Alicia, forse ha ragione. Mi sono scaldata troppo. Lei però adesso si calmi.»

Riempì un bicchiere d'acqua e svitò il tappo della panciuta boccetta marrone. La madre però scosse la testa.

«No, grazie, niente gocce... Else, aiutami a vestirmi, prima di colazione vorrei scambiare due chiacchiere con la cuoca. Lisa, rimettiti a letto, mangeremo insieme verso le otto e mezza.»

Lisa fu grata alla madre per la sua comprensione, all'improvviso si sentiva stanca morta. Si sbagliava o il piccolo incidente aveva risvegliato Alicia a nuova vita?

Un'ora dopo, quando scese per la colazione, la trovò seduta al tavolo con il giornale. Sorrise e le chiese come si sentisse.

«Eh, mamma, continua a contorcersi.»

«Figlia mia, è normale. Ti ho fatto preparare un tè, il caffè potrebbe agitare il bambino.»

Lisa si accorse che Serafina si stava spostando nella sua camera all'ultimo piano.

«La signora Brunnenmayer mi ha spiegato tutto. Il povero Humbert a Berlino ha avuto una ricaduta. Ti ricordi? Già allora soffriva di quei brutti attacchi di panico...»

Hanna e la Brunnenmayer lo avevano implorato di tornare ad Augusta. Nessuno però sapeva che sarebbe arrivato già quella notte.

«Altrimenti la signora Brunnenmayer avrebbe chiesto il permesso, è ovvio. Ma è nostro dovere di cristiani accogliere quel poveretto, non trovi?»

«Sì, mamma... sembri così lucida e in forma.»

«Sì, Lisa, era da parecchio che non mi sentivo così bene.»

«Allora dovresti smetterla di prendere quella roba. Sono le gocce a farti venire mal di testa.»

«Ma che dici! È solo valeriana!»

29

Era un febbraio stranamente mite, c'era quasi da temere che sul prato spuntassero i crochi. Tuttavia, ogni volta che il tempo sembrava guardare alla primavera si alzava un vento gelido e tornava il freddo. Per ben due volte un ghiaccio insidioso aveva paralizzato la città all'improvviso facendo una strage di infortuni e ossa rotte; a quanto pareva era toccata pure all'avvocato Grünling. Auguste, che da qualche giorno aveva ripreso a girare per la Villa delle Stoffe, aveva raccontato che il legale si era rotto entrambe le braccia.

«Gesù Maria» disse Gertie bevendo un sorso di caffè caldo. «Quindi non può più andare in tribunale.»

«E perché no?» replicò Auguste. «Parlare può parlare.»

«Sì, ma quando parla non può agitare le braccia.»

Auguste scrollò le spalle e prese una fetta di pane bianco. La spalmò di burro e non lesinò nemmeno con la marmellata di fragole.

«E la toga come se la mette?» disse Dörthe pensierosa. «E quando deve calarsi le braghe?»

Al lungo tavolo della cucina si diffuse una gioia velatamente perfida. Perfino la Brunnenmayer ghignò. Così era la vita, a volte anche i ricchi avevano sfortuna. Almeno il buon Dio era giusto.

«Non avrà problemi a trovare una che gli abbassa le braghe» malignò Auguste. «Uno scapolo come quello ha un'amante di sicuro. Se non più di una. Le braghe faranno su e giù, su e giù.»

Scoppiarono tutti a ridere, Gertie rischiò di strozzarsi ma Julius le diede varie pacche sulla schiena. Else era di nuovo arrossita. Tagliò la crosta del pane, lo spalmò di burro, poi iniziò a masticare, a lungo e con difficoltà. A volte lo inzuppava nel caffè per ammorbidirlo. Una dentiera era un affare troppo costoso per una domestica. E poi continuava ad avere una paura matta dei dentisti.

«Non sta bene sparlare di un malato» disse in tono mite mandando giù il boccone con un sorso di caffè.

«Quello ha rubato così tanto, gli sta solo bene» disse Auguste impietosa.

Nessuno la contraddisse. Era risaputo che i furbacchioni dopo la guerra si erano arricchiti in maniera spropositata approfittando delle difficoltà altrui. Questi arraffoni, però, erano stati ricchi già prima. Chi era povero restava povero. Poteva pure mettersi a fare le capriole, non cambiava nulla.

«Auguste, e la tua eredità?» domandò la Brunnenmayer. «Avete già speso tutto?»

La ex domestica aveva giustificato il suo improvviso benessere con un'eredità: una zia lontana che non aveva figli e quindi aveva pensato alla sua cara nipote di Augusta. Proprio non se l'era aspettato, si erano viste così poche volte. E non sapeva nemmeno che la vecchia Lotti avesse avuto così tanti soldi nel suo salvadanaio…

«Ma cosa crede?» replicò alla cuoca orgogliosa. «Con i soldi stiamo costruendo una serra. E con il resto ho comprato scarpe e vestiti ai bambini.»

Era un'esagerazione, Auguste si vergognava a dire che aveva comprato anche un sacco di mobili e cose carine tipo quelle che c'erano alla Villa delle Stoffe. Argenterie e vasi di porcellana. Piatti e posate tutte uguali. E abiti da lavoro per Gustav, biancheria nuova e un completo buono. Lenzuola costose. E poi un intero guardaroba per lei. Avrebbe dovuto citare anche l'automobile, ancora nella rimessa. Avrebbero iniziato a usarla solo a primavera. Per evitare troppi pettegolezzi.

Dörthe prese la terza fetta di pane e mentre cercava di afferrare il burro sbatté contro la brocca del latte.

«Non puoi stare un po' più attenta?» la rimproverò Julius con la manica sporca di latte. «Adesso mi tocca lavare camicia e giacca!»

«Madonnina santa, per un po' di latte...»

«Oggi il latte, ieri la pentola dello strutto, qualche giorno fa la bottiglia di rosso che stavi portando al signore. Hai le mani di pasta frolla!»

Julius salvò la sua tazza di caffè dal canovaccio bagnato con cui Dörthe cercò di asciugare il latte sul tavolo. Auguste scosse la testa, gli altri la presero con più leggerezza. Ormai avevano capito che non lo faceva apposta, aveva solo la sfortuna addosso. In compenso era onesta, seppure un po' stupida. La mandavano a prendere la legna per la stufa, le facevano pelare le patate e spalare la neve. Insomma, le cose in cui non poteva fare troppi danni. A primavera, aveva detto, voleva occuparsi dei fiori del dehors e dell'aiuola circolare davanti all'ingresso. Forse per il giardinaggio era più portata.

«Humbert dorme ancora?» chiese Auguste. «Non avevate detto che stava meglio?»

La cuoca tagliò il prosciutto, aggiunse una salsiccia di fegato e un pezzo di quella affumicata. Soprattutto per Humbert, lo sapevano tutti. Ma ovviamente anche gli altri potevano attingere al succulento piatto della colazione.

«Adesso scende» disse. «Ha bisogno di riposo. E deve mangiare, altrimenti scompare.»

Auguste annuì e prese subito un pezzo di salsiccia di fegato. Aveva ricominciato a lavorare alla Villa delle Stoffe tre volte a settimana. Per devozione, diceva.

«Signora Brunnenmayer, come l'ha difeso bene Humbert!»

disse Gertie con la bocca piena. «È stata incredibile, non potevo credere alle mie orecchie.»

Per la cuoca era un argomento spiacevole. Rivolse un'occhiataccia alla ragazza e poi disse: «Tu devi sempre origliare, eh? Quello che ho detto alla signora non erano affari tuoi!».

Gertie non si lasciò intimidire. Guardò le scale per vedere se stava scendendo e poi cercò di imitare la voce della Brunnenmayer.

«Se in questa villa non c'è più posto per Humbert me ne andrò anch'io. Sono in sevizio da trentasei anni e non ho mai avuto motivo di lamentarmi. Ma se è così, faccio fagotto e vado a cucinare dal primo che capita!»

«Signora Brunnenmayer, ha detto davvero così?» chiese Julius stupito.

Anche se Gertie aveva già descritto la scena più volte, Julius continuava a restare impressionato. Lui non si sarebbe mai permesso di dire una cosa del genere ai padroni. Nemmeno se si fosse trattato di suo fratello.

«Lo giuro!» disse Gertie annuendo ripetutamente. «E la signora si è spaventata, ha detto che non aveva mai avuto intenzione di mandar via Humbert. Solo che le avrebbe fatto piacere sapere del suo arrivo.»

«Adesso basta» disse Fanny Brunnenmayer tirando un pugno sul tavolo. «La signora ha un animo buono. Ho sparato a un uccellino con un cannone. Mettiamoci una pietra sopra!»

Si erano accordati che Humbert tanto per cominciare si sarebbe ripreso e rimesso in forze. Poi avrebbe aiutato come poteva, a seconda delle necessità: manutenzione dell'auto, giardinaggio, aiuto in cucina, mansioni di fattorino. All'inizio solo per vitto e alloggio. Poi chissà.

«Spero solo che torni in salute» disse la cuoca sospirando.

«Quella maledetta guerra ce l'abbiamo ancora nelle ossa. E ci resterà a lungo.»

Alzò la testa, per le scale si sentì un familiare rumore di tacchi. Le scarpe della governante dovevano avere una suola molto resistente.

«Attenzione!» disse Julius arricciando il naso perché quando si agitava respirava male.

«La pacchia è finita» disse Gertie versandosi un altro sorso di caffellatte. Fanny Brunnenmayer nascose il piatto di salumi nel cassetto. Non era il caso di procurarsi altre grane.

La signora von Dobern entrò in cucina con la faccia di una che doveva lottare contro tutte le cattiverie e le ingiustizie del mondo. I suoi occhi passarono in rassegna prima la stanza, poi le persone sedute al tavolo, poi i viveri, le pentole e il paiolo sui fornelli. La tinozza con i piatti sporchi della sera prima.

«Buongiorno a tutti!»

Ricambiarono il saluto senza entusiasmo, solo Gertie si azzardò a chiedere se avesse dormito bene.

«Sì, grazie. Gertie, puoi portare via il vassoio dal mio studio.»

Anche se adesso dormiva di sopra, aveva conservato l'abitudine di fare colazione da sola nel suo ufficio.

«La mattina a colazione gradirei del prosciutto e un po' di salsiccia affumicata» disse alla cuoca.

«Salsiccia a colazione?» replicò la Brunnenmayer visibilmente stupita. «Oggi è venerdì.»

«Non siamo ancora nel periodo dell'Avvento» disse la governante risentita. «Crede che non lo senta, l'odore del prosciutto e della salsiccia affumicata che avete mangiato?»

«Certo, erano per la signora von Hagemann. Essendo in dolce attesa può mangiare carne anche di venerdì.»

La signora von Dobern sbuffò, non credeva a una sola parola. E aveva ragione. Ma non avrebbe ottenuto niente, la Brunnenmayer non avrebbe comunque esaudito il suo desiderio.

«Come sapete stasera il signore avrà degli ospiti» disse quindi Serafina passando al programma della giornata. «Gli invitati sono tre coppie e due signori non accompagnati, quindi sette, più il signore, la signora madre e io. Il menù è già stato discusso dalla signora con la cuoca. Prima ci sarà un piccolo aperitivo, che sarà affar tuo, Julius. Else e Gertie stamattina puliranno il salone rosso e la camera degli uomini rendendo i locali presentabili. Dörthe stasera si occuperà delle scarpe degli ospiti.»

Tutti ascoltarono annoiati. Davvero credeva che non sapessero come si preparava un ricevimento alla Villa delle Stoffe? Era una delle cose più facili, quelle chiacchiere non facevano che confonderli. La signorina Schmalzler in queste occasioni si era limitata a incitarli a dare il massimo e a tenere alto l'onore di quella sontuosa dimora e loro si erano sempre messi al lavoro con tutt'altro spirito. Non tutti, però, avevano avuto la fortuna di conoscere la vecchia governante.

«Tu aiuterai la lavandaia e sbatterai i tappeti» disse Serafina ad Auguste.

«Ma i tappeti li abbiamo fatti lunedì scorso» replicò Auguste. «Non sarebbe meglio fare le imbottiture?»

Era stato un errore, se ne rese conto subito. La governante stava perdendo la pazienza; c'era odore di tempesta.

«Vuoi forse insegnarmi come si gestisce una casa? Cosa ci fai seduta al tavolo? Non siamo mica una locanda... la colazione falla a casa tua!»

La faccia di Auguste diventò di tutti i colori per la rabbia, ma non osò replicare nulla. In compenso, al suo posto intervenne la cuoca.

«Chi lavora alla Villa deve anche mangiare. È così da sempre e continuerà a esserlo!»

«Come crede» replicò la governante. «Quando controllerò il suo registro delle spese terrò conto di questo spreco.»

Serafina trasalì: si era rovesciato un secchio pieno di carbone, i pezzi iniziarono a rotolare per la cucina. Dörthe era di nuovo in vena di disastri.

«Mi spiace... le chiedo perdono. Mi scusi» balbettò la ragazza. E cominciò a raccogliere i carboni nascondendoli nel grembiule il più in fretta possibile.

«Certo che una più stupida di te non esiste» disse la signora von Dobern tirando un calcio a un carbone in direzione di Dörthe.

«No, signora von Dobern, mia sorella che abita a Klein Dobritz è molto più stupida» replicò seria la sguattera.

Gertie scoppiò a ridere ma lo camuffò da attacco di tosse. La cuoca continuava ad avere un'espressione arcigna, Julius non si trattenne e sorrise. Solo Auguste era ancora arrabbiata, non aveva nemmeno sentito.

«Il carbone lo devi mettere proprio nel grembiule? Prendi un secchio.»

«Sì, signora von Dobern.»

Il tono sprezzante della governante la confuse ancora di più. Tutti videro arrivare la sciagura. Dörthe all'ultimo momento gridò: «Attenzione!», ma era troppo tardi. Raccogliendo i carboni si era mossa all'indietro e il suo poderoso fondoschiena era finito contro il lavello. La tinozza oscillò, scivolò oltre il bordo e i piatti sporchi della sera prima si rovesciarono sul pavimento. Piatto dopo piatto, tazza dopo tazza: Gertie e Auguste riuscirono a salvare il bricco del latte e il piatto grande, il resto andò in frantumi.

«Madonnina santa, oggi è proprio una giornataccia» balbettò Dörthe impietrita. «Signora von Dobern, è che dietro gli occhi non li ho.»

«Non ho parole» sibilò la governante impallidita per la rabbia.

«Farò in modo che tu sparisca da questa casa il prima possibile.»

Dörthe scoppiò a piangere e portandosi le mani al viso fece cadere tutti i carboni messi nel grembiule. Julius osservò che la decisione spettava alla signora von Hagemann perché Dörthe era la sua cameriera personale. Gertie, Else e Auguste si misero a raccogliere cocci e carboni.

In quel momento comparve Humbert. Nel tumulto generale all'inizio nessuno lo notò. Lui restò sulla porta con le braccia incrociate.

«L'unico vantaggio è che le cose rotte non vanno più lavate» disse con un ghigno.

Lo sguardo di Dörthe si rasserenò un po', la signora von Dobern invece si girò inviperita: «La trova una cosa buona che gli averi dei signori vadano in pezzi?».

«Nient'affatto» replicò Humbert gentile. Sciolse le braccia e fece un inchino alla governante. Era difficile capire se fosse per garbo, rispetto o ironia.

«Però, cara signora von Dobern, tutto in questo mondo è sostituibile. Tranne la vita e la salute.»

Era terribilmente magro, ma a differenza di un tempo sulle donne esercitava un certo fascino. Anche la governante ne restò vittima: sorrise e confermò che su questo punto aveva ragione.

«Oggi come si sente?»

Ringraziò per la domanda e disse che si sentiva sempre meglio. «Sa, il riposo, il buon cibo, l'accoglienza amichevole e tutte queste persone che si prendono cura di me in maniera commovente.» Guardò la governante e aggiunse che per tutto questo era infinitamente grato. «Signora von Dobern, se posso rendermi utile in qualche modo, la prego di dirmelo. Anzi, la imploro di impiegarmi in qualche modo. Non mi piace starmene con le mani in mano con tutto il lavoro che c'è da sbrigare.»

Se lei aveva avuto intenzione di rinfacciargli di non aver mosso un dito per la Villa, lui le tolse il vento in poppa.

«Be', se pensa di essere in grado, potrebbe aiutare Julius a pulire la macchina. Dentro e fuori. Domenica il signor Melzer farà una gita con i bambini.»

«Ma certo, volentieri.»

La signora von Dobern annuì, diede un'ultima occhiata alle donne che stavano raccogliendo cocci e carboni e si mosse verso l'ingresso.

«La colazione per la signora Melzer, la signora von Hagemann e per me, alle otto in sala da pranzo. Come sempre!» disse andandosene.

La cuoca aspettò di avere campo libero, poi aprì il cassetto e mise sotto il naso di Humbert il piatto di salumi. «Mi piacerebbe sapere dove le mette, tutte queste cose» borbottò. «Alle sette fa colazione da sola in camera, alle otto un'altra con i signori. All'una pranza con loro, poi al pomeriggio caffè e torta alla panna, infine cena, sempre con i signori. E non contenta viene a chiedere un piattino per la notte. Eppure resta magra come una prugna secca.»

«Eh, alcuni hanno questa fortuna» disse Auguste che dopo l'ultima gravidanza era rimasta rotonda come una botte e ingrassava alla sola vista di un panino.

«No, come lei però non voglio essere» disse Gertie. «Secca come un chiodo e con una testa a forma di nocciolo di ciliegia...»

Scoppiarono tutti a ridere, perfino Dörthe, la cui faccia gonfia era ancora sporca di carbone.

«Quindi domenica avranno di nuovo da fare tutto il giorno» disse la cuoca servendo il caffellatte a Humbert. «L'ultima volta i gemelli sono stati qui da me in cucina appena cinque minuti... poi subito via, prima la nuova macchina a vapore in fabbrica, poi caffè e torta con la signora.»

Else, che raramente diceva cose negative sui padroni, disse che il povero bambino il pianoforte non l'aveva nemmeno sfiorato.

«No no,» confermò Gertie «perché in fabbrica ci sono stati problemi. Si è visto benissimo quando sono tornati, il signore era nero di rabbia e nel pomeriggio i bambini li ha ignorati.»

Humbert aspettò che la Brunnenmayer finisse pazientemente di preparare il suo panino con prosciutto e cetriolo. Lo faceva con amore, come se dovesse darlo a un bambino di tre anni. Sì, stava meglio, però le notti erano ancora terribili. Lo sentivano tutti quando iniziava a girare e a farneticare in corridoio, a volte scendeva in cucina e si accucciava sotto il grande tavolo. Lì si sentiva al sicuro, aveva detto una volta. Le granate non ci arrivavano. E nemmeno i caccia.

«Poverini» disse masticando. «Ma perché il signore è così insensibile? A Leo le macchine non piacciono. Ma se dite che suona così bene il piano...»

«Sì, potrebbe esibirsi a Berlino come bambino prodigio» disse Gertie.

«A Berlino, dici? Meglio di no» mormorò Humbert.

«E perché no?» chiese Gertie.

Humbert ormai era impegnato con il suo panino e non rispose. Aveva raccontato qualcosa della grande città: i negozi, i cinematografi, i molti laghi in cui si poteva fare il bagno e andare in barca. Il parlamento, la Colonna della Vittoria, la sua stanza in affitto sul retro di un palazzo. Aveva parlato anche del cabaret in Kurfürstendamm; ci entravano solo cinquanta persone ma avevano fatto la fila per conquistare un biglietto. Soprattutto per vedere lui, ma questo non lo aveva detto Humbert, lo aveva sostenuto la Brunnenmayer.

All'improvviso però era successa una cosa che lo aveva mandato in crisi, ma preferiva tenersela per sé. Una storia d'amore? Un litigio con qualche collega? Un incidente? Nessuno lo sapeva. Gli attacchi che lo avevano afflitto al ritorno dalla guerra erano tornati e gli avevano impedito di continuare a esibirsi.

«Se Hanna non mi avesse convinto a tornare, non lo so come sarebbe finita.»

Hanna era l'unica a sapere qualcosa. Veniva alla Villa delle Stoffe ogni giorno, di nascosto, per non essere beccata dalla governante. Restava di rado in cucina, il più delle volte saliva in camera con Humbert e parlavano.

«Parlano, dici? Gertie, non ci credi neanche tu…» aveva detto una volta Auguste.

La domestica era assolutamente certa che succedesse anche dell'altro. Non era mica ingenua e a Humbert Hanna era sempre piaciuta. Ma Gertie, Else e Julius insistevano che era sulla strada sbagliata. La Brunnenmayer difendeva il suo protetto per partito preso.

«Su, muoviamoci» disse la cuoca alzandosi. «Dörthe lava la cucina. Else e Gertie si occupano del salone rosso e della camera degli uomini, Auguste… tu dai una mano con le verdure. Julius, il vassoio della von Dobern. E poi puoi già apparecchiare.»

Lo disse a macchinetta, senza punti né virgole, ma ognuno seppe cosa doveva fare. Fin quando la Brunnenmayer avesse avuto in mano lo scettro della cucina, la Villa delle Stoffe non sarebbe andata in malora.

Auguste si sedette vicino a Humbert con la ciotola delle verdure, pulì le carote e lo osservò mentre mangiava il suo panino assorto nei pensieri.

«Di' un po', Humbert, però lì a Berlino guadagnavi bene. Insomma un artista può anche diventare ricco.»

Humbert aggrottò la fronte, stupito dalla domanda.

«Ecco, vuoi una carota? Fresca fresca.» Gliene porse una, ma lui rifiutò.

«Sì, qualcosa ho guadagnato. A volte più, a volte meno» confessò esitante. «Perché lo vuoi sapere?»

Auguste usava il coltello così velocemente che c'era da temere che delle carote non restasse nulla.

«No, è che pensavo... sai, io e Gustav stiamo costruendo la serra e siamo un po' alle strette.»

«Ah» replicò Humbert quasi infilando il naso nel caffellatte. «Pensavi che potessi prestarti qualcosa?»

«Già» sussurrò Auguste sbattendo le ciglia piena di speranze.

Humbert però scosse la testa e disse: «Ho già speso tutti i soldi da un pezzo. Mi sono scivolati via dalle mani in un attimo».

30

Quell'edificio così tozzo non lo aveva mai sopportato. Am Alten Einlass, civico 1. Classicista. Borioso. Orribile. Ma d'accordo, un tribunale non poteva essere altrimenti. Soprattutto all'interno. Cielo, che labirinto! Corridoi infiniti. Scale. Anticamere. Andate dritto, poi a destra, poi di nuovo a sinistra e alle scale chiedete di nuovo. Se Marie non l'avesse accompagnata, avrebbe già fatto dietrofront per tornare alla Villa delle Stoffe. Invece la cognata era venuta, l'aveva presa sottobraccio e le aveva infuso coraggio.

«Lisa, pochi passi e ce l'hai fatta. Piano piano, tanto siamo in anticipo.»

Aveva capito solo la metà di quello che le aveva detto, era troppo agitata, sbuffava come una macchina a vapore. Poi finalmente trovarono l'aula giusta e l'usciere giudiziario fu così gentile da farle entrare prima dell'arrivo del giudice.

«Sedetevi pure, non vorrei che il bambino lo facesse qui in corridoio.»

«Grazie.»

Marie gli diede un paio di monetine e lui s'inchinò e aprì la porta scricchiolante.

«Lì, sulla panca degli accusatori... prego. No, davanti ci sono gli accusati.»

«È terribile» disse Lisa accomodandosi sul legno duro. Tutt'intorno pannelli e sedie di legno scuro, finestre alte, strette e intimidatorie, tende. Il giudice e i commissari a latere erano seduti su una specie di pedana, probabilmente per mantenere il controllo della situazione.

«Sì, non è piacevole, hai ragione» le sussurrò Marie.

«E che puzza. Ho già la nausea.»

«È la cera per i pavimenti. O l'olio che usano per le panche.»

Marie aveva senz'altro ragione, ma Lisa aveva la sensazione di sentire la puzza della polvere accumulata sulle pile di atti. Non solo. Nell'aria aleggiava odio. Disperazione. Vendetta. Trionfo. Rabbia. Dolore. A quelle tende ammuffite erano appese innumerevoli tragedie. I pannelli alle pareti ne erano intrisi.

«Coraggio Lisa, io sono con te.»

Sentì il braccio di Marie cingerle le spalle. Sì, santo cielo, lo aveva voluto lei e adesso doveva andare fino in fondo. Cosa le stava prendendo? Forse era la gravidanza a renderla così sentimentale. E il bambino che aveva in grembo non le concedeva un attimo di tregua. Ancora pochi giorni. Se i calcoli erano giusti…

Poco dopo arrivò il giudice, un uomo alto e magro con il mento appuntito. Con la toga nera addosso sembrava un attaccapanni ambulante. Rimproverò l'usciere per aver fatto entrare le due donne anzitempo, le salutò con uno scontroso cenno della testa e posò una pila di cartelline sul tavolo. Arrivarono altri due signori, anch'essi vestiti di nero, poi comparve Klaus.

Salutò, accennò un inchino e prese posto sulla panca degli accusati. Che scena ridicola. Come a scuola, dove i posti venivano assegnati in base alla bravura. I migliori sempre in fondo. Gli alunni cattivi davanti, vicino all'insegnante. Scrutò Klaus, che nell'aula non poteva nascondere con il cappello il viso sfigurato e la cicatrice sulla testa. I capelli ormai erano ricresciuti, ma era comunque una vista terribile. Anche il giudice lo fissò con un misto di ribrezzo e compassione. Klaus non s'irritò per queste occhiate e restò seduto tranquillo, in attesa.

Poi, con grande sorpresa di Lisa, arrivò l'avvocato Grünling. Aveva il braccio destro steccato a novanta gradi e il polso sinistro fasciato.

«Signore, buongiorno. Il signor Melzer mi ha pregato di occuparmi della faccenda. Signora Melzer, i miei ossequi. Signora von Hagemann.»

Lisa all'inizio non capì. Quindi Paul aveva incaricato un avvocato a suo nome? Perché non le aveva detto nulla? A cosa serviva questo Grünling? Lei non lo aveva mai sopportato.

«Lisa, ormai è così. E forse Paul ha fatto bene.»

Lo spettacolo cominciò. Interventi infiniti, cui bisognava rispondere «sì» o «no». Klaus venne interrogato riguardo al tradimento e ammise di avere avuto un figlio dalla sua ex domestica.

«Sta dicendo che si dichiara colpevole dell'adulterio?»

Nella domanda del giudice non c'era solo incredulità, anche la convinzione che un passo falso con una cameriera non poteva essere considerato adulterio. Piuttosto, uno scivolone che a un marito andava perdonato.

«Sì, signor giudice.»

L'uomo lo scrutò e disse di avere grande rispetto per coloro che avevano messo a rischio la vita e la salute sul campo dell'onore.

Lisa per l'interrogatorio dovette alzarsi e avvicinarsi al giudice. Le girò un po' la testa. E le tirava la schiena.

«Signora von Hagemann, non trova che questo divorzio arrivi nel momento meno indicato? È evidente che aspetta un figlio. Di suo marito, immagino.»

L'avvocato Grünling intervenne dicendo che la domanda non era pertinente con il fatto dimostrato e ammesso dell'adulterio, quindi la sua cliente non era tenuta a rispondere.

Il giudice, che evidentemente conosceva Grünling, non si scompose. «L'ho detto solo *en passant*. Purtroppo le domande di divorzio presentate da mogli sono sempre più frequenti. Molte donne non sono disposte a restare al fianco del marito ferito in guerra e bisognoso di cure... che invece è il dovere di una consorte fedele.»

Lisa tacque. Avrebbe potuto replicare che aveva aperto al marito un nuovo mondo dandogli un posto e un compito che gli permettevano di continuare a vivere. Ma le girava la testa e aveva la nausea, quindi non disse nulla.

Il resto della discussione le scivolò addosso. Il cuore le batteva velocissimo, come al termine di una corsa. Anche il dolore alla schiena tornò, gli diede poco peso perché in fondo lo aveva da parecchio. Cercò di respirare in maniera regolare e ogni tre minuti si ripeté che presto sarebbe tutto finito.

«Lisa, cos'hai? Hai dolori?» domandò Marie con un filo di voce.

«No, no, tutto bene. Marie, sono proprio felice che tu sia qui con me.»

Lessero altri trattati infiniti, Klaus acconsentì e lei fece altrettanto. Ormai le era quasi indifferente, avrebbe risposto di sì anche se le avessero chiesto se voleva buttarsi nel fiume Lech. Il giudice la guardò pieno di disprezzo, si mise degli occhiali con la montatura d'oro e sfogliò il fascicolo. Klaus chissà perché guardò Marie. I due uomini vestiti di nero scrivevano di continuo. Da qualche parte nell'aula ronzò una mosca, una di quelle che resistevano anche alla puzza di cera per pavimenti. Lisa sentì una fitta alla schiena, poi la pancia che s'induriva: si irrigidì.

«... che a partire dal 15 marzo 1925 sarete ufficialmente divorziati. Le tasse da versare al tribunale sono...»

«Finalmente» mormorò Marie stringendo la mano della cognata. «Lisa, è fatta! A metà marzo sarai divorziata.»

La sua gioia restò contenuta perché si sentiva in pessimo stato.

Nella sua pancia stava succedendo qualcosa, una cosa che finora non aveva mai provato e su cui non poteva influire in nessun modo.

Marie la aiutò ad alzarsi. Klaus le raggiunse e le strinse la mano.

«Lisa, congratulazioni» disse. «Ti sei liberata di me. Scherzo, mia cara, sono ben consapevole di tutto quello che hai fatto per me. Non troverò mai una compagna migliore di te.»

Le accompagnò fuori dall'aula e si rivolse a Marie. Le chiese come stesse e aggiunse che aveva sentito dell'atelier; come donna d'affari se la stava cavando alla grande.

«Sa, signora, la ammiro molto. Quanto talento è rimasto sopito in lei per anni. Sono felice che adesso stia sbocciando.»

In corridoio trovarono Paul. Strinse la mano alla sorella senza particolare gioia, poi si girò verso Grünling. Lisa capì solo in parte quello che si dissero, poi all'improvviso si sentì stanchissima e si sedette.

«È il calo di adrenalina» disse Marie dandole un fazzoletto per asciugarsi la fronte madida di sudore. «Meno male che è venuto Paul, così adesso ti riporta subito alla Villa delle Stoffe. Tu e il tuo bambino avete bisogno di un letto e di una bella dormita.»

«No, Marie, voglio che tu venga con noi.»

«Ma Lisa, lo sai che...»

Marie si sentì combattuta. Quando Lisa le aveva chiesto di accompagnarla all'udienza, aveva subito accettato. Ma una volta finita l'udienza il suo programma era chiamare un taxi per la cognata e tornare all'atelier. Aveva spostato due appuntamenti al pomeriggio e prima aveva un sacco di cose da fare. E poi non aveva la minima intenzione di metter piede alla Villa delle Stoffe. Ancor meno a sorpresa, senza avvertire.

«Marie, ti prego» insistette Lisa. «Ho bisogno di te, sei l'unica di cui mi fidi.»

Paul intervenne dicendo che non era il caso di discuterne in corridoio. Prese sottobraccio la sorella e la guidò fino alle scale.

«Lisa, queste scene proprio non le capisco» disse con un filo di voce mentre scendevano i giardini. «Alla Villa c'è la mamma... e la signora von Dobern.»

Lisa inizialmente non poté rispondere a causa di una fitta lancinante alla pancia. Oh, Dio, ma cosa le stava succedendo? Erano contrazioni? Entrò nel panico.

«La signora von Dobern? La donna che avvelena la mamma con le gocce? Non deve nemmeno provare ad avvicinarsi. Se entrerà nella mia camera strillerò e le lancerò qualunque cosa mi capiti in mano.»

«Adesso però calmati!» disse Paul sibilando.

Alle loro spalle c'erano Marie e Klaus von Hagemann, l'avvocato Grünling era rimasto indietro, doveva togliersi la toga.

«Calma» disse Klaus. «Le donne incinte a volte sono un po'... irascibili. Non bisogna contraddirle per nessun motivo.»

Paul si girò verso Marie. Il suo viso era una smorfia di rifiuto.

«Credo che ce la caveremo anche senza di te» disse.

«Sì, lo penso anch'io» replicò Marie gelida.

«Allora adesso ti trovo un taxi.»

«Non ce n'è bisogno, vado a piedi.»

Lisa fu travolta da un'altra doglia, poi da un'ondata di autocommiserazione. Stavano decidendo senza nemmeno consultarla. Nessuno aveva riguardo per lei. Nemmeno Marie.

«Una volta tanto, dico *una*, non potreste fare quello che voglio io?» strillò. «Maledizione, sto per partorire! E ho bisogno di Marie. Voglio che con me ci sia Marie, avete sentito? Marie. Marie! Marieeee!»

Erano all'ingresso e la voce di Lisa risuonò per tutti i corridoi. Il portiere li guardò indignato, due signori con la ventiquattrore sotto il braccio si fermarono impietriti, l'avvocato Grünling inciampò all'ultimo gradino e sbatté contro il corrimano.

«Lisa, non ti agitare» disse Marie in tono calmo. «Va bene, vengo.»

Nei minuti successivi Lisa si sforzò di riprendere a respirare in maniera normale. Poi qualcuno – Paul! – le fece scendere gli ultimi gradini e lei salì a bordo di una macchina. Klaus, sul marciapiede, la salutò con la mano e le augurò ogni bene. Marie, seduta di fianco a lei, le teneva le mani sulla pancia e sorrideva.

«Lo sento, sono doglie. La pancia è durissima, succede così, vero? Marie, partorirò in macchina?»

«Ma no, c'è ancora tempo.»

«Ma fa... fa malissimo.»

«Tesoro, poi passa. In compenso riceverai il più bel regalo del mondo.»

Marie trovava sempre le parole giuste, lei lo sapeva. Stava per mettere al mondo un figlio, cosa aveva da lamentarsi? Non si era lagnata per anni di non restare incinta?

«Ah, Marie, hai proprio ragione.»

D'un tratto tutto le apparve sotto una luce più rosea. Al volante non c'era Humbert? Che bello che stesse meglio e potesse già svolgere dei compiti! E alla Villa c'era anche la piccola Gertie, così carina e dotata. Sarebbe andata subito a chiamare l'ostetrica. E ci sarebbe stata anche la madre. E avrebbero telefonato a Kitty. Certo, anche la sorella minore doveva starle vicino. No, stava benone. Solo qualche contrazione. Sarebbero passate. Doveva solo mettersi a letto e aspettare. Un'oretta e il bambino sarebbe uscito. Al massimo un'ora e mezza. Magari anche prima. Pensò alla culla di legno che la madre aveva fatto andare a prendere in soffitta e che l'aspettava in camera di Alicia con un cuscino nuovo e una capottina bianca a punta.

«La "cerimonia" ti è piaciuta?» domandò qualcuno in tono ironico.

Paul era seduto davanti, di fianco a Humbert. Si era girato per metà e si era rivolto a Marie.

«No!» rispose Marie poco dopo.

Il suo tono era tutt'altro che affabile. Voleva essere lasciata in pace, era evidente.

«No? Mi sorprende. Ero convinto che anche tu fossi interessata a un "divorzio felice".»

Lisa sentì la mano di Marie rattrappirsi.

«Be', ti sbagli.»

Humbert frenò, un insegnante stava attraversando la strada con i suoi allievi. Obbedienti ginnasiali del Sankt Stephan, camminavano in fila per due tenendosi il cappello con una mano per il vento.

«E allora cosa pensavi di fare?» domandò Paul quando la macchina proseguì. «La condizione attuale è insostenibile!»

«Mi aspetto che tu mi accetti per quella che sono!»

Con quanta energia era in grado di parlare Marie! Lisa non se lo aspettava, nemmeno Paul. Infatti tacque e parve riflettere.

«Non capisco cosa vuoi dire. Ti ho mai disprezzata o trattata male? Ma cos'è che vuoi da me?»

Lisa sentì la pancia stretta da un cappio, le mancò il respiro. Sospirò. Adesso però si esagerava. Faceva un male tremendo!

«Voglio che tu mi accetti in quanto figlia dei miei genitori, Jacob Burkard e Luise Hofgartner, che non valgono affatto meno di Johann e Alicia Melzer.»

«L'ho mai messo in dubbio?»

«Sì, lo hai fatto. Hai insultato le opere di mia madre, volevi nascondere i suoi quadri in soffitta.»

«Ma che sciocchezze!» sbottò Paul tirando un pugno contro il bracciolo.

«Se per te sono sciocchezze, allora non abbiamo più niente da dirci!»

«Molto bene!» replicò lui. «Allora ne trarrò le dovute conseguenze!»

«Fallo!» disse Marie altrettanto arrabbiata. «Sfrutta il tuo potere, non vedo l'ora!»

Lisa gemette. Lo sballottamento della macchina sul lastricato la stava uccidendo. E dovevano anche fermarsi di continuo: pedoni, tram, carri. Poi un taxi s'infilò e gli tagliò la strada.

«Non potreste smetterla di litigare?» si lamentò. «Non voglio che il mio bambino venga al mondo in un'atmosfera così rissosa. Un po' di riguardo!»

Paul la guardò impotente e si rimise seduto dritto. «Forza, Humbert, supera questa lumaca!»

Humbert diede gas e superarono il carro con una manovra spericolata. Uno stormo di colombi volò via spaventato, passarono sotto la Porta di Jakob ad almeno sessanta all'ora, la macchina oscillò, Lisa si aggrappò al cappotto di Marie. I palazzi e i prati di Haag-Strasse le sfrecciarono accanto come fossero fantasmi, ma sentì la voce rassicurante della cognata.

«Non ti agitare. Stiamo solo discutendo un po'. Il tuo bambino è già abbastanza impegnato di suo, vuole nascere, per lui è una faticaccia! Siamo quasi arrivati. Lisa? Lisa... mi senti?»

Per un attimo era stata assente, aveva fluttuato tra i banchi di nebbia grigia a metà tra il cielo e la terra. Ripiombò in quel mondo così faticoso e ostile.

Al cancello della Villa Humbert fece una curva a gomito e poi percorse il viale a tutta birra sollevando schizzi dalle pozzanghere. Finalmente arrivarono in cortile.

«Julius! Gertie! Else!»

Paul salì i gradini agitato, si mise a impartire ordini spaventando i dipendenti. La signora von Dobern restò piantata all'ingresso a fissare la macchina da cui in quel momento uscì Marie.

«Humbert» disse Marie. «Ci serve una delle poltrone di vimini dell'ingresso. Di' a Julius di venirci a dare una mano.»

Lisa ormai era sicurissima di non sopravvivere al parto. Simili dolori non poteva sopportarli nessuno. Si aggrappò al sedile e capì solo dopo che doveva scendere dall'auto e sedersi sulla poltrona di vimini.

«Ma io... io non posso. Le scale...»

Marie era calma e composta come sempre. Julius prese il bracciolo destro della poltrona, Paul il sinistro, la cuoca spuntata da chissà dove aiutò anche lei e pure Humbert fece del suo meglio.

«Il colosso di Rodi è più leggero» disse Paul sospirando.

«Speriamo solo che regga» disse Else osservando la scena preoccupata.

«Se cade, è la fine!» disse Serafina. «Ma perché non la lasciate qui sotto?»

«In cucina fa caldo, lì può partorire» disse Dörthe.

«Oppure in sala da pranzo.»

Marie diresse il trasporto ignorando questi consigli. «Su, lentamente. Else, apri la porta... Ma Gertie dov'è?»

«Sta mettendo sul letto delle lenzuola vecchie. Di modo che poi non sia tutto...»

«Bene, dite alla mamma di telefonare all'ostetrica.»

La poltrona scricchiolò, il volto di Julius era dilaniato dagli sforzi. Paul gemette, la Brunnenmayer dietro non emise un suono. Ansimava e basta.

«Famigliola, si prega di scendere. A letto.»

Più che camminare Lisa barcollò, poi sentì le lenzuola fredde e soffici, il cuscino di piume sotto la testa; qualcuno le tolse le scarpe e le sollevò le gambe, così poté distenderle. Ma arrivò la contrazione successiva e all'improvviso letto, lenzuola e cuscino non contarono più nulla. C'era solo questo dolore infernale che partiva dalla schiena e le tirava la pancia schiacciandola.

«Marie... Marie, ci sei?»

Sentì una manina che le massaggiava la pancia.

«Lisa, sono qui, resterò con te per tutto il tempo. Rilassati, stai andando benissimo.»

«Allora io credo di essere di troppo» disse Paul.

«Credi bene» disse Marie.

«Non litigate!» gemette Lisa.

Passò un'ora. Due. Quanto ancora? Era stremata. Era arrivata l'ostetrica e ogni tanto trafficava con il suo corpo. Le infilava un dito tre le gambe, le premeva la pancia, la auscultava con un lungo tubo.

«Ci siamo, ci siamo...»

«Ma io non ce la faccio più!»

«Forza e coraggio!»

Marie le metteva pezze bagnate sulla fronte, la incoraggiava, le teneva la mano. Gertie portò dei panini, caffè, un dolce. Marie e Lisa non toccarono nulla, l'ostetrica mangiò i panini, bevve il caffè e chiese anche della birra.

«Forse ci vorrà tutta la notte.»

Apparve Kitty, stralunata e chiacchierona come al solito, accarezzò le guance della sorella e le baciò la fronte. Le raccontò della nascita di Henny, quanto era stata carina la piccola nel suo lettino.

Tre ore, quattro, cinque. Si fece sera, si fece notte. A volte le contrazioni le concedevano qualche minuto di tregua, Lisa si metteva di schiena, chiudeva gli occhi e sonnecchiava un po'. Poi la maledetta ostetrica le fece qualcosa alla pancia e i dolori tornarono, più terribili di prima, insopportabili, preferiva morire piuttosto che continuare quella tortura.

Al mattino, quando dalle tende entrava già un filo di luce, il bambino decise di fare un ultimo, disperato tentativo.

«Spinga! Con tutte le sue forze. Di più, di più! Coraggio, a tutto vapore! Fuori, deve uscire, non si arrenda!»

Quello che successe non lo sentì, il corpo lavorò da solo. Il dolore diminuì e poi passò del tutto. Sussurri intorno a lei. Era troppo stanca per capire.

«Cos'ha?»

«Presto, il tubo... tenetelo per i piedi. Ha inghiottito troppo liquido amniotico.»

L'ostetrica teneva sopra di lei un esserino bluastro e sporco di sangue. L'esserino oscillò, gli diedero dei colpetti, l'ostetrica lo mise disteso sulla pancia e aspirò con un tubo, lo ritirò su. Aveva dei piedini minuscoli.

«Dio del cielo» sussurrò qualcuno vicino al suo letto.

«Maria, madre di Dio, aiutaci tu.»

Questa era Else. Lisa guardò il piccolo che fluttuava nell'aria, era proprio uscito dal suo corpo. Iniziò a piangere. Le braccine si mossero. Sulla pancia aveva ancora la fine del cordone ombelicale, sembrava un verme rosso e ciccione.

«Finalmente! È già un ometto. Piccolino, sei stato un po' pigro, eh? Per colpa tua ho passato la notte in bianco.»

La donna continuò ad armeggiare con il suo corpo, ma Lisa la ignorò. La lasciò fare, si accorse a malapena di quando la lavarono, cambiarono le lenzuola e le diedero una camicia da notte pulita.

«Ah, Lisa, la mia piccola Lisa.»

Questa era la mamma. Era seduta sul bordo del letto e la abbracciò.

«Che bell'ometto! Lisa, sono così fiera di te. Sai cos'ho pensato? Potremmo chiamarlo Johann, che dici?»

«Sì, mamma, va bene.»

Che strano. Non aveva mai sofferto tanto in vita sua. Eppure non era mai stata così felice.

31

A causa del lieto evento la domenica successiva Julius apparecchiò la tavola della colazione con particolare cura. Sulla tovaglia di damasco bianco c'era un candido voile con inserti di pizzo al tombolo. Al centro c'erano tre amarilli rosso chiaro circondati da verdi rametti di abete; Julius aveva scelto il servizio con il disegno a fiorellini *en pendant* e i tovaglioli che Alicia aveva portato in dote alla Villa delle Stoffe. Erano ricamati con il monogramma AvM, Alicia von Maydorn.

«Che carino, grazie Julius» disse Paul. «Per il caffè aspetti l'arrivo delle signore.»

«Certo, signor Melzer.»

Julius rimise la caraffa sullo scaldavivande e s'inchinò. Era un po' antiquato, sempre rigido e con il viso compassato, come se niente potesse turbarlo. Aveva imparato il mestiere presso una famiglia nobile.

Paul si accomodò e guardò l'orologio. Già le otto e dieci: perché la madre negli ultimi tempi scendeva sempre in ritardo? Un tempo era stata lei a lamentarsi della mancanza di puntualità della famiglia, mentre adesso non rispettava gli orari dei pasti. Si appoggiò allo schienale e iniziò a picchiettare le dita sul tavolo.

Ma che mi prende?, pensò. *Perché stamattina sono di umore così pessimo? È domenica e la messa inizia alle undici. C'è tutto il tempo di fare colazione con calma.*

Il senso di disagio però rimase e Paul capì che aveva a che fare con il pomeriggio. Alle due Kitty avrebbe portato i gemelli alla Villa, doveva decidere cosa fare con loro. Ci aveva riflettuto tutta la notte, elaborato diversi piani, ma li aveva scartati tutti. Aveva ancora dentro di sé la delusione dell'ultimo incontro, particolarmente terribile perché si era dato tantissimo da fare per trovare qualcosa che li rendesse felici. Leo però davanti alla nuova macchina a vapore aveva serrato gli occhi e si era tappato le orecchie. E Dodo, impertinente com'era, avvicinandosi troppo si era sporcata le dita d'inchiostro. L'aveva tirata via appena in tempo, altrimenti ci avrebbe lasciato la mano. Più tardi, in macchina, aveva cercato di spiegare loro che in futuro tutte le macchine avrebbero funzionato a elettricità e quelle a vapore sarebbero diventate superflue. Ma ai signorini non era interessato per nulla. Eppure erano abbastanza grandi per capire questo genere di cose. Alla loro età lui sarebbe stato felice se il padre lo avesse messo a parte delle procedure della fabbrica anzitempo.

«Perché la prossima volta non li porti a fare qualcosa di bello?» aveva detto Kitty quando era passata a riprenderli. «Per esempio al circo o al cinema. Oppure insegna loro a pescare. Da ragazzino con i tuoi amici non andavi sempre per prati e poi a pescare al torrente?»

Lui l'aveva pregata di tenersi questi consigli per sé. Circo! Cinema! Chi era, il buffone di servizio? Non voleva certo cercare di conquistare il favore dei suoi figli con questi mezzucci. Era responsabile del loro percorso, aveva il compito di strutturare la loro educazione, di prepararli per il futuro. E comunque nel ruscello non c'erano pesci da un pezzo.

Finalmente! La madre entrò nella sala seguita dall'instancabile Serafina. Lo salutarono con calore, lodarono Julius per il tavolo e presero posto.

«Siamo passate un attimo da Lisa e dal piccolino» disse Alicia mentre apriva il tovagliolo. «Mio Dio, Serafina, guardi. Questi tovaglioli li ho fatti fare più di quarant'anni fa. Quando ancora non sapevo che sarei diventata una Melzer, né che il destino mi avrebbe portato ad Augusta.»

«Che belli» disse Serafina osservando i ricami. «Lavori così fini oggigiorno sono sempre più rari.»

Julius servì il caffè e portò in tavola il cestino dei panini che la cuoca aveva messo in forno all'alba. La madre raccontò, con occhi luccicanti, del piccolo Johann che se ne stava nella culla roseo e tranquillo e aveva i pugni di un tiratore di boxe.

«Pensate un po', alla nascita pesava già più di quattro chili. Paul, tu non ne pesavi nemmeno tre.»

«Ah, sì? Sai, mamma, non ci crederai ma non me lo ricordo.»

Nessuno rise della battuta. Serafina tagliò il suo panino e lo spalmò di burro, la madre raccontò che Lisa era stata di tre chili e mezzo e Kitty di tre. Lui annuì e trovò strano che le donne classificassero i neonati in base a chili e grammi. E comunque, il fatto che la sorella Lisa alla nascita fosse stata più pesante di lui lo irritava.

«Come sono felice che sia andato tutto bene» disse la madre sospirando. «Non l'ho detto a nessuno, ma non sapete quante notti sono rimasta sveglia in preda alle preoccupazioni. Lisa quest'anno compie trentadue anni, per il primo figlio è piuttosto anziana.»

Serafina replicò che l'età non importava, era una questione di costituzione. Lisa era sempre stata una ragazza forte e aveva passato una giovinezza agiata. Si riferiva ovviamente alle donne dei quartieri operai che spesso avevano le prime esperienze con gli uomini a soli tredici anni. «Peccato che al battesimo non sarà presente il padre» disse infine e assunse un'espressione ambigua.

Paul percepì lo sguardo implorante della madre ma non aveva

voglia di affrontare un argomento così delicato in presenza della governante. Il giorno prima aveva avuto modo di parlarne con Kitty, che le aveva detto che Lisa si era confidata solo con Marie. Proprio lei! Doveva parlarle, era inevitabile. Lisa, quella cocciuta, quando si trattava del padre si ostinava a tacere.

«Be', in quanto donna divorziata Lisa dovrà comunque ritirarsi dalla vita pubblica» osservò Serafina. «Ad Augusta la famiglia Melzer gioca un certo ruolo, sarebbe penoso.»

«Mi farebbe la cortesia di passarmi un panino?» la interruppe Paul.

«Come dice?»

«Ho detto: signora von Dobern, mi farebbe la cortesia di passarmi un panino?»

«Ma certo, caro Paul, con grande piacere.»

Quanto gli davano sui nervi tutti questi fronzoli! Non aveva notato che lui l'aveva chiamata per cognome? Lei invece insisteva a dire «caro Paul».

«Non vedo l'ora di vedere come reagiranno Dodo e Leo vedendo il nuovo cuginetto» disse la signora Melzer. «Kitty li porterà qui dopo pranzo, giusto?»

«Sì.»

Si schiarì la voce perché gli era finita una briciola in gola e porse la tazza a Julius per avere dell'altro caffè. Che rabbia, non gli era ancora venuto in mente dove portarli. Forse davvero al cinema? Dicevano che quei due comici, Buster Keaton e Charlie Chaplin, facessero ridere. Ma andare al cinema non era tempo sprecato?

Le sue riflessioni si fermarono qui, Julius si precipitò alla porta. Nella sala comparve Lisa, era scesa per la colazione. Sempre grassottella, ma con le guance rosee e un sorriso soddisfatto. Salutò e si sedette. Julius, che per lei non aveva apparecchiato, si fece subito in quattro per aggiungere un coperto.

«Non si preoccupi, Julius, faccia con calma. Per me niente caffè, c'è un po' di tè?»

Alicia le accarezzò la mano e le chiese se il piccolo dormisse. Se avesse mangiato. Era d'accordo a chiamare alla Villa la signora Rosa Knickbein, una bambinaia molto esperta?

«Una bambinaia sì, ma niente balie. Ho così tanto latte che sto per scoppiare.»

Lo sguardo di Serafina si irrigidì e anche Paul trovava che non fosse un argomento di cui parlare a tavola. D'altra parte, però, era contento per la felicità materna di Lisa. Con o senza marito, per la prima volta in vita sua sembrava soddisfatta di sé. Era seduta con un'espressione serena e rilassata, mescolava il suo tè e lasciava che la madre le spalmasse il burro in un panino.

«Se ho capito bene, oggi dopo pranzo vengono Dodo e Leo, vero? Hai già deciso cosa farete?»

Perché tutti i membri della famiglia dovevano affrontare questo tema?

«No, ancora non lo so» rispose Paul borbottando.

«Mah… Dodo vorrà vedere degli aerei e Leo in testa ha sempre e solo una cosa, il pianoforte» disse Lisa.

«I bambini devono imparare a rispettare i desideri dei genitori» montò in cattedra Serafina. «Possono non gradire la cosa, ma è necessario. Non vogliamo mica tirare su dei rivoluzionari, dico bene? Puntualità, zelo e soprattutto senso del dovere sono ancora la ricetta migliore per un'educazione di successo.»

«Cara Serafina, ha proprio ragione» disse la madre prima della replica di Lisa. «Anch'io sono dell'idea che nell'educazione dovremmo orientarci alle virtù prussiane.»

Lisa aprì il suo uovo. Paul tacque. In linea di principio avevano ragione. Però…

«Caro Paul, se non ha niente in contrario questo pomeriggio

mi piacerebbe fare una bella passeggiata con loro» si offrì Serafina.

«Ottima idea» convenne la madre. «E poi berremo il caffè tutti insieme e giocheremo a *Non t'arrabbiare*.»

«Che spasso!» disse Lisa ironica.

«Mia cara Lisa» disse Serafina con un sorriso tiepido. «Riguardo all'educazione, hai ancora molto da imparare.»

Lisa finì di masticare il suo panino e guardò l'ex amica senza dire nulla. Si creò silenzio, poi si sentì un leggero rumore al secondo piano che lentamente diventò un piagnucolio. Lisa stava per alzarsi e Serafina la trattenne con un gesto delicato, ma energico.

«No, no... non ci siamo. Lisa, devi abituare tuo figlio a orari fissi, altrimenti diventerà un tiranno.»

«Ma ha fame!»

La signora von Dobern ripiegò il suo tovagliolo e lo posò vicino al piatto. «Lisa, se piagnucola un'oretta non morirà. E poi rafforza i polmoni.»

Paul lo aveva presagito, conosceva la sorella: accumulava rabbia e poi all'improvviso esplodeva. Lisa sbatté entrambi i pugni contro il tavolo: i piatti tremarono, la caraffa buona e lo scaldavivande quasi si rovesciarono.

«La misura è colma!» esclamò Lisa inviperita.

«Lisa!» alitò la madre spaventata. «Ti prego.»

Ma Lisa non la ascoltò. «Serafina, abbindola pure la mamma e Paul, ma io ti proibisco di dirmi come devo comportarmi con mio figlio!»

Serafina ansimava così forte che c'era da temere che cadesse dalla sedia.

«Lisa, adesso calmati. Alicia, mia cara, non ti agitare. Si sa che le donne tendono all'isteria dopo il parto.»

La parola sbagliata al momento sbagliato. Lisa si infervorò ancora di più.

«E smettila di nasconderti dietro a nostra madre, serpe ipocrita che non sei altro!» gridò. «Ha ragione Marie, sei solo una perfida intrigante. Da quando sei arrivata in questa casa sono successe solo disgrazie!» Lisa sembrava una dea della vendetta dell'antica Grecia.

Serafina cercò aiuto presso Alicia, poi guardò Paul. Che si sentiva in obbligo di calmare la sorella, ma non disse niente.

«Mamma, ascoltami bene» proseguì Lisa guardando Serafina. «Non sono disposta a presenziare ai pasti insieme alla governante. Se continui a obbligarmi a farlo, prendo mio figlio e mi trasferisco anch'io in Frauentorstrasse!»

Paul vide la madre irrigidirsi, la marmellata di fragole dal panino si rovesciò sul piatto. Fece un timido tentativo e disse: «Lisa, ti prego, cerchiamo di non fare i melodrammatici».

«Paul, sono serissima!» lo aggredì la sorella. «Farò le valigie oggi stesso!»

«No» disse la madre incredibilmente decisa. «Non lo farai. Non te lo permetterò. Serafina, mi dispiace.»

E successe l'incredibile. Sotto lo sguardo intimidatorio di Alicia la signora von Dobern lentamente si alzò dalla sedia, guardò ancora una volta Paul, che però scrollò le spalle dando a intendere che non aveva intenzione di intervenire. Julius restò sulla soglia della sala impassibile, ma gli occhi stavano per uscirgli fuori dalle orbite. Quando aprì la porta per far uscire Serafina, il suo movimento fu incredibilmente leggero.

«Bene!» disse Lisa per poi bere con foga dalla tazza. «Adesso mi sento molto, molto meglio!»

«Era proprio necessario fare questa scenata?» disse Paul contrariato. «Posso capire i tuoi sentimenti, ma la questione poteva essere affrontata con molta più discrezione!»

Lisa lo guardò in modo strano, con un'espressione orgogliosa e trionfante. Non gli rispose e si rivolse ad Alicia.

«Mamma, sii gentile, fra poco mi devi aiutare a cambiarlo, Gertie è ancora di sotto in cucina.»

«Lisa, mi è venuta una terribile emicrania. Ti aiuterà Else.»

Lisa si alzò, sprizzava energie da tutti i pori. «Else? Per carità di Dio, quella appena apro la fasciatura e vede il pisellino sviene. Su, mamma, tuo nipote ha bisogno di te. All'emicrania ci penserai dopo.»

Alicia sorrise e disse che non lo faceva da anni, e anche prima se n'era occupata quasi sempre la bambinaia. Ma si alzò e seguì la figlia. Julius aprì la porta, si sentirono le grida del piccolo Johann.

Che scena memorabile! Un terremoto! Paul, rimasto in sala da pranzo, all'improvviso si sentì distrutto. Si alzò e si avvicinò alla finestra, scostò la tenda e guardò il parco. Allora era stato proprio lì. Il padre gli aveva versato un whisky per calmarlo mentre Marie di sopra aveva le doglie. Quanto tempo era passato? Nove anni. Il padre era morto, e anche Marie non c'era più. E i suoi figli li vedeva solo in maniera sporadica. Com'era potuto succedere? Amava Marie più di ogni altra cosa al mondo. E anche i suoi gemelli. Maledizione! Anche se non erano come lui aveva sperato, restavano comunque sangue del suo sangue.

Doveva fare qualcosa. Nel muro doveva aprirsi una crepa. Una pietra per volta. Non importava quanti sforzi sarebbero stati necessari. Avrebbe insistito fin quando non fosse tornata da lui. Senza Marie la sua vita non aveva senso.

Dopo il pranzo, che si svolse senza Serafina, si mise alla finestra dello studio e aspettò. Le cornacchie erano appollaiate sui rami spogli, il terreno era gelato, piccoli fiocchi di neve sottili come aghi vorticavano nell'aria. Quando vide la macchina di Kitty entrare nel parco per poi avvicinarsi a scossoni alla villa, non aveva ancora deciso niente. L'unica cosa che sapeva era che voleva passare il pomeriggio con i suoi bambini, stargli vicino.

Osservò Kitty fare due giri della rotonda, evidentemente per divertire i gemelli. Quando si fermò, scese prima Dodo e poi Leo. Malvolentieri, quasi controvoglia. Leo aveva in mano il suo cappello di pelliccia. Dodo cercò di scivolare sul lastricato ghiacciato, ma smise quasi subito. *Uno scivolo sul ghiaccio*, pensò. Da ragazzini lo facevano sempre, sui sentieri del prato. Uno dopo l'altro ci passavano sopra fino a quando non diventava liscissimo. Poi, quando iniziava a essere davvero divertente, il contadino li cacciava...

Scese nell'ingresso, Gertie stava prendendo i cappotti dei bambini e li stava obbligando a togliersi gli stivali. Dodo ridacchiò perché si era persa il calzino sinistro, Leo lanciò il cappello cercando di centrare uno dei ganci del guardaroba. Appena videro Paul, diventarono seri.

«Allora, voi due, tutto bene?»

Dodo lasciò perdere il calzino e fece un inchino, Leo ci provò.

«Sì, papà.»

«Buongiorno, papà.»

Com'erano formali. Aveva mai preteso da loro una cosa del genere? Paul si sentì ferito, non voleva che i suoi figli lo salutassero come un maestro.

Kitty rispuntò da dietro un angolo dell'ingresso in cui si stava specchiando.

«Fratellone, come devono stare? Bene, ovvio. Ci prendiamo molta cura della nostra banda, li sfamiamo, anzi li rimpinziamo. Ciao fratellone, lasciati abbracciare. Oggi sei così scuro in volto. Qualche problema?»

«Ah, Kitty.»

Lei rise e prese i bambini per mano.

«Adesso dovete fare pianissimo, come dei topolini, d'accordo? Altrimenti svegliamo il piccolo. Gertie, dov'è? Di sopra? Muoiono dalla voglia di vedere il nuovo cuginetto.»

«Sta mangiando, credo.»

«Ah, cielo» disse Kitty. «Ma in fondo, che fa? Bambini, questa è la vita. Un neonato si nutre dal seno materno.»

Paul ebbe l'impressione che il mondo intorno andasse avanti da solo. Seguì Kitty fino al secondo piano e la osservò scomparire in camera di Lisa. Restò in corridoio un po' indeciso, non si sentì in diritto di entrare.

«Else, dica ai bambini che li aspetto nel mio ufficio.»

Ci volle più tempo di quanto avesse previsto e ingannò i minuti sfogliando un catalogo di telai, ma non riuscì a concentrarsi. Finalmente sentì la voce della sorella in corridoio.

«Allora fate i bravi, ci vediamo stasera.»

«Zia Kitty, quando torni?» domandò Leo.

«Non venire tardi, va bene?» la implorò Dodo.

«Verso le sei, credo.»

Paul sentì un doppio sospiro e poco dopo bussarono alla porta.

«Arrivo» disse. «Vestitevi che scendiamo nel parco.»

Mormorii oltre la porta. Quando uscì in corridoio allontanarono subito le teste e fecero le facce innocenti.

«Viene anche la signora von Dobern?» domandò Dodo.

«No.»

Parvero sollevati e schizzarono via. Paul quasi rise quando vide che si erano messi stivali e cappotti alla velocità della luce. Gertie li raggiunse e sistemò le sciarpe, poi portò cappello e cappotto a Paul.

«Andiamo a fare una passeggiata?» chiese Leo diffidente.

«Vediamo. Perché non ti metti il cappello? Fa freddo...»

Leo si rigirò il berretto tra le mani, arricciò il naso e alla fine se lo mise.

«Che c'è?» chiese Paul.

«No, papà, niente.»

Paul si spazientì. Perché mentiva? Aveva così poca fiducia in lui?

«Leo, ti ho chiesto una cosa!»

Paul non andò oltre rendendosi conto di quanto fosse carica di rabbia la sua voce. Dodo venne in soccorso del fratello.

«Papà, Leo questo cappello lo odia. Gli prude e poi i compagni di classe lo prendono in giro.»

Quella almeno era una spiegazione. Che poteva anche capire.

«Leo, è vero?»

«Sì, papà.»

Esitò. Marie avrebbe potuto fraintendere, era stata lei a regalargli quel cappello per Natale. Ma d'altra parte...

«Leo, che cappello ti piacerebbe avere?»

Il figlio lo guardò con espressione incredula. Perfino un po' diffidente, e Paul sentì una fitta di dispiacere. Leo non aveva la minima fiducia in lui.

«Uno come quello degli altri.»

L'anno successivo Leo avrebbe cambiato scuola e il problema del cappello si sarebbe risolto. Fino ad allora, però... «Allora adesso andiamo in città e mi fai vedere nella vetrina che tipo di berretto vorresti.»

«E poi... poi me lo compri?» chiese il figlio.

«Se non costa una fortuna!»

Paul sorrise, si mise il cappello e uscì per andare a prendere la macchina in garage. Alle sue spalle, sul sedile di dietro, si levarono altri mormorii. I due facevano sempre fronte comune, si aiutavano da bravi fratelli.

«Ma papà è ricco!» disse Dodo.

«Sì» convenne Leo «ma il berretto mica me lo compra e oggi è comunque domenica; i negozi sono chiusi.»

«Vedrai.»

Paul all'improvviso capì che conquistare il cuore della figlia sarebbe stato molto più facile. Dodo era aperta, gli andava incontro. E aveva fiducia in lui.

«Papà?»

Paul guidava piano e con prudenza lungo il vialetto, stava già riflettendo su dove lasciare l'auto in città. «Dodo, che c'è?»

«Mi fai guidare?»

Stava già tirando la corda. Dentro di lui Paul sentì la voce ammonitoria della signora von Dobern e si arrabbiò all'istante.

«Dodo, non si può, i bambini non possono guidare.»

«Papà, ma io sterzo e basta!»

Mmm. Perché no, in fondo? Questo era il suo parco, il suo vialetto. Nelle sue proprietà nessuno poteva vietarglielo. Si fermò.

«Vieni davanti. Attenta a non sporcare i sedili con gli stivali. Ecco, siediti in braccio a me.»

Com'era eccitata! Si aggrappò al volante, serissima, gli occhi stretti, lo sguardo deciso e le labbra serrate. Paul andò il più piano possibile e la aiutò quando non aveva abbastanza forza. Alla fine le disse che era stata brava e che per quel giorno era abbastanza.

«Peccato! Quando sarò grande guiderò tutto il tempo. Oppure farò la pilota di aerei a motore... mi vanno bene anche gli alianti.»

Aspettò che la figlia tornasse al suo posto, guardò dietro con aria interrogativa ma Leo non disse nulla. A quanto pareva il figlio non aveva nessuna voglia di provare.

La domenica a quell'ora per le strade del centro di Augusta c'era poco movimento, a maggior ragione con il freddo. In giro c'era solo qualche pedone che passeggiava e si fermava davanti alle vetrine, le signore in pelliccia, i signori con bastone e cappello rigido. Paul si fermò vicino al grande magazzino e guardarono i cappelli da bambino esposti. A Leo non gliene piaceva nessuno.

«E come dev'essere?»

«Come quello di Walter. Marrone, con i paraorecchie che si

possono ripiegare verso l'interno. E davanti lungo, con una specie di visiera.»

«Capito.»

Paul trovò un negozio di moda sportiva che teneva esposto l'agognato berretto. Mancavano i paraorecchie, ma non era così grave.

«Tipo questo?»

«Sì, papà, proprio così!»

Perlomeno si guadagnò uno sguardo raggiante. Si fermarono davanti alla "Casa dei cappelli" dove Dodo ammirò i modelli per signora. Poi, quando Paul stava per dirigersi verso la pasticceria Zeller, dall'altra parte della strada, la figlia restò piantata davanti a una piccola libreria. "Eisele. Arte e stampe d'autore. Giornali, riviste illustrate, letteratura."

«Papà, guarda quel libro!»

Indicava un volume rilegato in lino con i caratteri d'oro. Otto Lilienthal, *Il volo degli uccelli come base dell'arte di volare*.

«Dodo, ma questo è un testo tecnico. È troppo difficile per te, non capiresti una sola parola.»

«Invece sì!»

Com'era cocciuta. Paul si chiese se non avesse preso la testardaggine della nonna materna, Luise Hofgartner.

«Papà, è facilissimo. Un aereo vola come un uccello. Anche l'aereo infatti ha due ali.»

Paul per fortuna aveva un asso nella manica. E se lo giocò.

«Dodo, questo libro lo abbiamo in biblioteca. Lì se vuoi potrai sfogliarlo.»

«Davvero? E adesso torniamo a casa a leggerlo?»

Che matta. La bambola che le aveva regalato Alicia giaceva sul divano. Però la signorina voleva leggere a tutti i costi un libro sull'arte del volo che non avrebbe mai capito.

«Potremmo andare al cinema. Vediamo cosa fanno al Capitol?»

L'interesse era scarso. Dodo voleva tornare subito alla Villa, Leo scrollò le spalle. «Se vuoi.»

Paul dovette di nuovo controllarsi per non perdere la pazienza. In fondo la colpa era sua, cosa chiedeva a fare? Si fermarono davanti al negozio di musica Dolges e guardarono un pianoforte a mezza coda nero lucido vicino ad altri due con portacandele ribaltabile e gambe intagliate.

«Quello non è granché» disse Leo.

«Perché?»

«A quel punto meglio uno grande, un vero piano. Un Bechstein, non questa roba economica.»

Incredibile. Da chi aveva preso questa superbia? Il prezzo non era affatto basso.

«Perché proprio un Bechstein?»

«Papà, sono i migliori. Anche Franz Liszt suonava solo sui Bechstein. E la signora Ginsberg dice sempre che…»

Si fermò e guardò il padre insicuro.

«Allora? Che dice la signora Ginsberg?»

Leo esitò. Sapeva benissimo che il padre non era felice delle lezioni che prendeva dalla madre dell'amico. «Dice che i Bechstein hanno un suono limpido e allo stesso tempo vivace. Un suono unico.»

«Ah.»

Tornarono alla Villa delle Stoffe e mostrò loro come si costruiva uno scivolo. Dodo restò incantata, Leo all'inizio si vergognò ma alla fine si dimostrò molto ferrato sull'argomento.

«Papà, lo facciamo sempre in cortile. Ma solo quando il signor Urban non guarda.»

Quando iniziò a funzionare a dovere si divertirono un mondo. Dopo un po' arrivò anche Humbert, che provò dimostrandosi molto bravo. Perfino Julius provò e riuscì a convincere anche Gertie. Else e la Brunnenmayer scuotevano la testa alla finestra della cucina, poi la madre da sopra disse che poteva bastare. Dovevano smetterla di fare i bambini e rischiare di spezzarsi le ossa.

Quando arrivò Kitty, attorno alle sei e mezzo, Dodo era in biblioteca con il padre che le spiegava la spinta ascensionale. Leo era al piano a suonare Debussy.

«Di già?» disse deluso quando la zia lo chiamò.

32

Marzo 1925

«È morto Ebert.»

Auguste aveva in braccio il piccolo Fritz e cercò di fargli mangiare un altro cucchiaio di pappa di carote. Fritz scosse la testa con decisione, le sue guance erano rosse e paffute.

«Chi è morto?»

Gustav alzò gli occhi dal giornale. Adesso potevano permettersi di comprare l'*Augsburger Neueste Nachrichten*. Anche il tavolo e le sedie erano nuove. Come pure la credenza su cui troneggiava un'enorme scatola marrone con un inserto circolare di stoffa e due manopole da girare. Una radio... l'orgoglio di Gustav.

«Il presidente Friedrich Ebert. È morto di appendicite.»

«Ah, sì?»

Fritz sputò la pappa di carote che si distribuì in maniera uniforme su tavolo, giornale, tappeto e manica di Auguste; anche Gustav rimediò un paio di schizzi.

«Devi sempre rimpinzarlo» si lamentò pulendosi il viso con la manica.

Auguste mise giù il figlio che nonostante il passo ancora un po' incerto scappò via. Hansl, che aveva aspettato da bravo, mangiò quello che era avanzato dal pranzo del fratellino. Era un tipo molto poco schizzinoso, accettava qualsiasi cibo venisse portato in tavola.

Auguste andò in cucina e tornò con una pezza bagnata per pulire gli schizzi.

«Oggi andate avanti con la serra?» chiese a Gustav.

Lui fece cenno di no con la testa. Faceva troppo freddo. La malta non si sarebbe indurita. Dovevano aspettare che aumentassero le temperature. I pali che dovevano reggere il tetto necessitavano di essere ben cementati. Le travi di ferro e i puntelli erano già nella rimessa, li aveva fatti la bottega del fabbro Muckelbauer e Auguste aveva pagato in contanti. Anche le lastre di vetro erano arrivate.

«Le lastre saranno inserite prima della nuova pioggia, si spera.»

La nuova, grande serra avrebbe dovuto essere pronta da un pezzo. Tuttavia, Gustav non era un costruttore e nemmeno gli aiutanti che aveva assunto erano del mestiere. Avevano scavato il terreno e alzato dei muretti bassi, e con una fatica immane il pavimento era stato finito. Poi però aveva cominciato a piovere e la costruzione, senza tetto, era stata inevitabilmente invasa dall'acqua. Liesl aveva detto che era bella, adesso avevano pure una piscina. Poi a dicembre aveva gelato, erano venuti dei compagni di scuola di Maxl e con i pattini si erano divertiti un mondo.

Era arrivato marzo e in teoria avrebbero dovuto piantare le prime piantine. Gustav aveva già seminato, c'erano vasi su tutti i davanzali. Una serra, però, era tutta un'altra categoria.

«Può succedere così in fretta» mormorò mentre puliva uno schizzo sul legno lucido della radio. «Il signor Ebert non era affatto vecchio…»

«Eh… è il buon Dio a decidere» disse Gustav per poi riconcentrarsi sul giornale e gli annunci.

Auguste acchiappò Fritz che stava facendo danni nel salone e lo portò in cucina. Così ebbe un motivo per chiudere la porta senza che il marito si insospettisse. Il fatto che dovesse starsene seduto con le mani in mano non era comunque una cosa buona, favoriva i cattivi pensieri. Con l'arrivo della primavera avrebbe ripreso a lavorare fuori. Gustav doveva sporcarsi le mani, altrimenti non era soddisfatto.

Auguste mollò per terra Fritz e gli diede due cucchiai di legno da cucina; con quelli si divertiva molto di più che con i costosi giocattoli che gli aveva comprato per Natale. I mattoncini delle costruzioni li usava solo come munizioni e anche i giochi di latta di Maxl erano già rotti. Solo la bella bambola con il vestito rosa era rimasta intera, Liesl la sorvegliava giorno e notte e la lasciava sopra l'armadio, lontano dai fratelli. Mentre il piccolo girava per la cucina con i suoi cucchiai e batteva contro la stufa, contro la cassetta di legno e contro una sedia, Auguste aprì il cassetto e tirò fuori il libro delle spese. Sospirò, lo sfogliò, mise in ordine le fatture che ci aveva inserito. Per fortuna la maggior parte di esse era già pagata, mancavano solo le sementi comprate da Gustav, due pale e una vanga. E il pesante conto del vetraio, diverse centinaia di marchi. Ma visto che una lastra si era rotta durante lo scarico, avrebbe pagato dopo la sostituzione.

Il bel gruzzolo preso in prestito dalla Jordan si era rimpiccolito più in fretta di quanto avesse immaginato. Sotto al materasso aveva ancora seicento marchi, la riserva per le emergenze, però doveva pagarci non solo il vetraio, ma anche gli operai che avrebbero costruito il tetto e inserito le lastre. Aprì il cassetto ancora un po' e tirò fuori il borsellino di pelle. Pelle marrone di ottima qualità, lo aveva ricevuto diversi anni prima alla Villa delle Stoffe per Natale. Quando aveva sposato Gustav, prima della guerra. La signora Melzer ci aveva infilato dentro venti marchi e Auguste aveva comprato vestiti da bambino per Maxl e un paio di pantaloni buoni per Gustav. La pelle ormai era rovinata, ma ancora resistente. Il contenuto, invece, era alquanto misero. Alcuni Pfennig e tre monete da un marco: bastavano a malapena per la spesa di quel giorno.

Auguste scattò in piedi perché Fritz per un pelo non aveva rovesciato la casseruola piena d'acqua posata sul fornello; gli diede un recipiente per i suoi cucchiai.

Quell'imbrogliona della Jordan! Lei lo aveva intuito che nella sua generosa proposta c'era qualcosa di marcio. E meno male che aveva detto che nei primi mesi avrebbe dovuto pagare poco e niente! Quella serpe l'aveva lasciata in pace a malapena per due mesi, poi le aveva scritto una lettera in cui diceva che dal successivo avrebbe dovuto versare rate da cinquanta marchi. A gennaio aveva alzato la rata a settanta e comunicato che se Auguste Bliefert avesse avuto più di un mese di ritardo nei pagamenti le avrebbe mandato a casa l'ufficiale giudiziario. Così lei aveva messo Fritz nella carrozzina, preso per mano Hansl ed era andata a spron battuto fino al Milchberg per parlar chiaro a quell'avida strega. La Jordan, però, le aveva sbattuto in faccia con un sorriso gelido il contratto, facendole vedere la sua firma, e le aveva ricordato che gli anni successivi avrebbe dovuto pagare interessi molto più alti. Insomma, era solo l'inizio.

«Così funziona quando uno si indebita. Io ti ho prestato dei soldi e con gli affari che farai voglio avere anche qualcosa indietro. Perché li farai, dico bene?»

«Certo. Solo che la serra non è ancora pronta. E d'inverno non vendiamo nulla, quindi non posso pagare.»

Questa cosa alla Jordan non era piaciuta per niente. Aveva forse creduto che quei soldi fossero un regalo? Per i suoi occhi belli e i mocciosi che si portava dietro?

«Io per i soldi che guadagno devo lavorare sodo» aveva detto la Jordan. «Non mi regalano niente. Quindi vedi di pagare o vado dal giudice e vi faccio pignorare il terreno.»

Auguste era tornata a casa in preda a una rabbia cocente. Quella perfida strega voleva il terreno, l'appezzamento di terra per cui aveva lavorato e risparmiato con tanta fatica, era a questo che puntava con i suoi artigli adunchi. Era un avvoltoio, una cimice, un ratto che si appostava nei canali per mordere i piedi alla gente. Lei lavorava sodo? Lo sapevano anche i polli che non era vero. La Jordan se ne stava bella comoda nella stanzetta sul retro e leggeva il futuro alle sue benestanti clienti su una palla di cristallo. Anche Auguste avrebbe voluto diventare ricca in questo modo, ma non avrebbe mai avuto il coraggio di farsi pagare per raccontare un sacco di frottole. Bisognava essere delle bugiarde patentate.

Cosa se ne faceva una persona come lei, non più giovanissima e senza famiglia, di tutto quel denaro? Dal fornaio aveva sentito dire che la Jordan aveva intenzione di comprare anche la trattoria "Zum grünen Baum" e di trasformarla in un "locale" per signori molto esclusivo, pieno di poltrone rosa confetto e divanetti con specchi incorporati. E dire che un tempo Maria Jordan era stata la direttrice di un orfanotrofio gestito da religiosi. Ma ormai erano in una nuova epoca, le donne andavano in giro senza busto e con gonne che arrivavano a malapena al ginocchio, i polpacci in bella vista. Non c'era da sorprendersi che anche dei mariti modello venissero portati sulla cattiva strada.

Auguste aveva avuto un po' paura perfino per il suo Gustav, sebbene le fosse stato sempre fedele. Gustav però era solito fare quello che lei gli diceva. Si fidava ciecamente e non chiedeva mai se quello che gli raccontava corrispondesse al vero. La maggior parte delle volte era così, solo riguardo ai soldi gli aveva mentito. L'eredità di una zia. Non gli aveva detto nemmeno la somma precisa, solo che finalmente potevano costruire la serra. Gustav era contento così, felicissimo che il borsellino lo gestisse lei. Anche solo per il fatto che i conti non erano mai stati il suo forte.

A gennaio e febbraio aveva saldato le rate con i soldi della Jordan, quindi in pratica ridandole il suo stesso denaro. Adesso era arrivato marzo e incombeva il pagamento successivo. Se andavano avanti così, non avrebbe potuto pagare né il vetraio né gli operai. Al momento vivevano solo dei suoi guadagni alla Villa delle Stoffe.

Era inutile, doveva riparlare con la Jordan. Avrebbe acconsentito anche a tassi d'interesse più cari, bastava che aspettasse fino ad aprile. Quando gli affari fossero partiti non avrebbe avuto problemi.

Sospirò ancora una volta e rimise a posto il libro. Si mise in tasca il borsellino, prese in braccio Fritz e lo portò in salotto.

«Gustl, io vado a fare la spesa. Dai un occhio ai piccoli. Poi tornano Liesl e Maxl e possono badarci loro.»

«Va bene.»

Si mise il cappotto blu scuro e il cappello. Meno male che si era comprata degli stivali caldi, una benedizione con quel tempo gelido. Certo, il suo nuovo guardaroba era costato un occhio della testa. Ma lei in fondo non si era mai concessa niente. Altre donne appena avevano dei soldi si compravano perle e collane d'oro. Lei era caduta in tentazione solo una volta; nella vetrina di un rigattiere aveva visto un bracciale d'oro con un ciondolo a forma di cuore. Un piccolo rubino, proprio come quello aveva sempre desiderato. Un affare, ma erano pur sempre trenta marchi. Era stata forte e aveva proseguito.

Accorciò passando per i prati, che erano gelati e non si sarebbe sporcata le scarpe. Alla Porta di Jakob percorse il labirinto di vicoli fino a Sant'Ursula, poi attraversò il Predigerberg fino a Bäckergasse e giù fino al Milchberg. Meno male che non aveva con sé i bambini, altrimenti ci avrebbe messo una vita. Finalmente vide le case della Jordan e il tavolino sui cui Christian dalle orecchie a sventola esponeva le merci per strada. Lì sopra quel giorno brillavano due lucidissimi candelabri che di sicuro non erano di argento, altrimenti la Jordan non li avrebbe mai fatti mettere fuori. C'erano anche una bella ciotola di ottone con dentro due mele rosse e panciute e un grappolo d'uva verde opaco. Tutto di porcellana, fatto e dipinto con arte. Il grappolo aveva perfino foglioline verde scuro.

Auguste si fermò a una certa distanza dal negozio per riprendere fiato. Aveva camminato troppo in fretta, per questo le batteva forte il cuore. Non era la paura, era pronta a combattere. In ballo c'erano tutti i suoi averi, il terreno che aveva comprato con i soldi che il maggiore von Hagemann le aveva pagato per gli alimenti, purtroppo non in maniera assidua. Non lasciarli nel salvadanaio era stata una scelta saggia, altrimenti se li sarebbe bruciati con l'inflazione. Per questo, anche, la sua terra non poteva finire in mano a quel diavolo. Piuttosto le avrebbe messo le mani addosso…

Nel negozio c'era una signora truccata, con una pelliccia, i capelli corti e un cappellino nero all'ultima moda. Ordinò diverse delikatessen che erano nei ripiani più alti, vasetti di gelatina di frutti esotici, cioccolate al pepe e zuppe di gamberi in lattina. Auguste non avrebbe voluto avere quella robaccia nemmeno per regalo, ma c'erano persone che dei soldi non sapevano cosa farsene. La signora pagò senza esitare una cifra esageratamente alta e disse alla domestica di fianco di mettere tutto nella cesta. Christian le sorrise e le chiese perché non avesse portato Fritz e Hansl.

«Eh, oggi li ho lasciati a casa. La signora Jordan c'è?»

«Certo. Bussi pure, sta compilando delle fatture, credo.»

Il commesso si mise ad aprire uno scatolone di conserve da sistemare negli scaffali. Da quello che riuscì a vedere, erano avvolte in una carta con una tartaruga disegnata sopra. Meglio non chiedersi cosa ci fosse dentro in realtà. Era un peccato per Christian, un ragazzo così caro; al vivaio le avrebbe fatto tanto comodo. Avrebbe anche badato ai bambini senza battere ciglio.

Auguste si fece coraggio e bussò alla porta. Nessuna risposta.

«Bussi di nuovo. A volte la Jordan sprofonda nelle sue cifre.»

Probabilmente l'avarizia l'ha già resa sorda, pensò Auguste bussando più forte. Nessuna risposta.

«È sicuro che ci sia?»

«Certo, le ho portato un caffè poco fa.»

Auguste non aveva la minima voglia di essere particolarmente gentile e paziente, tanto meno di farsi abbindolare. Così abbassò la maniglia e aprì la porta di uno spiraglio.

«Maria? Sono io, Augu...»

La parola le restò in gola. Invece della Jordan, infatti, vide... il domestico Julius. Era vicino al tavolino e fissava Auguste a occhi sgranati. Nella mano destra aveva qualcosa... un coltello!

Per un attimo restarono entrambi muti, poi Auguste vide la donna sulla sedia di fronte a Julius.

«Maria...» balbettò Auguste. «Signora Jordan, ma che è successo?»

Fu presa dal panico. C'era qualcosa che non andava. In quella stanza era successo qualcosa di terribile, aleggiava ancora uno spirito maligno e se fosse entrata si sarebbe avventato su di lei. Iniziò a tremare.

«Oh, mio Dio!» disse una voce vicino a lei.

Era Christian, anche lui aveva spiato dallo spiraglio ed era rimasto impietrito.

Auguste era ancora immobile, ma con lo sguardo perlustrò la stanza e vide cose che avrebbe preferito ignorare. La Jordan era sulla sedia, appoggiata allo schienale, la testa penzolante e le gambe divaricate. Le braccia lunghe sui lati, la mano visibile color rosso vivo e rattrappita come un artiglio, quasi avesse cercato di cavare gli occhi a qualcuno. Sul tappeto sotto la mano c'era un grande macchia, anch'essa rosso vivo. Era sangue?

«Io... io non ho fatto niente» balbettò Julius. Poi guardò il coltello che aveva ancora in mano e sussurrò: «Oh, Dio...».

«Un medico» disse Christian. «Abbiamo bisogno di un medico. La signora Jordan è ferita.»

Julius lo fissò come se avesse parlato in cinese ma non fece nulla per fermarlo. Christian sussurrò qualcosa ad Auguste, che lei capì solo dopo. Le aveva chiesto di badare al negozio mentre lui correva a chiamare il dottor Assauer che aveva uno studio dentistico tre strade più avanti.

«Auguste» disse Julius che adesso tremava violentemente. «Mi devi credere. Sono entrato e l'ho trovata sulla sedia con il coltello nella pancia. E l'ho estratto...»

Auguste annuì in maniera meccanica e fece altri due passi verso l'interno della stanza. La porticina segreta nascosta dietro il quadro era aperta. C'erano carte dappertutto. Contratti. Fatture. Ingiunzioni. Chissà cos'altro. Poi vide che anche i cuscini di seta del divano avevano delle macchie rosse... e il pavimento, il tappeto, la tappezzeria.

Un omicidio, pensò Auguste. *Qualcuno l'ha aggredita con un coltello. Lei voleva rovinarlo e lui non ha visto altre vie di scampo.*

D'un tratto si sentì calmissima, ebbe perfino il coraggio di guardare il viso pallido della vittima. Gli occhi erano semichiusi, la bocca un po' aperta, il naso appuntito. In realtà aveva un aspetto tranquillo, nient'affatto cattivo, nemmeno indignato. Quasi pacifico.

«È morta?»

Julius annuì. Era in preda ai brividi, non riusciva a smettere di tremare. Il coltello cadde per terra, il domestico fece alcuni passi indietro e si appoggiò al comò.

Non si reggeva in piedi, Auguste temette che stesse per crollare e spirare anche lui.

Un grido acuto li fece trasalire entrambi. Alle spalle di Auguste era spuntata un'anziana, una cliente entrata nel negozio per la spesa. Aveva entrambe le mani sulla bocca per lo spavento, eppure strillava così forte che Auguste ebbe paura per le conserve sugli scaffali.

«Omicidio! Assassino! Quanto sangue! Ecco, lì c'è l'assassino! Aiuto! Polizia! Qui c'è un bagno di sangue! Assassino! Assassino!»

«Adesso stia calma» disse Auguste. «È stato un incidente, sta arrivando il medico.»

Quello che aveva detto non aveva molto senso e la donna non si tranquillizzò affatto. Indietreggiò in preda al panico e finì contro due uomini, evidentemente carrettieri che portavano la birra, spaventati dalle grida durante la pausa.

«Il tizio dov'è?»

«Eccolo» gridò la donna allungando il braccio. «È ancora vicino alla sua vittima.»

Gli uomini scansarono l'anziana, anche Auguste si spostò. Appena videro il cadavere dovettero reggersi allo stipite della porta. All'ingresso del negozio comparvero altre persone, vicini, passanti incuriositi, alla fine anche un agente in uniforme.

«Gesù, è morta. Accoltellata.»

«Che orrore! E quanto sangue...»

«Non toccate nulla!» gridò l'agente. «Lei, lì, non si muova! Fermate quell'uomo. Prendetelo!»

Quello che successe dopo, Auguste lo visse come un brutto sogno. Il negozio si riempì di gente, lattine e vasetti caddero a terra, gli scaffali misteriosamente si svuotarono tra donne che gridavano e altre che s'infilavano per dare un'occhiata alla stanza. L'agente impartì una sfilza di ordini, più uomini presero Julius e lo trascinarono nel negozio. Il domestico aveva la giacca strappata e la camicia fuori dai pantaloni, i capelli sempre impeccabili tutti davanti agli occhi. Continuava a balbettare di essere innocente, ma più lo ripeteva disperato, più gli altri erano sicuri che fosse stato lui. Arrivò Christian con il dentista al seguito, si fecero largo nella calca fino alla stanza sul retro e Auguste ebbe conferma dal medico che la Jordan era deceduta.

Poco dopo davanti al negozio si fermò un'automobile scura, poi un'altra: gli agenti della Polizia Criminale. Ci fu una nuova ondata di caos, buttarono fuori tutti quelli che non avevano nulla a che fare con la scena del delitto, esaminarono la vittima, presero in custodia il *corpus delicti*, il coltello. Christian fu interrogato, tra le lacrime disse che la signora Jordan era stata sempre buona con lui. Verso le dieci le aveva portato una tazza di caffè e a quell'ora era ancora viva. Poi aveva servito dei clienti, quindi era arrivata la signora Bliefert che doveva parlare alla padrona.

Non poteva non aver visto l'assassino mentre entrava nella stanza sul retro passando per il negozio... no? Christian negò. Doveva aver usato l'ingresso sul retro. L'ingresso per i "clienti speciali". Così Auguste scoprì che le signore che venivano a farsi predire il futuro non passavano mai per il negozio. Nel giardino c'era un secondo accesso.

Anche Auguste venne interrogata: cosa era venuta a dire alla signora Jordan, se conosceva l'assassino, se per caso lo aveva visto accoltellare la vittima, per quale motivo poteva averlo fatto...

Nel frattempo la defunta Maria Jordan era stata avvolta nel tappeto ai piedi del divano, due uomini la portarono fuori dal negozio e la caricarono su una delle macchine della polizia. Auguste sentì le portiere chiudersi e dovette sedersi.

«Non si sente bene?» domandò uno degli agenti della Criminale. Aveva il viso pallido e liscio e gli occhi castani. I baffi erano scuri come i capelli.

«Mi sono spaventata a morte. Io la conosco da anni. Prima era dama di compagnia alla Villa delle Stoffe.»

«Villa delle Stoffe?»

«La Villa dei Melzer, quelli della fabbrica di tessuti.»

«Non è lo stesso posto in cui lavora il signor Julius Kronberger?»
Auguste annuì.

«I suoi dati personali, per favore.»

Annotò tutto su un blocchetto con una scrittura minuscola, lo chiuse e reinserì la penna nell'apposito passante.

«Signora Bliefert, adesso può andare. Qualora avessimo altre domande ci faremo vivi.»

Di nuovo in strada, Auguste vide il tavolino capovolto. Nel canaletto di scolo c'erano i cocci di una mela in porcellana, il resto delle cose era sparito. Anche lei avrebbe potuto approfittarne e arraffare un candelabro o uno dei bei bracciali d'argento. Ormai era troppo tardi: i due agenti della Criminale erano ancora nel negozio a interrogare il povero Christian.

Auguste percorse i vicoli in stato di trance. Era mezzogiorno passato, doveva comprare latte e pane per poter preparare almeno una zuppa. Solo quando si ritrovò dal lattaio in attesa del suo turno realizzò quanto fosse stata stupida.

La lettera di pegno che aveva firmato alla Jordan… Era di sicuro custodita nella stanza, in mezzo alle altre scartoffie sparpagliate. Avrebbe dovuto solo guardarsi intorno, allungare una mano… e via! Nella stufa. Distrutta per sempre.

Ormai era troppo tardi.

33

Quando riconobbe la sua voce Marie si spaventò. *Che stupida*, pensò poi. Ma non poté impedire questa ondata di spavento e di gioia. Di fatto provò anche sollievo, già temeva che fosse tutto finito.

«Marie? Scusa se ti chiamo all'atelier, ma c'è un motivo. Disturbo? Posso riprovare anche più tardi.»

Di là c'erano due sarte in attesa di istruzioni, bisognava calcolare il taglio per un abito da sera e tra dieci minuti sarebbe arrivata la signora Überlinger per una prova.

«No, no. Però dimmi, non ho molto tempo.»

Lui si schiarì la voce, lo faceva sempre prima di una comunicazione spiacevole. All'improvviso ebbe paura che volesse annunciarle il divorzio. Ma perché al telefono? Di solito non si faceva per iscritto, tramite avvocato?

«Si tratta di Lisa. Ho la sensazione che si stia complicando la vita da sola e vorrei tanto poterla aiutare.»

Ah, pensò Marie. *Vuole estorcermi informazioni*. Ciò nonostante, fu sollevata che le sue intenzioni fossero pacifiche.

«E io cosa c'entro?»

Si irritò per il suo tono aspro, ma non voleva sembrare troppo accondiscendente.

«Tu le hai parlato, vero? Ti ha detto chi è il padre del bambino?»

«Paul, me lo ha detto in confidenza. Dubito di essere autorizzata a...»

«Va bene, va bene» replicò lui impaziente. «Non voglio costringerti a essere indiscreta. Facciamo in un altro modo. Sbaglio a credere che il padre sia un certo Sebastian Winkler?»

«Perché non lo chiedi a lei?»

Lo sentì sospirare di rabbia. «L'ho fatto, Marie, ma purtroppo senza risultati. Ascolta, non è per impicciarmi ma sono suo fratello e mi sento in dovere di chiarire la questione. Visto che c'è anche di mezzo un bambino.»

«Credo che Lisa sia del tutto in grado di chiarire le sue questioni da sola.»

Lui tacque e lei temette che stesse per riattaccare. Il campanello del negozio suonò. Ci mancava solo questo: la signora Überlinger era già arrivata. In anticipo.

«Se può esserti d'aiuto,» disse «da quel che so gli ha scritto una lettera.»

«Ah! E ha ricevuto risposta?»

«Finora no, temo.»

«E questo quando è successo?»

Marie esitò. Ma ormai aveva parlato e sarebbe stato da stupide tacere sul resto. Tra l'altro, la situazione era bloccata, probabilmente Lisa aveva davvero bisogno dell'aiuto del fratello.

«A gennaio. Circa otto settimane fa, quindi.»

Lui borbottò qualcosa di simile a un mormorio, cosa che faceva quando stava riflettendo. Sulla porta dello studio spuntò la signora Ginsberg; ormai lavorava per lei da parecchio. Marie le fece cenno che sarebbe arrivata subito. La donna annuì e tornò in sala.

«Ho intenzione di andarlo a cercare per chiarire le cose. Hai l'indirizzo?»

Era uno dei suoi assalti a sorpresa, una strategia che usava spesso. Con i dipendenti funzionava a meraviglia, anche con Alicia e Kitty. Con Lisa era più difficile. Nemmeno lei ci era mai caduta.

«Quale indirizzo?»

«È che...» proseguì Paul ignorando la domanda «per me non è facile, ma vorrei chiederti un favore. Non mi va di andare lì da solo. Winkler potrebbe pensare che voglia chiedergli conto di qualcosa. Insieme a te sarebbe più semplice. Tu troveresti senz'altro il tono giusto.»

La richiesta la sorprese al punto da toglierle il respiro. Doveva accompagnarlo a Günzburg? Sedersi di fianco a lui sul treno, recitare la parte dei coniugi felici?

«Partiremmo al mattino presto e torneremmo la sera. Nessuna notte fuori. Ho un amico a Norimberga che può mettermi a disposizione la sua macchina.»

«Norimberga?»

«Non vive a Norimberga? Pensavo fosse tornato lì. Non è di quelle parti?»

Ecco, adesso era caduta nella trappola. Ma non per ingenuità. Volontariamente, più o meno. «Sta a Günzburg, da un fratello.»

«Fantastico! È molto meno lontano di quanto pensassi. Marie, te ne sarei davvero grato. Lo facciamo per Lisa.»

Lui tacque in attesa della sua risposta. Lei ebbe l'impressione di sentire i battiti del suo cuore. O forse erano i suoi. Essere seduta nello stesso scompartimento con Paul. E se si fossero ritrovati soli? Lui lo desiderava o aveva paura?

«Ascolta, Paul, se è per aiutare Lisa sono disposta ad accompagnarti.»

Lo sentì tirare il fiato. Vide la sua faccia, il suo sorriso trionfante, gli occhi grigi che luccicavano.

«A una condizione, però.»

«Va bene, qualunque essa sia.»

Dal tono di voce capì che era davvero felice. Un po' si dispiacque per quello che stava per chiedergli, ma non c'erano alternative.

«Paul, non voglio assolutamente farlo alle spalle di Lisa. Quindi ti chiedo di metterla al corrente della visita.»

Lui borbottò qualcosa di incomprensibile e disse che temeva che lei glielo avrebbe chiesto.

«Va bene, Marie, ti faccio sapere. Intanto ti ringrazio per la tua disponibilità. A presto.»

«A presto.»

Sentì il *clic* quando lui riattaccò e tenne in mano il ricevitore per qualche altro secondo, come in attesa di qualcosa. No, non era cambiato niente. Aveva bisogno di lei, tutto qui. Eppure... I bambini due domeniche prima erano tornati dalla Villa delle Stoffe felicissimi, tutto il contrario della visita precedente, in cui la sera l'avevano implorata di non costringerli a passare mai più un pomeriggio con il padre.

Dal figlio era riuscita a capire poco, ma il lunedì un fattorino aveva consegnato un pacchetto per Leo con dentro un berretto. Da allora, non se l'era più tolto, o quasi. Dodo invece parlava ininterrottamente di uccelli e aerei, salite e discese, spinte ascensionali e vortici d'aria. Nessuno aveva davvero compreso di cosa si trattasse, solo Gertrude aveva avuto la pazienza di ascoltare le spiegazioni della bambina fino in fondo.

Quindi era davvero cambiato qualcosa? Perlomeno Paul si stava sforzando di riconquistare i figli. Era un buono o un cattivo segno?

«Signora Melzer?»

La signora Ginsberg aveva un aspetto infelice. Era una dipendente brava e volenterosa, purtroppo però era permalosa per le parole scortesi delle clienti. Quando era costretta ad aspettare, la signora Überlinger poteva diventare molto offensiva.

«Signora Ginsberg, mi spiace, era una telefonata importante. Arrivo.»

Il resto della mattina fu così frenetico che non ebbe tempo

nemmeno per una tazza di caffè. In realtà doveva essere felice che la sua attività stesse andando così bene. La cosa irritante era che molte clienti facevano confezionare altri esemplari dei suoi vestiti, imitandoli. Solo per uso privato, logicamente, per amiche speciali così entusiaste delle creazioni di Marie da desiderare a tutti i costi un vestito analogo con cappotto *en pendant*. E se la sarta aveva già il modello, non era difficile replicare il grazioso completo e cucirlo. Neanche a dirlo, a un prezzo molto più basso di quello pagato per lo stesso vestito all'Atelier Marie. Non c'era modo di evitarlo. L'unica possibilità per far fronte all'inconveniente erano nuove idee, modelli originali e *ad personam*. Uno dei punti forti di Marie, infatti, era eliminare i difetti e mettere in risalto i pregi. Con i suoi vestiti addosso ogni donna pensava di avere il fisico che aveva sempre sognato.

Quando scese dal tram in Frauentorstrasse si sentiva spossata. Perché non imparava a guidare? Un'auto avrebbe potuto permettersela, così non doveva aspettare il tram anche con la neve e la pioggia. Come si chiamava quella macchinetta che si vedeva girare sempre più spesso? Ah, sì, Laubfrosch, "raganella". Che nome simpatico. Aveva ben quattro cavalli vapore. Sì, sembrava di attraversare la città trainati da quattro destrieri.

Sulla porta la accolse Dodo, teneva in alto un giornale perché Henny non lo acchiappasse. La piccola continuava a saltare per afferrarlo, faceva smorfie e agitava le braccia.

«Lo voglio… è il giornale della mia mamma. Dammelo, scema!»

«Smettila, tanto non te lo do» replicò Dodo. «Questa mamma è la mia!»

«*Mmm…* sento odore di *Schupfnudeln*» disse Marie sorridendo per poi dare un calcetto a una pantofola rosa in direzione di Henny. «Kitty è tornata?»

«La mamma è al telefono. *Didel-didel-dumm, didel-didel-*

dumm» iniziò a cantare Henny in sintonia con il pezzo che stava provando Leo. Il *Rondò alla ungherese quasi un capriccio* di Beethoven. Troppo difficile per un bambino di nove anni, soprattutto per la mano sinistra. Ma Leo era cocciuto almeno quanto la sorella che entro la domenica successiva voleva finire di leggere – e anche capire – il libro sul volo di Otto Lilienthal.

«Zia Marie, dovresti leggere il giornale.»

Marie si tolse cappotto e cappello. Il giornale lo aveva posato sul comò. Lo guardò e decise che poteva aspettare.

«Ancora un fallimento nella formazione del nuovo governo. Wilhelm Marx non accetta l'incarico di Primo Ministro.»

«No, non questo» disse Dodo impaziente iniziando a sfogliare. «Dentro. Le notizie della città, la cronaca nera... parlano della Villa delle Stoffe.»

«Cosa?»

Marie non poteva credere ai suoi occhi. Un articolo su un raccapricciante omicidio al centro di Augusta: la quarantanovenne Maria Jordan era morta accoltellata nel suo negozio in pieno giorno.

«Maria Jordan» sussurrò Marie. «Ma è terribile. Mio Dio, poveraccia. E noi che credevamo che fosse stata baciata dalla fortuna...»

Incrociò gli occhi luccicanti di Henny, puntati su di lei pieni di invidia.

«Zia Marie, hai letto? L'assassino è Julius.»

«Julius chi?»

«Santo cielo, mamma!» disse Dodo spazientita. «Julius, il cameriere della Villa delle Stoffe! Quello che si crede un padreterno e arriccia sempre il naso. È stato lui a sgozzare Maria Jordan.»

«Dodo, ti prego, non dire queste cose.»

«Ma è scritto sul giornale!»

Marie lesse il breve articolo. Julius era stato preso in custodia dalla polizia come sospettato grave. Dicevano che si era scagliato contro la donna con un coltello e l'aveva pugnalata.

«Pugnalata, non sgozzata.»

«Allora è stata nonna Gertrude a dire così.»

Entrò in salotto con il giornale in mano e trovò Kitty sulla sua poltrona di vimini messicana con il telefono in grembo. Il cavo che lo collegava alla linea alla parete era tesissimo.

«No, Lisa, per l'amor del cielo, lasciala dormire. Ti richiamo più tardi. Povera mamma. Che spavento. Non per essere cattiva, ma quella ha creato sempre e solo problemi... No, non sono senza pietà. Aveva anche dei lati positivi, certo. Sì, lo so che è stata la tua dama di compagnia, ma Marie non l'ha mai potuta soffrire e questo non gliel'ho mai perdonato. Paul come l'ha presa?... Certo, posso immaginare, povero il mio fratellone. Come se non avesse già abbastanza pensieri.»

Quando vide Marie si fermò, le fece un cenno di saluto e cambiò subito argomento.

«Il piccolino mangia? Bene. Hai tantissimo latte, immagino. Come dici? Che potresti allattarne anche un altro? Mi raccomando, non gliene dare troppo, altrimenti diventa pigro e dormiglione. Lisa, adesso devo riattaccare, è tornata Marie. Sì, te la saluto. Certo, vengo questo pomeriggio, di' alla mamma che ci penso io a consolarla.»

Kitty mise giù il ricevitore e sospirò. Poi guardò Marie con espressione eloquente.

«Hai letto? Terribile, non è vero?»

Marie annuì, stava rileggendo l'articolo con maggiore attenzione. Il nome "Melzer". La "Villa delle Stoffe". Non si erano risparmiati. Paul però non le aveva detto nulla.

«Hanno impedito in tutti i modi la mostra su Luise Hofgartner per paura delle malelingue» disse Kitty «e adesso questo. Il domestico della Villa delle Stoffe è un mostro, un assassino! Accidenti, se penso che mi portava tè e biscotti in camera mi vengono i brividi...»

Suonarono alla porta, i bambini corsero in corridoio per andare ad aprire.

«Hanna? Hai sentito?»

«Julius è un assassino!»

«La Jordan accoltellata!»

La porta della cucina si spalancò e poco dopo tuonò la voce di Gertrude.

«Ah, Hanna! Dove sei stata per tutta la mattina? Di' un po', adesso appartieni alla Villa delle Stoffe e al tuo Humbert? Le stanze non sono rassettate e il cestino del bucato in camera dei bambini trabocca! Tieni, porta di là questa pentola. Attenta che è bollente, non farla cadere.»

«Mi... mi dispiace» disse Hanna, ma la porta della cucina si era già richiusa.

Hanna entrò in salotto affiancata dai tre bambini con una pentola bollente in mano. Marie si affrettò a mettere un sottopentola sul tavolo perché la ragazza potesse liberarsi del peso, poi apparecchiarono tutti insieme. Anche Kitty diede una mano posando una violetta africana vicino alla pentola di *Schupfnudeln*.

«Ah, che cosa terribile» disse Hanna sospirando mentre prendeva i tovaglioli dentro la credenza. «Pensi, signora Melzer, quelli della Criminale sono rimasti alla Villa a fare domande per ben tre ore. Alla signora Alicia e alla signora von Hagemann, poi in pausa pranzo anche al signor Melzer. Anche i dipendenti, chiaro, compresa la Else che è quasi morta di vergogna. Perché sospettata di conoscere un assassino.»

«Ma quanto è certo che sia stato Julius?» chiese Marie.

«Be', lo hanno trovato di fianco a lei con il coltello in mano» disse Hanna. «Ah, signora Melzer, nessuno di noi può crederci. Chissà, forse è solo un grande equivoco...»

Gertrude arrivò con una pentola di burro sciolto e la versò sopra la pasta.

«Adesso basta con queste storie dell'orrore» disse sedendosi. «I bambini hanno già gli occhi vitrei. Stanotte avranno gli incubi.»

«Non importa» disse Leo agitando la mano sinistra stremata dagli esercizi. «Al massimo s'impressiona Henny che è ancora piccola.»

Prima di protestare la bambina dovette mandar giù due bocconi di pasta. Poi disse a gran voce che non aveva affatto gli occhi vitrei.

«Oggi a scuola ho visto Liesl, ha raccontato che la polizia ha interrogato la sua mamma. Perché la sua mamma c'era e ha visto tutto.»

«Auguste?» disse Kitty stupita. «E cosa era andata a fare Auguste da Maria Jordan?»

Gertrude scrollò le spalle e diede a Henny una cucchiaiata di crauti.

«Almeno questi li devi mangiare» le ordinò. «Solo la pasta con il burro non va bene!»

«*Bleah!* Le verdure fanno schifo, non le tocco nemmeno con un dito!»

«Magari era andata lì a fare la spesa» disse Kitty. «Ha ereditato dei soldi, dicono che abbia cambiato vita...»

«Possibile» disse Marie pensierosa.

Lei stava pensando ad altro. Una delle sue clienti le aveva raccontato in confidenza di essersi fatta leggere le carte dalla Jordan. Lo aveva detto tutta felice perché si era avverato quasi tutto, insomma quasi consigliando a Marie di provare anche lei. Tutte le sue amiche ci erano andate. La Jordan doveva essere molto ricca, i suoi vaticini se li faceva pagare cari. Qualcuno, poi, le aveva riferito che prestava pure soldi.

«Pensate, lo stesso giorno del fattaccio alla Villa sono arrivati due reporter» raccontò Hanna. «Uno dell'*Augsburger Neueste Nachrichten* e l'altro del *Münchner Kurier,* ma la signora non li ha fatti entrare. Allora sono andati all'ingresso della servitù, ma la Brunnenmayer li ha minacciati con una padella e loro sono scappati via. Hanno provato a entrare dal dehors, ma le porte erano chiuse a chiave. Che sfacciataggine! Humbert ha detto che quelli della stampa sono i peggiori di tutti, non li batte nessuno. Nemmeno i politici e gli assassini di massa. Due frasi e ti distruggono la vita.»

«Però cha paroloni, Humbert» disse Gertrude. «Quindi sta di nuovo bene?»

Hanna confermò sorridendo. Humbert sarebbe subentrato al posto di Julius. Alla Villa delle Stoffe tutti dovevano compiere il loro dovere nei confronti dei signori. «Nelle difficoltà dobbiamo essere uniti, ha detto la Brunnenmayer. Come allora.»

Si fermò e guardò il proprio piatto, ancora intonso. Tutti sapevano che si riferiva al giorno in cui nella cucina della Villa delle Stoffe si era presentato un agente a chiedere di Grigorij, il giovane russo che Hanna per amore aveva aiutato a fuggire. Erano stati tutti dalla sua parte e Humbert l'aveva coperta. Altrimenti per lei sarebbe potuta finire male.

«E la nostra onorata governante?» chiese Kitty ironica. «Anche lei fa fronte comune?»

«Quella?» sbottò Hanna. «Scherzi? La Gertie ha origliato alla porta mentre la interrogavano...»

«Sì, nell'origliare alla porta la piccola Gertie è sempre stata brava» disse Kitty.

«Silenzio!» ordinò Gertrude. «Cos'ha detto, la nostra gran signora?»

Hanna prese un pezzo di pasta con la forchetta ma non lo mangiò.

«Sui signori non ha detto niente, ma noi ci ha cacciati in un sacco di guai. Ha detto che aveva sempre sospettato di Julius. Che ha un'indole criminale, che ha sempre avuto paura di lui per quel suo sguardo un po' assassino. Tutti i dipendenti della Villa lo sanno, ha precisato, ma non dicono niente perché fanno fronte comune. E poi ha detto che Julius faceva la corte alla Jordan sperando che lei lo sposasse, così lui non avrebbe avuto più bisogno di lavorare. E che lei è convinta che Julius fosse l'amante della defunta e che l'abbia uccisa per gelosia. A causa di Christian, il commesso.»

«Accidenti che bocca da fuoco» mormorò Gertrude.

«Mamma, cos'è un amante?» chiese Dodo.

«Un amico.»

«Come il signor Klippi?»

Marie aggrottò la fronte e vide Kitty trattenersi dal ridere.

«Che stupida che sei» intervenne Henny continuando a spostare la montagnetta di crauti che aveva sul piatto. «Un amante è un amico che si può abbracciare e baciare. Non è vero, mamma?»

Il ghigno di Kitty sparì. «Come osservi bene… Adesso però mangia i tuoi crauti. Non provare a spostarli di nascosto nel piatto di Hanna!»

«Io devo andare» disse Marie guardando l'orologio. «Oggi pomeriggio ho quattro prove e una nuova cliente.»

«Marie, attenta a non morire di lavoro» la mise in guardia Gertrude. «Per dessert c'è il dolce alle pere, l'ho appena sfornato. Con zucchero e cannella.»

«Stasera, Gertrude.»

Nel tram Marie sprofondò così tanto nei pensieri che quasi si dimenticò di scendere alla fermata di Karolinenstrasse. Arrivò all'atelier agitata e fu felice che i clienti e le dipendenti la distraessero. Si concentrò sul lavoro, ma appena squillava il telefono trasaliva, aspettava con il batticuore che la signora Ginsberg la chiamasse nello studio. Ma furono tutte telefonate di lavoro, fattorini, clienti, la stamperia che aveva pronto il nuovo catalogo. Solo quando aveva già il cappotto addosso e stava dando un'ultima occhiata alla stanza delle macchine per cucire arrivò la chiamata di Paul.

«Temevo di non trovarti più.»

«Oh, Paul, a pranzo ho letto il giornale. Mi dispiace così tanto... Per tutti, ma soprattutto per te e la mamma.»

Era contento della sua confessione spontanea? Se sì, non si scompose.

«Sì, brutta faccenda.»

Marie capì che non aveva intenzione di sfogarsi con lei. Comprensibile. Eppure il suo silenzio la ferì. Perché doveva essere sempre tutto così complicato? «Hai parlato con Lisa?» disse per cambiare discorso.

«Sì, non è entusiasta, ma non farà nulla per impedircelo.»

Non suonava affatto incoraggiante. Probabilmente Lisa si era infuriata.

«Allora quando andiamo?»

«Andrebbe bene lunedì?»

Avrebbe dovuto rimandare degli appuntamenti e preparare il lavoro per le sarte. Ma per Paul alla fabbrica sarebbe stato più o meno lo stesso.

«Lunedì va bene.»

«Il treno è alle 7.30. Passo a prenderti in macchina?»

Ma certo. Aveva già studiato gli orari. Magari anche prenotato lo scompartimento.

«Grazie, prendo il tram.»

34

Paul aveva dormito male. Un po' perché il bambino di Lisa piangeva di continuo e la sorella nel cuore della notte aveva chiesto alla povera Gertie di prepararle un tè al finocchio contro le flatulenze. Soprattutto, però, per il pensiero di Marie. Quelle poche frasi al telefono, quando aveva parlato dell'articolo. All'improvviso era stato tutto come prima. I suoi modi calorosi e comprensivi. La sensazione che lei gli fosse accanto, che fosse una parte di lui. Se l'era immaginata davanti a sé con i suoi occhi grandi e scuri di fronte a cui era capitolato già allora, quando era la sguattera della Villa delle Stoffe e lo evitava. Ma ovviamente aveva pensato anche ad altro. Desideri. Bisogni. Era un uomo e vivere per mesi come un monaco di clausura non era facile. Sì, avrebbe potuto andare in una delle case chiuse che in teoria nessuno conosceva ma che nella pratica erano frequentate da molti suoi conoscenti. Ordinate, discrete e professionali. Oppure avrebbe potuto scegliersi una ragazzina a caso; tra le sue operaie ce n'erano parecchie che ci sarebbero state. Ma così si sarebbe procurato solo grane e poi era certo che non si sarebbe divertito granché. Voleva Marie, la sua Marie, nessun'altra.

Aveva chiesto alla Hoffmann di prenotare due posti di prima classe, la segretaria smaniava dalla curiosità ma non aveva avuto il coraggio di chiedere con chi sarebbe andato a Günzburg il signor direttore, il lunedì successivo. Tuttavia, la sua richiesta di un vagone per non fumatori l'aveva senz'altro insospettita.

Sebbene avesse già i biglietti in tasca, arrivò alla stazione con mezz'ora di anticipo. Restò nel freddo atrio con il bavero alzato e le mani congelate nonostante i guanti di pelle imbottiti. Era il 30 marzo, due settimane e sarebbe stata Pasqua, ma la primavera si faceva desiderare. Il giorno precedente la nuova bambinaia, Rosa Knickbein, aveva portato per la prima volta il piccolo Johann fuori nel parco, ma erano stati sorpresi da una tempesta di neve. Si erano divertiti comunque, anche Lisa e la madre, di fianco al passeggino, e soprattutto Dodo e Leo. Dopo il ritorno del neonato alla Villa, Paul e i gemelli si erano scatenati ancora un po' nel parco. Erano andati a trovare i Bliefert e mentre i bambini giocavano lui era andato a dare un'occhiata alla serra non finita con Gustav e aveva promesso di mandargli operai qualificati. Raramente Paul aveva visto un simile disastro, ma in fondo Gustav era un giardiniere, non un costruttore.

Alla partenza del treno mancavano dieci minuti ma Marie ancora non si vedeva. Paul temette che ci avesse ripensato. Cosa avrebbe fatto, in quel caso? Ormai conosceva l'indirizzo di Josef Winkler, calzolaio e fratello minore di Sebastian.

Dopo infinite esitazioni e accessi di rabbia Lisa glielo aveva dato. «Però ti prego di dirgli che questa visita non è stata un'idea mia. Io non c'entro niente e lui deve saperlo!»

Sarebbe andato a Günzburg anche senza Marie. Lo doveva alla sua famiglia. Certo, con lei tutto sarebbe stato più facile.

Proprio quando stava per avviarsi verso il binario, lei apparve nell'atrio delle partenze. Indossava un cappotto rosso scuro con inserti di pelliccia e un cappello alla moda che le nascondeva quasi del tutto fronte e occhi. Si fermò e lo cercò, poi lo vide e lo raggiunse.

«Buongiorno. Dobbiamo sbrigarci, vero?»

«Già.»

Si affrettarono verso il binario, ogni tanto venivano divisi dai pedoni. Salirono i gradini mentre la locomotiva stava già sbuffando. Un controllore in divisa li salutò e chiese loro i biglietti.

«Signori, due vagoni più avanti. Vi prego di fare attenzione mentre salite…»

I sei posti del loro scompartimento erano tutti vuoti, solo un giornale abbandonato indicava che un viaggiatore era sceso ad Augusta.

«Preferisci sedere in direzione di marcia?» chiese Paul gentile.

«Per me è uguale, decidi tu.»

Marie si era già tolta il cappotto, prima che lui potesse aiutarla, poi prese posto contro la direzione di marcia del treno e lui si accomodò di fronte. Le porte furono chiuse, il capotreno fischiò, il vapore bianco si trasformò in fumo grigio e offuscò banchina e stazione. Poco dopo il treno si mosse.

Marie non si era tolta il cappello, i suoi occhi erano ancora nascosti, si vedevano bene solo bocca e mento. Fu soprattutto la bocca a scombussolare Paul: non era truccata, le labbra erano morbide, solo gli angoli un po' screpolati per il freddo, il labbro superiore leggermente a forma di cuore. Sapeva fin troppo bene che sapore avesse quella bocca, non poterla sfiorare era una tortura.

«Lisa era molto arrabbiata?»

«Abbastanza» disse lui scacciando le fantasie. «Ha detto che devo riferire al signor Winkler che lei con questa visita non c'entra niente.»

Marie restò seria e commentò che aveva provato a chiamarla, purtroppo senza successo. «La governante non le ha passato la mia telefonata.»

Era un rimprovero, probabilmente giustificato. Eppure si arrabbiò. Dovevano ricominciare a litigare? Per la durata di quel breve viaggio non potevano essere carini l'uno con l'altra, o perlomeno gentili?

«Mi spiace, le parlerò.»

Adesso Marie sorrise. Un sorriso divertito e anche un po' maligno, gli sembrò.

«Non è necessario. Quello che penso gliel'ho detto chiaro e tondo al telefono.»

Lui annuì e decise di non approfondire. La signora von Dobern stava combattendo con evidente disperazione per il suo posto alla Villa delle Stoffe, che dipendeva soltanto dalla madre. Lisa era diventata sua nemica, senz'altro con l'appoggio di Kitty e Marie, e il personale le era stato ostile fin dall'inizio. Paul aveva un po' di compassione per lei, ma tutto faceva pensare che presto Serafina avrebbe perso la sua battaglia. Eppure lui si rifiutava di licenziarla. Avrebbe significato soddisfare la richiesta di Marie, e, nonostante tutto l'amore e la nostalgia, non era il tipo di uomo che si faceva tenere al guinzaglio da una donna.

Chi è che lo aveva sempre detto? Non importava...

«Ti dispiace se faccio un pisolino? Stanotte ho dormito pochissimo» disse Marie all'improvviso.

Ma senti, pensò Paul, *quindi anche lei. Be', forse è meglio, perlomeno non litigheremo.*

«Fa' come vuoi, anch'io sono molto stanco.»

Prese il cappotto e lo usò come coperta. Adesso non si vedeva più nemmeno il mento, in compenso spuntò una ciocca di capelli. Paul osservò le narici e gli occhi chiusi sotto la tesa del cappello. Le due mezzelune scure delle ciglia. Ogni tanto tremava, probabilmente per il movimento del treno. Il continuo, monotono sferragliare dei vagoni che sbattevano l'uno contro l'altro. Dormiva davvero o stava simulando per non dover parlare con lui? Non importava. Guardò fuori dal finestrino, gli arbusti spogli e le ultime case di Augusta, poi spuntò il Danubio che seguiva i binari. Verdi radure, boschetti dai boccioli rossastri e marroncini e casette basse, chiatte che avanzavano lente.

Dormiva davvero. La sua gamba destra non era più piegata e si allungava verso di lui, il piede infilato in una scarpa nera con i bottoni quasi lo sfiorava. Quando il treno si fermò a Diedorf, le loro scarpe si toccarono e i suoi occhi insonnoliti si spaventarono.

«Scusami, mi dispiace.»

«Non fa niente.»

Tirarono entrambi indietro le gambe, si guardarono irrigiditi, Marie si sistemò il cappello e si strinse il cappotto addosso. Lui fu travolto da un violento desiderio di abbracciarla. Come aveva sempre fatto prima, ogni mattina, quando lo aveva guardato a occhi stretti ancora addormentata. Perché quando c'erano problemi bisognava solo e sempre discutere, litigare, cercare di aver ragione? Non sarebbe stato più facile abbracciarsi? E fare tutte quelle cose belle e un po' pazze che amavano tanto?

«Hai già pensato a cosa gli dirai?» domandò Marie.

«Ecco, pensavo di lasciar fare a te.»

«Ah. Be', credo dipenda dalla situazione, no?»

«Sì.»

Non riusciva ancora a pensare ai problemi della sorella, stava ancora riflettendo se fare a Marie una dichiarazione d'amore. In questo caso doveva sbrigarsi, per il momento nello scompartimento erano ancora soli, ma la situazione poteva cambiare in fretta.

«Secondo me la domanda più importante» continuò Marie «è perché non ha risposto alla lettera di Lisa. È possibile, certo, che non sia più a Günzburg dal fratello, insomma che si sia spostato.»

«Be', ma il fratello gliela avrebbe fatta avere, no?»

Marie scrollò le spalle e rispose: «Se sa dov'è».

«Vedremo.»

In sostanza, la sensazione era che Sebastian Winkler non smaniasse dalla voglia di essere trovato. Che razza di uomo era? Mettere incinta la sorella e poi sparire... Gli era sembrata una persona così per bene, onesta... D'altra parte, però, a quei tempi Lisa era ancora sposata con Klaus von Hagemann.

Marie si alzò per riappendere il cappotto, significava che non aveva intenzione di continuare a dormire. Paul guardò il sole del mattino, i cui raggi entravano dai finestrini dello scompartimento, e aspettò che si fosse seduta di nuovo.

«Sai, Marie, a volte penso che tutti questi discorsi e litigi non portino a niente.»

Lei rimase impassibile. «Anch'io purtroppo ho la stessa impressione.»

«Ci fanno solo dimenticare sempre di più cosa ci unisce.»

«Perché tu ti ostini a non capire cosa ci divide.»

Maledizione! Non era affatto facile dire *ti amo* a una persona così recalcitrante. Paul deglutì e provò in un altro modo.

«Marie, qualunque problema ci sia tra noi, non ha alcuna importanza. Troveremo un accordo, te lo prometto. Basta che...»

«Caro Paul,» lo interruppe lei scuotendo la testa «per me non è affatto privo di importanza. Tu vuoi lavare via i problemi come una finestra appannata. Il ghiaccio è tolto, la vista è limpida... ma il gelo che c'è dietro non sparisce.»

Paul chiuse gli occhi e sentì fischiare le orecchie. *No*, si impose, *adesso resti calmo*. «Cosa intendi con "gelo"?»

Lei fece un gesto come a dire che aveva scelto quella parola un po' a caso. Lui la conosceva bene e disse: «Vuoi che rispetti tua madre, che appoggi la sua mostra? È questo che mi chiedi?».

«No!»

«E allora cosa?»

«Niente, Paul. Io non ti chiedo niente e non voglio costringerti a fare nulla. Devi sapere tu cosa vuoi fare.»

Lui la fissò e cercò di afferrare il senso delle sue parole. Non gli chiedeva niente. Non voleva costringerlo a fare nulla. E allora cosa desiderava? Perché era di nuovo di fronte a quel muro che li divideva? Quel maledetto muro senza porte né finestre, troppo alto per essere scavalcato.

«Ti prego, dimmelo.»

La porta dello scompartimento si aprì e un anziano infilò la testa dentro.

«Numeri 48 e 49? Sì, è lo scompartimento giusto. Vieni, tesoruccio.»

L'uomo trascinò dentro una valigia di pelle marrone, fece un infelice tentativo di issarla fino al portabagagli e guardò indispettito Paul sollevarla senza problemi.

«Grazie infinite, giovanotto. Molto gentile. Tesoruccio, passami le scatole dei cappelli...»

"Tesoruccio" era avvolta da una pelliccia di visone, di lei si vedevano solo i capelli biondi e gli occhi azzurro chiaro molto truccati. Nonostante l'abbondante uso di matita e mascara, sembravano gli occhi di una bambina.

Con l'aiuto di Paul furono sistemate altre due valigie, tre scatole per cappelli e una borsa da viaggio con una stoffa a fiori. Poi la ragazza si tolse la pelliccia e si sedette vicino a Marie.

«Questi viaggi in treno sono terribili» osservò l'anziano accomodandosi di fianco a Paul. «A mia moglie viene sempre il mal di testa.»

Marie sorrise e disse che anche lei spesso doveva prendere la polverina.

«Be', in passato si attraversava la foresta in carrozza tra buche piene di fango e il rischio di morire ammazzati dai briganti...»

«Sì, certo, in passato.»

Poco dopo Marie e Tesoruccio iniziarono a parlare della nuova moda primaverile, dei cappelli parigini e delle stoffe di lana inglesi e Paul ancora una volta ammirò la capacità della moglie di riuscire ad avvicinare anche persone difficili. Quando scesero a Günzburg Tesoruccio era inconsolabile, si segnò l'indirizzo dell'atelier di Marie e promise solennemente di passare a dare un'occhiata il prima possibile.

Nel sole primaverile Günzburg aveva un aspetto molto grazioso, soprattutto la maestosa residenza che dominava il paese dall'alto di una collina. Un'imponente costruzione del XVIII secolo, una specie di fortezza costruita intorno a una corte con due piccole cupole a cipolla. La stazione ovviamente era lontana dal centro abitato e non c'erano né carrozze né taxi.

«Andiamo a piedi» propose Marie sorridente. «Noi per fortuna non abbiamo né valigie né scatole per cappelli.»

Per la prima volta sorrisero entrambi e parlarono della strana coppia del treno. Paul osò offrirle il braccio. Marie esitò, ma alla fine accettò.

Non avrebbe dovuto farlo, questo contatto scatenò in lui una strana confusione. Quello che disse durante la breve passeggiata, dopo gli sembrò idiota; anche Marie però tirò fuori un sacco di sciocchezze. All'ingresso in città entrambi lo attribuirono all'inizio della primavera.

«Forse prima dovremmo mangiare qualcosa» propose Paul.

Marie era contraria. Disse che aveva fatto una buona colazione a casa e che era una missione delicata, che non poteva aspettare. Lui aveva fame, alla Villa non era riuscito a mandar giù nemmeno un biscotto, ma le diede ragione.

Chiesero ai passanti del signor Josef Winkler, residente in Pfluggasse 3, e vennero spediti due volte nella direzione sbagliata. Vagarono per la città vecchia fino a quando finalmente non ricevettero l'informazione giusta. «Il Winkler ha una calzoleria vicino alla vecchia torre.»

«Eccola» disse Marie indicando una scarpa in ferro battuto appesa sopra l'insegna.

La calzoleria di Joseph Winkler era costituita da due strette casette antiche collegate tra loro. A sinistra c'era una vetrina da negozio con dietro scarpe da donna impolverate, un paio di stivali da cavallo e una serie infinita di suole di gomma. L'ingresso era a destra della vetrina, tre gradini e si scendeva alla calzoleria.

Paul evitò di bussare, i colpi si sarebbero comunque persi nel martellio costante che arrivava dall'interno. Al loro ingresso il barbuto calzolaio sollevò appena la testa e continuò a battere chiodi di legno dentro una suola.

«Erika!»

Il suo richiamo fu attutito dai chiodi che teneva in bocca, ma l'interessata lo sentì comunque. Dalla stanza di fianco spuntò una donna alta e ossuta che squadrò incuriosita e sprezzante la coppia in abiti da città.

«Signori, come posso esservi utile?»

«Vorremmo parlare con il signor Sebastian Winkler» disse Paul cui quella donna ossuta era risultata subito antipatica.

Il suo viso trasmetteva profonda diffidenza e incipiente ostilità. Si scambiò un'occhiata con l'uomo, probabilmente il marito, e abbassò la testa con aria imperiosa. E fu subito chiaro chi comandasse in quella calzoleria.

«Cosa volete da lui?»

Il tono era più che respingente. Ma perlomeno lasciava supporre che Sebastian non fosse lontano.

«Dobbiamo comunicargli una cosa e parlarci qualche minuto. Cara signora Winkler, non c'è nessun motivo di agitarsi.»

Paul sfoggiò il suo affascinante sorriso, che faceva sempre effetto. La donna, infatti, si addolcì un po'.

«Sebastian è un uomo per bene, sa? Non ha fatto niente di male» disse però poco dopo fissando Paul con espressione ammonitoria.

«Nessuno lo mette in dubbio. Si trova qui a Günzburg?»

La donna scambiò un'altra occhiata con il marito che poco dopo riprese a battere. La calzoleria vera e propria era costituita da un vecchio tavolo pieno di resti di pelle, attrezzi e scatoline di chiodi. Vicino all'uomo c'era un pezzo di legno grezzo, il disegno di una suola e una scarpa di cuoio nero non finita. Alle pareti erano appese pinze, lesine e forbici di ogni dimensione, e altri arnesi di cui solo il calzolaio conosceva la funzione. All'angolo c'era una stufa in ghisa il cui tubo passava per il soffitto, la parete dietro di esso era annerita.

Visto che la donna non accennava a voler rispondere, per un po' restarono lì indecisi, poi Marie prese l'iniziativa.

«Signora Winkler, fate anche sandali?» domandò con amichevole interesse prendendo una scarpa da donna dallo scaffale per osservare la suola.

«Sandali?»

«Sì. Sandali con le cinghiette e un po' di tacco. Si portano senza calze. Ovviamente solo d'estate.»

«No, non facciamo scarpe del genere.»

«Oh, per suo marito sarebbe un gioco da ragazzi. Vuole che le faccia un disegno di quello che intendo?»

Poco dopo scomparve con la donna ossuta nella stanza di fianco, una specie di ufficio. Paul intravide un tavolo e una montagna di carte. Marie attaccò a parlare a macchinetta, disegnò delle scarpe e spiegò che sarebbe stata la nuova moda dell'estate. Raccontò dell'atelier ad Augusta e disse che, qualora avesse ottenuto un esemplare modello di suo piacimento, avrebbe potuto passare ai Winkler parecchi ordini. Ebbe ragione, la sua astuta Marie. Negli occhi della moglie del calzolaio Paul vide un certo interesse; forse la signora stava già pensando a incrementare gli affari grazie ai ricchi cittadini di Augusta.

«Suo fratello abita qui a Günzburg?» domandò Paul all'uomo sottovoce.

«Non c'è.»

Fuori dall'influenza diretta della consorte, il calzolaio sembrava un po' più loquace.

«E dov'è? Ha trovato un posto da insegnante?»

L'uomo scosse la testa e guardò verso la camera a fianco, Marie stava ancora presentando il suo progetto alla donna, impressionata dagli impeccabili disegni.

«Insegnante, dice? No, no, si occupa delle scartoffie qui da noi e prova le scarpe quando sono finite. Il sabato dà una spazzata alla strada. E poi bada ai nostri ragazzi e insegna loro a leggere e a contare. Vanno già a scuola ma ancora non hanno imparato. Sono troppo somari.»

Marie intanto stava parlando di un paio di scarpe basse con i lacci che aveva fatto confezionare ad Augusta. Paul scrutò la donna ossuta che ascoltava con fatica avvicinando i disegni alla luce. All'improvviso s'insospettì.

«Quindi abita qui...»

«Certo. Di sopra, nel sottotetto.»

«E nelle ultime settimane non ha ricevuto nessuna lettera?»

«Non lo so, della posta si occupa Erika.»

«Ah, ecco.»

Il calzolaio si mise in bocca un altro carico di chiodi e riprese a battere. Era possibile, quindi, che la donna non avesse consegnato a Sebastian la lettera di Lisa. Perché avrebbe dovuto? Il cognato sgobbava per vitto e alloggio, teneva la contabilità, scriveva le fatture, faceva il lavoro sporco e si occupava anche dei figli. Non avrebbe mai trovato un aiuto migliore e più economico.

«E adesso dov'è?»

Il calzolaio indicò l'ingresso. «Dovrebbe tornare a momenti.»

Magnifico! Paul sorrise e fece cenno a Marie che il loro uomo stava arrivando. Lei abbassò la testa: aveva capito.

Aspettarono per una ventina di minuti, Marie aveva disegnato altri quattro modelli quando Sebastian entrò. A Paul sembrò molto dimagrito, zoppicava per via del piede amputato e i vestiti erano impresentabili. Indossava ancora il completo logoro con cui era partito per la Pomerania anni prima.

Quando li riconobbe si spaventò a morte ma cercò di mantenere un certo contegno.

«Signor Winkler» disse Marie porgendogli la mano. «Spero che si ricordi di me, sono Marie Melzer della Villa delle Stoffe. E questo è mio marito.»

Anche Paul gli strinse la mano, poi propose di non restare a dar fastidio nella calzoleria e di fare due passi fuori. Iniziando a capire la situazione la calzolaia li guardò uscire con espressione arcigna.

«Non sei riuscito a tenere il becco chiuso, eh?» sibilò al marito. Lui però continuò a battere su una suola.

Il sole primaverile spuntò tra le case ma era ancora troppo basso per superare i tetti; uno stormo di passeri si sollevò verso il cielo e si distribuì su grondaie e mura.

«Immagino che siate qui su incarico di... della signora von Hagemann» esordì Sebastian, pallido e agitato. «So di essere in debito con lei.»

«Nient'affatto» intervenne Paul. «Mia sorella ci tiene a mettere in chiaro che non ha nulla a che fare con questa visita, visto che lei non ha nemmeno risposto alla sua lettera...»

«Ma cosa sta dicendo?» domandò lui confuso. «Elisabeth mi ha scritto una lettera?»

«Non l'ha ricevuta?» disse Marie. «Strano... le nostre poste sono sempre affidabili e...»

Sebastian tacque, ma diventò ancora più bianco. Le sue labbra tremavano. A Paul fece pena. Non doveva essere piacevole essere tra le grinfie di una cognata del genere.

«Siamo qui per dirle due cose» riprese la conversazione Marie. «Siamo convinti che debba saperle. Poi torneremo ad Augusta e non la disturberemo più.»

Paul la vedeva in modo un po' diverso, avrebbe voluto fare a Sebastian un bel discorsetto, ma alla fine si adeguò. Si spostarono per lasciar passare due donne che spingevano un carretto pieno di sacchi di farina e occupavano quasi tutta la strada. Poi si sentirono di nuovo solo i passeri.

Marie si avvicinò un po' a Sebastian, gli parlò a bassa voce, ma in tono chiaro. «La prima notizia è che mia cognata da alcune settimane è ufficialmente divorziata da Klaus von Hagemann. Adesso abita ad Augusta, alla Villa delle Stoffe.»

Sebastian non mostrò alcuno stupore. Restò impassibile, solo i suoi occhi dietro le lenti spesse sembravano un po' troppo fissi.

«La seconda notizia è che a febbraio ha dato alla luce un bambino, in perfetta salute... il cui padre, mi ha detto, non può essere il suo ex marito, Klaus von Hagemann.»

A queste parole il contegno di Sebastian si ruppe. Inciampò e indietreggiò di alcuni passi, sbatté contro il numero civico della calzoleria e annaspò. «Un bambino... ha avuto un bambino!»

Paul gli mise una mano sulla spalla. «Una notizia del genere manda al tappeto un uomo, eh? Si prenda il tempo che le serve e decida con calma. In fondo si tratta di... di suo figlio.»

«Io ve lo giuro» balbettò Sebastian agitatissimo. «Io non ne avevo idea. Oh, Dio, cosa penserà di me? Come posso guardarla di nuovo negli occhi?»

«Signor Winkler,» disse Marie in tono dolce «se Elisabeth le sta davvero a cuore, insomma se la ama, saprà cosa fare.»

Si congedarono e lo lasciarono lì nella confusione più totale.

«È stata la cosa giusta?» domandò Paul mentre si riavviavano verso la stazione.

«Secondo me, sì» replicò Marie. «Se n'è andato molto pensieroso... adesso deve capire quale posizione prendere. E farà la scelta giusta.»

Paul la guardò con la coda dell'occhio e sorrise. Intuito femminile? Spirito d'osservazione? Anche lui la pensava allo stesso modo ed era felice che fossero d'accordo.

«Davvero vuoi ordinare dei sandali?»

Marie ridacchiò e scrollò le spalle. «Forse... perché no? Se mi mandano un modello ben fatto...»

Era una donna d'affari molto abile, coglieva ogni occasione per inventare e offrire nuove idee. Suo padre lo aveva capito, nell'ultimo periodo della sua vita l'aveva stimata molto. Forse se lo avesse ritrovato ancora vivo alcune cose sarebbero andate diversamente.

Cercarono un taxi e andarono alla stazione, mangiarono un boccone in una trattoria e parlarono di Sebastian Winkler. Anche dopo, in treno, discussero, su come potevano aiutare la coppia.

«Io sono sicura che Lisa lo ami ancora» disse Marie. «E secondo me anche lui.»

Finalmente si era tolta il cappello, si sistemò i capelli corti con un pettinino. Lui la guardò ed ebbe la sensazione che non si fossero mai separati.

«Paul, dobbiamo essere molto diplomatici. Per lui non sarà facile accettare la tua proposta.» Durante il pranzo avevano ipotizzato di offrirgli un posto da contabile alla fabbrica di tessuti Melzer.

Lui sospirò e disse che forse stava esagerando. «Le persone fanno la coda per un'opportunità del genere.»

«Hai ragione. E per la nuova famigliola sarebbe una soluzione ottima. Non trovi anche tu?»

«Sì, Marie, dobbiamo provarci.»

Ebbe l'impressione che i boccioli si fossero aperti in una mattina, sui rami gli sembrò di intravedere una punta di verde chiaro. Forse però si sbagliava. Il piccolo scompartimento era caldo e luminoso e mentre parlavano del futuro di Lisa gli sembrò di essere di nuovo a casa. Dalla sua Marie. Era la sua metà, quando era con lui il mondo gli sembrava più luminoso, tutto era possibile, niente poteva minacciarli.

Non appena spuntarono le prime case di Augusta, i nuovi insediamenti di Oberhausen, con lo Pfersee da una parte e in lontananza le verdi cupole della Torre di Perlach e la chiesa dei Santissimi Ulrich e Afra, Paul capì di dover agire. Un tentativo. Anche a costo di sbattere violentemente contro quel maledetto muro e ferirsi sul serio.

«Marie, c'è un'altra cosa che vorrei dirti. Se volete fare la mostra, io non vi creerò più problemi.»

Lei lo guardò seria e lui capì di dover fare un altro passo.

«Ho capito che è la cosa giusta. È tua madre, e anche un'artista di rara bravura. Si è meritata che le sue opere vengano esposte.»

Marie guardò fuori dal finestrino, il treno stava superando il Ponte di Wertach, uno stormo di cigni volava a pelo d'acqua. Paul aspettò con il cuore in subbuglio. Perché non diceva niente?

«A proposito, devo riferirti dei saluti» disse infine sorridendo.

«Saluti? E di chi?»

«Di Leo e Dodo. Non vedono l'ora di tornare alla Villa delle Stoffe.»

Finalmente una buona notizia. Ma non quella che aveva sperato. «E tu?» domandò.

Entrarono nella stazione, il treno avanzava a scatti, nel corridoio c'erano già persone in piedi con borse e valigie. Alcuni spiavano dentro il loro scompartimento incuriositi.

«Paul, io non sono ancora sicura. Dammi un po' di tempo.»

Eccola, la breccia. Il passaggio nella pietra dura. Avrebbe voluto gridare di gioia. Invece si alzò e le tenne il cappotto, la osservò mentre si metteva il cappello e poi mentre scendeva dal treno.

«A presto» disse lui nell'atrio.

Lei scappò via per non perdere il tram.

35

Aprile 1925

«Non ci posso credere» mormorò Auguste sottovoce per non farsi sentire da nessuno.

Il cimitero di Herman era affollatissimo per quanta gente era accorsa. Entravano a fiumi dai due ingressi, si distribuivano nei vialetti tra le lapidi, si riunivano a gruppetti e conversavano. La maggior parte, però, andava dritta alla tomba scoperta non lontana dalle mura settentrionali, subito dietro la cappella.

«Meno male che non abbiamo preso la macchina» disse Gustav. «Non avremmo mai trovato parcheggio.»

Quel giorno indossava il completo buono e le scarpe nere lucide con i lacci. Anche Auguste si era messa elegante: tutte cose comprate con i soldi della Jordan. Perlomeno voleva renderle onore al suo funerale.

«Guarda, Gustl, c'è la Brunnenmayer. Ha anche il cappotto nero, quasi non la riconoscevo. E la Else. Gertie, Humbert con Hanna...»

«Signora Bliefert!» chiamò qualcuno alle loro spalle. Auguste si girò. Era Christian, l'ex commesso della Jordan. Le sorrise, nel sole primaverile le sue orecchie a sventola luccicavano come due ali rosa.

«Ah, Christian. Come te la passi?»

«Così così, signora Bliefert. I suoi bambini stanno bene?»

Mentre raccontava che Liesl quel giorno non era andata a scuola per badare ai fratelli più piccoli le venne una paura tremenda che potesse chiederle dei soldi. Non era mica scemo, Christian. Sapeva benissimo cosa facesse la Jordan nella stanza sul retro.

«Ha visto quanta gente» disse lui guardandosi intorno con occhi giganti. «Si capisce subito che la signora Jordan aveva molti amici.»

«Certo, le volevamo tutti bene» replicò Auguste senza convinzione.

Chissà qui in mezzo quanti debitori ci sono, pensò. *E quante signore a cui leggeva le carte.* C'erano però anche curiosi, attirati dal giornale.

Sull'*Augsburger Neueste Nachrichten* e sul *Münchner Merkur*, infatti, era uscito un grande necrologio.

PIANGIAMO LA SCOMPARSA DI
MARIA JORDAN
2 maggio 1873 – 23 marzo 1925
Tutte le persone che la conoscevano sanno cosa hanno perso.
Che Dio le doni l'eterno riposo.

Doveva averlo fatto pubblicare Christian. Di certo non Julius, quel poveraccio era ancora in prigione. Oppure un parente.

«Cerchiamo di avvicinarci» disse Gustav cui non piaceva restare troppo tempo nello stesso posto. Era di carattere inquieto. Finalmente la serra aveva un tetto e quel mattino il vetraio aveva iniziato a montare le lastre. Il giorno seguente avrebbero potuto preparare le piantine e portare dentro i vasi. Stavano facendo passi da gigante, avrebbe potuto essere tutto così bello… non fosse stato per la continua paura. Non era ancora successo nulla, ma la polizia aveva senz'altro trovato la lettera di pegno con la sua firma. Cosa succedeva quando la persona che aveva prestato i soldi veniva a mancare? Il debito veniva cancellato? Oppure sarebbero spuntati degli eredi a cui restituire il denaro?

«Le viole del pensiero non vanno» disse Gustav che mentre camminava osservava i fiori sulle tombe. «Due giorni e sono da buttare. Guarda, Auguste, una corona di narcisi e giacinti. Noi ne abbiamo tantissimi, è ora di portarli al mercato.»

Com'era zelante quando parlava delle sue piante. Vedendo che nell'aiuola della Villa delle Stoffe c'erano ancora i rametti di abete si era arrabbiato. Dovevano toglierli al più presto, aveva detto, altrimenti le primule sarebbero rimaste al buio. I tulipani e i tromboni erano giù cresciuti oltre i rami... che vergogna!

«Dovrebbero prendere un giardiniere» disse Auguste. «Gustav, tu mica puoi farti in quattro. Alla fabbrica hanno ricominciato con i turni di notte e hanno pure riverniciato.»

C'erano anche un paio di bambini dell'orfanotrofio con la nuova direttrice. Circa sei mesi prima la chiesa aveva riaperto l'istituto delle Sette Martiri. A quanto pareva i bambini non avevano dimenticato Maria Jordan. Chi lo avrebbe mai immaginato? Auguste e il marito arrivarono vicino alla tomba, videro il prete in paramenti scuri che aspettava che gli intervenuti si avvicinassero.

«Che bel feretro!» scappò detto ad Auguste quando vide la cassa marrone scuro intarsiato. Sopra c'era una corona di rosse rosse e gigli bianchi. Venivano senz'altro da Monaco, ad Augusta nessun negozio vendeva rose così belle. A maggior ragione in quel periodo dell'anno.

«Sei invidiosa?» disse Gertie avvicinandosi. «Anche tu vorresti un funerale così bello, eh?»

«Grazie, ma ho altri desideri» replicò Auguste sfacciata.

Vicino agli addetti alla sepoltura c'era il signor Melzer con la madre ed Elisabeth von Hagemann. Erano venuti davvero! La signora von Hagemann sembrava sinceramente commossa, continuava a tamponarsi gli occhi con il fazzoletto. Dall'altra parte erano schierate la signora Marie Melzer e la signora Kitty Bräuer insieme al signor von Klippstein. Marie Melzer sembrava proprio triste. Eppure la Jordan non l'aveva mai potuta sopportare, non aveva mai parlato bene di lei. La giovane signora Melzer, però, aveva il cuore tenero. Peccato che il matrimonio con il signore fosse al capolinea. Auguste era sicura che ci fosse di mezzo la von Dobern. Tutti alla Villa delle Stoffe sapevano che le disgrazie erano cominciate con il suo arrivo. Solo il signore e la signora madre non volevano capirlo.

Ad ogni modo, adesso che il vivaio avrebbe iniziato a decollare non ci sarebbe stato più bisogno di andare alla Villa a elemosinare lavoro. Avrebbero guadagnato abbastanza, quella serpe di Serafina poteva andarsene al diavolo.

«Signora Bliefert, ha visto?» le sussurrò all'orecchio Christian. «Lì, l'uomo vicino all'albero…»

Si spaventò un po', non si era accorta che il ragazzo li aveva seguiti. L'albero che stava indicando era un acero ancora spoglio con il tronco invaso dall'edera.

«Quale uomo?»

Christian non riuscì a rispondere, il prete aveva iniziato a parlare. Parlò dell'impenetrabile volontà divina, delle vie del Signore che a volte sembravano incomprensibili o crudeli e dell'onnipotenza dell'Altissimo.

«A me la vendetta, dice il Signore» recitò quindi ad alta voce sopra le teste dei presenti. Else e la Brunnenmayer annuirono.

«Uno degli uomini della Criminale» le bisbigliò nell'orecchio Christian. «E lì ce n'è un altro. Quello con la barba, lo vede?»

Auguste guardò l'uomo dai capelli neri che prendeva appunti

appoggiato a un faggio. Sì, era il barbuto pallido che l'aveva interrogata.

«Ma cosa sono venuti a fare?» sussurrò a Christian.

«Silenzio lì davanti! Maleducati!» borbottò qualcuno.

Gustav si girò arrabbiato. Nessuno doveva toccare la sua Auguste. «Zoticone, non si azzardi a offendere di nuovo mia moglie!»

Auguste lo prese per un braccio e gli disse di lasciar perdere. L'altro ad ogni modo non rispose, i necrofori stavano per calare Maria Jordan nel luogo del suo eterno riposo. Le tre corde che passavano sotto al feretro si tesero, un uomo tolse le tavole e la tomba iniziò la sua lenta e cerimoniosa discesa. Il prete recitò un passo della Bibbia sulla vita eterna e benedisse con l'acqua santa, qualcuno iniziò a singhiozzare senza pudore.

La Else, pensò Auguste. *Dio, che cosa penosa. Ma quella è fatta così.* Poco dopo però si rese conto di essersi sbagliata: Else era immobile come una statua vicino alla Brunnenmayer e si teneva un fazzoletto sulla bocca. A singhiozzare era un anziano con un elegante cappello Homburg in mano e ghette nuove sulle scarpe nere di cuoio. Sembrava completamente fuori di sé per il dolore, si avvicinò alla fossa, quasi con il rischio di caderci, e buttò dentro un mazzo di rose prima ancora che il prete avesse terminato con l'incenso.

Ad Auguste sembrò di averlo già visto. Guardò la Brunnenmayer e gli altri e si accorse che anche loro stavano rimuginando. Quindi la Jordan aveva dei parenti? *Dio, ti prego*, pensò Auguste, *fa' che sia solo un amante del passato*. Un debitore sfortunato. Un cliente a cui aveva predetto un futuro dorato. Qualunque cosa, tranne un parente che possa ereditare le sue lettere di pegno.

In pochi seguirono l'esempio di quell'uomo e buttarono dentro la tomba una manciata di terra o un fiore. Lo fecero la Brunnenmayer, Else, Christian e due anziane, poi un vicino e la moglie. Il resto della gente restò in piedi, salutò i conoscenti, parlò del più e del meno e ripeté per l'ennesima volta che la povera Maria forse finalmente aveva trovato pace. L'uomo con il cappello Homburg passò al prete una busta chiusa, gli mormorò qualcosa e poi si avviò verso l'uscita, seguito da occhiate curiose, mormorii e alzate di spalle. Auguste cercò i due agenti ma anche loro erano già spariti.

«Venite alla Villa delle Stoffe?» chiese la Brunnenmayer. «Pensavamo di stare un po' insieme e mangiare qualche dolcetto. Portate pure i bambini, non c'è problema, così sarà un po' meno triste.»

Gustav rispose che doveva tornare alla sua serra. Forse, se le lastre erano pronte poteva iniziare a portare dentro i vasi già quella sera.

«Christian, tu vieni?» domandò Gertie compatendo il ragazzo solitario.

Lui sembrò felice dell'invito, anche se arrossì un po' per la timidezza.

«Se posso...»

«Ma certo!» rispose Humbert.

Auguste non disse nulla. Da un lato Christian le stava simpatico, dall'altro temeva che potesse fare un'osservazione infelice e rivelare il suo segreto. Presero il tram e scesero tutti insieme alla fermata di Haagstrasse. Gustav girò a sinistra per il vivaio, il resto delle persone proseguì verso l'ingresso della Villa. Vennero superati dall'automobile dei Melzer, alla guida c'era il signore. Dietro, vicino alla signora von Hagemann, c'era la Brunnenmayer. In quanto dipendente più anziana le era stato offerto un passaggio in macchina. Con grande rabbia di Else, che aveva preso servizio dai Melzer solo un anno più tardi della cuoca.

«Avete visto con quanta formalità ha salutato il marito la

giovane signora Melzer?» disse Gertie mentre percorrevano il vialetto.

«Però ha anche un po' sorriso» disse Humbert. «Chissà, magari tornano insieme.»

«Tu credi?» replicò Gertie. «Quando è finita è finita!»

«Il mese di maggio infonde nuovo coraggio, lo sai» affermò Humbert tutto allegro.

Guardò Hanna, i due si sorrisero. Si tenevano per mano come una coppia di innamorati. *Che strano*, pensò Auguste, *ero convinta che le femmine non gli piacessero, ma su queste cose non si può mai essere abbastanza certi.*

«Voi due invece siete un cuore e una capanna, giusto?» fece Gertie ironica.

«Sì,» rispose Humbert serissimo «non sarei mai dovuto partire senza la mia Hanna.»

«Adesso non esagerare» disse lei sorridendo e dandogli un colpetto su una spalla.

«Perché, non è la verità?» gli chiese lui.

«Sì, sì...»

Alla grande aiuola trovarono Dörthe a lavorare in casacca di lino azzurro e zoccoli. Aveva tolto i rami di abete e li aveva disposti uno sopra l'altro; più tardi li avrebbe portati alla catasta della legna da ardere con la carriola. In quel momento stava zappando con dolcezza la terra. Lì avrebbe piantato le violette che aveva tirato su in grandi vasi nella lavanderia.

«Ha già rotto un vaso» disse Gertie «ma per il resto se la cava bene. Viene dalla campagna, frugare nella terra come un lombrico le piace.»

Auguste spedì Dörthe alla casetta a chiamare i bambini. Liesl e Maxl dopo la torta potevano aiutarla con le piantine, erano abituati al giardinaggio.

«Ma tua figlia vuoi farla sempre e solo lavorare?» la criticò Gertie. «Liesl è una bambina capace, deve andare a scuola e imparare una professione come si deve.»

«Come hai fatto tu?» replicò Auguste arrabbiata.

Non erano affari di Gertie se Liesl andava a scuola o meno. Gertie ci aveva forse guadagnato qualcosa facendo il suo corso per diventare dama di compagnia? Alla Villa delle Stoffe finora nessuno le aveva offerto quella posizione. Una tuttofare, ecco cos'era. E fin quando la signora von Dobern fosse rimasta, la situazione non sarebbe cambiata. Serafina odiava Gertie.

Il lungo tavolo della cucina era già apparecchiato. La Brunnenmayer stava preparando il caffè. Prima, ovviamente, la caraffa Meissner per la signora von Hagemann e la signora Alicia Melzer. Poi quella piccola e sbeccata per la signora von Dobern. Infine, quella grande di latta azzurra per i domestici. Che profumino! Gertie e Hanna andarono a prendere il dolce sfornato al mattino nella dispensa; c'erano anche un ciambellone con mandorle, uvetta e canditi e tranci al cioccolato, la passione dei bambini.

«Quante cose buone» disse Christian stupito. «E anche caffè vero!»

Quella tirchia della Jordan a questo povero ragazzo non gli ha concesso niente, pensò Auguste amareggiata. Non bisognava parlar male dei morti, ma per lui era una fortuna che se ne fosse andata! E anche per lei!

Si accomodarono, la caraffa del caffè iniziò a girare insieme al bricco del latte e alla zuccheriera. Poco dopo arrivò Dörthe con i figli di Auguste, si lavarono le mani sporche nel lavello e poi tutti risero perché quelle di Dörthe erano conciate molto peggio.

Fritz e Hansl appena videro Christian corsero da lui e salirono sulle sue ginocchia, Liesl invece andò da Gertie. *Ma guarda*, pensò Auguste, *devo stare attenta che non me la rovini. Al vivaio ci servono tutte le braccia disponibili.* Forse in futuro potevano chiedere a Dörthe se voleva lavorare per loro. Di piante sembrava intendersene ed era anche bella robusta. E visto che veniva dalla campagna non avrebbe chiesto granché. Sì, Dörthe forse era la soluzione migliore. Christian era gentile ma a guardarlo meglio forse era troppo fine per il giardinaggio.

«Io quello l'ho già visto» disse qualcuno al tavolo strappando Auguste ai suoi pensieri.

«Quello col cappello che singhiozzava come un bambino?»

Humbert annuì e mangiò un po' di dolce. Hanna gli versò il latte nel caffè.

«Non lo so» disse poi Else. «Era così elegante… ma anche a me sembra di averlo già visto.» Intinse la sua fetta di torta nel caffè e quando la tirò su le venne da sorridere perché la metà era rimasta nella tazza.

«No, io di sicuro non lo conosco» disse Hanna.

Anche Gertie scrollò le spalle, non lo aveva mai visto. Ma era sicura che fino a poco tempo prima avesse la barba.

«Perché dici così?» chiese Else.

«Perché sulle guance aveva un sacco di macchie rosse. Sembrava una infiammazione» rispose Gertie con aria sprezzante.

«*Bleah!* Che schifo!» disse Auguste. «È contagiosa?»

«Solo se lo baci» rispose la ragazza sogghignando.

Tutti risero, la Brunnenmayer quasi si strozzò con il caffè, Humbert le diede un colpetto sulla schiena.

Questa Gertie è proprio una sfacciata, pensò Auguste. *Prima o poi dovrò tirarle il collo.*

«Un attimo… con la barba grigia e i capelli radi e un po' sfilacciati» rifletté ad alta voce Humbert. «Adesso sì che mi ricordo!»

«Anch'io» disse la cuoca rimettendo giù la fetta di torta per lo stupore. «Else, Auguste, anche voi dovreste ricordarvelo!»

Ci fu un momento di silenzio, si sentì solo Fritz lagnarsi perché non riusciva ad arrivare al suo bicchiere di latte.

«Gesù!» scappò detto a Else. «Ma certo, il tipo che prima ogni tanto veniva a trovarla. Quel vecchio ubriacone. Com'era che si chiamava?»

«Sepp, mi sembra» mormorò la Brunnenmayer. «Una volta la Jordan mi ha detto che era suo marito.»

Auguste restò un attimo pensierosa. Ma certo, ogni tanto qualcuno si era intrufolato al piano della servitù. Lei aveva dormito in camera con Else, ma una volta di notte, andando in bagno, lo aveva visto. Che personaggio... Era quasi morta per lo spavento. Il marito... che notizia terribile! Se era vero avrebbe ereditato i beni della Jordan.

«Sì, anch'io l'ho visto» disse Humbert. «Stava scappando via in corridoio e mi è finito addosso. Che schifo. Era sporchissimo, e puzzava pure. Di sudiciume, grappa e... meglio sorvolare, dico solo che sono quasi svenuto per il ribrezzo.»

Era stato prima della guerra, su questo erano tutti d'accordo. La Brunnenmayer sapeva anche che molto tempo prima quel Sepp, o come si chiamava, era stato il grande amore della Jordan. Quando ancora ballava al varietà.

Gertie sgranò gli occhi. *Che donna, questa Maria Jordan! Ballerina di varietà, dama di compagnia, direttrice di orfanotrofio, proprietaria di case, indovina...*

«Non è mica facile fare carriera come lei» disse.

«È vero. E poi...» I due marmocchi erano scesi a scorrazzare per la cucina, quindi Christian poteva partecipare meglio alla conversazione. Prima che Auguste potesse impedirlo, rivelò un segreto clamoroso. «E poi prestava anche soldi... con gli interessi. La signora Jordan era ricca, ogni mese passavano a pagare un sacco di debitori.»

«Ma senti» disse la Brunnenmayer assai meravigliata. Auguste avrebbe voluto sprofondare, la stavano guardando tutti. Tranne Else, troppo ingenua per sentire puzza di bruciato. Gertie invece aveva capito da un pezzo e anche Humbert era sulla buona strada. La storia dell'eredità non aveva convinto proprio nessuno.

«Di' un po'… quel Sepp è capitato anche in negozio?» domandò Auguste a Christian per cambiare argomento.

«Io l'ho visto una sola volta, mi sembra…» rispose insicuro. «All'inizio, uno dei primi giorni, si è presentato un tizio, un vagabondo vestito di stracci. Puzzava di grappa. Io lo volevo cacciare via ma lui è andato subito nella stanza sul retro e quando ho aperto la porta per essere d'aiuto alla signora Jordan lei mi ha mandato fuori. Sì, credo proprio che fosse lui.»

«Ed è venuto solo una volta?» chiese Humbert incredulo.

Qualcuno gridò, Maxl aveva fatto cadere Fritz.

«Mamma, quello si stava avvicinando ai fornelli!»

Auguste si alzò, acchiappò il figlio più piccolo e lo prese in braccio. Si calmò all'istante.

«Be', però in realtà non lo so» disse Christian. «C'era anche l'ingresso sul retro.»

Auguste era ancora frastornata dalla notizia che la Jordan avesse un marito. Gli altri invece erano andati avanti. Come al solito la prima ad arrivarci fu Gertie.

«E come ha fatto un ubriacone di quella specie a comprarsi quel bel completo, il cappello e le ghette?»

«Ho visto che ha dato una busta al prete» disse Humbert.

Auguste raccolse un paio di briciole e se le mise sul piatto. «Be', avrà ereditato. Se era il marito…»

«E cosa?» replicò Christian. «Non è rimasto niente, hanno rubato tutto. Hanno trovato solo le lettere di pegno.»

«Forse aveva dei risparmi in banca.»

«Possibile, ma io questo non lo so. Sulle questioni di soldi la Jordan era una tomba.»

«Eh... adesso tacerà per sempre» disse Else annuendo.

Nella cucina si creò silenzio, si sentiva l'acqua ribollire nella casseruola. Fuori, in cortile, Liesl e Maxl stavano aiutando Dörthe con le piantine.

«E se Julius fosse innocente?» disse Gertie. «Se fosse stato Sepp? È entrato dal retro, l'ha accoltellata e se n'è andato con il denaro.»

«Accidenti!» disse Humbert scuotendo la testa.

«E secondo te poi sarebbe venuto al funerale con tanto di ghette nuove?»

Tutti convennero che uno non poteva uccidere una persona e poi singhiozzare al suo funerale, non pareva logico. Sarebbe sparito con il malloppo.

Parlarono ancora un po' dei padroni. Da quando la signora von Hagemann era tornata alla Villa la situazione era migliorata. Soprattutto perché aveva rimesso al suo posto la von Dobern.

«Ancora qualche settimana e ce ne libereremo per sempre» profetizzò la Brunnenmayer. «Dio, quanto mi dispiacerà!»

Più tardi, Christian accompagnò per un tratto di strada Auguste e i bambini. Si era candidato come commesso in due negozi, raccontò, in una bottega di porcellane e alla stamperia Eisele, dove si vendevano anche libri. E poi gli sarebbe piaciuto essere assunto presso un cinematografo, perché avrebbe potuto vedere tanti film.

Auguste prese la stradina per la casetta, si divisero.

«Christian, volevo dirti un'ultima cosa. Non dovresti raccontare in giro che...» esordì Auguste controllando che Liesl non stesse ascoltando; la bambina capiva un sacco di cose.

Christian la interruppe un istante.

«La storia delle lettere di pegno, lo so. A proposito, ho una cosa per lei.» Tirò fuori dalla tasca un foglio stropicciato e glielo diede guardandola con aria di complotto. «Mentre mi interrogavano l'ho avuta sotto gli occhi per tutto il tempo, sul tappeto. Quando l'agente si è distratto un attimo l'ho subito messa al sicuro...»

La sua lettera di pegno! Accartocciata, quasi illeggibile, ma era il contratto che aveva firmato, chiaro come il sole! C'era anche la data. Venerdì 3 ottobre. E la firma della Jordan. Auguste avrebbe voluto saltargli addosso per la gioia.

«Christian, sei proprio un bravo ragazzo! Se vuoi... puoi iniziare a lavorare anche da noi.»

«Eccome se voglio» rispose lui sorridendo.

36

Elisabeth chiuse gli occhi e trattenne il fiato. Appena il bambino si attaccava, il capezzolo destro iniziava a darle dolore. Poi andava meglio, il fastidio spariva e lasciava il posto a una bella sensazione. Abbassò gli occhi sul neonato e provò una tenerezza profonda. Con quanta foga poppava. Quanto doveva sforzarsi, era già tutto rosso e sudato. Prima, quando Rosa gliel'aveva portato, aveva strillato come un ossesso. Che voce possente, aveva. La mamma di recente aveva detto sorridendo che quel bambino portava alla Villa più vita degli altri tre messi insieme. Lisa ne era stata orgogliosa.

«Santo cielo» disse Kitty seduta sul divano azzurro con le gambe allungate a guardare la sorella. «Che quadretto meraviglioso. Una volta mentre allatti il piccolo Johann posso dipingerti?»

«Provaci e vedi!»

«Fotografarti?… un bozzetto…»

Lisa si limitò a incenerirla con lo sguardo. *Kitty e le sue idee folli!*, pensò. *Un disegno di me con il seno scoperto in una delle sue mostre! Magari con la didascalia: "Sorella dell'artista mentre allatta il figlio".* Come se sulla famiglia Melzer ad Augusta non girassero già abbastanza pettegolezzi.

«Cielo, Lisa» disse Kitty sospirando. «Come sei snob. Davvero, è un'immagine così bella, così materna. Sembri una Madonna, sul serio.»

Lisa conosceva la sua sorella minore fin dalla nascita, eppure

Kitty riusciva ancora a farla arrabbiare. Si calmò pensando che una volta tanto forse era invidiosa. La madre aveva detto che il suo bambino già adesso assomigliava al nonno. Stavolta lei, Lisa, sempre l'ultima ruota del carro, aveva battuto la sorella. Aveva messo al mondo un maschio. Chissà, magari un giorno suo figlio avrebbe diretto la fabbrica! Leo non era la persona giusta, e solo Dio sapeva se Paul e Marie avrebbero avuto altri bambini.

A proposito... «Ma che è successo a Paul e Marie?» domandò all'improvviso prendendo il panno di garza pulito che le aveva portato Rosa. «Kitty, io non l'ho ancora capito. Ma perché litigano? Si amano, dico bene?»

Kitty spostò lo sguardo al soffitto e si mise un altro cuscino di seta dietro le spalle.

«Santo cielo, Lisa. Mi sembra evidente! Con Marie ci hai parlato, no?»

Da quando era nato Johann aveva parlato al telefono con la cognata due volte. La conversazione, però, aveva riguardato soprattutto i suoi, di problemi. In generale, Marie era bravissima a consolare, ma di lei raccontava poco e niente.

«In ogni caso, si vede benissimo che Paul sta soffrendo come un cane...»

Kitty fece finta che l'osservazione di Lisa fosse del tutto campata in aria. Ma Lisa la conosceva. Voleva troppo bene al fratello perché la questione le fosse indifferente.

«Ah, Lisa, Paul è un bel furbastro, come tutti gli uomini» disse tirando le frange di un cuscino. «No, non tutti. Il mio Alfons non lo è mai stato. Ma è anche l'unico.»

Lisa tamponò la fronte sudata di Johann e allungò il braccio sinistro. Il giorno prima aveva tenuto il bambino così stretto che le si era addormentato.

«In che senso *furbastro*?»

Kitty assunse un'espressione da maestrina e rispose: «Funziona così. Uno ascolta le lamentele della moglie, annuisce pieno di comprensione e promette che in futuro sarà tutto diverso. Perché lei è il suo unico tesoro e lui la ama infinitamente, senza di lei non può vivere e *bla bla bla*. Lei sprofonda tra le braccia di lui e non si accorge che in realtà non cambierà nulla. Perché dovrebbe? In fondo la ama, basta quello.»

Lisa inclinò la testa. Kitty non aveva tutti i torti. Paul era uno stratega molto abile. D'altra parte, però, le aveva dato un atelier. Quale altro marito avrebbe fatto una cosa del genere?

«L'atelier... ma certo!» disse Kitty come se fosse una stupidaggine che non andava nemmeno menzionata. «Qui alla Villa delle Stoffe, però, Marie non aveva più nessuna voce in capitolo. Hanno perfino assunto una bambinaia senza consultarla.»

Questa per Lisa era una nota dolente, era stata lei a consigliare alla madre Serafina von Dobern.

«Be', qualcuno che badasse ai gemelli ci voleva.»

«Senz'altro. Ma una cosa del genere non si decide alle spalle della madre.»

Lisa sentì freddo al seno, un attimo dopo il piccolo Johann iniziò a piangere disperato perché aveva perso il capezzolo. Lisa lo riattaccò e lui continuò ad abbuffarsi. Quante energie gli costavano per riempire lo stomaco.

«Be', la vera Serafina io l'ho conosciuta solo qui» ammise Lisa. «Per me era un'amica tanto cara... chi poteva immaginare che fosse una serpe?»

«Io!» sbottò Kitty. «Io la tua Fina non l'ho mai potuta sopportare, è sempre stata una zanzara brutta e maligna!»

«Be', sì, non ha mai curato molto il suo aspetto.»

«Quella è grigia come la pietra. Dentro e fuori.»

Lisa guardò la sorella con un pizzico di invidia. Si era messa lo smalto alle unghie delle dita. Tipico di Kitty correre dietro a tutte le mode! I capelli adesso li portava ancora più corti e anche con il mascara non ci andava leggera.

«La cosa peggiore, però, è che Paul ha offeso sua madre» continuò Kitty. «Come ha potuto! Tutti sappiamo cosa le abbia fatto la nostra famiglia.»

Lisa staccò l'affamato Johann dal seno destro per attaccarlo al sinistro. Che fortuna che mangiasse così tanto. Subito dopo la nascita era calato di peso, poi però era aumentato e di molto. Aveva anche iniziato ad allungare le gambe e a scalciare. All'inizio aveva passato la maggior parte del tempo in posizione fetale e, avvolto nel telo di cotone bianco, era sembrato minuscolo e senza gambe.

«Sai, Kitty, io però Paul un po' lo capisco. Questa Luise Hofgartner... si chiamava così, giusto?... ecco, questa Luise non dev'essere stata una persona facile. Avrebbe potuto dare i disegni a papà e la questione sarebbe finita lì, invece no, ha voluto fare di testa sua e...»

«Primo, era la madre di Marie,» passò al contrattacco Kitty «secondo, era una grande artista e infine è morta come una poveraccia. No, secondo me Paul la fa troppo facile. Ha detto che voleva portare i quadri della Hofgartner in soffitta! Una cosa inaccettabile!»

«Io però continuo a non capire come possa un matrimonio così felice finire per questo.»

«Dio mio!» s'inalberò Kitty. «E chi ha detto che finirà? Paul prima o poi cederà, ne sono sicura. Sotto questo aspetto il nostro fratellone è tale e quale a papà. Testardo come un mulo e poi, quando capisce che non arriverà da nessuna parte, all'improvviso fa marcia indietro. Ti ricordi quanto si è opposto, all'inizio, all'ospedale qui alla Villa? Poi non voleva che alla fabbrica si producessero stoffe di carta. E grazie a cosa la fabbrica ha superato gli anni della guerra? Grazie ai tessuti di carta.»

Lisa non ne era convinta. Chi diceva che Paul avrebbe seguito le orme del padre? Si trattava di un matrimonio, valevano altre regole.

«Ah, Kitty, non mi resta che sperare che tu abbia ragione.»

«Ma certo che ho ragione» disse Kitty iniziando ad agitarsi. Portava delle bellissime scarpe di pelle chiara con la fibbia e un po' di tacco. Provò invidia per la sorella; i suoi piedi erano ancora gonfi per poter indossare quelle calzature.

«Sarebbe bello che almeno uno di noi avesse un matrimonio normale» continuò Kitty guardando la sorella. «Quanto a noi due, è solo fatica sprecata, dico bene?»

Lisa scrollò le spalle. Kitty stava cercando di estorcerle informazioni? Al loro ritorno da Günzburg né Marie né Paul avevano raccontato nulla. Non che Lisa avesse grosse aspettative, ma di certo qualcosa in più di un semplice: «Staremo a vedere»... Lo avevano trovato? Paul non le aveva detto nemmeno questo, ma lei non aveva posto domande facendo finta che la questione le fosse del tutto indifferente. Ed era così davvero. Dopo tutto quello che le aveva fatto quel vigliacco non poteva essere altrimenti. Certo, lei per ben tre anni era stata al gioco, ma proprio per questo lui non avrebbe dovuto scappare via in quel modo per una volta che era stato debole. No, con Sebastian aveva chiuso. Il suo stupido cuore purtroppo non voleva rassegnarsi, ma col tempo...

«Davvero?» rispose quindi alla sorella in tono innocente. «E io che pensavo avessi uno stuolo di ammiratori tra cui un giorno avresti scelto il tuo futuro marito.»

Kitty lo trovò così divertente che scoppiò a ridere sprofondando tra i cuscini. Per tirarsi di nuovo su e ricomporsi dovette aggrapparsi al bracciolo.

«Lisa, stavo per soffocare. Accidenti, sei ancora più snob di quanto temessi. È per la salutare aria della Pomerania che hai respirato?»

«Ah, già, dimenticavo che tu sei un'artista e conduci una vita libera. Sotto ogni punto di vista.»

Kitty prese la borsetta e cercò il fazzoletto per rimuovere le sbavature del mascara. Quella roba colava alla prima lacrima.

«Esatto, Lisa. Sono un'artista. E anche una donna che lavora e guadagna soldi propri. Quindi non ho nessun bisogno di un marito. Punto e basta.»

Grazie, pensò Lisa offesa. *Io invece sono una parassita che non guadagna un soldo e consuma l'eredità di famiglia pesando su Paul e sulla mamma. Grazie, sorellina, per avermelo ricordato!*

«I signori che conosco sono tutti molto gentili e alcuni li trovo anche gradevoli» continuò Kitty. «È colpa mia, ho rifiutato diverse proposte…. ma io non voglio accontentarmi. Ho avuto la mia grande passione, Gérard, e poi il mio grandissimo amore, il mio Alfons. Nessun uomo al mondo potrebbe offrirmi più di lui!»

Com'era patetica la sua sorellina. Lisa era scettica. Quando Kitty si infervorava in questo modo aveva di sicuro qualcosa da nascondere.

«Sì, Kitty, ti capisco in pieno. Anche le mie esperienze con gli uomini sono state tutte… deludenti. Così va il mondo. Io però pensavo che tu e Gérard continuaste a scambiarvi lettere. Mamma ha detto che vi scrivevate.»

Kitty rise di nuovo, un'altra reazione un po' artificiosa. «Ma no, non ci scriviamo più da un pezzo. Gérard si è sposato.»

«Davvero? Non lo avrei mai detto!»

Anche lui quindi era andato. Meglio, in fondo. Gérard, il grande amore della sorella, il focoso francese con cui un tempo era scappata a Parigi, aveva deciso di fondare una famiglia. Una famiglia francese. Comprensibile. Che poi non avevano una fabbrica di seta? Finalmente aveva capito quali fossero i suoi doveri.

«Sai, Lisa, la storia era comunque finita da un pezzo. Il buon

Gérard è diventato un vecchietto. Gli ho mandato le felicitazioni e gli ho augurato tanti marmocchi.» La voce di Kitty adesso era stridula, come se stesse cercando di convincere se stessa. «Per carità, avere figli è bello, io sono felicissima della mia Henny. Lisa, se vuoi anche tu puoi venire a stare da noi in Frauentorstrasse. Tu e il tuo piccolino, intendo. Probabilmente dopo l'esame finale abiterà da noi anche Tilly. Oh, sarà divertente, tutte femmine! A cosa ci servono gli uomini? Sono solo un impiccio!»

Rise e ritirò fuori lo specchietto, si passò un fazzoletto sul viso accaldato, i capelli corti le facevano il solletico alle guance e alla fronte. Poi si alzò dal divano con incredibile agilità e si sistemò il vestito.

«Io vado, devo ancora passare dai Bliefert, Marie mi ha pregata di portare loro dei vecchi vestiti di Leo. Poi stasera arriva Tilly, resterà fino a dopo Pasqua. Che tesorino, il piccolo Johann, non è mai sazio. Ma tanto di latte ce n'è abbastanza. A presto, Lisa, sono così felice che tu non sia più in quella terribile tenuta in Pomerania. A presto, miei tesori!»

Quando Kitty si chiuse la porta alle spalle Lisa provò sollievo. La sentì chiedere della madre, in corridoio.

«Sul serio sta ancora dormendo? Non posso aspettare che si svegli. Dille che Henny non vede l'ora di cominciare la caccia alle uova, domenica.»

«Certo, signora Bräuer» rispose Else.

«Ma avete letto il giornale, oggi?... Avete sentito? Il povero Julius non c'entra niente, è innocente!»

«Sì, signora... non potevamo crederci. L'assassino era il marito... lo hanno preso e ha confessato.

«Ah, Else!» replicò Kitty tutta allegra. «Io lo sapevo che la mamma non avrebbe mai potuto assumere un criminale!... Sì, Julius è un po' perfettino e ingessato, ma è una persona onesta. Non è vero?»

«Certo, signora...»

Lisa constatò che il suo piccolino si era addormentato sazio e stremato e si alzò per metterlo nella culla. Si fermò a guardarlo incantata mentre dormiva pacifico, la bocca rosea, le guance paffute, le morbide linee degli occhi chiusi. Era suo figlio. Finalmente era diventata mamma. A volte, quando si svegliava al mattino, aveva paura che fosse stato un sogno, i suoi occhi cercavano la culla, proprio di fianco al suo letto, e si tranquillizzava.

Arrivò Rosa e prese il piccolo per cambiarlo, avendo cura di non svegliarlo.

«Possiamo uscire di nuovo? C'è il sole...»

Erano state nel parco già al mattino e Lisa si era congelata. Probabilmente perché si era messa solo una giacca leggera, non un soprabito pesante. Il suo cappotto, nella parte superiore, le restava ancora stretto.

«I sentieri però sono quasi tutti all'ombra» rispose esitante avvicinandosi alla finestra.

O meglio, vicino agli arbusti di ginepro e agli abeti c'era ombra, la latifoglie invece erano ancora spoglie, trasparenti. E l'aiuola della rotonda era un trionfo di colori; tutto merito di Dörthe. Lisa adesso era orgogliosa di quella ragazza della Pomerania. C'erano giacinti lilla e bianchi, tulipani gialli e rossi, primule di ogni colore, narcisi giallo oro...

Lisa allungò il collo, vicino alla rotonda c'erano due uomini. Stavano parlando. Uno era Paul. Ma perché non era alla fabbrica? Ah, già, era venerdì santo e quel giorno si lavorava un turno in meno. Ma l'altro? Oh, Dio, doveva avere le allucinazioni... l'altro uomo sembrava... sembrava...

Sebastian!

Indossava anche il suo solito completo. E il terribile cappello marrone che aveva in mano... cielo! Riconosceva anche quello! I due all'improvviso alzarono la testa verso la sua finestra e lei indietreggiò spaventata. Il suo cuore batteva forte, meno male che c'era il divano. Era lui. Non si era sbagliata. Sebastian era venuto ad Augusta. Oh, dio! E lei era gonfia e sfatta. Praticamente impresentabile!

Bussarono alla porta, Gertie fece capolino con delicatezza per non svegliare il bambino.

«Signora von Hagemann, c'è un signore che desidera parlarle.»

Lisa reagì in maniera spontanea, senza riflettere, disse la prima cosa che le passò per la testa. «Digli di andarsene. Subito. Non lo voglio vedere. Gertie, hai sentito? Scendi e diglielo!»

«Sì... certo, signora» sussurrò Gertie con aria innocente.

La porta si chiuse, Gertie percorse il corridoio e scese le scale fino all'ingresso. Lisa continuava a restare seduta ansimante sul divano azzurro.

Oh, Dio, pensò. *Era lì sotto. Sebastian.*

L'uomo che amava. Per tre anni lo aveva follemente desiderato. Per tre anni lui aveva represso la sua passione, la voleva, o tutta o niente, l'aveva frenata. E poi, quella sera di Natale, il primo, meraviglioso bacio...

Si alzò dal divano e tornò alla finestra. Vide Paul, di fianco a lui Gertie, il fratello allargò le braccia ed esclamò qualcosa che lei non capì. Sebastian era già lontano, a metà vialetto, camminava spedito verso l'ingresso del parco. Vedeva la sua schiena, la giacca stropicciata, i pantaloni spiegazzati con i risvolti logori. Sempre il cappello in mano.

«Sebastian?» sussurrò Elisabeth. «Sebastian, aspetta... non andartene, ti prego!»

Scostò la tenda, cercò di aprire la finestra ma il maledetto battente era di nuovo incastrato.

È troppo lontano, pensò disperata. *Non può sentirmi.*

«La finestra è meglio tenerla chiusa,» disse Rosa «il bambino non deve prendere freddo.»

Lisa le passò davanti e uscì dalla stanza. In corridoio trovò Else con una pila di camicie appena stirate, che indietreggiò spaventata. Lisa la oltrepassò in calzini e vestaglia svolazzante, scese le scale fino all'ingresso. Scivolò sul marmo appena lucidato, riuscì ad aggrapparsi a una colonna e si tolse i calzini per camminare meglio.

«Signora, ma non può uscire senza scarpe...» balbettò Gertie sulla porta.

«Scansati!»

Lo vide in fondo al vialetto, Sebastian si stava allontanando sempre di più. Paul gli era corso dietro per un pezzo per cercare di trattenerlo, ma a un certo punto si era fermato, lo stava guardando. Lisa scese le scale di corsa, sentì la pietra dura sotto i piedi nudi, il maledetto pietrisco che d'inverno si spargeva contro il ghiaccio.

«Sebastian!» gridò. «Sebastian, fermati!»

Lui non si girò. Lisa perse coraggio e fu sopraffatta dalla disperazione. Certo, avrebbe dovuto prevederlo. Aveva sbagliato tutto, un'altra volta. Lo aveva mandato via, invece di dirgli che...

«Lisa!» gridò Paul. «Ma come sei uscita... almeno copriti come si deve!»

Completamente senza fiato, si fermò. Ma certo, dopo aver allattato non si era abbottonata del tutto la vestaglia. Ma perché Paul si agitava tanto? Lui cosa c'entrava?

«Paul, vallo a riprendere» disse singhiozzando.

«Non vuole» borbottò arrabbiato. «Lisa, adesso torna dentro altrimenti ti prenderai un raffreddore. Troveremo un'altra soluzione...»

«No!»

Riprese a correre e all'improvviso sentì un motore che sferragliava. L'antiquata automobile di Kitty svoltò nel vialetto da una via laterale, la sorella fece un cenno e proseguì dirigendosi verso l'uscita.

La sua sorellina gliene aveva combinate parecchie. Le aveva quasi soffiato Klaus von Hagemann. L'aveva sempre presa in giro per la sua linea. Aveva avuto il padre sempre dalla sua parte. Quante volte aveva desiderato tirarle il collo, a quella incantevole mascalzona. Quel giorno, però, si fece perdonare ogni cosa.

Alla frenata la macchina slittò verso sinistra e finì sul prato. Kitty abbassò il finestrino e gridò qualcosa a Sebastian. Poi fece un chiaro gesto per invitarlo a salire a bordo e lui... miracolo!... ubbidì.

«Incredibile» disse Paul. «E adesso non riesce a tornare sulla strada.»

Kitty dovette fare più tentativi, il motore ronzò come un calabrone arrabbiato, la carrozzeria davanti a destra si beccò un'altra ammaccatura. Il paraurti dietro era già piuttosto provato. Dopo un'inversione riuscita, la macchina riprese a scoppiettare in direzione della Villa delle Stoffe e si fermò proprio davanti all'ingresso.

«Scendere!» ordinò Kitty nel suo tono affascinante.

Ci volle un momento, Sebastian era così agitato che all'inizio non trovò la maniglia per aprire la portiera. Appena scese, la sorella schizzò via lasciandosi alle spalle una nuvola di fumo. Quanto al resto, Lisa doveva cavarsela da sola.

Si ritrovarono faccia a faccia, goffi e perplessi. Quasi non osavano guardarsi, nessuno aveva il coraggio di pronunciare una parola.

«I tuoi piedi...» disse infine Sebastian.

Lisa si rese conto di essere ancora scalza, l'alluce sinistro le sanguinava.

«Ho... ho corso più veloce che potevo» balbettò. «Mi sono spaventata. Non volevo che te ne andassi.»

«Lisa, è tutta colpa mia. Perdonami.»

Aveva le lacrime agli occhi. Il fatto che lei si fosse messa a rincorrerlo scalza con i piedi sanguinanti gli aveva dato il colpo di grazia.

E poi accadde. Non si capì bene chi fu a fare il primo movimento, forse successe tutto in contemporanea. Si protesero l'uno verso l'altra e si abbracciarono. Lei singhiozzava, sentì i suoi baci, prima delicati, come se avesse paura di essere respinto, poi sempre più passionali, sfrenati, non destinati agli occhi dei dipendenti.

«Mi hai lasciato sola... ho dovuto affrontare tutto senza di te. La gravidanza, il viaggio infinito in treno, il divorzio.»

Lisa si meravigliò per il tono lamentevole con cui lo aveva accolto. Non avrebbe mai pensato di dirgli quelle cose. Voleva essere forte. Salutarlo con distacco. Fare a pezzi le sue scuse. Invece fu debole e si abbandonò tra le sue braccia. Sentire il suo calore, la sua forza, fu bellissimo. Sapere che lui le apparteneva. Solo e soltanto a lei. Perché la amava.

«Lisa, io non ho nulla. Non ho un lavoro, né denaro, né un appartamento. Come potevo osare venire da te?»

«Troveremo una via d'uscita» sussurrò lei. «Sebastian, tu devi restare con me. Con me e il nostro bambino. Abbiamo bisogno di te. Se te ne vai di nuovo io muoio.»

«Ma come potrei andarmene? Non ti lascerò mai più.»

Si baciarono ancora, ignorando il mondo che ruotava attorno a loro. Alla fine intervenne Paul che li invitò a proseguire la "conversazione" in casa.

«Tesoro, ma tu non puoi camminare. Aspetta» disse Sebastian.

Lei si oppose dicendo che era troppo pesante. Ma lui non la ascoltò.

«Non è mica la prima volta!»

La portò fino al primo piano, poi cedette. L'ultima rampa la fecero mano nella mano.

37

Con il cestino in mano Leo si sentiva ridicolo. Ma cosa le era venuto in mente alla nonna? Ogni bambino aveva ricevuto un cestino con dentro erbetta di carta, compresi il piccolo Fritz e Walter, invitato alla Villa delle Stoffe insieme alla madre.

«Lì dentro ci vanno le uova che il coniglio pasquale ha nascosto nel parco.»

Dodo gli aveva dato una gomitata per fargli capire di non dire niente di sbagliato. Ma lui non intendeva comunque rovinare il gioco a nonna Alicia. Certo, gli adulti a volte erano proprio curiosi, soprattutto i vecchi. Credevano ancora al coniglio pasquale! Lui e Dodo già l'anno prima, nascosti dietro una tenda, avevano spiato Gertie e Julius che prendevano le uova colorate e i conigli di zucchero per andare a nasconderli nel parco.

Lo avevano raccontato alla madre, che aveva riso e poi risposto che i bambini erano tanti e il coniglio pasquale era molto indaffarato e a volte si faceva aiutare dagli umani. Ma lo aveva detto sorridendo, così lui e Dodo erano giunti alla conclusione che la madre era ricorsa a una "bugia bianca". Le bugie bianche agli adulti erano concesse. Ai bambini no. I bambini non potevano mentire mai.

E adesso Leo era immobile con quel cestino insulso mentre gli altri correvano per il parco come un'orda selvaggia, si abbassavano a guardare sotto ogni cespuglio, sgambettavano tra i fiori e spaventavano i poveri scoiattoli. Ogni tanto qualcuno gridava: «Trovato! Trovato!».

Gli altri si precipitavano dalla persona che aveva gridato e iniziavano a litigare.

«Sono miei, li ho visti per primo io!»

«La nonna ha detto un coniglietto di zucchero per uno, e tu ne hai già due!»

«Ma che significa... se uno è più veloce!»

Spesso interveniva Gustav, che girava tra i bambini insieme a Humbert e al signor Melzer.

«Hansl, dallo subito a Henny!»

«Ma l'ho trovato io!»

«Ho detto subito!»

«Gustav, glielo lasci pure» disse poi Paul.

Gustav però era intransigente. Maxl e Hansl erano velocissimi e per gli altri rischiava di non restare nulla. Fritz con le sue gambette inciampava di continuo, un ovetto per mano, e Henny, quella furbetta, nel suo cestino aveva già almeno tre coniglietti. Uno l'aveva rubato al suo amico Walter dopo averlo intontito di chiacchiere, lo aveva visto benissimo.

«E tu, Leo, non giochi?» domandò la mamma.

«No.»

Odiava tutte quelle corse e le scenate ogni volta che saltava fuori un ovetto. A colazione ce n'erano comunque per tutti e i coniglietti di zucchero non li voleva. Ne aveva ancora dell'anno prima e addirittura di quello precedente; li teneva nell'armadio, in alto, non aveva cuore di romperli. Nessuno doveva farlo, non voleva che i suoi conigli soffrissero.

Per fortuna la madre non gli diceva niente e negli ultimi tempi anche il padre aveva smesso di ricordargli che lui era un maschio e doveva arrampicarsi sugli alberi. Solo la zia Elvira, arrivata dalla

Pomerania per Pasqua, quel mattino gli aveva detto che era senz'altro un selvaggio visto che assomigliava tantissimo al defunto zio Rudolf. Lo zio Rudolf era stato un fratello di nonna Alicia. Lo aveva visto su una foto ingiallita, a cavallo, con l'uniforme. Il cavallo si chiamava Freya, aveva spiegato la zia Elvira, una cavalla fulva, un animale meraviglioso. Gli era venuta voglia di andarla a trovare in Pomerania; i cavalli gli piacevano.

«*Psss*… Leo!»

All'improvviso si ritrovò di fianco Humbert, gli prese il cestino e lo riempì. Tre ovetti colorati e due coniglietti di zucchero.

«Grazie, Humbert» disse Leo spiazzato.

Humbert sorrise e spiegò di aver avuto quella roba ancora in tasca, indeciso su dove mollarla. Poco dopo scomparve. Humbert era incredibilmente scaltro e anche un vero compagno di bravate. Sperava tanto che restasse alla Villa delle Stoffe. Nel periodo in cui Julius era stato in prigione lo aveva sostituito, ma adesso Julius era tornato. Era sempre in cucina a bere cacao. Era diventato pallido e magro e quando si portava la tazza alla bocca gli tremava la mano. La Brunnenmayer aveva detto che quelli della Criminale lo avevano sulla coscienza, poveraccio. Sbattere un innocente in galera e farlo ridurre uno straccio… che vergogna!

Finalmente tutte le uova erano state scovate. Dodo, Walter e Henny attraversarono il prato e raggiunsero il dehors dove gli adulti stavano bevendo il loro aperitivo, ovvero un liquore rosso o giallo servito in bicchieri minuscoli. Odorava di cera per pianoforti e un po' anche di ciliegie stracotte… come si poteva trovare divertente una cosa del genere?

«Allora Leo» gli disse a un certo punto la signora von Dobern che stava distribuendo succo di mela ai bambini su un vassoio d'argento. «Quante uova hai trovato?»

Adesso la von Dobern era docile come un gattino. Ma non gli

importava, lui la odiava ancora nel profondo; ancora si ricordava di quando lo aveva afferrato per un orecchio facendogli molto male.

«Un paio» rispose secco girandosi dall'altra parte.

«È un bambino così bello» sentì dire poi dalla von Dobern a nonna Alicia. «E un grande talento.»

«Dopo ci suonerà qualcosa» disse la nonna accarezzandogli i capelli. Se solo si fosse potuto tagliare quel maledetto ciuffo; a scuola ancora lo prendevano in giro. Lo chiamavano "damerino". Una volta glielo avevano perfino legato con un nastro, era stato il massimo della cattiveria. Avevano chiuso Walter dentro una classe perché non potesse aiutarlo. Poi però era arrivato Maxl Bliefert che aveva aiutato Walter, e insieme avevano aperto la porta. Maxl aveva due anni più di loro ed era bello forte. Si erano presi a botte e il signor Urban per punizione aveva assegnato a tutti una sfilza di compiti da fare a casa.

Gli adulti si erano divisi in due schieramenti. Nel primo, la zia Kitty era con la mamma e la zia Tilly, poi con loro c'era il signor Klippi, di nuovo ospite gradito alla Villa delle Stoffe, e la madre di Walter. Sull'altro lato del dehors, invece, la nonna Alicia, la zia Elvira e nonna Gertrude, raggiunte poi dalla signora von Dobern facevano parte del secondo schieramento. Solo il padre stava un po' qui e un po' lì, chiacchierava con tutti e continuava a guardare verso la mamma. Lei però non aveva mai sorriso.

Tra le due opposte collocazioni c'era la zia Lisa, seduta su una poltrona di vimini con una coperta di lana sulle spalle. Con lei c'era il signor Winkler, che teneva in braccio il piccolo Johann e lo cullava. A Leo la zia Lisa piaceva moltissimo, il signor Winkler invece non lo aveva ancora inquadrato. Aveva sempre un'espressione un po' timorosa e parlava poco, come se si vergognasse. Soprattutto perché indossava un vecchio completo del nonno. Gliel'aveva detto Else, che per questo motivo quasi non dormiva la notte. Dodo invece diceva che ormai il nonno era morto e non ne aveva più bisogno.

Gli adulti avevano ammirato i cestini pieni come da programma e fatto le solite raccomandazioni. Non mangiate tutto in una volta. Dividete equamente con gli altri. Ringraziate i genitori.

«E perché?» domandò Henny. «È stato il coniglio pasquale!» E poco dopo iniziò a gridare verso il parco «Grazie, caro coniglio pasquale» e tutti ovviamente la trovarono incantevole. Nessuno si accorse che si era arraffata ben cinque conigli di zucchero. Incurante che le erano già venute due carie nei molari e dal dentista aveva fatto un sacco di lagne. Il medico aveva detto che era dovuto ai troppi dolci che mangiava. La zia Tilly, che voleva diventare dottoressa, a colazione lo aveva confermato e da quel momento Henny non le aveva più rivolto la parola.

Humbert si era messo la livrea elegante che Julius aveva indossato sempre nei giorni di festa. Gilet blu scuro con bottoni d'oro, pantaloni stretti con una cucitura chiara sui lati e camicia inamidata. Sussurrò qualcosa a nonna Alicia e lei annuì. Ma ecco finalmente il pranzo! Aveva già avvertito un certo languorino allo stomaco.

«Miei cari ospiti, l'agnello di Pasqua ci aspetta in sala da pranzo. Siete pregati di accomodarvi!»

In sala la tavola era apparecchiata sontuosamente, era proprio bella, c'era solo lo svantaggio che si mangiava con il terrore di rompere qualcosa. Due anni prima a Dodo era caduto un piatto, così adesso prima di ogni pasto nonna Alicia le ricordava di stare attenta.

I quattro Bliefert erano tornati a casa con Gustav. Peccato, pensò Leo. Avrebbe avuto piacere che restasse almeno Liesl. Era simpatica anche a Walter, ultimamente le aveva chiesto se anche lei suonava il piano. Ma i Bliefert non ne avevano uno.

«Guarda, Leo, tu sei seduto lì» disse la mamma. «La nonna ha fatto dei segnaposti.»

Era vero, c'era un cartellino bordato d'oro con sopra il suo nome. Walter era eccitatissimo, aveva appena scovato il suo cartellino e chiese subito se poteva portarlo a casa. Era seduto vicino a Leo, dall'altra parte Dodo. Bene così, Leo non voleva stare vicino a Henny. Lei era vicina a Walter, dall'altro lato, e alla zia Kitty. La zia Kitty era l'unica a capire i giochetti di Henny, a lei la furbetta doveva obbedire per forza.

Gli adulti erano seduti un po' come fuori nel dehors. A un capo del tavolo nonna Alicia con nonna Gertrude, la zia Elvira e papà; all'altro capo la mamma, la zia Kitty e la zia Tilly. Gli altri erano seduti un po' a caso nel mezzo e la signora von Dobern proprio non c'era. Che fortuna!

Il cibo era fantastico, come al solito. Nonna Gertrude poteva esercitarsi quanto voleva, non avrebbe mai raggiunto i livelli della Brunnenmayer. Humbert serviva molto meglio di Julius, era elegante, fluttuava e poi portava i piatti sempre al momento giusto. Ed era sempre sorridente.

«Miei cari figli e nipoti, cari ospiti e amici.»

Nonna Alicia aveva sollevato il calice, guardando il resto della tavolata. La zia Lisa già si pregustava l'agnello, il signor Winkler si mise seduto dritto e sorrise, il papà guardò la mamma, pallidissima. Forse non le erano piaciuti i cavolini di Bruxelles; in effetti avevano avuto un gusto un po' amarognolo.

«Sono così felice di poter festeggiare questa Pasqua con tutti i miei cari. E che bel gruppo siamo oggi qui alla Villa delle Stoffe. Soprattutto le risate dei bambini per una vecchietta come me sono una grande gioia.»

Di fatto, prima c'erano ben otto bambini. Un numero di tutto rispetto. E a questi otto andava aggiunto il piccolo Johann, anche se lui passava quasi tutto il tempo a piangere, altro che risate. Uno strillone del genere riusciva a rovinare anche una musica eseguita in maniera perfetta. C'era solo da sperare che dopo, durante il concerto, facesse il bravo.

«Ma tanto noi suoniamo più forte» aveva detto Walter.

Il bicchiere di Dodo si rovesciò e lei trasalì perché il suo papà la guardò aggrottando la fronte. La zia Elvira però lo rimise dritto e spostò un vasetto di fiori sopra le macchie d'acqua sulla tovaglia.

«Soprattutto, però, sono felice di avere qui con me tutti i miei figli. Mia cara Lisa, tu e il tuo incantevole Johann avete reso la mia felicità perfetta.»

La zia Lisa era al settimo cielo. Annuì verso la nonna e prese la mano del signor Winkler. Lui arrossì e si sistemò gli occhiali.

«Tuttavia, miei cari bambini, parenti e amici, c'è un'altra gioia che desidero annunciare in questa santa Pasqua. Siete pronti per la grande notizia?»

Leo si sentì avvampare. La mamma aveva deciso di tornare alla Villa delle Stoffe? Guardò Dodo con la bocca aperta per l'eccitazione. Per un attimo provò una gioia enorme. Dalla zia Kitty era bello. Ma in un certo senso non era giusto. E poi papà era cambiato.

«Miei cari, non voglio tenervi troppo sulle spine. Oggi abbiamo il piacere di festeggiare un fidanzamento: la nostra giovane studentessa di Medicina e il signor Ernst von Klippstein.»

«Ah» disse Dodo delusa.

Anche Leo ci restò male. La zia Tilly avrebbe sposato il signor Klippi. E allora? Cosa c'era di interessante? Per lui e Dodo proprio niente.

«Tilly!» gridò la zia Lisa. «Ma che sorpresa! Signor von Klippstein... anzi no, caro Ernst, posso avere la sfacciataggine di proporre un brindisi in onore del suo ingresso in famiglia?»

Humbert arrivò puntualissimo con un vassoio di calici pieni di spumante e fece il giro del tavolo per distribuirli.

«Per voi vino di fonte» sussurrò Humbert a Leo. Succo di mela in bicchieri da spumante.

«Bah» disse Henny. «Io voglio lo spumante vero.»

«Così poi te ne torni a casa subito» la minacciò la zia Kitty. Non era affatto felice del fidanzamento, si vedeva benissimo. Nonna Gertrude e la zia Elvira piansero un pochino, la mamma sorrideva, papà sembrava felicissimo e sollevò il bicchiere dicendo: «Brindiamo alla giovane coppia di sposi. Che Dio doni loro un matrimonio felice e una lunga vita!»

«E tanti bambini» disse la zia Kitty in tono maligno.

Poco dopo si alzò il signor Klippi e tenne un discorso pieno di parole strane come affetto, ragione e aiuto vicendevole.

«Adesso dovete baciarvi!» gridò Henny.

Nessuno le diede retta. Dodo disse che era una sciocchezza, il signor Klippi adesso era il fidanzato della zia Tilly, mica il suo amante. Solo gli amanti e i mariti potevano baciare.

«E il bacio di fidanzamento?» insistette la bambina.

«Basta, chiudi quella boccaccia» disse la zia Kitty. «Se è un matrimonio di convenienza non ci si bacia.»

«Ma questo è solo il fidanzamento.»

«Ecco, quindi ci si bacia ancora meno.»

«Quando mi fidanzerò io bacerò a più non posso!» replicò Henny delusa.

Walter si stranì perché mentre lo disse Henny lo guardò. Come se stesse per baciare lui. Di cose del genere Walter aveva una paura matta. E anche Leo.

«Attenta a non slogarti la bocca» disse Dodo a Henny facendo una smorfia.

«Dodo!» la sgridò nonna Alicia. «Non lo sai che se adesso scocca il pendolo la smorfia ti rimane sulla faccia per sempre?»

«*Dong!*» disse Henny per poi ridere a crepapelle della sua battuta.

Stare seduti a tavola con le femmine era proprio una tortura. Finalmente arrivò il dessert: crema di lamponi con pezzi di cioccolato e panna montata. La Brunni ci metteva sempre un pizzico di vaniglia, Leo avrebbe voluto mangiare solo panna. Walter sospirò e disse che era così pieno che forse dopo non sarebbe riuscito a tenere in mano il violino.

«Scherzo» disse poi a Leo che lo stava guardando indignato.

Dopo il dessert gli adulti restarono un altro po' seduti, Humbert servì il caffè in tazzine minuscole, la zia Lisa e il signor Winkler salirono di sopra per allattare il piccolo.

«E lui cosa va a fare?» chiese Dodo stupita.

«Credo che abbia paura di restare qui senza la moglie» disse Walter.

«Non è mica sua moglie» osservò Henny.

Walter si stranì di nuovo perché lei lo aveva di nuovo guardato sorridendo.

«Ah... pensavo di sì, visto che hanno il bambino.»

All'altro capo del tavolo il signor Klippi disse che finalmente si poteva votare la persona giusta alla presidenza della Repubblica. Hindenburg si era candidato.

«Hindenburg?» disse subito la zia Kitty. «Quello che ha spedito migliaia di soldati al macello perché non voleva siglare la pace?»

«Ma no, mia cara» disse il signor Klippi sorridendo, forse consapevole che le donne di guerra non ne capivano granché. «Il feldmaresciallo generale von Hindenburg avrebbe portato a casa altre vittorie se la patria non gli avesse tagliato i rifornimenti. È stata una pugnalata alle spalle da parte dei socialisti.»

«Che scemenze» sbottò la zia Kitty. «Chi è stato a voler continuare a combattere quando era già tutto perduto? E poi è troppo anziano. Un presidente decrepito... ma certo, si addice a questa ridicola repubblica.»

Nonna Alicia si mise ancora più dritta di quanto già non fosse e guardò la figlia con disappunto.

«Ti prego, mia cara Katharina, un po' di contegno. Pensa ai bambini. E lei, caro signor von Klippstein, la prego di evitare discorsi di politica a un pranzo di famiglia.»

«Signora, mi scusi.»

Walter fu felice che Leo gli avesse tirato una manica. La nonna gli aveva fatto cenno che potevano cominciare. Dovevano correre nella stanza degli uomini a prendere il violino e gli spartiti; il pianoforte nel salone rosso era stato sistemato da Humbert e Julius lontano dal muro per evitare che il suono venisse inghiottito dalla parete.

La signora Ginsberg era già in piedi, avrebbe girato le pagine a Leo. In realtà era superfluo, le note della *Sonata in mi minore per pianoforte e violino* di Mozart le conosceva a memoria. Ma la prudenza non è mai troppa, diceva sempre la signora Ginsberg.

Quando entrarono nel salone rosso c'erano già un sacco di spettatori, solo la zia Lisa e il signor Winkler erano ancora di sopra con il bebè. Perché strillava, se lo stavano allattando?

Non c'era niente da fare, dovevano suonare più forte delle grida. Gli faceva rabbia perché Walter avrebbe iniziato da solo con una bella melodia in *mi*, poi c'era un pezzo in forte in cui suonava anche lui. Così avrebbero coperto i vagiti di Johann.

La signora Ginsberg gli fece un sorriso d'incoraggiamento. Cominciarono e appena sprofondarono nella musica il mondo intorno scomparve. C'erano solo suoni, ritmi e melodie. All'inizio Leo non lo aveva amato granché Mozart, gli era sembrato troppo facile. Poi aveva capito che aveva danzato su una corda tesa sopra il baratro. Il cielo sopra la testa, l'inferno sotto i piedi, nel mezzo lui e Walter che fluttuavano. La più bella sensazione del mondo.

Walter sbagliò due volte, ma Leo continuò e lui riuscì a rimediare. Solo la signora Ginsberg si agitò, era seduta proprio di fianco a lui e Leo sentì il suo respiro accelerare. Alla fine tutti applaudirono così forte che i due bambini si stupirono.

«Bravi! Bravi!» gridò il signor Klippi.

«Fantastici!» disse la zia Lisa, entrata poco prima nel salone insieme al signor Winkler.

«Due piccoli Mozart» disse la zia Elvira.

Dodo gridò: «Per Leo e Walter: Hip Hip… Hurrà! Hip Hip… Hurrà!» e Henny la sostenne fino a quando la zia Kitty non ordinò loro di smettere. No, quel giorno era proprio di cattivo umore, di solito era la prima a inneggiare ai due «bambini prodigio». In compenso si avvicinò papà, strinse la mano a Walter, alla signor Ginsberg e infine a lui e consegnò dei regali.

«Oggi faccio la ragazza dei fiori.»

Tutti risero, perfino la mamma. In realtà solo la signora Ginsberg ricevette un mazzo di fiori, lui e Walter ebbero in dono dei biglietti per un concerto allo Stadtgarten del pianista Artur Schnabel. Non era solo pianista, anche compositore, precisò la signora Ginsberg. Leo si eccitò ancora di più; anche lui voleva diventare compositore.

Poi ci fu ancora una porzione di gelato per tutti, quel giorno al gusto di ciliegia, sul quale poterono aggiungere qualche goccia di liquore all'uovo; Henny cercò di rubare la ciotola di Walter, ma la zia Lisa fece attenzione.

Dopo aver posato le stoviglie vuote sul vassoio portato in giro dalla signora von Dobern, presero gli spartiti e si avviarono verso la stanza dove Walter aveva lasciato la custodia del violino. In corridoio incontrarono la Brunni, Else, Gertie e Julius; anche loro avevano ascoltato il concerto.

«Bellissimo» disse più volte la cuoca. «Che fortuna avervi potuto ascoltare.»

I due bambini si commossero, erano felicissimi: i domestici

erano sinceri. Poi si diressero verso la stanza degli uomini ma Leo all'improvviso si fermò. Nel giardino d'inverno sentì la voce della zia Kitty. Era arrabbiatissima.

«Tu intanto vai» disse a Walter. «Io arrivo.»

Walter capì ed entrò nella stanza. Leo si avvicinò alla porta del giardino d'inverno e tese le orecchie.

«Non mi hai detto nulla, nulla! Che codarda!» disse la zia Kitty.

«Kitty, io ci ho provato, ma tu non mi hai lasciata parlare.»

Questa era la zia Tilly. Probabilmente aveva ragione: spesso con la zia Kitty non era facile riuscire a prendere la parola.

«Mi hai messo davanti al fatto compiuto» disse la zia Kitty singhiozzando «quando eravamo d'accordo che dopo l'esame saresti tornata ad Augusta.»

Per un attimo ci fu silenzio. La zia Kitty gridò, probabilmente la zia Tilly aveva cercato di prenderla per un braccio.

«Non mi toccare, sei solo un'ipocrita! Voglio proprio vedere cosa ti darà quel tipo così scialbo. Ma certo, ti ha aiutato, ti ha procurato una casa e si è preso cura di te. È anche un bravo amante?»

«Kitty, ti prego, ci siamo accordati per un matrimonio di convenienza. Non avremo bambini. Lo sai benissimo che il mio cuore appartiene ancora a un altro.»

Leo non comprese granché, capì solo che cose come i fidanzamenti, i matrimoni, gli amanti, il cuore e la ragione erano questioni complicatissime, inafferrabili. Affari da femmine. In teoria a quel punto avrebbe dovuto smettere di origliare, ma la zia Kitty gli fece pena. Era la sua zia più bella ed era sempre così allegra.

«Ma perché a Monaco?» si lamentò. «Potete stare anche qui. E volete portarmi via anche la mia cara Gertrude.»

«Ah, Kitty! È solo che Ernst ha deciso di vendere le sue quote della fabbrica a Paul e di investire in un birrificio di Monaco. Paul sarà tutt'altro che triste, i due ultimamente hanno avuto dei problemi...»

«Non mi sembra comunque un motivo sufficiente.»

«Abbiamo comprato una bella casetta a Pasing dove sarete tutti i benvenuti, sempre! E mamma deciderà da sola dove vuole abitare.»

«Ma bene!» replicò la zia Kitty risentita. «Me lo dici adesso che è già tutto deciso. Puoi star certa che io nella tua bella casa non ci metterò mai piede!»

«Kitty» disse la zia Tilly dopo un profondo sospiro. «Prima di tutto dovresti calmarti, dopo la vedrai diversamente.»

Leo fece appena in tempo a nascondersi dietro il comò del corridoio. La zia Tilly uscì e andò nel salone rosso dove adesso venivano serviti liquori e biscotti alle mandorle. Leo si tirò su lentamente. Ascoltare di nascosto non era educato, lo sapeva benissimo. Era ora di raggiungere Walter; di sicuro lo aveva dato per disperso.

Stava per andare quando sentì la zia Kitty singhiozzare disperata. Tornò indietro e aprì la porta del giardino d'inverno. Era vicino all'albero della gomma, stava tremando.

«Zia Kitty!» disse correndo verso di lei. «Non piangere. Noi resteremo da te. Io, la mamma e Dodo. Non ti lasceremo sola.»

Kitty si girò e lui la abbracciò. Lei lo strinse forte mentre stava ancora piangendo.

«Oh, Leo, il mio piccolo tesoro. Il mio adorabile Leo.»

38

Paul si sforzò di mantenere la calma, ma non era facile. Stava facendo un giro della fabbrica insieme a Sebastian Winkler. Non ci fosse stata in ballo la felicità della sorella Lisa, lo avrebbe buttato fuori a calci. C'erano stati problemi fin dal mattino, quando Sebastian era comparso nell'anticamera. Aveva guardato cosa stesse battendo la Hoffmann e aveva scoperto un errore. "Machina" al posto di "Macchina". Una svista, di solito era affidabile.

«Cara, lì c'è qualcosa che non va» aveva detto Sebastian nel suo tono da maestrino.

«Non è possibile.»

Ma ovviamente il maestrino aveva ragione e la Hoffmann si era offesa.

Cominciamo bene, aveva pensato Paul. Ed erano andati avanti allo stesso modo. Com'era possibile che proprio Lisa, sempre così sensibile e permalosa, si fosse scelta questo saputello? Sebastian aveva detto che i calcolatori dell'amministrazione erano antiquati e le lampade troppo deboli. Con quella poca luce gli impiegati si rovinavano la vista. Non aveva notato che portavano tutti gli occhiali?

Un piano più su, alla contabilità, controllò le stufe e disse che non c'era né legna né carbone.

«Signor Winkler, siamo a fine aprile. Fuori fa caldo, basta aprire la finestra.»

Sebastian provò ad aprire e constatò che la maggior parte dei battenti erano storti o incastrati. E poi il rumore che arrivava dal cortile era insopportabile, nessuno poteva lavorare con un chiasso simile.

Sempre meglio, pensò Paul. *Quando lo porterò a fare il giro dei capannoni mi farà notare che le macchine dovrebbero lavorare senza far rumore altrimenti gli operai avranno problemi di udito?* E dire che quando le aveva comprate nuove aveva fatto particolare attenzione al fatto che fossero più silenziose delle precedenti. Ma una fabbrica non era certo un cimitero.

«Quanti operai ha?»

«Circa duemila. Le cifre aggiornate le trova in ufficio.»

«E dipendenti?»

Ha intenzione di assillarmi con le domande? Perché vuole sapere tutte queste cose, questo professorone disoccupato? Mica voglio vendergli la fabbrica! Non era stata una buona idea invitare Winkler a fare un giro completo dello stabilimento; si sarebbe messo in testa di sensibilizzare i poveri operai sui loro diritti.

«Circa sessanta.»

«C'è un consiglio di fabbrica?»

Ecco, era la domanda che stava aspettando.

«Ovvio, come previsto dalla Costituzione.»

Nel capannone della tessitura c'era troppo rumore per dare spiegazioni, così Paul percorse il corridoio centrale, salutò alcuni preparatori e si affrettò ad arrivare in fondo. E cosa fece invece Sebastian Winkler? Si fermò e attaccò bottone con un'operaia. Per fortuna intervenne il preparatore, altrimenti avrebbero dovuto bloccare la macchina, due rocchetti di filo erano finiti e bisognava sostituirli al più presto.

«Lì dentro c'è un rumore d'inferno» gridò Sebastian Winkler appena uscirono.

«Qui può parlare di nuovo in tono normale» gli ricordò Paul.

«Pardon.»

Decise di tralasciare il capannone dei telai circolari e di passare direttamente alla mensa, di cui Paul andava orgoglioso. C'era una cucina che preparava per gli operai un pasto caldo al giorno, bibite incluse, ovviamente analcoliche, e tre volte alla settimana un dessert. Il venerdì c'era pesce, di solito aringhe, arrostite o in conserva, con patate e rape rosse. Il sabato stufato di legumi e carne di manzo.

«Bella» disse Sebastian. «E la pausa pranzo quanto dura, mezz'ora? È molto breve. Come si fa a servire tutti gli operai contemporaneamente?»

«Mangiano a orari diversi, per non fermare le macchine.»

«Ah. Le finestre avrebbero bisogno di una bella pulita. E d'estate qui dentro non fa troppo caldo? Forse si si potrebbero mettere delle tende o delle veneziane.»

Paul si chiese se Winkler volesse portare nella mensa anche poltrone imbottite e divanetti.

«I lavoratori preferiscono avere più soldi in busta paga che pranzare in un salone con tende e piante sui davanzali.»

Sebastian sorrise e disse che forse si potevano fare entrambe le cose. «Un ambiente di lavoro sano e piacevole non serve solo a rendere il mondo più giusto, migliora anche lo spirito e l'efficienza degli operai.»

«Certo.»

Proprio a lui doveva dirlo? Quanto aveva discusso allora con suo padre proprio su queste cose? E anche con Ernst von Klippstein che aveva proposto di abbassare le paghe per battere i prezzi della concorrenza. S'immaginò cosa avrebbe detto il padre a Winkler in quel momento e non poté far a meno di sorridere. Johann Melzer era sempre stato convinto che i dipendenti non andassero viziati.

Più uno concedeva, più loro chiedevano e di solito la storia finiva con stipendi aumentati e un altissimo tasso di assenteismo.

«Gli operai hanno le vacanze pagate?»

«Tre giorni all'anno. I dipendenti sei.»

«È pur sempre un inizio.»

Paul ne aveva abbastanza. Ci teneva moltissimo a fare questo favore a Lisa, anche perché aveva avuto l'impressione che Sebastian Winkler fosse una persona affidabile. Probabilmente lo era davvero, ma aveva anche delle pecche.

«Signor Winkler, non viviamo in una Repubblica dei Consigli!» disse Paul in tono deciso.

Sebastian capì e abbassò la testa amareggiato. Nel breve periodo di esistenza della Repubblica bavarese dei Consigli di Augusta aveva svolto un ruolo direttivo, pagato poi con la prigione e la disoccupazione. E aveva avuto fortuna, ad altri era andata peggio.

«Signor Melzer, lo so benissimo» disse irrigidito. «Ciò nonostante non sono disposto a rinunciare ai miei ideali. Piuttosto farò un lavoro più umile.»

Paul vide la sua intera missione in pericolo e Lisa che scoppiava a piangere. Così cercò di rimediare.

«Be', molte idee della Repubblica non erano sbagliate, lo ammetto. Infatti sono confluite nell'attuale costituzione.»

Sebastian annuì, Paul sapeva che avrebbe tanto voluto dire: «Troppo poche» ma non lo disse.

«Tuttavia, non rimpiango che sia stata evitata l'espropriazione dei grandi capitali.»

«Nemmeno io» lo sorprese Sebastian. «È una misura che non può essere introdotta da un giorno all'altro. A farne le spese, nel caos che si creerebbe, sarebbero proprio le persone già svantaggiate.»

«Proprio così. Signor Winkler, posso invitarla nel mio ufficio per un breve colloquio? Credo che la signora Hoffmann ormai abbia dimenticato l'incidente di stamattina e sia disposta a offrirle un caffè.»

Lui parve rammaricato. Mentre salivano le scale disse di essere veramente pedante. Soprattutto per quanto riguardava l'ortografia e la sintassi tedesche.

«E con i numeri come se la cava?»

«Be', da bambino sognavo di studiare matematica all'università. Per calcolare le distanze tra le stelle.»

Santo cielo. Sarebbe stato meglio che si fosse interessato alla regola del tre semplice, alle operazioni con i numeri frazionari e ai bilanci. Ma non sembrava affatto stupido, avrebbe imparato in fretta. Però doveva volerlo, era questo il problema. Un problema di Lisa… e quindi anche suo.

«Il caffè per me non troppo forte, per favore.»

Henriette Hoffmann tornò nell'anticamera a prendere un bricco d'acqua bollente. Lui la ringraziò in maniera sperticata, lei restò gelida. Non lo aveva perdonato.

Si accomodarono sulle poltrone di pelle con le tazze di caffè in mano e parlarono un po' del più e del meno. Della primavera, che finalmente era arrivata con le sue splendide fioriture. Del piccolo Johann, che era ingrassato ancora e sorrideva a chiunque si affacciasse alla sua culla. Dell'economia tedesca, che si era completamente ripresa e presto avrebbe riconquistato anche l'intera zona della Ruhr. Poi Paul pensò che fosse arrivato il momento di venire al punto. Aveva anche altro da fare.

«Come saprà, il mio socio, il signor Ernst von Klippstein, presto lascerà l'azienda.»

Sebastian lo sapeva. O lo aveva scoperto da solo o gliel'aveva detto Lisa.

«Si porterà via anche le sue quote di capitale, quindi nei prossimi anni dovremo muoverci con molta cautela. Non voglio assolutamente licenziare personale.» *Il signor paladino del mondo queste cose deve saperle*, pensò Paul. Davanti a lui non era seduto un capitalista che voleva arricchirsi a spese dei suoi operai, ma un direttore che sentiva sulle spalle la responsabilità di più di duemila uomini e donne.

«Un proposito nobile.»

Sebastian posò la tazza sul tavolo e cercò di sedersi più dritto. Gli riuscì male, la poltrona favoriva una postura in cui il signor Winkler non si sentiva a suo agio.

«Signor Melzer, apprezzo molto che mi abbia dedicato tutto questo tempo. E sono anche consapevole che ciò è dovuto al fatto che per strani giochi del destino ci ritroviamo a essere quasi parenti.»

«Non solo» lo interruppe Paul. «Io l'ho sempre considerata una persona capace e mi dispiace moltissimo che al momento non trovi lavoro nella professione che meglio conosce. Per questo vorrei che mettesse le sue capacità a disposizione della mia fabbrica.»

Ormai lo aveva detto. Paul si sentì sollevato.

«Signor Melzer, è un'offerta molto generosa.» Sebastian lo guardò serissimo. «Svolgerò questo compito con il massimo impegno. Se posso esprimere una preferenza, mi piacerebbe lavorare nel capannone della tessitura.»

Paul non poteva credere alle sue orecchie. Aveva sentito bene? Questo pazzo voleva lavorare ai telai senza un minimo di preparazione? Forse per provare la condizione degli operai sulla sua stessa pelle? Se avesse acconsentito, Lisa avrebbe avuto un attacco isterico.

«In realtà pensavo a un altro settore. Mi mancano persone di fiducia nella contabilità.»

«Di contabilità purtroppo ne capisco poco.»

Per la calzoleria del fratello non aveva fatto proprio questo? Almeno delle basi doveva averle.

«Imparerà in fretta. Il signor von Klippstein resterà alla fabbrica fino alla fine di maggio e le spiegherà tutti i segreti della partita singola e doppia.»

Klippi era pignolo almeno quanto Sebastian: i due si sarebbero intesi a meraviglia... o per niente. Era tutto da vedere. Una cosa era certa: questo Sebastian Winkler non era una persona facile.

«Signor Melzer, se mi ritiene all'altezza, non dico di no. Ah, avrei anche una domanda riguardo al Consiglio di fabbrica. Da quante persone è composto? Chi lo presiede e quanto spesso si riunisce? In queste occasioni gli operai vengono esonerati dal lavoro? La mia assunzione devono approvarla anche loro, dico bene?»

«Esatto.»

L'assemblea si riuniva ogni due mesi, ma *de facto* aveva pochissima voce in capitolo. Infatti si trovavano pochissimi volontari disponibili a farne parte.

Paul fu felice dell'annuncio della Hoffmann riguardo all'arrivo del signor von Klippstein; gli dava la possibilità di liberarsi di Sebastian almeno per un po'.

«Bene, allora adesso la accompagno di là e riceverà una prima infarinatura delle sue future occupazioni.»

Ernst von Klippstein questo favore glielo doveva. Solo pochi mesi prima si era categoricamente rifiutato di togliere i suoi capitali dalla fabbrica e adesso non vedeva l'ora di andarsene. Già, l'amore. O quello che era. Ma in fondo si trattava di un bravo ragazzo, infatti era dispiaciuto.

«Signor Winkler, sono molto felice di aiutarla. Resti pure qui così ci conosciamo subito meglio.»

«Il piacere è tutto mio. Grazie di cuore, signor von Klippstein.»

Paul finalmente poté ritirarsi nel suo ufficio dove Alfons Dinter lo stava aspettando con i nuovi motivi floreali da stampare sulle stoffe. Non erano male, ma poco originali.

«Sua moglie ne ha disegnati di così belli. Il signor Dessauer, l'incisore, ne parla ancora oggi.»

Paul lo squadrò ma l'uomo non lo aveva detto con cattiveria. Al contrario, il suo viso era l'innocenza fatta persona.

«Iniziamo la produzione con questi, poi vedremo» disse Paul in tono neutro.

Il resto della mattinata volò tra decisioni, chiamate, posta, lamentele, fatture troppo alte, calcoli troppo risicati o non ancora soddisfacenti. Quando uscì per il pranzo la Hoffmann disse che il signor von Klippstein e il signor Winkler erano andati a mangiare insieme in città.

«Ma senti.»

«I signori sembrano trovarsi a meraviglia» aggiunse la segretaria con una nota di disprezzo.

«Benissimo!»

Salì in macchina sollevato e tornò alla Villa. Il parco era una sinfonia di colori: il verde tenero dei faggi, gli abeti neri, i ginepri verde scuro, l'azzurrognolo dei cedri. Il verde era interrotto da cespugli bianchi fioriti, i mandorli erano di un rosa magnifico e le viole del pensiero della rotonda sembravano un arcobaleno. Era un peccato che dovesse passare le giornate chiuso in fabbrica, in quell'ufficio così grigio. Quanto gli sembravano lontani i bei tempi dell'infanzia in cui trascorreva i pomeriggi nel parco con le sue sorelle o andava a pescare con gli amici...

I suoi bambini, Leo e Dodo. Avrebbero dovuto correre in quel parco liberi e felici come aveva fatto lui. E Marie, la sua Marie...

Si fece forza, lasciò la macchina davanti all'ingresso, come al solito, e sorrise del fatto che ben due domestici stessero scendendo per venirgli incontro.

«Quando si è mai vista alla Villa delle Stoffe una cosa del genere?» scherzò. «Ben due domestici! Un trattamento da re!»

In realtà nessuno dei due svolgeva il servizio completo, Julius e Humbert si aiutavano a vicenda. Contrariamente a ogni previsione, sembravano andare d'accordo.

In corridoio gli venne incontro Lisa. Era ancora bella pienotta, ma nelle ultime settimane era cambiata. Adesso sembrava in pace con il mondo.

«Paul, sei stato bravissimo» disse prendendogli una mano. «Sebastian mi ha chiamato per dirmi che andava a pranzo con Klippstein e che dopo mi racconterà tutto. Ce l'abbiamo fatta!»

«Eh... certo che il tuo amato Sebastian è un osso duro, darebbe filo da torcere a qualunque datore di lavoro.»

Lisa scoppiò a ridere. «Sì, ha i suoi princìpi.»

Paul decise che non aveva senso discutere con la sorella di Sebastian Winkler. Lo amava, quindi lui doveva adattarsi. Fine della questione.

«La mamma come sta?» chiese Paul.

Lisa parve molto preoccupata. «Male, Paul. È completamente fuori di sé, soprattutto per l'articolo uscito sul giornale. E poi ci si mette anche Serafina.»

«Quale articolo? Stamattina non ho visto niente.»

«Certo, perché la parte della cultura la salti.»

Paul si ricordò che Kitty di recente aveva detto che le preparazioni della mostra erano entrate nel vivo. L'inaugurazione era fissata per fine maggio e avrebbero fatto parecchia pubblicità.

«La mostra?»

«Indovinato!»

Prima di aprire la porta della sala da pranzo fece un respiro profondo e si armò di pazienza. Poteva dimenticarsi un sereno pranzo in famiglia.

La madre era già seduta al suo posto, dritta come un fuso, un bicchiere d'acqua davanti a sé, un cucchiaio in mano con sopra della polvere effervescente contro il mal di testa. Lisa e Paul si guardarono angosciati e poi si accomodarono. La madre quasi li ignorò, si concentrò sul cucchiaio, ingoiò la medicina e bevve per togliersi di bocca il sapore amaro. Poi si schiarì la voce, recitò la preghiera e disse a Humbert, in arrivo con la terrina della zuppa, che non avrebbe mangiato nulla.

«Signora, solo un boccone. Altrimenti quel farmaco le rovina lo stomaco.»

«Grazie, Humbert, magari dopo.»

Humbert s'inchinò con espressione preoccupata e servì la zuppa a Lisa e Paul. Non appena il domestico fu uscito, Paul sentì addosso gli occhi pieni di rimprovero della madre.

«Immagino tu abbia letto il giornale, stamattina...»

«Solo la politica e l'economia, mamma. Finalmente abbiamo un cancelliere, una grande notizia...»

«Paul, non cercare di cambiare discorso!»

«Mamma, l'articolo a cui ti riferisci non l'ho letto. Si tratta della mostra, vero?»

«Puoi dirlo forte. Paul, mi avevi promesso di impedirla! E invece oggi è uscito questo terribile articolo sull'*Augsburger Neueste Nachrichten*... non potevo credere ai miei occhi. Più di mezza pagina e ben tre fotografie. E un sacco di ciance su quella donna viziosa che ha portato tuo padre sull'orlo della disperazione.»

«Mamma, ti prego... la madre di Marie era un'artista e ha vissuto in maniera diversa da noi comuni cittadini. Non per questo, però, va definita "viziosa"...»

Lisa guardò il mazzo di fiori che Dörthe aveva messo insieme per la tavola. La madre ansimava, le sue guance pallide stavano acquistando colore.

«Ah, quindi siamo già arrivati al punto che mi si dice come devo parlare in casa mia! Ma dimmi, Paul, tu come definiresti la condotta di vita di Luise Hofgartner?»

Perché era così difficile ricondurre alla ragione le donne che volevano litigare? Probabilmente rientrava nell'essenza femminile; in quanto uomo lui aveva perso in partenza.

«Leggerò l'articolo» disse sforzandosi di restare calmo. «Più di mezza pagina francamente mi sembra troppo. Ma del resto i giornalisti sono una specie tutta particolare.»

La madre su questo gli diede ragione; durante la sfortunata vicenda di Maria Jordan con la stampa avevano fatto esperienze terribili.

«Per il resto, ti avevo già detto di aver promesso a Marie di non fare nulla per impedire questa mostra. Sai benissimo quanto la ammiri e che non voglio ferirla. Stiamo parlando di sua madre.»

Alicia questa comprensione proprio non la capiva. Fino all'arrivo di Humbert che servì la portata principale – arrosto di maiale ripieno con cavolo rosso e patate – tacque, ma conservò tutta la rabbia per dopo.

«Paul, se credi di poter riconquistare tua moglie cedendo alle sue richieste, be'... ti sbagli. Otterrai solo che perda tutto il rispetto che ha di te.»

«Scusa, mamma» intervenne Lisa. «Non siamo più nel diciannovesimo secolo, quando la donna doveva sottomettersi all'uomo.»

Attaccata su due fronti, la madre s'infervorò ancora di più. Serrò le labbra e guardò verso la finestra. Con la faccia di chi sta subendo un'ingiustizia gravissima da parte dei suoi cari.

«L'amore nasce dal rispetto» disse poi in tono deciso. «Valeva allora e vale anche oggi!»

«Sì, dal rispetto reciproco» disse Lisa sorridendo. «È questo che intendi, vero?»

«Costringere il marito a coprire di fango la propria famiglia dimostra tutt'altro che rispetto! Figuriamoci amore!»

Paul decise che per il momento non avrebbe aggiunto nient'altro per concludere il pranzo in pace. Purtroppo però la madre aveva un altro tema spinoso nella manica.

«Paul, volevo anche avvertirti che Serafina ha rassegnato le sue dimissioni. Ci lascerà già questo venerdì perché il 15 maggio inizia un nuovo lavoro.»

Paul colse un ghigno di soddisfazione sul viso di Lisa e si arrabbiò. Che intrighi aveva fatto per cacciare la sua ex amica, non più benvoluta? Il tutto, ovviamente, alle sue spalle. Su questo poteva addirittura capire l'indignazione della madre.

«Ah, così da un giorno a un altro, senza rispettare il preavviso? E quale sarebbe questo nuovo lavoro?»

La madre bevve un altro sorso d'acqua e poi fece cenno a Humbert di servirle il dessert. Torta di mele calda con crema alla vaniglia, soffice e con un velo di zucchero sopra. A quanto pareva dopo aver dato sfogo alla rabbia le era tornato l'appetito.

«Diventerà governante dall'avvocato Grünling. Il posto lo ha ottenuto tramite la signora Wiesler.»

Ah, pensò Paul. *Quindi a intrigare è stata Kitty.*

Lisa affondò la forchetta nella sua fetta di torta con un sospiro di godimento. La crosta nascondeva un impasto dolce e morbido e pezzetti di mela un po' aspri. «Humbert, e il caffè?»

«Pardon, signora, arriva subito.»

Dopo pranzo Paul si ritirò nel suo studio con una copia dell'*Augsburger Neueste Nachrichten*. Aprì la sezione culturale e iniziò a leggere, arrabbiandosi a ogni riga di più.

La grande pittrice, un talento a lungo disconosciuto, abitava all'interno delle mura della nostra città. Che fortuna, per la nostra amata Augusta, aver ospitato un'artista così talentuosa e fuori dal comune. Un motivo in più, quindi, per porre la domanda di come si sia arrivati alla sua precoce morte. Perché la giovane Luise Hofgartner, che aveva davanti a sé una brillante carriera da pittrice, ha dovuto morire nella disperazione e nella povertà? Verrebbe da pensare agli artisti di Montmartre che vivono soltanto per la loro arte, senza compromessi, e realizzano cose immense. Anche Luise Hofgartner seguì il suo destino, si dedicò all'arte con tutta se stessa, eppure è dovuta soccombere. Perché ad Augusta nessuno le commissionava più niente? Perché cadde nella miseria insieme alla figlia piccola? Non vogliamo accusare nessuno, ma ci venga concesso di chiedere in quali rapporti fosse Luise Hofgartner con Johann M., rinomato industriale tessile di Augusta…

Paul accartocciò il giornale inviperito. Che ignobili scribacchini. Chi aveva fornito questi dettagli alla stampa? Era stato consapevole che sarebbero girati dei pettegolezzi. Ma non che già settimane prima dell'inaugurazione i giornalisti diffondessero stupidaggini così dettagliate!

Squillò il telefono. Rispose con un gesto meccanico convinto che fosse Sebastian Winkler che voleva parlare con Lisa. Avrebbe subito messo in chiaro che le telefonate tra la fabbrica e la Villa delle Stoffe costavano ed erano riservate alle occasioni importanti.

«Paul? Sono io, Marie.»

Ci mise un attimo a ricomporsi. «Marie, scusa, non aspettavo una tua chiamata.»

«Sarò breve, sai benissimo che la mia pausa pranzo non dura molto. Ho chiamato per via dell'articolo.»

«Ah, sì?» scappò detto a Paul, già arrabbiato. «Sei stata tu l'artefice di questo capolavoro?»

Gli saltarono i nervi, probabilmente perché era da quella mattina che incassava critiche. Marie si zittì.

«No, non sono stata io» disse poi. «Ho chiamato proprio per dirti che io con quest'articolo non ero affatto d'accordo e...»

«E allora perché non hai impedito che lo pubblicassero?» la aggredì lui. «Io mi sono davvero sforzato di venirti incontro ed è questo il tuo modo di ringraziarmi? Con una vendetta postuma di Luise Hofgartner nei confronti dei Melzer?»

«Capisco» disse lei con un filo di voce. «Non è cambiato nulla.»

Paul sentì la sua rabbia sgonfiarsi. Perché l'aveva aggredita in quel modo? Lei aveva chiamato proprio per dirgli che non era colpa sua... Avrebbe dovuto rispondergli che era contento della telefonata. Che aspettava da tempo e con ansia un suo segnale. E soprattutto che di quella maledetta mostra non gli importava più nulla. Si trattava solo di loro due, del loro amore e del loro matrimonio. Nella sua testa si accavallavano frasi, ma visto che non sapeva come cominciare non disse una sola parola.

«Adesso devo tornare al lavoro» disse Marie gelida. «*Adieu.*»

Riattaccò prima che potesse rispondere. Paul restò alcuni istanti con la cornetta in mano. Poi gli parve di sentire un crollo: la casa delle sue speranze non era stata costruita in maniera molto salda, bastava un alito di vento e si schiantava.

39

«Due caffè e un tè per la signora von Hagemann» gridò Humbert alla cucina.

Fanny Brunnenmayer si alzò per togliere la casseruola dell'acqua dal fuoco, le teiere erano già pronte sul tavolo.

«Rosa, quella sì che è furba» disse Gertie invidiosa. «Prima beve il caffè con i signori e poi viene qui da noi e si fa un altro caffellatte.»

«Be', se credi che passare tutte le notti con quello strillone sia divertente...» disse Humbert, che non amava i neonati.

Di fatto Gertie aveva dovuto farlo prima che Rosa Knickbein arrivasse alla Villa delle Stoffe, e quei tempi non le mancavano per niente.

«No, grazie» rispose sorridendo. «Preferisco fare la dama di compagnia.»

Ce l'aveva fatta. Dal lunedì successivo avrebbe preso servizio come dama di compagnia della signora von Hagemann. Tre mesi in prova e poi, se fosse andata bene, sarebbe stata assunta nel nuovo ruolo. Che trionfo! Il corso era proprio valso la pena! Basta con la cucina... era stata promossa e aveva intenzione di arrivare ancora più in alto.

«Se fai come Marie magari tra vent'anni puoi sposare il piccolo Leo e diventare la signora Melzer» aveva scherzato Else.

In realtà era invidiosa, cosa che non meravigliava nessuno. Else era domestica da camera da oltre trent'anni.

In cucina arrivò Dörthe, aveva lasciato gli zoccoli davanti all'ingresso dei dipendenti e si era messa le pantofole di feltro. La cuoca infatti l'aveva minacciata di prenderla a mestolate se avesse osato di nuovo girare per la cucina con gli zoccoli.

«Hai sentito il profumo del caffè, eh?» disse la Brunnenmayer. «Prima però lavati le mani, sei di nuovo tutta sporca.»

Dörthe annuì e si avvicinò al lavello. Nel mese di maggio lavorava nel parco da mattina a sera. A volte chiedeva aiuto a Humbert o a Julius perché non riusciva a tosare quelle superfici di prato immense. Spesso però se la cavava da sola, potava i cespugli, puliva la ghiaia dei vialetti, allestiva aiuole ed estirpava erbacce. Aveva perfino iniziato a setacciare una delle grandi montagne di rifiuti per utilizzarli come fertilizzante.

«Ci vorrebbe qualche pecora e il prato resterebbe rasato. E lo concimerebbero pure» disse.

Prese la tazza stringendola con entrambe le mani e se la portò alla bocca. Aveva un modo di bere strano e non proprio consono alle regole del galateo, ma per lei era normale. E visto che per il resto era un tipo affabile, seppur maldestro, gli altri la prendevano in ridere.

«Sì, se aspetti che il signor Melzer compri un gregge di capre…» disse Else ridacchiando.

Humbert prese il vassoio con le tazze, le teiere e la ciotola di biscotti e lo portò su. Julius era ancora in lavanderia a pulire scarpe. Aprile si era congedato con un bel sole caldo, maggio stava regalando alla terra piogge abbondanti, ottime per la crescita delle piante.

«Madonnina santa, sta per cominciare a piovere» disse Dörthe indicando la finestra della cucina.

Il cielo si stava scurendo sempre di più. Gertie stava raschiando una pentola e dovette aguzzare la vista per non lasciare resti di latte.

«Ci sarà un temporale» disse Else timorosa. «Ecco, lì... un lampo!»

«Maggio bagnato maggio fortunato» disse Gertie guardando di nuovo fuori. Poi rimise la pentola nel lavello e si asciugò le mani sul grembiule. «Guardate!» disse all'improvviso avvicinandosi al vetro. «Sta andando via con armi e bagagli!»

Tutti capirono tranne Dörthe. Humbert aveva annunciato da giorni che la governante aveva dato le dimissioni.

«Dio sia lodato!» aveva commentato la Brunni. «Se solo fosse vero!»

Si precipitarono tutti alla finestra. Dörthe con la tazza, Else con il coltello con cui stava spalmando il burro sul pane. Anche Julius, appena tornato, corse a guardare.

«Che succede?»

«*Bleah*... Julius, puzzi di lucido da scarpe.»

«Dörthe, scansati! Altrimenti non vediamo niente!»

«Ma che succede? Qualcuno avrebbe la compiacenza di rispondermi?»

«La von Dobern ci saluta per sempre.»

«Davvero?»

«No, per scherzo.»

Si spintonarono e alla fine Julius aprì la finestra, la ex governante era già in fondo al vialetto.

«Quel cappotto gliel'ha dato la signora Alicia» disse Else irritata. «E anche il cappello. Solo le scarpe sono le stesse con cui è arrivata.»

«Che si prenda pure quelle cose antiquate» disse Gertie. «Sono cimeli!»

Un violento tuono fece trasalire tutti. Poco dopo il parco fu attraversato da una raffica di vento che scosse gli abeti e spezzò i rami dei faggi e delle querce centenarie. Da qualche parte, in cortile, cadde un fulmine.

«Gesù mio!» esclamò Dörthe. «La zappa buona!»

Il cielo fu attraversato da altri lampi e saette.

«Speriamo che non ci cadano in testa.»

«Evita di passare vicino ai faggi...»

«Magari un albero la prende in testa.»

«O un fulmine!»

«Adesso che se n'è andata, è uguale.»

«Meglio tardi che mai.»

Il cielo però ebbe pietà per la signora von Dobern e i fulmini la risparmiarono. In compenso, si beccò una pioggia fittissima e cercò riparo sotto un acero.

«Fradicia come un pulcino, giusto così! Se lo merita.»

«Adesso però chiudi la finestra altrimenti qui si bagna tutto.»

«Accidenti, il mio impasto del pane!» esclamò la cuoca. «Si è raffreddato... non crescerà più! Tutta colpa di quella strega.»

Julius chiuse la finestra e guardò ancora una volta la ex governante, ma la pioggia era così fitta che si vedeva a malapena l'aiuola circolare. Dörthe si lamentò che quel maledetto temporale avrebbe rovinato le sue violette del pensiero e i suoi nontiscordardimé, e anche le tagete appena piantate. Nessuno l'ascoltò. Humbert tornò e disse a Else di salire a prendere una cesta di vestitini del neonato che andavano lavati.

«Stamattina presto ha lasciato la stanza e fatto le valigie di nascosto» disse Humbert. «Ma io l'ho vista.»

«Non ci ha nemmeno salutati» disse la cuoca scuotendo la testa.

«Dei suoi saluti faccio volentieri a meno» disse Gertie.

«Eh... ma comunque non è educato.»

Else tornò in cucina sbuffando. Si era sbrigata, non voleva perdersi niente.

«Viene giù a catinelle. E che tuoni» disse sospirando, mentre si sedeva di nuovo vicino alla sua tazza.

«Un tempo da lupi» mormorò Julius.

Gertie scrollò le spalle e prese una fetta di pane e burro. «Be', è un temporale» disse iniziando a spalmare la marmellata. «Stare sotto un albero non è proprio piacevole, ma appena arriverà dal suo nuovo padrone si asciugherà a dovere.»

«Grünling» disse la cuoca sprezzante. «Ma che ci fa quello con una come lei? A quello piacciono le giovani, con i seni teneri e le cosce belle sode.»

Humbert rise di gusto e affondò il naso nella tazza. Anche Gertie ridacchiò. Else si portò una mano alla bocca, Julius disse che era stata una bella battuta.

«No, la von Dobern al signor avvocato non piacerà» disse, non senza un pizzico di invidia.

«Gli uomini sopra i cinquanta hanno comunque chiuso» spiegò Gertie dopo aver finito di masticare. «L'unica cosa che gli si irrigidisce è la schiena. E visto che non vogliono fare brutte figure, si cercano una donna comprensiva più o meno della loro età con i princìpi ben saldi. Una bella bigotta.»

Tutti risero. La Brunnenmayer soprattutto. Poco dopo ci fu un lampo lunghissimo, il parco e il vialetto furono illuminati da una luce bluastra. Il tuono che seguì fu così violento che a Else cadde il panino di mano. Humbert diventò bianco come un lenzuolo. Scivolò giù dalla sedia e si accucciò impaurito sul pavimento.

«Impatto... bersaglio colpito... in posizione... attacco!»

«Humbert! La guerra è finita da un pezzo!»

La Brunnenmayer si chinò e gli parlò, ma lui si tappò le orecchie e continuò a dire cose senza senso. Ci fu un altro tuono, la porta si aprì. In cucina apparve una figura sgocciolante con un impermeabile grigio, il cappuccio a punta abbassato sul viso. Un'apparizione surreale, la defunta Maria Jordan un tempo aveva portato una giacca molto simile.

Else gridò isterica, Julius si afferrò la gola, lo sguardo di Gertie diventò fisso. Solo Dörthe, che non aveva mai visto Maria Jordan viva, disse: «Salve».

«Salve» disse Hanna spostando il cappuccio dal viso. «Che tempaccio.»

Else si appoggiò alla parete stremata, Julius tirò fuori l'aria che aveva trattenuto.

«Gesù Maria» disse Gertie. «Ci hai fatto prendere un colpo! Ma dove hai preso quest'impermeabile?»

«L'ho comprato al mercato delle pulci, perché?»

Gertie esitò perché si vergognava di essere stata così stupida, ma in fondo non era l'unica. «Sembrava che Maria Jordan fosse risorta.»

«Per carità di Dio!» disse Hanna spaventata.

Poi si tolse l'impermeabile bagnato e andò da Humbert, gli posò una mano sulla spalla e gli sussurrò qualcosa all'orecchio. Lui si rasserenò all'istante, tirò la testa indietro, addirittura rise. Era ancora pallido, ma meno di prima. Hanna era una maga, perlomeno quando si trattava di sollevare l'umore di Humbert.

Julius si era alzato per guardare meglio l'impermeabile. Lo girò, lo allargò, esaminò l'interno.

«Be', possibile è possibile» mormorò.

Sospirò e lo riappese al gancio.

«È probabile che quell'imbroglione abbia dato le sue cose a quelli del mercatino» mormorò la Brunnenmayer. «Che farabutto, quel Sepp. Prima la ammazza e poi lascia che in prigione finisca un altro.»

Julius si sedette e iniziò a fissare il vuoto. Da quando era tornato alla Villa delle Stoffe aveva parlato pochissimo della vicenda. Tutti ormai sapevano dai giornali che la polizia aveva arrestato e messo dietro le sbarre il vero assassino. A uccidere Maria Jordan era stato proprio Josef Monzinger, il marito. A quanto pareva lei lo aveva lasciato da anni ma lui continuava a tormentarla e a chiederle soldi. Nella stanza che aveva affittato gli agenti avevano trovato diversi scrigni con dentro pezzi di valore che erano appartenuti alla vittima e un pacco di soldi. Al momento dell'arresto Sepp era ubriaco fradicio, aveva pianto come un cane bastonato e ripetuto più volte che si era pentito di quello che aveva fatto.

«Chissà a chi finirà quel denaro» aveva chiesto una volta Gertie. «Adesso che il Sepp resterà tutta la vita in prigione.»

Nessuno era in grado di rispondere a questa domanda. Forse la Jordan aveva avuto dei parenti. O dei figli.

«Julius, ma tu speravi davvero di sposarla?» aveva chiesto invece Else con ben poco tatto. «Le facevi la corte perché era ricca?»

Julius l'aveva guardata incattivito, lei si era impaurita e aveva precisato che stava scherzando.

«Else, sei delicata come un macellaio» l'aveva sgridata la Brunnenmayer.

Poi, mossi a compassione per il collega, i domestici non ne avevano più parlato per parecchio tempo. Il periodo in prigione e il terrore di finire sulla forca lo avevano molto provato. Anche se tutti erano convinti che avesse fatto delle *avances* alla Jordan solo per ingordigia, non si meritava una pena simile.

Il fatto, però, che avesse esaminato l'impermeabile con tanta cura dimostrava che forse aveva provato anche dei sentimenti.

«Non era scritto» disse con un filo di voce poggiando il mento sulle mani. «La vita è un gioco e il destino mischia le carte. Uno non le può cambiare, e non può nemmeno barare. Bisogna prendere quello che ti tocca.»

«Gesù, Julius, sei diventato un poeta!»

«Un giorno scriverò le mie memorie e resterete tutti a bocca aperta!» rispose lui guardando Gertie.

La ragazza prese l'ultima fetta di pane e cercò anche dell'altro caffè, ma il bricco era già vuoto.

«E sentiamo, cos'è che vorresti scrivere? Forse le tue storie d'amore? Accidenti, così selvagge sono state?»

Julius sbuffò sprezzante e inarcò un sopracciglio. «Racconterò le mie esperienze con i padroni nobili. Ne verrà fuori una lettura interessante!»

Nessuno mostrò entusiasmo, nemmeno Else che, come aveva scoperto Gertie, durante i suoi giorni liberi leggeva romanzi d'amore con protagonisti altolocati.

«Non sta bene» disse Fanny Brunnenmayer. «Non sta bene comprometter i padroni e diffondere pettegolezzi. Il signor von Klippstein con il suo castello mi fa già pena adesso!»

Julius fece un gesto sprezzante, ma era evidente che fosse un po' preoccupato. Ernst von Klippstein gli aveva proposto di trasferirsi con lui a Monaco e assumere il ruolo di domestico nella nuova villa di Pasing. Julius aveva accettato con gioia temendo, a ragione, che ad Augusta non avrebbe trovato altri impieghi.

«Era solo uno scherzo» disse. «Non mi verrebbe mai in mente di diffondere indiscrezioni.»

Nessuno capì la parola "indiscrezioni" a parte Fanny Brunnenmayer e Humbert, così il resto della truppa annuì e si fece un'idea propria. Soprattutto, era ora di rimettersi al lavoro. Bisognava preparare la cena e le zampette di maiale per il giorno successivo, e anche lavare i piatti. Gertie doveva pulire i fornelli, mentre Else aveva i vestiti del piccolo da lavare e da stendere, la lavandaia sarebbe tornata solo il lunedì successivo.

«Piove ancora?» chiese Else.

La pioggia era diminuita, tra le nuvole era perfino spuntato qualche timido raggio di sole. Il parco sembrava lavato di fresco. Le foglie e i prati luccicavano, l'azzurro e il lilla delle violette erano ancora più accesi e tra di essi splendeva il giallo caldo delle tagete.

«Ecco, nostro Signore ha innaffiato le piante al posto mio» disse Dörthe. «Adesso pianto le ultime tagete e poi preparo la terra vicino al muro. Dopo la pioggia è morbida come il burro.»

Si alzò e andò verso la porta. Poco dopo suonarono nel salone rosso: bisognava portare via le stoviglie del caffè.

«Humbert, ci penso io» disse Julius avviandosi.

«Accidenti, è diventato perfino simpatico» disse Gertie. «Ci mancherà...»

Qualcuno bussò alla porta. Le persone rimaste in cucina sudarono freddo.

«Non sarà tornata» sussurrò Else.

«La von Dobern, dici?» sibilò Else. «Che Dio ce ne scampi.»

Fanny Brunnenmayer si era già avviata verso la dispensa, sentendo quelle stupidaggini si fermò e scosse la testa.

«Sarà il signor Franzl della fabbrica di farina Lechhausen. Dörthe, va' ad aprire e digli di fare attenzione ai gradini, non voglio che inciampi anche stavolta.»

«Salve, signore» disse Dörthe sulla porta e Gertie mentre portava la tazza al lavello sbirciò incuriosita.

«Signore?... al garzone della farina non si dice *signore*. Scommetto che gli sta facendo pure l'inchino.»

«Salve a tutti» disse l'uomo sulla porta. «Sto cercando Fanny Brunnenmayer. Lavora ancora qui, vero?»

La cuoca restò impietrita davanti alla dispensa.

«Santissima Vergine,» esclamò Else «non può essere vero, dev'essere un fantasma. O sei proprio tu?»

«Robert!» disse la Brunnenmayer trovando finalmente il coraggio di girarsi. «Robert! Non avrei mai immaginato di rivederti!»

In cucina entrò un uomo vestito in maniera elegante, si tolse il cappello e sorrise dell'incredulità delle due donne. Gertie si innamorò all'istante. Che bel tipo. Qualche punta di grigio nei capelli biondo scuro, il naso delle dimensioni giuste, le labbra sottili ma sensuali.

Abbracciò la cuoca senza un attimo di esitazione come se fosse sua madre o una cara amica e fece altrettanto con Else, che quasi svenne.

«Sono qui nella bella Augusta per un paio di giorni» disse. «Dovevo assolutamente rivedere questa cucina!»

Si girò verso Hanna e Humbert, che lo stavano guardando stupiti e anche un po' diffidenti. «Anni fa ero domestico qui» spiegò. «Piacere, Robert Scherer.»

Porse la mano a entrambi, sembrava di ottimo umore. Che strano. Era così disinvolto. Fece un giro della cucina, guardò gli armadi e gli scaffali, tirò fuori una pentola e poi un piatto e infine li rimise a posto.

«Ma qui non è cambiato quasi nulla,» disse «è rimasto tutto come allora.»

«Dài, accomodati» disse la Brunnenmayer. «O sei diventato troppo chic per sederti nella nostra cucina?»

Lui rise e si sbottonò la giacca, posò il cappello sul tavolo e prese posto sulla panca.

«Vengo da un Paese in cui le differenze di classe non valgono più. Il che non significa che le persone siano tutte uguali.»

Iniziò a raccontare dell'America. Un nuovo mondo sconosciuto in cui allora era emigrato pieno di voglia di fare e con il cuore ferito.

«No, Else, non è il Paese delle infinite possibilità. La maggior parte della gente fa la fame, lavora duro e per quattro soldi. Ma ecco, a chi ha il coraggio di osare viene sempre data un'opportunità.» Bevve il suo caffellatte appena fatto e sorrise come un bambino. «Proprio come ai vecchi tempi. Anche allora ci sedevamo a questo tavolo a chiacchierare.»

Gertie si stupì di quante cose fossero successe. Già sapeva delle incredibili qualità di Eleonore Schmalzler, l'ospite inatteso conosceva un sacco di storie sul suo conto. Raccontò anche della sguattera Marie, all'inizio aveva sbagliato tutto e la Brunnenmayer l'aveva sgridata di continuo. Poi era diventata dama di compagnia. Robert sapeva inoltre che adesso era la signora Melzer. Ed era aggiornato anche sugli altri sviluppi.

«Come lo so? Be', per anni ho avuto un fitto scambio di lettere con la signorina Schmalzler.»

Che strano, pensò Gertie scrutandolo. *Questo Robert Scherer ride spesso ma il suo viso ha qualcosa di triste. Perché è tornato dall'America?*

«Ma quindi ha fatto fortuna emigrando?»

Lui le sorrise e Gertie dovette tenere a bada il cuore. Accidenti, il fulmine l'aveva colpita in pieno. Conosceva questa sensazione che ti toglie il senno e ti fa fare cose senza senso. Fino a quel momento, però, ogni volta che si era innamorata era finita male.

«Sì, Gertie, mi è andata bene» rispose Robert, e lei si sciolse perché lui si era ricordato il suo nome. «Ho costruito parecchio, sono indipendente e non devo contare i Pfennig che ho in tasca. Se questa la chiami fortuna, allora sì, ci sono riuscito!»

Rise di nuovo, ma a Gertie sembrò una risata artificiosa. Era un'usanza americana questa di ridere in modo così sguaiato come se la vita fosse un grande spasso?

Else raccontò della tragica morte di Maria Jordan e Robert si rabbuiò.

«È sempre stata una donna curiosa» disse. «A volte faceva le carte. E poi aveva quegli strani sogni. Oddio, è terribile.»

Finì il suo caffellatte e poi disse che non voleva distoglierli oltre dal lavoro. Aggiunse che era stato bello rivedere la Brunnenmayer e la Else e che adesso avrebbe fatto un salto a trovare i Bliefert.

«Prima di ripartire voglio assolutamente salutare Auguste.»

Non disse che progetti avesse, ma Gertie suppose che sarebbe tornato in America, visto che lì aveva avuto tanto successo.

Meglio così, forse, pensò. *Sarebbero solo grane.*

«Be', buona fortuna... a ognuno di voi.»

Strinse la mano a tutti, li guardò raggiante e si rimise il cappello.

Fuori in cortile c'era un'automobile rosso fuoco, con i sedili neri e le ruote bianche.

«Cavolo, una Tin Lizzie» disse Humbert invidioso.

40

Maggio 1925

Marie non si sentiva bene. Chiuse l'atelier due ore prima del solito, mandò a casa i dipendenti e prima di tornare in Frauentorstrasse cercò di fare un po' di ordine nel suo ufficio. Le scoppiava la testa, sentiva martellare le tempie e aveva le mani gelate.

La solita circolazione, pensò. *Non posso fare niente. E comunque ormai ho detto di sì e devo andare fino in fondo.*

Dopo aver diviso una pila di ordinazioni senza alcun criterio, crollò sulla sedia e si prese la testa tra le mani.

Quella sera sarebbe stata inaugurata la mostra "Luise Hofgartner. Un'artista di Augusta". Perché era così agitata? Era una cosa decisa da mesi e lei ne era sempre stata felice. Quel giorno invece era entrata in crisi. Forse perché tutte le sue clienti avevano parlato del "grande evento". Quella sera sarebbero state tutte presenti, la maggior parte con mariti, suoceri, zii e amici. E naturalmente dopo l'articolo dell'*Augsburger Neueste Nachrichten* tutti sapevano chi era Luise Hofgartner e che Marie Melzer era sua figlia. Si mormorava che il "vecchio Melzer" avesse cercato di costringere la vedova del suo ex socio Burkard a prestazioni immorali. Le clienti, per discrezione, avevano tralasciato questo particolare, ma nelle loro teste c'erano queste immagini, Marie lo sapeva benissimo. Ah, quanto avrebbe desiderato cancellare tutto.

Si fece coraggio e si sforzò di guardare avanti. Annullare la mostra... come poteva essere così codarda? Sarebbe stato ingiusto, sua madre era stata una donna coraggiosa, non poteva certo tirarsi indietro.

Prese un po' di polvere effervescente per il mal di testa, si mise il cappello e la giacca. Il sole del pomeriggio brillava sulla vetrina; mentre chiudeva la porta dovette sbattere gli occhi, poi corse a prendere il tram.

«Salve, signora Melzer!» disse qualcuno da dentro una macchina. «Posso accompagnarla da qualche parte?»

Stava per dire di no ma poi riconobbe Gustav Bliefert e non ebbe cuore di rifiutare.

«È davvero molto gentile da parte sua. Vado in Frauentorstrasse... Come va? Il vivaio come procede?»

«Il vivaio va una meraviglia» rispose orgoglioso dopo che lei fu salita. Le piantine sono state vendute alla grande. E adesso i fiori. Liesl fa dei mazzi pazzeschi, non se ne sono mai visti in giro così belli. Sa farlo molto meglio di Auguste. Le donne al mercato fanno carte false per averli.»

Ah, Liesl. Le avrebbero mai detto che Gustav non era suo padre? Saperlo l'avrebbe resa più felice? Chi poteva dirlo...

Gustav la lasciò davanti a casa e scese per aprirle la portiera.

«E grazie per i vestiti. Maxl e Hansl sono fieri di indossare le cose di Leo.»

«Sono contenta» disse Marie mentre scendeva. «E io la ringrazio per il passaggio in questa bella macchina.»

Lui annuì pieno di orgoglio e richiuse la portiera. «Sempre a sua disposizione, signora Melzer. Stasera vorremmo venire anch'io e Auguste. I giornali dicono che sarà l'evento dell'anno.»

Marie sorrise ma già temeva che i due, vedendo i quadri della madre, si sarebbero indignati. E non sarebbero stati gli unici.

Henny era già impaziente sulla porta e si dondolava da un piede all'altro. Si tirava il suo vestitino rosa da entrambi i lati perché sembrassero ali.

«Zia Marie, zia Marie... la mamma non vuole che stasera faccia un balletto. Ma a scuola mi hanno dato la parte dell'uccello del paradiso!»

All'Anna-Gymnasium, dopo le vacanze di Pasqua avevano accolto i nuovi alunni con uno spettacolo cui Henny aveva partecipato con grande zelo. E adesso sognava di diventare una ballerina famosa.

«Henny, stasera non si balla. Le persone guardano i quadri, li commentano e poi se ne vanno. Sarà molto noioso, non è una serata per bambini.»

Henny però non si dissuase così facilmente e guardò Marie con i suoi energici occhi azzurri.

«Leo però ha suonato alla Villa delle Stoffe.»

«Henny, alla Villa delle Stoffe puoi ballare quanto vuoi, ma stasera siamo al Circolo d'arte di Hallstrasse.»

A questo Henny non poté replicare nulla, arricciò il naso e cercò perlomeno di mettere al sicuro ciò che aveva appena conquistato.

«Però hai detto che alla Villa delle Stoffe posso... alla Festa d'estate?»

«Henny, di questo devi parlare con la tua mamma.»

La bambina sospirò e fece una mezza piroetta. «Oggi la mamma è nervosa.»

Ci credo, pensò Marie. *È stata lei a organizzare ogni cosa. La sua cara Kitty lo aveva fatto con buone intenzioni. Lo aveva fatto per lei. E ovviamente per l'arte.*

«Allora adesso vado da lei,» disse a Henny sorridendo «magari riesco a tranquillizzarla.»

Kitty era seduta sulla sua poltrona di vimini, il telefono in grembo e il ricevitore all'orecchio. Quando Marie entrò le fece un cenno e continuò a parlare.

«... Certo che la signora Melzer le concederà un'intervista... Come dice? È del *Nürnberger Anzeiger*? Bene, ci teniamo ad arrivare in tutta la provincia. Sì, apriamo alle diciannove, ovviamente ci sarà da bere e un buffet... no, la stampa non entrerà prima. Anch'io la ringrazio. Com'era il suo nome? Zeisig? Bene, signor Zeisig, allora a dopo.»

Mise giù il ricevitore e spostò il telefono sul traballante tavolino in ottone.

«Santo cielo, Marie!» esclamò con gli occhi luccicanti di entusiasmo. «Pensa, verranno anche da Norimberga. E da Monaco, chiaro. Ci sarà anche uno scultore di Bamberga con il cognato giornalista. La cosa più incredibile, però, è che parteciperanno anche Gérard con la sua giovane moglie; sono in luna di miele. In tutta sincerità, di loro farei volentieri a meno. Soprattutto di Gérard, quel codardo. La moglie in fondo non ha nessuna colpa, anzi andrebbe compatita.»

Marie crollò su una sedia e si tappò le orecchie. «Kitty, ti prego... taci almeno un secondo, ho i nervi a pezzi...»

«Credi che i miei siano messi meglio?» replicò Kitty sospirando. «Che gli dico se me lo ritrovo davanti all'improvviso? Come può farmi una cosa del genere? Portarsi dietro la moglie! Devo forse raccontarle delle nostre notti d'amore a Parigi? Che poi un po' mi piacerebbe...»

La porta si aprì e Gertrude uscì dalla cucina con una terrina fumante.

«Mie care signore artiste, adesso, tanto per cominciare, si mangia. Brodo di manzo e *Maultaschen*... per rafforzare il corpo e lo spirito!»

Marie si alzò con un movimento meccanico per mettere il sottopentola sul tavolo e apparecchiare. Kitty sospirò.

«Gertrude, io oggi non riesco a mandare giù nulla. Ti prego, riporta via questa terrina. Solo l'odore mi dà la nausea.»

«Non ci penso nemmeno!» borbottò Gertrude prendendo i cucchiai nel cassetto della credenza. «Stasera si berrà spumante e se non avete mangiato niente crollerete al primo calice.»

Kitty disse che lei poteva bere bottiglie intere di spumante senza ubriacarsi. Diventava solo un po' allegrotta, ma restava perfettamente padrona di sé.

«Va bene, mi siedo. Però non mangio. E i bambini?»

«Leo è ancora dai Ginsberg e Dodo sta trafficando in soffitta. Mangeranno dopo che siete uscite. Gli ho promesso le frittatine con la composta di mele.»

«Solo il pensiero...» disse Kitty toccandosi lo stomaco.

Tuttavia, si lasciò convincere a mandare giù due cucchiai di brodo. E una minuscola *Maultasche*, tanto per gradire. Poi un'altra mezza, e visto che l'altra metà non poteva restare sola, mangiò anche quella.

«Adesso mi sento meglio» disse appoggiandosi allo schienale. «Ieri abbiamo lavorato fino a notte fonda, ma ora è tutto sistemato alla perfezione. Vedrai, Marie, ne sarai entusiasta. Entrando c'è subito il quadro con le montagne azzurrognole, quelli raffiguranti atti sessuali li abbiamo messi nella camera di fianco. So benissimo quanto siano suscettibili le donne di Augusta... E nel padiglione esterno i ritratti.»

Marie tacque. Aveva lasciato la disposizione a Kitty e ai suoi conoscenti che si erano dati da fare per la mostra in maniera disinteressata e gratuita. Lei, però, ovviamente avrebbe preferito esporre prima i dipinti tradizionali, ovvero i ritratti e i paesaggi messi a disposizione da diverse collezioni private cittadine. La madre li aveva fatti dopo la morte di Jakob Burkard, quando aveva avuto bisogno di soldi.

«Vedrai, Marie, sarà un successo strepitoso! Quelli di Monaco moriranno d'invidia. Chissà, magari almeno Lisa verrà, non mi ha ancora fatto sapere nulla.»

Tilly aveva chiamato il giorno prima dicendo che purtroppo non poteva venire perché mancava poco a un esame importante.

«Mah, alla futura signora von Klippstein rinuncio volentieri» disse Kitty. «Sarebbe bello però se ci fosse Lisa. Forse il suo amato Sebastian riuscirà a convincerla. È un uomo coraggioso, io non lo trovo affatto male. Tralasciando l'aspetto, ovvio, perché un adone proprio non è. Dio, se provo a immaginarmelo senza camicia...»

«Kitty!» la sgridò Gertrude. «Non interessa a nessuno!»

Marie si sforzò di mangiare un po' di zuppa e una *Maultasche*, per il resto lasciò parlare Kitty. Il suo umore era ulteriormente peggiorato, stava pensando a Paul. Non sarebbe mai venuto, era logico, non poteva fare una cosa del genere alla madre. Non dopo quell'orribile articolo di giornale. Quanto si era arrabbiato, al telefono, aveva alzato la voce, una cosa davvero scortese. L'aveva attaccata in maniera imperiosa e lei aveva capito che il baratro che si era aperto tra loro era rimasto tale e quale. Anzi, era addirittura diventato più profondo e più ripido rendendo impossibile qualsiasi conciliazione. Come poteva vivere con un uomo che disprezzava sua madre e si vergognava delle sue origini?

«Sai, Marie, ho pensato che quando sarà tutto finito e tu e Paul vi sarete riconciliati, magari potremmo trasferirci di nuovo tutti alla Villa delle Stoffe...»

Marie, strappata ai suoi pensieri, guardò Kitty irritata. Ma cosa diavolo stava dicendo?

«Ti meraviglia?» replicò Kitty divertita. «Marie, ci ho pensato bene, e se Tilly è così irriguardosa da sposare Klippi e trasferirsi con lui a Monaco, io non voglio mettere in difficoltà la cara Gertrude.»

Kitty afferrò la suocera per un braccio, così forte che quasi le cadde il pezzo di *Maultasche* dal cucchiaio.

«Gertrude, tu appartieni a Tilly. È tua figlia e ha bisogno di te. Anch'io ho una madre, per questo tornerò alla Villa delle Stoffe con la piccola Henny. Adesso che quella strega di Serafina non c'è più, non vedo perché non dovrei.»

«Che bei progetti» disse Marie con un sorriso indulgente.

La conosceva abbastanza da sapere che il giorno successivo avrebbe potuto benissimo pensarla diversamente. Non valeva la pena litigarci. Anche Gertrude ne era consapevole, così continuò a mangiare serena e disse che in realtà lei in Frauentorstrasse stava benissimo.

Suonarono il campanello, Henny scese e andò ad aprire.

«Sì, è qui. Può dare a me.»

Poco dopo entrò in salone con un enorme mazzo di fiori colorato.

«Mamma, sta aspettando la mancia!»

«Ah, giusto» esclamò Kitty saltando in piedi. «Marie, arrivano già le prime congratulazioni.»

«Per questa giungla non abbiamo vasi» borbottò Gertrude «Ah, c'è un biglietto.»

Marie, che aveva provato speranze folli e insensate, restò delusa. Il mazzo non era per lei. Era per Kitty.

«Cosa? Per me? Speriamo che non sia di Gérard, altrimenti lo prendo e lo butto fuori dalla finestra.»

Kitty aprì il biglietto, lesse le poche righe in fretta e scosse la testa.

«Non so chi sia. Forse è uno scherzo.»

Marie si alzò e disse che andava a cambiarsi, sarebbe andata in Hallstrasse a piedi. Kitty rimise il biglietto nella busta.

«Non se ne parla nemmeno. Andremo insieme con la mia macchina. Dieci minuti e sono pronta. Gertrude, sii gentile e cerca di mettere questi fiori nell'acqua.»

«Sempre tutto di fretta» disse Gertrude. «Sono solo le cinque e dieci.»

Marie non dovette riflettere a lungo, scelse il vestito nero lungo fino ai polpacci, stretto e con lo scollo a V un po' osé. Una collana di perle lunga, girata due volte intorno al collo, e scarpe nere col tacco. Sopra, una giacca leggera di mezza lunghezza e un cappello sbarazzino che si portava obliquo.

Kitty ovviamente si mise in bianco: seta con i polsini ricamati, sandali bianchi con le fibbiette e il tacco alto.

«Sembra che tu stia andando a un funerale, così tutta in nero» disse guardando il vestito di Marie.

«E tu a un matrimonio.»

Kitty lo trovò molto divertente, ridacchiò e disse che le mancava solo la corona di mirto. Che non avrebbe mai portato comunque.

Ovviamente la macchina di Kitty fece di nuovo i capricci: puzzava di gomma bruciata, partì a scatti e sputò fuori acqua. Marie rimpianse di non essere andata a piedi. Kitty, però, si diede così da fare con le paroline dolci e i suoi trucchetti che non ebbe cuore di scendere.

«Lo vedi, ce l'abbiamo fatta!» esclamò Kitty trionfante quando si fermarono davanti al palazzo del Circolo d'arte. «E all'apertura manca ancora mezz'ora.»

In Hallstrasse non c'era calca; anche il giardino illuminato dal sole del tardo pomeriggio, ex proprietà del banchiere Euringer, era tranquillo. I vecchi alberi tendevano i loro rami verso l'antiquato padiglione esterno, di nuovo utilizzabile per le mostre.

«Magari non viene nessuno» disse Marie piena di speranza.

Invece appena superarono l'ingresso sentirono un brusio e un tintinnio di bicchieri. Marc andò loro incontro, i suoi capelli biondi quella sera erano tirati all'indietro e fissati con una pomata.

«Gli avvoltoi della stampa sono già arrivati. Vogliono Marie.

La signora Wiesler è sempre al telefono... e Roberto è già ubriaco fradicio.»

Abbracciò prima Kitty e poi Marie e le spinse nella sala laterale, quella dei nudi, dove un gruppo di ragazze e ragazzi stavano già discutendo. Un fotografo scattava delle foto con l'aiuto del suo enorme flash.

«Posso? La signora Marie Melzer, la figlia dell'artista.»

In un attimo Marie si ritrovò circondata, la tempestarono di domande, le penne iniziarono a volare sui blocchetti e occhi curiosi, invadenti e vogliosi si diressero su di lei come frecce. Marie restò impassibilmente calma, selezionò i giornalisti, rispose ad alcune domande, altre le ignorò, ripeté diverse volte quanto fosse felice che la madre finalmente ricevesse i riconoscimenti che meritava.

Ogni tanto qualcuno le passava un calice di spumante, lei lo teneva in mano trattenendosi a parlare e poi beveva. All'improvviso la sala laterale diventò affollatissima, ma quando cercò di tornare nella prima capì che lì la situazione non era molto meglio.

«Signora Melzer, una mostra fantastica!»

«Marie, cara, ben arrivata! Che magnifici quadri.»

«Mia cara signora Melzer, sono davvero sorpreso. Che incredibile talento.»

Salutò tutti i possibili conoscenti e amici, anche quelli che aveva visto di sfuggita quella sera o raramente. Davanti ai suoi occhi sfilarono tantissime facce, sguardi sgomenti, bocche appuntite; sentì mormorii agitati, vide espressioni indignate, signore con la mano alla bocca, alcune si giravano e cercavano subito l'uscita.

«Signora Melzer, sono del *Münchner Merkur*. Se più tardi avesse tempo per un'intervista...»

«Ah, lei è la figlia dell'artista! Be', non credo la si possa invidiare per una simile eredità...»

L'avvocato Grünling stava parlando con il dottor Schleicher, il medico dei nervi; entrambi al suo passaggio inclinarono la testa. I coniugi Manzinger, cui ormai appartenevano diversi cinema, sollevarono i bicchieri e brindarono nella sua direzione. Hermann Kochendorf, il loro genero, sorrise confuso mentre la moglie Gerda gli parlava di continuo.

«Orribile» disse qualcuno vicino a Marie. «Uno schifo.»

«E questa dovrebbe essere arte? È agghiacciante...»

«Degenerata.»

«Di cattivo gusto.»

«Oscena!»

«Però disegnare sapeva disegnare. Siete già stati di là nel padiglione?»

Marie vuotò il bicchiere e fu felice di vedere in un angolo Lisa e Sebastian Winkler.

«Marie! Vieni qui da noi. Fra poco ci sarà la *laudatio*.»

Si fece largo tra la folla e li raggiunse. Lisa indossava un vestito azzurro cielo che lei le aveva cucito anni prima. Sebastian invece indossava un completo di Johann Melzer Senior.

«Non gli sta un incanto? Sembra cucito apposta per lui, non trovi?»

«È vero. Secondo me papà sarebbe contento.»

Sebastian accennò un sorriso, probabilmente in quel completo si sentiva terribilmente a disagio. Che strano, sotto certi aspetti era cocciuto e incorreggibile, e poi per amore di Lisa faceva cose che di certo che non gli tornavano facili.

«La direttrice Wiesler mi ha spremuta come un limone già settimane fa» disse Marie sorridendo. «Si è fatta in quattro per questa *laudatio*.»

«Sono proprio curiosa di sentirla.»

Marie intravide Kitty, una macchia di bianco luminoso nel

trambusto. Fece un cenno a qualcuno, buttò la testa all'indietro e i capelli le finirono sulla fronte, gridò qualcosa a qualcuno oltre una serie di persone accalcate.

«Si comincia! In bocca al lupo!»

Davanti al grande dipinto al centro della sala, un paesaggio montuoso impervio e innevato sulle tonalità dell'azzurro, si creò dello spazio vuoto intorno alla signora Wiesler. Era diventata ancora più robusta, i capelli erano tinti con cura ma l'abito ampio verde chiaro non si addiceva alle sue forme.

«Miei cari e stimati amici dell'arte» esordì con la sua voce matura e possente. «È un grande onore per me presentarvi...» Allargò le braccia con un gesto teatrale e un signore in completo scuro si staccò dalla folla e la raggiunse.

«Grazie» disse Paul Melzer accennando un inchino nella sua direzione. Poi si rivolse al pubblico attonito.

«Cari amici, sicuramente vi stupirà che sia io a tenere questa *laudatio*. Lasciate che vi spieghi...»

Marie lo fissò come se potesse essere solo un'apparizione, frutto della sua fantasia. Qualcuno l'aveva annegata nello spumante? La persona lì in piedi davanti a tutti che stava per tenere il discorso di encomio non poteva essere Paul. Il discorso di encomio per...

«Il legame tra la famiglia Melzer e Luise Hofgartner risale a molti anni fa; da allora sono successe diverse cose buone, e anche qualcuna meno buona... stasera sono qui per dire a tutti che la pittrice Luise Hofgartner faceva parte della nostra famiglia. Non era solo la madre della mia amata moglie Marie, era anche mia suocera e la nonna dei nostri bambini.»

Era proprio lui. Non era un fantasma, né l'ebbrezza dell'alcol. Davanti al paesaggio montuoso azzurrognolo c'era Paul e stava parlando in pubblico di Luise Hofgartner. Stava dicendo cose che non aveva mai voluto ammettere nemmeno a lei in privato. Marie sentì girare la testa, poi le gambe che cedevano. Sebastian Winkler la sorresse con un braccio.

«Cosa ti avevo detto?» gli sussurrò Lisa. «Meno male che l'abbiamo trovata.»

«Si vuole sedere?» le domandò sottovoce Sebastian.

Marie strinse i denti. Numerosi visitatori si erano girati verso di lei, aveva un sacco di occhi addosso.

«No, grazie, sto bene.»

Era tutto organizzato, pensò. *Lisa e Sebastian lo avevano saputo, anche Kitty. Ma cosa pensa di ottenere?*

«Nata a Inning, sul lago Ammersee, la giovane Luise Hofgartner si è spostata a Monaco dove per un anno ha studiato all'Accademia d'arte... non trovandosi bene. Diversi viaggi a fianco di un mecenate l'hanno portata in giro per l'Europa, poi a Parigi ha incontrato Jacob Burkard, il suo futuro marito.»

Paul tralasciò con abilità i dettagli spiacevoli e arrivò al lascito dell'artista. Disse che era stata una pittrice di incredibile talento, una pioniera che si era mossa in diverse direzioni e in ognuna di queste aveva lasciato il segno.

«Quello che vediamo qui stasera è solo una parte della sua vasta produzione. Una produzione incompleta perché purtroppo non ha avuto il tempo di arrivare all'età matura. Tuttavia, anche solo questa piccola parte è impressionante e non deve assolutamente cadere nell'oblio. Il suo talento continua a vivere nella figlia e, da quel che posso giudicare, anche nei nipoti. Siamo tutti orgogliosi di essere imparentati con questa donna speciale.»

«Adesso sta un po' esagerando» mormorò Lisa.

Marie restò in piedi per miracolo. Dentro di lei sentì un misto di disperazione, felicità, indignazione e speranza. Non era in grado di dire una sola parola, le tremavano le labbra come se la temperatura all'improvviso fosse scesa sotto lo zero.

«Alziamo i calici per brindare all'ammirevole Luise Hofgartner e alle sue grandi opere!»

Marie vide il luccichio del cristallo nella mano di Paul, il suo sorriso trionfante che le era così familiare e che in quel momento era rivolto all'intera sala. Si sentirono tintinnare bicchieri, applausi sempre più scroscianti, perfino dei "Bravo". Il fotografo si fece largo tra la calca, spinse via le persone lamentandosi che dovevano lasciarlo passare. Paul continuò a sorridere, rispose a varie domande, strinse mani, poi la folla che gli andò incontro coprì la visuale di Marie.

All'improvviso arrivò Kitty, la abbracciò, la baciò su entrambe le guance, la scrollò.

«Non è stato bravissimo, il mio fratellone? Ah, è proprio un oratore meraviglioso, così fiero e disinvolto. Marie, di' qualcosa! *Devi* dire qualcosa! Lo ha fatto per te. Ieri ha litigato a morte con nostra madre…»

«Kitty, ti prego» disse Marie. «Potrei avere un bicchier d'acqua?»

«Ah, santo cielo» disse Kitty cingendole la schiena con un braccio. «Vieni, andiamo di là al buffet, così ti siedi e ti porto un po' d'acqua. Ti ha stesa, eh?»

«Un po'» alitò Marie.

Seguì Kitty fino al retro della sala dove erano state disposte delle sedie per gli ospiti più anziani. Dopo pochi passi, però, si fermò. Quello che si stava facendo largo tra la calca non era Paul? Stava andando da lei? Per un attimo fu indecisa, era ancora toppo confusa. Ma Paul non si avvicinò, puntò la porta e uscì dalla sala.

Sarei dovuta andare da lui, pensò. *Dirgli che non gli avrei mai chiesto una cosa del genere. Che lo ammiro da morire. Ma con tutta questa gente…* All'improvviso le venne il terrore che fosse già troppo tardi. Se n'era andato. Era tornato alla Villa delle Stoffe arrabbiato e deluso? O forse era ancora da qualche parte, lì alla mostra?

«Ecco, Marie, la tua acqua. Siediti qui, vicino a me. Fra poco arriva quel giornalista avvoltoio e...»

«Grazie, Kitty. L'avvoltoio dopo, ti prego.» Si girò e andò verso l'uscita. Dei conoscenti le parlarono, le gridarono dietro delle cose, ma lei li ignorò e continuò a camminare. Fuori era già buio, i lampioni erano accesi e le finestre illuminate, si vedevano i contorni delle auto parcheggiate. Ma dov'era andato? Perché tanta fretta? Guardò il padiglione illuminato, nel giardino buio sembrava una gabbia piena di lucciole. Forse era lì? Trasalì, un uomo le venne incontro lungo il vialetto e appena la vide rallentò il passo e poi si fermò.

«Marie.»

Lei restò di sasso. Era la serata dei miracoli?

«Perdono» disse poi togliendosi il cappello; sembrava confuso almeno quanto lei. «Ovviamente volevo dire signora Melzer. Mi riconosce?»

Lei avanzò di un passo e lo guardò meglio in faccia. Era proprio lui. «Robert... ehm, volevo dire: signor Scherer. È tornato ad Augusta?»

«Come vede.»

Per un momento restarono l'uno davanti all'altra indecisi, Marie percepì la sua ammirazione e capì che lui la ricordava ancora come una sguattera.

«Io... io purtroppo ho fatto tardi. Potrebbe dirmi se la signora Bräuer è dentro?»

«Kitty? Certo, prima era vicino al buffet.»

Lui ringraziò in fretta e fece per andarsene, ma lei lo trattenne.

«Lei invece per caso ha visto... mio marito? Paul Melzer, intendo.»

«Il signor Melzer? Sì, lo so che è suo marito. È lì, in fondo al padiglione.»

«Molte grazie.»

Annuirono e si separarono, ognuno verso la sua meta.

Che fantasma, pensò Marie. *Un sogno. Un sogno di mezza estate a fine maggio.*

Scostò i rami e si avvicinò al padiglione passando dal prato. L'erba era umida, il giardino incolto odorava di asperule e fiori di trifoglio, di terra calda e di resina. Vide i visitatori oltre il vetro, passavano da un disegno all'altro, si fermavano, indicavano, parlavano tra loro.

Un uomo si avvicinò al vetro e fissò il giardino poco illuminato. Era lui. Vide i suoi capelli chiari, le mani che si poggiarono sul vetro come se volesse spostarlo, i suoi occhi chiari puntati su di lei. Marie fece un passo avanti, ma lui di colpo era sparito.

Una porta sbatté, Marie sentì i suoi passi e il proprio cuore che batteva all'impazzata. In quella magica notte primaverile non sarebbe stata capace di resistergli, non lì, in quel giardino buio che odorava di fertilità...

«Marie.»

Lui era vicinissimo, aspettava una sua reazione, il respiro rapido e agitato. Prima ancora di realizzare cosa volesse dirgli, iniziò a parlare.

«Paul, è stato sconvolgente... non so cosa dire. Sono ancora molto confusa.»

Lo vide subito più sereno. Aveva temuto che fosse arrabbiata per il suo discorso? Finalmente parve sollevato.

«Marie, ci ho messo tanto a capire. Perdonami. Tua madre è una di noi.»

All'improvviso Marie sentì le lacrime agli occhi. Un nodo che l'aveva torturata a lungo finalmente si sciolse. Era libera, e quando lui la abbracciò lei sorrise tra le lacrime.

«Marie, io ti amo. Torna da me. Ti prego...»

Non osava baciarla. La teneva stretta come se avesse paura che potesse sfuggirgli di nuovo. «Ti prego.»

«Subito?»

Lui la scostò un po' da sé e capì che lei lo stava punzecchiando. E i suoi occhi brillarono di felicità.

«E altrimenti quando?» rispose prendendola per mano.

41

Quella lucida oscurità prima del risveglio. Immagini che scivolano via, una sensazione di leggerezza, di ascesa, un cielo color pastello. Trame di pensieri che si disfano e volano via come fili, canti di uccelli che salutano il mattino. Marie abbracciò il suo cuscino e si girò dall'altra parte.

«Sei sveglia?»

Sentì una mano sfiorarle la spalla, i capelli. Le massaggiò la nuca, le fece il solletico a un orecchio, percorse il suo mento e poi il collo.

«Ma che fai?» disse Marie ridacchiando.

Lui usò anche l'altra mano, lei si girò sulla schiena e lui non riuscì più a fermarsi. Paul, il marito che amava e che desiderava, che la sera precedente l'aveva presa con una passione incredibile. Anche lei era entrata in confusione, si era messa un angolo del cuscino in bocca perché si vergognava e non voleva che si sentissero i suoi gemiti. Nella camera a fianco dormiva la suocera, dall'altro lato del corridoio Lisa e Sebastian.

Quel mattino invece Paul l'amò con dolcezza, si godette ogni contatto che sapeva piacere anche a lei, si abbandonò alle sue carezze. Lei sentì quanto lui dovesse dominarsi per prolungare il più possibile quel momento.

«Attenta, mio tesoro, mi hai lasciato solo troppo a lungo...»

Nonostante i suoi sforzi il gioco finì molto prima di quanto avessero sperato, però l'ebbrezza fu ancora più forte della sera precedente. Per un po' restarono distesi in silenzio, si godettero l'idea di essere una cosa sola, due creature fuse, due anime abbracciate nell'amore. Poi nella stanza dei bambini si levò la voce dell'abitante più piccolo della Villa e Paul e Marie si guardarono sorridendo.

«Averli già grandi ha dei vantaggi» disse Marie.

«Oh, a me piacerebbe tanto ricominciare da capo.»

«Ancora gemelli?» chiese lei ridacchiando.

«Fosse per me... anche tre!»

Risero, si girarono di lato senza staccarsi. Paul le accarezzò i capelli e le disse che era più bella che mai, le baciò la punta del naso, poi la bocca. Sentirono Lisa che imprecava contro la bambinaia e poi Sebastian che cercava di calmarla e fu zittito.

«Ah, le intime gioie di famiglia.»

Lei ripensò che Paul pochi giorni dopo la nascita dei gemelli era dovuto partire per la guerra. Non li aveva visti crescere, quando era tornato avevano già quattro anni.

«Lo sapevi che il prossimo autunno Lisa e Sebastian si sposeranno?» chiese lui.

No, Marie non lo sapeva. Lisa le aveva raccontato solo che Sebastian finalmente le aveva fatto una proposta. Perché ormai aveva un posto fisso e guadagnava abbastanza per mantenere una famiglia.

Paul sollevò la testa per guardare fuori attraverso il sottile spiraglio tra le tende. C'era il sole, i raggi disegnavano macchie luccicanti sulla stoffa color crema e attraversavano la camera da letto come fossero strisce dorate. Marie guardò la sveglia, erano le nove passate.

Si tirarono su, felici, si godettero ancora un attimo la ritrovata, meravigliosa vita a due che lì in camera da letto potevano vivere con la massima naturalezza. Purtroppo era tardi per accendere la stufa e concedersi un bel bagno caldo. E poi adesso che c'erano anche Lisa, Sebastian e il piccolo Johann, non si poteva restare chiusi troppo a lungo.

«Rimandiamolo al pomeriggio» propose Paul. «Quando mamma fa il riposino e la famiglia Winkler una breve passeggiata nel parco.»

«Però, signor Melzer, ha grandi progetti» disse Marie.

«Be', signora Melzer, abbiamo parecchio da recuperare» replicò lui accennando un sorriso.

Quando si presentarono in sala da pranzo, lui rasato e lei pettinata, la loro apparizione fu accolta in modi molto diversi. Alicia scrutò Paul piena di rimprovero e disse «Buongiorno» in tono gelido, ma Marie non capì se fosse riferito anche a lei. La suocera non la degnò di uno sguardo. Lisa invece si alzò per abbracciare Marie e il fratello, Sebastian sorrise amichevole ma non osò esprimere opinioni su una questione familiare così complessa.

«Ieri sera si è fatto tardi» disse Paul ad Alicia. «Per questo ci siamo presi la libertà di dormire un po' di più. Mamma, spero che tu non sia troppo arrabbiata.»

Invece di rispondere Alicia rovesciò una cucchiaiata di marmellata sul piatto e Paul scostò la sedia di Marie per farla accomodare.

«Significa che hai deciso di tornare da tuo marito?» domandò infine Alicia guardando Marie con aria severa.

Marie sentì la mano di Paul sul ginocchio, ma restò tranquilla. «Sì, mamma, hai capito bene. E spero che questo renda felice anche te. Fra poco andremo in Frauentorstrasse a prendere i bambini e le valigie.»

Lo sguardo di Alicia si ammorbidì solo un pochino, il riferimento ai bambini era stato una mossa saggia. Ciò nonostante, Marie sapeva benissimo che riconquistare il favore della suocera non sarebbe stato facile.

«Marie, mamma sarà felicissima» disse Paul cercando di mediare. «Ma ci vorrà un po'.»

Alicia non commentò, così intervenne Lisa.

«Sapete come mai ieri sera Klippi non è venuto? È andato a Monaco ad aiutare la sua futura moglie a studiare. L'anatomia umana deve conoscerla alla perfezione. Ho dato un'occhiata ai suoi libri, sono pieni di uomini nudi.»

S'interruppe perché entrò Humbert con un secondo bricco di caffè e panini appena sfornati. Vedendo Marie s'illuminò. Quando le porse il cestino, disse: «Signora, è bello riaverla qui con noi. Lo pensano tutti i dipendenti. La signora Brunnenmayer le manda dei saluti particolari».

«Va bene, Humbert, basta così. Può andare» disse Alicia.

Il domestico s'inchinò, posò il cestino sul tavolo e uscì senza fretta.

«Quando vostro padre era ancora vivo, di domenica facevamo colazione prima delle otto per poter andare a messa tutti insieme» disse Alicia guardando la tavolata. «Purtroppo queste belle abitudini sono passate di moda. Oggigiorno i giovani trascorrono la santa domenica in camera da letto e si presentano a colazione all'ora di pranzo.»

A Marie venne da sorridere ma si contenne, Paul e Lisa si guardarono, Sebastian fu l'unico ad aprire bocca.

«Me ne rammarico anch'io, cara Alicia. Una giornata ben regolata, anche nel fine settimana, per una famiglia è molto importante. Soprattutto i bambini hanno bisogno di orari fissi e…»

Si fermò, all'ingresso si sentirono rumori e voci squillanti. Poco dopo apparve Julius e disse che erano arrivate le signore Bräuer e anche i bambini.

«Henny, smettila di spingere!» disse Dodo.

«Ma sono arrivata prima io!»

Le voci e i passi si avvicinarono a gran velocità.

«Henny, ti sei dimenticata le tue ali» disse Kitty.

«Zia Kitty, ha stropicciato il mio spartito!»

«Bugiardo!» replicò Henny sprezzante.

La porta si spalancò e l'onda travolse le persone sedute a tavola. Henny corse ad abbracciare Alicia, Dodo andò da Lisa, Leo era indeciso tra la madre e il padre ma alla fine scelse Paul. Così Kitty poté avventarsi su Marie.

«Ah, Marie, la mia adorata Marie! Che bello vederti di nuovo riunita al mio fratellone. Che serata, ieri. C'era l'intera città. Domani sarà su tutti i giornali, fino a Norimberga e Bamberga. E a Monaco in ogni caso. Luisa Hofgartner è la scoperta dell'anno, non è fantastico? Ah, come sono felice... Buongiorno, mamma, hai dormito bene? Hai la faccia stanca.»

Alicia era completamente presa da Henny che le stava raccontando del suo grande exploit di ballo a scuola.

«Io ho fatto l'angelo e Marie mi ha fatto due ali di cartone con vere piume. Nonna, dopo ballerò per te, vuoi? Se ballo bene avrò un premio?»

Humbert e Julius aggiunsero cinque coperti, portarono altre sedie, nuovi panini, latte e cioccolata per i bambini.

«Papà, balla l'angelo di Hänsel e Gretel» spiegò Leo. «Di quel tizio dal nome strano, Humperdink. E io devo accompagnarla, anche se non fa altro che criticare. Lo faccio solo per amore della nonna.»

«È carino da parte tua, bravo.»

All'improvviso l'atmosfera gelida svanì e si diffuse un rumore di vita: mani che rovesciavano bicchieri di latte, facevano a pezzi panini, lasciavano briciole e macchie, toccavano la marmellata.

«Henny, sta' attenta al tuo vestito» disse Kitty.

«Nonna, io voglio diventare una primula, una "primulballerina"... Cioè, una prima ballerina.»

Leo chiese se poteva dare lezioni di piano a Liesl. Kitty raccontò che la signora Wiesler aveva definito il discorso di Paul indimenticabile, si era così commossa e per il resto della serata non aveva quasi aperto bocca.

«Mi sembra esagerato» disse Lisa.

Sebastian disse che i quadri di Luise Hofgartner non erano certo per cuori deboli, bisognava avere una certa maturità e saldezza morale per percepire il loro effetto nella maniera giusta.

Marie ascoltò e continuò a guardare Paul che stava parlando a Leo di una competizione musicale per bambini. Quanto si dava da fare. Era così bello vedere che ora non solo apprezzasse, ma cercasse anche di incoraggiare il grande talento del figlio.

«Un aliante?» domandò invece Lisa. «Stai costruendo un aliante?»

«Sì, sì» rispose Dodo orgogliosa. «È facilissimo. Due ali, una fusoliera e un equilibratore in coda. Ho ritagliato tutte le parti usando il cartone che mi ha portato papà dalla fabbrica.»

Sebastian chiese se prima avesse fatto un disegno e Dodo rispose che aveva visto le parti su un libro e poi le aveva disegnate.

«Tutto da sola?»

«Be', papà mi ha aiutato. Anche la mamma, che con i modelli è brava. Ma a tagliare ci ho pensato solo io.»

Il suo grande progetto era portare i pezzi del suo aliante sulla terrazza della Villa delle Stoffe, montarli e farlo volare sul parco.

«Ma qualcuno deve sedercisi dentro» disse Leo pensieroso. «Per pilotare.»

«Ci mettiamo la bambola che ho ricevuto a Natale.»

Marie non ne era molto entusiasta. Alicia avrebbe avuto poca comprensione per queste bambinate.

«La bambola quella bella?» disse Henny indignata. «Sei matta?»

«Oppure dentro ti ci siedi tu, Henny!»

Henny si puntò un dito contro la tempia, che significava che l'idea di Dodo era folle.

«Ah, bambini» disse Alicia sospirando e lisciandosi il vestito stropicciato dalla nipote. «Con la Villa delle Stoffe piena di gente è tutta un'altra vita. Cara Kitty, davvero anche tu hai intenzione di tornare ad abitare qui da noi?»

Kitty si era avventata sui panini freschi e sul prosciutto affumicato. Masticò, fece cenno che aveva quasi finito e prese la tazza di caffè.

«Sì, mamma, mi piacerebbe. Henny è così affezionata a Dodo e Leo e io voglio avere vicino la mia adorata Marie.»

Rise e strinse la mano alla cognata; poco dopo anche Alicia regalò alla nuora un sorriso.

«Marie, sono felice che tu abbia deciso di tornare da noi» disse quindi Alicia prudente. «Sono stati tempi bui per tutti. E spero tanto che insieme andremo verso un futuro migliore.»

Humbert entrò e sussurrò qualcosa all'orecchio di Lisa.

«La prole ha fame» disse sospirando. «Scusatemi.»

Poi andò da Kitty che stava legando le ali alla figlia.

«Signora Bräuer, c'è un ospite per lei. Gli dico di entrare?»

Kitty mollò il filo e la seconda ala si storse. «No, no, Humbert, scendo io. Vi prego di scusarmi.»

All'improvviso ebbe una gran fretta, baciò Marie sulla guancia, salutò la madre e diede un colpetto sulla spalla di Paul. E se ne andò.

«Humbert, chi è?»

«Un ex dipendente, signora. Il signor Robert Scherer.»

«Ah!» esclamò Alicia stupita.

Paul e Marie si alzarono in contemporanea e si scusarono. Andarono in biblioteca, aprirono i battenti e uscirono sul balcone.

«Ieri ci ho parlato un po'» disse Paul. «È cambiato. È diventato un *self-made man*, come dicono adesso. Nella vita privata però ha avuto poca fortuna.»

Con un braccio cinse la schiena di Marie e la tirò a sé, lei invece si sporse e guardò di sotto. C'era una decappottabile rosso fuoco con i sedili neri e le ruote bianche. Robert stava aiutando Kitty a salire a bordo. Dal balcone non si vedevano i loro visi, ma era evidente che fosse un'uscita programmata.

«Lui l'amava già da tempo» disse Marie con un filo di voce.

Paul la baciò sul collo, anche se proprio in quel momento uscirono sul balcone Sebastian e Alicia.

«Kitty non smetterà mai di stupirci» disse Paul. «Auguriamole buona fortuna. Se lo merita.»

Della stessa autrice

Anne Jacobs
La Villa delle Stoffe

Brossura - pp. 576 - euro 9,90

Augusta, 1913. Quando la giovane Marie si trova per la prima volta davanti alla maestosa Villa delle Stoffe, ne rimane al tempo stesso affascinata e intimorita: l'imponente palazzo della famiglia Melzer, proprietaria della più grande fabbrica di tessuti bavarese, svetta come un castello fatato in un immenso parco. Un universo luccicante e sconosciuto per una ragazza povera come lei, cresciuta in orfanotrofio e in cerca di un lavoro come domestica. Fin da subito, Marie si scontra con le ostilità e le gelosie dei suoi pari grado: uno stuolo di camerieri e domestici imbellettati che la guardano con sospetto, invidiosi della sua grazia innata, della sua intelligenza e determinazione. Ma anche ai piani alti, dove sta per aprirsi la stagione dei balli invernali, il fascino e la bellezza di Marie non passano inosservati: Katharina, la figlia più giovane dei Melzer, appassionata d'arte, le chiede di posare per lei, e tra le due nasce una sorprendente complicità, con sommo disappunto del capofamiglia. Intanto il figlio maggiore Paul, futuro erede dell'impero, elegante come un dandy e sempre intento a sperperare i soldi del padre, rientra a casa per le feste natalizie e, suo malgrado, rimane ammaliato dai misteriosi occhi neri della nuova arrivata... Ma c'è un segreto, nascosto nel passato di Marie, che rischia di sconvolgere le loro vite in modo imprevedibile.

Anne Jacobs
Le ragazze della Villa delle Stoffe

Brossura - pp. 608 - euro 9,90

Augusta, 1916. Sono passati tre anni da quando la giovane orfana Marie bussò alla porta della maestosa Villa delle Stoffe, in cerca di un impiego come domestica per la ricchissima famiglia Melzer. Mai avrebbe immaginato di ritrovarsi un giorno ai piani alti, come moglie di Paul Melzer, erede dell'impero dei tessuti. Ammirata e invidiata dallo stuolo di cameriere e servitori che un tempo erano suoi pari, Marie non riuscirà però a godere a lungo della sua fortuna: la brutalità della Grande Guerra irrompe ben presto nel mondo incantato della villa, trasformata in un ospedale militare dove i feriti vengono accolti dalle amorevoli cure delle ragazze di casa. Intanto Paul è costretto a partire per il fronte, così come i mariti di Kitty e Lisa, mentre il palazzo e la fabbrica di stoffe si riempiono di nuovi personaggi: il giovane dottor Moebius, che con i suoi sorrisi incanta le domestiche e le infermiere; Grigorij, il prigioniero russo costretto a lavorare nello stabilimento, il cui sguardo cupo trafigge il cuore della sguattera Hanna; e infine il malinconico tenente Ernst von Klippstein, che sembra non avere occhi che per la bella signora di casa. Ma mentre Marie tenta l'impossibile per risollevare le sorti dell'azienda, giunge la notizia sconvolgente che il suo amato Paul è disperso in guerra, e la speranza di riabbracciarlo si fa sempre più tenue ogni giorno che passa...